轨道上的行吟

——中国古典诗词网络赏析与创作

段莉萍 ◎ 编著

西南交通大学出版社
·成都·

图书在版编目（ＣＩＰ）数据

轨道上的行吟：中国古典诗词网络赏析与创作／段莉萍编著．—成都：西南交通大学出版社，2018.11
ISBN 978-7-5643-6579-0

Ⅰ．①轨… Ⅱ．①段… Ⅲ．①古典诗歌－诗歌研究－中国 Ⅳ．①I207.2

中国版本图书馆 CIP 数据核字（2018）第 254407 号

GUIDAO SHANG DE XINGYIN
轨道上的行吟
ZHONGGUO GUDIAN SHICI WANGLUO SHANGXI YU CHUANGZUO
——中国古典诗词网络赏析与创作

段莉萍　编著

责 任 编 辑	梁　红
助 理 编 辑	罗俊亮
封 面 设 计	原谋书装
出 版 发 行	西南交通大学出版社 （四川省成都市二环路北一段 111 号 西南交通大学创新大厦 21 楼）
发行部电话	028-87600564　028-87600533
邮 政 编 码	610031
网　　　址	http://www.xnjdcbs.com
印　　　刷	四川煤田地质制图印刷厂
成 品 尺 寸	170 mm × 230 mm
印　　　张	25
字　　　数	474 千
版　　　次	2018 年 11 月第 1 版
印　　　次	2018 年 11 月第 1 次
书　　　号	ISBN 978-7-5643-6579-0
定　　　价	59.00 元

图书如有印装质量问题　本社负责退换
版权所有　盗版必究　举报电话：028-87600562

序

段师网络诗词茶馆记

  近常有人问余何以多作诗语，余每笑而不答，盖其中缘由，一语难尽。实因余常客一茶馆，其茶润心沁脾，倍有裨益。今值佳节，以此文略述茶馆风貌，为诸君揭其一角。若缘奇，诸君亦得客之，余当另贺。

  段师，吾师也，浸古诗词数十年，讲席交大，常慨学校虽主理工，然亦不乏喜诗词者。初，网络未兴，时空梗阻，纵逢同好，亦难交深。后腾讯兴，矧诸生亟请，遂于网络闲处，设诗词茶馆一爿，静候诗缘。

  茶馆既依网络，无时空之限。师于每日午后，契时令心得，配美景图画，延客啜古人诗词数篇，客因遍品李杜诗章、东坡遗篇，其余义山、介甫、放翁诗等，亦悉呷焉。客每盘桓，赞誉加焉，荐于他人。不数月，高朋云集，日点赞者百许人，论评者二三十人。交大喜诗词者，勿问专业文理，尽聚此馆，杂坐争鸣，热闹非凡。间有豪雄，才高八斗，挥毫临篇，壮歌冲瓦。有客旭杰，尝遍读少游词，其语亦缠绵；有客冬柯，苦研平仄声韵，其诗抑扬顿挫，超然其间；有客周伟，清丽之词，日或数篇。其余诸君，亦才思踊跃，斗酒诗百，不一而足。师之外子，旷达人也，常乐嘉会之盛，遂颂于微博，是以华西内外，知茶馆者凡数万矣。师见茶馆之隆，慰甚，忆旧弟子，吾诸学兄也。师乃遥召之，诸学兄或耽世务，身不能至，然偶一现之，或仅片语，字字珠玑，举座惊艳。余列其中，常愧不如也。

  噫！千里相聚，盛友如潮，不亦乐乎？以诗会友，联诗唱和，不亦说乎？近闻师有意汇辑诸客墨迹杂谈，编次付梓，故欣然为此文，谨祝吾师教师节之乐！师好远游，吾愿其遍览湖光山色，长拥花好月圆！再愿诗词茶馆隆盛之永，佳作纷叠！

2014 级中国古代文学研究生　朱如意

二〇一七年教师节前作于北京

前言

> 翳唐山，灵秀钟；我学院，声誉隆。灌输文化尚交通。
> 习矿冶，土木工，窥学术，贯西中，相期同造最高峰。
> 璨兮如金在熔，璀兮如玉相攻。桃浓李郁，广座被春风。
> 宜诚笃，宜勤朴，基础坚，事功崇。文轨车书郅大同。
>
> ——西南交通大学校歌

西南交通大学作为一所百年名校，有着优良的学术传统，这里科学技术与文化传统并行不废、交相辉映。交大校歌歌词作者吴稚晖先生早在1934年的校歌中写道："灌输文化尚交通""文轨车书郅大同"。在新时代下，如何发扬这一优秀传统培养新时代的"有人文情怀的工程师"？这是我在十余年前进入交大任教所面临的问题。《轨道上的行吟——中国古典诗词网络赏析与创作》一书即是我多年教学实践和探索的结晶。

《轨道上的行吟——中国古典诗词网络赏析与创作》一书由我的QQ空间"诗词茶馆"的内容编纂而成的，也是西南交通大学2017年本科教育教学研究与改革项目的成果之一。作为一位在理工科高校从事中国古典诗词教学和研究二十余年的教师，深感在新时代下如何传播中国古典诗词是教育者必须面对的重要课题。目前教师在教学中运用信息化技术已经较为普遍，但有意识地在一些信息交流平台集中探讨中国古典诗词，增加与学生的交流互动，营造一个浓厚的学习氛围，调动学生学习积极性并持之以恒的做法并不普遍，且该方面的理论研究也非常欠缺。"一个好的平台，如果只是发表的管道畅通，并不意味着其会有好的传播效果。所以，以何种形式包装与行销传统文化，是当下的最大课题。让传统文化用通俗的方法获得通俗的影响力，这应是互联网时代传统文化重获新生的途径。"[①]

当今时代，互联网的使用已成常态，传统的课堂教学模式受到了挑战，特别是本民族的优秀文化的重要组成部分——中国古典诗词的传承成了一个需要关注的问题。针对现在学生"机不离手"的生活习惯，我的QQ空间"诗词茶馆"将他们的兴趣爱好与传统诗词教学联系起来，把课堂教学延伸为互联网导学，搭建一个较为宽松的交流平台，让学生在此讨论诗词，比拼才学，结交朋友。这既是教学课堂的延伸，也是发现并培养人才的一个有益的平台。基于此考虑，近年来，我在QQ空间中开设了一个读、品、评、议中国古典诗词的"诗词茶馆"，聚集了一批学生（全校各专业均有）在此讨论、学习诗词，从而发现、培养人才，让学生的古典诗词修养在生活中潜移默化地得到提高，从而使古典诗词教学达到"润物细无声"的效果。

这本书主要是将2014年8月到2016年12月在QQ空间"诗词茶馆"中讨论中国古典诗词的帖子整理成册，名为《轨道上的行吟——中国古典诗词网络赏析与创作》（其中，创作篇的时间延长到2017年）。"轨道上的行吟"与西南交大校歌"文轨车书郅大同"异曲同工，并且网络也是一种虚拟的"轨道"，拟于此消除学科鸿沟，融合文理医工，培养具有人文情怀的人才，可谓"桃浓李郁，广座被春风"。

我几乎每天在QQ空间发数首古典诗词，并附简评或引言，引导学生对所发诗词进行讨论与评析，或者发表读后的感受，并不时展示我校各专业学生的古诗词创作。品读诗词共计数百首，原创诗词230首（限于篇幅，并未完全收录）。每天有数百学生参与讨论，取得较大的影响。

"诗词茶馆"所讨论的诗词主要以中国古典诗词为主（大部分是唐宋诗词），偶尔也有少量现当代优秀诗歌。该书内容具有以下3个特点：

（1）引导大家课外学习中国古典诗词（主要是唐宋诗词）。由于唐宋诗词乃中国古典诗词的精华，再加上学生对唐宋诗词比较热爱，因此，该书主要引导大家课外学习唐宋诗词。

[①] 方文山：互联网时代，该如何推广传统文化，《光明日报》2018-04-24。

（2）注意与学生的生活紧密联系，结合四季时令节日发表相关诗词，以引起学生的阅读参与兴趣。

（3）鼓励学生创作古诗词。针对少数对诗词创作有浓厚兴趣的学生，鼓励他们大胆创作，并安排学生互相点评，在这样的学习氛围下，促使学生不断进步。目前共计收录原创诗词 230 首，尤以理工科学生卢旭杰（电气学院）、戴冬柯（信息学院）、卓俊君（机械学院）和中文系的周伟为多。同时，"茶馆"也进行了包括校庆诗词创作在内的多次集体诗词创作活动，同学们踊跃参与，收到良好的效果。

我于 2014 年 7 月开始在 QQ 空间开设"诗词茶馆"，2018 年寒假开通了新浪微博"清平乐的微博小窝"（专发中国古典诗词）。这样，教学空间从教室到 QQ 空间再到微博逐步推广和拓展，教学对象便从在校学生到往届校友再到社会粉丝，影响面从几十人到几千人甚至上万人，不仅增加了教学受益面，而且在一定程度上提升了我校通识教育的社会知名度和影响力。

目 录

| 鉴赏讨论篇 | 001 |

2014 年

8月17日，	纳兰性德《临江仙·寄严荪友》	001
8月20日，	郑谷《多情》	002
8月22日，	纳兰性德《采桑子·当时错》	004
8月24日，	唐庚《醉眠》	005
8月25日，	李商隐《访秋》	007
8月27日，	苏轼《东栏梨花》	008
10月10日，	德诚禅师《船居》	009
10月21日，	苏轼《纵笔》《纵笔三首·其一》	010
10月24日，	白居易《感芍药花寄正上一人》、苏轼《吉祥寺僧求阁名》	013
10月28日，	苏轼《阮郎归》二首	015
10月30日，	苏轼《南乡子·和杨元素》	018
10月31日，	苏轼《西江月》二首	019
11月4日，	秦观《八六子·倚危亭》	021
11月5日，	辛弃疾《摸鱼儿·观潮上叶丞相》	023
11月13日，	辛弃疾《念奴娇·书东流村壁》	024
11月14日，	辛弃疾《水调歌头·落日古城角》	026
11月15日，	王安石《南浦》《山中》	029
11月19日，	蒋捷《虞美人·听雨》	031
11月22日，	周邦彦《苏幕遮·燎沉香》	033
11月23日，	周邦彦《点绛唇·征骑初停》《诉衷情·出林杏子落金盘》	035

11月26日，蒋捷《一剪梅·舟过吴江》《行香子·舟宿兰湾》
································· 038
11月27日，蒋捷《梅花引·荆溪阻雪》《昭君怨·卖花人》
································· 039
11月28日，姜夔《江梅引·人间离别易多时》············· 041
11月30日，李商隐《燕台诗四首·春》················· 043
12月3日，苏轼《梅花二首》······················ 046
12月4日，苏轼《寓居定惠院之东，杂花满山，有海棠一株，
　　　　　土人不知贵也》······················ 048
12月6日，苏轼《和秦太虚梅花》···················· 053
12月10日，苏轼《十一月二十六日，松风亭下，梅花盛开》···· 057
12月11日，元好问的名词《摸鱼儿·恨人间》············ 059
12月13日，吴文英《唐多令·何处合成愁》············· 061
12月19日，蒋捷《解佩令·春》···················· 064
12月20日，欧阳修《蝶恋花》二首··················· 065
12月21日，欧阳修《蝶恋花》二首··················· 067
12月26日，司马光《西江月·宝髻松松挽就》············ 069

2015年

1月8日，《陇头歌辞》·························· 070
1月8日，李白《长相思》························ 072
1月9日，《子夜四时歌》四首······················ 074
1月10日，王安石《示长安君》、王观《卜算
　　　　　子·送鲍浩然之浙东》··················· 075
1月11日，苏轼《春夜》、王安石《夜直》·············· 077
1月12日，苏轼《中秋月》、赵嘏《江楼旧感》·········· 078
1月15日，杜甫《曲江》························ 079
1月16日，程颢《秋日偶成》、程颢《游月陂》·········· 081
1月18日，杜耒《寒夜》························ 082
1月19日，温庭筠《菩萨蛮》二首··················· 083
1月20日，韦庄《荷叶杯》二首···················· 085
1月21日，曾几《三衢道中》、高骈《山亭夏日》········ 087
1月22日，韦庄《女冠子》二首···················· 089
1月23日，杜甫《江村》、张耒《夏日》············· 091

目 录

1月24日，王淇《梅》、白玉蟾《奉酬臞菴李侍郎》 …………… 093
1月27日，杜甫《旅夜书怀》《登岳阳楼》 …………………… 095
1月28日，韦庄《菩萨蛮》五首 …………………………… 096
1月29日，韦庄《思帝乡·春日游》、冯延巳《南乡
　　　　　子·细雨湿流光》 ……………………………… 99
1月30日，温庭筠《河传·湖上》、牛希济《生查子·春山烟欲收》
　　　　　………………………………………………… 101
1月31日，唐寅《桃花庵歌》 ……………………………… 102
2月3日， 秦观《望海潮·洛阳怀古》《鹧鸪天·枝上流莺和泪闻》
　　　　　………………………………………………… 105
2月5日， 张孝祥《念奴娇·过洞庭》 ……………………… 107
2月6日， 窦叔向《夏日宿表兄话旧》 ……………………… 109
2月9日， 欧阳修《诉衷情·清晨帘幕卷轻霜》《浣溪沙·堤上游人
　　　　　逐画船》 ……………………………………… 110
2月10日，寇准《江南春·波渺渺》《追思柳恽汀洲之
　　　　　咏尚有遗妍因书一绝》 ………………………… 112
2月11日，王安石《午枕》两首 …………………………… 114
2月12日，王安石《葛溪驿》《江上》 ……………………… 115
2月13日，宋白《一春》、朱淑真《春晴》、刘方平《春怨》 …… 117
2月15日，苏轼《月夜与客饮酒杏花下》 …………………… 120
2月22日，曹豳《春暮》、韩愈《晚春》 …………………… 122
2月24日，苏轼《送春》《东坡》 …………………………… 123
2月25日，高适《人日寄杜二拾遗》 ………………………… 125
2月26日，杜甫《追酬高蜀州人日见寄》 …………………… 127
2月27日，韦庄《清平乐》二首 …………………………… 129
3月1日， 欧阳修《丰乐亭游春三首》 ……………………… 130
3月24日，徐铉《和太常萧少卿近郊马上偶吟》 …………… 132
4月1日， 王禹偁《春居杂兴二首》 ………………………… 134
4月17日，晏几道《鹧鸪天·陌上濛濛残絮飞》 …………… 136
4月21日，柳永《玉蝴蝶·望处雨收云断》 ………………… 139
4月24日，寇准《水村即事》《秋日原上》 ………………… 140
4月28日，林逋《点绛唇·金谷年年》、梅尧臣
　　　　　《苏幕遮·咏草》 ……………………………… 142
5月6日， 陆游《初夏》、朱淑真《清昼》 ………………… 144

日期	内容	页码
5月7日，	苏轼《和陶饮酒》《和陶拟古》	146
5月13日，	苏轼《西江月·点点楼头细雨》《鹧鸪天·林断山明竹隐墙》	149
6月2日，	纳兰性德《蝶恋花》二首	150
6月3日，	辛弃疾《满江红·暮春》《念奴娇·西湖和人韵》	152
6月4日，	辛弃疾《一剪梅》二首	153
6月5日，	辛弃疾《鹧鸪天》二首	155
7月19日，	苏轼《辛丑十一月十九日既与子由别于郑州西门之外，马上赋诗一篇寄之》	156
9月5日，	李商隐《端居》《访秋》	157
9月6日，	李商隐《杜司勋》《赠司勋杜十三员外》	159
9月12日，	苏轼《临江仙》二首	161
9月13日，	苏轼《贺新郎·乳燕飞华屋》	163
9月19日，	苏轼《满庭芳·归去来兮》	164
10月13日，	纳兰性德《蝶恋花·出塞》	166
10月15日，	苏轼《六月二十日夜渡海》	167
10月22日，	苏轼《行香子》二首	169
11月13日，	李商隐《春日寄怀》	172
11月14日，	宋祁《玉楼春·春景》	174
11月19日，	辛弃疾《水龙吟·过南剑双溪楼》	175
11月27日，	辛弃疾《新荷叶·徐思上巳乃子似生日，因改定》	178
11月28日，	苏轼《望江南·超然台作》	180
11月29日，	苏轼《定风波·常羡人间琢玉郎》	181
12月3日，	秦观《满庭芳·红蓼花繁》	184
12月4日，	秦观《满庭芳·碧水惊秋》	186
12月10日，	苏轼《满庭芳·蜗角功名》	188

2016年

日期	内容	页码
1月11日，	陆游《临安春雨初霁》	189
1月12日，	苏轼《水调歌头·黄州快哉亭，赠张偓佺》	190
1月15日，	刘方平《春怨》、司空曙《江村即事》	191
1月23日，	古代咏雪的诗	192
1月24日，	黄昇《行香子·梅》、晁补之《盐角儿·亳社观梅》	194
1月25日，	苏轼《沁园春·孤馆灯青》	196

目 录

1月26日，	苏轼《蝶恋花》二首 ………………………………… 198
1月30日，	纳兰性德《浣溪沙》二首 …………………………… 199
2月19日，	李商隐《春雨》 ……………………………………… 201
3月3日，	李商隐《二月二日》 ………………………………… 203
3月6日，	萧汉杰《菩萨蛮·春雨》、陆游《春晴泛舟》 …… 205
3月7日，	王安石《渔家傲·平岸小桥千嶂抱》、秦观《如梦令·莺嘴啄花红溜》 ……………………………… 208
3月8日，	欧阳修《蝶恋花·面旋落花风荡漾》、宋祁《玉楼春·东城渐觉风光好》 ………………………… 211
3月9日，	欧阳修《浪淘沙·把酒祝东风》、沈蔚《小重山·花过园林清荫浓》 …………………………… 212
3月10日，	张说《春雨早雷》、陆游《临安春雨初霁》 ……… 214
3月16日，	徐铉《闻雁寄故人》《和太常萧少卿近郊马上偶吟》 …………………………………………………… 216
3月17日，	李清照《念奴娇·萧条庭院》 ……………………… 220
3月18日，	郑愁予《客来小城》、苏轼《浣溪沙·元丰七年十二月二十四日从泗州刘倩叔游南山》 …………… 221
3月20日，	徐铉《春分日》《七绝》《偷声木兰花·春分遇雨》 …………………………………………………… 223
3月22日，	岳飞《满江红》、岳珂《满江红》 ………………… 226
3月23日，	王禹偁《杏花》三首 ………………………………… 228
3月24日，	欧阳修《阮郎归·南园春早踏青时》、谢逸《千秋岁·夏景》 ……………………………………… 230
3月30日，	寇准《春日登楼怀归》《古别意》 ………………… 232
3月31日，	冯延巳《鹊踏枝》二首 ……………………………… 236
4月3日，	苏轼《蝶恋花·春事阑珊芳草歇》、辛弃疾《满江红·家住江南》 ……………………………… 238
4月6日，	晏殊《蝶恋花·六曲阑干偎碧树》、欧阳修《诉衷情·清晨帘幕卷轻霜》 …………………… 240
4月8日，	梅尧臣《苏幕遮·草》、纳兰性德《苏幕遮·枕函香》 …………………………………………… 242
4月13日，	秦观《水龙吟·小楼连苑横空》、陈亮《水龙吟·春恨》 ……………………………………… 243
4月15日，	张泌《寄人》、冯延巳《南乡子·细雨湿流光》、

	欧阳修《蝶恋花·小院深深门掩亚》	245
4月17日，	元稹《遣悲怀三首》	247
4月19日，	苏轼《天仙子·走马探花花发未》、郑板桥《七言诗》	250
4月20日，	史达祖《绮罗香·咏春雨》、秦观《南歌子·香墨弯弯画》	252
4月21日，	柳永《玉蝴蝶·望处雨收云断》《少年游·长安古道马迟迟》	254
4月22日，	杜牧《寄扬州韩绰判官》、晏殊《踏莎行·细草愁烟》、晏几道《诉衷情·小梅风韵最妖娆》	255
4月24日，	蒋捷《虞美人·少年听雨歌楼上》、陈亮《虞美人·东风荡飏轻云缕》、周邦彦《虞美人·疏篱曲径田家小》	257
4月27日，	杜牧《题宣州开元寺水阁，阁下宛溪，夹溪居人》《金谷怀古》	259
5月4日，	韦庄《菩萨蛮》五首	261
5月6日，	寒山诗歌三首	262
5月7日，	贺铸《踏莎行·杨柳回塘》、周邦彦《苏幕遮·燎沉香》	264
5月10日，	刘希夷《代悲白头翁》	265
5月11日，	苏轼《临江仙》二首	267
5月12日，	苏轼《满庭芳·蜗角功名》	269
5月19日，	唐寅《把酒对月歌》《桃花庵歌》	270
5月26日，	朱生豪《鹧鸪天》二首	272
6月2日，	薛涛《春望》、琴操《满庭芳·山抹微云》	274
6月3日，	辛弃疾《满江红·暮春》《念奴娇·西湖和人韵》	276
6月5日，	重温《人间词话》	279
6月6日，	朱庆馀《近试上张籍水部》、张籍《酬朱庆馀》	280
6月21日，	老树《夏至》、白居易《和梦得夏至忆苏州呈卢宾客》、韦应物《夏至避暑北池》	281
6月22日，	秦观《临江仙·千里潇湘挼蓝浦》	283
6月23日，	李商隐《无题》二首	284
6月26日，	晏几道《清平乐·留人不住》、陈师道《清平乐·秋光烛地》、纳兰性德《清平乐·孤花片叶》	286

目 录

6月30日，苏轼《南乡子·送述古》《临江仙·送钱穆父》………… 287
7月5日， 苏轼《贺新郎·乳燕飞华屋》《虞美人·持杯遥劝天
　　　　　边月》……………………………………………………… 288
9月2日， 孟浩然《初秋》、杜牧《山行》、王昌龄《太湖秋夕》、
　　　　　刘禹锡《秋词》、李白《秋登宣城谢朓北楼》、白居易
　　　　　《秋雨中赠元九》、张九龄《秋夕望月》………………… 290
9月3日， 关汉卿《大德歌·秋》、白朴《天净沙·秋》、贯云石
　　　　　《塞鸿秋·代人作》、徐再思《水仙子·夜雨》、郑光祖
　　　　　《蟾宫曲·弊裘尘土压征鞍》、马致远《天净沙·秋思》
　　　　　………………………………………………………………… 293
9月18日，李清照《鹧鸪天·寒日萧萧上锁窗》《多丽·咏白菊》
　　　　　………………………………………………………………… 296
10月5日，纳兰性德《摊破浣溪沙·风絮飘残已化萍》《鹧鸪
　　　　　天·离恨》《生查子·惆怅彩云飞》《浣溪沙·谁道
　　　　　飘零不可怜》……………………………………………… 297
10月11日，苏轼《出颍口初见淮山，是日至寿州》《南乡子·重九
　　　　　涵辉楼呈徐君猷》《永遇乐·明月如霜》《南乡子·送
　　　　　述古》……………………………………………………… 299
10月14日，冯延巳《南乡子·细雨湿流光》、晏殊《喜迁莺·花
　　　　　不尽》、秦观《点绛唇·桃源》………………………… 301
10月22日，《国风·郑风·风雨》、徐再思《折桂令·春情》……… 302
10月25日，周紫芝《鹧鸪天·一点残红欲尽时》、温庭筠《更漏
　　　　　子·玉炉香》、晏殊《踏莎行·碧海无波》、苏轼《木
　　　　　兰花令·梧桐叶上三更雨》……………………………… 303
10月27日，黄庭坚《清平乐·春归何处》《寄黄几复》《虞美
　　　　　人·宜州见梅作》《王充道送水仙花五十枝欣然
　　　　　会心为之作咏》…………………………………………… 305
10月28日，李清照《点绛唇·蹴罢秋千》、韦庄《思帝乡·春
　　　　　日游》《荷叶杯·记得那年花下》……………………… 308
10月29日，晏几道《思远人·红叶黄花秋意晚》、张炎《绮罗
　　　　　香·红叶》、纳兰性德《南乡子·秋暮村居》………… 309
10月30日，苏轼《初到黄州》《定惠院寓居月夜偶出二首（次韵
　　　　　前篇）·其二》……………………………………………… 311

11月9日，　刘长卿《赠湘南渔父》、李煜《渔父》、苏轼《渔夫》、
杨慎《临江仙·滚滚长江东逝水》 ································ 314

11月11日，寇准《江南春·波渺渺》、李甲《帝台春·芳草碧色》、
洪咨夔《眼儿媚·平沙芳草渡头村》、朱淑真《谒金
门·春已半》 ·· 316

11月16日，李清照《摊破浣溪沙·病起萧萧两鬓华》 ············· 318

11月17日，秦观《江城子·西城杨柳弄春柔》、王伯成
《阳春曲·多情去后香留枕》、纳兰性德《采桑子·明
月多情应笑我》 ·· 319

11月18日，李煜《蝶恋花·遥夜亭皋闲信步》、贺铸《芳心
苦·杨柳回塘》、苏轼《贺新郎·夏景》 ··················· 320

11月25日，欧阳修《采桑子·春深雨过西湖好》、苏轼《行香
子·过七里濑》 ·· 322

12月1日，　李商隐《无题》三首 ·· 323

12月7日，　苏轼《大雪独留尉氏》、陆游《大雪》 ··················· 326

12月10日，张渭《早梅》、齐己《早梅》、王维《杂咏》 ············ 327

创作实践篇 ··· 329

2014年

12月7日，　张丽媛《山花子》 ··· 329

2015年

2月9日，　　王治田《红楼梦》观后感 ······································ 331

10月7日，　黄日欣《临江仙·思》《唐多令·清明近》《蝶恋
花·花朝感怀》《诉衷情·绣奴痴》 ······················· 331

11月3日，　卢旭杰《凤凰台上忆吹箫》 ··································· 333

11月20日，韩红宇《无题》、张丽媛《无题》 ···························· 333

2016年

2月7日，　　王斑《贺岁诗三首》 ··· 334

3月4日，　　宋江杰《雨后游南湖》《南歌子·遣怀》 ··············· 335

3月12日，　张丽媛《我有一壶酒》 ··· 336

3月13日，　李晓丹等《我有一壶酒》 ······································ 336

3月14日，　张龙高等《我有一壶酒》 ······································ 337

目 录

4月1日，	卢旭杰《满庭芳·春暮》、黄日欣《蝶恋花·南宫宴》《蝶恋花·花朝感怀》	338
4月5日，	潘磊《永遇乐·贺交大双甲子寿诞》	339
4月16日，	韩红宇《题红楼梦》	339
5月9日，	朱如意《望海潮·仿柳永〈望海潮〉赞美家乡江西丰城》	340
5月15日，	校庆诗文集	341
5月25日，	卢旭杰《庆春泽慢》	343
6月4日，	黄舜《踏莎行·暮归虹桥》、李吻雯《鹧鸪天·思归》	343
6月8日，	宋江杰《临江仙·临别赠友》	344
6月16日，	刘富达《临江仙·记故》	345
6月18日，	卢旭杰《永遇乐》	346
9月24日，	韩红宇《鹧鸪天·闭馆》	347
10月19日，	朱如意等《待我长发及腰》	348
10月20日，	尚致远等《待我长发及腰》	349
11月8日，	戴冬柯《青玉案》、李松阳《永遇乐·忆友》、周伟《念奴娇·怀旧事》	350
11月23日，	戴冬柯《鹧鸪天·寒夜有所梦》《满庭芳》《八声甘州》	351
12月5日，	戴冬柯《鹧鸪天·咏少游》、卢旭杰《长亭怨慢》	352
12月9日，	周伟《点绛唇》、戴冬柯《苏幕遮》	353
12月12日，	卢旭杰《南浦·冬月海棠》、戴冬柯《望海潮》	354
12月23日，	戴冬柯《水龙吟》、李松阳《卜算子》	355

2017年

1月18日，	卢旭杰《归朝欢》、戴冬柯《沁园春》	355
1月21日，	韩红宇《归朝欢》	356
1月22日，	卢旭杰《柳梢青》	357
2月13日，	陶红飞《鹧鸪天》、戴冬柯《满庭芳》	357
2月24日，	戴冬柯《多丽·咏少游》	358
2月25日，	朱如意《遇见》	358
3月10日，	戴冬柯《清平乐》、周伟《相见欢》	359
3月16日，	戴冬柯《八声甘州》	360

3月22日，	周伟《谢池春》、戴冬柯《临江仙·寒春》、
	卢旭杰《满庭芳》 ································ 361
5月22日，	卢旭杰《六幺令》 ································ 362
5月23日，	戴冬柯《水调歌头·寄怀》 ······················ 363
5月24日，	戴冬柯《八声甘州·初夏》、李吻雯《临江仙》
	··· 363
5月30日，	卓俊君《吊屈原》《端午食粽》 ················· 364
6月7日，	卓俊君《向晚遇雨》、《静夜》、《益州月歌》六首 ······ 365
6月23日，	卓俊君《赋得竢实年华毕业纪念图册
	赠大四诸君》 ······························· 365
7月8日，	卓俊君《期末九里观荷赴宴兼赏月赋诗赠段老师》
	··· 366
7月18日，	戴冬柯《小重山·夏日》、卢旭杰《长亭怨慢》
	··· 366
7月20日，	卢旭杰《高阳台》 ································ 367
8月29日，	戴冬柯《浪淘沙·处暑》、余红芳《夜》 ········ 367
9月14日，	戴冬柯《水调歌头·寄意》 ······················ 368
9月22日，	戴冬柯《摊破浣溪沙·次韵易安秋词》 ········ 369
11月9日，	戴冬柯《忆秦娥·暮秋怀感》、周伟《浣溪沙·寻
	旧》 ··· 370
11月25日，	许靖业《临江仙·辞旧迎新》、向真莹《临江仙·芦苇》、
	刘旭阳《水调歌头》、王晨源《水调歌头·赠风四娘》
	··· 371
12月13日，	康泽乾《小重山》、卓俊君《北风》 ············ 372
12月30日，	卓俊君《元旦酬赠段老师》 ······················ 373

参考文献 ·· 374

后　记 ·· 379

鉴赏讨论篇

2014 年

8月17日，纳兰性德《临江仙·寄严荪友》

纳兰性德，原名成德，字容若，号楞伽山人，出身显赫，是康熙皇帝的侍卫。其词"哀感顽艳"，清新流畅，格调高远，王国维对他的词评价很高，"北宋以来，一人而已"（《人间词话》）。今日读一首纳兰词。

临江仙·寄严荪友（清/纳兰性德）

别后闲情何所寄，初莺早雁相思。如今憔悴异当时，飘零心事，残月落花知。

生小不知江上路，分明却到梁溪。匆匆刚欲话分携。香消梦冷，窗白一声鸡。

【《纳兰词笺注》卷三】

@落鸿鼓涛：词意不难，词情甚深。"初莺早雁"，其来也孤独，其触也尚寒，正如别后之孤冷心境。"飘零心事"，如"残月落花"与圆满总相反。上阕情景如契之合，取景尤好，"初莺早雁""残月落花"，易晓而不俗。下阕写梦，"生小不知江上路，分明却到梁溪"，情不知所起，一往而深，管他知不知江上路呢，想到梁溪去看朋友，分明便去，情是这般不讲道理。然而梦中毕竟梦中，天亮成空，不讲道理亦复作罢。下阕前两句是天真处、深情处，经历一小转折，成无奈处、冷落处，词态顿时丰美。"匆匆刚欲话分携"，淡用苏武李陵典，轻轻之间，重情已现，毫不费力。纳兰词之贼有意思，于是可观。

@升仙刀：欲说还休，戛然而止，结尾颇有余韵。现实中本已伤离别，就连梦中话分别也不可得，被天明鸡叫中断。使离别的伤感和遗憾更添一倍。

段老师回复升仙刀："香消梦冷，窗白一声鸡"，确实余韵袅袅，无限悲感，都在虚处。

@北方的雪：这首词表达了对友人的思念之情，情感表达丝丝入扣，先是说自己的闲情无处抒发，时间久了人也憔悴了，这样的心事只有残月落花才能了解，接下来自然过渡到了梦境，欲叙旧之时却是梦醒时分，思念之情进一步升华，整体有层次感。

段老师回复北方的雪：虽是对友人诉说，但更有身世之感寄托于其间。

@紫烟画柳：又见纳兰。爱别离，最苦，既爱别离，便是求而不得，放而不下。经历过情爱之悲欢的读者总比未经世事的感触更深更具体一些。未经历过的全凭想象，经历过的确有切肤之痛。学生没真正经历过爱别离，只敢想象，不敢妄言。

段老师回复紫烟画柳：据说是悼念他的亡妻卢氏所作，所以说"如今憔悴异当时"。容若乃至情之人，所以"爱别离"。

紫烟画柳回复段老师：嗯呢！曾经读到"若似月轮终皎洁，不辞冰雪为卿热"（纳兰性德《蝶恋花·辛苦最怜天上月》）一句，感动到无以复加。后来看甄嬛传果郡王如此为甄嬛降温，便想起纳兰，想必也是用的同一典故。

段老师回复紫烟画柳：可能是剧作者受纳兰词境的影响。

8月20日，郑谷《多情》

昨日读了田锡的《多情》，大家觉得意象陈旧，无真情实感。今日看看晚唐诗人郑谷的这首《多情》；虽是同题，手法和表现的感情又有不同。

多情（唐/郑谷）

赋分多情却自嗟，萧衰未必为年华。睡轻可忍风敲竹，饮散那堪月在花。薄宦因循抛岘首，故人流落向天涯。莺春雁夜常如此，赖是幽居近酒家。

《郑谷诗集笺注》卷三

@北方的雪：诗人的多情总是忧伤的，郑谷作为一名唐末的诗人，诗中带有时代所赋予的特殊印记，整体意象都带有末世的悲凉，题为多情，但相较田锡多情，数量上减少了，但深度却更近一层，整首诗透露着诗人对人生的真切感受，这种真实的感受才能打动读者的心，拉近诗人与读者的距离。

段老师回复北方的雪：对啊！此诗深度比田诗更进一层，也更真切了。此评可谓"知人论世"。

@升仙刀：连"风敲竹""月在花"这种轻微的动静，都使诗人不堪忍受，可见诗人敏感、深情之至。却又把深情锁在心中不敢吐露，只"赖是幽居近酒家"。感情并不狂放，多了一种"沉郁"。

段老师回复升仙刀：嗯，芳川对诗人的情感把握得很细致、贴切。这两句化用前人李益的"开门风动竹，疑是故人来"和沈亚之诗"徘徊花上月，虚度可怜宵"。

@潇竹絮：老师，"薄宦"该是指仕途坎坷吧？不知道"岘首"作何解？我查到"蚬"是一种贝壳类软体动物，"薄宦因循抛岘首"为什么会是一段令人伤心的往事？我猜测是不是诗人回忆起以前曾和故人一起抛岘首，可如今，故人流落天涯，因而感伤？有时候读诗因为意象的原因觉得个别句子挺难理解的。

段老师回复潇竹絮：岘首，即岘山。用的是羊祜的典故。我们不是学过孟浩然的《与诸子登岘山》一诗吗？表达的是物是人非、功业未建的怅惘。这首诗在"唐宋诗导读"这门课上学过，还记得吗？

段老师回复潇竹絮："薄宦"是小官、闲官。此句在这是指自己为微不足道的官职束缚身心而失去山水吟咏之乐。

@木文雅子回复潇竹絮：薄宦，就是冷官；因循，是不振作之意，而岘首，就是岘山，整句意思老师已经解答了，其实从这也可以看出郑谷的隐逸倾向，现实的不遇不达，失意落寞也为他后来归隐仰山推了一把，毕竟寄情山水也是排遣烦忧的最佳途径了。

段老师回复木文雅子：枝林最近在写关于郑谷的论文，她的回答很不错哦！如意不懂就问的态度也值得赞许！看来，我们的"读诗茶馆"愈加热闹了。

@落鸿鼓涛："赋分多情"，天生一个多愁善感的种子，非人力可改变，此种特质甚至与年华一样萧衰着诗人，无处可逃。因之由多情带来的心伤，与多情同时，贯穿诗人之生命，诗人也就无时无刻不承受着情感的煎熬，此种情怀，正同林黛玉，一言以蔽之，"悲观"。头一联里，诗人就给我们展示一个多愁善感的形象，此后种种，都是诗人承受煎熬的情境。《庄子》谓得道者"成然眠，遽然醒"，正是胸中一无滞碍之表现，反之如诗人多情，入眠既难，入眠之后，亦难以没心没肺"成然"，所以风敲竹，便打扰了诗人轻轻之睡眠。"可忍"，不可忍也。试想一下，悲观的诗人被扰醒之后，更听萧索竹声不断而引起故人之思（李益"开门风动竹，疑似故人来"），又是何等寂寞凄凉！悲观之人，面对大好之情境，亦能生出极低潮之感情，何况酒阑人散，孤独冷清。人散而花月玲珑，正如李商隐"五更疏欲断，一树碧无情"（《蝉》），不堪的不是月照花，而是由此茂盛景物反衬下的人散后的孤独清冷。

@落鸿鼓涛：颈联有人注释"因循"为不振作，若郑谷本意如此，则此联平弱矣，二、三联之间感情推进不多，诗势散缓。若"因循"是"因循守旧"之意，则颈联陡佳，何也？薄宦者，漂泊凄苦，薄宦而因循守之，则明知薄宦之苦，却不得不一直守此薄宦，内在悲观，外在不可改变，似乎人生已披上悲剧之镣铐，永无了期！凄苦复无奈，较之简单之凄苦不振作，高下悬殊不可道里计！不知郑谷原意如何。"莺春雁夜"，春秋也，一年到头，"常如此"，春秋常如此，年复一年如此，唯有借酒浇愁。"诗无达诂"，改变"因循"二字之意，虽乏节操，然苦守注家之说，亦无生趣焉。

段老师回复落鸿鼓涛：随手一拈，便是一篇好文。超赞！

落鸿鼓涛 回复 段老师：咳咳……木有木有，段老师特意拔高了~~

8月22日，纳兰性德《采桑子·当时错》

秋天适合读怀人之作。贵为皇帝侍卫的纳兰面对所爱的人也无法事事如意。他曾有侍妾沈宛，乃江南艺妓，纳兰视其为红颜知己，两人恩爱非常。无奈，种种原因，沈宛被遣。纳兰作词怀之。

采桑子·当时错（清/纳兰性德）

而今才道当时错，心绪凄迷。红泪偷垂，满眼春风百事非。
情知此后来无计，强说欢期。一别如斯，落尽梨花月又西。

【《纳兰词笺注》卷二】

@北方的雪：纳兰的词感情真挚，十分打动人心，从这首词看出他对沈宛的绵绵情意，纳兰果真是一个可怜之人，妻子、侍妾都没能长久地陪伴在他的身边，经历了这样多的感情创伤，他那脆弱的小心脏爆发了巨大的力量，才有了今天我们看到的这一首首感人至深的词。

段老师回复北方的雪：是啊！"此情可待成追忆，只是当时已惘然"（李商隐《锦瑟》）。

@升仙刀：好像有《钗头凤》和《武陵春》的影子。但就此词而言，还是不如陆游和李清照的词句能撼动人心。

段老师回复升仙刀：哦！不同的感受哦！表达情感有强烈而直接的，也有表面出之于淡语，情感却深藏其中的。我想，纳兰此首词即是后一种表现。

@另一个自己：我在想，要是纳兰一生平顺，可能就作不了那么令人感伤的词了吧，正如鲁迅所说"感情正烈的时候，反而不宜作诗，否则锋芒太露，能把诗美杀掉"（《两地书》），有种"时势造英雄"的感觉。

段老师回复另一个自己：人方所评极是，所以欧阳修有"诗穷而后工"的说法。纳兰虽为贵公子，也有许多不如意、不得志之处。

另一个自己回复段老师：正如李清照，一生悲喜参半，政治的变故直接影响到诗词的写作。看了纳兰这首词，让我想起她那首《凤凰台上忆吹箫》，写得也很是动人，"凝眸处，从今又添一段新愁"跟"一别如斯，落尽梨花月又西"有异曲同工之感。

@秋色馨满桐：读了几首韩偓的词，太注重意象，华丽复杂。纳兰的字都比较简洁，但情真意切，情比言情作家来得含蓄，意也很含蓄，但却真切非常。

@潇竹絮：无论时空如何变幻，爱情它永远是个难题，比如陆游，比如纳兰。在这方面，司马相如婚前婚后有些小无赖的做法，仿佛才是渡过爱情难关的秘籍。

8月24日，唐庚《醉眠》

今日阳光融融，读一首宋代诗人唐庚的《醉眠》。唐庚，字子西，眉州丹棱人。他与苏轼同乡，又都贬谪过惠州，且擅长诗文，时有"小东坡"之称。

醉眠（宋/唐庚）

山静似太古，日长如小年。馀花犹可醉，好鸟不妨眠。世味门常掩，时光簟已便。梦中频得句，拈笔又忘筌。

【《唐庚诗集校注》】

@**北方的雪**：这首诗是唐庚被贬后所作，记录了他的日常生活，闲适而平淡，可贵的是诗中并无消极情绪，而是享受着山中的生活，"梦中频得句，拈笔又忘筌"有道家意味，可见唐庚受道家影响，有较为旷达的心境。

段老师回复北方的雪：先为一萍点赞！这确实是唐庚被贬到惠州的作品。诗中却无半点"牢骚"，我们看到的是一位沉浸在鸟语花香的闲适世界的诗人。这就是宋代诗人融儒释道为一体的精神世界。

@**紫烟画柳**：这首诗是唐庚对贬谪惠州的生活的描述。诗写的是一个"独酌—醉眠—梦醒"的全过程。首句就点出诗人在幽静的山谷中畅饮，似醉欲眠，醉酒把诗人的时间感官无限延长，恍如隔世。罗大经鉴赏这句诗云："唐子西诗云：'山静似太古，日长如小年。'余家深山之中，每春夏之交，苍藓盈阶，落花满径，门无剥啄，松影参差，禽声上下。午睡初足，旋汲山泉，拾松枝，煮苦茗啜之。随意读《周易》《国风》《左氏传》《离骚》《太史公书》及陶杜诗、韩苏文数篇。……味子西此句，可谓妙绝。"（《鹤林玉露》）颔联进一步体现出唐庚自适情怀，虽然只剩一些残花，依然能让诗人陶醉；虽然有鸟鸣在耳旁，依然不妨碍诗人入眠。世俗之门常掩，远离尘世纷扰，生活悠然闲适，似醉非醉。梦中似乎想到了什么绝妙好句，醒后提笔却又忘了梦的是什么，颇有庄周梦蝶之感。

段老师回复紫烟画柳：超赞！还没有忘记三年前读此诗的感怀哈！特别喜欢罗大经《鹤林玉露》里谈读唐庚这句诗的句子。所谓"诗入生活"就是这样吧！我们也不妨在油盐酱醋的日子里有点诗意的情怀。

紫烟画柳回复段老师：哈哈！怎能忘记~那时候，毕业论文还是写得很认真的~~诗入生活，诗意生活~~

@**紫烟画柳**：唐庚描绘被贬惠州的闲适生活、悠然状态的诗歌很多，再如《杂兴·其五》："旧物杯中酒，新衔海上翁。百非无一是，显过岂微功。引水江分碧，烹丹井为红。幽居亦多事，度日不全空。"心态真是好呢！是今人的学习榜样！

段老师回复紫烟画柳：是啊！贬谪时还如此旷达、闲适，真是难得的。

紫烟画柳回复段老师：嗯！是呢！越读古人，越觉得今不如古。

@**另一个自己**：诗人醉于馀花、眠于好鸟之鸣中，竹席醉眠、提笔忘言，一副悠适恬淡的闲情，但是我觉得这只是诗人表面不闻世味，实则内心暗含对世事的耿耿于怀、终不能忘的强烈意绪，其愈说闲淡，愈见其对世事的牵挂及时被贬谪居的怨愤。

段老师回复另一个自己：有道理，有时人的心理是如此复杂，表面越不在乎的东西，心里越在意。当然，还是要看全部作品。

8月25日，李商隐《访秋》

今日读李商隐的《访秋》，此诗李商隐于宣宗大中元年（847）在桂林时作。诗歌画出了一幅南国秋意图。

访秋（唐/李商隐）

酒薄吹还醒，楼危望已穷。江皋当落日，帆席见归风。烟带龙潭白，霞分鸟道红。殷勤报秋意，只是有丹枫。

【《李商隐诗歌集解》】

@北方的雪：李商隐一生郁郁不得志，南国的秋景即使别有一番韵味，也难以使他静心欣赏，心中始终还是惦记着早日回归北方，能够一展宏图。

段老师回复北方的雪：一展宏图，对李商隐来说是不可能的。他久居人下，又夹在牛李党争之间，难免郁闷不欢。

@木文雅子：秋天本来就是容易让诗人叹老嗟悲的季节，李商隐身在客乡，目睹南方秋景，虽然也是秀丽美好，但发现除丹枫外不见秋意，这和自己秋意正浓的北方故乡形成强烈反差，见此思彼，尾联意蕴深长，不仅是羁旅他乡的感伤，更多的是对家乡的思念和归乡的期待。

段老师回复木文雅子：对啊！思乡之愁与不得志之忧交织在一起，美丽的秋景引发了诗人的忧伤。

@潇竹絮：老师，我来报到啦！先把昨天的补上。总觉得唐诗和宋诗在韵味上还是有些不同的，就像黑人歌手和白人歌手，唱的都是英文歌，但我总觉得可能因为黑人歌手的舌苔厚一些，唱歌时声音更浑厚一些。又跑远了！一直很喜欢李商隐，他的诗总有一种欲语还休之感。就这首诗来说，领联和颈联已经构成了一幅完整的秋日望远图。他却在末句用经霜泛红的枫叶给整幅画面添上了浓墨重彩的一笔，却又是点到即止，真叫人又爱又恨。这首诗还有一点让我很喜欢的地方就是对仗很工整。我每次看到工整的对仗就会兴奋得跟有猫爪子挠一样，觉得中国文字真是博大精深，居然能有那么一个字能对上那么一个字。

段老师回复潇竹絮：我们如意读诗蛮有感悟力的，就是有时思维喜欢"撒欢"，不过，除了论文，还是喜欢看到这样有个性的文字哈！

@另一个自己：李商隐写的秋，在我的认识里是最好的，秋味足，情韵到位。就像这首《访秋》，秋日图之后的点题，特别是那个"报"字，来报，并且是"殷勤"的，显然诗人是被动知道的，要不是"丹枫"，诗人还以为秋日未到，此外，诗人此时想到的定然也是家乡的秋日、秋风、秋景以及秋景中的家人。只有客居他乡才会有这种情愫的，有时我也有。

段老师回复另一个自己：看来人方是一个感情细腻的女孩，分析贴切到位，点赞！

8月27日，苏轼《东栏梨花》

恼人的秋雨终于停了，让位于融融的秋阳，心也跟着放晴了些。还是再读一遍苏轼的《东栏梨花》。

东栏梨花（宋/苏轼）

梨花淡白柳深青，柳絮飞时花满城。惆怅东栏一株雪，人生看得几清明？

【《苏轼全集校注·诗集》卷一五】

道出人生短暂的惆怅，虽是说理，却情韵袅袅。很喜欢！

@潇竹絮：很喜欢带着哲理的具有独特韵味的宋诗，尤其是东坡看待人生时的那一种旷达与潇洒，更让我感动。

@北方的雪：果然是大文豪，苏轼寥寥几笔就可以打动人心，我也很喜欢诗人把梨花比作雪，贴切且脱俗。

@北方的雪：段老师，我读这首诗突然有种读鲁迅的《朝花夕拾》的感觉，很亲切。

段老师回复北方的雪：对啊！真正的好诗是淡而有味的，而不是堆砌典故，让人琢磨不透。

@另一个自己：简单的两组景物对比，虽没半点颓废衰飒的调子，却让人悄然为之动容，不是大家很难做到这种看似清淡却深含哲理的好诗。

@雨不停国：东栏雪看几清明，我看前途多荆棘。到底是东坡看得通透！那株东栏雪也只管隔岸观火，要可以的话，倒真想拉它出来体验世情。

10月10日，德诚禅师《船居》

一首禅诗的境界：德诚禅师的《船居》。

船居（唐/德诚禅师）

千尺丝纶直下垂，一波才动万波随。夜深水静鱼不食，满船空载明月归。

骆玉明先生解释道："什么也没有得到，空船而去，空船而归，但心是欢喜的。"（《诗里特别有禅》）喜欢这样的诗句和境界。

@潇竹絮：百度了一下德诚禅师，摆渡以寻有缘人，很有些《西游记》里灵山脚下接引道人的味道。这诗中的境界是不是和王维诗中经常提到的空明境界一样？仅仅静坐垂钓都能了悟佛理，真是高人。作为尘世中人的我，对这种诗和这种境界，望而不愿及。

@升仙刀：此诗前两句说"理"，后两句说"善"。佛教讲"一念万千"，一念生处，便有了是非善恶，而那"丝纶""诱饵"便是红尘中的俗欲杂念，引出无穷的波动。"一波才动万波随"。后两句讲的是善，虽然鱼没有被诱饵所诱惑，但是佛教讲"不杀生"，鱼的逃生代表一种善行的完成。虽然"空"载明月，但"空"正是佛教追求的境界，"明月"或指一片明净的慈悲之心。前两句是善念的理论，后两句是善行的实践，佛理与善行完美结合，德诚禅师不愧是高僧。

段老师回复升仙刀：芳川有点过度阐释之嫌哈！

@黑拓奤：禅境与禅悟，您觉得是否有本末之分？这首诗应该是压在了最后一句，不仅在于旨意，也在于所见所想皆是乘舟所过之景。舟行景动，唯凝心观照，看到万念空寂，万物自有其运行规律。我认为这首诗与王维的禅意诗文在笔力上略有差距，但他的寓指同样较多。本诗既可以理解为静谧高悬的明月象征佛的境界，诗人静心体悟，也可理解为诗人在这个场景中获得了自己的感受，关于精神愉悦，关于哲理感知，关于旅途心境等。诗中描摹的是夜景，其绘景较王维较空泛，这也是我觉得他与王维笔力相差的地方。我的愚见，禅诗读的很少……

段老师回复黑拓奤：解析颇切，本诗最后一句确是全诗主旨。禅诗往往借禅境表达禅悟。

@冷月生：老师，如果最后一句改为"空船满载明月归"是不是会更有意思一些？

升仙刀回复冷月生：你觉得"空船满"和"满船空"一样吗？个人认为，"满船空"更能表达佛教的意境。不知老师意下如何？

黑拓荸回复冷月生：我个人觉得还是"满船空载"好一些。满与空是反义词，若是空船，那么起句平声读起来显得较为平泛，且最终的诗意是落在满字上，因为明月同归，此时心满意满。后文则又是平仄交叉，读来朗朗上口。

冷月生回复升仙刀：你觉得"满船空"和"满船空载"是一个意思吗？断章取义的理解，空字的词性还一样吗？空船满载更显外象虚无而心境收获颇丰，快然自足之情更甚。对比更强烈。再者，你在哪觉得仄平平仄就比平平仄仄读来更为上口？

升仙刀回复冷月生：满载明月，的确有一种收获颇丰的感觉，比喻心境的满足很恰当。"满载"的确情感直白强烈，"空载"更含蓄一些。各有意趣。

段老师回复冷月生：江文，你终于有空发言了。你提出的这种说法，虽说可以，也有意思。但又显实了，有点违背禅境的空寂境界。

@尚晴：禅的最高境界就是空，只有空才能契入本心，不为外界的相而迷惑本心。老师有没有特别推荐的禅诗呢！

段老师回复尚晴：尚琴对禅的精神感悟贴切，禅诗很多。以后我们再读。

尚晴回复段老师：喜欢禅诗，那种动静随心的感觉。

@段老师：秋雨连绵，上了一天课回来，一上空间，原来已展开了热烈的讨论。这里有06级的学长与10级的学弟的交锋。哈哈！谢谢大家的参与。欢迎已毕业的同学进来讨论。

@另一个自己：月夜垂钓，虽空船回，却是满船月光。人生何尝不是这般，不要刻意寻求，随遇而安，唯有这样，才能欣赏生命美好的风光，这是我理解的禅了。说到这，立马想到一句，"上帝关了一扇门，会为你打开一扇窗，空船无鱼，却载了满船月光，依然是满满的收获，不要对生活抱怨，处处是美好。"这个是一直拿来勉励自己的。

段老师回复另一个自己：嗯，能结合自己对生活的体验体悟禅，也是不错的。

另一个自己回复段老师：有关禅宗的书，我很少看，有空还要多翻翻。好多诗都有禅意，境界不够就体会不到诗人的情感了。

10月21日，苏轼《纵笔》《纵笔三首·其一》

今日阳光和煦，讲课回来，十分愉快，读苏轼两首小诗，颇有意趣。

鉴赏讨论篇

绍圣四年（1097），苏轼贬居惠州，寄宿寺庙。据说苏轼好睡，一日酣睡一夜，作《纵笔》一诗。哪知。此诗传到京城，章惇将之再贬海南儋州。我们的坡仙再写《纵笔三首》。无限辛酸，尽在言外。

纵笔（宋/苏轼）

白头萧散满霜风，小阁藤床寄病容。报道先生春睡美，道人轻打五更钟。

【《苏轼全集校注·诗集》卷四〇】

纵笔三首·其一（宋/苏轼）

寂寂东坡一病翁，白须萧散满霜风。小儿误喜朱颜在，一笑那知是酒红。

【《苏轼全集校注·诗集》卷四二】

@潇竹絮：之前看《论语》里有孔子批评宰予昼寝"朽木不可雕也"，苏轼这般好睡，真是坡仙……不过我不明白，为什么这首诗传到京城会让苏轼再度被贬？难道是因为他诗里没有表现出被贬之后的战战兢兢，然后上头不满了？

段老师回复潇竹絮：回答正确，有空可以查查章惇和苏轼的关系，可见人心的复杂和诡异。

潇竹絮回复段老师：查了一下，章惇因为是私生子，性格好像比较极端，挺小气、爱记仇。

段老师回复潇竹絮：他与苏轼原来是朋友，后来不知为何又成了迫害东坡的人。

潇竹絮回复段老师：百度百科是这样说的，章惇出生时，因为是私生子，父母不想要他，想要把他放在水盆里溺死，被人救止，苏轼赠诗，有"方丈仙人出渺茫，高情尤爱水云乡"之句，章惇大怒，认为这是苏轼在嘲讽自己，一连几天都很不高兴，遂与苏轼交恶。

潇竹絮回复段老师：那首诗叫做《和章七出守湖州二首》，其中一首是"方丈仙人出渺茫，高情犹爱水云乡。功名谁使连三捷，身世何缘得两忘。早岁归休心共在，他年相见话偏长。只因未报君恩重，清梦时时到玉堂"。章惇因为自己的身世总是比较敏感、易猜疑，不能容人，所以，章苏交恶。他因与司马光政见不同，在司马光死后，不仅剥夺其追封，还曾建议宋哲宗鞭尸。

段老师回复潇竹絮：谢谢如意追根究底的讨论，看来苏轼真如他自己所言"平生文字为吾累"啊！

潇竹絮回复段老师：所以说，唯女子与小人难养也，苏轼遇上了一个小人。

@寒塘：苏轼好像真的挺喜欢睡觉的。我今天也读到"客来梦觉知何处，挂起西窗浪接天"（苏轼《南堂五首·其五》）。而且感觉他就是醒了也要赖在床上"白灰旋拨通红火，卧听萧萧雨打窗"（苏轼《书双竹湛师房二首·其二》）。我记得他在被贬黄州的时候写了一首题目很长的诗，也是饮酒，然后微笑，"江城白酒三杯酽，野老苍颜一笑温"（苏轼《正月二十日，与潘、郭二生出郊寻春，忽记去年是日同至女王城作诗，乃和前韵》）。那个"温"字用得真是太好了，豁达又平和。然后再看《纵笔三首》的时候，我突然觉得很是悲哀，即使是苏轼，面对生命中接踵而至的凄风苦雨，也会疲倦，也会老去。

@今将疯：倒是宰我昼寝一事似乎还有一种解释，"晝"与"畫"过于相似，应是画寝（涂房子），老夫子才言粪土不可污墙也。

段老师回复今将疯：哦！这倒是一种新鲜的讲法哈！

今将疯回复段老师：类似的还有"刑天舞干戚"与"形夭无千岁"一说，都已无从考证。

@胖黑：蕙夜霜风倦容长，且将呓语伴初阳。今朝不问圣明事，却伴孤舟月茫茫。昔年旧忆满琳琅，此恨流水涸潇湘。病身醉望朱颜在，只影天涯踏秋殇。（于古人来说，诗文辞赋不过是记录心情的一种方式，犹如今天的日记、随笔。仅凭一纸随性之作便遭贬谪，况且谋事之人还是自己曾经的挚友，东坡内心之悲怆，非笔墨可尽述。曾经读苏轼词，只看到大江东去的豪壮，却不见白发病翁的悲凉，真是有些"少年不识愁滋味，只观豪情忘浮生"的感觉了）

段老师回复胖黑：杨博好才情！有感悟，有文采，不错！

@ooo："而今识尽愁滋味，欲说还休。欲说还休，却道天凉好个秋。"（辛弃疾《丑奴儿·书博山道中壁》）无限心酸，却最终于平淡处铺开。也许正是受儒家"乐而不淫，哀而不伤"的影响。另一方面，满腹忧愁、满心愁事的苏轼只能借睡觉来逃避世事，借酒来消解忧愁，但他却并没有诉说自己的忧伤与不满，只说"春睡美""是酒红"，我们也可以看出他无奈之后的豁达。

段老师回复ooo：对啊！解说贴切哈！苏子毕竟是阳光型的，在满腹辛酸外，还有豁达。

@另一个自己：两首都有表现"平生学道"的苏轼早已不再因境遇的穷达而心神不宁，以一个了悟人生的智者的眼光与胸怀，俯视这一切。尤其是第二首诗，诗人再次被贬，在诗中虽然开始自嘲衰老，写处境寂寞，带凄寒之气，使人感到萧飒可伤，但后二句忽借酒后脸上暂现红色一事，表现出轻快的情绪，诗境转为绚烂。这种豁达不是常人所能拥有的，要知道"欲加之罪何患无辞"，就像章惇那样的人比比皆是，我们唯有自己强大，然后随心释然。

段老师回复另一个自己：人方解析甚是，是啊！我们应多以苏子为榜样，修炼内心，唯有自己内心强大，才能泰然自若。

10月24日，白居易《感芍药花寄正上一人》、苏轼《吉祥寺僧求阁名》

今日秋阳朗照，暖意融融。读两首诗，此二诗都是由牡丹花缘起。先看唐代白居易的《感芍药花寄正上一人》。

感芍药花寄正上一人（唐/白居易）

今日阶前红芍药，几花欲老几花新？开时不解比色相，落后始知如幻身。空门此去几多地，欲把残花问上人。

【《白居易诗集校注》卷一三】

苏轼同样观牡丹花，有一首《吉祥寺僧求阁名》。

吉祥寺僧求阁名（宋/苏轼）

过眼荣枯电与风，久长那得似花红？上人宴坐观空阁，观色观空色即空。

【《苏轼全集校注·诗集》卷七】

二人在诗中表现的境界自是不同。

@123211082：都是智慧达观之人，上人观空，东坡观色，色即空，巧妙。

@潇竹絮：两首诗比较来看的话，感觉还是苏轼比较有慧根？白居易尚需和上人探讨交流，苏轼却已是一种指点评论的态度了。

段老师回复潇竹絮：嗯，苏轼是要境界（佛学境界）高一些哈！

@今将疯：似乎颇有神秀惠能偈语之辩。

@北方的雪：通过这两首诗，我们益发可以感受到苏轼的乐观旷达，同时也感受到一种自信：有自己独特的见解，流露出潇洒之气。

段老师回复北方的雪：嗯，我们的坡仙由于无人可比的天赋及常人难及的经历决定了他洞观人生的才能。

@黑拓耷：唐人以胖为美，鲜艳肥硕的芍药是富贵的象征。在我看来，白居易这首诗很有意思。全诗只有三联，不是一般的七言近体格式，但写作上遵循的是近体的规范（感觉上）。先说见到了阶前的芍药，而后由此联想到了"早前"与"落后"的今昔对比，大有情景变迁、寄托身世的意思，而后"欲"拿着芍药去问上人，最后所缺的那一联，正是会面上人事情。白诗叙事了一个过程，而叙事的结果没有写出，本是"欲"去而未去！我觉得这是重点。这首诗读起来，感情深婉，深在于感叹"色相"是"幻身"，有反省，有叹息；婉在欲说还休，身心俱疲的冲涌下，含蓄蕴藉。而对于苏子的那首诗，感情上显得相对轻快些。"过眼荣枯"与"久长花红"两句，基本上明确了整诗的内涵，有意思的是在后一句。一来，分解了两个人的观空与观色的表述，最后合一为观色空，分分相合，有感悟上的理解，也可看作道同之友的会心一笑。二来，前两句基本上定下了感伤时光的调子，后两句加入了禅悟的理解，变了诗歌的旨趣。似乎是走了个工新求趣的路子。这纯属是个人理解。有错误的地方，您多多批评。

段老师回复黑拓耷：近来看书很有长进啊！分析甚贴切，细致，太棒了。

@ooo：白居易的烦恼是世人的烦恼。他看穿了花开花落终归幻的本质，却不甘心安于平淡、最终归于虚无，所以他仍"欲把残花问上人"。他有着唐人渴望施展才华、建功立业的不屈之心。苏轼的豁达是想象中的豁达。他知道花不会永远那般红，也知道"观色观空色即空"，终究归于虚幻，然而，苏轼终究是入世之人，又怎么能摆脱功名利禄的羁绊。东坡禅境虽高，然终是凡人。

段老师回复ooo：解析甚是，赞一个！

@胖黑：看这落花红尘之辩，忽然想到了白苏千年以后，那位遁入空门却心恋凡尘的僧人。曾虑多情损梵行，入山又恐别倾城。世间安得双全法，不负如来不负卿。他已远离俗世，却又难逃红尘所扰。我们都是凡俗之人，与其追求"超脱"，不如纵七情六欲，乐享此生。

段老师回复胖黑：就在红尘中看透人生吧！

@升仙刀：白居易的诗歌层次分明，见花、感花、问花，有一点伤感之情。"开时不解比色相，落后始知如幻身"，可能是怜惜落花的自然之情，也可能是厌恶官场斗争、宦海沉浮的人生感触。《金刚经》有"一切有为法，如梦幻泡影，如露亦如电，应作如是观"，苏轼诗表达了万相如、色即是空的佛理。禅理通过禅境来表达，会更回味无穷，苏轼有禅理而无禅境。白诗文学性更强，像一枝饱蘸感情的芍药。苏诗说理性更强，像干燥的芍药标本。

升仙刀回复段老师：白诗是一首感物诗，苏诗是一首起名诗。所以白诗抒发感情为主，苏诗讲述道理为主，虽然都是观牡丹花缘起，但诗歌情感、境界差异大很正常，并无境界高下之分。

10月28日，苏轼《阮郎归》二首

今日白天讲苏轼词，虽讲过不知多少遍，但依然对苏子深深喜欢和眷恋。晚上在家再读苏词二首，沉醉其中，不由感谢上苍让我与如此美丽的诗词相遇。

阮郎归·初夏（宋/苏轼）

绿槐高柳咽新蝉。薰风初入弦。碧纱窗下水沉烟，棋声惊昼眠。
微雨过，小荷翻。榴花开欲然。玉盆纤手弄清泉，琼珠碎却圆。

【《苏轼全集校注·词集》卷二】

阮郎归·梅花（宋/苏轼）

暗香浮动月黄昏，堂前一树春。东风何事入西邻。儿家常闭门。
雪肌冷，玉容真。香腮粉未匀。折花欲寄岭头人，江南日暮云。

【《苏轼全集校注·词集》卷三】

@今将疯：清真先生并刀如水，纤手破新橙与坡仙玉盆纤手弄玉泉，琼珠碎却圆，两者写动作真真是跃然纸上。

@胖黑：看到梅词，想到了已故诗人张枣《镜中》的最后一句：只要想起一生中后悔的事，梅花便落满了南山。东坡一生坎坷，率性而为，空惹一身祸事。但又以东坡之豁达，纵有梅落南山的萧瑟，亦此生不悔。

段老师回复胖黑：杨博好语言！坡仙至情至性之人，纵然远贬天涯，依然不悔啊！真心佩服他！

胖黑回复段老师：是啊，他纵然有苦痛，纵然有自嘲，但是他从不怀疑自己的秉性，甚至从苦中作乐。李白生于盛唐，虽仕途无成但也并无困苦。二者同称豁达，但由此便可见坡仙胜过诗仙之处了。

@升仙刀回复胖黑："李白并无困苦"。不知此句从何而来？

胖黑回复升仙刀：李白因家世禁参科举，所以一直未能入仕。被玄宗看中后任文学侍从三年，这段经历使李白对朝中种种腐败、黑暗有了更多的认识，但相比苏轼的数度贬谪与牢狱之灾，他也并无仕途之困苦……当然李白一生也有诸多坎坷：漂泊之苦、难为重用之苦、入幕之苦，我所指的单单是仕途……从未出仕也许是他一生最为遗憾之事，但若是李白入世，悠悠九州或许也会少一位诗仙吧！

升仙刀回复胖黑：李白除了早年赐金放还，晚年还被政治斗争所累，也有牢狱之灾、性命之忧。君不见"冠盖满京华，斯人独憔悴。孰言网恢恢，将老身反累"（杜甫《梦李白》其二）？李白和苏轼都曾被政治浪潮席卷，不过李白天真一些，苏轼洞明一些。苏轼的豁达源于世事洞明，李白的豁达源于天真无知。苏轼的豁达比李白多，李白的困苦也不比苏轼少。总之，苏轼不曾把苦难放在心上，李白却从未将苦难放进眼里！

段老师回复胖黑：一位大二小学弟回答研三学姐，真是很不错哦！

胖黑回复升仙刀：学姐说得很有道理受教了，只能说李白未曾亲身体会到仕途中黑暗阴冷的那一面，但是李白也饱经风霜与挫折，是我说的偏颇了。

升仙刀回复胖黑：是的，李白的自由之身，使李白无须豁达。本来无一物，何处惹尘埃。

胖黑回复升仙刀：嗯，也所幸李白未得重用，青史绵竹上才能多一位飘逸俊雅的谪仙。

段老师回复胖黑：重用李白，可能对治世无益处，他可没有苏轼的治世才能。

胖黑回复段老师：嗯，但是历史也没有如果，我们现在只能庆幸华夏古国给我们留下了这两位伟大的人物。

升仙刀回复段老师：没有重用李白，是李白之幸，也是国家之幸。重用苏轼，却未必是苏轼之幸。不知"惟愿孩儿愚且鲁""我被聪明误一生"，有几分玩笑，几分真心。

@杜若：沈雄《古今词话》："观者叹服其八句状八景。音律一同，殊不散乱，入争宝之。刻之琬琰，挂于堂室间也。"空间的变换，感官的交错十分自然，艺术性较高，闺情写到这样也算是小清新啦。

段老师回复杜若：新涛所言极是，原来苏子并不一味"大江东去"，也有如此小清新之作啊！

@另一个自己：比较喜欢《阮郎归·初夏》，词里苏轼描绘了一番很具暖意的初夏境，新蝉、小荷翻都是很具喜气的意象，视觉、听觉、触觉结合得很舒服，颇具立体感，让人很是期待夏天赶紧到来哦。

段老师回复另一个自己：对啊！还有"榴花"。在萧瑟阴沉的日子里读这样的词句，人心里也暖和明亮起来。

@潇竹絮：虽然知道苏轼大部分的词还是偏婉约，不过看过的大都是表现他豁达心胸的豪放之作，乍见两首小清新，还是有些不习惯。看了这首梅词总觉得句子与句子之间好像没什么联系似的，看完首句我还在想难道每句都化用与梅花相关的诗句或典故？但是又好像不是如此。但总觉得尤其是最后一句"江南日暮云"和前面很不搭，整首词在时间上有一种比较混乱的感觉，先是月黄昏，大概已经月上梢头，比较晚了，但是美人好像又在梳妆打扮，应该不算太晚。最后又在日暮时分……已经晕了……

段老师回复潇竹絮：看我的回答。

潇竹絮回复段老师：唉，诗词是门大学问，虚虚实实，我也是醉了……

@La Belle Aurore：每每记起老师的宋词赏析课。如果之前对宋词的接触尚停留在肌肤之浅的背诵和高考机械式的解答，那么是老师让我们走进宋词的精髓，聆听到其深处的绝唱。正如老师之前所讲，东坡之留名远非豪放二字。北宋文人，余最喜东坡，喜他诗有"日啖荔枝三百颗"，喜他文有赤壁赋，提及词更是不胜枚举。喜他"相顾无言唯有泪千行"的深情，喜他"亲射虎，看孙郎"的豪情，喜他"一蓑烟雨任平生"的坦荡，抛却大江东去，亦有夏午清荷之雅丽，冬日梅花之暗香。都云作者痴，老师亦是词中人。

段老师回复 La Belle Aurore：红宇才情迸发，又是一段好语言，精彩！不过，最后两句让我不敢当，我们以此共勉吧！

La Belle Aurore 回复段老师：真心感觉跟老师学习，获益匪浅，非三言两语所能全之。又看到了中文系之人才济济，真心叹服。话说还在老师空间里看到了新涛学长，吾二人老乡也，真是缘分。

@雪霏霏：比起苏轼的豪放之作，我还是比较喜欢《阮郎归·初夏》这篇小清新。词中通过视觉、听觉和触觉所表现出来的幽静闲雅的意境让人觉得很真实，倘若置身其中，必是一番享受。读这首词能够让人的心一下子静下来。

@升仙刀：苏轼真是亦刚亦柔，时而意气风发，时而缠绵悱恻。想到苏轼的才华，作文之余而作诗，作诗之余而作词，作词之余而书法，书法之余而绘画，绘画之余而烹饪……却能样样精通，只能想到"天下无难事"这一句了。

@升仙刀：读《阮郎归·梅花》，有种集句诗的错觉。暗香浮动月黄昏（林逋）；白玉堂前一树梅（蒋维翰）；春风不相识，何事入罗帏（李白）；肌肤若冰雪（庄子）；折花逢驿使，寄与陇头人（陆凯）；江东日暮云（杜甫）。无一句无来处。

段老师回复升仙刀：为芳川点赞！正是集句诗呢。

10月30日，苏轼《南乡子·和杨元素》

苏轼的《南乡子·和杨元素》是一首经典之作，以前读过，再读一遍，不觉感慨：苏子的离别词也如此豪迈。好像电影《致青春》里有一场景，那些将要毕业的大学生在"最后的晚餐"中含泪诵吟了此词。

南乡子·和杨元素（宋/苏轼）

东武望余杭，云海天涯两渺茫。何日功成名遂了，还乡，醉笑陪公三万场。

不用诉离觞，痛饮从来别有肠。今夜送归灯火冷，河塘，堕泪羊公却姓杨。

【《苏轼全集校注·词集》卷一】

@段老师：以后要把此词加进教案里，这是一首典型的豪放派的送别词。

@La Belle Aurore 回复段老师：期待段老师的课，下学期一定去听。

@La Belle Aurore：最喜欢这几句"醉笑陪公三万场，不用诉离觞"。当初电影《致青春》也曾借用此句。苏子豪迈，即便贬谪，即便年华已逝，他的词仍像一副泼墨大写意，让人觉得酣畅淋漓。苏子之情，天地轮廓之大情。正如之前一本书中写道："大师的作品，不在文字之精雕细琢，而在于气势磅礴之大爱。抑或真正的大师，不单为写离别写离别，为写苦难写苦难，而是从中绽放出人性的光彩和不泯的追求。"

段老师回复 La Belle Aurore：红宇文字神采飞扬，确实真正的大师并不仅仅关注一己之悲喜，而是升华为人生精神的超越。我也喜欢这一类豪迈而不失诚挚的作品。

@升仙刀：苏轼的"何日功成名遂了，还乡"，使人想起诸葛亮那句"待我功成之日，即当归隐"，可惜"星落秋风五丈原"（《三国演义》），使人心酸无限。苏轼和诸葛亮是同一个演员（陆毅），真是巧合。（跑题了）

@21克&香蕉皮：上阕"云海天涯两渺茫"还有对未来功成名遂的设想、期盼，还是有隐约的悲凉之感；但是下阕一句"不用诉离觞"一下子把悲情去掉转为豪迈。

段老师回复21克&香蕉皮：所言极是！

@另一个自己："何日功成名遂了，还乡。醉笑陪公三万场。不用诉离觞。"

把此离别写得相当豪气，读来不见半点儿女情长的留恋，而是满满的男子气概。那句"醉笑"被三毛改用做"醉笑陪君三万场，不诉离伤"，可见这些词句写得多么经典。我还佩服苏轼的是那种即便被贬了仍旧豁达的心态，这世上有几人能及？

段老师回复另一个自己：是啊！同样是离别，柳永、苏轼大不一样。感谢东坡给我们留下这么一首让我们既豪放又悲伤的词。

@子山：东坡词里，我觉得这首最豪放！聊聊数语，让人血脉贲张而后涕泪横流。

段老师回复子山：焕军，身在异乡，更有感怀吧！

子山回复段老师：是啊，呵呵。去年此时，秋风漫卷，触景伤怀，写了一组绝句，请老师指教："风起天阑过九州，江南江北四面秋。关山此去两万里，辞君一夜已白头。日暮西湖生紫烟，落霞孤鹜印江潭。冰壶凉簟宜高挂，秋风秋月望中原。已是黄昏海风秋，痛饮狂歌黯怀忧。三秋桂子月中落，万里归心独上楼。烟火已尽夜未央，月明难照丹桂香。江南一季花开落，孤灯残卷对海棠。"

段老师回复子山：我喜欢这些诗，且不论平仄，仅就意象，意境就很优美，化用了许多前人的诗词，也较为浑然一体。看来你对故乡的思念很切啊！

@潇竹絮：看完此词，我觉得其实看起来最不羁于离别的往往更让人断肠。苏轼的豪迈之中隐藏的离别之殇更为动人，只因"无为在歧路，儿女共沾巾"，才能"醉笑"陪公三万场，否则恐怕亦是要堕泪的。

段老师回复潇竹絮：我们如意看来也是蛮敏感的，对此词体会深沉啊！赞一个！

10月31日，苏轼《西江月》二首

多读苏词，才知表面乐呵的苏子也有如此丰富的内心世界。苏轼在千古名作《念奴娇·赤壁怀古》中有"人生如梦"的感慨，今日读其两首《西江月》词，又发现类似的感慨，看来天生聪颖的苏子早已参透了人生。

西江月（宋/苏轼）

世事一场大梦，人生几度秋凉。夜来风叶已鸣廊，看取眉头鬓上。
酒贱常愁客少，月明多被云妨。中秋谁与共孤光，把盏凄然北望。

另一首过平山堂，怀念欧阳修。

西江月（宋/苏轼）

三过平山堂下，半生弹指声中。十年不见老仙翁。壁上龙蛇飞动。
欲吊文章太守，仍歌杨柳春风。休言万事转头空。未转头时是梦。

【《苏轼全集校注·词集》卷一】

@21克&香蕉皮：最喜"休言万事转头空。未转头时是梦"还有"半生弹指声中"。我们总说如梦如幻，那是美好的。可是，这种人生如梦，却是光阴飞逝的感慨，也应该有东坡对自己人生大起大伏的感叹。其实还颇有禅味。

段老师回复21克&香蕉皮：是啊！历经沧桑的苏子对着欧阳修曾经留下的墨迹，一定是感慨万千，多少心酸用"人生如梦"一笔带过。大二小女生对人生颇有认识哦！

@胖黑：很喜欢苏轼的另一首《西江月》词："莫叹平齐落落，且应去鲁迟迟。与君各记少年时，须信人生如寄。白发千茎相送，深杯百罚休辞。拍浮何用酒为池，我已为君德醉。"苏子不胜酒力，但却酷爱饮酒，醉时望见自己的满头白发时，他会有"孔子去鲁，迟迟吾行"的感慨，也会有"人生如寄，多忧何为"的哀思。也许酒对于苏轼而言，不仅仅是酣畅之泉，也是述悲观之引。坡仙豁达，但也不可能对俗世困扰毫不在意，只是，他面对坎坷的态度要比我们乐观太多，"人生如梦"，世忧但心无愁。

段老师回复胖黑：嗯，这首词又有一个"人生如寄"的感慨，看来苏子比我们清醒啊！杨博阅读面挺广的，赞一个。

@寒塘：人生如寄，弹指须臾，不过几场凄风苦雨人便老了。"夜来风叶已鸣廊"读来真是如临其境。秋日老朽的树叶挤在一起，发出喑哑的声响，在这个没有月光的晚上。这份寂寞读来也真令人咨嗟。

段老师回复寒塘：嗯，在这冷清的秋夜里读此词，我们便也有"人生如寄"的感慨了。

@潇竹絮：看一篇论文里写350多篇苏词中有约13处写到"人生如梦"之叹，诗文中也多次提及。大概千帆阅尽后才会有这样的感悟吧。沈从文有言"值得回忆的哀乐人事常是湿的"。若非已经看透"自古穷通皆有定，离合岂无缘"（曹雪芹《红楼梦曲》），是很难真正领悟"人生如梦"的吧。所以我想，能写出含有这种感悟的词句，苏轼想必已拥有了许多值得回忆的哀乐人事，此时的诗人，是值得叹息的。老师上课时曾问我如何理解"语淡而味终不薄"中的"味"。我在《隋唐五代文学思想史》中看到在讲解《二十四诗品》时，把"味"理解成"情趣韵味"。我是同意的。后面又讲到《二十四诗品》不仅要辨不同之味，还要辨诗中是否有"味外之味"，也称"韵外之致"。我的理解是若一首诗有味外之味，大概就是指这首诗有诗中未尽之意，留待品析回味。如果我理解正确的话，那么我觉得"语淡而味终不薄"评孟诗是恰当的。不过照此来看，评孟诗"味终不薄"与评它"韵高"大概是差不多一个意思？至于为什么古人有用"味"字，也用"韵"字，或许正如老师所说，我文学理论实在学得太不够了，总觉得古人在用多个相近词表达一个意思，而且这意思还有那么点没什么意思，就是所谓的只可意会不可言传。吾辈尚需努力。上节课提的问题，我再想想。

段老师回复潇竹絮：可爱认真的如意，谢谢你在阴冷的秋夜里写下这么一大段文字，老师深为感动！至于你谈到的"味"和"韵"的话题，老师推荐你读周裕锴先生的《宋代诗学通论》，周老师在这本书里有详解。"味"和"韵"不完全一样，要视具体情况而定。没关系，慢慢来，老师相信你。

@另一个自己：这首《西江月》读来有种淡淡的忧伤，之前跟老师读的、还有熟知的，大多都是苏轼豁达、明朗、豪放、从容的诗，而《西江月》这类词让我看到另一个苏子，那句"月明多被云妨"仿如一个透眼，直接看到了苏轼的失落、不被重视的内心。中秋凉夜孤影独酌的凄清无奈，让人慨叹，人生如梦，奈何也。

段老师回复另一个自己：嗯，所以要多读作品，才能深入了解诗人的内心。

11月4日，秦观《八六子·倚危亭》

今天讲了一天课，很累，晚上几乎都没有说话的力气了。真是年龄不饶人啊！晚上随意翻《全宋词》，翻到秦观的《八六子·倚危亭》。

八六子（宋/秦观）

倚危亭。恨如芳草，萋萋刬尽还生。念柳外青骢别后，水边红袂分时，怆然暗惊。

无端天与娉婷。夜月一帘幽梦，春风十里柔情。怎奈向、欢娱渐随流水，素弦声断，翠绡香减，那堪片片飞花弄晚，蒙蒙残雨笼晴。正销凝。黄鹂又啼数声。

【《淮海居士长短句》】

@21克&香蕉皮：欢娱渐随流水。诗词里的流水常常伴随着悲伤出现。

段老师回复21克&香蕉皮：嗯，可以关注为何流水常伴随着悲伤出现呢？

@胖黑：细雨轻弦芳草楼，花似精神柳似柔。莫道无情即无意，春风传意水传愁。

@升仙刀：秦观词，一是清丽柔婉，月夜一帘幽梦，春风十里柔情，真"女郎诗"也；二是一往情深，话离愁"怆然暗惊"，说别恨"划尽还生"，有悲情，处处皆悲景，"无端""怎奈""那堪"，因情深而不能接受飞花、残雨、鸟啼，淮海、小山真古之伤心人也。三是化用李煜词"离恨恰如春草，更行更远还生"，但似乎没有李煜的自然流畅。

段老师回复升仙刀：芳川分析得贴切，感觉你的进步太大了。

升仙刀回复段老师：我觉得我的分析还太浅显。秦观的"婉约""情深""女郎诗""伤心人"之说，就像苏轼的"豪迈""旷达"一样，简直是文学史上的大白话。常常套用前人的评语，虽贴切，却是我评诗的瓶颈。

@当你途经我的盛放：感觉秦观的词好像多以女子写离愁与身世之慨。想起"离恨恰如春草，更行更远还生"，但却比之更深，"划"之不尽。深愁皆"无端"而来，肆意蔓延，委婉曲折道不尽的一个"恨"字，情致至深。

@紫烟画柳："怎奈向、欢娱渐随流水。"随着年龄的增长，倒是越来越能体会到这句话的感受了。

@子不语："正销凝。黄鹂又啼数声"不禁让我想起了唐诗中的"打起黄莺儿，莫教枝上啼。啼时惊妾梦，不得到辽西。"我觉得两者相比，就能感受到词的委婉含蓄了。

段老师回复子不语：对啊！同样的意境，诗和词的表现是不一样的。这涉及诗体和词体的特性问题了。

子不语回复段老师：还是要好好温习功课呢，温故而知新。老师一天辛苦了，祝晚安、好梦。

@潇竹絮："恨如芳草，萋萋划尽还生"让我想到白居易《赋得古原草送别》："离离原上草，一岁一枯荣。野火烧不尽，春风吹又生。远芳侵古道，晴翠接荒城。又送王孙去，萋萋满别情。"咳咳，总觉得自己记得的诗都来自小学课本。看了几天的苏词，乍一看秦观词，总觉得柔婉太过，很没有杀伤力。

@西瓜枥果水蜜桃：柳词一向以俗为美，此作又让我看到另一种柳七。犹如"无边丝雨细如愁"的少游。又如"落花人独立，微雨燕双飞"的叔原，亦如"拣尽寒枝不肯栖，寂寞沙洲冷"的子瞻。

段老师回复西瓜枥果水蜜桃：嗯，秦七的风格和柳七接近。哦！两人都排行老七哦。

11月5日，辛弃疾《摸鱼儿·观潮上叶丞相》

今日阳光灿烂，一扫多日阴冷小雨带来的郁闷。不读凄切的婉约词了，我们读一首辛弃疾的《摸鱼儿·观潮上叶丞相》。

摸鱼儿·观潮上叶丞相（宋/辛弃疾）

望飞来半空鸥鹭，须臾动地鼙鼓。截江组练驱山去，鏖战未收貔虎。朝又暮。悄惯得吴儿不怕蛟龙怒。风波平步。看红旆惊飞，跳鱼直上，蹴踏浪花舞。

凭谁问，万里长鲸吞吐，人间儿戏千弩。滔天力倦知何事，白马素车东去。堪恨处：人道是属镂怨愤终千古，功名自误。谩教得陶朱，五湖西子，一舸弄烟雨。

【《稼轩词编年校注（定本）》卷一】

一代英雄的怨愤由此含蓄而强烈地表达了出来。

@21克&香蕉皮：之前豪迈壮志让人热血沸腾，可惜到最后感叹的却是"功名自误"。范蠡归隐与西施游湖常为人乐道，但在辛弃疾看来却是深深的无奈。

段老师回复21克&香蕉皮：对啊！辛弃疾乃一世英雄，不同于一般的词人，他投奔南宋，壮志难酬，一腔怨愤始终郁积心里。

21克&香蕉皮回复段老师：是啊，曾经少年英雄，到最后却是壮志难酬……突然想起了金庸的《碧血剑》……

@西瓜杧果水蜜桃：去年翻阅唐鉴赏，颇爱辛词，典故颇多。好久不见，今日一见甚是亲切。不过和之前一样的感受，好多典故都不懂。但一句功名自误自是道出心声。

段老师回复西瓜杧果水蜜桃：不懂的典故查一下，你就懂了。不知不觉中，你就博学了哈！

@风雪**连$天：一目山空悲自注，几眉云淡志未酬！

@当你途经我的盛放：读辛弃疾的词是能体会到那种慷慨纵横、不可一世的豪迈的。眼前之景，触己伤情，词人心情是复杂的，功名自误终是遗恨；人倦心倦，虽然也渴望归隐，但更透着无奈，其实心中仍对朝廷存着幻想；他无时无刻不在惦念国家命运，心永远在边塞，在战场。

@潇竹絮：好多典故。古人究竟是怎么做到文武双全、上知天文下知地理的？羡慕嫉妒恨。无用武之地的英雄啊，莫名的我想到了孙悟空"身在花果山，心随取经僧"。

段老师回复潇竹絮：这便是南宋的词了，喜用典故。

@升仙刀：简直是一篇散文。从"望"开始，写了大潮的颜色、声音、动态，连用"鸥鹭""鼙鼓""鏖战"的比喻。又描写吴儿踏浪的英姿。下阕写浪花东去，联想到伍子胥沉江的怨愤，范蠡归隐的怅然，也寄托作者的感慨。"悄惯得、凭谁问、堪恨处、谩教得"等虚词使文意转折连贯。总之，先描写、后思量、再评论。多比喻、多口语、多感慨。辛弃疾倡导"以文为词"，这首词正是铁证。

段老师回复升仙刀：芳川的评述已具学术性，确实，辛弃疾"以文为词"已在此词中充分体现。赞一个！

@今将疯：功名自误一句足矣。

@另一个自己：全词层次清晰，章法谨严，气势收发自如。下片抒情，由上片落潮的形势而联想到无辜被杀的伍子胥、功成身退的范蠡，及吴越兴亡的教训，告诫当政者切莫重蹈覆辙。实在佩服辛弃疾，可以寥寥数语，把那么多典故引用自如。

11月13日，辛弃疾《念奴娇·书东流村壁》

难得的冬日晴天，读一首辛弃疾的《念奴娇·书东流村壁》。

念奴娇·书东流村壁（宋/辛弃疾）

野棠花落，又匆匆过了，清明时节。刬地东风欺客梦，一夜云屏寒怯。曲岸持觞，垂杨系马，此地曾轻别。楼空人去，旧游飞燕能说。

闻道绮陌东头，行人曾见，帘底纤纤月。旧恨春江流不断，新恨云山千叠。料得明朝，樽前重见，镜里花难折。也应惊问：近来多少华发！

【《稼轩词编年校注（定本）》卷一】

稼轩乃一世英雄，竟然也有如此缠绵的儿女恋情。侠骨柔情，更让人深深迷恋。

@今将疯：下阕镜里花一句，还有近来多少华发，似乎亦有美人迟暮之感。

段老师回复今将疯：对啊！这便是"身世之感打并入艳情之中"，江锋每次都是第一个回应，赞一个！

@胖黑：名垂青史，诗篇无数，时间与才气使得他们离我们很远。但无限情思化作绕指柔，仿佛又让他们离我们很近很近。从他们的诗词里，能见到光阴似箭的感慨，能见到英雄迟暮的无奈，能体会明月残雪的旖旎，也能体会红颜枯骨的悲凉。所幸这些诗句没有消失在时间与战火里，我们仍能与先贤对话。

段老师回复胖黑：是啊！感谢这些流传千载的文字，让我们穿越时光，去感受诗人的喜怒哀乐，侠骨柔情，这便是文字的魅力了。谢谢杨博的好文。

@杜若：笔健情柔。

@小仙：许是借情场失意表达年老志难酬。曲岸持觞，垂杨系马，此地曾轻别。略显庸俗无心意，也显出缺乏真切的感受，更多的可能还是身世之感，而不见得多么懂得儿女情长。

段老师回复小仙：思博的评价颇有新意，稼轩终究是一介英雄，即使是写儿女情长，也有一种不平之意寄予其中。

@21克&香蕉皮："也应惊问：近来多少华发？"平易简单，但也因此让人感慨颇多。苏东坡有"人间有味是清欢"，生活细节中的发现体会有时冲击力更大。我也发现有哲理的句子往往是最简单的、大家都能说出来的句子。

段老师回复21克&香蕉皮：嗯，这便是"淡语见情深"。

@潇竹絮：同是《念奴娇》，为什么苏轼的赤壁怀古和这首的断句很多都不一样？我一直以为一个词牌名断句应该是一样的。而且最后一句是不是没有押韵？难道古代"发"的读音又不一样？感觉对韵律好无力。

@西瓜杧果水蜜桃："楼空人去"句感觉和子瞻《永遇乐》"燕子楼空，佳人何在，空锁楼中燕"略同，应该是化用，但感觉对往事的追忆与子瞻不同。末句"近来多少华发？"不禁想起稼轩名句"倩何人唤取，红巾翠袖，揾英雄泪"的恋旧之情，身世之思，跃于纸上。

段老师回复西瓜杧果水蜜桃：评析贴切，"楼空人去"确实化用苏轼之语。琳峰评词有进步！

@子不语：上阕"又匆匆过了"及其中的"又"字，一言时光飞逝，二言去年今日，三言时易情坚。简单的句子却能让我联想到许多内涵。下阕"镜里花难折"其实很悲哀，纵然还能再见，已是镜花水月，美好而虚无，远比"旧恨""新恨"来得好。

段老师回复子不语：婷婷感受细腻，所言极是。

@另一个自己：说到辛弃疾呢，我很喜欢他的那首《采桑子》，用早晚年对"愁"

的理解，字里行间烙着对世态炎凉、人生坎坷的叹息。这首呢，用儿女情长来暗示志愿的难遂，异曲同工，但却各具千秋，都很喜欢啦。

段老师回复另一个自己：嗯，辛词风格也蛮多样化的。

@锦城旧游：痴情蚀尽相思骨，犹忆三生石上缘！但凡是留存在记忆深处的情爱，总能让人难以忘怀，刻骨铭心！呵呵，起码须眉浊物如我者，是如此这般的！

段老师回复锦城旧游：欢迎牛博士参与讨论，看来这首词引发了勇军心底的相思情爱啊！

锦城旧游回复段老师：老师，我谈谈我的感受而已。像我这种每天苦大仇深的人，也有个人情感，"大我""小我"无非是一种"隐""现"消长的关系，总有一端是要做出让步的！苏辛为世人熟知的是粗豪的一面，儿女私情谁都是有的，他俩也是如此！

11月14日，辛弃疾《水调歌头·落日古城角》

今日阳光明媚，读一首辛弃疾的《水调歌头·落日古城角》。

水调歌头（宋/辛弃疾）

落日古城角，把酒劝君留。长安路远，何事风雪敝貂裘？散尽黄金身世，不管秦楼人怨，归计狎沙鸥。明夜扁舟去，和月载离愁。

功名事，身未老，几时休？诗书万卷，致身须到古伊周。莫学班超投笔，纵得封侯万里，憔悴老边州。何处依刘客，寂寞赋登楼。

【《稼轩词编年校注（定本）》卷一】

@西瓜杧果水蜜桃：世相迷离，当初那份纯净的梦想已被这凡尘缭绕的世事所扼杀，时光斑驳，但岁月留下的并不是日日夜夜梦里所难割的那一份情怀，只剩下满目荒凉，诉说着被浮华浇漓的自己。孤独走在红尘陌上的稼轩，即使肩上背囊被人间故事所填满，但内心那一份落寞又有几人所知，到头来，回眸，不如舍他个弃笔从戎，如此决绝，幼安心中的酸涩自然流露而出。

段老师回复西瓜杧果水蜜桃：好！琳峰评析不错，也很有文采，是一段好文。为琳峰点赞！

@锦城旧游：老师，何不让师弟师妹们注释一下呢！好诗词不怕注释，注释得贴切，能为诗词增色不少！

段老师回复锦城旧游：建议不错，采纳了。

@潇竹絮："世人都晓神仙好，惟有功名忘不了；古今将相在何方？荒冢一堆草没了。"功名利禄，就像最具诱惑力的毒药，明知一旦沾染再难脱身，却仍有无数人争先恐后一饮而尽，终不能罢。只能等到一腔热血在黑暗的现实面前冷却之后，才兀自叹息，以此警戒友人，只是，被远大前程所蒙蔽的友人，又怎能看清呢？

@寒塘：这首词对我来说难度挺大的，史诗一直是我的短板，而且短的不得了，虽然不能做到知人论事，但是这首词通读下来我依然觉得悲哀。开篇应该讲告别，或者是劝留。起笔很好，落日、古城，太阳底下没有新鲜事，同样的故事不知曾在多少个时间流里粉墨登场又曲终人散，不知道有多少人说过长安路远，可依然有人明夜扁舟，奔赴远方，奔往不由自主的宿命。

段老师回复寒塘：先为子鹤的严谨求实点个赞！对词情把握贴切，精当。

@寒塘：看见有师兄希望师弟师妹来作注释，师弟来了。【注释】① 词约作于宋孝宗淳熙元年（1174）。时稼轩再官建康，任江东安抚使参议官。② "长安"两句：谓友人此去前程难卜，何必冒此风雪艰辛。敝貂裘：貂皮衣服破旧。此用苏秦入秦落魄事，《战国策·秦策》："苏秦始将连横说秦王，书十上而说不行，黑貂之裘敝，黄金百斤尽。……形容枯槁，面目黧黑，状有愧色。归至家，妻不下红（纺织），嫂不为炊，父母不与言。"③ "散尽"三句：意承上文，担心友人像苏秦困秦那样身世落魄，反遭妻怨；不如及早归来，退隐山水。秦楼：汉乐府《陌上桑》："日出东南隅，照我秦氏楼。"此以罗敷女代指妻室。狎沙鸥：与沙鸥亲近，指隐居生涯。④ "诗书"两句：谓饱读诗书，理应于国多有奉献。致身：献身出仕。伊周：伊尹和周公，均古代著名贤相。⑤ "莫学"三句：盼友人早归，莫学班超长期淹留边关。班超投笔：《后汉书·班超传》载，班超少时家贫，常为官佣书，后投笔从戎，立功异域，封定远侯，在西域长达三十一年始返。⑥ "何处"两句：以王粲自况，自叹落寞。东汉末年，天下大乱，王粲避难荆州，依附刘表，曾作《登楼赋》，述其乡思之情。

段老师回复寒塘：哦！谢谢子鹤！介绍一下，那位要求你们作注释的是06级的师兄牛勇军，牛博士（目前在西南大学文学院硕博连读），大家有疑惑可以和他探讨。要求作注的求是精神值得提倡，大赞子鹤！

寒塘回复段老师：哈哈！听学长的话，寻找注释也学到了很多，蛮有意思的。

锦城旧游回复段老师：① 致身：出仕以为王佐。《论语·学而》："事父母能竭其力，事君能致其身，与朋友交言而有信。"② 伊周：伊尹、周公，殷周辅弼之臣，稼轩追步古贤，欲为王之股肱。《汉书》卷四〇赞："周勃……至登辅佐，匡国家难，诛诸吕，立孝文，为汉伊周，何其盛也！"师古注："处伊尹、周公之任。"潘安仁《西征赋》："彼负荷之殊重，虽伊周其犹殆。"善注："伊尹之相太甲，致桐宫之师；周旦之辅成王，有流言之谤。"

锦城旧游回复段老师：苏季貂裘之典，《战国策》中凡两见。《战国策·赵策一》："李兑送苏秦明月之珠、和氏之璧、黑貂之裘、黄金百镒。苏秦得以为用，西入于秦。"《战国策·秦策一》："[苏秦]说秦王书十上而说不行。黑貂之裘敝，黄金百斤尽，资用乏绝，去秦而归。羸縢履蹻，负书担橐，形容枯槁，面目犁黑，状有归色。"须要注意的是，辛词还提到"散尽黄金""长安""秦楼""归计"，与苏季子入秦干禄事关合，暗示仕进不畅！

锦城旧游回复段老师：这首词与放翁《诉衷情·当年万里觅封侯》对读，更能体会驱使典故的趋同性！然稼轩或许另有同病相怜之意，下片反语规劝，恐亦是自嘲！

锦城旧游回复寒塘：再说句题外话，清人冯钝吟班，字定远，其字取班超封定远侯之典。

段老师回复锦城旧游：牛博士出山，自是非同凡响。其他小子们，要向师兄学习哈！大赞勇军！

@锦城旧游：③ 狎沙鸥：《列子·黄帝》："海上之人有好沤（音义通"鸥"字）鸟者，每旦之海上，从沤鸟游，沤鸟之至者百住而不止。其父曰：'吾闻沤鸟皆从汝游，汝取来，吾玩之。'明日之海上，沤鸟舞而不下也。"相关"典面"：鸥盟、狎鸥、忘机、狎鸟、不惊鸥、鸥鹭忘机。

@子不语回复锦城旧游：感谢师兄赐教！看到这条注释一下子想起了王维的"野老与人争席罢，海鸥何事更相疑？"我前面读词时还没注意，真是太粗心了，现在印象深刻。

锦城旧游回复子不语：嗯，用典趋同嘛，变来变去，重在"翻新"，正用反用，不离本事！

锦城旧游回复子不语：摩诘所取典故"原型"为"海鸥相疑（猜）"，其中点缀虚字"何事""更"，反用本事！

@另一个自己：一篇告别劝留词，虽满满友心深谊，却不见琐碎的婆婆妈妈，豪放气质夹杂其中，加上诸多用典，诉说有力，读来可鉴词人对朝廷的悲愤情怀。功名钱财乃身外之物，珍惜时光，过好人生才是王道啊！

11月15日，王安石《南浦》《山中》

今日读王安石的两首清新可爱的绝句。

南浦（宋/王安石）

南浦随花去，回舟路已迷。暗香无觅处，日落画桥西。

【《临川先生文集》卷二七】

山中（宋/王安石）

随月出山去，寻云相伴归。春晨花上露，芳气著人衣。

【《临川先生文集》卷二六】

@胖黑：发现好的诗句都有美丽的意象相随，烟柳画桥、日暮云归。也许不是我们不会写诗，而是没有古人那样淡然的心境，被物质捆绑住，又怎么去发现身边的美。

段老师回复胖黑：是啊！心被各种欲望和杂念填满了，就无法去发现美。早年的王荆公致力于改革，他的诗充满了议论和政治，而这两首小诗是他晚年隐退之后的作品。在闲适的心境下自然也写出了美丽清新的诗句。

@21克&香蕉皮：对王安石的印象一直都是变法的政治家、改革家，生活不拘小节、邋邋遢遢的。没想到也有这样的情趣。

段老师回复21克&香蕉皮：是啊！这是他晚年的作品，其诗风多变。早年诗歌充满议论，是典型的"宋调"，晚年退居金陵，反学唐诗绝句了，具有"唐音"。所以研究一个诗人，要全面观照，不能以个人印象代替客观评价。

@子不语：全诗读来空灵淡远，清新优美，神韵似王维，是宋诗中有唐人句的好例子。两首五言绝句，短短二十字包含了时间变化、空间转移，事情的因（随）果（回/归），留给读者很大的想象外延。并且在"随"和"回"之中，有一种寻而不得的意味：作者独身一人于偏远之地，闻有花香，见有月色，大概有己与物相看两不厌的感慨，遂去寻找，而寻花迷路，寻月月落，流露出一种含蓄的怅惘。大约美好的东西有时只可远远感受吧。

段老师回复子不语：婷婷好文笔，体会贴切。确实，荆公晚年绝句神似"唐音"，故缪钺先生曾说过："虽唐诗之中，亦有开宋派者，宋诗之中，亦有酷肖唐人者。"（《论宋诗》）

@小仙：不夹杂牢骚怨刺的小诗，读来如饮清泉，沁透心脾。

@升仙刀：只怕放入王维集中，真假莫辨了呢！王安石致仕退隐之后，把郁郁不得志的苦闷，化解在悠然的山水田园之中，形成晚年闲适的心态。王安石虽然爱讲道理，但也有这种清幽纯美的作品。《南浦》沉醉于自然，寻花入迷，迷而不返。《山中》与自然融为一体，物我不分。句句是景，句句是我。

段老师回复升仙刀：嗯，荆公不同人生阶段的诗风是不一样的。

@今将疯：似乎荆公的绝句比摩诘多点山花的味道。

@锦城旧游回复段老师：其实，不可不注意"随"字，其次是"寻""觅"，此二首五绝，皆颇有生活情趣！追月寻芳，非走马观花，浮光掠影，镇日通夜求访，若非"有闲"，何得如此？愚见绝非凿空无根，无须考证，二三子且将二诗中所用动词连贯起来读一下，自能体会半山老人拔俗之幽趣。虽亦是诗中"有我"，但妙趣浓郁，正可与四灵、诚斋之小诗对读！

锦城旧游回复段老师：另外，"有闲"须以"有钱"辅之，质言之，亦即富贵之气。宋人谓诗中富贵气象，并不在堆砌金玉楼台等意象，大晏少年得志、平步青云，其"无可奈何""似曾相识"，如非雍容华贵至极，岂能有此细致入微之观照？！

段老师回复锦城旧游：嗯，这几个"字"确实需要关注，其浓郁妙趣甚至超过四灵。可见荆公晚年绝句确实有"唐音"。

锦城旧游回复段老师：这种富贵气象，在位列首辅的名家诗文中，却屡屡以清淡景致示人，这或许是宋人摒弃铜臭、追寻闲雅的一种共同追求。多数诗词显然是"有我"，但并不觉得如唐诗那般"亢奋"。

段老师回复锦城旧游：对，晏殊《无题》诗中有句"梨花院落溶溶月，柳絮池塘淡淡风"，被后人称为"自然富贵，妙在无金玉气"（清人冯班）（方回《瀛奎律髓汇评》卷五）。

锦城旧游回复段老师：老师，我认为读诗当以作诗的心思去体会诗家的匠心和技巧，这几处动词，并不是太显眼，关键在于用词精当，故意使用寻常字眼，反倒使得此二绝浑融一体。这可能就是炼字而力求其寻常的难处所在！

段老师回复锦城旧游：两种审美范型不同，一种热烈外扬，一种内敛沉思。有人甚至上升为唐型文化与宋型文化的不同。

段老师回复锦城旧游：能以作诗的态度去看，当然更见匠心。能用诗学观点去观照，则理论性更强。最高明之处乃是雕琢后反无刻画之迹。

锦城旧游回复段老师：呵呵，其实是有些人夸大了，"诗分唐宋"的命题，应该取决于审美情趣的"隐"或"显"，宋人亦能写出唐诗，看似荒唐，其实是诗歌作为文学生产的"艺术成品"所呈现出的一种主体风貌。这一点，可从莫砺锋先生考证蔡襄诗误入《唐三百》，并误植张旭名下看出一些问题！

段老师回复锦城旧游：我研究的宋代胡宿诗还曾经放在了《全唐诗》里。不过，钱锺书先生早说过"唐诗宋诗，亦非仅朝代之别，乃体格性分之殊。"

@另一个自己：王安石的这两首我都比较喜欢最后一句，觉得有种一种淡淡，至尾而忽然亮眼的感觉，"画桥西"的"画"和"著人衣""著"都是用得精妙，犹如画龙点睛，巧到不可言喻。不过，我个人还是觉得王安石在用字方面还不及王维。

@潇竹絮：又来晚了。感觉更喜欢第一首，全诗似乎与"行到水穷处，坐看云起时"有一种微妙的相似感，尤其是"回舟路已迷"一句，感觉古代诗人们的许多突来的灵感要不来自醉酒，要不来自迷路，而"暗香无觅处，日落画桥西"又让我莫名想到了"借问酒家何处有，牧童遥指杏花村"，前者觅暗香，后者寻酒香。昨天上课沈老师还提到了王安石来着，说他性格比较"诡异"。

段老师回复潇竹絮：灵感来自迷路，这倒是一个新鲜的说法。

潇竹絮回复段老师：最经典的就是"山重水复疑无路，柳暗花明又一村"，不是说世上本没有路，走的人多了，就有了。有时信步才能寻芳，走前人走过的老路反倒发现不了什么。说不定迷个路啥的，才能发现世外桃源。作诗大概也是这样，见他人所未见之景，才能有他人所没有的领悟……越来越能胡说八道了。

11月19日，蒋捷《虞美人·听雨》

天气阴沉，让人不免抑郁。还是读一首蒋捷的《虞美人·听雨》。

虞美人·听雨（宋/蒋捷）

少年听雨歌楼上，红烛昏罗帐。壮年听雨客舟中，江阔云低、断雁叫西风。

而今听雨僧庐下，鬓已星星也。悲欢离合总无情，一任阶前、点滴到天明。

【《蒋捷词校注》卷一】

@子不语：我觉得，不仅词中主人公的形象在变化，连"雨"的形象也是变化的。最初应是暴雨，歌楼丝竹喧嚣，暴雨才易被听见，并与少年时狂放不羁呼应。而后应是大雨，才与江阔云低相宜，水天茫茫间生出中年深沉的感慨。最后是细雨，与"点滴"照应，并且听细雨可见僧庐之幽静、词人心境之凄凉。

段老师回复子不语：哦！婷婷讲得太有新意了，体会细腻，抓住贯穿全词的"雨"这一重要意象去描绘词境，体会词情，太棒了。

@西瓜杧果水蜜桃：这首词是说诗人听雨的过程，也是诗人回顾一生的感悟，少时、壮时、老时听雨，各有其不同的感触，而今回首，少年轻狂，老来却也无少时的豪情。和前面师哥一样，我也很喜欢最后一句话，就让这一切的思绪，随那阶前下雨，点滴到拂晓。

段老师回复西瓜杧果水蜜桃：末句含蕴悠远，一切人生感慨在点滴雨声中无限延伸，让人回味不尽。

@潇竹絮：最后一句里的"一任"使得这首词在回忆一生悲欢之后，把情感升华到一种痛苦的极致，与温庭筠《更漏子》里的"空阶滴到明"所表现的那一种离愁别绪相比，更多了一种近乎决绝的冷漠。这首词可能写于宋亡以后，这时的诗人想来满目山河，却已不是大宋江山，只能空念远了。

段老师回复潇竹絮：是啊！这首词是南宋词人蒋捷的晚年人生总结。是经过国破家亡后的深创剧痛，末句说"一任阶前，点滴到天明"，表面淡漠，内心其实潜藏的是沉痛锥心、冷冽彻骨之情。如意这次体会深刻，评析文字内涵也丰富许多。

@小仙：同样的听雨，不同的人生阶段处在不同的地点，有不同的感受。辞平意不平，意境组合，深远微妙，韵味无穷。耐嚼！

段老师回复小仙：嗯，寥寥数语点出，不错！

@21克&香蕉皮："一任阶前、点滴到天明"是否化用了温庭筠《更漏子》的"一叶叶，一声声，空阶滴到明"？"一任"二字看似放开，实则是无奈绝望下的不作为。更显心痛。

段老师回复21克&香蕉皮：对啊！蒋词显然化用了温词，词情确实更为沉痛。

@寒塘：人生都是走向衰老的，当一个人老了，似乎万事万物都会与他作对，苏子写"人老簪花不自羞，花应羞上老人头"。我的年岁老了，我的衰颜如何面对那鲜妍的红花？同样是衰老的夜晚，苏子"只恐夜深花睡去，故烧高烛照红妆"他还有海棠陪着他，可蒋捷呢？只有绵延无尽，淅淅沥沥的雨声陪着他。最后"一任"一句，看似漫不经心，但细细读来，那份掷地有声的寂寞砸在心里却也石破天惊。而今听雨僧庐下。当时年少春衫薄。一个人的一生就这样过去了。正好读到李后主的一首词，也是穿越了衰老、年华和寂寞："风情渐老见春羞，到处芳魂感旧游。多谢长条似相识，强垂烟穗拂人头。"（《柳枝词》）

段老师回复寒塘：子鹤今天才情大发，这篇评析文字即是一篇佳文。喜欢这句"细细读来，那份掷地有声的寂寞砸在心里却也石破天惊"。联想丰富，评析切当。

@**升仙刀**：写词就应该追求"情真、句浅"的境界，如同李煜、蒋捷、纳兰容若。还喜欢蒋捷那首《一剪梅·舟过吴江》"何日归家洗客袍？银字笙调，心字香烧。流光容易把人抛，红了樱桃，绿了芭蕉"。也是明白如话，情感真挚。词人常用"雨"渲染一种凄冷悲凉的情境，尤其是"梧桐雨""芭蕉雨""三更雨""空阶雨"……或许就像秦观所说的"无边丝雨细如愁"，如同愁绪，不绝如缕吧。

段老师回复升仙刀：哦！芳川的词学修养还不错哈！

@**张丽媛**：人生是一场单程旅行，目之所及皆是风景。年幼时，我们和风景是一体，自己不会观赏，也懒得欣赏，热切的追求一切身外之物，忙碌是显示自己生存意义的唯一方式，所以看山是山，听雨是雨；渐渐的成长中，青春将尽，天赋的本钱日渐告罄，肉体上精神上开支浩繁，生命沉淀之外，回望自己青春的浪漫和寂寞，外延自己壮年的成熟和努力，必定看山不是山，听雨不是雨。然后，老年来临了，站在躯壳之外，看自己满头华发，脚步蹒跚，心情平和地观赏自己人生的最后一道风景，许会看山还是山，听雨还是雨。

段老师回复张丽媛：丽媛，感觉你最近长大成熟许多。文字表达流畅，见解深刻独到。

11月22日，周邦彦《苏幕遮·燎沉香》

阴冷的周六，没有出游的兴致，还是宅在家里读词吧！周邦彦，北宋末词坛著名词人，人称婉约派的集大成者。今日暂且读一首《苏幕遮·燎沉香》。

苏幕遮（宋/周邦彦）

燎沉香，消溽暑。鸟雀呼晴，侵晓窥檐语。叶上初阳干宿雨。水面清圆，一一风荷举。

故乡遥，何日去。家住吴门，久作长安旅。五月渔郎相忆否。小楫轻舟，梦入芙蓉浦。

【《清真集校注》卷上】

@**秋色馨满桐**：背过，"一一风荷举"，让人赏心悦目。

@**21克&香蕉皮**：我一直觉得诗词音乐是可以让人"通感"的。上阕鸟雀鸣叫，立在屋檐，荷叶立在水间这些景象被词人描绘出来，不仅眼前能够出现夏日池塘荷景，就连身体都似乎感觉到了夏日炎炎听风吹荷叶水波荡漾的一点点期盼的清凉。"水面清圆，一一风荷举"最是传神。

段老师回复21克&香蕉皮：嗯，看来圣寒对诗词是有悟性的，词里的景象看到了，听到了，连身体都感觉到了在盛夏酷热中的清凉。

@子不语：我也背过，现在还会背呢！喜欢"鸟雀呼晴，侵晓窥檐语"这句，清新活泼之气扑面而来。另外，这首词的韵律真的是特别和谐，感受到了词的音乐美。

@今将疯：还记得当时为了这一个"举"字想了半天，想要在不管韵的情况下将其替换掉，结果发现一字不能易。

@潇竹絮：这词也算得上是"清水出芙蓉，天然去雕饰"了吧！王国维《人间词话》评此词"此真能得荷之神理者"。一叶轻舟摇入娉婷而立的荷花里，也是此景只应梦中存了。

@小仙：于寒冬读夏词，真是让人怀想我们家乡江汉平原的初夏。词的上阕清新活泼，但是下阕却在轻婉的语言中寄托了浓厚的思乡意绪，这是一种景与情的对比。"五月渔郎相忆否"，词人思乡心乱，竟问起渔郎，而渔郎又怎能体会词人的心思呢？"梦入芙蓉浦"，是在长安的荷塘中小船上，思念着家乡入梦，还是在梦中进入了家乡的荷塘，现实与虚幻已经交织在了一起，给人以迷离梦幻般的感觉，词的意境全出。

段老师回复小仙：哦！思博对此词的赏析最为详备，贴切，自是一段佳文。此词由眼前荷花联想到故乡荷花，而自然引出一段思乡之情。想必思博也想到了江汉平原的家乡了吧？

@寒塘：曾经在网上和人讨论过清真先生，也极力推荐过这首《苏幕遮》。贴一段那人给我的回复：周词工音律，音律美几乎当之无愧第一，词中老杜之称不是白叫的。惜哉音律高明到一种地步，反而少了词中滋味。不过戴着镣铐跳舞，清真先生也算是登峰造极了。然而论词的滋味，私以为这句是其顶峰。而《兰陵王·柳》《浪淘沙·慢》更是铺陈回转，音韵和谐之最，却名句寥寥，不得不说是一种悲哀。

段老师回复寒塘：说其是一种悲哀，大可不必。叶嘉莹先生说周邦彦是一个"结北开南"的词人，即结束北宋词风，开创南宋词风的词人。"由自然直接之感发力量为词中主要质素而变为一种以思索安排为写作之推动力的新的质素。"正如诗歌之有杜甫一样，由"唐音"向"宋调"转变，只有一种风格才是多么的悲哀啊！

寒塘回复段老师：老师这段话真真让我有一种醍醐灌顶的感觉。越来越感觉自己书读得不够。

@另一个自己：那句名句也是我最喜欢的"叶上初阳干宿雨。水面清圆，一一风荷举"。"干"和"举"字都用得很妙，经得起推敲，几个词放置到一起，有种意想不到的美，似雕琢，又有种天然而成之感，绝矣。整首词呢，虚实结合，思构曲折，语言含蓄，由眼前莲，联想到故乡莲，顺然地引出思乡情怀，读罢一番"故乡遥，何日去"的思念和惆怅油然而生，也学词人"小楫轻舟梦"，千里梦归家去。

@张丽媛：焚香消暑，鸟雀呼晴，荷叶清圆，晨光初新，上片写景由静景到静中有噪，再到动景如生，层次分明，为下片思乡埋下伏笔。下片语词如话，旅泊长安已久，当时只道是寻常的一切，如今只得入眠才能见得。典雅之词连想念都是不无痛苦的吟唱，却说在了每个思乡人的心上。人生的轨迹，其实就是一个个形状各异的圆圈，起点是家的所在，是自己脐带血洒落的地方。然后，大家都长大了，各自延伸着自己的足迹：有的远走高飞，或官或商，经受外面风霜雨雪的扑打；有的跋涉在布满牛蹄窝的乡间小径上，在炊烟的旗帜下日出而作、日落而息地劳作一生……但是，不管人生是如何的千姿百态，不管道路是多么的七弯八拐，也不管你是否情愿，最后，人们都不得不带着自己的满足抑或遗憾，以或快或慢的步履和方式，回到生命的起点，完成生命的轮回。

段老师回复张丽媛：看来这首词又引发了丽媛的一番感慨，丽媛最近才情大发哦！

张丽媛回复段老师：谢谢老师的评价哦。其实读这首词的时候不自觉地想起了苏东坡《定风波·尝羡人间琢玉郎》借用柔奴之口说出的那句："此心安处是故乡"，化用白居易《初出城留别》中"我心本无乡，心安是归处"的诗句。弘一大师圆寂之前留下一偈："问余何适，廓尔忘言。花枝春满，天心月圆"，也许，决定一个人活得是否舒服的是他对于自己生活的那份悦纳与对自己心灵的自洽吧。羁旅之愁，每个旅泊异乡的游子都会有，但也只有东坡、乐天那样的有着悲剧的喜剧人生观之人才会如此豁达，说出心安是归处的自我安慰之辞。这些人总是会把沉重的生命体验转成美妙的圆舞曲，让悲剧与喜剧在瞬间被舞蹈化解。这样的人生像是风行水上，纵使下面是漩涡激流，风仍逍遥自在。

11月23日，周邦彦《点绛唇·征骑初停》《诉衷情·出林杏子落金盘》

昨日下午地震，让人心惊。这时不时的"晃动"是否提醒人生命的无常和无奈？古人云："生年不满百，常怀千岁忧。"人生苦短，我们暂且将我们的时间和精力更多地投注在我们所拥有的一切吧！昨日读到周邦彦词，大家很喜欢。今日再读两首小令。

点绛唇（宋/周邦彦）

征骑初停，酒行莫放离歌举。柳汀莲浦。看尽江南路。
苦恨斜阳，冉冉催人去。空回顾。淡烟横素。不见扬鞭处。

诉衷情（宋/周邦彦）

出林杏子落金盘。齿软怕尝酸。可惜半残青紫，犹印小唇丹。
南陌上，落花闲。雨斑斑。不言不语，一段伤春，都在眉间。

【《清真集校注》卷下】

@今将疯：《点绛唇》两阕尾句已然将离别愁苦道明，夕阳美景却是无端被怪。倒更喜欢《诉衷情》，尤其"不言不语，一段伤春，都在眉间"，真真似一颦蹙女子现于眼前！

段老师回复今将疯：哦！还是江锋回应神速哈！好像林黛玉就被称为"颦儿"，《诉衷情》词显然也塑造了可爱的"颦儿"形象，栩栩如生。让人感慨，原来词也有如许的造境能力哈！

@21克&香蕉皮："落花闲，雨斑斑"写的是春景，落花细雨连着，好像雨是泪为花伤。"不言不语，一段伤春，都在眉间"，无声的悲更为强烈，伤春也是伤自己，春过也是自己青春的流逝。李清照有"才下眉头，却上心头"，这里"都在眉间"不如李清照相思之情深，却也把女子伤春的闲愁写尽。

段老师回复21克&香蕉皮：嗯，淡语情深，无论是清照还是美成，描人绘景的艺术水平都极高超。

@小仙：齿软怕尝酸，可是小唇丹上的青紫依旧出卖了她。小女子的调皮让人忍俊不禁。落花闲，一段伤春，也道出了小女子的伤愁，让人我见犹怜。好生动的形象嘎！

段老师回复小仙：哈哈，好一个"我见犹怜"！

@子不语：唱尽离歌拂柳行，十里莲花不见卿。若非等闲人易别，江南何处不娉婷。

@潇竹絮：一直在想，词人是如何妥帖把握一个女子的心理的？不是说女人心海底针么。想到王昌龄《闺怨》，先写闺中少妇不知愁，最后把笔一转，又写"悔教夫婿觅封侯"，周邦彦却是将少女明知杏子酸却仍品尝和少女的怀春心事相勾连，暗示少女内心萌发的懵懂爱情就像吃杏子一样，想要尝试，却又怕齿软，实在是匠心独运。

段老师回复潇竹絮：是啊！有时感慨能真正懂女人的还是男人啊！古代的婉约派词人正是如此，你看从花间鼻祖温庭筠就开始了，柳永、晏几道、秦观、姜夔哪一个不是如此呢！

潇竹絮回复段老师：所以这些词人都有一大批女粉丝啊，柳永才能达到"凡有井水处，皆能歌柳词"的境界。

@夷萍：自古以来少女怀春，志士悲秋。甚是佩服周邦彦对少女情怀的极致揣摩。晏殊有句词"落花风雨更伤春"，很是和此词的下片契合。但私认为周词更甚，因为周将少女的春愁赋予了画面感，让人仿佛看到了在春雨斑斑、落花满地的暮春时节，一个蹙额伤春的妙龄女子，不禁心生怜惜！不知为何，读完此词脑里第一个蹦出来的女子就是林妹妹。

段老师回复夷萍：嗯，林妹妹小名就叫"颦儿"啊！不过，我以为此词中的少女更为天真烂漫一些。

夷萍回复段老师：最近段老师在读周邦彦的词，受了您的启发，刚我也把作品选里的周词读了一下，也许是我的水平有限，初读的时候注意力更多的是集中在词的华美格律上，词的思想内容倒是留意的少了。不过真的不得不佩服周邦彦，言如贯珠，读其诗确实是美的享受！

@寒塘：看见《点绛唇》，突然想到了另一首描写少女娇羞之态的词："见有人来，袜刬金钗溜。和羞走，倚门回首，却把青梅嗅。"（李清照《点绛唇·蹴罢秋千》）

@另一个自己：两首都有种伤情愁绪，可能是因为最近的心情吧，我比较喜欢第二首，词人把少女伤春的内心和表现写得那般到位、活脱，对女子的了解让我很是羡慕，段老师前面说的"有时感慨能真正懂女人的还是男人"，不禁感伤，真正能懂我的人有谁呢。

段老师回复另一个自己：哦！这两首并不太忧伤的词反而引发了人方的愁绪，看来是"以我观物，故物皆着我之色彩"（《人间词话》）。

另一个自己回复段老师：老师的"以我观物，物皆着我之色彩"真是说到点子上了，有时还是觉得"人生若只如初见"比较好啊，有些东西"亵玩焉"还不如"远观"好，夸张了点。

11月26日，蒋捷《一剪梅·舟过吴江》《行香子·舟宿兰湾》

上周读了两首蒋捷的词，大家都很喜欢。今日再读两首，都是我的所爱，与大家共赏。

一剪梅·舟过吴江（宋/蒋捷）

一片春愁待酒浇。江上舟摇，楼上帘招，秋娘渡与泰娘娇。风又飘飘，雨又萧萧。

何日归家洗客袍。银字笙调，心字香烧，流光容易把人抛。红了樱桃，绿了芭蕉。

【《蒋捷词校注》卷二】

行香子·舟宿兰湾（宋/蒋捷）

红了樱桃，绿了芭蕉。送春归、客尚蓬飘。昨宵谷水，今夜兰皋。奈云溶溶，风淡淡，雨潇潇。

银字笙调，心字香烧。料芳悰、乍整还凋。待将春恨，都付春潮。过窈娘堤，秋娘渡，泰娘桥。

【《蒋捷词校注》卷三】

@子不语：春愁"一片"可知愁肠郁结之深，"待酒浇"却不见太白曾云"借酒消愁愁更愁"，最后还是风雨飘摇，引人长叹。"何日"归家，表现了词人在外漂泊之久与思家之切。最喜欢的还是最后的"流光"三句，构思精巧而不觉刻意雕琢，将"红""绿"活用为动词，这一红一绿写出樱桃与芭蕉的周而复始的生长荣枯，写出了流光抛人之快，意味深长。可以看出蒋捷自己也很喜欢这首词，才会又运用于下一首词中，但我老有一种看一部精彩的电视剧之后又看了续集的感觉。

段老师回复子不语：婷婷分析细腻，语言流畅，不过，这里的"春愁"可不是如晏殊的"闲愁"啊！它是遗民词人蒋捷四处流亡生活的写照。他自己很喜欢"红了樱桃。绿了芭蕉"二句，所以在两首词中反复使用。这是文学史中常可见到的。晏殊的"无可奈何花落去，似曾相识燕归来"，在诗词中皆用过。

子不语回复段老师：国家不幸诗家幸！

@21克&香蕉皮：读"江上舟摇"我好像感觉到词人的心也好像随着舟一样飘摇动荡。"心字香烧"看似很美，但是能体会到词人的痛苦凄凉。第一首词读过，没想到还有第二首。两首词意象大多相同，但是词人重组增删，又是一篇佳作。之前读《四溟诗话》四溟子常把古人诗稍加改动又出新诗，这也是诗词的奥妙精彩之处。

段老师回复21克&香蕉皮：圣寒看来读诗话颇有感悟！能体会词作的言外之意了。

@胖黑：两首词的意象大多相同，但是词人在调换顺序，稍做修改之后，读起来却完全是另一种味道。第一首词看到的是对时光流逝的感慨，对往事的回忆，满目萧然，借酒消愁。第二首词却有几分坦然，一种且将烦忧忘却，陌上谁家年少的风流。

段老师回复胖黑：杨博心细，竟然读出两首词的不同味道。

@荏苒♪仍然：无论是"江上舟摇，楼上帘招"，抑或是"风又飘飘，雨又潇潇"，都有一种飘零之感，盼望着能够"归家洗客袍"，却只能感叹时光易逝。第二首的"云溶溶，风淡淡，雨潇潇"，连续三个叠词的运用，虽是写景，但显得更加愁绪缠绵。第一首是"春愁待酒浇"，第二首是"春恨付春潮"，心中的家国情事，都在这江南的忧愁风雨中付了流光罢了。

@潇竹絮：看到第一首里面的"风又飘飘，雨又潇潇"，我想到了琼瑶在《还珠格格》里给紫薇写的歌"山也迢迢水也迢迢……梦也渺渺人也渺渺"，果然从小深受"荼毒"……蒋捷的春愁来自倦客思归的急切，更来自对年华逐渐褪色的喟叹。而且觉得他的词很喜欢用排比句式，显得情感的宣泄有一种一层又一层的绵密感，很具有表现力。

11月27日，蒋捷《梅花引·荆溪阻雪》《昭君怨·卖花人》

难得的冬日晴天，天空竟然是久违的蓝色，让人心情愉悦。读两首轻松的词吧！蒋捷虽为遗民词人，但其词中充满了乐观精神和审美情趣。

梅花引·荆溪阻雪（宋/蒋捷）

白鸥问我泊孤舟。是身留。是心留。心若留时、何事锁眉头。风拍小帘灯晕舞，对闲影，冷清清，忆旧游。

旧游旧游今在不。花外楼。柳下舟。梦也梦也,梦不到、寒水空流。漠漠黄云、湿透木绵裘。都道无人愁似我,今夜雪,有梅花,似我愁。

昭君怨·卖花人（宋/蒋捷）

担子挑春虽小,白白红红都好。卖过巷东家,巷西家。
帘外一声声叫,帘里丫鬟入报。问道买梅花,买桃花。

【《蒋捷词校注》卷二】

@寒塘：前些日子刚读到一句"担子挑春虽小。白白红红都好",甚是喜欢。这样的句子读来真是春风扑面、暖心暖肺。当时就想查查出处,可惜一耽搁就忘了。今天又在老师的茶馆里又看见了,说明我和这首词还是蛮有缘分的。整首词读来当真是朴实无华、波澜不惊。可是细细想来,这样的生活又闲适地令人歆羡。

段老师回复寒塘：子鹤,这说明你与这首词有缘啊！"得来全不费工夫。"

@21克&香蕉皮：这样的短句能够让词读起来更轻快,也让情感轻松了些。《梅花引》虽然仍是说愁,但因为是短句,便让愁情减淡。"都道无人愁似我,今夜雪,有梅花,似我愁。"因为梅花相伴,词人的愁似乎也有了分担,虽然仍是无人愁如词人,但景的配合也让他稍感轻松。

段老师回复21克&香蕉皮：嗯,蒋捷的词在南宋遗民词中独树一帜,总能发现一些情趣以减其忧。风格也多样化,既有如上周所读的《虞美人·听雨》那样的深愁,也有今天所读的这两首词的轻快。

@荏苒♪仍然：词人觉得自己只是"身留",因为"心若留时,何事锁眉头",原来是旧游梦不到,反湿衣裘,自然是愁上眉头。可一场夜雪发现梅花"似我愁",忽然的感同身受,孤寂和忧愁好像都消解了,这一刻应该是"心留"了吧。读起来很有情趣,甚至有些童趣,是否是文人的天真和纯粹呢？本是满心的忧愁,一场雪、一枝梅便能消解。第二首词生活情趣浓郁,很通俗的语言,"担子挑春虽小"很有意味,挑花说是挑春,稍稍运用借代手法,诗意很浓,春意也浓。最后的"问道买梅花。买桃花"很朴实,却写出了春天的味道和女子的心事。

段老师回复荏苒♪仍然：君怡分析得好棒！两首词都善抓住细节诠释,细腻又贴切。语言也清新流畅。

@今将疯：卖花人的印象于我就是担着一篮子白玉兰的老奶奶。时下见得少了,小时候很多,暑假在都江堰又遇见过一次,买了两朵,馨香扑鼻。可这也与古人的卖花挑春的意境不同,怕今人很难感受到古人的心思了。

段老师回复今将疯：是啊！很多古老的习俗都消失了，不过，成都还是有大街小巷推车叫卖的风俗。

@西瓜杧果水蜜桃：以问句开头实属罕见，对答"锁眉头"，下阕正是围绕"何事锁眉"而写，尾句"梅花似我愁"，本来梅花盛开于雪夜不怕寒冷，如今却也禁受不住，如我一样。极写作者之愁，愁之浓，自然流露而出。

@潇竹絮：读这两首词的时候都想拍着节拍唱出来了。感觉第一首里的"白鸥问我泊孤舟。是身留。是心留。心若留时、何事锁眉头"有那么些哲理。之前还以为蒋捷的词都写家国之恨，今天看的这两首词倒让人有阴霾散去、当浮一大白的喜悦。

@小仙：喜欢第二首，词人对生活中细腻处把握得非常好，一瞬间的美好与感动，拉近了艺术与生活的距离，让人心生温暖。

段老师回复小仙：是啊！平凡生活中有许多美好与感动，只是我们要有一双发现的眼睛和能表现出来的诗情。

@ under my skin：古人真的是富于生活情趣。"白白红红都好，卖过巷东家，巷西家。"朗朗上口，轻松愉悦的场景跃然纸上，记得沈如泉老师说过，"如今西方人的生活就是我们古人的生活。"真的有理，拥有一间房子可避风雨，一畦后院可种花草果树，这样的生活足矣，弄堂小巷中有人挑着担子吆喝，时光曼妙，安静美好，读词可以荡涤心灵，去除繁杂。

段老师回复 under my skin：其实，不是西方才有，我们的一些小镇、县城乃至成都就有。

@另一个自己：有时，回忆是很美好的，所以和现实才显得有落差，但假若回忆和现实都是苦涩的呢？蒋捷的这第一首词真的让我很羡慕，孤舟夜泊，对回忆的不得、对现实被迫滞留的惆怅可以这样愁话淡说，而我最近总被过去牵绊、被周遭误解，释怀不了的苦闷，让心境都受影响，应该像作者那样，珍惜梅花的同"愁"，看淡一些，生活还是很美好的，如同读完这首词后简单轻快的心情。

11月28日，姜夔《江梅引·人间离别易多时》

据词学家夏承焘先生考证，姜夔年轻时在合肥有一段恋情，此恋情后来无果。白石终身怀念此情，据夏先生统计相关作品竟达22首，占白石词四分之一，且词品多为上乘。这里录一首《江梅引》。

江梅引（宋/姜夔）

人间离别易多时，见梅枝，忽相思。几度小窗，幽梦手同携。今夜梦中无觅处，漫徘徊，夜侵被、尚未知。

湿红恨墨浅封题，宝筝空，无雁飞。俊游巷陌，算空有、古木斜晖。旧约扁舟，心事已成非。歌罢淮南春草赋，又萋萋，飘零客、泪满衣。

【《姜白石词编年笺注》卷三】

@子不语：明知心事已成非、往日不可追，却依然止不住睹物思人、触景生情。天涯飘零年年，再难携手，所谓日有所思夜有所梦，只好寄希望于缥渺的梦里，然而梦里都不能相见。孤独的词人在慢慢长夜中，寒气侵被也不知，仍执着于思恋。读最后两句很是凄凉，或许词人在思人之余，还有对自身飘零的自怜自叹吧。

段老师回复子不语：对啊！白石此词中相思刻骨，无可寻觅，连"小轩窗，正梳妆"的梦境也无。末句真是"艳情打并入身世之感中"。

@今将疯：首句已开题，"今夜梦中无觅处"，坡仙十年生死两茫茫尚还有梦可寻，这句读来力气太大。"淮南春草赋"不知是个什么典故？"旧约扁舟，心事已成非"一句与易安居士有共鸣。读罢最喜一句"俊游巷陌，算空有、古木斜晖"。悲楚无须重笔。

段老师回复今将疯：嗯，淡淡一笔无穷悲感。"淮南春草赋"指《楚辞》淮南小山《招隐士》赋春草之句"春草生兮萋萋"。

@荏苒♪仍然：上阕有触景生情的意味，"见梅枝，互相思"引出的相思意，想到以前"幽梦手同携"，而今却是"梦中无觅处"，今昔对比，伤心失落之情流露。下阕相思情喷薄而出，"宝筝空，无雁飞。俊游巷陌，算空有，古木斜晖"，两个"空"字最能体现词人心境——今昔对比强烈的心理落差，往事挥不去却又回不去，只能空怀念，飘零之苦下内心极度的空虚寂寞和相思之苦。

段老师回复荏苒♪仍然：君怡心思极细，能抓住细节分析，上片今昔对比，下片注意到两个"空"字的作用，极好！

@21克&香蕉皮："人间离别易多时"开篇一句简单直白，却摄人心魂，引起我强烈共鸣。像是纳兰的"人生若只如初见"一样，一句话就能吸引人的眼球。

段老师回复21克&香蕉皮：嗯，好的开头就意味着成功了一半，诗词也一样。

@西瓜杬果水蜜桃：最近在看容若词传，白石所吐露的与成德无异。看见梅枝不禁想起"江南无所有，聊赠一枝春"。成德一生也有两枝梅。只是缘浅缘深，只能在梦中相忆，同携手，下文的细节描写着重于思念佳人，左右徘徊之景。"飘零客，泪满衣。"每个人在世上都是匆匆飘零客，忙碌一生，当初所遇之人，心所向往之处，如今是否还能忆起？唯有绿萝拂过沾满泪花的衣襟。

段老师回复西瓜枕果水蜜桃：白石、容若皆古之伤心人也。

@under my skin："见梅枝，忽相思。"想必那女子是一个如梅般的玉人儿。不过在此我想表达我的看法，我认为姜夔并不那么深情，得不到的永远在骚动，要是真的花好月圆，想必也不会苦郁终身，恋情无果所以抒怀，感谢那个拒绝白石的女子，要不是她，我们不会见到如此精致细腻缠绵的白石词。

@另一个自己：自古离别多为情人之伤，物是人非更是令人愁绪万千，过往"手同携"的美好只能在梦里找寻，"几度""泪满衣"等都表明情至深，好一个多情男子啊。下片写现实的凄零失落，满是一片"空无雁飞""古木斜晖"的凄凉之景，是作者的心境把景染得这般感伤呢，还是这景让词人触景生情？连我都被感染到了，望着窗外的孤月……

段老师回复另一个自己：人方今天才情大发啊！分析既细腻、贴切，又具文采。

@潇竹絮：斯人入幽梦，尚可暂获几许安慰。可今夜，梦中徘徊，只余自己形单影只。两相比较，别离之情在今夜更为突出。书难成，信难通，飘零在外的人，只能自伤心事了。

段老师回复潇竹絮：嗯，写得决绝，连梦也没有。

11月30日，李商隐《燕台诗四首·春》

李商隐的诗迷离朦胧，充满魅力。今日与众小友读一首商隐的《燕台诗四首》的第一首《春》。这是组诗，分为春夏秋冬四首。古人曰："寄意深远，情意怆然。"（周珽《唐诗选脉会通评林》）可能读起来有点难度，大家挑战一下吧！

燕台诗四首·春（唐/李商隐）

风光冉冉东西陌，几日娇魂寻不得。蜜房羽客类芳心，冶叶倡条遍相识。暖蔼辉迟桃树西，高鬟立共桃鬟齐。雄龙雌凤杳何许？絮乱丝繁天亦迷。醉起微阳若初曙，映帘梦断闻残语。愁将铁网罥珊瑚，海阔天宽迷处所。衣带无情有宽窄，春烟自碧秋霜白。研丹擘石天不知，愿得天牢锁冤魄。夹罗委箧单绡起，香肌冷衬琤琤珮。今日东风自不胜，化作幽光入西海。

【《李商隐诗歌集解》】

据说当时有一名柳枝的女子闻其《燕台诗》，惊问："谁人有此？谁人为是？"由此有一段悲哀的恋情。

@子不语："暖霭辉迟桃树西，高鬟立共桃鬟齐。"这不就是"人面桃花相映红"吗？想想都觉得美啊，只可惜是"暖霭辉迟"。"衣带无情有宽窄"除了联想到柳永的词，还有古诗十九首中的"相去日已远，衣带日已缓"。

@21克&香蕉皮：之前读完迷迷糊糊不敢确定，看了其他人的解释才敢评论。"研丹擘石天不知，愿得天牢锁冤魂"让我想到《上邪》里的女子爱得决绝，爱得大胆。"今日东风自不胜，化作幽光入西海"我不懂大概的意思，但是总觉得有一种凄婉无奈。

段老师回复21克&香蕉皮：你的感觉都是对的，待会儿有师兄详解，敬请关注。

@落鸿鼓涛：诗共三节，起首至"闻残语"为第一节。"风光冉冉"，暖也；"娇魂寻不得"，失落也。"蜜房"二句，由失落而至狂躁。"暖霭"二句，回忆当时初见之温暖旖旎。"雄龙"二句，回到现实之不遂愿；老杜之诗雄浑，此诗春日丝絮之加入，则悲浑。"醉起"二句，醉之前，定是伤怀苦饮；醉起天边微阳反照，身暖无力，恍惚之间，朝夕不分，昔日娇魂之软语若在耳际。下至"锁冤魂"为第二节。"愁将"二句，求之不得。"衣带"二句，两层意：一则谓人为情而消瘦，时光无情，景色自流，二则谓由春至秋，衣带渐宽，情不易也。"研丹"二句，心之不易，天而不知，实有冤屈，故称"冤魄"；情不能已，寻又不能得，忠贞而天又不知，不如天牢锁我，断绝妄想，尚胜漫有思恋而无果于世间。此情之高潮，由爱生嗔。下至末为第三节。天牢锁冤魄何可得？终要回到人世，重拾思念。"夹罗"二句，春将尽，衣变薄，想起那娇魂，单绡着身，环佩琤琤，是何情景？最后两句暂时读不懂。刘、余（指刘学锴、余恕诚二位先生）以为"今日"二句承上，谓娇魂寂寞清冷，今日之东风亦若不胜愁怨，化作幽光，遁入西海矣。不甚切理厌心，然宿舍断网，不能考证，暂付阙如。

段老师回复落鸿鼓涛：龙高出山，自是不同，一切问题都已解决，有理有据，文采斐然，各位小友看仔细哦！有何不清楚之处，与师兄商讨哈！

@落鸿鼓涛：（1）义山善以境写情，"隔座送钩春酒暖，分曹射覆蜡灯红"之暧昧,"沧海月明珠有泪,蓝田日暖玉生烟"之惘然,"一春梦雨常飘瓦,尽日灵风不满旗"之寂索,"座中醉客延醒客,江上晴云杂雨云"之昏聩,无一不能引读者之沉溺。此诗亦然,第一节富有"暖伤"之情绪,春日迟迟,律吕回阳,诗人反伤娇魂之不再遇,时节则暖,情绪则伤,回忆复暖,目下仍伤,醉遣是伤,残语是暖,回忆与现实的轮转,"暖"的氛围与"伤"的情绪不断浮现,读之如身处暧氛之中而见说悲伤故事。(2)刘、余以为第二节中"冤魄"指"娇魂",实则"冤魄"为作者时,诗意方连贯。"冤"指"天不知"。如"冤魄"为女方,则"冤"字何解?而且"魂""魄"正可捉对,与"雄龙雌凤"照应。(3)整诗之中,"娇魂"的形象不断出现,"高鬟立共桃鬟齐""映帘梦断闻残语""香肌冷衬琤琤珮",随作者的情绪变动和时间的发展,"娇魂"在诗中的形象也发生变化,无僵硬之感。(4)诗中以"娇魂""冤魄"喻人喻己,有一往情深、精灵不灭之意,与李贺之铜人垂泪同其工。

@21 克&香蕉皮:之前因为看不大懂不敢评论,看了一下上面学姐的见解才敢说一说。"研丹擘石天不知,愿得天牢锁冤魂"有一种《上邪》中女子对爱的决绝和勇敢,但是多了些凄婉。"今日东风自不胜,化作幽光入西海"读不大懂,但总感觉是爱的无奈。

段老师回复 21 克&香蕉皮:看师兄的解释,已很清晰。

@荏苒♪仍然:春意融融,风光冉冉,"娇魂""蜜房"配着春景,两人的情感笃厚美好,描写那个女子"高鬟立共桃鬟齐",自认为是"雄龙雌凤"。开篇几联甚是甜蜜,然而一句"杳何许"之问却是全篇的转折,斯人已逝。之后是种种忧愁和迷醉,"衣带无情有宽窄,春烟自碧秋霜白"一句情景交融,感情直白,"相去日已远,衣带日已缓",传统的相思意象在此出现很是自然贴切,春烟碧,秋霜白,春秋颜色的对比明写景物,暗指时光流转。最后的几联很有李商隐的特色,是有些魔幻晦涩,但还是能读出诗人想唤回已逝的佳人的一片深情。

@锦城旧游:插句废话,但是比较紧要的废话!自问自答,(1)请问玉谿的笺注本全集有哪几种?这个按下不答!下一问,(2)如何查检笺注全集的信息?答:可参看万曼《唐集叙录》、赵荣蔚《唐五代别集叙录》二书。(3)如何便捷地查询到相同篇目的笺注内容?答:功夫在平时,"分卷"做"每首诗"在不同笺注本中的页数,形成一个"综合索引"。(4)目的何在?答:观诸本之说,参以己意,折衷数家,做出自己的"阐释"!

锦城旧游回复段老师:呵呵,看来老师是认可我的笨办法的!希望师弟师妹们明白"叙录"这种特殊的目录的优长,早日进入与名家"对话"的阶段!我认为祝老师的书就很好,我很崇拜!

@锦城旧游:希望由段老师组织,对常见经典"叙录"类文献,如祝老师的

《宋人别集叙录》《宋人总集叙录》电子化，便于查检唐宋要籍版本，并明辨白文、笺注、选本、全集等各色概念！在此基础上，参以己意，合理断案，赏析是可以的，但须持之有故！

@锦城旧游：这么做，不是做无用功，功夫在平日，也是逐渐进入一个行业的"通则"，比如诠释玉谿生这四首诗，不可不知前人的阐释，其来源引文须尽量可靠，二手资料转引须慎之又慎！

12月3日，苏轼《梅花二首》

昨日上课讲到林逋的《山园小梅》，大家都为其"疏影横斜水清浅，暗香浮动月黄昏"沉醉。今日与众小友分享苏轼的《梅花二首》。

梅花二首·其一（宋/苏轼）

春来幽谷水潺潺，的皪梅花草棘间。一夜东风吹石裂，半随飞雪渡关山。

梅花二首·其二（宋/苏轼）

何人把酒慰深幽？开自无聊落更愁。幸有清溪三百曲，不辞相送到黄州。

【《苏轼全集校注·诗集》卷二〇】

话说，苏子元丰二年（1079）遭受"乌台诗案"，被贬黄州。三年（1080）正月经麻城县关山，日暮时分细雨飘飘，山道沟壑间梅花飘零，随水流逝。面对此情此景，写下二诗。

@潇竹絮：查了下，的皪，音 delì，明亮鲜明的意思，总觉得读音怪怪的……"幸有清溪三百曲，不辞相送到黄州"让我想到了"我寄愁心与明月，随风直到夜郎西"。一腔赤诚赋予明月流水，古人还是挺能抓住身边能见之物苦中作乐的。

段老师回复潇竹絮：即使是首小诗，苏子也要显得与众不同。

@戈一木：大概是名字里带"梅"字的原因，总对咏梅的诗词有不一样的感觉。东坡被贬，以独自愁开亦兀自愁落的梅花自喻，让人也不免体会无人把酒相慰的"深幽"。所幸还有清溪相伴，也不能不让人感叹东坡胸怀之豁达了。不是一味感伤，却更让人动容。

段老师回复戈一木：嗯，雨梅的名字颇有意境。苏子面对贬谪，看到幽谷中的梅花，既为梅花而忧，更是为自己而愁，但这一切终化为豁达了。欢迎雨梅光临诗词茶馆，有空多来坐坐哈！

@杜若：《宋代文学通论》对三苏及后代有论述，苏轼部分尤为详细。其中有探讨苏轼思想转变过程，我觉得写得很好，了解下可以防止过度阐释，总把豪放洒脱冠在苏轼头上也是不合适的。另外《栾城集》《苏轼集笺注》《斜川集》等也可看出苏轼的转变，内心有所观照。另，乌台诗案对苏轼的撼动对于诗歌赏析的影响往往被弱化……愚见

段老师回复杜若：嗯，新涛提出不要过度阐释的问题，值得关注。其实，我们在前面苏轼的词里已经涉及苏词多样化的风格的讨论，不知新涛是否关注？解读诗词，一再说"知人论世"，不应简单贴标签。至于此二诗是元丰三年（1080）所写，当然是贬谪之作了。

@荏苒♪仍然：第一首写初春的梅花，"一夜东风吹石裂，半随飞雪渡关山。"写出了梅花的凋落之态，也有以梅花自比之意，此处借成远思乡的"关山"意象，有诗人的思乡之情，也有种豪放的气概。更喜第二首的清幽意味，"开自无聊落更愁"以拟人手法写梅花，实则写己，全篇前两联有些孤独感，但后两联很是乐观豁达，境界开阔。

@子不语：我觉得在第一首诗中，幽谷深深，草棘衰败，反衬出了梅花的卓尔不群。一夜东风吹石裂，梅花半随飞雪而去，带给人无限伤感，但梅花依然铮铮铁骨，半随飞雪还有一半仍枝头抱香。第二首诗中，不对梅花直接写形，而是偏向写意，引梅花为知己，相看两不厌啊。最后两句又表现出一番洒脱之意，读来让人会心一笑。

段老师回复子不语：婷婷所解有新意，抓住了宋诗写意的特征。

@升仙刀：甘肃关山，位于丝绸之路，隔断关中平原与河西走廊，自古难越，诗人多悲关山之路，叹关山之月。河南、辽宁、四川等地皆有关山景区。湖北的关山不知何故，湮没无闻。

段老师回复升仙刀：是啊！不知何故，芳川有空考察一下哈！

升仙刀回复段老师：嘿嘿，我有空查查，向老师报告。

升仙刀：第二首化用李白"仍怜故乡水，万里送行舟"。

@沈文娟：相比之下，吾更爱前者。自古景语皆情语，"春来幽谷水潺潺，的

礫梅花草棘间",在初春时节,经过冬的凛冽,梅花依旧美丽地开在草棘间……此意象构成的意境有种大气坚毅之感。后两联:一半梅花随着飞雪和东风飘尽关山……虽飘零浮沉,但也自由坦荡……于东坡之心情最为契合!于第二首则想问:梅花在何处?……看来我才疏学浅不能参透个中滋味。

  段老师回复沈文娟:解析贴切!还可看看大家的讨论哦!

  @升仙刀:老师,我查阅一些资料。可知苏轼诗中的关山、春风岭,在今河南信阳新县。新县是民国时期从河南光山、湖北黄安、麻城分割合并成的县。关山,即麻城五关之黄土关,今河南有黄土岭村。《光山县志约稿》记载:"光山自西南而东……为老君山,东二十余里为关山坳……又东四十余里为春风岭。"《新县志》记载:"黄土关……扼黄土岭为关,势极高峻。北距县城十数里,南交麻城县界20余里。"《舆地纪胜》记载:"春风岭:在麻城县。岭多梅花,东坡自新息渡淮,由是岭"。《新县旧志摘要》清乾隆《光山县志·山川》记载:"春风岭:在沙窝保,南接麻城境,旧名东界岭。宋苏轼赴黄过此岭,见梅花赋诗二首,后人因名春风岭。"苏轼贬黄州路上,暂居净居寺。现在信阳光山新县一带,有山地风景,但已无梅花踪迹,但有净居寺景点。(凌礼潮《苏轼诗文中"关山""春风岭"考释》,北京科技大学学报社科版,2012年9月)

  段老师回复升仙刀:大家可要学习一下这位研究生师姐认真探索的精神!

12月4日,苏轼《寓居定惠院之东,杂花满山,有海棠一株,土人不知贵也》

  话说苏轼被贬黄州,正是春光烂漫时,苏子每日出寻散步,寻访诸花。诗人笔墨咏及海棠、牡丹、荼蘼、梅花等,其中自叹"平生最得意诗"乃是下面这首。

寓居定惠院之东,杂花满山,有海棠一株,土人不知贵也(宋/苏轼)

  江城地瘴蕃草木,只有名花苦幽独。嫣然一笑竹篱间,桃李漫山总粗俗。也知造物有生意,故遣佳人在空谷。自然富贵出天姿,不待金盘荐华屋。朱唇得酒晕生脸,翠袖卷纱红映肉。林深雾暗晓光迟,日暖风轻春睡足。雨中有泪亦凄怆,月下无人更清淑。先生食饱无一事,散步逍遥自扪腹。不问人家与僧舍,拄杖敲门看修竹。忽逢绝艳照衰朽,叹息无言揩病目。陋邦何处得此花，无乃好事移西蜀。寸根千里不易致，衔子飞来定鸿鹄。天涯流落俱可念，为饮一樽歌此曲。明朝酒醒还独来，雪落纷纷那忍触。

【《苏轼全集校注·诗集》卷二〇】

@子山：这可能是我见过的诗题最长的诗了。

段老师回复子山：白居易、元稹的诗歌还有比这更长的诗题哈！

@啊船啊："也知造物有生意，故遣佳人在空谷。"东坡既以海棠自况，此两句岂不是豁达之意？漫山桃李太过粗俗，正是造物主怜惜，才让海棠花生长在幽谷之中，不辜负那份卓尔不群。而苏子亦由此生发，在满朝如桃李般钩心斗角、争奇斗艳的官员队列中，遭到贬谪，何尝不是上天的偏爱呢？让自己远离官场污秽，方能守住自己的初心。也只有东坡之胸襟，方能如此豁达。或许他整首诗主旨在于感叹自己如名花苦幽独，但我更欣赏他这如"阿Q精神"般的自我安慰……

段老师回复啊船啊：哈哈！杨帆解析有新意，苏子若有知，我想也会同意的吧！

@荏苒♪仍然：把海棠当作女子来写，说是"故遣佳人在深谷"，写其曼妙姿态，特别是"朱唇得酒晕生脸，翠袖卷纱红映肉"一句，格外生动，花的红嫩，叶的娇翠都在这一句中了。"雨中有泪亦凄怆，月下无人更清淑"，海棠花孤芳自赏的意味中带着些诗人的淡淡惆怅，自然过渡到苏轼自己。由一株海棠联系到自己的贬居生活，有自比之意，孤寂之感，飘零之感，"明朝酒醒还独来，雪落纷纷那忍触。"借酒浇愁，想看海棠又不忍的纠结心态，物我合一，伤感到不忍触碰了。

段老师回复荏苒♪仍然：君怡分析得很细致、生动，对全诗思路梳理清晰，语言也颇具文采。点赞！

@戈一木：满山杂花，海棠幽独，就像自己被贬黄州的情形。天资于此，造物之意，苏子总是能聊以自慰。只不过今朝醉后还复来的忧愁孤独终是逃不过，但也化作人生体验更加饱满了。

@子不语：吟咏海棠，是借花喻人，以海棠自然富贵却苦幽独来抒发自己的满腔苦闷。描绘海棠时，以人喻花，似佳人嫣然一笑，日暖风轻春睡足。"先生食饱无一事，散步逍遥自扪腹"，可是在扪腹自问一肚子的不合时宜？忽见海棠自然富贵却天涯零落，怎能不感慨深沉呢！海棠尚有苏子相知相惜，苏子却只能对花长叹了。

段老师回复子不语：苏子总是能苦中作乐哈！

@小仙：无赏海棠之意，通篇只有自怜自艾之语。显出封建士人人生的道路的狭窄，以及文人命运的脆弱。

段老师回复小仙：思博新解！

张丽媛回复小仙：思博，对于你的话我实在不敢苟同，苏子是我最喜欢的古人，想替他说几句话，有冒犯之处请不要介意哈。治史之大忌，就在于站在今人的立场，带着历史的后见之明去做一个盲目判断的主观评价。事后诸葛亮是最容易做的，因为一切是非对错在今天都已了然于胸。东坡的一生，一直被卷于政治上的钩心斗角和利害谋算的漩涡之中，可是他却光风霁月，高高超越于蝇营狗苟的政治勾当之上。他不忮不求，随时随地地吟诗作赋，批评臧否，纯然表达心之所惑，关心世事，亢言直论，不稍隐讳。他的作品处处流露出自己的本性，亦庄亦谐，生动而有力，莫不真笃而诚挚，文笔遒健朴茂，他是耶稣所言具有蛇的智慧，兼有鸽子温柔敦厚的人。在黄州，东坡情势所逼，从书生变成头戴斗笠，手扶犁耙来自谋生活的农人，但他依旧立在山边田间击牛角而吟咏。黄州僻陋多雨，气象昏昏，可是他可以在一个名为"临皋亭"的简陋书斋里告诉友人说自己看到的是白云轻绕，清江右回，重门洞开，林峦岔入之境。在黄州的四年里，他将自己犹如在旋风中羽毛一样的生命努力沉潜，在佛教的虚无与儒家的现实剧烈冲突中寻得谅解，单凭理性上的克己功夫获得精神上的和谐，这已经是凡人无法企及的一种圆融自洽了，不是吗？

小仙回复张丽媛：人毕竟是肉体和精神的合一，既然精神已超脱，为何身体还陷在不断遭贬的泥潭里。文人风骨太彰显，又无为官所必要的技能，又怎能强自在官场挣扎。既然骨子里是个纯粹的文人，何苦陷入不论哪个时代都污浊的官场。并没有批评苏子之意，只是以为苏子无法自觉地认识自己心中的追求和自己处境的矛盾是不可调和的。

张丽媛回复小仙：余英时先生在《士与中国文化》中提到中国知识分子与外国知识分子的最大不同，就是中国知识分子普遍具有学而优则仕的入世思想，这同样也是中国古代"士"阶层饱受诟病，难以与西方知识分子完完全全画等号的地方。仔细想想，这样"达则兼济天下，穷则独善其身"的思想在中国知识分子界是一以贯之的，《论语》中曾子云："士不可以不弘毅，任重而道远。仁以为己任，不亦重乎？死而后已，不亦远乎"，这样的话曾经激励着一代又一代中国人赴身于他们改造社会的信念。汉末党锢领袖李膺，史言其："高自标持，欲以天下风教是非为己任"；又如陈蕃、范滂则皆有"澄清天下之志"。北宋承五代之浇漓，范仲淹起而提倡"士当先天下之忧而忧，后天下之乐而乐"，激发着一代读书人的理想与豪情。晚明东林人物的"事事关心"，又或者是近代倡导民意至上，民权至上的集体出走，都是这样"大丈夫当以天下为己任"思想的具体产物。

张丽媛回复小仙：我曾经疑惑过这样的选择基点从何而来，陈平原在北大中文系开学典礼上的一句话提醒了我，他告诉那些经历了高考的年轻人："当你没有能力改变这个制度，又不想等一百年以后出生，那只好先过关，再寻求自我发展的机遇"，放在古代人治大于法治的政治环境中，这个"机遇"说白了，其实就是一个权力机制里面是否掌握了话语权的问题，古代没有现在这样四通八达的话语环境，所以登上高位去济世救民才算是相对而言的可行之途，再加上中国人生来"经世致用"思想的影响，代代读书人因此投身于政治的热忱，他们未必最适合政治斗争，可是依然在时代洪流的裹挟中义无反顾地成为革命的斗士，这是时代的要求，也是他们的自我选择，清高如李白，不是也在自己"忽复乘舟梦日边"的"王佐"治世思想与"五岳寻仙不辞远"的"游仙"本性中不断徘徊吗？

张丽媛回复小仙：苏子选择入仕，他熟稔时代的要求，也清楚自己的定位，他更不同于李白，之后在黄州、惠州的种种充分证明他有政治谋略也有济世才干，但是"木秀于林，风必摧之"，身居官位，又有多少小人在作怪，不消受难者多说，旁人心中自有评断。其实，读书人建功立业的理想无法实现或遭遇挫折的例子在古代比比皆是，屈原沉江，贾谊泪逝，他们用生命去殉道，陈子昂之"念天地之悠悠，独怆然而涕下"，李白之"人生在世不称意，明朝散发弄扁舟"都是翰墨抒怀。但苏轼则完全成就了一派豪放天然、飘逸豁达的词风，对人生的富泰穷通充满了理解，表现出一种"成固欣然、败亦同样有所作为"的胸怀，在现实与理想的巨大差异中不断调和以求自洽，就像夏敬观先生对苏词的评价："正如天海风涛之曲，中多幽咽怨断之音。东坡之为东坡，就在于他不仅能从天海风涛的壮阔之中深味人间的幽咽怨断，更能从这种幽咽怨断之中超脱出去，回归天海风涛的随缘放旷。"（《映庵手批东坡词》，《唐宋名家词选》）

小仙回复张丽媛：苏子固然有才，当然有才能治好一州一地，然而涤荡一世，乃至为万世谋升平这种伟业不仅仅是才能和济世之才所能成就。那么欠缺的是什么，我想是协调各方运用权力以及保有权力的能力。姑且不说苏子能否兼济天下，只说他能够治好一州一地，为什么他治好了地方却还是得不到好结果，扩大来说，为什么著名文人大抵政治下场不好，包括屈原、阮籍、李白、杜甫等超一流人物，考虑过吗，难道仅仅是"木秀于林，风必摧之"吗，难道我国古代官场诸君都无容人之量，或者说掌势者都是小人吗，我相信奸臣、弄臣每个时代都有，但是这些不是影响苏子一类人物命运的决定因素，起决定作用的只有一个，那就是封建政权，或者说是它的代表，皇帝。为什么皇帝会让这些有才之士流落远方，这里有一个重要原因是，在皇帝眼中，一州一地不重要，一个人才的生死富贵不重要，只有自己的权力最重要，只要把支持自己的贵族集团掌握好，皇权就有保障，皇帝不在乎百姓是否富足，所以他才不在乎苏子之类人物的命运。

段老师回复小仙：哇，这番辩论好精彩！我为你们思想的火花、飞扬的文采而鼓掌！怒赞丽媛、思博！大三学生竟然有如此深刻的思想，如此深厚的功力和对古诗词如此深情的热爱，为师为你们感到非常骄傲和自豪。

张丽媛回复小仙：时空穿越中有著名的"祖父悖论"，简单来说，就是无论这个穿越者是凭借高科技手段还是仅仅因为日子无聊时的罗曼蒂克想象，它最后穿越回去又回来的核心是：没有改变历史。希腊神话中的忒修斯被神谕判定会弑父，他的父亲恐惧中逃到一个偏远的小岛上，却不料在观看当地的竞技时被恰好参赛的忒修斯失手扔出铁饼砸死。俄迪浦斯王从小便因弑父娶母的神谕而背井离乡，最终还是在命运的牵引下回到故国，在一无所知的情况下应验了神谕。乍一看这些都很有宿命论的味道，但其实只是叙事视角由单一叙述改为全知叙述而已。每个人的认识也好，一个时代的成长也罢，在时间条件的限制下毕竟有它不可言说的局限性，这个局限渐渐打开的过程换个名字就是"成长"。

张丽媛回复小仙：时代跨越了整整四百多年，终结了一个腐朽不堪的封建君主专制王朝，开启了一个新时代，这时，我们站在历史的半山腰看见在山脚那苦苦挣扎的古人，岳飞被小人残害，在"忠君"与"爱国"之间徘徊不定，让十二道金牌断了退路，勒死在风波亭；方孝孺因拒绝为发动"靖难之役"的燕王朱棣草拟即位诏书，牵连其亲友学生870余人，成为中国历史上唯一一个被"诛十族"之人，如今，百年之后，站在前人的肩膀上，我们才发现，那些让他们服膺的体制。让他们求生不得、求死不能的抽象存在其实共有一个名字："封建"，而他们却不得而知也无从得知，这就好像你现在回去告诉五岁的自己要少吃糖，对牙齿不好的，但是那个小孩基本不会听，甚至会觉得你是个多管闲事的怪蜀黍。

张丽媛回复小仙：其实，我们身处历史中观望的同时也在不断创造历史，每个人都不能肯定自己现在所处的这个体制在四百年以后的后人看来是不是满是缺陷，只能做在这个时代框架里面相对而言较为正确的而已，四百年前的他们也一样，所以才去服膺了上升期的封建体制并成为积极建设者，作为今人，我们又何必拿今时今日的标准去苛责他们。

小仙回复张丽媛：所以我们处在这样一个更高级的社会形态，我有资格可怜一下古人命运。正如我现在不知为什么人会存在一样，后世更高级的社会里也会可怜我这个不知生命为何的迷糊虫吧。

张丽媛回复段老师：谢谢老师哦，年轻气盛话太多了，还请大家多多包涵。

段老师回复张丽媛：亲爱的丽媛，你最近让为师大吃一惊，与大一相比，真是进步太大了。喜欢你们的文采飞扬，喜欢你们指点江山、纵论古今的青春朝气。谢谢了！

@今将疯：前面的讲得很好啊，我就取一句讲吧，嫣然一笑竹篱间，桃李漫山总粗俗。一句最是好顽，配合诗题解，怕是东坡借土人不知海棠之贵只得自己欣赏的语境安慰己身呢！

段老师回复今将疯：正是东坡的自我安慰，自我宽解！

@升仙刀：此花不好。第一，境遇不好，竹篱地瘴在幽谷。第二时运不好，没有金盘荐华屋。第三，前途不好，林深物暗晓光迟。虽然天姿高贵，却迁移千里。此花正因为不好，所以成了第一。"忽逢绝艳照衰朽"正如"忽闻水上琵琶声"，"天涯流落俱可念""叹息无言揩病目"令人想起"同是天涯沦落人""江州司马青衫湿"。"桃李漫山总粗俗"令人想起"岂无山歌与村笛，呕哑嘲哳难为听"。苏轼叹为"平生最得意诗"，或许因为这是苏轼的《琵琶行》。

@另一个自己：苏子看到和自己一同来自西蜀的海棠，如逢知己，不单因为乡谊，更多的是骨子里相同的东西，幽山独居，却不孤芳自赏，"粗俗"桃李中出富贵天姿，读来字面虽略有流落之感，却不乏豁达的心态。很喜欢，不只是喜欢苏子精妙的词句，还喜欢他"土人不知贵也"的自信，这个必须赞！！

@潇竹絮：看到诗题就觉得，苏轼是不是因为土人暴珍天物而郁闷不已呢？想到那场景就觉得很有意思，就像"汝之砒霜，吾之良药"，在当地居民眼里毫无价值的花放到苏轼眼里就是宝贝了。课本上有《卜算子》，写的"黄州定慧院寓居作"，慧字不一样，是一个地方不？不过比起白居易的"黄芦苦竹绕宅生"，苏轼的生活环境好像要好那么一点。这么说是不是显得对苏轼好没同情心。

12月6日，苏轼《和秦太虚梅花》

前两日读苏轼的梅花诗，大家深为沉醉。今日再读一首苏子的梅诗《和秦太虚梅花》，请众小友注意苏子对梅花诗的艺术探索。

和秦太虚梅花（宋/苏轼）

西湖处士骨应槁，只有此诗君压倒。东坡先生心已灰，为爱君诗被花恼。多情立马待黄昏，残雪消迟月出早。江头千树春欲暗，竹外一枝斜更好。孤山山下醉眠处，点缀裙腰纷不扫。万里春随逐客来，十年花送佳人老。去年花开我已病，今年对花还草草。不如风雨卷春归，收拾余香还昊昊。

【《苏轼全集校注·诗集》卷二二】

@**寒塘**：看题目应该是咏物诗，但读来却没有多少对梅花性状的描写，更多的反而是叙事。或者说，他敞开了自己，让梅花进入自己的生命，记录一个自己和梅花的故事，或者点滴。"去年花开我已病，今年对花还草草。"这是两种不同的生命形态在时间的荒流中的一次遥相呼应。

段老师回复寒塘：对啊！物我合一，不过，还是有对梅花的描写"竹外一枝斜更好"，即是这首诗的名句。

@**21克&香蕉皮**：把咏物变成叙事也算是苏子的一个探索吧？诗中没有对梅花的太多描述，但仔细阅读发现几乎句句都有梅花。好像诗人的生活一直有梅花的存在，梅花和诗人合一的感觉。

段老师回复21克&香蕉皮：嗯，圣寒很仔细，此诗虽没有直接咏物，但确实每句都与梅花有关。其实，这种艺术手法不是在学姜夔的《暗香》一词时讲过吗？

21克&香蕉皮回复段老师：嗯嗯 我说怎么有种似曾相识的感觉

@**子不语**："江头千树春欲暗"用整个春天与千树梅花对比，赞扬梅花的好，而"竹外一枝斜更好"笔锋一转，勾勒梅花的幽独意境。我很喜欢这一句。诗中用了一些典故，"西湖处士""孤山"讲得是林逋。查了一下，"草草""畀昊"出自《诗经·小雅·巷伯》，《巷伯》是一首政治抒愤诗，作者被逸言陷害，作此诗以发泄满腔的怨愤。苏轼在吟咏梅花以外，也是为自己被贬外放、怀才不遇的经历而感慨。

段老师回复子不语：此诗虽无前两首的明显寓托，但也有苏子的心迹可寻，只是更为含蓄蕴藉罢了。

@**戈一木**：看到"竹外一枝斜更好"的时候突然想起来似乎没有相干的"红杏一枝出墙来"，思维发散了一下嘿嘿。说是和梅花，感觉是和人生啊。喜欢那两句，"万里春随逐客来，十年花送佳人老"，对仗很工整，但喜欢的是它写出的那种年年春相似，人却空自老去之感，却又不是一味沉吟的哀伤。最后两句大概又是一种无奈之中的豁达吧。（最后一个词不太懂，说完了去百度一下）

段老师回复戈一木：嗯，无奈中的豁达，说得好！不过，亲，应是"一枝红杏出墙来"。

@**西瓜杧果水蜜桃**：第二联"心已灰"即点明全诗，为什么会有心灰的感觉。千树的光芒仿佛要将日月光华争过，而自己犹如竹外那悄悄的一枝一样，远离那繁华之地。孤山？好山，恍惚与"我"一样，同是孤独人，但那繁华不远万里随我而来，也许懂我的也只有她们，看着那浸泡在红尘中的人们，不如和着风雨，带着一缕幽香，将这花儿献给梵天，有种难以言表的悲情。

段老师回复西瓜杧果水蜜桃：嗯，琳峰评析颇有文采。不过，"孤山"不是孤独的山哦！难道没看出他对林逋《山园小梅》的化用吗？林逋隐居在西湖边上的孤山哈！

西瓜杧果水蜜桃回复段老师：老师我知道哇，白居易写过"孤山寺北贾亭西"但不是为了点诗意么。下次不这样脱离实际的想象了。

段老师回复西瓜杧果水蜜桃：读诗离不开想象，但不能跑得太远。

西瓜杧果水蜜桃回复段老师：学生记住了。以后会注意这一方面，主要很多时候能感受到作者的情感，但表达时为了让别人更容易看懂就容易描写很多，然后不知不觉就跨越度了。

@徐雪婷：为了老师那句艺术探索，着实找了好久。与大家体悟是一致的，没有多正面描写梅花的神态，却多是叙事。只觉得"竹外一枝斜更好"无过多修饰，却甚是俏皮，跳脱于整首诗的悲壮的基调，苏子就是这样可爱的人儿呀。可"万里""十年"扩大了整个时空，悲愤、哀苦之情更是扑面而来。最后两句仿佛看淡了一切，却又像是赌气一说，耐人寻味。

段老师回复徐雪婷：是的，"竹外一枝斜更好"，后人评价"得梅之幽独闲静之趣"（魏庆之《诗人玉屑》卷一七），此语比林逋的"疏影"一联"以随意造语为工"。至于此诗的艺术手法，可参看我们讲姜夔的《暗香》一词。

@另一个自己：上次课，老师讲到咏物诗，李白的"宠物"是大鹏，苏子的应该是梅花吧，他的诗集中，以梅为题的就有近四十首，对梅花的喜爱，可见其浓。这首诗虽题为梅，诗中却不得见梅，写法意味深长，耐人寻味。其实苏子想让人看到的不只是梅，还有里面潜藏着的梅花孤傲的精神和自己与梅花同具的品性和骨气，以物写我志，人物完美结合。但是，我们现在的年轻人很少能在某个物上看到自己的影子，是时代的浮夸，还是人心的浮动？

段老师回复另一个自己：嗯，不错！能够联系关于咏物诗的理论知识进行分析。我们解诗不仅要析意，而且要逐渐用相关理论知识去认识它，这样，你的诗学水平就会提高了。

@潇竹絮：这首诗和的是秦观的《和黄法曹忆建溪梅花》。首层借林逋来赞美秦观诗。然后写自身被贬黄州，已是心如槁木死灰，却因秦观这首诗引起了看花的兴致。第二层写不待明日、诗人当日就跑马江边赏梅。"竹外一枝斜更好"借梅花之闲雅幽独，来暗合自身的落寞。第三层回忆往日不同时期赏梅的情景。年年岁岁花相似，岁岁年年人不同。时至今日，只有梅花，陪着诗人，走过一个又一个初春，见证着诗人逐渐老去。最后一句写出了作者与其辜负良辰美景，不如归去，把这春天送予风雨的沉痛心态，感慨深沉。一般的咏物诗都是由物及人，而这首诗由梅而己，由己而梅，比一般的咏物诗更多了些层次和内涵。

段老师回复潇竹絮：亲，层次分析细腻，诗情体贴入微，语言也颇具文采！

作为研究生来说，能把原诗（即秦观原作）录出，则更好了。

潇竹絮回复段老师：秦观《和黄法曹忆建溪梅花》："海陵参军不枯槁，醉忆梅花愁绝倒。为怜一树傍寒溪，花水多情自相恼。清泪斑斑知有恨，恨春相逢苦不早。甘心结子待君来，洗雨梳风为谁好？谁云广平心似铁，不惜珠玑与挥扫。月没参横画角哀，暗香销尽令人老。天分四时不相贷，孤芳转盼同衰草。要须健步远移归，乱插繁华向晴昊。"（《淮海集笺注》卷四）这首诗是秦观和黄子理之作。黄子理，时任海陵司法参军，他的原诗我没有找到。诗中先描写黄子理对梅花的多情，而梅花为报答这份怜惜"甘心结子""洗雨梳风"。再用宋璟（广平）的典故比喻黄子理的爱梅。宋璟为相，人以为铁石心肠，而其《梅花赋》"清便富艳"（皮日休），不似其为人。黄子理身为法曹，掌鞠狱丽法，督盗贼，知脏贿没入，本应也是一个冷面无情之人，而其梅花诗却是饱含其爱花之意。最后两句化用杜甫《苏端薛复筵简薛华醉歌》："安得健步移远梅，乱插繁花向晴昊。"全诗以花拟人，以人拟花，把人的爱怜和梅的痴情写得真实感人。

@张丽媛：读到"东坡先生心已灰"这句顿住了，觉得似曾相识。想起他在《自题金山画像》里面的句子"心若已死之木，身如不系之舟，问汝平生功业，黄州惠州儋州"，同样是"心已灰"，但是前期这首咏梅诗是带点自我调侃的成分在其中，政治生涯的落差刚刚开始，一切还存希望，心火未熄，所以轻易才会"被花恼"。时间跨越四十二年，苏轼在海南岛儋州获赦回归路过润州，同表弟程德儒同游金山，见山上有一幅自己壮年时的画像，目睹相貌英姿焕发的昔年，对比如今的两鬓飞霜，不禁感慨万千，随即在原肖像旁写下《自题金山画像》，作为对自己一生的总结和评价，字字泣血，这时的"心已灰"才是真正的无奈之辞吧，读之不得不令人扼腕惋惜、慨叹不止。

段老师复张丽媛：丽媛好眼力！所解极是，见解深刻，颇有文采。

@紫烟画柳：我记得苏轼在论写物之功时，对林和靖是相当赞许的，大概是说他"疏影横斜水清浅，暗香浮动月黄昏"有写物之功。现在开篇就说秦观《和黄法曹忆建溪梅花》诗能压倒林逋，多少给了点友情分吧？而且秦观明显也是受林逋影响了的。说是"东坡先生心已灰"，却依然能看出苏轼的兴致，能"为爱君诗被花恼"能"多情立马待黄昏"，初贬黄州时"惊起却回头，又恨无人省。拣尽寒枝不肯栖，寂寞沙洲冷"的惊惧和孤寂不再，反而多了一丝调侃和自适，倒也能体现出东坡先生伟大的人格魅力。最爱"竹外一枝斜更好"一句，极具画面感，又赋予了梅花灵动之感，一下就联想到去图书馆的那条小路，也是竹林旁种了腊梅，但有些过于显露，若能"藏"在竹林内，冬季花开之时，想必更有一番味道。读到"万里春随逐客来，十年花送佳人老"这一句时，突然想到了陆凯《赠范晔》"江南无所有，聊赠一枝春"，也是写梅，还记得第一次读《赠范晔》时，很是被诗歌和诗人与朋友的情谊感动。"醉眠"二字让我想到了有"小东坡"之称的唐庚，他有一首诗就名《醉眠》："山静似太古，日长如小年。馀花犹可醉，好鸟不妨眠。世味门常掩，时光簟已便。梦中频得句，拈笔又忘筌。"有相通之处，又同是被贬时期的作品，看来这个"小东坡"和前辈"老东坡"确实很像啊！收尾处又低沉了一些，不得不回归现实，这才透露出了作者的些许无奈和郁结，"不如风雨卷春归，收拾余香还畀昊"，索性全部还给上天得了，让人唏嘘。（原谅我竟然想起了闻一多《死水》："不如多扔些破铜烂铁，爽性泼你的剩菜残羹……不如让给丑恶来开垦，看它造出个什么世界。"啊，我也不知道为什么……好吧，这真的是乱入……）

@冷月生：此诗更显东坡构图之妙。

12月10日，苏轼《十一月二十六日，松风亭下，梅花盛开》

昨日上课讲到苏轼诗歌，认为苏诗七古最为杰出。今日再读苏子一首梅花诗与众小友分享。此诗作于绍圣元年（1094），此时苏子被贬惠州。苏子十月到达惠州，寓居松风亭，亭下有梅花二株。诗人触景生情，联想到十四年前在贬往黄州道中经过麻城县关山所见梅花，接连写下三首咏梅诗。且看第一首。

十一月二十六日，松风亭下，梅花盛开（宋/苏轼）

春风岭上淮南村，昔年梅花曾断魂。岂知流落复相见，蛮风蜒雨愁黄昏。长条半落荔支浦，卧树独秀桄榔园。岂惟幽光留夜色，直恐冷艳排冬温。松风亭下荆棘里，两株玉蕊明朝暾。海南仙云娇堕砌，月下缟衣来扣门。酒醒梦觉起绕树，妙意有在终无言。先生独饮勿叹息，幸有落月窥清樽。

【《苏轼全集校注·诗集》卷三八】

@啊船啊：易安云"物是人非事事休，欲语泪先流"（李清照《武陵春·风住尘香花已尽》），沧海桑田，人世变迁，相似的情景，相同的际遇，怎样讽刺的巧合，又是怎样凄凉的心境？在这凄风苦雨的黄昏，纵是豁达如东坡也抵不过这般断魂之伤。在诗中，东坡既与梅花有惺惺相惜之意，亦想以梅花自比，"长条半落荔支浦，卧树独秀桃榔园"，在松风亭边，梅花开得孤寂而冷艳，纵是生长在荆棘里，纵是只能有夜色来独赏幽光，也依然开得绚烂。想必东坡也正是借此来舒展胸臆吧。而末句"先生独饮勿叹息，幸有落月窥清樽"我觉得与太白"举杯邀明月，对影成三人"恰有异曲同工之妙，梅花、落月、苏子，对影相饮，互相安慰，而东坡与太白也有着同样豁达豪迈的胸怀。也正是这如此际遇，才成就了独一无二的苏东坡吧。一家之言，望老师指正。

段老师回复啊船啊：分析细致，语言也畅达流利。

@戈一木："流落复相见"，人生真是奇妙，十四年前后，以为是沧海桑田，却又像是兜兜转转回到一个点，然而心境肯定不同了。最后一句"幸有落月窥清樽"，让人想起"幸有清溪三百曲"，就像当年在去往黄州途中，终究是在愁闷中豁达了，却让人觉得意味更加复杂。

段老师回复戈一木：是啊！再次遭贬谪的苏子眼见"旧时相识"，心理意味确实更加复杂了。

戈一木回复段老师：我在想他是更坦然了还是更觉辛酸，好微妙的感觉，或者二者都有。

段老师回复戈一木：嗯，我想应是五味杂陈了。

@潇竹絮："昔年梅花曾断魂"和"海南仙云娇堕砌，月下缟衣来扣门"让我想到林黛玉《咏白海棠》里的"偷来梨蕊三分白，借得梅花一缕魂。月窟仙人缝缟袂，秋闺怨女拭啼痕"。而且《红楼梦》里海棠诗的五个韵脚"门盆魂痕昏"在苏轼这首诗里出现了三个。古人眼里，这花都是有灵的，难怪蒲松龄能整出那么多狐鬼花妖来。在苏轼的这首诗里，"岂知流落复相见"一句为点睛之笔，春风岭时"幸有清溪三百曲，不辞相送到黄州"，可梅花多情，更是不辞相陪到惠州了。再遭贬谪的诗人也能因为梅花而得以慰藉一二了。

@沈文娟：相同的时节，又是一路颠簸流离，东坡再次邂逅梅花。花依旧，人也依旧，在寒风细雨中再次相见，岂不愁苦？但花终究不是他，花为自己而活，哪管夜色迷离，寒意袭人？看到这一幕，东坡也释怀了，有花有月有酒，足矣。

段老师回复沈文娟：是啊！花哪解人的七情六欲！无非是人多情罢了。

@另一个自己：我到过惠州博罗，一点没有苏子的心境，看来是何情见何景，物我互相，情境交染吧，苏子在"蛮风蜒雨"的异地复见梅，仿若一直流落相伴的友人，不禁心生豁然，不是还有"落月窥清樽"吗，谁说是孤饮了，人生亦如此，不可绝望失落，不管在哪里，总会有月亮相伴，有梅花可遇，苏子的豁达跃然纸上。还有，苏子以梅花来喻自己，"蛮风蜒雨"仍旧"独秀桃榔园"，"荆棘里"又何妨，照样"明朝暾"，可见苏子的梅花精神，梅花真可谓苏子的化身啊，难怪是其宠物也。

段老师回复另一个自己：今天这首诗的评析写得较好，对词情分析非常到位！

@21 克&香蕉皮:"妙意有在终无言"让我想到了陶渊明的"此中有真意,欲辨已忘言"。

@紫烟画柳:查了一下,第二首是《再用前韵》:"罗浮山下梅花村,玉雪为骨冰为魂。纷纷初疑月挂树,耿耿独与参横昏。先生索居江海上,悄如病鹤栖荒园。天香国艳肯相顾,知我酒熟诗清温。蓬莱宫中花鸟使,绿衣倒挂扶桑暾。抱丛窥我方醉卧,故遣啄木先敲门。麻姑过君急扫洒,鸟能歌舞花能言。酒醒人散山寂寂,惟有落蕊黏空樽。"第三首是《花落复次前韵》:"玉妃谪堕烟雨村,先生作诗与招魂。人间草木非我对,奔月偶桂成幽昏。暗香入户寻短梦,青子缀枝留小园。披衣连夜唤客饮,雪肤满地聊相温。松明照坐愁不睡,井华入腹清而暾。先生年来六十化,道眼已入不二门。多情好事余习气,惜花未忍都无言。留连一物吾过矣,笑领百罚空罍樽。"

@紫烟画柳:还没来得及仔细对比,不过初看,三首同韵,结尾同字。读了几首苏轼梅花诗,发现苏轼写梅花的作品挺多的,而且写梅喜欢用"独"字,应该和他的际遇和心态有关吧!周紫芝《竹坡诗话》点评第二首道:"林和靖赋梅花诗,有'疏影横斜水清浅,暗香浮动月黄昏'之语,脍炙天下殆二百年。东坡晚年在惠州,作梅花诗云:'纷纷初疑月挂树,耿耿独与参横昏。'此语一出,和靖之气遂索然矣。"柏桦老师给我们上课时候提过,说诗人都有代表自己的意象。我理解的就是,比如提到菊花就能想到陶渊明,提到麦子就能想到海子。感觉苏轼颇有夺林逋意象的气势……之前提到梅花第一个想到的就是林和靖,现在还能想到"竹外一枝斜更好"的苏东坡了!

段老师回复紫烟画柳:嗯,苏轼最具个性、最寓身份经历的咏梅作品就是这三首七古。程杰先生认为"诗中洋溢着物我知遇,相怜相慰于海隅野岭的浓郁情绪。正是这特殊境遇中的同情共鸣,使梅花形象披上了一层荒寒幽寂的色彩,浸透了诗人寂寞苍凉的人生情怀。"(《宋代咏梅文学研究》)

@紫烟画柳:"春风岭上淮南村,昔年梅花曾断魂。岂知流落复相见,蛮风蜒雨愁黄昏。"有种他乡遇故知的亲切感,但每遇梅花都是人生低谷期,也让人唏嘘。

段老师回复紫烟画柳:是啊!此时梅花可谓其人生低谷的知音。

12月11日,元好问的名词《摸鱼儿·恨人间》

周二讲课,提到元好问的名词《摸鱼儿·恨人间》,众人皆悟:原来

"恨人间，情是何物，直教生死相许"这一感人肺腑的词句出自此。现录如下（原有序，此略），与众小友共赏。

摸鱼儿（金/元好问）

恨人间、情是何物，直教生死相许。天南地北双飞客，老翅几回寒暑。欢乐趣，离别苦，是中更有痴儿女。君应有语。渺万里层云，千山暮景，只影为谁去？

横汾路。寂寞当年箫鼓。荒烟依旧平楚。招魂楚些嗟何及，山鬼自啼风雨。天也妒。未信与，莺儿燕子俱黄土。千秋万古。为留待骚人，狂歌痛饮，来访雁丘处。

【《元好问集》】

@潇竹絮：新版神雕震雷滚滚，引来吐槽无数，老师把这首李莫愁的口头禅放上来真接地气。出自这首词的还有前些年根据同名小说改编的虐心电视剧《千山暮雪》。这首词老师的版本和我看的好像不一样，我看的是"问世间""就中更有痴儿女""千山暮雪""山鬼暗啼风雨"。我认为论情之一字，这首词实在是开篇一语中的，前无古人，后无来者。从雁的深情来引发层层吟咏感叹，把鸿雁殉情的心路历程给详细描写出来，再引用楚辞，论鸿雁殉情之不朽，悲剧气氛笼罩了整首词。这是一首爱的礼赞。

@子不语："恨人间，情是何物，直教生死相许"真是开门见山，高屋建瓴。先声夺人，一下子就被震住了。这不仅是论情，更是在论生死相依的真情，其实很多人都不曾经历但都被深深感动。特别喜欢"渺万里层云，千山暮景，只影为谁去"一句，天地茫茫，日色昏昏，失伴孤雁，无所归宿。又想起了杜甫的"谁怜一片影，相失万重云"（《孤雁》）。

段老师回复子不语：婷婷联想丰富、贴切，我也喜欢"渺万里层云"这句，想起这一场景，就有些悲伤。

@另一个自己：我第一次听那首歌《梅花三弄》，就被里面那句"问世间，情为何物，直教人生死相许"震惊，想不到原词还有这么一个凄美决绝的爱情故事，以雁拟人，看了后真的觉得惋惜、心痛，被词的悲情忧氛伤到了，自古殉情都被流传成佳话，想必是情至深而感动千秋万代吧。"千山暮景，只影为谁去？"的凄恻，不肯为情生死相许的人是不会懂的，这首咏物词很好地诠释了永不磨灭的至情至爱。

段老师回复另一个自己：哦！看来这首词让我们人方深深感动了，看吧！这就是诗词的永恒魅力！同意你的最后一句话"这首咏物词很好地诠释了永不磨灭的至情至爱"。

@荏苒♪仍然：上阕直白抒情，下阕用典，有《秋风辞》和《离骚》中的典故。虽用典却不生涩难懂，因为爱情是共通的！很感人的一首词，特别是上阕。

@21克&香蕉皮：其实我是因为看金庸《神雕侠侣》中李莫愁常念此词，才知道此词的。后来很喜欢。之前读《西厢记》中的张生版《凤求凰》："有美人兮，见之不忘。一日不见兮，思之如狂。凤飞翱翔兮，四海求凰。无奈佳人兮，不在东墙。张弦代语兮，欲诉衷肠。何时见许兮，慰我彷徨？愿言配德兮，携手相将。不得于飞兮，使我沦亡。"总感觉两篇像是悲伤的连续剧。"不得于飞兮，使我沦亡"和"渺万里层云，千山暮景，只影向谁去"有异曲同工之妙。

段老师回复21克&香蕉皮：圣寒联想极妙！

@徐雪婷：想来元好问此时也颇有感触，他将爱情写得如此凄美，读来泪两行。"只影"在"万里层云"，在"千山暮景"却不知何处是归途。孤寂、哀苦之情在天地间无限扩大。"寂寞当年萧鼓"更盛，"物是人非事事休，欲语泪先留"，读来令人肝肠寸断。

段老师回复徐雪婷：婷婷所解极是！读来无限忧伤。

@戈一木："只影为谁去"……其实古往今来好多感情的低唱都是一样的啊。

12月13日，吴文英《唐多令·何处合成愁》

天气阴沉，心情不免有点寥落。随意翻《全宋词》，翻到一首南宋词人吴文英的《唐多令·何处合成愁》，正好解闷。

唐多令（宋/吴文英）

何处合成愁。离人心上秋。纵芭蕉、不语也飕飕[①]。都道晚凉天气好，有明月、怕登楼。

年事梦中休。花空烟水流。燕辞归、客尚淹留。垂柳不萦裙带住，漫长是、系行舟。

【《全宋词》第四册】

[①]"语"，当作"雨"，文中有论述。

想来大家对吴文英比较陌生吧！吴文英，号梦窗，字君特，四明（今浙江宁波）人。一生未仕，湖海飘零，晚年困顿而死。

@西瓜枇果水蜜桃：首句一"愁"实乃点出全文精神，"离人心上秋"，跟别人分离，或是亲人，或是恋人，一愁也；青春经历的种种事情都如烟花如梦般散去，二愁也；"燕辞归、客尚淹留"，回家不得，三愁也；小子不才，只看出这最浅显的三层。"都道晚凉天气好"不禁想起幼安"却道天凉好个秋"既然晚秋景色这般旖旎，作者又为何怕登楼？

@戈一木："离人心上秋"，不尽"愁"啊。燕归去，人却只能客留他乡，不由得不愁啊。垂柳无法长青，年去岁来，只能是漂泊。这愁苦，道得真切，让人动容。芭蕉不语也飕飕，是天气晚凉，也是离人之心。

段老师回复戈一木：是啊！说愁的词很多，此篇开篇新颖别致，这是此词点睛之处。

@杜若：我觉得写的不是离别吧，该是客中之愁。开端倒是有些意思，"何处合成愁"，下句自答"离人心上秋"。心上加秋是为"愁"，这也不单是造字游戏，时令确是在秋，另外古典诗词中秋多表愁，两者合起来，造出愁倒也贴切，下句该是"移情"吧？古人有点郁闷就喜欢或登楼饮酒或把栏杆拍遍，或目送鸿雁，总之要爬到楼上骚雅一番。怕登楼，或许登楼不见故乡，心也茫然，不如作罢，犹豫的心态加深了离愁。下片开始提升。燕辞归化曹丕《燕歌行》："群燕辞归雁南翔，念君客游思断肠。慊慊思归恋故乡，君何淹留寄他方。"后垂柳句最好。

@杜若：垂柳句貌似可以有多种解释，一为责备垂柳，不能牵住恋人裙带反倒系住我的小船，使我们不得相见，至于"淹留"。一为垂柳虽不能牵住其裙带，却系住其小船，使其不能行，自然不会别离，这样垂柳就不是垂柳了，该是词人的心吧。背景不太了解，就这么理解的！

@子不语：就像老师说的，这首词开篇别致，语意双关，既说明离人分别之愁，又有解字的意味（心字一个秋字正好是愁字）。"有明月"一句，别人都觉天气好，适合登楼，词人却因害怕见明月而起相思，可见羁旅愁苦。喜欢"花空烟水流"一句，既写出秋季萧瑟，又点明年华流逝，令人感慨。

@21克&香蕉皮：这首词在高中读到就很喜欢。高中老师曾说"离人心上秋"中"心上秋"正是愁字，也就是离人愁，十分巧妙。"年事梦中休。花空烟水流"一个"休"一个"空"十分凄婉。看到大家讨论"有明月、怕登楼"我也谈一下。我觉得古人多望月怀乡、怀人（《静夜思》还有苏轼的《水调歌头》都可体现），而闺怨诗词中也常出现登楼怀人。李煜也有"无言独上西楼，月如钩"句，可见登楼有愁苦怀旧之意。这里"怕"应该是典故反用，强调了心中的愁苦。

段老师回复21克&香蕉皮：圣寒说得对，这确实是反用典故。"登楼"这一意象在古典诗词中已成为"抒怀""抒忧"的代名词了。

@徐雪婷：梦窗一生漂零，宦途不得志。"都道晚凉天气好。有明月、怕登楼。"梦窗惧登高临远，引得愁思无限；惧月光孤影，引得凄楚徐徐。尾句让我想起苏轼的"小舟从此逝，江海寄余生"（《临江仙·夜归临皋》）之句，想来苏轼的旷达不是常人可有的，不然梦窗又怎会困顿抑郁。

段老师回复徐雪婷：对啊！每个人面对人生困顿的态度是不一样的，这很多时候取决于人的天性。

@潇竹絮：第一次发现"愁"字原来可以理解成"离人心上秋"，这种双关很新颖别致。我查的《宋词鉴赏辞典》里是"纵芭蕉，不雨也飕飕"，不是"语"。我觉得"雨"字更为恰当，因为芭蕉和雨经常相结合作为一种愁绪的代表意象，比如北宋葛胜仲《点绛唇》有"闲愁几许，梦逐芭蕉雨"，南宋朱淑真《秋夜闻雨》三首有"鸣窗夜听芭蕉雨，一叶中藏万斛愁"。李清照的《添字丑奴儿·窗前谁种芭蕉树》，写的也是雨打芭蕉触动愁思。我把这首词和《红楼梦》里林黛玉作的《唐多令》一比："粉堕百花洲，香残燕子楼。一团团、逐队成毬。飘泊亦如人命薄，空缱绻，说风流。草木也知愁，韶华竟白头。叹今生、谁舍谁收。嫁与东风春不管，凭尔去，忍淹留。"在"纵芭蕉，不雨也飕飕"和"一团团、逐队成毬"这，字数又不对了。

段老师回复潇竹絮：关于词牌的字数，如意，你翻翻《宋词鉴赏辞典》最后几页，应该有介绍。还有到底是"雨"还是"语"，你再翻翻唐圭璋的《全宋词》哈！

潇竹絮回复段老师：哦，我看到了，上面说《唐多令》双调六十字，吴文英这首61字。《全宋词》上也是"雨"。

段老师回复潇竹絮：哦！是我看到的版本有误，为如意认真求学的精神点赞哈！

@啊船啊："离人心上秋"何人解离愁？都道天凉好个秋，谁人可知？秋风转凉，燕尚南归，客却淹留，不敢登楼，明月添愁。似美梦成空，似花落水流，恨垂柳无情，不留人住。只得无奈系行舟。飘零一生，困顿至死，此愁此伤，谁人与共？

段老师回复啊船啊：杨帆的文字流畅无比，又很好地诠释了词意。

@花和橡树：从心理学上讲，怕登楼的心情表现为逃避和拒绝。当我们独自一人面对佳节时，今夕对照，从而产生感伤落寞的情感。

杜若回复花和橡树：哈哈我看到了点不同的地方。只是佳节是不是？

12月19日，蒋捷《解佩令·春》

最近诸事烦扰，今天阳光明媚，太阳照旧升起。还是读一首词好。

解佩令·春（宋/蒋捷）

春晴也好。春阴也好。著些儿、春雨越好。春雨如丝，绣出花枝红裊。怎禁他、孟婆合皂。

梅花风小。杏花风小。海棠风、蓦地寒峭。岁岁春光，被二十四风吹老。楝花风、尔且慢到。

【《蒋捷词校注》卷二】

@今将疯：看到"尔且慢"几字突然被抓住眼睛，倒是很有种风流莫要被雨打风吹去的意思，上文春光被二十四风吹老，怕是诗人自喻。

段老师回复今将疯：嗯，惜春的情感，另一种表达。

@荏苒♪仍然：充满生活情趣的一首词，写春景，"春雨如丝，绣出花枝红裊"一句最妙，简单的比喻手法，倒是把春景变做一幅锦绣了。"岁岁春光，被二十四风吹老。"二十四节气表示一年，有种时光流逝的感叹，最后"楝花风，尔且慢到，"也是情真意切地希望时间慢些走。

@另一个自己：春晴春阴春雨，蛮有意境的一幅春景图，如丝春雨，"绣出花枝红裊"，这个"绣"字用得到位，我们不仅可以想象到绣出的春景图有多精致，还可以感觉到春天是个心灵手巧的小姑娘。那个"孟婆"我一直以为是冥界神灵，只知道孟婆汤神话，后来查了一下，孟婆还有"风神"的说法，显然和这首词相符。"合皂"我觉得是孟婆把肥皂收起，舍不得洗了这段好锦绣，可见这"花枝红裊"有多惹人爱。梅花、杏花、海棠，我查了都是按时间先后开放的，到楝花开时，就到初夏了，"尔且慢到"词人是多么希望时间慢点走，让他再多看看这美丽的春景，可惜"岁岁春光，被二十四风吹老"，一种惋惜无奈之情跃然纸上。

段老师回复另一个自己：此词正是按照每个月的花开写出春天的流逝，正是所谓的"二十四番花信风"。

@21克&香蕉皮："春雨如丝，绣出花枝红裊"中的"绣"字用得妙，一下子把春雨细如丝线和花枝之美都变得生动形象了。"楝花风、尔且慢到"是惜花，也是惜时，有种淡淡的忧伤。

@小仙：全词都运用拟人手法，春如美人，以春雨为丝，绣出花枝红裊；或以春光自喻，被二十四风吹老。春光虽美，怎奈岁月无情。

段老师回复小仙：是啊！"春光虽美，怎奈岁月无情。"

@戈一木："海棠风、蓦地寒峭"，一个"蓦地"，真是有一种突然之感。"风小"到"寒峭"是"蓦地"，春光乍晚也是如此啊。

@子不语：我也觉得"绣"字好，贺知章有春风似剪刀，裁剪出柳叶的诗句，与蒋捷的春雨细如针，绣出花枝红袅的句子，有异曲同工之妙。

@雪霏霏：初读这首词时，便被"春雨如丝，绣出花枝红袅"这句吸引，春雨滋润万物这一过程本是悄无声息，存在于无形之中，而诗人却在这里用了简单的比喻，化无形为有形，从而使其更加形象生动。

@花和橡树：觉得"著些儿，春雨也好。春雨如丝，绣出花枝红袅"这句很美，想起杜甫作的这首诗"好雨知时节，当春乃发生。随风潜入夜，润物细无声。……晓看红湿处，花重锦官城"(《春夜喜雨》)。都是好雨使得红花袅娜。不知道蒋捷是否借用了杜甫这首诗的意境。

段老师回复花和橡树：能联想到杜诗，不错！

12月20日，欧阳修《蝶恋花》二首

近来闲时看金庸《神雕侠侣》，开篇即是一首欧阳修词，令我对此书大有好感（因为甚少读武侠，以为一味打打杀杀），增强读下去的信心了。现将书中欧公这两首《蝶恋花》词录如下，与众小友共赏。

蝶恋花（宋/欧阳修）

越女采莲秋水畔。窄袖轻罗，暗露双金钏。照影摘花花似面。芳心只共丝争乱。

鸂鶒（书中作"鸡尺"）滩头风浪晚。雾重烟轻，不见来时伴。隐隐歌声归棹远。离愁引着江南岸。

蝶恋花（宋/欧阳修）

画阁归来春又晚。燕子双飞，柳软桃花浅。细雨满天风满院。愁眉敛尽无人见。

独倚阑干心绪乱。芳草芊绵，尚忆江南岸。风月无情人暗换。旧游如梦空肠断。

【《欧阳修词笺注》】

@西瓜杧果水蜜桃：第一首，前半部分围绕首句"越女采莲秋水畔"而写，"照影摘花花似面"正写出女子貌美如花，后半部分写暮晚，来时伴都不见去向，只能依稀听到歌声渐远，可读出女子的焦急之状。第二首"愁眉""独倚""心绪乱"道出作者之情，但为何有此之意，即在最后一句，暗叹时光飞逝，旧时难在，浮华若梦，为欢几何？

@戈一木："细雨满天风满院"，莫名喜欢这一句，让人想起李煜的"风回小院庭芜绿"。两首词似乎具有连续性，前首提到"不见来时伴"，暗含今昔对比，又连接后一首独自回忆江南岸。前首最后一句也是离别之景，说"离愁"说"江南岸"也令后一首相承接。秋去春来，是年离别与怀念。

段老师回复戈一木：雨梅，我也喜欢"细雨满天风满院"这句，这是一组"蝶恋花"，共有十七首。欧公才华横溢，其词成组的歌咏颇多，专业术语来说，这叫"联章体"。

@胖黑：越女采莲，让人想起金老先生笔下最具传奇色彩的女子——越女剑仙阿青，看到这首词方知滥觞于欧公词。金庸武侠之所以能闻名于世，想必精彩的剧情和丰满的人物只是其中的一部分，金老先生等作家对中国古典文化和历史的了解，才让武侠文化深深地融入我们现代中国的文化中。

段老师回复胖黑：嗯，非常同意杨博的见解，透过金庸小说，可窥中国古典文化和历史，正因如此，为师要补课啊！

@21克&香蕉皮：哈哈！作为金庸迷看到老师写这首词，莫名开心，这应该是开篇描写嘉兴还是杭州陆家庄前的描述吧。第一首上阕写了采莲女采莲的美景，让人仿佛置身于江南水乡，令人神往。下阕有隐隐哀愁。第二首描写了江南春景。但是从头至尾都贯穿着哀伤。这也是暗合小说之后的陆家庄被灭门吧。最喜欢"旧游如梦空肠断""旧游"本就过去，梦本就是空，一个"空"字更是让情感加重，有前面的铺垫，"肠断"就顺理成章了。只能空哀叹。

段老师回复21克&香蕉皮：哈哈！金庸迷的回答确实与众不同，能联系小说情节分析此词。让我大开眼界。谢谢解谜！

@潇竹絮："越女采莲"让我想到越女剑法。还没有看过金庸的《越女剑》。我买的盗版金庸全集里只有"飞雪连天射白鹿，笑书神侠倚碧鸳"十四部，没有《越女剑》。不过《射雕英雄传》中江南七怪里的韩小莹练的就是越女剑法。说到金庸小说里的文化，让我印象最深刻的是《天龙八部》里段誉听到木婉清的名字时说："水木清华，婉兮清扬。"因为看《天龙》比较早。再就是里面的凌波微步是按易经六十四卦走出来的。记得当时我看到凌波微步时，还想去看看易经六十四卦是怎么回事，然后自己走一走，看看会是怎样的步子呢，现在想来真是囧死！

段老师回复潇竹絮：哇，这也是一个金庸迷，谢谢如意对金庸小说文化的指点！建议继续研究凌波微步，到时亲自走一走也不错的。

@徐雪婷：第一首，越女采莲之景不免想起少女姣好的面容，果不其然永叔接下来就将少女细细描写。"暗露"到"雾重烟轻"，归棹已起，不见来时伴。"尚忆江南岸"可见两诗联系紧密，词的情感也愈加哀婉，只"风月无情人暗换"更让我想起那句"又不道流年，暗中偷换。"

段老师回复徐雪婷：雪婷解析贴切，学得多了，就能联想，不错！

@花和橡树：我也想说看到"越女采莲"就想起了我唯一认真看过的金庸的中短篇小说《越女剑》。里面女主是个年轻小阿青，也有"照影摘花花似面"的美貌。受到一只白猿的指点，无意中练就了绝世神功，成为三十三剑客之首。后帮助越国大夫范蠡指点剑士，最终打败吴国，并且喜欢上了范蠡，所以把西施当作情敌来刺杀，结果最终被西施的美貌而征服，剑出却没有刺，但是阿青强大的剑气已经伤到了西施，而后留下了"西施捧心"的传说。啊哈，跑偏了。

12月21日，欧阳修《蝶恋花》二首

阳光明媚之时，需读缠绵绮丽的词方好。昨日录了金庸小说《神雕侠侣》开篇的两首欧阳修词，引发大家对武侠小说的探讨，更有趣的是有两位金庸迷谈到了欧词在此篇小说的作用，这倒是一个新鲜的话题。欧阳修，宋代诗文革新大家，身为文坛领袖，其词却是"缠绵沉挚"的，体现了词体的阴柔美和其"锐感多情"。今日再赏两首《蝶恋花》。

蝶恋花（宋/欧阳修）

帘幕风轻双语燕。午后醒来，柳絮飞撩乱。心事一春犹未见。红英落尽青苔院。

百尺朱楼闲倚遍。薄雨浓云，抵死遮人面。羌管不须吹别怨。无肠更为新声断。

蝶恋花（宋/欧阳修）

小院深深门掩亚。寂寞珠帘，画阁重重下。欲近禁烟微雨罢。绿杨深处秋千挂。

傅粉狂游犹未舍。不念芳时，眉黛无人画。薄幸未归春去也。杏花零落香红谢。

【《欧阳修词笺注》】

@今将疯：尚记得分析《蝶恋花·庭院深深深几许》。第一首意象算是比较常见的，偏生永叔能写出不同来：最喜"抵死遮人面"一句。

@潇竹絮：第一首写的应是思妇伤春，从"百尺朱楼闲倚遍"可以想见这位妇人为了等待夫婿归来而颙望许久，看到"无肠更为新声断"这句，第一反应是李若彤那版《神雕》里小龙女和杨过分离十六年，杨过创黯然销魂掌，小龙女创伤心断肠剑（原著里只有掌法而没有剑法）。看来还是沉醉在武侠世界里没有回来啊！

@花和橡树："不念芳时，眉黛无人画。"原来诗词早有男子为女子画眉的渊源，以前以为《倚天屠龙记》中赵敏对张无忌提出的第三件要求："为她一辈子画眉"的温柔浪漫之举为金爷爷所创呢。好吧，我也还没有从武侠世界走出了。

段老师回复花和橡树：当然不是金庸所创，这一典故来自于《汉书·张敞传》，写张敞为妻子画眉，后比喻夫妻感情好。

@另一个自己回复段老师：《梁祝》电影里也有这个桥段，梁山伯帮祝英台化妆，想必也是从张敞那个时候流传到晋代的吧！

段老师回复另一个自己：嗯，最早出自《汉书》。

@另一个自己：我觉得今天这两首，是昨天的第二首《蝶恋花》的延续。"旧游如梦空肠断"到"无肠更为新声断"，"画阁归来春又晚"和"寂寞珠帘，画阁重重下"，"柳软桃花浅"显然还是春，到"薄幸未归春去也"就"春去也"了，特别是"杏花零落香红谢"就可以看出，杏花的花期是3~4月，零落了就是夏天了，从这些可以看出诗人的愁绪绵延于词里词外，词后又词，令人称赞的还有作者的用字，如"愁眉敛尽无人见"的"敛"字，让人读了深能体会其隐蔽之不见。"杏花零落香红谢"的零落和谢，都有凋谢之意，放置在同一句诗，不见重复，只见叠加的寥落，衬托内心的寂寞之情。

段老师回复另一个自己：人方析词功力大有长进！抓住细节，分析细致，并且还颇具想象力。

@戈一木：前首首句让人想起"罗幕轻寒，燕子双飞去"，但觉得情感没有那么低沉，而是缠绵为多。

12月26日，司马光《西江月·宝髻松松挽就》

今日看书，翻到司马光的一首小词，有趣。司马光，一代史学家、政治家，这首《西江月·宝髻松松挽就》写得婉约清新，可见词体的独特性。

西江月（宋/司马光）

宝髻松松挽就，铅华淡淡妆成。青烟翠雾罩轻盈。飞絮游丝无定。
相见争如不见，有情何似无情。笙歌散后酒初醒。深院月斜人静。

【《全宋词》第一册】

@胖黑：最喜这"相见争如不见，有情何似无情"。与佳人见后反惹相思，不如当时不见；下句谓人还是无情的好，无情即不会为情而痛苦。一个不一个无，却反衬出这位女子之动人，惹人遐思。从侧面描写，远比正面直叙要巧妙。

段老师回复胖黑：杨博文思敏捷，此词恰切地抓住了恋爱中的男女矛盾的微妙心理。

@荏苒♪仍然：上阕写女子极其细腻，描写发饰妆容，"松松""淡淡"两个叠词用得巧妙，写出了女子慵懒的姿态。"相见争如不见，有情何似无情"将女子的小心思写得巧妙，恋爱中的猜疑和矛盾心理都在里面了，"深院月斜人静"以景结情，带着女子的淡淡幽怨和惆怅，很有意味。

段老师回复荏苒♪仍然：寥寥几语，细致贴切，为君怡点赞！

@子不语：上阕写了女子的妆容淡雅，轻盈地站在青烟翠雾、蒙蒙飞絮之中，虽然不写眉目如画，让人想不出具体面容，却觉得女子十分美丽。下阕开头两句抒情，有点正话反说的意思，但最后还是要在深院里望着月亮一点一点静静地想着心事（佳人）。抛开司马光的史学家、政治家的身份，他的另一面也是有趣得很。

段老师回复子不语：是啊！写美人却不着眉目，从气氛写起，更加巧妙。"正话反说"正是此词的艺术技巧。当然，政治家也有儿女情长的一面。

@21克&香蕉皮：司马光这首词果然与众不同。通常闺怨诗中的妇女都是哀怨愁绪不断的，更像是附属品。但是这首虽然也同样有一点哀怨，但是更像是一个有性格独特的女子。"相见争如不见，有情何似无情"一句就能感觉出来。这首词真的是清新独特。

@啊船啊：发髻松挽，淡淡妆成，青罗翠钿，舞姿曼妙。上片以寥寥数笔勾勒出了一位淡粉佳人的形象。而下片着意追思，不如不见，不如无情，方少此牵念。已然相见，已然有情，只能在笙歌散去、酒醉初醒之时空自思念，佳人已散，唯有斜月深院。是追悔？是留念？是哀怨？或者百感交集？又或者借此抒怀？

段老师回复杨帆：嗯，以景作结，无限韵味，"言有尽而意无穷"。

@西瓜杧果水蜜桃：小子愚钝看不出矛盾心情，就看出上阕女子无意细妆，宝髻、铅华都是稍加装饰，下阕应是男子，见后仍会分离，益辗转反侧，倒不如不见，心中有情却也无法道出，这，算是矛盾么。

段老师回复西瓜杧果水蜜桃："愚钝"小子，看上面诸家的解析。

@戈一木：除却"不见"两句而外，结语也是亮点，酒醒之后深院独看月，相思之情在景语中更进一层啊。感受到那种寂寥牵挂之意。

@花和橡树："飞絮游丝无定"也是作者自己"思绪"游丝不定。这句情景交融，女子看着飘摇的柳絮，自己也陷入恋爱的万千思绪。

@潇竹絮："相见争如不见，有情何似无情"，想必词中那女子是让人又爱又恨的。我觉得，这首词是站在男主人公的立场写的。前四句是他对佳人音容的回忆，后四句是写他的内心波澜。可能因为种种原因两人不能在一起，所以相遇徒增男主人公内心的无奈。再来看看我八卦出的不靠谱故事吧：词里的佳人是男主人公的爱姬，正在和男主人公闹着小脾气。男主人公醉后回忆起初见爱姬曼舞时的模样，虽为爱姬的刁蛮头疼不已，却还是朝着爱姬住的院子走去。不过，深院中，刁蛮的爱姬早就任性地睡了。

段老师回复潇竹絮：哈哈！如意可以写小说了。想象力丰富。

@沈文娟：宝髻松挽、妆淡铅华，女子笙歌散后酒醒，于深院漫步看月斜……这里我想到了一首歌歌词：孤单，是一个人的狂欢，狂欢，是一群人的孤单，这位女子心中的情绪着实矛盾：相见争如不见，有情不如无情……人心如青烟轻盈、如絮飞不定……情景结合得恰到好处！！！

2015 年

1月7日,《陇头歌辞》

读一首北朝乐府民歌《陇头歌辞》。

陇头歌辞

陇头流水，流离山下。念吾一身，飘然旷野。
朝发欣城，暮宿陇头。寒不能语，舌卷入喉。
陇头流水，鸣声幽咽。遥望秦川，心肝断绝。

【《乐府诗集》卷二五】

@今将疯：民歌还是保留了两句换韵的特色么，用词很浅白，大抵是利于传唱，也没有重字的忌讳，的确好玩。

段老师回复今将疯：嗯，民歌有着有利于传唱的特色。我们各种风格的作品都见识一下。

@小仙：豪爽粗狂的北朝民歌在这里带上了复杂的情绪，动荡年代里漂泊孤单、苍凉悲切之情跃然纸上。

段老师回复小仙：是啊！我读到"念吾一身，飘然旷野"时甚是感动。

@黑拓奄：抒情不是写胸臆，而是写景，写动作。字句中画面感很强，有景有物，浅白但不俗泛，有张有弛。活脱脱地如同自己在申诉。

段老师回复黑拓奄：以景写情，含蓄委婉，更能打动人。

@寒塘：寒不能语，舌卷入喉。冷的只是身体么？想到孑然一身在这广袤旷野，更寒冷的怕是心吧。心之所向，肝肠寸断，哽咽不能语。

@derek：空阔旷大的郊野，只有茕茕一人，这种情境下，只会有莫大的孤独感与无法摆脱的恐惧感，冷的不只是身体，更是心。"朝发欣城，暮宿陇头"，为什么这样奔波？即使这样焦心地赶路，也回不到故乡，也仍就是无家可归的流浪汉，唯一常伴的，是四散奔流的陇水。可是，流水经历奔波也会归海，回到它的家，人却只能遥望，想象着早已被遥远的距离消磨了的家的影子，如此对比之下，那本来不具有感情的水声，也似乎带了嘲笑，听来让人觉得惊心动魄，又似乎带着同情，伴随着好心的呜咽。

段老师回复 derek：分析细致、贴切、语言也有文采，不错！

@另一个自己：每次看这类民歌，就想起周杰伦很多中国风的作词者方文山，我觉得他很有才，写的东西很接近这种很有韵味的乐府民歌，"狼牙月，伊人憔悴，我举杯，饮尽了风雪，是谁打翻前世柜，惹尘埃是非……"我很喜欢这首《发如雪》的歌词，不知段老师有听过吗？

段老师回复另一个自己：知道方文山的词风是民族风格，我也喜欢。

1月8日，李白《长相思》

今日中午发了一首北朝乐府民歌，有同学说喜欢乐府诗，我想是因为语言浅白而动人，音调流畅而婉转，情感自然而真切，真可谓"清水出芙蓉，天然去雕饰"。想到电视剧《甄嬛传》里也诵了李白的《长相思》，很感动，将这首诗再读一遍。

长相思（唐/李白）

长相思，在长安。络纬秋啼金井栏，微霜凄凄簟色寒。孤灯不明思欲绝，卷帷望月空长叹。美人如花隔云端，上有青冥之高天，下有渌水之波澜，天长路远魂飞苦，梦魂不到关山难。长相思，摧心肝！

【《李太白全集》卷三】

@今将疯：关山难渡，相思可寄。最喜"美人如花隔云端"句，孤灯凄凄，独身望月，可惜就算美人如花，依旧相隔云端，真真是摧心肝，想不到诗仙亦做闺中语。

段老师回复今将疯：是啊！原来诗仙亦是多情种，我也喜欢"美人如花隔云端"句。

@21克&香蕉皮：李白就是能把这些相思也写得壮阔。境界十分高远。

段老师回复21克&香蕉皮：嗯，自然与柳永、晏几道等人的小儿女之情长有高远、缠绵之别。

@花和橡树：离别之苦，只能长相思，人世间想要长相守，还是很难呀！

段老师回复花和橡树：不能长相守，那就长相思，这就是铭心刻骨的爱情啊！

@落鸿鼓涛：长相思，在长安，可能所思是玄宗吧。宋词中常有转一层写法，就是把假设都否定掉，以表绝望。如晏几道"梦魂纵有也成虚，那堪和梦无"（《阮郎归》），赵佶"无据，和梦也，新来不做"（《宴山亭》）。观此诗中"天长路远魂飞苦，梦魂不到关山难"，天长路远，人不可度，期待魂度，然魂飞亦苦不能度；关山迢递，身不能到，欲使梦到，然梦也远不能到。此中技法，已启宋词先声。正因如此绝望，才有下文"摧心肝"。

段老师回复落鸿鼓涛：这是乐府诗，不是词。虽然都是音乐文学，但还是有区别的。至于是否是托寓，想玄宗，另作探讨。我想还是作男女相思这一永恒主题讲好些。

@小仙：虽是借闺思寄意，但是把闺怨诗写得大气而又婉转、荡气又回肠，也正是李白之个性。

段老师回复小仙：大气婉转、荡气回肠！思博所评极是！

@没有风火轮的小哪吒：复习累了，看到老师发的词，心情好极了。秋景秋声一出，便有哀愁，但长相守不能，长相思凄楚，只是"梦魂不到关山难"，相比较，晏几道"犹恐相逢是梦中"是多么幸运。

@derek：太白诗多古诗，近体诗较少，想来也是，天才从来都是自由的，规矩这东西应该是他们从骨子里厌恶的吧！这首《长相思》，仍写着亘古不变的男女相思之苦，这苦楚，催心肝，惹人烦，却又人人难以逃脱。虽是众人皆可写可叹之感，但"美人如花隔云端"一句仍叫人惊叹，视角转化是其亮点，不拘不束，才是诗仙之诗"仙"的灵魂，上天入地，无所不能。我想你偏不说出口，却说在你看来美人如在云端，遥遥不可及，委婉却不小气，大家闺秀般让人着迷，美感即显。

段老师回复 derek：是啊！虽然是乐府民歌，李诗显然要端庄雅致许多，这便是文人与民间的区别了。

derek 回复段老师：不过我觉得虽然李诗与民间乐府不同，但民间所涉及的世间事才是文学创作的根源，像六朝后来的咏物诗，虽精雕细琢却美感全无，读来只让人觉得做作，可能也与他们离了创作根本有关吧！不过貌似这个问题又涉及诗歌传播的问题了。

段老师回复 derek：嗯，这便是《文心雕龙》中所说的"为文而造情"和"为情而造文"的问题了。

@黑拓荦：李白的乐府诗，用词造句更显端庄雅正些，也就是所说的"文人独立创作的特质"。这首诗，我这样看待，前后呼应的格局，有"微霜凄凄"的景色，有"上有""下有"句的平白直叙，"天长"两句胸臆直满。铺垫、起意、高潮、收尾、前后联合。布局完整。

段老师回复黑拓荦：嗯，文人和民间创作风格自是不同。建磊所析甚是。

@另一个自己：查了一下"络纬"，竟然是种虫，夏秋夜间振羽作声，声如纺线，又俗称纺织娘。秋天是最令人挂肠的季节，"微霜""凄凄""寒"等都衬托出诗人"孤灯"加寒秋的"思欲绝"的心境，梁静茹有首歌歌词"想念是会呼吸的痛"写得蛮好，何况长相思呢，"摧心肝"就可想而知了。我个人比较喜欢这类伤情诗词，情啊，真是叫人生死相许啊。

1月9日,《子夜四时歌》四首

　　大家读多了文人的爱情诗词,他们大多缠绵而忧伤,委婉而含蓄。下面我们看看民间老百姓的爱情诗吧!昨日读了一首北朝乐府民歌,今日读四首南朝乐府《子夜四时歌》(选四首)。

子夜四时歌

春林花多媚,春鸟意多哀。春风复多情,吹我罗裳开。

青荷盖渌水,芙蓉葩红鲜。郎见欲采我,我心欲怀莲。

秋夜入窗里,罗帐起飘扬。仰头看明月,寄情千里光。

渊冰厚三尺,素雪覆千里。我心如松柏,君情复何似?

【《乐府诗集》卷四四】

　　@小仙：爱情随四时变化,蕴含着事物发展的普遍规律。当然,更主要的是热烈而不失优雅的爱情故事。

　　段老师回复小仙：嗯,爱情的四时变化图。

　　@北方的雪：这首诗分别写出了一年四季女子的爱情,清丽婉约,与四季之景相结合,真挚动人,有感染力,让人读后心情舒畅。

　　段老师回复北方的雪：时光流转,情爱不变。

　　@花和橡树：乐府爱情诗虽不是那么高雅,却也很接地气。诗中男女主人公在春天相恋,夏天进入热恋,秋天和冬天成了异地恋。诗是这么描述的：春风复多情,郎见欲采我,秋风入窗里,素雪覆千里。女主很是痴情,等待男主归来。于是最后两句诗,女主表明自己的一片真心犹如松柏,不知道男主是否也是如此。

　　段老师回复花和橡树：哈哈!将这场情爱过程解析得如此细腻：相恋、热恋、异地恋,可以据此拍剧了。

　　@21克&香蕉皮：民间的诗更直白质朴。情感随着时间的变化也十分形象。大家总是会被宋明理学影响认为古人矜持,男女授受不亲。但是其实在南宋之前,人们还是很开放的哈。看很多诗词就会发现,古代的女子也是敢爱敢恨的甚至比现代女子还要开放。

　　段老师回复21克&香蕉皮：对啊!特别是民间的情爱更为直接大胆。

@derek：乐府民歌词浅意深，借四季变化来表达不变的情感，变与不变之间，多了一份韵味。

段老师回复 derek：嗯，如看一部四时爱情片。

@潇竹絮：突然有个很奇葩的想法，一般都是写家中的妻子担心外出的丈夫变心，有没有诗是写外出的丈夫担心妻子改嫁了呢？

段老师回复潇竹絮：在古代可能很少吧！你可以关注一下哈！

@花与爱丽斯：这首《子夜四时歌》我最早是在《甄嬛传》小说里面看到过。因为有剧情，所以印象也挺深刻的。"渊冰厚三尺，素雪覆千里。我心如松柏，君情复何似？"大胆、质朴、热烈，这是对待爱情真挚素朴的态度。想起来另一首《有所思》，当男子背叛了女孩，女孩毅然决然地扔了两个人当时的爱情信物，然后说："拉杂摧烧之，摧烧之，当风扬其灰。以今以往，勿复相思，相思与君绝！"这种敢爱敢恨的态度，真想点一万个赞！

段老师回复花与爱丽斯：哈哈！涵艳今天文情大发，点赞哈！

@黑拓奎：这首诗立场还中立一些吧，以女子口吻说出了心里对爱情的犹豫与不安。但我也真是有压力，女同学们都在说着负心郎的事情。我的女同学太可怕啦！

@黑拓奎：不对哦，我又看了一遍诗。春夏秋冬的时间顺序交代了男女两人的交往，时间的推演最后发出了分隔两地的质问"君心复何似"。按我的观点，可以看做女子单纯地情感上地申诉，也可以看做质问负心郎的变卦。但后者好像并不明显。毕竟"寄情千里"这样的情话不像是愤懑难平的样子。我现在更理解为啥我的女同学们都谈到负心郎的问题了。

1月10日，王安石《示长安君》、王观《卜算子·送鲍浩然之浙东》

改了一天卷子，头晕目眩，还是读两首送别的诗词吧。

示长安君（宋/王安石）

少年离别意非轻，老去相逢亦怆情。草草杯盘供笑语，昏昏灯火话平生。自怜湖海三年隔，又作尘沙万里行。欲问后期何日是？寄书应见雁南征。

【《临川先生文集》卷一九】

卜算子·送鲍浩然之浙东（宋/王观）

水是眼波横，山是眉峰聚。欲问行人去那边，眉眼盈盈处。

才始送春归，又送春归去。若到江东赶上春，千万和春住。

【《全宋词》第一册】

@北方的雪：这两首诗一首是写给妹妹的，一首是写给友人的，王安石的诗语言浅切，却满是真挚深情，亲情浓浓，首联"少年""老去"，分别写出了不同时期离别的之感，颈联"三年隔""万里行"，从时间、空间上渲染出了离别时间之久、距离之远，令人动容。而王观的整首词轻松快意，虽是离别，却无愁苦。同样是离别，各家有不同的表现，着实有趣！

段老师回复北方的雪：是啊！同一题材，不同文体，不同风格情趣。有意思哈！

@另一个自己：第二首好可爱哦，不怎么见离别之伤，我有个大学室友名春，读完这首词，立马想到她。时间流走得太快，告诫自己珍惜眼前的时光，不然只能到"江东赶上春"了。

@潇竹絮：透过王安石的这首诗，仿佛看见了一个不忍别离，却为了理想不得不远去的诗人。不过王安石最终还是经受了和妹妹永别之痛。王安石写的《长安县太君墓表》就是为这首诗中的妹妹而作。其实想想，是和家人团聚重要，还是实现自己理想重要，大概就是彼之蜜糖，我之砒霜，王安石到底选择了后者。

段老师回复潇竹絮：哦！原来是给妹妹的，可结合其文《长安县太君墓表》读，体会王荆公对妹妹的挚爱深情的一面。

潇竹絮回复段老师：嗯，是长妹，想来两人感情还是比较深厚的。

@黑拓耷：在我的印象里，后者的《卜算子》好像很有名，我之前读的宋词鉴赏词典（没读完）就有这首词。上阕写人情与空间，下阕写人情与时间，我们会不自觉地连起来感受，却不会自觉地想到前后匠心（我自己理解的）。王安石的诗议论抒情很明显，以第一人称带入，后文借鉴唐诗的手法，我个人认为王安石作为承前启后的人物，最大的功绩是相对忽视了唐诗的压迫感。黄庭坚是在前人的基础上唤醒了自我意识，即"主张自成一派"。（我承认，我没深读过他们的作品，按照文学史胡思乱想的。）

段老师回复黑拓耷：暂且胡思乱想吧！以后再进一步学习。

1月11日，苏轼《春夜》、王安石《夜直》

今日读两首可爱的小诗。

春夜（宋/苏轼）

春宵一刻值千金，花有清香月有阴。歌管楼台声细细，秋千院落夜沉沉。

【《苏轼全集校注·诗集》卷四七】

夜直（宋/王安石）

金炉香烬漏声残，翦翦轻风阵阵寒。春色恼人眠不得，月移花影上栏杆。

【《临川先生文集》卷三一】

@21克&香蕉皮：苏轼结尾两句很有意境。但相比较而言我更喜欢王安石的"翦翦轻风阵阵寒"。两首诗都有月和花，苏轼"花有清香月有阴"似乎还蕴含着哲理。王安石的"月移花影上栏杆"作为结语则是让人感觉余音袅袅，还有无限愁绪在不言之中。

段老师回复21克&香蕉皮：嗯，虽都是写春夜，但情感显然不同，一乐一忧。荆公以景衬情，余音袅袅。感受贴切哈！

@黑拓荸：苏诗是口语化的平叙，节奏欢快俏皮。而王诗用词造句更为端庄，也是写春夜，貌似更有一些士大夫忧愁抚叹的端庄。

段老师回复黑拓荸：对啊！一平淡自然，一含蓄委婉，同样题材，风格不同。

@derek：苏子"花有清香月有阴"句让我突然想起李翱那句著名的"云在青天水在瓶"，最让人怦然心动的景色也不过如此吧，静谧的春夜，伴着花的芳香和弦月的清辉，平凡而普通的景象却蕴含着大自然最奥秘的玄机和秘密，突然在这美景里也仿佛看到一丝禅意。荆公诗"春色恼人眠不得"更是让人读来不禁带了笑意，明明是赞美这春夜的，却偏要摆出一副"都怪春色太美让我难以入睡"的嗔怪态，想象着叱咤政坛的荆公也会做此娇嗔状，也是真的有趣。

段老师回复derek：联想丰富，读出自己的感受，有人读出荆公的苦闷与孤寂，而小娟却读出了荆公的娇嗔。哈哈！

@北方的雪：王安石的这首诗是即将在政治上大展宏图之时所作，不知前两句是否在暗示蛰伏的日子已经过去，而后两句写景也较为含蓄，感情不外露，暗合了宋代诗人追求的平淡自然。相比之下，苏轼春宵之乐更加纯粹，更为生活化。

段老师回复北方的雪：有人说荆公此诗应是变法失败后所作，那诗里的情感就是彷徨与孤寂了。也是一家之说而已。如果能系年，就能确定了。

@**胖黑**："春宵一刻值千金，花有清香月有阴"二句写春夜美景，却在感叹光阴的珍贵。花儿醉人清香，月儿朦胧之影。前后两句诗互为因果，前句为果，后句为因。不得不为苏子的人生哲学所折服，以理入诗，又写出了如此美景，想必也是宋诗独特于唐诗之处吧。

段老师回复胖黑：是啊！杨博所论极是，先果后因，苏子在对美景的淡淡叙写之中蕴含了光阴易逝、珍惜美好的哲思。

1月12日，苏轼《中秋月》、赵嘏《江楼旧感》

大家熟悉苏轼的咏月名篇《水调歌头·明月几时有》，这里读两首关于月的小诗。

中秋月（宋/苏轼）

暮云收尽溢清寒，银汉无声转玉盘。此生此夜不长好，明月明年何处看。

【《苏轼全集校注·诗集》卷一五】

江楼旧感（唐/赵嘏）

独上江楼思渺然，月光如水水如天。同来望月人何处，风景依稀似去年。

【《全唐诗》卷五五〇】

@**花和橡树**：风景依稀似去年，这句很有意思。风景依旧，故人不在身旁，所以风景到底还是不同。

@潇竹絮：赵嘏所想的，无非是与他共同赏月的人不知何处去了。可在王昌龄的诗里，"秦时明月汉时关"，与千年以前的人同看一轮明月，想想总觉得这样更有一种莫名的激动。

段老师回复潇竹絮：嗯，王诗的境界更为阔远。

@La Belle Aurore：颂月的诗，首首都有耳目一新的地方。曾有人提出"提笔忘字"，放在诗歌里也是。耳熟能详的诗句却忘记出处，无不令人喟叹。苏赵二诗最后一句，一个问语未来，一个留恋过去，看似不同，却都表达了对现在孤身赏月的愁绪。看苏的"银汉无声转玉盘"，第一想到的竟是"银汉迢迢暗度"，苏秦将二字用活。赵诗最喜"同来望月人何处"中的"望"字，让人不禁细细玩味一番。此字用的甚是不凡。倘若换成"赏""看"，就落入俗套了。

段老师回复La Belle Aurore：红宇分析好细致贴切，我将两诗放在一起，正是需要比较的。"一个问语未来，一个留恋过去"真不错！

@北方的雪：读了这两天老师所选的苏轼的诗歌，觉得他总是格外珍惜欢乐的时光，有时光易逝之感，与唐诗相比果然是筋骨思理见胜。

段老师回复北方的雪：嗯，苏子是喜逐乐的，同时又是善感超脱的。

@今将疯："此生此夜不长好，明月明年何处看"一句，与清人"似此星辰非昨夜，为谁风露立中宵"（黄景仁《绮怀》）有神似之处，若把苏诗作情人语，读来别有风味

段老师回复今将疯：诗无达诂，自然可以作此解。

@21克&香蕉皮：苏轼是对未来的茫然，漂泊的游宦生涯让他的未来充满了很多未知、不确定性，能感觉到他的不安与无奈。赵嘏的诗表达的物是人非倒是常见。

段老师回复21克&香蕉皮：圣寒的文学感悟力不错哦！能透过苏子表面的文字感知他的内心。

@derek：苏子观现时月，却在想未来事，对未来的不确定背后，也暗含了对曾经的留恋，从这一点看来，这两首咏月诗倒是有了相似的情感了，千古明月，真不知道寄托了多少文人的情思！

段老师回复derek：是啊！两首诗还是苏诗最丰富！过去、现在、未来，都涉及了。

1月15日，杜甫《曲江》

终于改完卷子，暂时轻松一下了。白天读读诗，晚上追追剧，给自己放假两天。今日读杜甫的两首《曲江》。

曲江二首·其一（唐/杜甫）

一片花飞减却春，风飘万点正愁人。且看欲尽花经眼，莫厌伤多酒入唇。江上小堂巢翡翠，苑边高冢卧麒麟。细推物理须行乐，何用浮名绊此身。

曲江二首·其二（唐/杜甫）

朝回日日典春衣，每日江头尽醉归。酒债寻常行处有，人生七十古来稀。穿花蛱蝶深深见，点水蜻蜓款款飞。传语风光共流转，暂时相赏莫相违。

【《杜诗详注》卷六】

@**西瓜杧果水蜜桃**：何用浮名绊此身，人人皆知如此但都无法回避，时也、命也、运也。穿花蛱蝶神似"翻阶蛱蝶恋花情"，这番静谧之景实乃应该满足而归，吟咏啸歌。

@**今将疯**：何用浮名绊此身，老杜不消说，便是太白依旧碌碌于此。痛哉惜哉！人生七十古来稀。老杜耳霓目眩后，到底看穿了。

段老师回复今将疯：是啊！两首诗都是老杜在经历了"安史之乱"后写的伤春感怀诗。两诗尾联都体现出须及时行乐、莫负春光的惜时情怀。

@**21克&香蕉皮**："细推物理须行乐，何用浮名绊此身"其实谁都懂的道理，只可惜没几个人能够真正跳出来。从古诗十九首开始，及时行乐就被提出，可最终几个人做到了？

段老师回复21克&香蕉皮：嗯，生活在尘世中的人，要真正从浮名中跳脱出来，确实很难啊！从古至今皆如此。因为"人生不满百，常怀千岁忧"。

@**胖黑**：感觉"酒债寻常行处有，人生七十古来稀"一句，与李白的"人生得意须尽欢，莫使金樽空对月"有相似之妙，只是子美的诗句中却多了几分孤寂和愤激，人生不同，对酒的理解也有所不同。

段老师回复胖黑：对啊！人生不同，性格各异，对酒的理解自是不同。一潇洒，一愤激，老杜终是放不开的。

@**子不语**：感觉这两首诗算是苦中作乐，且顾当下了。

段老师回复子不语：嗯，老杜在安史之乱理想破灭后的自我安慰。

@**北方的雪**："且看欲尽花经眼，莫厌伤多酒入唇。""朝回日日典春衣，每日江头尽醉归。"老杜在理想破灭、心灰意冷之时也只有借酒消愁了，殊不知"借酒消愁愁更愁",回归到酒上,即使是相对洒脱的李白亦不能真正解脱,何况是感情更加脆弱的杜甫。

段老师回复北方的雪:解析贴切,不过,还须注意中间两联的对仗,尤其是第二首的颔联"寻常""七十"用了借对。

北方的雪回复段老师:是的,这个"寻常"用了"平常"的含义,而不是数量的含义。又学到知识啦!

@derek:老杜这两首诗读来让人心伤,若不是不得志,哪个男子会舍得弃浮名?杜甫目睹了唐从盛到衰的变化,他也曾有"会当凌绝顶,一览众山小"的豪壮,但生逢乱世,社会的衰落消磨了杜甫的激情,一个积极的人只有在对现实无望时才会生出及时行乐的想法,被现实折磨至此,不禁让人感伤。

段老师回复derek:是啊!现实所逼,才出此言。

1月16日,程颢《秋日偶成》《游月陂》

今日,好难得的阳光,让人心里也不禁明亮许多。从来理学家的诗在人心目中都是枯燥乏味的,近来翻书发现南宋理学家程颢的两首七律既有哲思,又有诗性。抄录于此,与众小友共赏。

秋日偶成(宋/程颢)

闲来无事不从容,睡觉东窗日已红。万物静观皆自得,四时佳兴与人同。道通天地有形外,思入风云变态中。富贵不淫贫贱乐,男儿到此是豪雄。

游月陂(宋/程颢)

月陂堤上四徘徊,北有中天百尺台。万物已随秋气改,一樽聊为晚凉开。水心云影闲相照,林下泉声静自来。世事无端何足计,但逢佳日约重陪。

【《全宋诗》卷七一五】

@落鸿鼓涛:在下更喜欢他另一首"云淡风轻近午天,傍花随柳过前川。旁人不识予心乐,将谓偷闲学少年",理学家的道德修养,有令人敬佩之处,这种修养出以感性之诗时,也是好得很呢!

段老师回复落鸿鼓涛：哦！你说的这首诗诗名叫什么？当然，理学家是人，也有七情六欲哈！

落鸿鼓涛回复段老师：好像是叫《春日偶成》。

@北方的雪：两首诗中皆有"闲""静"，读理学家的诗让人心境平和，心情舒畅，诗歌果然胜在理，"万物静观皆自得，四时佳兴与人同"，理之精微，给人启迪。同时诗歌对偶工切，很有诗味。

段老师回复北方的雪：是啊！理学家的诗自然有"理"在，难得的是有诗味。

@潇竹絮：总觉得理学家的诗应该整得很有哲理。第一首感觉从第一句往最后一句越来越有气势。单看首联和尾联，都不敢相信这是一首诗出来的。

@花和橡树："道通天地有形外，思入风云变态中"这一句特别有哲学家的风格，关心宇宙万物，大千世界，所以总是处于不断思索与探索之中。

@另一个自己：初读第一首，特别是最后一句，让我误以为是游记诗，感觉跟"不到长城非好汉"很像，再读则不然，这讲的是一番境界，富贵而不骄奢淫逸，贫贱而能保持快乐，这种修行不是那么容易达到的，要有第二首的随遇而安、不计较得失的淡泊情怀才能成为"豪雄"，所谓"水心云影闲相照，林下泉声静自来"，多么闲静幽雅，这正是作者所追求的也是我所追求的境界。这两首我很喜欢，写到心里去了，赞。

段老师回复另一个自己：多读两遍，其意自现。

1月18日，杜耒《寒夜》

昨天读了一首梅与雪的组合，今日读一首梅与月的组合。

寒夜（宋/杜耒）

寒夜客来茶当酒，竹炉汤沸火初红。寻常一样窗前月，才有梅花便不同。

【《全宋诗》卷二八二三】

非常温馨的画面。

@21克&香蕉皮：相对而坐的两人，煮茶的闲适享受，与寒相对的火、沸水，窗前明月，窗外梅花，真的是好享受啊。短短四句，既说明了事件来由，又把景致描摹。

段老师回复 21 克&香蕉皮：是啊！好令人向往的温暖的画面。

@**胖黑**：短短的四句诗，令人遐想翩翩。"寒夜客来茶当酒"一句，就有很丰富的内容。客人寒夜至，主人不去备酒，那么这客人必是和主人相识的常客。其次，在寒夜有兴致出门访客，我想这位客人与主人一定有相同的雅兴。彼此赏识，情深意重，清茶火炉，别有一番滋味啊。

段老师回复胖黑：嗯，情深意重，清茶火炉，还有梅花明月啊！真是人生的一大享受。

@**花和橡树**："寒夜客来酒对饮，竹炉火锅汤沸红。"这样想想也是挺美的。

@**北方的雪**：古人讲究修身养性，以茶当酒自是别有一种意境，想来是文人雅士知交间的月下小叙，加上高洁的梅花自是大有不同，觉得有一种"人到无求品自高"的高雅难求的境界啊，令人羡艳！

@**另一个自己**：看到这首诗，我第一反应就是，"茶当酒"，写茶的，小激动了一番，因为写沈老师的论文我写的就是茶礼，找了蛮多有关写茶的诗词，条件反射了一下。这首诗确实很温馨，暖茶、沸汤、红火再加上月和梅，每个物象，单置没怎么有感觉，拼在一起就是美了，要是这个时候和自己的爱人，或者多年不见的老朋友，促膝而谈，可谓惬意至极。

1月19日，温庭筠《菩萨蛮》二首

温庭筠，人称"花间鼻祖"，开创了婉约词风，注重词的意境创造，由此形成词之深婉柔美之特质。昨日读了两首，意犹未尽，今日再读两首《菩萨蛮》。

菩萨蛮（唐/温庭筠）

水精帘里颇黎枕，暖香惹梦鸳鸯锦。江上柳如烟，雁飞残月天。
藕丝秋色浅，人胜参差剪。双鬓隔香红，玉钗头上风。

菩萨蛮（唐/温庭筠）

南园满地堆轻絮，愁闻一霎清明雨。雨后却斜阳，杏花零落香。
无言匀睡脸，枕上屏山掩。时节欲黄昏，无憀独倚门。

【《温庭筠全集校注》卷十】

这些词表达心境意绪真是非常"细美幽约"。

@21克&香蕉皮：第一首对情感的表达似乎更隐晦，通过"柳""雁"暗示离别相思，好像只是白描，但是通过细致描绘表现出女子的落寞。第二首情感表达更明显，"愁""无言""无聊"……感觉第一首是适合反复读去、慢慢体会的。

段老师回复21克&香蕉皮：是的，婉约词的含蓄蕴藉的特色即是温庭筠奠定的，多用含蓄的语言表现。

@小仙：第二首情感更加细腻。轻絮却满地，看似轻愁却密；清明雨，自然愁煞人；雨后斜阳，似有一丝希望，却终究已日暮；杏花零落香，仿佛青春渐渐老去，馨香徒飘散。

段老师回复小仙：嗯，思博对词情把握贴切，杏花零落香对青春逝去的隐喻，非常优美。

@derek：温庭筠的词有一个特点就是不直接抒情，而是通过对景与物的描绘来表情，第一首尤其典型，无一字言情却又无一语不言情。词中寂寞的女子心中到底是愁绪还是思念，词人并未直接点出，然而正是这种不确定，更增添了词的内涵，也更多了几种解读方式；第二首的情感较第一首来说，更加确定一些，是女子闺愁，可虽说是愁却没有那种哀苦的沉重，而是淡淡的，好像清明雨后柔柔的阳光，又好像若有若无的杏花香，这种难以把握的微妙的愁绪，词人仍是通过一系列景物的描绘来表达出来，甚有"顾左右而言它"的感觉——看起来像是景物描写，实际上却是借景物描写来冲淡愁绪的沉重，表现那些无法琢磨的情绪的片段。

段老师回复derek：今天分析得很细腻贴切，不错！温词善于以词境暗示心绪，在意境创造上，不露痕迹地化景为情，如盐着水，使景物具有隐约朦胧暗示心境的作用。

@北方的雪：相比之下，第一首景物更加富丽，意象更加繁多，情感表达也更为含蓄，每一句都显示出词人精细的构思，"水晶帘里玻璃枕，暖香惹梦鸳鸯锦"，第一句给人华贵却冰冷易碎之感，第二句回归到暖香，一个"惹"字，准确精妙，自然引出鸳鸯锦。第二首觉得与那首著名的"小山重叠金明灭"有相似之感，不过这首词着重从外部环境这一侧面突出女子的孤寂情怀。

段老师回复北方的雪：一萍言之有理，确实第一首意象富丽，更具香艳之感，第二首以景衬情，含蓄蕴藉，对后世影响极大。冯延巳《鹊踏枝》有"满眼游丝兼落絮，红杏开时，一霎清明雨"即化用此词意境。

1月20日，韦庄《荷叶杯》二首

冬日暖阳，正是读词的好季节。近来读花间词，香软浓艳，我也是醉了。不过花间词人词风还是有变化的，如韦庄，今日读其两首《荷叶杯》。

荷叶杯（唐/韦庄）

绝代佳人难得，倾国。花下见无期，一双愁黛远山眉，不忍更思维。
闲掩翠屏金凤，残梦。罗幕画堂空，碧天无路信难通，惆怅旧房栊。

荷叶杯（唐/韦庄）

记得那年花下，深夜。初识谢娘时，水堂西面画帘垂，携手暗相期。
惆怅晓莺残月，相别。从此隔音尘，如今俱是异乡人，相见更无因。

【《韦庄集笺注·浣花集》】

大家看第二首词的意境是否与最近的青春片"匆匆那年"相近呢？

@北方的雪：觉得韦庄作为一名花间词人，少了绮艳，多了清丽，更显清爽，这两首词也都是从词人个人角度出发的，第二首意境确实与"匆匆那年"有异曲同工之妙哇！我觉得与"何以笙箫默"中的"向来缘浅，奈何情深"也有相似之处哦！

段老师回复北方的雪：一萍分析极是！与温词善白描暗示不同，韦词喜叙事交代，极具情节性。这是花间词同中之异的地方。

@21克&香蕉皮：第一次见《荷叶杯》感觉这个词调读起来别有一番韵味。尤其是"绝代佳人难得，倾国""闲掩翠屏金凤，残梦"，最后两个字有点像三句半中的半句一样，点睛之笔。但是多了韵味和回响。想起了当年李夫人"北方有佳人"。没看过《匆匆那年》所以就没法评述了。

@戈一木："那年花下，深夜。"好有白话的感觉，实则是白话借用词中之语，美感。相别之后终成陌生，就像我们的青春。

段老师回复戈一木：嗯，韦庄的词相比温庭筠而言，较为直白，叙事性强，但也有美感。

@derek：韦庄的花间词与昨日读的温词差别甚大，温词更像意识流的作品，给人琢磨不透的感觉，表情含蓄委婉，而相比之下韦庄的词更显得清新和单纯。第一首写确定的女子思念之情，第二首写确定的旧时分别之事，确定的主题，单纯的情感，再加上词中主人公的美丽的轮廓，韦词更添了一种风韵。读这两个风格不同的词人的花间词，总会觉得温是一个忧郁含蓄的中年男子，而韦却是一个落落风度的青年男子。

段老师回复 derek：小娟分析得太好了，文学敏悟力也颇强，关键是要坚持学习，必有进步！如果只是偶尔来打酱油，进步有限。连着发两天花间词，老师也是有用意的，旨在引导你们深入认识花间词。温、韦是其中两大词人，但词风却同中有异。就表现手法看，一重白描暗示（即你说的意识流），一重直白叙事，正如你所说的一为忧郁含蓄的中年男子，一为落落风度的青年儿郎。

@La Belle Aurore：第一首倒有些像是写林黛玉的，看到"绝代佳人难得，倾国。花下见无期"，我首先想到的便是"颦儿才貌世应希，独抱幽芳出绣闺；呜咽一声犹未了，落花满地鸟惊飞"（《红楼梦》第二六回）同样是绝代佳人，同样都是与花有关。"一双愁黛远山眉"亦像是描写林黛玉的，和"一弯似蹙非蹙罥（笼）烟眉"细品倒有些异曲同工之妙。

段老师回复 La Belle Aurore：哈哈！红宇看《红楼梦》太痴迷了，立即联想到颦儿那去，不过也蛮恰当的哈！

@北方的雪：这两天读了段老师所选的温庭筠与韦庄的词，试着就这几首词总结了几点艺术手法上的异同，较为凌乱，记录于此，见笑啦！相同点：二者均属婉约词派。

@北方的雪：不同点：（1）温庭筠擅长白描，重在诗句，白描之中给人以暗示，创造词境，显示出其词含蓄蕴藉的特点，如"水晶帘里玻璃枕，暖香惹梦鸳鸯锦。""无言匀睡脸，枕上屏风掩。时节欲黄昏，无聊独倚门"虽是白描却极见功力，创造了或暖香迷醉或浅愁幽微的词境，不知不觉让人深陷其中。而韦庄是直白叙事，整首词讲述了一个完整的故事，如老师选的那首"记得那年花下"，初识、生情、离别、感慨一气呵成，而不是像温庭筠，给了一个画面，需要读者自己去想象具体的故事情节，大概因此韦庄的词更好理解。

@北方的雪：（2）意象：温庭筠运用了更多的意象，更重细节，更加细腻、华贵，正如刘熙载所说："温飞卿词，精妙绝人。"如《菩萨蛮·水晶帘里玻璃枕》中"水晶""玻璃""鸳鸯锦""藕丝"，无不带有花间风味，有暗示色彩，《菩萨蛮·南院满地堆轻絮》中"轻絮""清明雨""斜阳""杏花""黄昏"，寓情于景，朦胧蕴藉，需要读者细细体味。韦词意象不如温词富丽。

@北方的雪：（3）韦庄的这两首词运用了口语，"绝代佳人难得，倾国""记得那年花下，深夜"，开篇即带入个人，注重个人情感的抒发，直抒胸臆，未运用过多的艺术表现手法，清丽疏淡，可谓"淡妆"，是人们所说的士大夫词。温庭筠，即"浓抹"，绮艳浓丽，大约有时浓妆让读者略难完整看清美人面，运用的艺术表现手法较多，如"水晶帘里玻璃枕，暖香惹梦鸳鸯锦。江上柳如烟，雁飞残月天"

运用了跳接的手法,"雨后却斜阳,杏花零落香"的隐喻手法。

@北方的雪:(4)声律:温庭筠这两首词的声律更为精工,第一首"烟""天""浅""蔫",第二首"絮""雨""阳""香""脸""掩""昏""门"。韦庄的"绝代佳人难得,倾国"这首词也较为精工,但温庭筠难得的是首首精工。

段老师回复北方的雪:怒赞一萍!学习就是要善于归纳总结,理论上才有提高,而不仅仅是写点感悟。并且归纳的几点非常贴切、有理。

1月21日,曾几《三衢道中》、高骈《山亭夏日》

这几天阳光明媚,给人感觉好像春天来了,让人暖意融融。那就不读悲伤的词了,读点轻快的小诗。

三衢道中(宋/曾几)

梅子黄时日日晴,小溪泛尽却山行。绿阴不减来时路,添得黄鹂四五声。

【《茶山集》卷八】

山亭夏日(唐/高骈)

绿树阴浓夏日长,楼台倒影入池塘。水精帘动微风起,满架蔷薇一院香。

【《全唐诗》卷五九八】

@21克&香蕉皮:个人觉得"绿阴不减来时路,添得黄鹂四五声"有雅趣;"水晶帘动微风起,满架蔷薇一院香"则略显俗气。

段老师回复21克&香蕉皮:哦!这是圣寒眼中的"雅"和"俗",难道是因为"水晶""蔷薇"吗?

21克&香蕉皮回复段老师:可能是,要是单个出现可能还好,但是两个在一起就会觉得太过艳丽了。

@胖黑:感觉"水晶帘动微风起"一句真的是相当美妙。夏日照耀下的池水清丽透彻,微风吹来,碧波荡漾。诗人用"水晶帘动"来比喻这一景象,整个水面仿佛水晶制作的帘子，何其美丽。

段老师回复胖黑：圣寒说这句有点俗气，而杨博却认为"相当美妙"。哈哈！真是"仁者见仁"，"智者见智"。

@戈一木："梅子黄时日日晴"与"梅子黄时雨"，让人觉得天气都和心情同步调啊。"黄鹂四五声"，更觉安静又晴朗。后首微风吹得蔷薇香，小院、晴天、微风、花香，是夏天冗长午后的安闲，读来心静。

段老师回复戈一木：王国维曰："以我观物，故物皆着我之色彩。"（《人间词话》）同样的梅子时节，心情也不一样。两首诗，雨梅读来都是"安静""心静"啊！

@丫头~：最喜欢的是"绿阴不减来时路，添得黄鹂四五声"这一句，觉得绿意跃动，清脆的黄鹂声就在耳边。一幅清丽的景象在脑海中浮现出来。

段老师回复丫头~：嗯，动静相宜、有声有色的画面。

@北方的雪：曾几的这首诗十分轻松明快，果然是江西诗派的创新者，毫无坚硬生新之感，其中的活泼，让我联想到了杨万里。高骈的《山居夏日》我最喜欢"水晶帘动微风起"，把池水比作水晶帘，烈日下水波潋滟，闪耀着刺眼的光，帘动才觉微风起，十分贴切。

段老师回复北方的雪：嗯，曾几和杨万里都是江西诗派的"叛逆者"，脱离了江西的坚硬生新，自然活泼轻快了。一萍能从诗风、诗派来论作品，自然具有理论性。不错！

@derek：这两首诗有一个相通之处就是皆为前三句写眼观之景，后一句添他感。曾诗后一句在阳光照耀下的绿荫路上添加了清脆的黄鹂啼声，高诗在夏日池塘边微风拂动中添了一股蔷薇花香。两首诗的妙处正在最后一句，若都一脉相承，仍写目光所及之景，诗情就会减去几分。曾诗之声与高诗之香，都是超越规矩却又合情合理的事物——绿荫路上在观美景时耳中突然闯入几声鸟鸣，池塘边看着静谧的楼台倒影突然一阵微风带着花香袭来，这本是再普通正常不过的事，写入诗中，却有了画龙点睛之妙，诗中的景象不再像图画一样美丽却刻板，而是瞬间多了生机，多了趣味，可谓妙笔生花。

段老师回复derek：哇！小娟确实看出了这两首诗艺术手法的相近之处，前三句是视觉描绘，后二句分别是听觉和嗅觉感受，这样多方着笔，全诗自然灵动起来，增色不少。

@荏苒♪仍然：两首都是通俗易懂的小诗，"绿阴不减来时路，添得黄鹂四五声"，很是随意，能感觉到诗人内心的闲适安然，不知能不能算得上"无我之境"。后一首中"水晶帘动微风起，满架蔷薇一院香"，画面感十足，能看到珠帘摇动，闻到风儿吹起阵阵蔷薇香了。都是一目了然能够读懂的平浅的小诗，后一首较前一首更通俗些，但表达的闲情逸趣都是相似的，太过通俗可能诗意不足，但能以这种平实浅易的方式让人体会到自然之美和生活之美，也是值得称赞的。

段老师回复荏苒♪仍然：嗯，君怡对两首诗诗境描绘贴切，好诗就是这样以表面平淡的语言体现浓浓的诗味。所谓"清水出芙蓉，天然去雕饰"。

@子不语：第一首诗中，晴天游玩，溪水泛尽却山行真是山重水复而又柳暗花明。一片绿阴里数只黄鹂，颜色一暗一明，静中有动，轻松闲适。第二首诗里，很喜欢"满架蔷薇一院香"一句。

段老师回复子不语：是啊！动静结合，明暗相衬。

@啊船啊：梅子黄时家家雨，多位诗人笔下曾经为此惆怅，而作者此处却着眼"日日晴"，一扫前人的阴郁，让人感觉豁然开朗。晴日山行，溪水淙淙，绿荫片片，伴着黄鹂脆响，斯情斯景，怎能不令人心向往之？一样是绿荫片片，楼台倒映入池塘，微风阵阵，扫起的不知是水晶帘动抑或吹皱一池春水，伴着满院蔷薇香。两首相较而言，前者给人感觉清新淡雅，暖意融融。后者芬香馥郁，浓烈火热。赏心悦目，各有千秋。

1月22日，韦庄《女冠子》二首

前日读韦庄词，别有韵味。今日发现其两首《女冠子》词，甚有日记体的风格，现录于此，与大家共赏。

女冠子（唐/韦庄）

四月十七，正是去年今日，别君时。忍泪佯低面，含羞半敛眉。不知魂已断，空有梦相随。除却天边月，没人知。

女冠子（唐/韦庄）

昨夜夜半，枕上分明梦见，语多时。依旧桃花面，频低柳叶眉。半羞还半喜，欲去又依依。觉来知是梦，不胜悲。

【《韦庄集笺注·浣花集》】

@21克&香蕉皮：像是日记，没那么多隐晦，直抒胸臆。就像倾诉一样，自然。

段老师回复21克&香蕉皮：对啊！真是很奇特的日记体。

@戈一木：忘记以前在哪里读到过的词，两首都是回忆、梦和现实相互转换，今昔之感和孤独之感甚明。唯有天边月儿知晓的思念，兀自回望空悲伤啊。

段老师回复戈一木：嗯，很有电影镜头的情境感。

@胖黑：你说帘外海棠，锦屏鸳鸯；后来庭院春深，咫尺画堂。你说笛声如诉，费尽思量；后来茶烟尚绿，人影茫茫。在所有词人中，一直觉得温庭筠和韦庄在"做闺音"时对女儿家的心绪把握得最准。"半羞还半喜，欲去又依依"一句，真是写尽了女子对情郎那种复杂难名的情愫。

段老师回复胖黑：哈哈！最了解女人心的，果然是男人。

@北方的雪：与老师前几日所选的《荷叶杯》一样，词中叙事具体，甚至交代时间地点，给人以真实感，瞬间拉近了与读者之间的距离。"不知魂已断，空有梦相随"真可谓分不清梦境与现实，浑浑噩噩中肝肠寸断。第二首"觉来知是梦，不胜悲"直接点出是梦境，少了含蓄，多了黯然伤魂的决绝，转换之快，让人措手不及，亦如大梦初醒，直击人心。

段老师回复北方的雪：韦庄词确实叙事性很强，像日记一样，很有趣。

@derek：读这两首《女冠子》，突然想起苏轼《江城子·十年生死两茫茫》，最能引起思念和愁绪的事情，也许只有分别了。当团聚以梦的形式出现，便更增其悲。此二首，可谓是典型的"有我之境"，除我之外，再无他物。

段老师回复derek：嗯，以梦境表达思念，更增其悲。

@ooo：第一首以女子口吻，写去年，而实写此时，空有梦相随，怕是日日都在思念吧；第二首以男子口吻，写昨夜而实写去年，虽写悲，却有一种清新的感觉，让人隐隐作痛。更加喜欢第二首，因为虽然同是思念悲伤，但第二首有种暖暖的感觉，却更让人感到撕心裂肺。

段老师回复ooo：暖暖的感觉与撕心裂肺不是矛盾悖论的吗？

ooo回复段老师：想到她的桃花面，她的柳叶眉，想到她的半羞还半喜，想到她的欲去又依依，是多么的温暖，也许都流泪了吧，可是醒来之后，佳人已去，只有自己独自悲伤，这又怎么不是撕心裂肺的疼痛。

段老师回复ooo：嗯，有道理！

@丫头~：回忆、现实、梦境的交织、简单叙述，直抒胸臆，然而感情却是十分浓厚，尤其是第二首，更是让人感受到梦醒后猝不及防的思念之苦。

段老师回复丫头~：嗯，韦词叙事与抒情相对温词的含蓄蕴藉更为直接袒露。以情动人，也是让人难以忘怀的。别有一种魅力。

1月23日，杜甫《江村》、张耒《夏日》

盼望中的寒假终于来了，大家在追《何以笙箫默》（当然我也在追）的同时，不妨也读读诗吧！今日读两首关于"江村"的诗。

江村（唐/杜甫）

清江一曲抱村流，长夏江村事事幽。自去自来梁上燕，相亲相近水中鸥。老妻画纸为棋局，稚子敲针作钓钩。多病所须惟药物，微躯此外更何求？

【《杜诗详注》卷九】

夏日（宋/张耒）

长夏江村风日清，檐牙燕雀已生成。蝶衣晒粉花枝午，蛛网添丝屋角晴。落落疏棂邀月影，嘈嘈虚枕纳溪声。久拚两鬓如霜雪，直欲樵渔过此生。

【《张耒集》卷二二】

@**西瓜杧果水蜜桃**：杜诗前四句描绘出一番自在静谧祥和的村景，正是子美心之所向，想必连吟咏"长恨此身非我有，何时忘却营营"的东坡看到如此，也会感慨夫复何求；张诗前三联都是写乡村的安宁、静美，尾联"直欲"两字道出作者心声，为何想要归隐乡村，那应该就和仕途坎坷不得志有关系，亦或者淡泊名利，不与世俗同流合污。燕雀筑巢，蝴蝶飞舞，蛛网添丝，珠帘飘飘，溪声潺潺都是对风日"清"的描述。确实有一番别样的清幽。

段老师回复西瓜杧果水蜜桃：分析得不错哦！不过，杜诗还是有些苦中作乐的味道。

@**戈一木**：两首诗的最后两句其实有异曲同工之妙啊，无论长病之身还是斑白双鬓，村居之日总是能让人得到回归，感叹一声无复求。这种宁愿渔樵一生，也只有经历了更多才会更有体会的吧。

段老师回复戈一木：是啊！曾经沧海难为水，一切绚烂终将归于平淡。

@**北方的雪**：杜诗前三联描绘了乡村宁静优美的自然风光和喜乐祥和的村居生活，鲜明地体现出杜甫萧散自然的风格特色，尾联"多病所须惟药物，微躯此外复何求"表现出一点生活中的美中不足，透露出些许的无奈，也再次让人感受到了其诗顿挫中的"沉郁"特色。张诗意象富丽，"燕雀""蝶衣""蛛网"，动物类意象极具动态性，带出生机勃勃之感，使诗歌画面立体生动。

段老师回复北方的雪：一萍对诗意把握颇为贴切，两诗虽都说江村，但情感还是有区别的。杜诗前三联突出"事事幽"，描绘出一个闲适幽静的画面，但尾联诗意有变化，道出诗人的体弱多病的形象，形成鲜明的对比，寓无限悲凉于平淡之中。

@21克&香蕉皮：喜欢"老妻画纸为棋局，稚子敲针作钓钩" 其乐融融的家庭景象

段老师回复21克&香蕉皮：嗯，这就是家的幸福和快乐！

@荏苒♪仍然：两首都写闲适的乡村生活，个人偏爱第一首，特别是"自去自来梁上燕，相亲相近水中鸥。老妻画纸为棋局，稚子敲针作钓钩。"这景描写得着实可爱，清贫生活中闲情雅趣不减。

段老师回复荏苒♪仍然：对啊！君怡心细，杜诗表现的是清贫生活中的闲情雅趣啊！

@ooo：杜诗开头一句，清江一曲抱村流，一曲清江将村落与外面隔绝，自成一个方圆，一个世外桃源。接着描写长夏江村的"事事幽"，四个场景都欢快明朗，而且贴近生活，通俗易懂，有一种浑然天成的感觉，正体现了杜甫萧散自然的风格。尾联作者正因为是内心有所求，才会发出何所求的感叹吧！张诗虽也写长夏江村的悠闲美好的景色，但雕琢的痕迹很是明显。杜诗只要读出来就知道是一种悠闲舒适的环境，而张诗就得体会到他的意思之后，才可看出悠闲，是不是也可以体现出唐宋诗的差别？

段老师回复ooo：嗯，杜诗确实萧散自然一些，张诗稍显雕琢。就诗意情感而言，杜诗正如王一萍分析，要沉郁顿挫一些 ，前三联轻快闲适，尾联句意突转，这是杜诗的顿挫之处。其实，唐宋诗的差别在这两首诗中不是很明显，因为张耒诗在这是"唐音"而非明显的"宋调"。

@胖黑："但有故人供禄米，微躯此外更何求？"一句，诗人感叹道：有老朋友赠送我粮食和他的俸禄，我这平庸之躯还有什么可奢求的呢？ 看似庆幸，仔细读来，却饱含悲苦和酸辛。名岂文章著，官应老病休，被后人尊为"诗圣"的一代大家，却要靠着别人的赠与才能活下去，并说着自己"更何求"。越是平静从容，读之越是心感酸楚。

段老师回复胖黑：谢谢杨博这么晚还回帖，老师好感动！非常同意"越是平静从容，读之越是心感酸楚"的观点，这才是深入作者的内心，而不是文字表面上的闲适。不过，你读的版本好像跟我不一样，最后一联文字有差异。

胖黑回复段老师：是我的输入法问题，刚刚打了前半句下半句就这样子。

@derek：两首江村，都描写了江村之景，然而，老杜之诗中还怀有对家庭场景的描写，这种看起来其乐融融的场景，对于一个胸怀大志的男子来说，并非是他梦想的归宿，因此，愈是平淡，愈是让人读来伤感；张耒的江村，却只有村景的悠闲与自在，两鬓斑白，在这与世无争的归隐处默默走向人生的归寂，不再为世俗名利左右，也是一种不错的选择，只是"直欲"二字暴露了一种无可奈何，只因为沉在宦海中才会向往一种别样的人生，可事实上，官人向往农人生活的安逸与自由，却不知在清简背后也有心酸的艰苦。

段老师回复 derek：嗯，解析细腻，表面上两首诗都在写闲适，其实二人内心情感是不一样的，杜诗其实更为沉痛。

1月24日，王淇《梅》、白玉蟾《奉酬腥菴李侍郎》

今日再读两首梅花的诗吧！

梅（宋/王淇）

不受尘埃半点侵，竹篱茅舍自甘心。只因误识林和靖，惹得诗人说到今。

【《全宋诗》卷三五二一】

奉酬腥菴李侍郎（宋/白玉蟾）

南枝才放两三花，雪里吹香弄粉些。淡淡著烟浓著月，深深笼水浅笼沙。

【《全宋诗》卷三一三八】

@21克&香蕉皮："不受尘埃半点侵，竹篱茅舍自甘心"把梅花的高洁傲岸就体现出来。

段老师回复21克&香蕉皮：嗯，这是一首咏物言志诗，表面说梅花，其实是在说诗人自己的高洁情操。不单说梅花哈！

@北方的雪：王诗一句"只因误识林和靖，惹得诗人说到今"仿佛带着点小小的责备的口气，暗示着梅花无意受到瞩目。角度新颖，更突显其高洁的品性。白诗诗味更浓，"淡淡著烟浓著月，深深笼水浅笼沙"对仗精工，意境优美，值得细细体味。总觉得宋代诗人对梅花极为偏爱，今日总算通过王诗知道了最直接的原因。

段老师回复北方的雪：王诗最后两句是用林和靖的"梅妻鹤子"的典故正话反说，表达了诗人对梅花的一往情深。白诗最后两句你看看化用了谁的什么诗句？

北方的雪回复段老师：第一时间想到的是杜牧《泊秦淮》中"烟笼寒水月笼沙"一句，不知对不对，白玉蟾将这一句诗化为两句，描述具体，朦胧优美，很有画意。

段老师回复北方的雪：回答正确。

@西瓜杧果水蜜桃：王诗写法新颖。将梅花从天上拉到人间归根于林和靖的山园小梅，比直接写梅的幽静更有几番别样。白诗后两句精工，不仅读起来有感觉，画面也是别样唯美。

段老师回复西瓜杧果水蜜桃：对啊！分析很准哦！白诗着重抓住雪地和月光两个环境刻画梅花，展现出一幅月、雪、花交相辉映的画面。

@戈一木："误识"一句真是新颖，写得好似梅花口是心非，人的心态俱在。后首后两句化用前人诗句更为具体，让人想起从学校离开的时候梅树已经开始零星现花了。

@ooo：王诗后两句确实角度新颖，以议论入诗，这才是宋调，和昨天的风格截然不同。白玉蟾乍一看还以为是武侠小说中人物，原来是南宋一道士。"弄粉些"不明白，百度：弄，赏玩；粉，白色；些，语气词，读任。不知解释正确否？不知以语气词入诗，是谁先尝试此种写法？"淡淡著烟浓著月，深深笼水浅笼沙"有一种朦胧的感觉，可逐字逐句读，却不能想象其意境，估计是读诗少的原因吧。

段老师回复ooo：今天说对了，王诗后两句确实是议论，这是"宋调"了。至于诗歌不提倡逐字逐句地读的，抓住主要意境就行了。

@derek：王诗之梅，一贯地继承前人写梅的高洁傲立之感，梅花似乎在诗人眼里不再像着香的美人，更像在逆境中昂扬的"硬汉"，赞梅之外，更多的是标榜自己的信念吧。另一首白玉蟾的咏梅诗，个人更喜欢"淡淡著烟浓著月，深深笼水浅笼沙"二句，写梅的香气与颜色，像极了氤氲的中国画。香气的浓淡也似乎眼睛可见，颜色深浅也与背景毫无违和感，与其说是写梅，更不如说是在写诗人赏梅之感。

1月27日，杜甫《旅夜书怀》《登岳阳楼》

"乍暖还寒时候，最难将息。"前两日阳光融融，以为春天来临，今日刮起冷风，天气阴沉。还是读两首杜甫的境界阔远的诗吧！

旅夜书怀（唐/杜甫）

细草微风岸，危樯独夜舟。星垂平野阔，月涌大江流。名岂文章著，官应老病休。飘飘何所似？天地一沙鸥。

【《杜诗详注》卷一四】

登岳阳楼（唐/杜甫）

昔闻洞庭水，今上岳阳楼。吴楚东南坼，乾坤日夜浮。亲朋无一字，老病有孤舟。戎马关山北，凭轩涕泗流。

【《杜诗详注》卷二二】

@丫头~：两首都是曾学过的。最喜欢的一句是"星垂平野阔，月涌大江流"，意境阔远，不由得想起了范仲淹《御街行》中的"天淡银河垂地"。
段老师回复丫头~：嗯，"垂"字的用法，前后承继关系。
@21克&香蕉皮："飘飘何所似，天地一沙鸥"里面蕴含了多少无奈。
@胖黑：第二首，篇幅虽然很短小但却给人以雄大之感，将湖山之胜与家国多难的悲哀结合在一起，而产生了沉雄悲壮之感，在古今咏岳阳楼的作品中独树一帜！
段老师回复胖黑：是啊！沉雄悲壮之感，老杜的"沉郁顿挫"风格的集中体现。
@戈一木：人大都爱"星垂平野阔，月涌大江流"两句，我却很喜欢"细草微风岸"，总觉得是一种带凉意的美。
@杜若："星垂平野阔，月涌大江流"与李白"山随平野尽，江入大荒流"（《渡荆门送别》）有异曲同工之妙，但我觉得更胜一筹。
段老师回复杜若：胜在何处？
杜若回复段老师：个人感觉。动静画面感，有收有放，反倒有些张力，有气势。
段老师回复杜若：嗯，我们研究诗词的，不仅要有文学敏悟力，也要具备理论知识，能道出一二，就更不错了。你能感受出，已很不错。

@飞飞在田野：杜甫的那一首确实是经典，影响了不只一代人，我在做中唐韩刘窦的岳阳楼唱和，里面都能看到他的影子，宋人更不用说了。

@北方的雪：读了这两首诗，大概总结了几点杜甫五律的特点，请老师批评指正。首先对仗精工，炼字精到，在这两首中如"星垂平野阔，月涌大江流"中"垂"与"涌"生动传神，突出了原野的空旷，江河的汹涌澎湃，气势宏大，同时在精工之余，浑融流转、无迹可寻，是其突出特点；意象上，"细草""危樯""沙鸥""孤舟"偏孤寂悲伤，其五律所用意象也多为此类，这两首诗整体气势较为阔大，此类意象所用不多，但也反映出沉郁的风格倾向；内容上，杜甫的五律多反映了当时的社会面貌，或写时事，或抒发一己情怀，这两首诗都是借景抒情，表达了漂泊无依，忧国忧民之情，也是其五律诗中常抒之情；同时杜诗艺术手法多变，显示出诗歌艺术上的成熟。

段老师回复北方的雪：大赞一萍！归纳总结得都不错，我们读诗词，不能简单地只见树木，不见森林，需放置到整个诗歌风格乃至整个诗学史去观照，这样，评论更为深刻全面。

@ooo：成都是冷风，我们这边是刺骨的寒风。旅夜抒怀，从细微处入手，进入辽阔境界的书写，后再转入天地一沙鸥，广阔天地下一个没有归宿的人，转换自然。前四句写景，境界雄浑开阔，有种静谧美，后四句写情，有一种孤独悲怆感，寄悲壮于优美中。

段老师回复ooo：嗯，言之有理，分析细腻贴切。

@derek：《旅夜》中最为巧妙的应该是视野的转化。从细处着眼，却呈现整体的浩大：从细草看到长满绿草的江岸，从船樯看到夜里停泊在江上的孤舟，竟然也有些"一花一世界"的感觉；然而，大与小终究是不同的，诗里也巧妙地运用了这一对比，浩淼的天地下，诗人就像一只沙鸥一般渺小，都无法掌握自己的命运。在这两种相反的写法中间，"星垂""月涌"二句更是显示了诗圣的笔力，就算是感怀自身命运，在意荣辱得失，宇宙意识也从来没有离开。

@derek：《登岳阳楼》较之前一首更多了对自己的关注，但是"吴楚东南坼，乾坤日夜浮"二句也还是诗境颇为阔大的，将个人人生置于浩大的宇宙中来看，也许只有大家才会有如此气魄。

1月28日，韦庄《菩萨蛮》五首

新的一轮寒潮来袭，成都一夜的冬雨提醒我们冬天的存在。读了几日硬朗的诗，我们今日换读柔媚的词。韦庄的五首《菩萨蛮》是其代表作，被称为"古今之绝构"。第四首有句"遇酒且呵呵，人生能几何"，挺有趣的。现录如下，与大家共赏：

菩萨蛮（唐/韦庄）

红楼别夜堪惆怅，香灯半卷流苏帐。残月出门时，美人和泪辞。琵琶金翠羽，弦上黄莺语。劝我早归家，绿窗人似花。（其一）

人人尽说江南好，游人只合江南老。春水碧于天，画船听雨眠。垆边人似月，皓腕凝霜雪。未老莫还乡，还乡须断肠。（其二）

如今却忆江南乐，当时年少春衫薄。骑马倚斜桥，满楼红袖招。翠屏金屈曲，醉入花丛宿。此度见花枝，白头誓不归。（其三）

劝君今夜须沉醉，尊前莫话明朝事。珍重主人心，酒深情亦深。须愁春漏短，莫诉金杯满。遇酒且呵呵，人生能几何。（其四）

洛阳城里春光好，洛阳才子他乡老。柳暗魏王堤，此时心转迷。桃花春水渌，水上鸳鸯浴。凝恨对斜晖，忆君君不知。（其五）

【《韦庄集笺注》】

@21克&香蕉皮：都说"呵呵"是苏东坡爱用，没想到韦庄这就有先例。有时把口语用到诗词中，别有一番趣味。

段老师回复21克&香蕉皮：是啊！诗词中口语的适当运用，使诗词风格更加生动活泼。

@荏苒♪仍然：每首诗都有今昔对比，叹时光流转、物是人非，带着自己他乡漂泊的淡淡愁绪。第一首的"劝我早归家，绿窗人似花"，第二首"未老莫还乡，还乡须断肠"是思乡。第三首"此度见花枝，白头誓不归"，第五首"凝恨对斜晖，忆君君不知"是念故人。第四首"遇酒且呵呵，人生能几何"最是洒脱，语言运用的自由以及"对酒当歌，人生几何"的及时行乐，"今朝有酒今朝醉"的带着惆怅的自我放纵。

段老师回复荏苒♪仍然：君怡寥寥数语概括出每首词的主旨，不错！这组词是韦庄晚年的作品，是他对一生的回顾，各种情感皆有。

@啊船啊："春水碧于天，画船听雨眠"如斯意境，游子怎能不合"江南老"？"未老莫还乡，还乡须断肠"为何年老方还乡，是否是因不忍离开如画江南，方才还乡断肠？读韦庄的这首小词，字里行间不见大多羁旅诗词中的惆怅哀婉，反而有些"此心安处是吾乡"的意味，江南之乐，又有谁人共赏？

西瓜杧果水蜜桃回复啊船啊：刹那便是永恒，当胸怀"此心安处是吾乡"的气魄。自能体会江南水乡的柔弱缠绵，塞北的广漠阔远。

@飞飞在田野：遇酒且呵呵，人生能几何。这句大好！

段老师回复飞飞在田野：是啊！古人寥寥数语道出吾等肺腑，不禁拍案叫绝。

@戈一木：觉得"忆君君不知"一句戳中心了。

段老师回复戈一木：看来此句道出雨梅的女儿心了。

落鸿鼓涛回复段老师：这一句应本于《越人歌》："山有木兮木有枝，心恋君兮君不知"，不过斜晖忆人，自成兴趣，与原诗之婉转回肠各擅胜场。

@derek：此五首写情，皆为男女之情，每首之间或有不同，然词体相近，都为后一句直点情感，而前面的描写却皆是为这一句而铺垫。韦庄写词颇为直接，最后一句点出真正的情旨，有点像前面是一个谜，而最后一句是谜底的感觉。

@子不语：我也来冒个泡。这五首词中还是最喜欢第二首，正如人所说韦庄似直而迂，似达而郁。游人都只合江南老，何况是本来的江南人呢？没有琵琶翠屏美人，但一句"垆边人似月，皓腕凝霜雪"就让温婉柔美的江南女儿的形象跃然纸上，可亲可近不可亵玩，如同江南本身一样。只可惜这些连同春水画船都毁于战火。故乡越是美好越被毁灭，词人就越心痛，还乡须断肠。

@北方的雪：感觉读了这五首词好像读了一篇特别的自传，时间上五首词有连续性，第一首写早年与美人的离别，"琵琶金翠羽，弦上黄莺语"有琵琶弦上说相思之感，凄婉缠绵，主要写男女之情；第二首是在江南时期，即使是江南美景美人亦不能阻断思乡之情；第三首是年老忆江南，亦是对自己青春不再的感叹，再次抒发思乡之情；第四首有些放纵的味道，不过是强颜欢笑，哪能轻易看破一切呢？第五首呼应了第一首，既有对美人的怀念，也有不能回乡的深深伤痛，令人动容。

段老师回复北方的雪：一萍解析详尽，每首的主旨概括得极为贴切。这五首词确实是韦庄晚年在蜀中回忆早年在苏州、洛阳等地的生活而作。的确可以称为"自传"。

@胖黑：古人常把酒当做消解哀愁的工具，而韦庄却说"遇酒且呵呵"。"呵呵"虽是笑声，但并不是真的欢笑，只是空洞的声音，没有真正欢快的感情，我想韦庄所写的更是一种强作欢笑的酸辛。唐朝灭亡，韦庄此时已年过古稀，"遇酒且呵呵，人生能几何"，也确是真情实感啊。

段老师回复胖黑：所以我们解词需"知人论世"，透过文字表面看其内心。

@ooo：第四首读着最有感受。不是为了遇酒且呵呵，只为今夜沉醉。前三首虽说描写很细腻，画面也很优美，可就是感到一种隔阂，缺少带入感，很不真实，虽能体会其情其景，可与现实生活格格不入。唯有第四首，借酒消愁，千古不易，但愿长醉不复醒。

1月29日，韦庄《思帝乡·春日游》、冯延巳《南乡子·细雨湿流光》

今日虽有冷风，但已渐次晴开。昨日我们的茶馆很热闹哦！今日我们接着说说古代女子的情爱，古代女子为相思烦恼、哭泣，但也有大胆的表白。请读下面两首词。

思帝乡（唐/韦庄）

春日游，杏花吹满头。陌上谁家年少，足风流。妾拟将身嫁与，一生休。纵被无情弃，不能羞。

【《韦庄集笺注·浣花集》】

南乡子（五代/冯延巳）

细雨湿流光。芳草年年与恨长。烟锁凤楼无限事，茫茫。鸾镜鸳衾两断肠。

魂梦任悠扬。睡起杨花满绣床。薄幸不来门半掩，斜阳。负你残春泪几行。

【《阳春集》】

@**胖黑**：高中时就很喜欢第一首词，谁说写女儿家心事只能是缠绵温婉的呢？这首词毫不掩饰地流露了女子青春的热情以及对自由恋爱的追求。词意直白，却朴实大胆，更似民歌。虽然后句为世人所熟知，但我却更喜欢第一句，简单的描述，却已经为后句所写的感情之浓烈渲染了氛围。春日游，少年愁，多美啊！

段老师回复胖黑：是啊！这位女子对情爱的追求是如此决绝，让人想起汉乐府《上邪》，也是如此决绝啊！应该为古代的这位大胆表白心声的女子点赞哈！

@子不语：读了韦庄词才知古代女子也是如此敢爱，热情真挚，大大方方。韦词像乐府民歌。与冯延巳词中细腻婉转的闺怨伤春之情比起来更有一种明亮之美，如同词中明媚的杏花春光一般。

段老师回复子不语：嗯，记得在课上讲过，在词产生前，表现大胆热烈的情爱作品只有在民间创作中才多见，如《诗经》《汉乐府》等。而文人诗歌很少见到。但词产生后，情爱的题材就移到了词里，只是大多含蓄委婉。而这首韦庄词却直白朴素，风调直逼民歌。

@21克&香蕉皮：“纵被无情弃，不能羞"能感觉到女子的自尊自傲。《思帝乡》就像是一个女子春游的心情独白。才子佳人式的故事，直白激荡。

@北方的雪：韦词中的女子在一见钟情的情况下就能产生"妾拟将身嫁与，一生休。纵被无情弃，不能羞"的想法，夸张地说有一种豪气在其中，有一种自尊的女汉子的感觉。与韦词相比，冯延巳的《南乡子》更显清丽委婉，"细雨湿流光。芳草年年与恨长。"前一句运用了通感，这两句将时光与离愁别恨化为可感之物，且不经意间突出了时间的难熬及年复一年的离愁别恨的难以释怀之情。

段老师回复北方的雪：哈哈，一种自尊的女汉子的感觉，这位女子确实与众不同。冯词中将时光与离愁分别化为细雨与芳草，确实化虚为实了。

@戈一木：很喜欢"杏花吹满头"一句，阳光、微风和花瓣。情感直接又热烈。后首更加缠绵也更惆怅。

段老师回复戈一木：对啊！春日、杏花、俊男、美女，这幅画面太美了。洋溢着青春和爱情，都是让人沉醉的。

@丫头~：老师今天发的两首我都很喜欢。被第一首中女主人公的勇敢折服，感情热烈；而第二首则表现了女子真挚钟情和惆怅，语言清丽委婉，是另一种美。

段老师回复丫头~：对啊！我也喜欢，才贴上与你们共赏。这是两种风格的美，也是两种女性的美，词中的两位女子是否有点像《红楼梦》中的探春和黛玉呢？

@ooo：韦庄诗中敢爱敢恨的一个女子，着实令人钦佩。冯延巳诉离殇，诉愁肠，低回婉转，无限深情跃然纸上。女子一边骂着薄幸，一边为其半掩门扉，望君不来，于是泪眼婆娑。首句写愁更是成为脍炙人口的名句。"细雨湿流光"，不似"一江春水向东流"那般，浩浩荡荡，一往无前，而是如同细雨一般，润物无声，虽不浓烈，但却时时刻刻缠绕着你，是一种淡淡的、驱不散的哀愁；也不似"一川烟草，满城飞絮"那般，哀愁漫无边际，内心空空荡荡，使人茫然，而是表现为一种沉重感，细雨湿不似柳絮那般轻盈，那种愁落在心上却是实实在在的。可以想到那女子，定然是满面愁容，徘徊屋内，时不时地传来几声叹息。

段老师回复 ooo：哦！今天俊亮分析得很好！将冯词的意境生动形象地表现出来了。

@derek：韦庄词中的女子对待感情的态度着实直接、大胆，竟让我在初读时产生一种此首词是男子借女子之口表达政治立场的错觉（之前读过几首借女子口表达政治理想的诗），后来又想到《上邪》，才确定是写女子情感，看来女子一旦为感情献身，决绝之态也是令人敬佩的。冯词的女子，更像是身边人，有种亲切感，明明嘴上还抱怨着情郎薄幸，却不忍他受春雨淋湿还留了小门，这样的女子，像极了身边言不由衷的善良姑娘。

1月30日，温庭筠《河传·湖上》、牛希济《生查子·春山烟欲收》

今日再读两首小词。

河传（唐/温庭筠）

湖上，闲望。雨萧萧。烟浦花桥路遥。谢娘翠娥愁不销，终朝，梦魂迷晚潮。

荡子天涯归棹远，春已晚，莺语空肠断。若耶溪，溪水西，柳堤，不闻郎马嘶。

【《温庭筠全集校注》卷十】

生查子（唐/牛希济）

春山烟欲收，天澹稀星小。残月脸边明，别泪临清晓。

语已多，情未了，回首犹重道。记得绿罗裙，处处怜芳草。

【《全唐五代词》卷三】

@西瓜杧果水蜜桃：温词明显有温大家的特色，上阕写湖上闲暇所望，一片迷离雨潇潇，娥眉紧缩，为何？自是为那远方的荡子，只是何时才能听见那熟悉的马鸣声。牛词上阕"别泪"二字便点出该词道男女分别之情。上阕写景，下阕抒情，突然有"长亭外，古道边，芳草碧连天"的惆怅。

段老师回复西瓜杧果水蜜桃：哈哈！看来不能再读婉约词了，你看都引起琳峰的惆怅了。

@戈一木：《河传》，很有絮语的感觉啊，写思妇的等待思念更加轻巧动人。后首"语已多，情未了"一句，简洁却又道出很多人的共同感受。

段老师回复戈一木：嗯，"河传"这个词牌很特别，我觉得有点现代朦胧诗的味道。

@荏苒♪仍然：《河传》下阕的"若耶溪，溪水西，柳堤"三个平声结尾，韵律很奇妙，读起来很是清新。《生查子》前两联由景入情的过渡很自然，特别是"残月脸边明，别泪临清晓。"月下一伤心人矣。

段老师回复荏苒♪仍然：是啊！"河传"这一词调正如你所说"奇妙""清新"，所以特地让大家领略一下。

@北方的雪：温庭筠的《河传》句式参差错落，节奏轻快活泼，却偏偏是写思妇之情，上阕写愁却不解为何愁，下阕开篇便点出荡子，使整首词结构严密，结尾处的对比使思妇的等待更显急切，引人共鸣。牛词是伤离别，"春山烟欲收，天澹稀星小。残月脸边明，别泪临清晓"生动刻画出天明的过程，但心情却不能如天色般明朗起来，"记得绿罗裙，处处怜芳草"可见女子感情真挚，也是用小小的智慧让男子不要忘却自己。

@没有风火轮的小哪吒：更喜温庭筠的《河传》，词句错落，甚是别致婉转，此处与遥望荡子佳人的内心相配，更添落寞之感，从远望到不见归棹，再到最后的"不闻郎马嘶"却又是几番希望与几番失落，起伏跌宕。

@ooo：温庭筠的词细腻婉转，但总感觉隔着一层。唯独牛希济的最后一句，记得绿罗裙，处处怜芳草，读着，想着，着实亲切。一个善良、活泼的女子形象活泼泼地就在眼前。

@derek：《河传》词调错落有致，极富律动感，但温庭筠作之，仍不改其含蓄委婉风格，但个人认为这样的格式，更适合韦庄这样表情直接的词人来写，运用起来可能会更得心应手。

1月31日，唐寅《桃花庵歌》

今日又是阴冷的小雨，且读一首明代唐寅的《桃花庵歌》。

桃花庵歌（明/唐寅）

桃花坞里桃花庵，桃花庵里桃花仙；桃花仙人种桃树，又摘桃花换酒钱。酒醒只在花前坐，酒醉还来花下眠；半醒半醉日复日，花落花开年复年。但愿老死花酒间，不愿鞠躬车马前；车尘马足贵者趣，酒盏花枝贫者缘。若将富贵比贫者，一在平地一在天；若将贫贱比车马，他得驱驰我得闲。别人笑我忒风癫，我笑他人看不穿；不见五陵豪杰墓，无花无酒锄作田。

【《六如居士集》卷一】

@21克&香蕉皮：围绕着桃花的是怡然自得的生活。桃花仙人不是真的仙人，只是放荡形骸、追求自由，于是像个仙人。但我觉得往往这样强调"不愿鞠躬车马前"，其实心里总是有一丝遗憾，通过这样反复强调，其实是一种麻醉自己的方式。

段老师回复21克&香蕉皮：是麻醉自己的方式吗？这可是江南才子唐伯虎哦！任性恣肆的放浪才子哈！

@胖黑："不见五陵豪杰墓，无花无酒锄作田"可以这样解释：看那五陵豪杰们多么风光，如今他们的坟墓也是无花无酒无人祭拜，更是被锄开，变做了良田。这种对功名利禄的淡薄和轻视，比寻常诗篇更显飘逸，也为"别人笑我太疯癫，我笑他人看不穿"做了个很好的解释。

段老师回复胖黑：对啊！对功名利禄的淡薄和轻视是全篇的主题。

@ooo：读着唐寅的桃花庵歌，就想到了李白，两者都是仙人一般的人物。不过，一个爱酒，一个钟情于桃花，一个豪纵之气多些，一个隐逸之味浓点。这首诗后面评论的部分远不如之前对桃花仙的描述。开篇联用桃花，不仅不显得繁复，反而读起来通俗，琅琅上口，这便是这种亦诗亦歌的写法。额，其实我不明白这首诗是什么体裁？歌行体？

段老师回复ooo：对啊！歌行体，题目就标明了，题目中有"歌"，有"行"的，自然是歌行体。

@子不语：我觉得苏轼的话很有道理"痛饮从来别有肠"《南乡子·和杨元素》！唐寅一生怀才不遇，贫困潦倒，半醉半醒其实正是消磨时光，逃避痛苦，以酒精换来暂时的忘却。所以"酒醒只在花前坐，酒醉还来花下眠；半醒半醉日复日，花落花开年复年"，看似潇洒，其实蛮心酸的。这首诗的开篇处处"桃花"，回环往复，运用顶针修辞，再加上单句也常押韵，读起来好有节奏感，行云流水，把不得志的压抑冲散了很多。我想唐寅也是在不断地努力看开吧。ps：不知道为什么每次读第一句都会脑补出"从前有座山……"

段老师回复子不语：正是用了顶针手法，全诗显得回环往复，流畅自然，就如大家学过的张若虚的《春江花月夜》，有些民歌的风味。至于主题，有心酸、有不甘，但更多的是飘逸潇洒、放荡不羁。

@北方的雪：这首诗的前四句，好像在讲一个故事，类似从前有座山，山里有个庙……运用顶针手法，迅速把读者带入桃花世界，毫无距离感，自然引出下面的描述，塑造了醉卧花下逍遥自在的隐者形象。下篇对比之下富贵之人哪有诗人这般潇洒，更可笑的是世人皆对富贵趋之若鹜，突出了诗人对社会的不平之气与其傲岸的性格。诗歌整体虽无浓厚的诗味，也无炼字的技巧，却胜在生动形象，清新飘逸，有很强的感染力。

段老师回复北方的雪：对啊！全篇表现了对社会的不平之气和傲岸的性格，因为是歌行体，诗句明白如话，流畅自然，具有民歌风味，自然就无刻意雕琢之感了。

@丫头~：这首诗有种自言自语的讲故事的感觉，开头几句镜头由远及近，把读者带进特定的环境中去。诗中出现很多酒、桃花，却一点也不落俗套，反而让人觉得这些已经成为诗人生命的一部分。整首诗表现了诗人的隐逸之趣。尤其名句"别人笑我忒疯癫，我笑他人看不穿"更让人感受到他不羁的个性。

段老师回复丫头~：嗯，全诗生动活泼的语言风格正体现了唐寅那种不羁潇洒的性格。

@潇竹絮：记得以前还唱过前四句的歌谣。唐寅的不羁导致了他晚年的落魄，还想不知道他和秋香的故事是真是假，要是真的，他那么落魄，秋香咋办捏？这问题若干年前就一直在想。又看到五陵了，果然是富人区。

段老师回复潇竹絮：亲，那你就考察一下唐寅和秋香的故事嘛！

@戈一木：开头几句让人想起从前有座山的话哈哈。唐伯虎亦是求取功名不成，而后依着本身傲气、才气如此放荡不羁，让太多人只能感叹却无法如他一般。果真是他人看不穿他的"疯癫"啊。

段老师回复戈一木：嗯，他的"疯癫"自有其特殊的意义。

@另一个自己：整首诗对仗工整，琅琅上口，感染力极强，可看出唐寅才华横溢、锋芒毕露。但官场失意，怀才不遇，选择消极避世，带有愤世嫉俗之意。但通过"老死花酒间"和"鞠躬车马前"可看出他对生活和人生有了重新的理解，与其为富贵汲汲奔走，不如在贫贱中享受安然闲适。随遇而安，这未尝不是一种乐观。

2月3日，秦观《望海潮·洛阳怀古》《鹧鸪天·枝上流莺和泪闻》

重庆宅居两日，读秦观词两首。

望海潮·洛阳怀古（宋/秦观）

梅英疏淡，冰澌溶泄，东风暗换年华。金谷俊游，铜驼巷陌，新晴细履平沙。长记误随车。正絮翻蝶舞，芳思交加。柳下桃蹊，乱分春色到人家。

西园夜饮鸣笳。有华灯碍月，飞盖妨花。兰苑未空，行人渐老，重来是事堪嗟。烟暝酒旗斜。但倚楼极目，时见栖鸦。无奈归心，暗随流水到天涯。

【《淮海居士长短句》卷上】

鹧鸪天（宋/秦观）

枝上流莺和泪闻，新啼痕间旧啼痕。一春鱼鸟无消息，千里关山劳梦魂。

无一语，对芳尊。安排肠断到黄昏。甫能炙得灯儿了，雨打梨花深闭门。

【《淮海居士长短句》补遗】

@21克&香蕉皮："雨打梨花深闭门"真是常见啊。前两天读唐寅的词《一剪梅》也遇见了一次。老子说"上善若水"，孔子有"逝者如斯夫，不舍昼夜"。是从李煜的"问君能有几多愁，恰似一江春水向东流"开始，流水总是被赋予悲情吗？

段老师回复21克&香蕉皮：嗯，"雨打梨花深闭门"最早应出自哪一首诗？你能查查吗？至于流水为何总被赋予悲情，也可以讨论一下啊！

21克&香蕉皮回复段老师："雨打梨花深闭门"在全唐诗《春怨》刘方平和戴叔伦的都有，但不完全相同。刘诗是"梨花满地不开门"，戴诗是"梨花春雨重掩门"。

@胖黑：倚楼远望，暮色苍茫，见昏鸦归巢，归思难收。观眼前之景而忆往昔之情，今昔交错，虚实相融。秦观的词，光是读起来便有让人叹服的美感，"金谷俊游，铜驼巷陌，新晴细履平沙"，明艳的春色与肃杀的暮景对照，昔日"俊游"与今日"重来"感情相比，词人凄苦郁闷的愁情被表现得分外淋漓。古今词人，论深婉，少游当属第一人。

段老师回复胖黑：杨博评析得很好！词情把握贴切，文笔优美，流畅。古今词人，论深婉，少游确是第一人啊！

@西瓜杧果水蜜桃：望海潮一词有明显的今昔对比，拿过去的峥嵘岁月与现在重游的感觉对写，由此生出"事事堪嗟"的心境，旖旎的春色，凄凉的暮景，通过巨大的张力把词人苦闷的心情表现得淋漓尽致。

段老师回复西瓜杧果水蜜桃：对啊！鲜明的对比手法，巨大的语言张力自然表现出词人的矛盾苦闷的心情。

@潇竹絮：和柳永的《望海潮》一样，都在极力铺陈都市繁华。我觉得，若论写景，柳永胜秦观，柳永《望海潮》里所写的钱塘江的壮阔之景，那是北方洛阳所没有的，感觉和"望海潮"这个词牌也很相符啊。要不然怎么据说因为柳永这首词让金主有了南下攻宋的念头呢？可若论抒情，秦观的这首词更为深刻。秦观词或因有怀古之意，其中无奈伤感流露得较为明显。柳永的《望海潮》为拜谒之作，不过他不遇的尴尬其实光从词表面来看并不突出。

段老师回复潇竹絮：嗯，用比较的方法评析柳诗和秦诗同一词牌的不同，一胜在绘景，一胜在抒情，不错！不过，亲，再查查《宋词鉴赏词典》看看"望海潮"词牌的来历。

潇竹絮回复段老师：上网查《望海潮》，说是始见《乐章集》，那就应该是柳永自创的曲调了吧。

@北方的雪：秦观的《望海潮》胜在今昔对比上，不是简单的上下片分写今昔，而是上下片都包含对比，使内容更加丰满，情感抒发也更为流畅，极富感染力。秦观擅长表达柔婉精微的感受，在这首《鹧鸪天》中没有过多的景物描写，将情感寄托在流莺之上，整首词轻巧流畅，平淡中流露出深深思念之情。

段老师回复北方的雪：两首词都评析得到位、精当，尤其是《鹧鸪天》一词，点赞哈！不过 一萍，你查查"雨打梨花深闭门"最早出自哪一首诗？

北方的雪回复段老师：查了一下才发现这一句的应用十分广泛，如李重元的《忆王孙》、唐寅的《一剪梅》及《西厢记》的唱词中都有这一句，但论最早出现，我在《全唐诗》查到尹鹗的《清平乐》中有"雨打梨花满地"一句，还有刘方平《春怨》中有"梨花满地不开门"一句，还没有查到时间早于秦观词的"雨打梨花深闭门"原句诗歌出处。

@ooo：历来怀古诗多表现历史的昔盛今衰，多以历史为切入点。怀古词，似乎少见。秦观洛阳怀古独独以自己的身世感触做切入点,今昔对比也是从自己情感出发,叙述的也是自己的事事堪嗟。与以往怀古诗有极大的不同。他描写春景,絮翻蝶舞,清丽典雅。他写归心暗随流水到天涯。不知这首词作于何时,所以只知道作者在愁,却不知在愁什么。至于鹧鸪天,作者在紧闭的门扉之后,点着灯儿,听着屋外雨打梨花,估计仍是在落泪吧!

段老师回复ooo:哦!俊亮今日评词,从大处着眼,颇具学术性。表达顺畅、自然。

2月5日,张孝祥《念奴娇·过洞庭》

今日读一首豪放词。

念奴娇·过洞庭(宋/张孝祥)

洞庭青草,近中秋,更无一点风色。玉鉴琼田三万顷,著我扁舟一叶。素月分辉,明河共影,表里俱澄澈。悠然心会,妙处难与君说。

应念岭海经年,孤光自照,肝肺皆冰雪。短发萧骚襟袖冷,稳泛沧浪空阔。尽挹西江,细斟北斗,万象为宾客。叩舷独啸,不知今夕何夕!

【《于湖居士文集》卷三一】

@**胖黑**:"尽挹西江,细斟北斗,万象为宾客"一句,当真是豪迈无双。词人自作主人,请天地万物作客人,舀尽西去长江之水,用北斗七星作酒杯,招待万象,这是何等气势。最主要的是,词人此时是一个被谗免官的人,如此自信,如此心胸,尽掩贬谪之悲凉

段老师回复胖黑:张孝祥乃辛派词人,词风豪迈。杨博析此三句,确实气象博大,气势超迈。

@**戈一木**:驾一叶扁舟,赏万顷湖水,词人豪迈之心境,几人能及?果真是心会之后难以言说的妙处,不怪乎忘却今夕何夕了。

@**子不语**:"素月分辉,明河共影,表里俱澄澈"一句很美。月光如水水如天,水月相融,洞庭湖浩淼澄澈外更添几分柔和。此情此景,词人心胸也为之更宽阔,"表里俱澄澈"的不仅是湖水,也是词人自己。

段老师回复子不语:是啊!一副水月生辉、天地相融的画面。

@北方的雪：觉得这首词很有苏轼的感觉，让我想到了苏轼的《赤壁赋》，情感上也都是一波三折。这首词先写洞庭之景，"著我扁舟一叶"于赏景之乐中凸显一点孤寂，"表里俱澄澈"既是对明月与湖水的描绘，也是表明自己的内心与品行。下片主要是抒情，从自身着眼，有悲凉之感，逐渐眼界开阔，衍生出包囊天地的博大胸怀，情感得到升华，也使这首词成为一首流传千古之词。

段老师回复北方的雪：一萍分析得太棒了！细致贴切！上片写景，寥寥几笔勾画出青草、扁舟、素月、明河这样一幅上下远近，层次井然的水墨画；下片的抒情依然境界阔远，一种英姿奇气从中透出，真乃大丈夫之词。

@潇竹絮：感觉全词泛着冷静之色，上阕静，下阕冷，有种众人皆醉我独醒的傲气。

@21 克&香蕉皮："玉鉴琼田三万顷，著我扁舟一叶"，三万顷和一叶扁舟的对比，使得景象更加庞大，给人以震撼之感。

段老师回复 21 克&香蕉皮：对啊，三万顷和一叶舟，强烈的对比。

@ooo：也许以李清照为代表的婉约词人，其词作当体现词之"本色"。以苏轼辛弃疾为代表的豪放诗人虽采用词的形式，却以诗入词，以文入词，从而失去了词的"本色"。张孝祥的这首豪放词，其语言清丽自然，都说诗庄词媚，就语言而言，这首词少了点"庄"，多了点"媚"。但就词作所表现的情感、境界而言，他是大气的，是坦荡的，表现了男人的胸襟与磊落的情怀。"素月分辉，明河共影，表里俱澄澈。"此句即是以词的"本色"语言，表现诗人的豪放之情。（不知道评的准不准，毕竟没有大量的接触豪放词，所以立论的依据有点不足，心里有点虚）

段老师回复 ooo：首先谢谢俊亮的积极参与，不要怕说错。李清照以婉约词为本色，视苏轼的"豪放词"为变体，进行否定。张词风格基本为豪放，不是"本色"哈！可以查查相关词学专著。

@黑拓耷：情意绵绵，但内容细论起来，满溢而无实。心近身远，这样的词，我个人觉得更适合"少年不知愁滋味"的人初学——词里雕工整齐，处处押韵好坏参半，押韵多伤情意。我的拙劣见解，渴望您多做批评。

段老师回复黑拓耷：押韵是词牌的要求哈！

@荏苒♪仍然：上阕写景，一句"玉鉴琼田三万顷，著我扁舟一叶"，虽是写自己乘小舟，但运用对比，显得十分宏阔大气。后句"素月分辉，明河共影，表里俱澄澈。"由景及人，情景交融。下阕更是宏伟壮阔，写泛舟是"稳泛沧浪空阔"，饮酒是"尽挹西江，细斟北斗，万象为宾客。"如此大气磅礴，浩大到一种空远寂寥之感，难怪有"扣舷独啸，不知今夕何夕"的感慨。

2月6日，窦叔向《夏日宿表兄话旧》

连续几天读词，有点审美疲劳了。今日读一首窦叔向的《夏日宿表兄话旧》。

夏日宿表兄话旧（唐/窦叔向）

夜合花开香满庭，夜深微雨醉初醒。远书珍重何曾达，旧事凄凉不可听。去日儿童皆长大，昔年亲友半凋零。明朝又是孤舟别，愁见河桥酒幔青。

【《全唐诗》卷二七一】

@戈一木：一句"旧事凄凉不可听"，真是不愿面对可是又不能丢弃啊。夜深和微雨都是凄凉之景，却偏偏花开满院香，挽不住离别复离别。

段老师回复戈一木：是啊！美景和离情的对比。

@北方的雪：诗中"微雨""孤舟"等意象渲染出悲凉的意境，"凄凉""凋零"等词语则直接点出作者内心的惆怅，与表兄的话旧，可谓往事不堪回首，向前看最近的又是离别，全诗感情自然真挚，有亲切之感，虽有风味但骨气顿衰，窦叔向是生活在大历年间的诗人，诗中流露出浓浓的大历诗风。

段老师回复北方的雪：不错！一萍评诗知道知人论世，结合诗坛风气析诗，更具诗史色彩。

段老师回复北方的雪：一萍，请介绍一下窦叔向吧！我也不熟悉。

北方的雪回复段老师：查了一下《唐才子传》。窦叔向，字遗直，扶风平陵人，有卓绝之行，登第于大历初。少与常衮同灯火，及衮相，引擢左拾遗内供奉。及坐贬，亦出为溧水令。卒赠工部尚书。文志载《叔向集》七卷（善五言诗，名冠流辈），今存诗甚寡，盖零落之矣。（参考傅璇琮主编《唐才子传校笺》第二册卷四）

段老师回复北方的雪：谢谢一萍！长知识了哈！对了，这次知道查专业文献了，对啊！以后唐代诗人的生平事迹，就查傅璇琮主编的《唐才子传校笺》。

@丫头~：欢饮话旧，重逢再别。与表兄一夜的谈话可真是再现一生的经历。字里行间流露着诗人的惆怅。诗人叙事，但感情真挚深沉，确是情文兼至。

@黑拓荦：我记得读过的上海辞书的唐诗鉴赏里有这首诗，当时很有感于"去日儿童皆长大"两句。开头两句铺垫情景，也交代了一件事"醉初醒"。"旧事凄凉不可听"，有"去日儿童皆长大"的友情，也有"昔年亲友"的亲情。"远书珍重"已经未曾得到答复，现在明朝还要"又见酒幔青"。醉初醒后，还是要面对更改不了的现实，相聚短暂，离别在即。现在愁，明天分别的时候来了更是愁。有句诗和"纱窗日落渐黄昏""梨花满地不开门"略为相近，是描写一夜过后打开房门，花落满庭阶的样子。那首诗可以和这首互动，但我在嘴边就是想不起来。

段老师回复黑拓耷：哈哈！在嘴边，就说出来嘛！

@西瓜杧果水蜜桃：有道是"相见时难别亦难"，欢乐的时光总是短暂，一想到明天又会分别，眼前所见之景又恰好为明天洒泪分别做下铺垫，这其中的滋味又仅能用区区几个字来概括，"人去似春休，卮酒曾将酹石尤"（《南乡子·烟暖雨初收》）虽道容若词多写男女之情，但此处用作兄弟情义，想必于情于景。

段老师回复西瓜杧果水蜜桃：看来，琳峰对纳兰词很熟悉呢！好吧！过几天读读纳兰词。

@杜若：《贯华堂选批唐才子诗》载，"珍重"下接"何曾"妙，"何曾"上加"珍重"妙。此亦人人常有之事，偏能写得出来也。五、六是人人同有之事，是人人欲说之话，不叹他写得出来，叹他写来挑动。"明朝又别"四字，隐然言他日再归，便是儿童亦已凋零，亲友并无半在也。可不谓之大哀也哉！借用一下。

@潇竹絮：刚看到首联的时候还在想怎么用了两个夜字，后来才发现第一个是花名，查了一下，夜合花又叫夜合木兰，顿觉自己孤陋寡闻了，古人是怎么知道那么多花花草草的呢？我对花草树木从来都是相见不相识。

2月9日，欧阳修《诉衷情·清晨帘幕卷轻霜》《浣溪沙·堤上游人逐画船》

欧阳修，北宋文坛领袖，诗文庄重，词却婉媚有趣。今日读其两首"有趣"的词。

诉衷情（宋/欧阳修）

清晨帘幕卷轻霜。呵手试梅妆。都缘自有离恨，故画作远山长。
思往事，惜流芳。易成伤。拟歌先敛，欲笑还颦，最断人肠。

浣溪沙（宋/欧阳修）

堤上游人逐画船。拍堤春水四垂天。绿杨楼外出秋千。

白发戴花君莫笑，六幺催拍盏频传。人生何处似尊前。

【《欧阳修词笺注》】

@21 克&香蕉皮："绿杨楼外出秋千"这句我有印象，《人间词话》里王国维曾经评价过。冯延巳有"柳外秋千出画墙"，两句很像。我觉得欧阳修的妙在于语序排列上。"楼外出秋千"有一种惊喜之感，相比较"秋千出画墙"倒是意料之中了。"拟歌先敛，欲笑还颦，最断人肠"说的真对。"欲笑还颦"把女子的妙态形容出来了，我是女子想到这种情态也会觉得心痒。

段老师回复 21 克&香蕉皮：圣寒记性真好，看来是认真读过《人间词话》的。

@丫头~：《诉衷情》这首之前曾看到过，写歌妓的离恨之苦和对命运的无可奈何。欧阳修好笔力，把人物刻画得入木三分。

段老师回复丫头~：嗯，欧公把这位女子的神态惟妙惟肖地描画出来了。

@茌苒♪仍然：《诉衷情》上阕"都缘自有离恨，故画作远山长"，一语双关，画的是远山黛，愿的是情长，很是柔软细腻。《浣溪沙》中"白发戴花君莫笑"最是有趣，白发戴花的心态真是极好的，整首词也是春意融融，意趣浓浓，可末尾"人生何处似尊前"的感叹却又在欢愉之中读出了些许失落和怅然。

段老师回复茌苒♪仍然：君怡心思真细腻，对两首词词情都把握很准哦！

@北方的雪：欧阳修的这首《诉衷情》上片点出"离恨"，整首词酣畅淋漓，用白描的手法写出女子的孤寂凄凉，好一幅动态的美人图。《浣溪沙》这首词中动词运用极为出色，"逐""出"，使整个画面活泼起来，有喧嚣、热闹之感，同时这首词还向我们展示了欧阳修饶有趣味的一面，陶醉在绚烂的春景中，结尾"人生何处似尊前"让人感受到一丝淡淡的忧愁无奈之感，回味无穷。

段老师回复北方的雪：是啊！又是一副动态美人图，寥寥几笔画出，显示出欧公的功力啊！

@潇竹絮：很喜欢第一首的最后三句，忧愁似乎总是欢乐的双生子，笑中带着轻愁的女子是最能打动人的。一直对戴望舒的"那是一个丁香一样的，结着愁怨的姑娘"印象深刻，那种说不清道不明的愁绪，最是动人。

@啊船啊：游人如织，柳枝低垂，春水暖融，高耸的绿杨楼中，少女高高荡起秋千。好一卷春意盎然图。虽满头华发，词人仍不减童真本色，摘取野花簪在鬓间，听一曲琵琶语饮尽杯盏。人生匆匆，何不及时行乐，对酒当歌？如斯春意，如此雅兴，酒不醉人人自醉尔。

@ooo：第一首，第一次看到将眉画得像远山那般长来表示离恨，感觉很新颖。正所谓山长水阔知何处，而女子的离恨也可以用画眉来表示。拟歌先敛，欲笑还颦,敛的是愁容,心本凄苦,强作欢笑,着实断人肠,让人心疼。第二首白发戴花,莫不是欧阳修自己?再想想书上他庄严的形象,实在很难想象竟是一个人。"绿杨楼外出秋千",王国维将其与冯延巳"柳外秋千出画墙"做比较,说欧语尤工,但不知工在何处?

段老师回复ooo:可以参看今天第一个学妹的解析,她也谈到了冯词与欧词的区别。

2月10日,寇准《江南春·波渺渺》《追思柳恽汀洲之咏尚有遗妍因书一绝》

寇准是北宋著名的政治家,位至宰相,功业彪炳,但其诗词却"凄楚愁怨"、柔丽感伤。

江南春(宋/寇准)

波渺渓,柳依依,孤村芳草远,斜日杏花飞。江南春尽离肠断,蘋满汀洲人未归。

追思柳恽汀洲之咏尚有遗妍因书一绝(宋/寇准)

杳杳烟波隔千里,白蘋香散东风起。日落汀洲一望时,愁情不断如春水。

【《全宋诗》卷八九】

@潇竹絮:"愁情不断如春水"让我想到欧阳修《踏莎行·候馆梅残》里的"迢迢不断如春水"一句。"白蘋",又称四叶草,是一种水生草木。这两首《江南春》都出现了白蘋和汀洲,许是因为描绘的是江南水乡,自也应有水生植物来作衬吧,它们经常一起出现,比如李贺《追和柳恽》中有"汀洲白蘋草,柳恽乘马归",而这首诗所和的柳恽的《江南曲》中有"汀州采白蘋,日落江南春",看来汀州和白蘋是江南的一种象征。

段老师回复潇竹絮:嗯,如意今天考查颇为仔细,白蘋据说春天开白色小花,应该是比较美丽的。寇诗是从齐梁诗人柳恽的《江南曲》演化而来,其辞云:"汀洲采白蘋,日暖江南春。洞庭有归客,潇湘逢故人。故人何不返?春花复应晚。

不道新知乐，只言行路远。"此诗包含了一个美丽忧伤的故事啊！

21克&香蕉皮回复段老师：柳宗元有"欲采蘋花不自由"我一直不知道这蘋花是什么。今天受教了。不过具体白蘋美不美我不敢说。像是紫薇、蒹葭这类植物，看诗里写的好美，但真正见到略感失望。

段老师回复21克&香蕉皮：哈哈！圣寒好可爱！这些植物美不美，是在于你自己啊！所谓"一花一世界，一沙一天堂"，你认为美也就美了呀！再说文学艺术本身就是创造美的啊！当然，这需要阅读者有一定的审美能力。林黛玉认为美的春花秋月，刘姥姥一定不会以之为美的。

@戈一木：心如春水，思念迢迢无边，白蘋悠悠芳草戚戚，相思离愁跃然纸上，如画啊。

段老师回复戈一木：不仅如画，还有故事呢！可以编小说哈。

@胖黑："波渺渺"，似是佳人望穿秋水的深情。"柳依依"，让人触目伤怀，回想当年长亭惜别之情。"孤村"，表达的也是主人公心情之孤寂，"斜阳"看起来却有一种无可奈何的凄凉和感伤。这首词对意象的应用真是出色。

段老师回复胖黑：嗯，全是恰如其分地能表达情绪的意象，可谓情景交融，韵味悠远。

@丫头~：寇准性格刚毅，善断大事，政治成就卓越，他的词却体现出委婉感伤的风格，让人觉得好有趣。《波渺渺》这首最为有名，从景写起，以情结尾，将女子怀人伤春的愁绪融入暮春之景当中，脑海中当真浮现出如画一般景色。

段老师回复丫头~：七尺男儿也有一番柔情丽语，如范仲淹、欧阳修，这样更具魅力了。

@北方的雪：第一首《江南春》寥寥四句勾勒出一幅略显凄楚的江南暮春图，词人寓情于景，结尾两句直抒胸臆，酣畅淋漓地抒发了女子的相思之情与内心的苦闷，整首词短小精悍，给人以意犹未尽之感。这首词中有"离肠断"，看来断肠在闺怨词中出现的频率实在是很高啊！第二首景色更为飘渺朦胧，有如在仙境之感，结尾一句将柔情比作春水，突出了情之柔与长，让我想到了秦观的"柔情似水，佳期如梦"。

段老师回复北方的雪：嗯，分析细致哈！二词都显得情韵悠长，蕴籍空灵。二首词是从柳恽诗意演化而来，详见前面对如意的回答。

@ooo：刚看这两首，很是诧异。一为词，一为诗，怎么会是同一诗题下二首？于是百度一下，第一首为词，词牌名江南春，据说仅剩寇准此一首。而第二首应当是诗，首先从格律来说，不符合江南春的格律，其次，四库一下，其题名有作"江南春""江南曲"（诗学中辑佚而出）"夜度娘"（其首句为渺渺烟波一千里）"追思柳恽汀州之咏尚有遗妍因书一绝"（《忠愍集》），又此诗与柳恽《江南曲》情感相类。可知，此首当为诗，且是和柳恽。又此诗不同版本最后一句大多作"愁情不断如春水"，结合其意境、情感，"柔情"似难理解，此处作"愁情"似乎更为恰当。不知道考证得对不对啊。

段老师回复 ooo：不错！有研究的意识了。严格来说，一首为诗，一首为词。但诗题比较混乱。点赞哈！

2月11日，王安石《午枕》两首

今日阳光明媚，读两首王安石睡了午觉后的诗吧，诗题为《午枕》。

午枕·其一（宋/王安石）

百年春梦去悠悠，不复吹箫向此留。野草自花还自落，鸣禽相乳亦相酬。旧蹊埋没开新径，朱户欹斜见画楼。欲把一杯无伴侣，眼看兴废使人愁。

【《临川先生文集》卷二五】

午枕·其二（宋/王安石）

午枕花前簟欲流，日催红影上帘钩。窥人鸟唤悠扬梦，隔水山供宛转愁。

【《临川先生文集》卷三〇】

@21克&香蕉皮：王安石不愧是政治家，即使是美妙的春睡也能让他想到国家兴衰。一个人的午睡他写的却是"百年春梦"，一下子就把眼界扩大。成为政治家一定是有原因的，就从这宏大的眼界就能感觉到。

段老师回复21克&香蕉皮：嗯，他的忧虑自然和别的伤春悲秋的词人不一样，他的"春梦"是改革的兴衰。政治家的胸怀确实与众不同啊！

@北方的雪：王安石的诗歌体现出鲜明的抒情言志的特点，第一首带有一点哲理意味，颔联颈联写自然界循环规律及社会的兴废，似乎也是一种自我勉励，调节心情，尾联虽然点出了诗人仍有愁绪，但这兴废之愁是对政治，联系前面所写，大概多少能够冲淡一些愁绪吧。第二首诗给人以含蓄蕴藉之感，三四句对仗工整，将鸟与山拟人化，在美妙悠扬之中突出愁绪。

段老师回复北方的雪：一萍解析到位，第一首写景中体现哲思，第二首情绪要和缓一些，风格自有不同。同样的诗题，同一诗人在不同的心态下写就的，风格就有差异了。

@潇竹絮：乍一看第一句还挺像清末的人写的，时代感很强。"旧蹊埋没开新径"一句是不是可以理解为他对改革的另一种说法呢？第一首诗通过赞美大自然中的那种勃勃生机，蕴含了不少哲理，虽说也写到了愁，不过比起第二首，对改革成功似乎颇有信心。第二首明显感觉要消极一些，原本闲适的午睡中却藏着解不开的愁绪。查了一下，两首诗都是在变法失败后所作，不过两首诗的态度不尽相同，很有意思。

段老师回复潇竹絮：嗯，第一首主题明朗，第二首要含蓄一些。特别提请注意第二首的第二联的对仗工稳而新颖，是三一三句式。见其雕琢。

潇竹絮回复段老师：总觉得那句读不太通，我还以为是二二三句式。

段老师回复潇竹絮：应是"窥人鸟"对"隔水山"，"唤"对"供"，"悠扬梦"对"宛转愁"。要知道，这是宋诗哦！宋人是大胆出新的。下学期会讲的。

@另一个自己：诗人一生从政，致力新法，新法的废除使诗人心情愁闷，国家兴亡在诗人的孤饮中显得格外凄惨落寞，其中一个"愁"字有画龙点睛之妙，升华了诗人看到国家兴废的伤感之情。第二首给人一种神秘莫测和飘忽的美的意境。其中"催"字用得极好，表现对时间过得飞快的惊讶，实际上形容梦之酣畅，这与醒后心理形成变化和落差，转折自然，情志委婉飘忽，令人回味。

2月12日，王安石《葛溪驿》《江上》

王荆公忧国忧民，乃一代政治家，但也不乏人之离情别绪。今日读其二首。

葛溪驿（宋/王安石）

缺月昏昏漏未央，一灯明灭照秋床。病身最觉风露早，归梦不知山水长。坐感岁时歌慷慨，起看天地色凄凉。鸣蝉更乱行人耳，正抱疏桐叶半黄。

【《临川先生文集》卷二四】

此为忧时之叹。另一首是写离情的小诗《江上》。

江上（宋/王安石）

江水漾西风，江花脱晚红。离情被横笛，吹过乱山东。①

【《临川先生文集》卷二六】

@胖黑：第二首诗以比兴手法起，寥寥数语却有着美不胜收的意境。特定的季节、特定的景物，想必勾起了诗人的离情别绪。这首诗虽然不长，读起来却有一种隽永的韵味。

@北方的雪：第一首《葛溪驿》是旅途驿站中所写，诗人通过"缺月""鸣蝉""疏桐"等意象描绘出萧瑟的秋景，同时"病身"也透露出诗人令人担忧的身体状况，从两方面渲染了诗人内心的孤寂落寞，笔触细腻，想来其中也不乏忧国之思，此等胸怀令人敬佩。第二首《江上》短小精悍，将离情化为可感之物，随着秋风被笛声吹送，化虚为实，贴切自然，韵味浓郁。

段老师回复北方的雪：嗯，对诗境把握贴切，语言流畅。一萍，你发现没有第一首诗的"缺月""疏桐"的意象与苏轼的《卜算子"缺月挂疏桐"》极其相似。

北方的雪回复段老师：是的，不知是二人在艺术上有相同的审美趋向，还是苏轼的小小借鉴，"缺月挂疏桐，漏断人初静"，除了"缺月""疏桐"外，二者还都选取漏壶这一不起眼的物件来表现夜之深。

@丫头~：《葛溪驿》这首诗以"乱"为诗眼，集中体现了诗人的愁绪。首联的残月、滴漏、昏暗的灯光写诗人的心烦意乱，颔联颈联又写出身体之病、羁旅之困、怀乡之愁、忧国之思，各种愁绪加之一身，让人感受到深深的凄凉。而尾联一句更是将这些苦愁渲染到极致。

段老师回复丫头~：小静对此诗的情感归纳极是：身体之病、羁旅之困、怀乡之愁、忧国之思。

@潇竹絮：感觉第一首诗融合了杜甫很多首诗。话说我家这边今天才过小年，在这万家焰火的时候，看到王安石的诗才是觉得山水长。

@落鸿鼓涛：《葛溪驿》为半山早期作品，时半山似在赴汴途中，久在地方官任上的经历，叫他见识了为数不少的生民疾苦，又经历官场风露磨戛，所以有"病身""凄凉"，但在地方的历练体察，又让他关于改革的想法渐渐成熟，同时他还

---

① 此处的乱山东，乃乱山的东面。

未陷入变法与党争惊涛骇浪中，胸中有一改王朝积弊、振兴文治武功的幻想，故又有"歌慷慨"的壮怀。诗中饱经风霜之沉郁与激烈坎凛之勃郁交织，诚为半山此一时期心境之表率。

段老师回复落鸿鼓涛：对此诗展示荆公情怀描绘细腻，语言也不错，尤以最后一句归纳精当。

@戈一木：即使是写离情，读起来也自有广阔胸襟在啊。前首让人想起"缺月挂疏桐"。

段老师回复戈一木：嗯，就是觉得跟苏轼那首词意象很接近。

@另一个自己：第一首诗写的是诗人夜宿驿站时的心意烦乱，以"乱"为诗眼，"乱"的表面看似源于身体之病、羁旅之困和思乡之愁，实际上是忧国之思，这使烦乱的心情更推进一层，寄寓诗人忧时忧国的情怀。第二首诗作者从江上特有的景物入手，从视觉和听觉勾勒一幅色彩浓烈鲜明的"江上秋意图"，实际上景为情出，又因特定的季节、特定的景物生情，触动了诗人的离情别绪、勾起了诗人的眷怀之恋，情景交融，给人深隽的诗韵诗味。

@车啊儿干：葛溪驿作于皇祐二年（1050）。时王安石从临川去钱塘，途径弋阳宿驿站中，秋生扰攘，悲从中来，作了这首诗。个人觉得颈联二句悲慨无限，作者由眼前苍凉之景触景伤情，系天下苍生于心，不由得坐立不安，忧国忧民之情溢于言表。第二首由景入情，以声传情，将离情具象化的表达出来，虽短却回味无穷。

2月13日，宋白《一春》、朱淑真《春晴》、刘方平《春怨》

春节的脚步越来越近了，各种花儿渐次开放，我们且读三首春天的诗吧！

一春（宋/宋白）

一春情调淡悠悠，闲倚书窗背小楼。暖日只添中酒睡，晚风频动惜花愁。莺冲舞蝶侵人过，絮逐轻丝触处游。已为韶光发惆怅，可堪家近白蘋洲。

【《全宋诗》卷二〇】

春晴（宋/朱淑真）

日暖风和明媚天，最宜吟咏入诗篇。庭花吐蕊红如锦，岸柳飞丝白似棉。深院雕梁巢燕返，高林乔木谷莺迁。韶光正近清明节，花坞楼台酒斾悬。

【《朱淑真集注》后集卷一】

春怨（唐/刘方平）

纱窗日落渐黄昏，金屋无人见泪痕。寂寞闲庭春欲晚，梨花满地不开门。

【《全唐诗》卷二五一】

@潇竹絮：春天是孕育希望的季节，所谓"最是一年春好处，绝胜烟柳满皇都"。可这第一首诗和第三首诗却都含着淡淡的愁绪。话说朱淑真的这首诗感觉有红楼梦里史湘云和贾宝玉两人的风格，用词像史湘云，情感像贾宝玉。查了一下刘方平，唐玄宗天宝年间诗人，据说是个美貌震惊一时的诗人，他的三个儿子均是文采出众。至于其妻子，也是出自书香门第，不过比较风流，曾和僧人偷情，最后在幽会时跌到雪地里死了。哈哈，古人的八卦也是很有意思的么。

段老师回复潇竹絮：哈哈！如意好"逗逼"，一首诗里竟然有两个人的风格，我是看不出的。还有一如既往地对八卦感兴趣。

@北方的雪：读了这三首诗，没想到最为温暖明快的是朱淑真的《春情》，也许是这位不幸才女的早期作品吧，笔触轻松明快，既有对自然美景的真心赞美，也有对世俗街景的仔细观察，流露的是对生活的深深热爱，与后期的幽怨之音完全不同。宋白的这首七律整首契合了首联中的"淡"字，突出了淡泊平易的心境。刘诗写宫怨，"渐黄昏""春欲晚"有层次感，反复烘托渲染，凄美孤寂，加深怨恨，很有诗味。

段老师回复北方的雪：一萍的感悟力是越来越好了，在比较中把握住三首诗的独特之处。要体会出诗人各自不同的创作个性，直接有效的方法就是比较。谢谢一萍！

@车啊儿干：我在看中国文学史的时候看到朱淑真的介绍了，就在李清照之后。很有悲情色彩的宋代女词人，婚姻不幸抑郁而终。今日段嬷嬷的三首咏春诗，读来却是她的最为清新明媚，有春暖花开之感。庭花岸柳两句，运用比喻手法生动形象地使春日所见平常之景跃动于笔墨之间，表现出她此刻的好心情。女子深居高墙大院却并未被锁住心扉，依然追求自然之美，我心向往之。

段老师回复车啊儿干：王轩评得不错！对诗境把握贴切，语言也流畅自然。

@ooo：朱淑贞的《春情》颇有盛唐气象，写庭花、岸柳、巢燕、谷莺、花坞、酒旆，都充满了春天阳光与希望的气息，而且他写的还是最宜咏入诗篇的明媚天。宋白活动于宋初，不知道他是属于白体诗人还是西昆体诗人？刘方平写闺怨诗，最后一句以景语作结，言有尽而意无穷，很是巧妙，写闺中人的哀愁就如同满地梨花一般，让人回味不断。

段老师回复ooo：关于宋白属于宋初哪个诗派，下学期上课讨论哈！至于刘诗确实"言有尽而意无穷"，典型的唐音了。

@21克&香蕉皮：好像周国平说过，深刻的灵魂，都蕴藏着悲哀。春天是万物复苏的时刻，是美好的，可是诗人想到的却是愁。看到花开想到的是花落，"惜春长怕花开早"诗人矛盾的心情也是灵感的来源。是不是哀景悲情好写，而乐景欢情难摹呢？"梨花满地不开门"后来被化用为"雨打梨花深闭门"。

段老师回复21克&香蕉皮：嗯，圣寒善于思考，这个问题可以讨论，为何中国古典诗歌这么多伤春悲秋呢？可以看看相关论文。

@另一个自己：三首诗都写与春天有关的景和情，景相近而情不同。虽有愁、怨之情，但是我都蛮喜欢，可能是期待春天期待得太久了。第二首不用说了，暖暖的春意，读罢心境也春意盎然。第三首中"金屋无人见泪痕"一句，把诗中人的身份、处境和怨情都写了出来，诗人可谓写诗能手了，高。

@升仙刀：《一春》描写了诗人舒缓闲适的生活，纵有惆怅，也是闲淡的。朱淑真《春晴》开篇"宜咏入诗"表明这是一首闲诗，结尾定于"楼台酒旗"之景，缺乏隽永的诗意与深意，中间两联对仗平淡无奇，"白似棉"之喻尤显直白。语句普通浅白，情感不够深刻动人，算不得上等诗篇。（请恕罪）

段老师回复升仙刀：哈哈！不要说"请恕罪"，评诗当然也可以说其不足之处。

@升仙刀：刘方平《春怨》情感最为深刻动人，尤其"寂寞空庭春欲晚，梨花满地不开门"两句。因为"无人"，所以"寂寞空庭"，所以"梨花满地"无须扫，所以不开门。门后关住了即将逝去的晚春，也关住了宫女流逝的青春。在这寂寞春庭，"梨花满地"无人收拾，宫女青春逝尽，甚至生命消亡，恐怕也无人理睬。这既是一首春怨诗，也是一首伤逝诗。第三句"寂寞空庭"照应"金屋无人"，"梨花满地"更显其空。不知为何老师引用的版本没有"空"字。

段老师回复升仙刀：嗯，可能是版本不同。分析得好哈！

@大盈北："晚风频动惜花愁"，初读的时候很喜欢，以为作者看见花在风中摇曳却故意不写，而只写风动，像玉钗头上风那样的好法，再读又觉得不像这个，倒像是"一夜风雨声，花落知多少"的那种意思。读朱淑真的那首像吃甘蔗，渐入佳境。刘方平另有一首《代春怨》"朝日残莺伴妾啼，开帘只见草萋萋。庭前时有东风入，杨柳千条尽向西"。这两首对照来读也蛮有意思的，不记得是哪篇小说里是女主在什么样的情况下，反复对他情郎说"杨柳千条尽向西"。当时不懂，就把整首诗找来看，原来这样诗里有怨有孤独，她想让他的情人知道。现在把这两首诗对比彷佛又明白了一点，她念"杨柳千条尽向西"，却不念"梨花满地不开门"这样的句子，因为前一句的景色只要春风吹吹，他的情人就可以看到，并且想起曾经有那么个人为他念了这样一句诗。

2月15日，苏轼《月夜与客饮酒杏花下》

　　昨日登青城山，看到一株白色的花，我说是梨花，老公说是杏花，因杏花比梨花较早开放。今日翻书，遇到一首苏轼的《月夜与客饮酒杏花下》，录于此，与大家共赏。

月夜与客饮酒杏花下（宋/苏轼）

　　杏花飞帘散馀春，明月入户寻幽人。褰衣步月踏花影，炯如流水涵青蘋。花间置酒清香发，争挽长条落香雪。山城酒薄不堪饮，劝君且吸杯中月。洞箫声断月明中，惟忧月落酒杯空。明朝卷地春风恶，但见绿叶栖残红。

【《苏轼全集校注（诗集）》卷一八】

　　@胖黑：最喜"花间置酒清香发，争挽长条落香雪"两句，这两句写花与酒，"长条"与"香雪"都是指花，美酒置于花丛间，酒香更显得浓郁，香花趁着酒兴观赏，则赏花兴致也就分外高。真是好雅兴。

　　段老师回复胖黑：对啊！苏子是任何时候都颇有诗情雅兴的。

　　@丫头~：人、月、花、酒，诗人把四者糅为一体但又错落有致。喜欢他描绘的杏花。又是一首情景交融的佳作。

　　@戈一木：劝君且吸杯中月，及时行乐，秉烛夜游啊。突然想起《甄嬛传》里的那句"杏花微雨"。

　　段老师回复戈一木：哈哈！看来《甄嬛传》对你们颇有影响哦！

鉴赏讨论篇

@落鸿鼓涛："炯如流水涵清蘋"，对月光的描写与《记承天寺夜游》中"亭下如积水空明，水中藻荇交横"云云，如出一辙。"明月入户寻幽人"与"寻张怀民，怀民亦未寝""但少闲人如吾两人耳"亦是同响。诗将月夜之游饮与杏花之盛衰相结合，较之《夜游》一文，清明疏旷顿化为叹景无常。其实不必杏花，一切似"香雪"的早花尽可置换入此诗，是以诗中体物不可谓之太工，但东坡重点原不在此，在其意耳。

段老师回复落鸿鼓涛：与《记承天寺夜游》对比分析，突出此诗的特色。尤其是最后道出此诗不是单纯的咏物诗，杏花不过是一背景而已，东坡借此寄予一种命运的感慨。

@ooo：一二句点明时间、地点，暮春月夜杏花下，三四句写月的空明澄澈，就如同"流水涵青蘋"将月光喻为流水；"褰衣步月踏花影"，意境闲适优美，褰、步、踏三个动词，很是闲适，且其落脚处都为月、花影，写法很是巧妙。五六句写花，五句写花香，与酒香相伴；六句写花色，如霜雪。此前重在写景，此后重在抒情。前半的景清幽闲适，后半则担忧美景不再，也忧心身世，有种有酒今朝醉的感觉，唯恐月落、酒空，春风恶、杏花残，表明了作者对自身处境的担忧。不过更感兴趣的是，不知青城山的花究竟是杏花还是梨花？

段老师回复ooo：俊亮今天分析好细腻，将全诗的结构抓得精当，语言也不错。究竟青城山的花是杏花还是梨花呢，这都不重要了，重要的是它们都是如"香雪"一样的花。哈哈！

@车啊儿干：杏花散春明月寻人，花影如水涵润青蘋，一为拟人一为比喻，将春月夜景描绘得格外生动形象。之后又将山城酒比作杯中月，可见作者想象奇特，观察细致入微。面对此情此景，作者生怕美好时光稍纵即逝，月落杯空。但即使明朝春风再劲，也无法吹散一地残红。最后二句一方面担忧前路艰辛恐身世漂泊，一方面又表现出乐观豁达的态度，有"零落成泥碾作尘，只有香如故"之感。

@潇竹絮：这首诗所描绘的画面很唯美啊，苏轼大概喜酒，所以写"山城酒薄不堪饮"。白居易爱乐，所以评价"呕哑嘲哳难为听"。记得涵艳说她现在想到江西，就觉得这是个"黄芦苦竹绕宅生"的地方，弄得我现在对白居易这首诗很有怨念。

@北方的雪：苏轼的诗歌总是有不同寻常的境界，让人由衷喜爱，"杏花飞帘散馀春，明月入户寻幽人"运用拟人的手法为整首诗创造了仿若仙境的气氛，三四句对仗精工，比喻生动新奇，接下来写花与酒，兴致高昂，突显东坡的乐观旷达，后写诗人惜月之情，突出了爱月之深，结尾伤花惜春，抒发强烈的身世之感。此诗通篇围绕花、月、酒，看似松散实则精练，笔力令人叹服。

段老师回复北方的雪：苏子此诗确实笔力让人叹服。

2月22日，曹豳《春暮》、韩愈《晚春》

各位亲，你还在过年吗？我们开始读诗了，今日读两首春天的诗。

春暮（宋/曹豳）

门外无人问落花，绿阴冉冉遍天涯。林莺啼到无声处，青草池边独听蛙。

【《全宋诗》卷二八五一】

晚春（唐/韩愈）

草树知春不久归，百般红紫斗芳菲。杨花榆荚无才思，惟解漫天作雪飞。

【《韩昌黎诗系年集释》卷九】

@戈一木：晒着暖融融的太阳读到这两首诗，念起初夏。

段老师回复戈一木：心情一定很温暖闲适吧？！

@21克&香蕉皮：《春暮》更喜欢"林莺啼到无声处，青草池塘独听蛙"。总觉得"绿阴冉冉遍天涯""遍天涯"破坏了美感。

段老师回复21克&香蕉皮：亲，为何"遍天涯"就破坏了美感呢？

21克&香蕉皮回复段老师：可能是我读起来的感觉，一连起来读，三个字发音嘴型都是扁扁的，太顺了，感觉也怪。

@胖黑：草木无才智，却能"知"能"解"，愿去思考。作者应该是想告诉我们，一个人"无才思"并不可怕，但是却要知道珍惜光阴，"杨花榆荚"这样的有心人定能有所成就。

段老师回复胖黑：小博所解极是，此诗是有寓意的。至于具体寓意，各人所见不同。你的是其中一种讲法。

@北方的雪：《春暮》从视觉与听觉两方面描写暮春之景，通过丰富的景物对比，突出了季节更替的淡淡忧伤，生动形象，清新自然。韩愈的《晚春》出奇翻新，花草以争奇斗艳的方式挽留春光，一反百花凋零的晚春之景，杨花榆荚也不敢露怯，将它们比作雪，只取了形似，不然似乎无意中拉低了雪的"才思"，应是诙谐之笔吧。

段老师回复北方的雪：嗯，一萍评得很好！尤其是对韩愈《晚春》一诗的解析又和杨博不同，都无对错之分。"诗无达诂"，二者解析都是不错的。

@车啊儿干："绿阴冉冉遍天涯"，这样的春才是绿意盎然。北方的春都不像这般有情有义，基本上大风吹黄土，毫无春意。

段老师回复车啊儿干：回成都就会看到"绿阴冉冉"了，亲。

@ooo："门外无人问落花"，则众人都醉心于俗世，关注世俗的热闹。唯有作者注意到了门外的落花，是为春天的逝去、时光的流逝而感慨。作者又写到"绿阴冉冉""林莺啼"，盖又是春暮夏初的美景，作者独听蛙，听的便是蛙对这春去夏来的歌颂吧。韩愈的晚春，春将逝去，于是百般红紫抓住这最后的机会，展现自己的光彩，于是争斗芳菲，纵是无才的杨花榆荚，也要化作雪花漫天飞，为自己做最后的绽放。曹与韩，面对春逝，一个平静淡然，一个热情奔放。

@潇竹絮：林黛玉的葬花吟里有"柳丝榆荚自芳菲，不管桃飘与李飞"。和韩愈的这首诗中所用的意象很接近啊。

@雨不停国：《春暮》总觉得有点强说辞的感觉，很像嚼蜡。《晚春》"知春不久归"太露痕迹，确有刻意为之，但"百般"一句却又将这个时节的春写得特别热闹，有点"烈士暮年，壮心不已"的感觉，我特别喜欢。其他的句子，都觉得有些熟悉。

2月24日，苏轼《送春》《东坡》

今日大年初五，我们的诗词茶馆继续读诗，让大家从混沌、慵懒而又幸福的"猪"（请原谅，此处毫无贬义）状态中拔出来。我们读两首苏轼的诗。

送春（宋/苏轼）

梦里青春可得追？欲将诗句绊馀晖。酒阑病客惟思睡，蜜熟黄蜂亦懒飞。芍药樱桃俱扫地，鬟丝禅榻两忘机。凭君借取《法界观》，一洗人间万事非。

【《苏轼全集校注（诗集）》卷一三】

东坡（宋/苏轼）

雨洗东坡月色清，市人行尽野人行。莫嫌荦确坡头路，自爱铿然曳杖声。

【《苏轼全集校注（诗集）》卷二二】

@北方的雪：苏轼的这首《送春》情景交融，惜春伤时，寄托身世之感，别有一番滋味。我更喜欢第二首《东坡》，亲切自然，有陶渊明的风味，表达了对田园生活的热爱，有超脱世俗之感。选择夜景，更显内心之平静，是诗人所达到的另一种澄澈的境界，后两句积极豪迈、乐观向上。整首诗意境浑融，耐人寻味，让我想起苏轼的《定风波》，读后让人感觉颇为畅快。

段老师回复北方的雪：嗯，苏轼被贬黄州，迫于生计需要，开垦一块向东的坡地，"东坡居士"的名号由此而出。第二首诗就体现了苏轼此时的心情，难得苏子身处困境中却如此淡泊平静。

@戈一木：太喜欢后首最后两句，桀骜豪气，逆境自乐，苏子本色尽出啊！

@车啊儿干：《送春》首联以反问句开头，作者感叹韶华已逝，青春追之不及，自己却毫无建树漂泊人世，唯求吟诗作律聊以自慰。颔联以黄蜂自喻，就算是熟透的蜂蜜都懒得去采，更何况自己还是一位寄居他乡的病客。然而颈联、尾联却一改失意之情，参禅悟道，淡泊宁静，想要借取《法界观》，洗去尘世的纷繁。个人觉得，相比《送春》对超然的寄望以及其背后流露出的一丝无奈，《东坡》更显出苏轼豁达的性格和笑对人生的乐观态度。最爱最后二句的不羁放纵，不畏眼前路，自在任我行！

段老师回复车啊儿干：王轩解析得太好了，诗歌的内容情感把握很贴切，语言表达也不错哦！继续努力哈！大赞"不畏眼前路，自在任我行。"

@另一个自己：第一首诗以反问开始，表达了作者对于青春和理想的感伤。人生失意、精神苦闷，作者想用佛教严宗圆融无碍之说洗却人间一切烦恼，超然万物，但这仅是诗人的期望。第二首诗表达了诗人尽管政治处境险恶，生活条件困苦，仍能泰然自处，保持对生活的热爱，并敢于向生活挑战，保持其不畏艰难的坚毅精神。"铿然"一词表现了作者行走时的愉悦，可使读者体味到作者坚守信念、乐观旷达的情怀。虽然我比较喜欢第一首，但是人生一世，还是要多一些第二首的豁达，毕竟此生短暂需珍惜。

段老师回复另一个自己：嗯，人方能联系自己对生活的感受解析诗歌，不错！

2月25日，高适《人日寄杜二拾遗》

今日大年初七，是传统节俗的"人日"节。"人日"，又叫"人胜日""人庆"等，据说女娲造人时，前六天分别造出了鸡狗羊猪牛马，第七日造出了人，因此，人们认为，正月初七是人的生日。在成都，人们有游杜甫草堂的风俗。杜甫流寓浣花溪畔，建草堂，曾于人日这一天，与朋友高适赠诗，互表思念之情。在此，我们读读高适的《人日寄杜二拾遗》。

人日寄杜二拾遗（唐/高适）

人日题诗寄草堂，遥怜故人思故乡。柳条弄色不忍见，梅花满枝空断肠！身在南蕃无所预，心怀百忧复千虑。今年人日空相忆，明年人日知何处？一卧东山三十春，岂知书剑老风尘！龙钟还忝二千石，愧尔东西南北人！

【《高适集校注》】

@21克&香蕉皮：刚刚特意查了一下此诗背景，理解了后四句。高适此时虽为蜀州刺史，相比杜甫要安逸。可是却一样的不得志。老友漂泊，自己拿着俸禄却不能有所作为，既是对老友的愧疚，也是对自己的愧疚。

段老师回复21克&香蕉皮：嗯，后四句确实要费解一些。请问圣寒"一卧东山三十春，岂知书剑老风尘"是何意啊？嘿嘿！

21克&香蕉皮回复段老师："一卧东山三十春"是高适回想从前的隐居生活。"岂知书剑老风尘"，"书剑"是一直伴随高适的，这里我理解的是因为官宦生活的身不由己违背了曾经高适的理想抱负。

落鸿鼓涛回复段老师：一卧东山三十春，应该用了谢安的典故。谢安有东山再起之时，而诗人却老于风尘，不得施展。

@北方的雪：没有想到高适与杜甫有如此深厚的感情，令人动容。前两句点明全诗主旨，既怀念友人，也思念故乡，接下来两句以景衬情，情感达到了一个小高峰，中间四句写自己的近况，忧虑颇多，往日的"雄浑悲壮"似乎只剩下"悲"，经过这复杂的情感过渡，后四句情感再次达到高潮，生活安逸，庸碌无为，愧对自己，愧对老友，悲痛升华。全诗直抒胸臆，朴拙自然，情感跌宕起伏，感人肺腑。

段老师回复北方的雪：是啊！高适与杜甫是好友，好像浣花溪公园有他们在一起的塑像。

@雪霏霏：春天来到，柳树萌芽，梅花盛开，本是令人心喜的事，可是对于高适这样身处异乡的游子来说，反而勾起了思乡之情，情感不能自已。诗的前四句虽然是诗人用来寄予友人杜甫的，实际上也正是在说他自己。而这"柳条弄色不忍见，梅花满枝空断肠"也成了诗人怀乡的外在表现。接下来的"无所预"和"复千虑"更是表现了诗人的忧国之思。结尾四句着眼于"愧"字，诗人因年老而无所作为，心中对在外四处漂泊的友人的愧疚与孤愤之情呼之欲出。

段老师回复雪霏霏：分析细腻，语言流畅。以春意盎然的景色衬托哀情，三四句采用了前四后三的句式，而语意却形成了一个反差。

@落鸿鼓涛：人日诗最出名的当是薛道衡的《人日思归》："入春才七日，离家已二年。人归落雁后，思发在花前。"以对偶工整见誉。李商隐也有《人日即事》诗："文王喻复今朝是，子晋吹笙此日同。舜格有苗句太远，周称流火月难穷。镂金作胜传荆俗，翦彩为人起晋风。独想道衡诗思苦，离家恨得二年中。"每句运用典故，推进诗意，与《苏武》手法一致。张明华《西昆体研究》说西昆体较之李商隐、唐彦谦的诗用典更为密集。好像也没有说原因。其实西昆体诗人效法的，专门是李商隐的这一类诗。西昆体专门发展了李商隐某一类诗的艺术手法，而不是泛泛的用典、对偶而已。

段老师回复落鸿鼓涛：龙高的阐释早已超出了诗歌本身，在说人日诗及李商隐、西昆体了，颇具学术性。我们提倡举一反三，由此及彼的探讨。点赞哈！当然，西昆体表面学到了李商隐的用典、对偶及丽语，更重要的是发展了其某一类诗的艺术手法，这一观点值得深入探讨。

@潇竹絮："岂知书剑老风尘"让我想到辛弃疾的"廉颇老矣，尚能饭否"，那种壮士暮年却仿若已经埋骨一般，再不得用。世间诸事多烦，忧愁无计消除，愤懑无处宣泄。作为唐代著名诗人里为数不多曾居高位的人来说，高适也是个有雄心壮志之人，时至晚年，亦是不得志，不得不令人感叹命运总爱开无情的玩笑啊。原来今天也是个节日啊，感觉过年每天都有些名堂。

段老师回复潇竹絮：嗯，中华传统文化博大精深，过年也是一种文化。

@戈一木：柳条弄色，梅花满枝却不忍独看，可见风景美与否原不如和谁一起看风景来得重要。"今年人日空相忆，明年人日知何处"两句让人想起林黛玉来，世事本自无常，何况时间也从不停歇。

段老师回复戈一木：雨梅是否想起了林黛玉的《葬花吟》？里面有相似的诗句，好像欧阳修的《浪淘沙》一词也有类似的句子。

@车啊儿干：在本该喜气洋洋的传统节日里，这样一首诗更体现出高适内心的孤独寂寥，对老友的思念感怀，以及对自己难以施展抱负，衰朽他乡的悲凉无奈。今年人日空相忆，明年人日知何处？虽相知相忆却难以相见相诉，人世间最远的距离莫过于此。

@derek：高岑的边塞诗荡气回肠，堪称一绝，如今读到高适写给杜甫的思念之诗，仍是觉得有一股豪情在。热闹的节日里才更能感受游子远离家乡的苦楚，而更让人怀念的，不是一个地方，而是一些人。今日此地的想念，在明年不知又会在什么地方发生，这种命运的无常，时间的捉弄，也在诗中表现出来。诗后四句更是大丈夫语，如今的懊恼和愧疚，仍是因为未能施展抱负回馈家国，而绝不是因为家常小事、个人私欲引起的小情绪，豪迈由此可见。

段老师回复derek：嗯，岳娟的分析很有特色，抓住了高诗的"豪气"这一基本特征在诗中的体现，以区别与于其他诗人的思念怀人诗。

2月26日，杜甫《追酬高蜀州人日见寄》

昨天人日节，我们的诗词茶馆讨论了高适人日节给杜甫的一首诗，今日我们再看后话。话说杜甫在接到高适诗六七年后，重读高诗（此时高适已故），忆及往时友情，抚今思昔，不禁"泪洒行间"，写下这首《追酬高蜀州人日见寄》。

追酬高蜀州人日见寄（唐/杜甫）

开文书帙中，检所遗忘，因得故高常侍适往居在成都时高任蜀州刺史《人日相忆》见寄诗，泪洒行间，读终篇末，自枉诗已十余年，莫记存没又六七年矣。老病怀旧，生意可知。今海内忘形故人，独汉中王瑀与昭州敬使君超先在，爱而不见，情见乎辞。大历五年正月二十一日却追酬高公此作，因寄王及敬弟。

自蒙蜀州人日作，不意清诗久零落。今晨散帙眼忽开，迸泪幽吟事如昨。呜呼壮士多慷慨，合沓高名动寥廓。叹我凄凄求友篇，感时郁郁匡君略。锦里春光空烂熳，瑶墀侍臣已冥寞。潇湘水国傍鼋鼍，鄂杜秋天失雕鹗。东西南北更谁论，白首扁舟病独存。遥拱北辰缠寇盗，欲倾东海洗乾坤。边塞西羌最充斥，衣冠南渡多崩奔。鼓瑟至今悲帝子，曳裾何处觅王门。文章曹植波澜阔，服食刘安德业尊。长笛谁能乱愁思，昭州词翰与招魂。

【《杜诗详注》卷二三】

@胖黑：阅见书卷想起赠诗往事，念及高适不禁赞颂他的才华；回忆二人之间的友谊，不得不哀悼友人之死。高适对杜甫的关切和尊敬，杜甫对高适的深切怀念，让人向往古人的君子之交。

段老师回复胖黑：是啊！古人的君子之交在物质化的今天让我们更加神往。

@北方的雪：诗序之中已是字字泣泪，何况已经距赠诗歌十余年，距高适之死六七年，足见深深哀痛。此诗条理清晰，一气呵成，前半部分直抒胸臆，酣畅淋漓，犹如江水之奔流，后半部分多用典故，给人"以才学为诗"之感。与高适的赠诗相比，多出几分无奈、悲凉，如泣如诉，令人不忍卒读。

段老师回复北方的雪：一萍分析得太好了。

@潇竹絮：很喜欢杜甫指点时局的那四句，把东西南北全都涵盖进去，将高适生前所关心、忧虑的国事一一展现出来，那是一幅四极动荡的画面。想到陆游在写完示儿后，他的子孙不知道有没有将南宋的风雨飘摇告诉他。南宋遗民林景熙在《书陆放翁诗卷后》一诗中写道："来孙却见九州同，家祭如何告乃翁！"那又是一幅令亡者更为痛苦的景象了。

段老师回复潇竹絮：如意今天解析的角度很不错，新颖细致。你与一萍对此诗解析的重点不一样，可以合观。

@车啊儿干：诗序写的真好！！老人本来该是要查对些什么，偶然间看到高适旧日寄诗，顿时感慨莫名悲上心头，老泪纵横。故人已离世多年，诗作读来却仍可体会到故人对自己真挚的友情与对民生国事的忧虑，数十年过去依旧历历在目。可叹现如今，十年生死两茫茫，阴阳相隔、物是人非，自己也行将花甲，时日无多。在人生最后的时刻里，只有汉中王李瑀和昭州敬超先可称知己。虽不能相见，但海内存知己，天涯若比邻。来吧！就让我们在这样一个特殊的日子，共同怀缅一位为家国天下事忧虑终生的伟人！

段老师回复车啊儿干：是啊！光看诗序，都让人感动。物是人非，高诗引发了杜甫的万千感慨，于是就"情动于中就形于言"了。以情出发，这样的作品怎么能不感动人呢！谢谢王轩的妙辞，我想杜甫也会点头称赞的吧！

2月27日，韦庄《清平乐》二首

今日春雨霏霏，这样的天气，这样的心情适合读词。我们读两首韦庄的《清平乐》。

清平乐（唐/韦庄）

琐窗春暮，满地梨花雨。君不归来情又去，红泪散沾金缕。
梦魂飞断烟波，伤心不奈春何。空把金针独坐，鸳鸯愁绣双窠。

清平乐（唐/韦庄）

绿杨春雨，金线飘千缕。花拆香枝黄鹂语，玉勒雕鞍何处。
碧窗望断燕鸿，翠帘睡眼溟濛。宝瑟谁家弹罢，含悲斜倚屏风。

【《韦庄集笺注》】

@**西瓜杧果水蜜桃**：道是金缕二字描绘得神似，春雨淅沥，滋润一番，花拆香枝，将花的含苞待放、馥郁清香一一铺现，此一番靓丽春景。而下阕峰回路转，一个悲字便有前后巨大反差的效果。

段老师回复西瓜杧果水蜜桃：这就是所谓丽景衬悲情。

@**潇竹絮**：两首词出现了多种鸟类，还有好几个金字，感觉色彩很鲜艳，但是其中情感却是悲伤的，这算是乐景写哀情吧。

@**雪霏霏**：不仅让人想起了《诗经》中那句"昔我往矣，杨柳依依。今我来思，雨雪霏霏"，"柳"本来就有寄予愁思之意，再加上"雨"的浸润，这种愁思就更加幽渺了。

段老师回复雪霏霏：对啊！我曾讲过婉约词的审美特质在于表现幽渺之思。

@**北方的雪**：读罢两首词，让人感到愁绪都可以如此凄美、飘渺，两首词都意象繁多，创造了不经意间将读者环绕其中的词境，第一首词更为生活化，尤其喜欢"梨花雨"这一意象，"梨"字一语双关，承载了主人公伤春怀人的清冷心绪，第二首词满眼春景，却是反衬，清新之中更显无奈、悲凉。

段老师回复北方的雪：嗯，我也喜欢"梨花雨"这一意象，此意象我们前面已经探讨过多次。由于是婉约词，意境自然凄美飘渺。

@**戈一木**：又见玉勒雕鞍。暮春之景所伤安知不是伤的自己的暮春呢。

段老师回复戈一木：是啊！又见"玉勒雕鞍"，代表薄情郎哈。

@**车啊儿干**：这两首，诉的应该都是相思闺愁吧。阴雨天，人的心情难免低落，更何况是独守香阁的思妇。不同的是，其一的女子将思念之情寄托在鸳鸯归巢的刺绣之下，而其二的女子只能独奏锦瑟空惆怅，含泪斜倚屏风。

段老师回复车啊儿干：嗯，同样表现的相思之情，所塑造的两位女子形象有些不同，不过，都具体可感。

3月1日，欧阳修《丰乐亭游春三首》

今日阳光灿烂，困扰许久的心结也该有一个解脱了，花开花落，流水东流，一切不可强求，顺适自然就好。我们还是读诗吧！今日读欧阳修的《丰乐亭游春三首》

丰乐亭游春三首·其一（宋/欧阳修）

绿树交加山鸟啼，晴风荡漾落花飞。鸟歌花舞太守醉，明日酒醒春已归。

丰乐亭游春三首·其二（宋/欧阳修）

春云淡淡日辉辉，草惹行襟絮拂衣。行到亭西逢太守，篮舆酩酊插花归。

丰乐亭游春三首·其三（宋/欧阳修）

红树青山日欲斜，长郊草色绿无涯。游人不管春将老，来往亭前踏落花。

【《欧阳修诗文集校笺》卷一一】

@**戈一木**：虽然游春写春，在尽情感受春天之时却无时无刻不在想到春的归去呢。因而读来在感叹春景之美的时候似乎也有淡淡的忧伤。也正因如此，面对春景之时才倍感美好吧。

段老师回复戈一木：是啊！美好的事物都是短暂的，且珍惜吧！

@**车啊儿干**：老师有什么烦心事么？常言道，车到山前必有路，处变不惊顺其自然，烦恼事自然都会迎刃而解的。今日三首诗，春光虽无限明媚，但也难隐对春去了无痕的忧虑。即使如此，面对如此良辰美景，及时行乐才是正解，与其悲叹"一朝春尽红颜老"，倒不如"篮舆酩酊插花归"！

段老师回复车啊儿干：谢谢你对老师的宽慰，托你吉言，这不，下午就赏花去了，哪知道梅花开得正盛，直如一片红云。

@北方的雪：欧阳修这三首诗中的春景实在让人向往，第一首生机盎然，结尾用夸张的手法写出春之短暂，令人惋惜；第二首生动活泼，运用拟人手法将春景表现得淋漓尽致，太守也沉醉其中，与民同乐；第三首姹紫嫣红，色彩感极强，诗中满是惜春恋春之情。三首诗情景交融，流丽宛转，给人以美的享受。

@紫烟画柳：虽不知老师的心结是什么，但心结终解也是一件可喜之事，恭喜段老师。我自小胆子不大，也就不是一个喜欢勉强的人，长大之后，更是发现，很多事情无法强求，也无力强求。正如您所说，一切不可强求，顺适自然就好。希望一切都好！

@黑拓耷：欧阳修的三首诗中，我阅读感受上觉得前两首的景色时令较为相近，第三首则倾向于"常恐春将去"的春暮之时。景色的描写足见心怀何物，最后的作结都是"我"的抒情感悟。第三首相对的格调哀伤一些。将这三首诗都读完之后，总觉得欧阳修在强做欢颜。都说知人论世，我也只是读诗，自己有这样胡乱的感受。

段老师回复黑拓耷：以我观物，故物皆着我之色彩。

@潇竹絮：感觉其实宋朝和魏晋时期这种写踏春的诗都比较多。好像从魏晋时的三月三日曲水诗序起，踏春的作品就很多。不过总觉得魏晋时期的诗写得都一样。

段老师回复潇竹絮：伤春悲秋，永恒的主题。读多了，自然知道好诗。

@落鸿鼓涛：欧阳修喜自称"太守"，《醉翁亭记》《朝中措·平山堂》和此处都自称"太守"，苏轼《江城子·密州出猎》也有"为报倾城随太守"之句。不管是欧阳修与游人之乐有区别的太守，还是"文章太守"，插花酩酊的太守，抑或是独立于"倾城"之外、"亲射虎"的太守苏轼，我们都可以隐约领会到一种作为地方长官的自我感觉良好：见识不凡、文章了得、潇洒多才，自我爱惜中不乏矜能。另外汉代太守如孔融等，德行、学问、文章、军事诸能力集于一身，宋代文人以这一古官职自称，恐怕也还有对门阀时代那种能力和行状的向往，若再往前溯，其中似有对集"礼、乐、射、御、书、数"六艺于一身的先秦君子风范的倾心。

段老师回复落鸿鼓涛：哈哈！龙高回头考察一下"太守"的渊源。

@derek：第一首与第三首形式相同，皆为前两句摩景，后两句惜春，丽景易逝，也许大自然正是以这种形式告诫人们要学会珍惜。人生又何尝不是这样呢，高潮过后总会有低谷,春风得意之后又会有不遂人愿的苦楚,正像大自然中花开花落,美景去又归来的往复,我们不能奢求人生停留在巅峰一成不变,就像不能强求花朵只开不败一样,唯一能做的,就是珍惜眼前的一片春光。

@**另一个自己**:这三首,都写了惋春之情怀,"春已归""酩酊插花归""春将老",诗人必定有所际遇,不然,哪里有这么一番遇春、知春、惜春的深深情怀。老师是想告诉我们,春再美,都会过去,要懂得惜春,否则转眼已满目金秋,然后萧条寒冬,即便春还再来,也是此春非彼春了。相遇是偶然,相惜是必然,若不珍惜,相遇便成枉然。不知道,我是否读懂老师的用心?

段老师回复另一个自己:人方,你真是老师的"知音",非常同意这句话:相遇是偶然,相惜是必然,若不珍惜,相遇便成枉然。

3月24日,徐铉《和太常萧少卿近郊马上偶吟》

开学一个月,忙于审读研究生的毕业论文及各种杂事,身心疲累,也无读诗的心情。今天终于松一口气,我们的诗词茶馆再次营业了。今日读一首宋代诗人徐铉的《和太常萧少卿近郊马上偶吟》。

和太常萧少卿近郊马上偶吟(宋/徐铉)

田园经雨绿分畦,飞盖闲行九里堤。拂袖清风尘不起,满川芳草路如迷。林开始觉晴天迥,潮上初惊浦岸齐。怪得仙郎诗句好,断霞残照远山西。

【《全宋诗》卷六】

徐铉,广陵人(今江苏扬州)。原为南唐著名诗人,入宋后历为右散骑常侍,后迁左常侍。

@**21克&香蕉皮**:我刚刚纠结"拂袖清风尘不起"这句到底是"尘起"好还是"尘不起"好。如果当做风景来看,清风不起尘那自是干净美丽,如果是作者形象心境的看,拂袖清风无尘那就有一种超然物外仙人的感觉。野外有尘是正常,拂袖清风尘能不起,也是说明了诗人闲庭漫步的悠然吧。这样看来"尘不起"更有道理。

段老师回复21克&香蕉皮:亲,首先赞赏你的善于思考。除了你说的"闲庭漫步"表现诗人的悠然闲适而外，还因为刚下过雨的原因啊！地面的灰尘早被雨水浸润了啊！

21 克&香蕉皮回复段老师：忘了这一点了

@杜若：平易浅切，押韵押得读起来很奇怪

段老师回复杜若：嗯，感觉不错，语言就是平易浅切，有人说徐铉属于宋初"白体"，较少用典。

@潇竹絮：看到宋诗鉴赏辞典上还录了徐铉的两首诗，一首送别诗写得平易朴实，另一首却是艳体诗，很有缠绵情思。看来徐铉倒也不尽是白体。

段老师回复潇竹絮：有道理。亲，别光看鉴赏词典，再翻翻《全宋诗》，略微浏览一下徐铉其他诗吧。

@蒲苇·旎：我查了"飞盖"是指车或驱车，诗题为"马上"，假如是驾着马车，不太符合诗境，整首诗应该写骑马游堤所见，这个"飞盖"应该是引申来作骑马，感觉有点牵强，不过可能是我对诗字引用过于死板吧。微雨后满山的芳草，"拂袖清风尘不起"可见空气之好，也是心境之清，语言具"白体"的特点浅切易晓，但是觉得有些字还是可以再推敲一下。

段老师回复蒲苇·旎：人方读诗好仔细，感受也蛮贴切，不过，关于"飞盖"和"马上"就统一理解为"车马"吧。

@知。觉：“拂袖清风尘不起，满川芳草路如迷"颇有归隐之意流露，概因马上闲观郊景的惬意、美好，触发自己闲适的心境。另外"芳草"本有"归隐去"的寓意，历来不乏"欲寻芳草去""随意春芳歇，王孙自可留"等包含"春草""芳草"意象的诗句，另白居易有专题《草》诗："远芳侵古道，晴翠接荒城。又送王孙去，萋萋满别情。"意在离去、隐去，潜龙在渊。

@ooo：前四句描写田园景色，清新自然；写飞盖闲行九里堤，作者写春天雨后闲行于田园风光之中，感受着春天的美好，颇得白居易"闲适"之妙。徐铉学习白乐天，不仅学其平淡浅切，同时也学其乐天知命，知足保和的闲适精神吧。颈联写"林开""晴天""潮上""浦岸"，显得有些刻意，破坏了闲适之境。尾联为了唱和，感觉写的庸俗。

段老师回复ooo：俊亮对前两联的分析不错，不仅道出语言风格与白体的接近，同时指出诗歌中的闲适精神。尾联确实有点平庸哈。

@莫愁姑娘：记得宋史里面好像有记载徐铉性格"质直无矫饰"，这首诗写得浅近清新，倒是与他的个性贴切。"林开始觉晴天迥，潮上初惊浦岸齐"两句我觉得并不刻意，"始""惊"感觉诗人心灵对自然景色的变化有很敏感的感知，使他写景并不只是平铺直叙。此外，徐铉好老庄，这首诗可能在闲适之情中也隐约有归隐意，这点比较赞同郭蕊的看法。

段老师回复莫愁姑娘：欣玫读诗细致有感悟，"始"和"惊"确实表现诗人对大自然景色变化的敏感，同意哈！另外，大家想过没有为何此诗流露归隐之意，对徐铉而言，其中有一个重要的原因：他是南唐旧臣，在新朝中虽出仕，其实是胆战心惊、如履薄冰的心态。所以，"读其诗，不知其人，可乎？"

@砖砖：初读此诗，通过"田园""闲行""清风"能够立即感受到整首诗偶吟的闲适之感，再读，由"满川芳草路如迷"到"林开始觉晴天迥"颇有豁然开朗的画面感，颔联、颈联两句不仅是诗人闲适心情的外在表现，也透露出诗人内心感受由看不到出口的困惑到林开时刹那明朗的变化，"迷""开"二字强烈对比又顺其自然。段老师，我好久没有读过诗了，点评的比较浅显，哈哈，不过今后会积极参与，在这方面多多锻炼自己滴。

段老师回复砖砖：没关系的，多参与就进步了。

@derek：此诗前四句写景颇为清新，雨中的田园风光写得淋漓尽致让人向往，字句中看出诗人的一番闲情，第三联突转写雨后的风景，给人一种惊喜的感觉，若无此句，这首诗的感情就闲淡无奇了。

@ooo：看过王禹偁的清明，春风，春云，再回过头看徐铉此诗，还可以说他是平易浅切吗？相较于王的"白话诗"（无花无酒过清明。两支桃杏夹篱斜。春云如兽复如禽），徐诗似乎已经很注意修辞以及语言的雕琢了吧！

段老师回复ooo：当然，上次已探讨过徐铉不是纯粹的白体诗人。

4月1日，王禹偁《春居杂兴二首》

今日天气暴热，颇有夏天的感觉，还是读诗清心吧！今日读一首宋代诗人王禹偁的《春居杂兴二首》。

春居杂兴二首·其一（宋/王禹偁）

两株桃杏夹篱斜，妆点商山副使家。何事春风容不得，和莺吹折数枝花。

春居杂兴二首·其二（宋/王禹偁）

春云如兽复如禽，日照风吹浅又深。谁道无心便容与，亦同翻覆小人心。

【《全宋诗》卷六四】

@雪霏霏：第一首诗中，"商山副史"也正是诗人自己，家中连那装饰用的花枝也被春风摧残了，至此暗含了诗人生活境况的凄凉；另一方面，"春风"在很多诗歌中都有开春之意，比如贺知章的"不知细叶谁裁出，二月春风似剪刀"（《咏柳》），所到之处，必定万物复苏，春暖花开，然而在这里，诗人却反其意而用之，春风反而变成了摧残者，连那无辜的花都难逃一死，从而曲折地道出了诗人自身艰难的境遇。看似平易浅白，却又能曲尽其意。

段老师回复雪霏霏："春风"一词颇有反用常意的味道。确实看似浅白，其实韵味十足。

@戈一木：前首一个"容不得"，不舍之意尽出啊。后首意新，写景也写人心感慨，让人印象深刻

段老师回复戈一木：雨梅寥寥几语道出诗意，特别是第二首贴切，写景也写人心感慨，同意哈！

@潇竹絮：第一首中的"何事春风容不得"颇有双关之意，暗喻了诗人的被贬，在这明媚春光中，却不能春风得意。这种对被贬的愤懑在第二首中表现得更加直白了。诗人把明媚的春光做了一个大反转，别有新意和深意。不禁联想到刘禹锡的"自古逢秋悲寂寥，我言秋日胜春朝"（《秋词》），亦是一种反转。

段老师回复潇竹絮：如意结合诗人被贬经历解析，颇为贴切。并指出两首诗中"春风"的翻出常意的使用，可谓抓住要点，这确实是点睛之笔。

@蒲苇·旎：这"春风"和"春云"翻出常意，一反常态，是这两首诗的精妙之处，读完我觉得，这"春风"和"春云"比较像比喻当时的圣上，"如兽复如禽""日照风吹浅又深"，"翻覆"像"小人心"，有种"伴君如伴虎"的感觉，一不小心就要遭贬，也写出了作者的怨愤和不满，暗托自己的不得志吧。

段老师回复蒲苇·旎：哈哈！人方解析有新意，不过，这"春风"和"春云"来喻圣上，是否太大胆了一点？ 可能在似有似无之间吧！

@ooo：庐州妖尼道安诬讼徐铉，禹偁抗疏雪铉，坐贬商州团练副使。想必诗人是郁闷与烦躁的，质直的诗人恐怕也是愤怒的吧。于是春风、春云也就显得十分可恶。桃杏装点商山副使的家，可恶的春风竟然容不得，硬是吹折了枝桠，惊走了黄莺。不过，发自内心的"何事春风容不得，和莺吹折数枝花"竟然与老杜"恰似春风相欺得，夜来吹折数枝花"神一般的相似，想必发现真相之后的诗人定然颇为自得，估计因仕途失意造成的失落也可以冲淡不少吧，不然怎么又会说出"本与乐天为后进，敢期子美是前身"。第二首诗写春云，一会儿像禽一会儿像兽，一会儿浅，一会儿深。谁说，变换的云朵是用来表达因内心优游自在而悠然自适的生活呢，同时它也可用来表示反复无常的小人心啊。看来质直的王禹偁是无法做到坐看云卷云舒的，贬官对诗人的心境影响实在是太大了。

段老师回复 ooo：俊亮联系诗人的经历分析细腻、贴切，且还发现与杜诗的相近（不知是无意的学习还是有意的化用）。尤其精彩的是对春云的分析，在王维那里，是悠闲地"坐看云起时"，白云从来有隐士的象征，而此处的"春云"像兽又像禽，它确实隐喻多变的小人心啊！

@砖砖：其一中，前两句用桃花、杏花点出春意，"商山副使家"表明了诗人此时正处于被贬为商州团练副使之时。后两句则是把春风比作有思想情绪的人，"何事容不得"故吹折数枝花，就像是诗人对自己遭贬谪命运的疑问。其二中，前两句表面描绘了春日天气的变化多端，但又与末尾处"翻覆"之意呼应，表现诗人对世事无常，需加谨慎对待身边小人的感叹。两首诗都是从对春景的描绘转向自身的感悟，抒发了诗人被贬的一丝不甘。

段老师回复砖砖：嗯，媛颖对二诗的分析都不错，值得肯定的是最后两句善于归纳两诗的共同点，即两诗都是从对春景的描绘转向对人生的感悟，借景寓意，思致深邃。

@莫愁姑娘：诗人先得志而后遭贬谪，心理上的苦闷愁怨、焦虑落寞都显得更为激烈，借物咏怀或即景抒情都细致地表现了他这种心理感受。第一首的拟人手法使景物变得十分鲜活，但原本美好的春风也变得十分狭隘可恶，真是"以我观物，故物皆著我之色彩"，王禹偁写景深谙此法，使心中的情绪随着笔下之景自然流出，很有感染力。但纵观诗人后期的诗风，这两首诗显然怨怼太甚，贬谪后期显然更通透豁达，如《村行》这首诗，颇有陶渊明的气质，明显境界更高。多日没看空间，今天看到这两首诗的时候天气凉得又回到了初春，可见现在比人心更反复无常的是天气啊！

段老师回复莫愁姑娘：同意欣玫这两句，二诗怨怼太甚，贬谪后期心态平和许多，此时诗作显然通透豁达许多，如《村行》。可见，有时分析诗作，需要通观全作，比较分析更能得出贴切合适的结论。

4月17日，晏几道《鹧鸪天·陌上濛濛残絮飞》

又是一个周末，天气竟有些炎热，有几分初夏之意。读一首晏几道的《鹧鸪天》吧。

鹧鸪天（宋/晏几道）

陌上濛濛残絮飞，杜鹃花里杜鹃啼。年年底事不归去，怨月愁烟长为谁。

梅雨细，晓风微。倚楼人听欲沾衣。故园三度群花谢，曼倩天涯犹未归。

【《二晏词笺注》】

@21 克&香蕉皮："梅雨细，晓风微，倚楼人听欲沾衣"，让"倚楼人"欲哭的应该不是雨声，而是杜鹃啼吧。子规子规，不如归去。这首词的结构上下阕都是先写景，后写情。无论是写景还是抒情，都是围绕着"人不归"，可见思念有多深。

@derek："倚楼人听欲沾衣"一句让人霍然想起李白《玉阶怨》中那句"玉阶生白露，夜久侵罗袜"，同样是女子相思，前者只因所思之人未归而听风听雨，处处透着寂寞，后者却在无尽的等待里更多了生无所寄的悲哀和人生路漫漫而不得尝其甘的苦楚，同样写女子的思念和等待，小晏的词虽用字颇多，却字字不离情，人物感情的微妙变化拿捏地准确，颇似闺中女儿语；太白诗虽短小，却有一种映射人生的阔大之境。

段老师回复 derek：嗯，同样写相思，这便是诗词的不同。

@蒲苇·旎：这首词读罢，一股思故乡而不得归的愁情油然而生，字字寄寓作者那份怨愁。首句交代地点时间，"残絮"不仅写作者内心的失落，还写像絮飞般迷濛纷乱的思绪。杜鹃啼，"不如归去"之心显然。后两句写到现实，年年思归不得归，满腹"怨月愁烟"。下片先写在家等待归人的"倚楼人"，用这来烘托思念之切，最后感叹故园的群花都几度凋谢，意指已往多年犹未归，此思乡之情甚深矣！

大盈北回复蒲苇·旎："十里楼台倚翠微，百花深处杜鹃啼。殷勤自与行人语，不似流莺取次飞。惊梦觉，弄晴时。声声只道不如归。天涯岂是无归意，争奈归期未可期。"（《鹧鸪天》）隐约记得有这么一首词，没想到也是晏几道的，都是以美景写哀情，却写出了不同的味道，第一首情、景都很细腻，第二首起笔便境界开阔，像杜牧的"千里莺啼绿映红"，风光无际。结句又是不同的所在，第一首是从虚景入手，虽不是眼中实见，却情怀缱绻；第二首讲的直白，没有什么巧处，但是修辞立其诚，更是他的好处。

段老师回复蒲苇·旎：人方解析颇为贴切，这首词既写家中思妇的相思，也写游子对故乡的思念。下片的"曼倩"，即是借东方朔指代自己，东方朔字曼倩。

段老师回复大盈北：玉环好记性！比较出两首词的不同，贴切自然，语言也不错！

蒲苇·旎回复段老师：我当时查了"曼倩"，也知道是东方朔的字，还去查了东方朔的资料，不知道是借用东方朔的什么来指代自己，就没有说，回头再仔细查查。

@唐若心：全诗一种深深的闺怨气息扑面而来。春天本应是一年中最舒适的季节，但是作者仿佛将一切哀景收入眼底，柳絮纷飞、杜鹃哀啼、细雨纷纷、微风阵阵、残花遍野，瞬时就有一副少女倚楼相思的惨淡画面映入眼帘，思妇的心思跃然纸上，不禁让人为之感伤。

段老师回复唐若心：双林的评析很有文采哦！

@胖黑：倚楼远望盼归人的"细君"，听到那"不如归去"的杜鹃啼声，思归而不得，故园花已经三度凋谢了，行人在外已满三年，年年思归，年年未归，一句"曼倩天涯犹未归"，真是道尽了心酸别离。

@潇竹絮：想到陈尚君老师说的，之所以会弄混很多女诗人的诗，就是因为丈夫们都爱作女子语。

段老师回复潇竹絮：不是早讲过"男子作闺音"的现象吗？尤其是词更甚。

潇竹絮回复段老师：嗯，难道这样做，男子就可以自诩女子的知音人了吗？

ooo回复潇竹絮：我想男子从未想过做女子的知音人吧（柳永除外）！只不过是男人心中幻想出来的他们认为的理想的女子的状态。引用胡玲的话说："我心目中理想的男人，就是我这样的。"

潇竹絮回复ooo：哈哈，我就是开个玩笑嘛，所以说是自诩啊，就是在吹牛或者调戏女子啊。《红楼梦》里贾宝玉和冯紫英，薛蟠一流一起作"女儿乐"，薛蟠用语就相当粗鄙，偏偏人还自觉得很风流呢。其实女子不一定真觉得他知音呢。我看到你下面的评论了，其实陆机《文赋》里就有"诗缘情而绮靡"之说，所以应该不能说只有词言情吧。

@ooo：好久没有读词，都不知道从什么角度去赏析一首词。这周多看了几页杜甫的诗，顿时觉得气象完全不同。杜诗气象雄浑，晏词气象轻丽；杜诗语言厚重、典雅，晏词语言柔软，吴哝细语；难道这就是诗言志，词言情的不同。（不知道，拿诗和词作这样的对比是否恰当；用杜诗个别的诗人与晏词个别的词人风格进行对比，不知道比较得是否有意义；还有以个别作家的比较也不能得出诗言志，词言情的结论吧。）怎么感觉自己把自己否定了？？

段老师回复ooo：嗯，诗词自有不同，看看叶嘉莹和缪钺先生的书吧。

4月21日，柳永《玉蝴蝶·望处雨收云断》

昨晚"宋词赏析"课给学生讲柳永词，问学过哪些作品？皆答：《雨铃霖》《望海潮》。其实，柳词的佳作远不止这些，私以为最有感慨、最有意味的词还是其羁旅行役词。如这一首《玉蝴蝶·望处雨收云断》：

玉蝴蝶（宋/柳永）

望处雨收云断，凭阑悄悄，目送秋光。晚景萧疏，堪动宋玉悲凉。水风轻、蘋花渐老，月露冷、梧叶飘黄。遣情伤，故人何在？烟水茫茫。

难忘，文期酒会，几孤风月，屡变星霜。海阔山遥，未知何处是潇湘？念双燕、难凭远信，指暮天、空识归航。黯相望，断鸿声里，立尽斜阳。

【《乐章集校注》卷下】

@潇竹絮：这首词中以独自倚阑远望时心怀故人为中心，联想到悲秋第一人宋玉，又借水风、蘋花、月露、梧叶组成一幅萧疏秋景图。"立尽斜阳"一句，实在是言有尽而意无穷。不过就整首词来看，还是颇为缠绵纠结，感觉不及八声甘州有一种伤感的决绝。

@戈一木："断鸿声里，立尽斜阳"，沧桑之感茫然之意尽现，让人思及自身了。

@123211082："断鸿声里，立尽斜阳"，像一幅能听到雁叫声的剪影画。

@西瓜杧果水蜜桃："黯相望，断鸿声里，立尽斜阳。"最后一句寄无限思绪于景象，令人回味。但我觉得"水风轻、蘋花渐老；月露冷、梧叶飘黄。"短短十四字却道出无限悲凉之意，秋月怀殇之情涌上心头。

@黑拓耷：如果抛开以前的学习中对柳永的第一印象，这首词很难让人想到柳永靡丽凄绵的词风倾向。尽管上下两阕，但两阕的行文都不断，情感上的铺垫很充足。上阕重写景，"望"字基本上总领下文，下阕开头接上文"故人何在"句。宋玉悲秋，悲身世之感与前途无望；屡经星霜，患难人生且难得意。这里当是历游古地，借古人以自怀。下文借双燕与断鸿暗指自身前途未卜的处境。立尽斜阳正是此时此景画面的定格。

@黑拓耷：情感上细腻得多。糜艳谈不上，但情感伤思有余。当然这是自己浅薄的认知罢了。

段老师回复黑拓耷：难得看到建磊赏词，今天一写，就是一段不错的文字。

@ooo：一阵秋雨过后，作者凭栏远望，看到萧条冷落的景象，不禁想起了自己的孤独冷落，同时想到自己与友人天各一方，音信全无，顿觉更是凄凉。上阕主要写景，以景致萧瑟引出作者的孤寂之情；下阕主要叙事，但情、景、事交融，浑然一体。读这首词，我主要着眼于它舒缓的节奏以及婉约轻丽的用词，想想与同为怀念友人的诗作，感觉柳永词体现了词的当行本色。之前以读诗的节奏读词，觉得无味，想到了词是应曲而作，于是故意沉静下来，慢慢读，才感觉到他的优美。对于首句，"望处"两字之后，当有一个逗号以作停顿，这样，一是与下阕"难忘"相对，二是在这里有一个停顿，拖长，可以让人静下来，细细体味之后的情境。不知道词牌玉蝴蝶是否有这样的停顿？

段老师回复ooo：嗯，俊亮读词渐入佳境，当然不能以读诗的心境读词了。有时，你们可能太忙了，不能静心领略词的美。我想，诗词的美丽，都需要静心领会的。

@蒲苇·旎："遣情伤，故人何在？烟水茫茫。"我觉得这句是整首词的精华，短促凝重，大笔濡染，声情跌宕，苍莽横绝。但是我最喜欢的还是"黯相望，断鸿声里，立尽斜阳"一句，一种回忆与思念夹杂之情，一种孤立残阳之伤，总之，这首词写得真的很好，婉丽凄美，无法言表，可能是我不太会赏析词原因吧。

4月24日，寇准《水村即事》《秋日原上》

又有两日没读诗词了，今日春光和煦，我们读两首寇准的诗吧！寇准身为宰相，其诗却"含思凄婉，绰有晚唐之致"。

水村即事（宋/寇准）

虚斋临远水，吟钓度朝晡。苇岸秋声合，莎亭鹤影孤。片云藏叠巘，野烧起寒芜。独步时吟望，离人隔五湖。

秋日原上（宋/寇准）

萧萧古原上，景物感离肠。远峤收残雨，寒林带夕阳。溪声迷竹韵，野色混秋光。吟罢还西望，平沙起雁行。

【《全宋诗》卷九〇】

@21 克&香蕉皮：看到"寒林带夕阳"脑中想象着画面，冷色调的寒林搭配着暖色调的夕阳，应该很美，但因为是夕阳，所以画面应该更有一种悲伤悠远以及震撼感。另外受金庸小说影响，看到"平沙起雁行"想到青城派"平沙落雁式"，不知道金庸是从何想到这个招式名的。

段老师回复 21 克&香蕉皮：不知金庸是否读过寇准的诗？需要考证哈。

@西瓜杧果水蜜桃：相比而言《秋日原上》凄婉之情很容易感受到。而《水村即事》则要通过孤、寒等意象细细体会。

段老师回复西瓜杧果水蜜桃：哦！那就是前一首感情较为直露，后一首表达更为含蓄委婉。

@唐若心：其一中更多感受到的是诗人内心的孤寂之感，联想及他的丞相身份则为高处不胜寒；其二诉诸愁肠，有浓郁的家园之思！

@潇竹絮：感觉两首诗中的主人公都呈一种负手远眺的姿态，两首都以凄寒意象衬托诗人孤影。不过第二首诗的第二联却让我想到了宋之问的"山雨初含霁，江云欲变霞"（《度大庾岭》），许是因为二者都有雨和阳吧。不过按说作为晚唐体诗人的代表，寇准的诗不应让我做如此联想。不过今天看《沧浪诗话》里说："盛唐人诗，亦有一二滥觞于晚唐者，晚唐人诗，亦有一二可入盛唐者，要当论其大概耳。"所以其实，初盛中晚唐诗，也不应拘泥来看，就应该有些观之而不能辨才是真有意思呢。说到平沙落雁，我之前也以为是金庸弄出的一招经典剑法，查了一下，还是相传是陈子昂所作的一首曲子呢。

段老师回复潇竹絮：如意评析已有学术眼光，赞一个！所谓诗歌"初盛中晚"，即是大概而言。至于"平沙落雁"，即是一首古曲呢！嘿嘿！你们这些金庸迷。

@莫愁姑娘：寇准的诗歌富于情思，很有韵味，这两首诗歌都很明显有个抒情主人公，"独步时吟望""吟罢还西望"，诗中的景物都被作者的情绪所渲染，使写景诗读起来更像是咏怀诗。而这两首写景诗中选取的意象如芦苇、鹤影、秋雨、夕阳等最能引起离愁别绪的心灵感触，再加上如孤、寒、残等字眼的渲染，格调自然很难明朗起来。无意中翻到寇准的另外两首写景诗，发现《夜望》中有"望久前村岛屿微"，《江上》有"空江极目望不尽"，这种远望的形象在他的诗中还有多少我暂时还没统计，不过我猜想应该为数不少，为什么寇准这么喜欢塑造这样的抒情主人公形象呢？历史上的寇准一直给人严厉刚毅的感觉，诗风却含情脉脉、多愁善感，更有王维、韦应物的隐逸、清逸之美，也是不太理解。

段老师回复莫愁姑娘：嗯，欣玫感觉敏锐，寇诗确实更有王维、韦应物的情景融合之美。至于寇准性格与诗风的悖论之处，的确值得探讨。我想，这应是人性的复杂之处。

@戈一木："吟罢还西望，平沙起雁行。"读来好像大雁也觉知自己的离伤感怀。两首都是临景离怀，也是词人的另一面心绪了啊。

@砖砖：《水村即事》一首中颔联一"孤"字与尾联"独"字相应，因为诗人的寂寥心情，秋日里的诗人眼中的景象都是"物皆着我之色彩"。诗人由眼前景象思及自身，尾联"时"字可见诗人常常翘首吟望，但因为相隔太远故又有一丝惆怅。《秋日原上》也写秋景，诗人直接道出"景物感离肠"，可见满眼皆是离殇。尾联"吟罢还西望"与前首诗中"吟望"意相同，一"吟"一"望"两个动作就能把诗人作诗的心情体现得淋漓尽致。《宋诗纪事》中有《湘山野录》载"到海只十里，过山应万重"句，是诗人被贬于南边的雷州时他人告诉他这里离海只有十里，使他回想起之前自己的诗句，不禁感慨万千。《宋史》中记载寇准被贬官后知相州、徙安州、贬道州司马，后又再贬雷州，可以推断大概诗人是在这段贬官经历中有了离人的惆怅，这两句所表达出的惆怅之感与上两首诗心情颇近，是诗人离家万里的慨叹。

段老师回复砖砖：善于抓住关键字眼进行解析，颇为贴切。又引《湘山野录》的记载加强阐述，不错！

@蒲苇·旎：这两首诗，调伤情切，读来甚感诗人秋思之凄落。首先诗人很会选用意象，第一首"远水""苇岸""鹤影""寒芜"，尽是些萧条的景物；再者是诗人很会用字，没有刻意雕琢之感，很有晚唐体的风格特点，如"吟""临""度""藏""起"，特别是"吟"字，出现两次，第二首也出现。方回《瀛奎律髓》中说"莱公诗学晚唐，九僧体相似"，九僧诗内容大多为描绘清邃幽静的山林景色和枯寂淡泊的隐逸生活，虽时有文字颇为精警的断句，但全篇的意境往往不够完整。而寇准这两首意境还是比较完整的，如第二首，观景而愁思甚浓的心境投射在一派秋瑟古原景中。还有，我能理解寇准为何刚毅性格却凄婉诗风，因为我就是表面开朗，内心梨花带雨，有时不能把柔弱表现。

段老师回复蒲苇·旎：嗯，人方准确地抓住了此二首诗意象和用字的独特性，点出寇诗意境的浑融完整，这是与九僧诗的不同之处，颇有艺术感悟力。

4月28日，林逋《点绛唇·金谷年年》、梅尧臣《苏幕遮·咏草》

立夏渐近，成都一日入夏，气温已近三十度了，不免让人昏昏入睡。近日翻《人间词话》，发现王国维提到宋代诗人林逋、梅尧臣的两首咏春草的词，缠绵婉约，是婉约词佳作，与其诗歌颇有不同，特别是梅尧臣。

在此将其录入，与大家共赏。

点绛唇（宋/林逋）

金谷年年，乱生春色谁为主？余花落处，满地和烟雨。又是离歌，一阕长亭暮。王孙去，萋萋无数。南北东西路。

【《林和靖诗集》卷四】

苏幕遮·咏草（宋/梅尧臣）

露堤平，烟墅杳。乱碧萋萋，雨后江天晓。独有庾郎年最少。窣地春袍，嫩色宜相照。

接长亭，迷远道。堪怨王孙，不记归期早。落尽梨花春又了。满地残阳，翠色和烟老。

【《梅尧臣集编年校注》卷三〇】

@知。觉：长亭送别。觉得特像"远芳侵古道，晴翠接荒城。又送王孙去，萋萋满别情。"（白居易《赋得古原草送别》）

段老师回复知。觉：是啊！此二首词部分意境即从此诗化出。

@今将疯：不知为何，读到："独有庾郎年最少"此句时，想起"当时年少春衫薄"一句了。

@胖黑：王孙游兮不归，春草生兮萋萋。两位词人皆用萋萋二字来写春景，残阳堆烟，二人心中的伤感情绪也是分外相同。

段老师回复胖黑：嗯，都是咏春草的，意象、词汇、情感都极其相似。

@雪霏霏："乱碧萋萋，雨后江天晓"不仅道出了雨后的青草之美，更为这炎炎夏日送来了一股清新之风。

@潇竹絮：之前老师寒假发过的高适的《人日寄杜二拾遗》里有"龙钟还忝二千石，愧尔东西南北人"。林逋词中的"南北东西路"，应也是和高适一样，化用孔子"东西南北人"的自嘲，以示居无定所。梅尧臣的"窣地春袍"化用庾信《哀江南赋》中的"青袍如草"。梅尧臣此词就是为压倒林逋而作，感觉梅词胜在对景物的描写，小清新中带着愁怨。

段老师回复潇竹絮：嗯，诗词读多了就会联想丰富。

@ooo：林逋词上阕写景，下阕抒情。曾经繁华的金谷园早已荒芜破败，一年又一年，满园的春花、春草开放的杂乱无章，一阵细雨过后，残花满地，没人收拾；金谷园，再一次响起了离歌，离人远去，放眼四望，唯有萋萋春草，"更行更远还生"。这阕词缠绵婉转，尚是红尘中人，猜想词人做此词时尚没有隐居孤山。梅词全篇写景，上下阕对比，上阕写春草，欣欣向荣，一派生机勃勃的样子，正是人生得意时，下阕写顺着春草的方向，望着归人的方向，不觉模糊了时间，梨花落尽，春天也过去了，只留下了满地的落花残阳以及伊人惆怅的身影。两篇都寄春草以离别之情。

段老师回复 ooo：俊亮的赏析文字越发有文采了！不过，即使是隐士僧人也有诗词缠绵艳丽的，如宋代的僧人惠洪。所以，不应以林词的缠绵判断此词是未隐居时所写。

@戈一木：萋草与送别，从来都是春色和软，更添离愁啊。

@大盈北："萋萋无数，南北东西路"，王国维说"诗之境阔，词之言长"，满地芳草被简练成了"南北东西路"，反觉得这句境阔言长，而且境界也是自己的。但我觉得这句的好处还是在于它的简单，不记得在哪里看人讲过把寻常话写入诗词，而且还写得好，才最见功力和才气。

段老师回复大盈北：是啊！玉环领悟不错，宋人追求"平淡"，"平淡而邃美""平淡而山高水深"都是他们所倡导的。

@大盈北：两词都用了王孙一词，唐人有不少芳草和王孙连在一起的诗句，这两词里用典是一说，另外就是他们写的草本是孱弱之物，情又是凄迷的哀情，须要王孙、金谷这样的富贵词语来点缀，才有气象，不至于气短，不然国初的文词就那样了，也太不好了。

段老师回复大盈北：虽写凄迷、哀情，但气象不可萧瑟。还是要富贵承平气象，以彰新朝。

5月6日，陆游《初夏》、朱淑真《清昼》

今日立夏，意味着又一个春天远去了，迎来丰盛的夏天。天气日渐炎热，还是这段话说得好：宜调息静心，常如冰雪在心，炎热亦于吾心少减。不可以热为热，更生热矣。同时，读诗亦可静心。我们读两首初夏的诗吧！

初夏（宋/陆游）

百叶盆榴照眼明，桐阴初密暑犹清。深深帘幕度香缕，寂寂房栊闻燕声。细锻诗聊凭棐几，静思棋劫对楸枰。浣花光景应如昨，回首西州一怆情。

【《剑南诗稿校注》卷一二】

清昼（宋/朱淑真）

竹摇清影罩幽窗，两两时禽噪夕阳。谢却海棠飞尽絮，困人天气日初长。

【《朱淑真集注》前集卷三】

@**戈一木**：树荫初密海棠谢。总觉得好多写夏天的诗句都带着慵懒的安静，是让人闻得到气味、听得到声音的场景。

@**潇竹絮**：古人在夏天消遣好像挺少的，只能呆在屋里避暑，一直觉得古人能在炎热的夏天穿长袖也是够有忍耐力的。估计他们每个时辰都要洗澡，所以都不出门，坐等洗澡。看网络小说里那些皇子在夏天就是在不断地换衣服。

@**丫头~**：桐阴初密暑犹清，在学校好像树荫一直都密，只有这几天才有一些暑气。不过站在树荫下确实感觉夏天在几厘米外的阳光下。

@**21克&香蕉皮**：看这两首诗的确感觉透心凉。所以通感是的的确确存在的。"暑犹清"就像在炎日里注进一汪清水。"竹摇清影"就让人心静而凉。不过看到"谢却海棠飞尽絮"我好像又燥热起来了。

@**黑拓耷**：今天真的是好热啊，这要是到了八九月份那还了得……这两首诗风格各异。陆诗与朱诗虽然都详细描绘了一番夏日情景，但与各自的主旨似乎并没有特别强调的关系。陆游在这里是士大夫的文人派，感时伤事，因这夏日又叨扰了怀念时光的伤情。而朱淑真一番闲愁滋味，没那么多人生易老壮志难酬的感想，比李清照的如梦令还要淡了些感伤，恐计是富人语。

段老师回复黑拓耷：建磊再看朱淑真诗，可能有种熟悉之感吧！陆游、朱淑真身份各异，对夏天的感觉自是不同。

@**唐若心**：第一首诗由写景转入抒情，过渡自然流畅，借初夏风光抒发物是人非的感伤情绪；然而在第二首诗中，感觉作者仅仅是在对夏天的景物做一种平铺直叙的描绘，并没有明显的情绪的表露。

@ooo：老师写初夏，截取一男一女两位诗人做比较，同为写夏景，朱诗写竹影摇曳、小窗清幽、海棠谢却，分明是闺房女性景致，境界偏小而轻柔，明显具有女子气息；陆诗则写百叶盆榴，桐阴处密，且是照眼明、暑尤清，境界明显宏阔，而气势稍壮，纵使写帘幕、写房栊，也给人以一种宽敞明亮的感觉，而绝不是幽寂的小屋，尽显男儿郎风格。作者在并不燥热的初夏，琴棋诗酒茶之余，回首西州，不知是哪一段情？陆诗颈联的叙事悠然自在，初夏时节，诗人的闲适形象跃然"屏"出。当然，朱诗"困人天气日初长"，最是那不胜娇羞的温柔的女子形象也是栩栩如生。陆诗颔联写幽香而用深深帘幕，显的香气持久而舒缓；写燕声而用寂寂房栊，显得房屋开阔，而燕子形象更为突出，"深深""寂寂"用得很妙。朱诗"时禽噪夕阳"，一个"噪"字，用在这里很有意思，不知是否有所效仿？

段老师回复ooo：俊亮分析细腻贴切，很切合诗人身份，颇有进步。

5月7日，苏轼《和陶饮酒》《和陶拟古》

话说苏轼被贬惠州，偶然听到幼子苏过诵读陶渊明的《归园田居》，触发了他"尽和陶诗"之念。陶渊明和柳宗元的诗集成了诗人的"南迁二友"，甚至每天节制着读陶诗，"惟恐读尽后，无以自遣耳"（《书渊明羲农去我久诗》）。下面录其两首和陶诗供大家一赏。

和陶饮酒（宋/苏轼）

小舟真一叶，下有暗浪喧。夜棹醉中发，不知枕几偏。天明问前路，已度千重山。嗟我亦何为，此道常往还。未来宁早计，既往复何言。

【《苏轼全集校注·诗集》卷三五】

和陶拟古·其一（宋/苏轼）

有客叩我门，系马门前柳。庭空鸟雀散，门闭客立久。主人枕书卧，梦我平生友。忽闻剥啄声，惊散一杯酒。倒裳起谢客，梦觉两愧负。坐谈杂今古，不答颜愈厚。问我何处来？我来无何有。

【《苏轼全集校注·诗集》卷四一】

此二首诗见其冲淡的风格。

@潇竹絮：感觉两首诗里都有道家思想？挺清静无为的感觉。不过第二首末句有种从何处来，往何处去，又像佛家了。感觉比起陶渊明的诗，更多了些哲学意味。

段老师回复潇竹絮：嗯，有点清静无为的感觉，不过，第二首的尾句正如下面王新涛所言，"无何有"即无何有之乡，出自《庄子·应帝王》。

@21克&香蕉皮：还记得小学的时候读过本讲苏东坡的小说，像是苏东坡的传，但是加入了一些神话色彩。小说写得很好，只可惜读到苏东坡考上科举，丧母之后图书馆的书就没有了，至今都是一大憾事，也就是那时候迷上了苏东坡。记得小说里写过，苏东坡小时候曾跟一个道士学习，后来又有佛印这样的和尚朋友，所以算是儒释道思想都有，我想他的旷达也与他受到的思想有很大关系。

段老师回复21克&香蕉皮：是的，东坡的思想比较庞杂，儒释道皆有，只是在他人生的不同阶段三家思想影响略有差异。

@杜若：补陶渊明《饮酒·其九》"清晨闻叩门，倒裳往自开。问子为谁与？田父有好怀，壶浆远见候，疑我与时乖。褴缕茅檐下，未足为高栖。一世皆尚同，愿君汩其泥。深感父老言，禀气寡所谐。纡辔诚可学，违己讵非迷。且共欢此饮，吾驾不可回。"（《陶渊明集笺注》卷三）

@杜若：陶渊明《饮酒·其九》与苏轼的《和陶拟古九首·其一》倒是有些不同，陶诗大多用"赋"手法写成，连贯性较强，基本上都是一气写成的，苏轼这首诗倒是多了些曲折"有客叩门"直到"忽闻剥啄声"再到"倒裳起谢客"中间插了许多笔，似并非待客之道，却意味深长。结尾用典《庄子·应帝篇》"游无何有之乡"。

段老师回复杜若：谢谢新涛在此增补陶渊明的原诗，有了一个比较的范本，其实，苏子和陶，非亦步亦趋，更多的是"借他人酒杯，浇自己心中的块垒"，是一种精神慰籍，无论表现手法还是内容，更多的是自己的创造。

@西瓜杧果水蜜桃：前首末句有一种洒脱之情，仿佛将人生的一切都看透，随遇而安，似佛又似道。

@胖黑：短短两首诗，便可以看出苏子对道家与佛家思想的深刻了解，既有道家之超然又有佛家之旷达，我想苏子对待人生的态度也和他一生所学有关。正所谓"问我何处来，我来无何有"，人生如寄的感慨。

段老师回复胖黑：嗯，苏子博学，善于融合释道二家思想，特别是在他人生困顿时，释道思想更是他的避风港。

@戈一木："问我何处来？我来无何有。"真是值得细想。"惊散一杯酒"这句真是太喜欢，梦与平生之友以酒尽欢却被惊扰，一个"散"字既写梦更写人。

段老师回复戈一木：雨梅所道极是，"惊散一杯酒"绘出苏子见到朋友时既惊又喜的天真神态。因为这组诗是他被贬海南绍圣四年（1097）所作。

@ooo：《和陶饮酒》，颇有作者自寓身世之感，自己身如一叶扁舟，无助地漂泊在暗涛汹涌的江上，无法掌控自己的命运，一夜醒来，自己已过千重山，到了这个偏僻的惠州，"夜棹醉中发，不知枕几偏"可见诗人自己也在纳闷，何故无缘无故地就沦落到了惠州，命运就在一夜间无来由地天翻地覆。此时诗人正好读到了陶诗的"此中有真意"，于是只能是"既往复何言"。这是诗人无奈之中故作旷达语。可能是诗人处贬惠州，多有不满时作。而《和陶拟古》当时作者已经真的明白山水归隐之趣，不再是牢骚之语，"主人枕书卧，梦我平生友""问我何处来，我来无何有"，真是物我同化、旷达潇洒的精神气质弥漫而来，真是从诗人心底里发出，直抵读者心中。全诗通篇贯穿着旷达之气，一气而下，竟不可遏。"忽闻剥啄声，惊散一杯酒"梦境与现实交错，真是神来之笔，用笔也十分老练，太喜欢这句了。

段老师回复ooo：还有苏子的和陶诗不是一时一地所作，扬州、惠州、儋州都有和作。

ooo回复段老师：读书不求甚解，读诗不知其人，所以有了这个硬伤。不过今天的"癫狂"赏诗，我自己也觉得有点超越了自己。

@段老师：俊亮对诗意把握贴切，分析很到位，最近进步很大哈！不过，纠正一瑕疵，《和陶饮酒》二十首是苏子元祐七年（1092）在扬州所作，诗前小序即有交代。

@大盈北：高中的时候读一本唐诗选，很喜欢读王维的诗，当时就是很舍不得读完，因为喜欢的缘故。唐诗里"系马高楼垂柳边"，有声有色，好响亮。苏轼这两首诗真是豪华落尽见真淳，不过或许我并没读出他的好处，所以觉得有点寡淡。不知老师怎么看。

段老师回复大盈北：哈哈！"诗无达诂"，个人感受不同，可以参见人方，俊亮的解析哈！不过，还是要肯定你的真实。

@蒲苇·旎：我比较喜欢第二首，轻描淡写却寓意深远，寥寥几句道尽人生道理。首先"门前柳""庭空鸟雀散"几笔就勾勒出苏轼被贬海南的环境，清幽闲静，"主人枕书卧"表现了诗人的生活状态，一个以书为友的被贬之人，实在难得。"剥啄"查了一下是敲门的拟声词，忽然听到友人来访，心情惊喜激动，不小心碰翻一杯酒，这个"散"用得极好，脱俗精准。然后便是和友人的坐谈，几字几句便可描述出整个事情的发展过程且不是文雅，不是大文豪还真的作不来。末句是蕴含人生的哲理，"问我何处来？我来无何有。"人生难免时起时落，有友人来看望，有亲人相伴，便是晴天。豁达犹如苏子，方可坦然面对"我从何处来"。

5月13日，苏轼《西江月·点点楼头细雨》《鹧鸪天·林断山明竹隐墙》

这两天读苏轼诗词有点上瘾，每次一读苏子的作品，就有些放不下来的感觉，可见苏轼的魅力。今日再读两首词。

西江月（宋/苏轼）

点点楼头细雨，重重江外平湖。当年戏马会东徐，今日凄凉南浦。
莫恨黄花未吐。且教红粉相扶。酒阑不必看茱萸。俯仰人间今古。

鹧鸪天（宋/苏轼）

林断山明竹隐墙。乱蝉衰草小池塘。翻空白鸟时时见，照水红蕖细细香。
村舍外，古城旁，杖藜徐步转斜阳。殷勤昨夜三更雨，又得浮生一日凉。

【《苏轼全集校注·词集》卷二】

@潇竹絮：苏轼出行都拄杖的啊。"杖藜徐步转斜阳""竹杖芒鞋轻胜马"，比起"左牵黄右擎苍"，少了些肆意猖狂，又是另一种闲行姿态。今天刘老师上课的时候说"倚门回首，却把青梅嗅"那首点绛唇的作者存疑，有古人还说那是苏轼写的呢，小伙伴们表示都惊呆了。

段老师回复潇竹絮：嗯，黄州的苏轼身心皆疲，常有叹老之嗟。至于那首词的作者是有争议，古人的说法也有疑问，不用大惊小怪。亲，你上网查查啊！可能知网上有这样的文章。

潇竹絮回复段老师：嗯，大部分的说法是说那首词是无名氏作来着。今天上课的时候老师说古书十之七八都存疑，感觉一下很没有希望了，我们还在开玩笑说要换专业。

段老师回复潇竹絮：嗯，这涉及疑古和信古的问题。不用太极端。

@唐若心：第一首更多的是洒脱与不羁，第二首多凄凉语。

段老师回复唐若心：嗯，有点细微的差别，都有点凄凉在里面哈。

@21克&香蕉皮："殷勤昨夜三更雨，又得浮生一日凉"好喜欢人生中这样简简单单的满足。

段老师回复21克&香蕉皮：是啊！苏子哪怕在困顿之境中也会找到适意和满足。

@戈一木：古代文学课上今天刚好读了纳兰的词，现在看到"又得浮生一日凉"，风格异出，心境与体悟都各不相同，如此更有感触了。

@雪霏霏：感觉"又得浮生一日凉"好像一语双关，既言夜雨过后换来凉爽的天气，又有对自己身处凄凉处境的一种调侃。

段老师回复雪霏霏：对啊！这就是双关语，既写天气，又道心情。你的感觉不错！

@ooo：首句写景，由点及面，细雨为点，平湖为面；本为静景，一个"点点""重重"，赋静景以动感。楼头细雨淅淅沥沥地下个不停，一直蔓延到了整个江上、湖上，展现一个沉闷略带压抑的氛围。当年的聚会是何等的意气风发，一如那戏马台上的嬉戏；不料今日只能在此凄凉送别，就如同在那南浦之畔，令人难舍难分。然而诗人终归是乐观的，不要责怪秋天的黄花尚未开放，只要有红颜相伴，每一处都是快乐的地方。黄花、红粉，借对，对仗工整。诗人也许是在劝说友人，也许是在慨叹身世，不必在意这重阳节是否是少一个人，是否是只有一个人，有酒独自酌，以出尘的眼光俯仰人间古往今来之事。俯仰人间今古，大气磅礴，超然世外，无怪明人评价其意度旷达，超越千古矣。然而，酒阑不必看茱萸，境界虽好，但总感觉用词造句还有所欠佳，不知是不是我眼界不够，尚无法欣赏。以第一首与第二首做比较，第一首更显词之本色，第二首，似乎有点以诗入词的味道。

段老师回复ooo：分析得太棒了。

6月2日，纳兰性德《蝶恋花》二首

六月栀子花开放，正是读词的好时节。今日读两首纳兰词。

蝶恋花（清/纳兰性德）

辛苦最怜天上月，一昔如环，昔昔长如玦。但似月轮终皎洁，不辞冰雪为卿热。

无奈钟情容易绝，燕子依然，软踏帘钩说。唱罢秋坟愁未歇，春丛认取双栖蝶。

蝶恋花·出塞（清/纳兰性德）

今古河山无定数。画角声中，牧马频来去。满目荒凉谁可语？西风吹老丹枫树。

幽怨从前何处诉。铁马金戈，青冢黄昏路。一往情深深几许，深山夕照深秋雨。"

【《纳兰词笺注》卷三】

@21克&香蕉皮："不辞冰雪为卿热"的典故，荀奉倩为救妻子用雪冰自己的身子再去给妻子降温，可惜最后妻子还是离去而自己也病死。总觉得太傻太不值。这里纳兰用这种典故也是想表达自己深情，也表达自己可以这样做吧。原来读"辛苦最怜天上月"这篇，注意的都是每节的最后一句，突然发现"一昔如环，昔昔长如玦"更有无尽悲哀。纳兰的词常常因为首尾太过抢眼，反倒让人忽略了中间的句子。

段老师回复21克&香蕉皮：圣寒分析贴切，纳兰在此用典即是表现对亡妻的深切想念。

@潇竹絮：看到楼上那位同学说了不辞冰雪的典故，其实我刚看到这句想到的是张惠妹的一首《后知后觉》里也有这么一句，她这首歌还是用来怀念她的老师张雨生的。第二首的最后一句与欧阳修《蝶恋花》中的"庭院深深深几许"倒是相似，上节课老师还说到欧阳修的这首词来着，其实我每次背完这句，总是非常自然地接上"庭院深深深几许，深情始自宝黛初逢时；朱门重重重千道，重恨结于金玉终殒时"这么个对联，导致我从来记不住欧阳修原本的下一句是什么。

@黑拓荼：老师前文"栀子花开放"，以为下文会是应时节的词。读下来后，两首词的感情似是较为凄凉，大有悼念的意思。前首词最怜天上月，因为"一昔如环"，下文用人事作类比，"无奈钟情容易绝""唱罢秋坟愁未歇"。伤心的人只能凭借"双栖蝶"寄托自己了。人和月很相似，每每周而复始的思念，因为"不辞冰雪为卿热"的愿望。

@黑拓荼：第二首时间感很强烈明确，即秋季。上下阕的文风略有不同。上阕大有英雄迟暮的气势，下阕则情感舒缓很多，"庭院深深深几许，斜阳却照深深院"。前几日买了中华书局的《饮水词笺校》，后因事搁置了。读他的词，是很触动人的。

@戈一木：深情如纳兰，很多词虽凄切却仍旧清新。后首荒凉之意落在无定江山，落在画角声中，落在没有温度的铁马金戈，落在黄昏青冢，落在深秋晚雨，更落在一往深情里。天气好热，栀子花里藏着夏天呐。

段老师回复戈一木：雨梅所言极是。喜欢"栀子花里藏着夏天"这句话。

@猛蹬125：第二首，由写景过渡到抒情。荒凉的边塞境，悲凉的心中情。

@唐若心：第一首诗以月自比，上阕主要描写爱人之间的深情厚谊，脉脉温情随之流淌，下阕仿佛把人从美好回忆中抽离，愁绪扑面而来，物是人非，用"钟情容易绝"诉说自己的苦闷，现在也只能在花丛中看看双宿双飞的蝴蝶；第二首中最喜欢"一往情深深几许，深山夕照深秋雨"。在一系列硬词中出此软语，仿佛是生长在荒凉边塞之地的一抹翠绿，令人欣喜！

段老师回复唐若心：写的是塞外景色，抒发的是缠绵情思。不错！

@大盈北：第一首前面情绪低迷，结句"唱罢秋坟愁未歇，春丛认取双栖蝶"虽然也是孤单的样子，但是点缀出生命力，好清新。第二首开篇境界阔大，越到后来越有种蓦然回首的感觉。

段老师回复大盈北：玉环读词感觉较敏锐，分析贴切。

6月3日，辛弃疾《满江红·暮春》《念奴娇·西湖和人韵》

今日在看学生论文之余，顺手翻辛弃疾词集，发现他也有缠绵悱恻之词。现将他的两首风格迥异之作录于此，与大家共赏。

满江红·暮春（宋/辛弃疾）

家住江南，又过了、清明寒食。花径里、一番风雨，一番狼藉。红粉暗随流水去，园林渐觉清阴密。算年年、落尽刺桐花，寒无力。

庭院静，空相忆。无说处，闲愁极。怕流莺乳燕，得知消息。尺素如今何处也？彩云依旧无踪迹。漫教人、羞去上层楼，平芜碧。

念奴娇·西湖和人韵（宋/辛弃疾）

晚风吹雨，战新荷声乱，明珠苍璧。谁把香奁收宝镜，云锦周遭红碧。飞鸟翻空，游鱼吹浪，惯趁笙歌席。坐中豪气，看君一饮千石。

遥想处士风流，鹤随人去，已作飞仙伯。茅舍疏篱今在否，松竹已非畴昔。欲说当年，望湖楼下，水与云宽窄。醉中休问，断肠桃叶消息。

【《稼轩词编年笺注（增订本）》卷一】

@大盈北：还有一首咏春词什么"女儿学绣，不教花瘦"。词牌已忘，但也蛮好玩的。

段老师回复大盈北：嗯，现在发现贴标签式的文学史是有缺陷的。

@21克&香蕉皮：总觉得两首词都透着作者的无奈及淡淡的伤感。

段老师回复21克&香蕉皮：虽有感伤，其实二词是有区别的，一婉约，一豪放。

@ooo：《念奴娇·西湖和人韵》上阕豪迈激昂，风雨吹打荷叶，词人不觉伤感而用"战"字，斗志昂扬；"香奁收宝镜，云锦周遭红碧。飞鸟翻空，游鱼吹浪"，一副天高任鸟飞、海阔凭鱼跃的壮丽景象，此时的词人意气风发；"坐中豪气，看公一饮千石"，词人豪气干云。然而下阕一转，无可奈何。处士林逋已飞仙而去，西湖孤山的松竹已不再是当年的模样，望湖楼依旧，水与云依旧，变化的依旧在变化，不变的仍旧不变，世事不会随一人而改变，又何苦烦愁。词人是多么的向往处士生活，然而，却摆脱不了世事，于是只能一醉解千愁，即使醉中，也惦念时事，于是安慰自己"醉中休问，断肠桃叶消息"。上阕得意，下阕失意。上阕为作者心中之理想，下阕为作者无奈之现实。理想与现实相冲突，无可奈何，且醉解千愁。

段老师回复ooo：俊亮分析得太棒了，细致而又贴切，上下阕的情感有一个巨大的反差，正是其雄豪悲凉词风的体现。

@唐若心：还是最爱他雷厉风行、豪气冲云天的词风，第二首中对风雨忽作的描写很到位，感觉很过瘾！第一首个人感觉没有特别出彩之处。说的不对的地方还请老师指点呦~

段老师回复唐若心：双林对词风的把握较切，我在这将两首词并列，即是让大家体会辛词婉约与豪放两种风格并存的现象，引导大家对词人不要有贴标签的观点。第二首确实比第一首出彩。

@秋色馨满桐：断肠为什么和桃叶有关系呢？

段老师回复秋色馨满桐：桃叶，在此是人名。出自《古乐府》注："王献之爱妾名桃叶，尝渡此，献之作歌送之曰：桃叶复桃叶，渡江不用楫。但渡无所苦，我自迎接汝。"

6月4日，辛弃疾《一剪梅》二首

"夜来风雨声，花落知多少。"春天就这样走远，时光已进入初夏。
在繁忙杂乱的毕业季，我们抽空读读诗词，也蛮有情味的。昨日读了两首辛弃疾词，体会了辛词两种风格并存的现象。我们研读古典诗词，不要太受文学史的贴标签式的论断的影响，需多读文本，自己去体会感受。今日发现稼轩也有两首词语重叠复沓有趣的词，现录于此供大家欣赏，两首词牌皆为《一剪梅》。

一剪梅·中秋无月（宋/辛弃疾）

忆对中秋丹桂丛。花在杯中，月在杯中。今宵楼上一尊同。云湿纱窗，雨湿纱窗。

浑欲乘风问化工。路也难通，信也难通。满堂惟有烛花红。杯且从容，歌且从容。

一剪梅（宋/辛弃疾）

记得同烧此夜香。人在回廊，月在回廊。而今独自睡昏黄。行也思量，坐也思量。

锦字都来三两行。千断人肠，万断人肠。雁儿何处是仙乡。来也恓惶，去也恓惶。

【《稼轩词编年笺注（增订本）》卷二】

@唐若心：真的好有趣哎，第一首中每两个重叠的语句中还包含了虚实对应，作者悠闲从容的姿态令人欣羡。

@戈一木：觉得清新又活泼，虽然所写之情并非乐情。好一个"杯且从容，歌且从容"！

@段老师：转我的大弟子格格对此词的评价：别有一番风味，没有典故，流畅平易，不失妙趣，叹在唱中，回环往复，"花在杯中，月在杯中"，最爱。音节也是奇妙的东西。

@胖黑："云湿纱窗，雨湿纱窗。""杯且从容，歌且从容。""行也思量，坐也思量。"读之便心醉。一直觉得辛弃疾写得最好的并非豪放，而是婉约。以景写情，以情述景，这两首词真是美到了极致。

@21克&香蕉皮：第一首让我想起纳兰性德的《采桑子》："谁翻乐府凄凉曲，风也萧萧，雨也萧萧，瘦尽灯花又一宵。不知何事萦怀抱，醒也无聊，醉也无聊，梦也何曾到谢桥。"我觉得唱着"杯且从容，歌且从容"的才是我喜欢的稼轩。

段老师回复 21 克&香蕉皮：哈哈！同一个稼轩，大家所赏识的角度也不一样。

6月5日，辛弃疾《鹧鸪天》二首

大风过后，迎来一个蔚蓝天，让人心醉。昨日大家惊奇辛弃疾的缠绵婉约之词，今日我们再看两首闲适词。

鹧鸪天·鹅湖归病起作（宋/辛弃疾）

枕簟溪堂冷欲秋，断云依水晚来收。红莲相倚浑如醉，白鸟无言定自愁。

书咄咄，且休休，一丘一壑也风流。不知筋力衰多少，但觉新来懒上楼。

鹧鸪天·鹅湖归病起作（宋/辛弃疾）

着意寻春懒便回，何如信步两三杯？山才好处行还倦，诗未成时雨早催。

携竹杖，更芒鞋，朱朱粉粉野蒿开。谁家寒食归宁女，笑语柔桑陌上来。

【《稼轩词编年笺注（增订本）》卷二】

@**猛蹬**125：第一首有种洒脱之感，隐居生活确实有点闲适。（有时候读词有些感受，但就是说不出口）

段老师回复猛蹬125：嗯，这涉及文学鉴赏能力的问题。没关系，慢慢来。

@**胖黑**：一首雍容闲致，一首清新淡雅。最喜欢"笑语柔桑陌上来"一句，一位温婉美丽的采桑女的形象跃然眼前，浅笑嫣然。

段老师回复胖黑：是啊！我也喜欢这句。

@21**克&香蕉皮**："红莲相倚浑如醉，白鸟无言定自愁"这句用了通感，读了不免觉得稼轩十分可爱，或许因为自己愁时无言便觉白鸟无言也是愁，让我想起庄子与惠子关于鱼之乐的辩论，鸟无言或许正是怡然自得欣赏美景呢。喜欢"书咄咄，且休休，一丘一壑也风流"的洒脱。

段老师回复21克&香蕉皮：嗯，是移情的用法，不是通感哈！也喜欢此句的洒脱。

@**安琪**：第一首词，暮色黄昏中，断云依水，画面给人以空旷的美感，红莲白鸟互相映衬。上阕描写由远景写到近景，这清冷的景象不免让人感到一丝丝的忧愁。下阕一开始便有一种豁达、明朗的感觉，但我感觉更像是作者的自我宽慰，去当一个悠闲自得的隐居者。虽是闲适词，不知怎的，却还是感到了作者心中的感慨与忧伤。

段老师回复安琪：是的，虽是闲适词，也是故作洒脱罢了。内心还是壮志难酬的郁闷和哀伤。分析细腻贴切哈！

@**荀月**：同样说是病起之作，两首词又有一些不同，第一首像是真正的病起之作，觉得作者有懒洋洋的感觉。第二首就觉得有些欢快了，营造的氛围也很活泼。

段老师回复荀月：嗯，感觉颇为敏锐。

7月19日，苏轼《辛丑十一月十九日既与子由别于郑州西门之外，马上赋诗一篇寄之》

炎炎夏日，何以消夏？今日读一首苏轼与其弟弟子由的送别诗吧。《宋史·苏辙传》对苏轼兄弟情谊赞曰："患难之中，友爱弥笃，无少怨尤，近古罕见。"嘉祐二年（1057），苏轼兄弟同科进士，六年又同举制策。苏轼被任命为凤翔签判，苏辙因其《御试制科策》抨击宋仁宗引起波澜，只好留京侍父。这是兄弟俩的第一次远别，苏轼写下一首深情的送别诗。题为《辛丑十一月十九日既与子由别于郑州西门之外，马上赋诗一篇寄之》，喜欢"已知人生要有别，但恐岁月去飘忽"。

辛丑十一月十九日既与子由别于郑州西门之外，
马上赋诗一篇寄之（宋/苏轼）

不饮胡为醉兀兀，此心已逐归鞍发。归人犹自念庭闱，今我何以慰寂寞。登高回首坡垅隔，但见乌帽出复没。苦寒念尔衣裘薄，独骑瘦马踏残月。路人行歌居人乐，童仆怪我苦凄恻。亦知人生要有别，但恐岁月去飘忽。寒灯相对记畴昔，夜雨何时听萧瑟？君知此意不可忘，慎勿苦爱高官职。

【《苏轼全集校注·诗集》卷三】

@derek：苏公与子由的情感是十分可贵的，自古兄弟阋墙、文人相轻的例子多得数不胜数，而这两个好兄弟，除了亲缘关系，更是彼此的知己。离别之时，顾念子由单薄的衣衫和茕茕一人的孤寂，这是苏公作为哥哥对弟弟的担忧，"亦知人生要有别，但恐岁月去飘忽"，这是苏子的故作豪迈，但离别的悲哀终究仍是浓得化不开。

段老师回复 derek：嗯，寂寞身后事，千古兄弟情。

@其香："登高回首坡垅隔，但见乌帽出复没。苦寒念尔衣裘薄，独骑瘦马踏残月。"这四句的描写很细节化，送别的不舍之情绵长，内心又着实牵挂。"已知人生要有别，但恐岁月去飘忽"不能改变的现实与本心的矛盾。分别并不是永不再见，只是岁月蹉跎，不知相见何年。

段老师回复其香：抓住细节评析，点赞！

@戈一木：前两天刚好在三苏博物馆，看到这个真是感慨。也最喜欢那句"亦知人生要有别，但恐岁月去飘忽"，明了但又迷茫。"路人行歌居人乐"一句也让人颇为感慨。

@21克&香蕉皮：一直都羡慕苏轼、苏辙兄弟的情感，"但恐岁月去飘忽"，想到两兄弟的经历真是令人涕下。

段老师回复21克&香蕉皮：是啊！这首诗是与《和子由渑池怀旧》同时作品，手足情深感人至深。

@今将疯：确是啊，"已知人生要有别，但恐岁月去飘忽"，尤其是后半句，真真是飘零之感。

@车啊儿干：更喜欢"但愿人长久，千里共婵娟"，此时的别离是为了更好地相聚，老师要好好珍重啊。

@猛蹬125："登高回首坡陇隔，但见乌帽出复没。"这句应该是细节描写，写得很好，把离别时两人的远望写得很细致。

9月5日，李商隐《端居》《访秋》

新的一学期开始了，我们的诗词茶馆继续营业。假期人气不旺，开学了，希望大家有空来坐坐。连日来秋雨绵绵，读李商隐关于秋天的诗二首。

端居（唐/李商隐）

远书归梦两悠悠，只有空床敌素秋。阶下青苔与红树，雨中寥落月中愁。

访秋（唐/李商隐）

酒薄吹还醒，楼危望已穷。江皋当落日，帆席见归风。烟带龙潭白，霞分鸟道红。殷勤报秋意，只是有丹枫。

【《李商隐诗歌集解》】

@升仙刀：第二首《访秋》，登高、饮酒、落日、归风，分明是羁旅之愁。作者客居桂林，从四季分明的北方来到了温暖湿润的南方，所以秋天需要"访"，只有丹枫仿佛有些熟悉的秋意，作者竟然赞其"殷勤"，更见思乡之情。算是诗歌中的一点地域特色。

段老师回复升仙刀：对啊！此诗确实是作者寓居桂林之作，虽然诗歌色彩艳丽，寄予却是思乡之情。确有地域特色。

@八月的雨季：在成都经常说的诗句"何当共剪西窗烛，却话巴山夜雨时""巴山夜雨涨秋池"。

@潇竹絮：两首诗读完只觉"秋风秋雨秋寂寥"，不过在这样值得伤感的秋天，还有火红的枫叶，用它的热烈消散了伤感之意。突然好想去看漫天红枫了，段老师有地方推荐么。

@under my skin：相比于诗句，我更爱这两首的诗题，端居、访秋，干净利落。

段老师回复 under my skin：嗯，诗题确实简洁明快。

@sun 不是 sunshine："阶下青苔与红树"，一红一绿一高一矮一静一动，阶下青苔与秋雨是绝配，再伫立几棵丹枫足显庭院空阔而秋意浓浓，望着此番景象好容易带动睡意，我喜欢。

段老师回复 sun 不是 sunshine：是啊！古人的居处都充满了诗意，我也想有这么一个小院啊！

@只只黄：《端居》，像是孤独者的愁绪牵引着的愁丝，似乎还有另一端的人在拉扯。《访秋》也是写秋，愁字隐退，凉意浮现，感慨万千，此景不切此情，此情端系别处，奈何羁旅他乡。

段老师回复只只黄：嗯，正是羁旅之愁。

@其香：读来《端居》好一个秋风秋雨愁煞人，《访秋》，从诗题也能感受到客居的疏离之感。两首诗的格调又很不同，一个是家居小院里的秋日愁思，一个是高楼远望的壮阔秋色,空间地点不同所以诗的意境也是迥然相异。但两首诗又都有一种冷,是诗人整体心境的投射。诗者的诗意象朦胧幽微,有的时候读起来只觉得写得很美,却不知道究竟想表达什么样的情思。幸而这两首还能读懂些!

段老师回复其香:亲,你已经读懂了。解析甚是,不错!要坚持下去哈。

@ooo:现在是越来越懒了,所以读诗也喜欢比较短的《端居》;看评论也觉得龙高兄"冷得让人受不了",真是点出了这首诗的精髓。空床本应与素秋相互衬托,或因床空而秋冷,或因秋冷而床更空,可是诗人却偏偏要用空床来"敌"素秋,怎一个寒字了得;想来诗中的青也当是凄"青",红也当是冷红,雨当是冷雨,月当是冷月吧。记得文学史描述李商隐"注重对心灵世界的探索",故诗人内心感受到了这一片冷,所以选取了冷雨与冷月的意象,并不是对外部世界的描述。

段老师回复ooo:对啊!前几次如意已看出李商隐诗的意象矛盾不合逻辑的现象,其实确实更应理解为是对他自己内心世界的描绘。"以我观物,物皆着我之色彩。"继承了李贺写心灵世界的特色。

ooo回复段老师:恩恩,为了描绘内心世界,为了烘托一种意境,竟然将现实世界中不合逻辑的意象组合在一起,可以说是一种大胆的写法,不知道是否还有其他诗人这样写,不知道古人对这种现象是怎样的评价,也不知道是否有人对这种现象有过研究?

段老师回复ooo:这些问题需要你们来回答啊。

9月6日,李商隐《杜司勋》《赠司勋杜十三员外》

昨日"茶馆"一开,生意颇为兴隆,人来人往,热闹非凡。连日来的秋雨终于停了,换来了秋阳朗照的一天。今日读李商隐的两首关于杜牧的诗。李商隐与杜牧是晚唐诗坛上的两位著名诗人,有"小李杜"之称。二人具有深厚的友谊,商隐有诗二首赞杜牧。

杜司勋(唐/李商隐)

高楼风雨感斯文,短翼差池不及群。刻意伤春复伤别,人间唯有杜司勋。

赠司勋杜十三员外(唐/李商隐)

杜牧司勋字牧之,清秋一首杜秋诗。前身应是梁江总,名总还曾字总持。心铁已从干镆利，鬓丝休叹雪霜垂。汉江远吊西江水，羊祜韦丹尽有碑。

【《李商隐诗歌集解》编年诗】

@落鸿鼓涛：名总还应字总持。李商隐写这句的时候咋想的……我也会写：我今中午吃面条，面条一根一根的。

@Outlook &：应该是对朋友的勉励，好像又有点夸张，还是直接提到了他年事已高的实情。

段老师回复 Outlook &：对啊！此诗深具朋友情。

@潇竹絮：赞赏友人的诗应该是把好话说尽的那种，不过这两首诗里除了夸赞杜牧，还提到了杜牧人生的寂寞悲秋之意，若不是有真挚的友谊，又怎会暗藏无奈地提到杜牧内心深处的悲哀呢？话说杜牧的韦丹遗爱碑这次写罗老师作业还写到了。

段老师回复潇竹絮：这就是所谓的"知音"了。杜牧的韦丹遗爱碑你都读过了，太棒了。

@其香：读到"人间唯有杜司勋"一句想到要是发音不准的人来读会不会读成"杜师兄"莫名戳中笑点。这两首诗和昨天的两首诗风差别大，想是深厚的友情给他带来了慰藉。诗也具有了默默温情。

段老师回复其香：对啊！昨天的思乡诗是愁苦的，今天这两首诗却具温情。

@锌豌豆：欢愉之辞难工，而穷苦之言易好。赠友人的诗其实也难工，还是喜欢与李商隐共话巴山夜雨，虽凄冷至极也美艳至极。尽管如此还是感于李杜之间的友情，没有刻意的恭维，更像是两个好友在互相交流和劝勉，知音难求，赠友人的诗虽不美艳却是可贵。

段老师回复锌豌豆：哈哈！友情和爱情自是不同。

锌豌豆回复段老师：友情温暖而爱情危险。

@只只黄："人间'唯'有杜司勋"单这一句，知己相知相惜的情感就跃然纸上，令人动容，如果不是了解他看重他、赏识他，又怎么会轻易地用这样的字眼去描述他，人生得一知己足矣。

@ooo：李商隐的这两首诗和之前接触的风格写法完全不同。写得十分的随意，特别是第二首前两联，感觉不像在写诗，像在游戏。不知道为什么要拿梁江总作比，江总被称为狎客，似乎名声也不好，难道仅仅是因为取字相似吗，也未免太过随意，不知二人还有哪些相似点。

段老师回复 ooo：这就是这首诗的谐趣，展现李诗的多面性。

@蒲苇·旎：我比较喜欢第一首，写得简练随和，有诗人的自谦"短翼差池不及群"，也有对友人的称赞"人间唯有"，既是评友人，又是道出自己的感触，暗含知音难觅，与杜牧同调的难得。知音也是跟找爱人一样，找到一个信任自己和自己信任的友人，真的好难得。第二首里面"韦丹"，我查了一下，京兆万年人，我在想我们韦氏的老祖宗是不是也是那里的，因为香火台都是"京兆堂"。言归正传，第二首我觉得"心铁已从干镆利，鬓丝休叹雪霜垂"。写得蛮好，不仅写出了杜牧的军事才能，还写出了为国效力的无悔，都是赞扬的干货，实在且有力。

段老师回复蒲苇·旎：嗯，解析细致，不错！"都是赞扬的干货，实在且有力"，哈哈……

9月12日，苏轼《临江仙》二首

落了一周的雨，今天终于停歇了。今日读苏轼的两首词。

临江仙·赠送（宋/苏轼）

诗句端来磨我钝，钝锥不解生铓。欢颜为我解冰霜。酒阑清梦觉，春草满池塘。

应念雪堂坡下老，昔年共采芸香。功成名遂早还乡。回车来过我，乔木拥千章。

【《苏轼全集校注·词集》卷二】

临江仙·送王缄（宋/苏轼）

忘却成都来十载，因君未免思量。凭将清泪洒江阳。故山知好在，孤客自悲凉。

坐上别愁君未见，归来欲断无肠。殷勤且更尽离觞。此身如传舍，何处是吾乡？

【《苏轼全集校注·词集》卷一】

原来，旷达的苏子也有如此浓重的思乡之愁。

@胖黑：两首词都深深显示出人生如寄的悲凉，苏子之愁，除了多年漂泊的孤苦，还应有高处不胜寒的无奈？

段老师回复胖黑：是啊！聪慧如苏子，很早就有将人生看透的感觉，表面洒脱，内里常有一种深深的悲凉。他的诗词读多了就会经常发现这种"人生如寄"的感觉。

@derek：故山知好在，孤客自悲凉。除却一身孤寂，更有一种无法改变现状的无力感。也许只有故乡，才是心灵的最终归所。

段老师回复 derek：嗯，我们每个人都有一种与身俱来的乡愁。

@21克&香蕉皮："池塘生春草""春草满池塘"，一个好像还是新生蕴含着生机，一个好像多了些对时光逝去的伤感。语序颠倒就把情感也变了。

21克&香蕉皮回复段老师：突然想到，我们是否也可以做个游戏，把一些诗句重组换成另一种情感。

段老师回复21克&香蕉皮：对啊！你可以试试。

@锌豌豆：从前只知愁断肠是悲戚戚的，现在才觉得愁断肠更多像是一段时期里头忧愁情绪的喷发，欲断无肠则更近于一种思念在岁月长河中绵绵不息。家乡之于我们每个人都是一生无法斩断的牵挂，愿天下游子终圆故乡梦。

@猛蹬125：归来欲断无肠，这句好。哎呀呀，想断肠，然而没有肠，真是要气死人呀。

@蒲苇·旎：第一首"功成名遂早还乡"写出了每个在异乡奋斗的学子心声，若是没有成就，真是无颜见"江南父老"啊。第二首，最后一句"何处是吾乡？"有画龙点睛之妙，一句何处，让人读完，乡愁像肚里翻腾的烈酒，很是难受啊。

@戈一木：此身如传舍，何处是吾乡。

段老师回复戈一木：是啊！这就是人类与身俱来的孤独感了。

戈一木回复段老师：也说此心安处是吾乡呢，此心安处就是有人在等待的地方。

@子不语、思无邪：酒阑清梦觉，春草满池塘。苏子的愁，更甚李后主的"梦里不知身是客，一晌贪欢"。梦醒清觉，念年华飞逝，最是无奈。

段老师回复子不语、思无邪：是啊！苏子更有一种清醒的看透。

@雪客："坐上别愁君未见，归来欲断无肠"，国忧、家恨、乡思都融合进这"别愁"之中，悲凉凄苦，莫可名状。

9月13日，苏轼《贺新郎·乳燕飞华屋》

今日阳光灿烂，"初雨歇，洗出碧罗天"。人知苏轼的词豪放旷达，其实他的风格是多样化的，苏词也有缠绵婉约的一面，如《贺新郎·乳燕飞华屋》。

贺新郎（宋/苏轼）

乳燕飞华屋，悄无人、桐阴转午，晚凉新浴。手弄生绡白团扇，扇手一时似玉。渐困倚、孤眠清熟。帘外谁来推绣户，枉教人梦断瑶台曲。又却是，风敲竹。

石榴半吐红巾蹙。待浮花、浪蕊都尽，伴君幽独。浓艳一枝细看取，芳心千重似束。又恐被、秋风惊绿。若待得君来向此，花前对酒不忍触。共粉泪，两簌簌。

【《苏轼全集校注·词集》卷二】

@21克&香蕉皮："待浮花、浪蕊都尽，伴君幽独"，感觉就像是一个爱情故事一样，有着别样的深情。

段老师回复21克&香蕉皮：哈哈！圣寒敏慧，有想象力。

@LONG BELIEVER：喜欢"石榴半吐红巾蹙"

@荏苒♪仍然："帘外谁来推绣户，枉教人梦断瑶台曲。又却是，风敲竹。"心思细腻，别出心裁，很有小心思。

段老师回复荏苒♪仍然：是啊！原来东坡也是心思细腻之人。

@under my skin："待浮花、浪蕊都尽，伴君幽独""芳心千重似束""若待得君来向此""两簌簌"，感觉就像一个痴心女子，错付良人，那人在外风花雪月，她却一直固执地等待着，等待他千帆过尽，莺莺燕燕什么的都看倦了，浪子回首，她甘心伴君幽独，过点清淡如水的日子那也是极好的。哎呀，还真是痴情。陷入爱恋中的女子，真的是如履薄冰。自古多是痴情女子薄情郎，诗经中说："女之耽兮，不可脱也。"爱得太卑微，真是何必。

段老师回复under my skin：哈哈！小芸解析甚是！

@潇竹絮："白团扇"两句，好似又是班婕妤的又一个翻版。一个女子过着凄清寂寞的生活，然而不无恶意地想着"待浮花、浪蕊都尽，伴君幽独"，等到君王身边的其他人都离君王而去时（这个时候可能已经亡国了），自己就能有机会长留君王身边（忘了哪个网络小说里面有个女主就是这样的），最后两句"共粉泪，两簌簌"让我想到日本动漫里面夸张的哭，两大把眼泪从眼睛一直流到地上，有时还要加上鼻涕。不知道是不是中国诗词传到了日本，增加了日本漫画家的想象力。

段老师回复潇竹絮：眼泪加鼻涕，破坏意境哈！

@戈一木：花前对酒不忍触是因为花开总会成为过去吧，可即使如此，还是愿在百花去尽之后独伴君，纵然芳心被束似不完，也好过短暂的自开自落。

段老师回复戈一木：自有一种深情在。

@雪客：最爱这首词的最后两句"若待得君来向此，花前对酒不忍触""共粉泪、两簌簌"。榴花将残，美人迟暮，转眼之间就物是人非，想来也是一件无可奈何的事吧。

段老师回复雪客：榴花将残，美人迟暮，物是人非。解析甚是！

@其香：勿学痴心人家女，付错真心，可怜辜负好韶光！在文学作品里这样的女性形象太多了，她们就像笼子里的金丝雀。深知所托非人却无力改变，只能日复一日、年复一年地等下去，等到花期都过了，等到美人迟暮，生命耗尽。对花粉泪两簌簌，百无一用是深情。

@锌豌豆："帘外谁来推绣户，枉教人梦断瑶台曲，又却是，风敲竹。"从中读出一份安然与宁静，在风敲竹的声音中醒来，比痴痴地等着一个人好得多，有桐阴相伴，有榴花半吐，足矣。

9月19日，苏轼《满庭芳·归去来兮》

上周各种繁忙，茶馆无人管理，一片荒芜。今日重又烧茶取水，备香茗一壶与大家共品。读苏轼词一首《满庭芳·归去来兮》。

满庭芳（宋/苏轼）

元丰七年四月一日，余将去黄移汝，留别雪堂邻里二三君子。会李仲览自江东来别，遂书以遗之。

归去来兮，吾归何处？万里家在岷峨。百年强半，来日苦无多。坐见黄州再闰，儿童尽楚语吴歌。山中友，鸡豚社酒，相劝老东坡。

云何？当此去，人生底事，来往如梭。待闲看秋风，洛水清波。好在堂前细柳，应念我、莫剪柔柯。仍传语，江南父老，时与晒渔蓑。

【《苏轼全集校注·词集》卷二】

@**中南菊香**：往事遥寄越千旬，满庭芳草易黄昏。今闻犀浦日色好，一杯温酒一馆人。随手写来，并不合韵，只当作老师和同学们"晴窗细乳戏分茶"之后的谈资吧，哈哈！

@**潇竹絮**：这是和陶词么？前天看《宋代文学思想史》这本书里面倒是分析了苏轼的和陶诗，说"胸次清旷，无意为文而文自工，此为文学创作的高境"，觉得说太好啦。

段老师回复潇竹絮：是啊！无意为文而文自高，无雕琢之迹。东坡、李白作品皆有此特点。

@**今将疯**：云何，当此去，人生底事，来往如梭？待闲看秋风，洛水清波。看到此节，不禁拍案。

@**21克&香蕉皮**："归去来兮，吾归何处"，开头便道尽无奈，宦海浮沉，漂泊不定，不知归处的不安。

段老师回复21克&香蕉皮：对啊！所以此诗不可能像陶渊明那样淡然，从序中的交代就可见出。有些心酸，有些无奈。

21克&香蕉皮回复段老师：这样一想，古代的官僚真是没有安全感

段老师回复21克&香蕉皮：其实，仕途从来充满着不测。

@**唐若心**：于困顿中做闲适语，为他这种苦中作乐的精神所折服！

段老师回复唐若心：困顿中做闲适语，不错！

@**锌豌豆**：在"百年强半，来日苦无多"的感慨中"闲看秋风，洛水清波"，这大概是智者的境界吧，能在远处纵观生命，又能在近处细心体验，悲喜各半，无须执着。

@**derek**：苏子的诗中多"人生如寄"之感，此首词中也弥漫这样的感慨。儿童的楚语吴歌，更衬出无根的漂泊感，故园之思，对前途的无奈，只能化为一份故作轻松的释然。吉川幸次郎说宋诗阻隔了中国诗歌的悲哀，而苏子以诗入词，词中的哀感也被强烈地克制了。

@**子不语、思无邪**：苏子少见的比较恬适的词，虽夹带有淡淡的忧伤，但总体而言没了常见的豪放不羁与忧愁难断，却更能带给人深刻的体验。忆起《定风波》中的一蓑烟雨任平生。年少轻狂也是，闲云自赏也是，别具风味，只可惜他爱人早逝，晚年极度悲伤。曲曲折折。

10月13日，纳兰性德《蝶恋花·出塞》

又有些日子没在空间读诗词了，忙碌的一周过去，趁今日有闲抽空读一首纳兰性德的《蝶恋花·出塞》。

蝶恋花·出塞（清/纳兰性德）

今古河山无定数。画角声中，牧马频来去。满目荒凉谁可语？西风吹老丹枫树。

幽怨从前何处诉。铁马金戈，青冢黄昏路。一往情深深几许，深山夕照深秋雨。

【《纳兰词笺注》卷三】

@123211082：最后一句最妙，点睛，一切情语皆在景语里。

@猛蹬125：最后一句，学欧阳修。

中南菊香回复猛蹬125：同感

段老师回复猛蹬125：对啊！有化用之迹

@潇竹絮：感觉有点像北朝民歌，又有点像辛弃疾，然后还化用欧阳修。跟红楼梦也有点相似，这个是清朝风么。

其香回复潇竹絮：读来确实是有和师姐一样的感觉，不过最后一句为什么又和红楼梦有点相似呢？

段老师回复潇竹絮：如意酱扯得有点远哈！还有点误导师妹的嫌疑，请问哪一点与《红楼梦》相似呢？既为师姐，以后需谨慎论断。

潇竹絮回复其香：我说的不是最后一句呀，最后一句化用欧阳修么。我觉得像《红楼梦》的是"满目荒凉谁可语"和"幽怨从前何处诉"两句。

潇竹絮回复段老师：只是我的第六感。不过"满目荒凉谁可语"和"幽怨从前何处诉"两句确实和《红楼梦》的句子有些像，第一句像"满纸荒唐言"，其中意境又像《飞鸟各投林》，然后林黛玉有首咏菊诗里面有"脉脉幽怨同谁诉，倦倚西风日已昏"。感觉挺像的呀！

段老师回复潇竹絮：哈哈！第六感也需要论述哈。经你这样一说，有道理。

@中南菊香：君不见，残阳秋雨深山寂，纳兰公子长叹息！绝色女子，绝代佳人，隔世知音。

@锌豌豆：一往情深深几许，我总是不假思索地接"乱红飞过秋千去"。"深山夕照深秋雨"太凄冷了…

@蒲苇·旎：我感觉模仿痕迹在似有似无之间，又像杂学前辈，但终归还是成为自己的东西，并名垂至今，佩服不已。

段老师回复蒲苇·旎：人方所论极是，这就是杜甫所说的"转益多师"了。

10月15日，苏轼《六月二十日夜渡海》

今日天气阴，读一首苏轼的诗《六月二十日夜渡海》。苏轼在贬岭外七年之后，于元符三年（1100）终得遇赦北还，本诗即是北归途中渡琼州海峡时作。

六月二十日夜渡海（宋/苏轼）

参横斗转欲三更，苦雨终风也解晴。云散月明谁点缀，天容海色本澄清。空馀鲁叟乘桴意，粗识轩辕奏乐声。九死南荒吾不恨，兹游奇绝冠平生。

【《苏轼全集校注·诗集》卷四三】

@潇竹絮：苦尽甘来，却没有多余的喜悦，只能借着孔子、庄子等先贤的思想自我安慰罢了。这时候很应该呐喊一声："归去来兮！"然后在茫茫月色中坐船飘走。

段老师回复潇竹絮：哈哈！又是你的联想吧！

潇竹絮回复段老师：只是觉得苏轼太多身不由己了，好悲哀啊。

@戈一木：曹植也曾用"参横斗转"之意形容夜晚时间，在中原本该是快要天亮，于苏子所处的南方却还是三更。"苦雨终风"句已写出时间世事的迁移，后两句更是用谢重和道子问答议论的典故来说出天清海净才是本来面貌，不用人来点缀即谓那些弄权小人的阴谋终将消散。下句说孔子的道之不行时愿意乘舟出海，孔子未行而苏子的确也因政治主张的原因被从海上放逐，后用皇帝为咸池弹琴的乐声仿海浪之声，一个"粗识"用反语道尽了自己南行一趟的所得，虽是苦难丛生，然而这南方偏苦之地的形成却是遇见了一生未遇之奇景，我想这最后一句，便就是苏子一贯让人钦佩的豁然了。

@戈一木：纠正自己说的一点。轩辕奏乐是黄帝在洞庭之野奏咸池之乐，"咸池"据说是乐曲之称。

段老师回复戈一木：雨梅讲得太好了，细腻贴切，只有一点需要提醒一下，就是"轩辕奏乐"出自《庄子·天运》篇。

@21克&香蕉皮：看到"九死南荒吾不恨，兹游奇绝冠平生"想到苏轼在1101年死在途中，一语成谶。苏轼在海南几年，虽是蛮荒之地，但他几经浮沉也已看开，也正是"苦雨终风也解晴"。

段老师回复21克&香蕉皮：是啊！苏子终非凡人，虽多遭贬谪磨难，全诗展现出诗人刚毅而超旷的胸襟。

@锌豌豆：参、斗：星宿名。皆属二十八宿。横、转：谓星座位置的横陈、移动。此句点出海南六月下旬深夜星象。《宋书·乐志》载《善哉行》古词："月没参横，北斗阑干。"苦雨：久雨。《左传·昭公四年》："秋无苦雨。" 终风：终日刮的风。《诗·邶风·终风》："终风且暴。"毛传："终日风为终风。"然王引之《经传释词》卷九，以"终"为"词之既也"，解为"既风且暴"，其诂最确。苏轼乃用《毛传》训义。"云散"二句：《世说新语·言语》："司马太傅斋中夜坐，于时天月明净，都无纤翳。太傅叹以为佳。谢景重在坐，答曰：'意谓乃不如微云点缀。'太傅因戏谢曰："卿居心不净，乃复欲滓秽太清邪？"又《东坡志林》卷八："青天素月，固是人间一快。而或者乃云，不如微云点缀。乃知居心不净者，常欲滓秽太清。"二句言己本清白，政敌之诬陷如蔽月之浮云，终已消散。鲁叟：即孔子。桴：竹木做成的筏子。《论语·公冶长》："子曰：道不行，乘桴浮于海。"轩辕：即黄帝。《汉书·律历志》："黄帝垂衣裳，始有轩冕之服，故天下号曰轩辕氏。"九死：多次近于死亡。屈原《离骚》："亦余心之所善兮，虽九死其犹未悔。"南荒：南方荒远之地。此指海南。从海南回乡，此时的苏轼已经六十多岁，夜晚的大海更显辽阔深邃，苏轼仍然坚信"苦雨终风也解晴"，清者自清，无须说明，无须点缀，苏轼豁达一生，"九死南荒吾不恨"但我却只为他叹息，虽然他等到了回乡的一天，但岁月已逝，年华不再。可能是自己境界不够吧，希望能真正学到苏轼的豁达。（注释参考《苏轼全集校注·诗集》卷四三）

@其香：首联写夜半诗人独立船头，仰望浩瀚的星空，心情似那晴朗的夜空，苦难已经过去，新的一天正在到来。（此时是人的心情应该是很复杂的，但可能还有一点对未来的期许吧）《苏轼全集校注》"参横斗转"：参、横皆为星宿名，属二十八宿；横、转谓星座位置的横陈、移动。此句点出海南六月下旬海上星象。苦雨：雨久为苦雨。终风：终日刮的风，出自《诗经·邶风·终风》"终风且暴"。颔联写夜空中星云变幻之景，海天澄澈，倒是诗人本心的投射。又《世说新语·言语》"司马太傅斋中夜坐，于时天月明净，都无纤翳。太傅叹以为佳。谢景纯在坐，答曰'意谓乃不如微云点缀。'太傅因戏谢曰'卿居心不净,乃复欲滓秽太清耶?'"又《东坡志林》卷八"青天素月,固是人间一快,而或者乃云,不如微云点缀,乃知居心不净者,常欲滓秽太清"二句言己本清白,政敌之诬陷如蔽月之浮云,终已消散。颈联联想到先圣哲人,说自己稍微领会了一点忘得失,齐荣辱的哲理。鲁叟,指孔子。《论语·公治长》:"子曰:'道不行,乘桴桴于海。'"轩辕:指黄帝。《庄子·天运》"北门成问于黄帝曰'帝张《咸池》之乐于洞庭之野,吾始闻之惧,复闻之怠,卒闻之惑。荡荡默默,乃不自得。'"帝以老庄玄理为之解释所以惧、所以怠、所以惑之原因。曰"乐也者,始于惧,惧故祟;吾又次之以怠,怠故遁;卒之于惑,惑故愚。愚故道,道可载而与之俱也",尾联则抱着一种豁达的心态,虽然在蛮荒之地曾几次接近死亡,但作者却说那里的风光是此生见过最绝妙的。(注释参考《苏轼全集校注·诗集》卷四三)

@段老师:怒赞晓丹、鹏英,辛苦一天回来还坚持析诗,今日事今日毕,不懈怠,不偷懒,为师很欣慰:孺子可教也。两人解析侧重点稍有不同,晓丹侧重典故出处,鹏英侧重每联的文意。所解析皆细腻贴切,若要说不足,那就是体会还可加深。当然,这是你们太年轻的缘故。希望以后坚持读诗,必然大有长进。

锌豌豆回复段老师:哈哈,多谢老师的指点,我也觉得苏轼的境界太高,虽然可以理解他的豁达,但要是换作自己就不一定能想得开,还需多历练。

10月22日,苏轼《行香子》二首

上周末参加了苏轼研讨会,这周又遇上讲苏子的词,今日且读两首《行香子》。

行香子·清夜无尘(宋/苏轼)

清夜无尘,月色如银。酒斟时、须满十分。浮名浮利,虚苦劳神。叹隙中驹,石中火,梦中身。

虽抱文章,开口谁亲!且陶陶、乐尽天真。几时归去,作个闲人。对一张琴,一壶酒,一溪云。

行香子·病起小集(宋/苏轼)

昨夜霜风,先入梧桐。浑无处、回避衰容。问公何事,不语书空。但一回醉,一回病,一回慵。

朝来庭下，飞英如霰。似无言、有意催侬。都将万事，付与千钟。任酒花白，眼花乱，烛花红。

【《苏轼全集校注·词集》卷二】

@只只黄：即便似东坡般豁达，对酒当月，仍不忘尘世浮沉。想必清酒十分，倒影着是自己身外之身；银月一轮，寄托着是自己梦中之梦。于是乎，放眼未来之闲时，可得头顶轻松松一片云，手抚悠悠然一张琴，闲卧溪边，再饮一壶真正的舒怀酒。再叹一句："何时归来，作个闲人。对一张琴，一壶酒，一溪云。"

段老师回复只只黄：娅婷好文采！是啊！东坡终究也没有"超脱"啊！

@21克&香蕉皮：第一首是早就读过的，真是觉得是句句皆是佳句。身处浮名浮利之中，叹"隙中驹，石中火，梦中身"，期待做个闲人，"对一张琴，一壶酒，一溪云"。初读时同东坡一样，盼做个闲人。可是细想，一张琴、一壶酒、一溪云其实这要求太过简单，谁都可以实现，难得的还是有一颗能闲下来的心。无论是不是闲人，时间依旧会飞逝，依然会感叹人生如梦。

段老师回复21克&香蕉皮：第一首确实去年读过，好作品值得反复品味的。其实，"一张琴，一壶酒，一溪云"这样的悠闲生活在现实中是俗世中的人追求的境界，这并不简单啊！

@吴，晓风：功名虚无，江山长在。

段老师回复吴，晓风：青山依旧在，几度夕阳红。

@under my skin：浮名浮利，虚苦劳神。最好是，"都将万事，付与千钟"。把两首词中的一些句子拼接起来，毫无违和感。好中意这两首词，受教了。

段老师回复 under my skin：是啊！苏子很早就看透人生，还有"蜗角虚名，蝇头微利，算来着甚干忙。事皆前定，谁弱又谁强"之句，也是这样的意思。

@蒲苇·旎："几时归去，作个闲人。对一张琴，一壶酒，一溪云。"太喜欢这句了，大赞！几个物象简单并置就可以勾勒出一番闲适的生活，令人向往不已啊！

@其香：《行香子·病起小集》这首词作于元祐八年（1093）九月赴定州任之前。词中用殷浩"不语书空"事乃是遇上大变动内心愤慨而又无可奈何时才会有的状态，此惟有赴定州前可与相合。本年三月到五月，黄庆基等人七次攻讦，苏轼求去不得。六月二十六日除知定州，七月二十四日，再乞越州，诏不允。八月一日妻王闰之卒。八月十六日太皇太后高氏有疾，朝局开始紧张。九月初三日，太皇太后高氏卒，一切在迅速变化中。朝廷促其赴任而不允其上殿面辞。"国是将变"的征兆，山雨欲来。其临行前所作《东府雨中别子由》即借梧桐抒怀，"庭下梧桐树，三年三见汝。前年适汝阴，见汝鸣秋雨。去年秋雨时，我自广陵归。今年中山去，白首归无期。客去莫叹息，主人亦是客。对床定悠悠，夜雨空萧瑟。起折梧桐枝，赠汝千里行。归来知健否？莫忘此时情。"王文诰云："不读《朝辞赴定州状》而欲论此诗，难矣。"所言极是。赴定行前，亲朋有饯行活动，《小集》即指此类活动。（以上参考《苏轼全集校注·词集》卷二的相关注释）在政党争斗的旋涡中，苏子几次被贬，即将再次远离却连面圣请辞的机会都没有。昨夜风霜昨夜凉，梧桐叶落成一片衰败。眼及处，满目荒凉。一腔悲愤欲说却不知从何说起，是不敢说，是无奈，是无尽的失望。且醉一回，本以为醉了就会忘记这些烦忧，怎奈，一回醉，一回病，一回慵。庭中飞花似霞彩，你们，可是在催促这远行的客人？你们，可还认得这是庭院的主人？忍别离，不忍却又别离。纵是苏子畅达，此刻也只想醉得一塌糊涂，万事不理了。

段老师回复其香：联系写作背景进行解析，颇为贴切，谢谢鹏英。为你和晓丹点赞！

@其香：老师，其实写这段赏析的时候我内心也是极悲愤的，可是心里所想不能精准地诉诸笔端，总觉得想说的话没有说尽。

段老师回复其香：没关系，言有尽而意无穷，原来表面旷达的苏子内心却如此悲愤啊！

@锌豌豆：《行香子·清夜无尘》"清夜"三句：言对着月色如银的清净夜晚，当斟满十分酒，开怀畅饮。"月色如银"，梁戴暠《月重轮行》："浮川疑让壁，入户类烧银。"十分：谓斟满酒盏。白居易《春深》诗："十分怀里物，五色眼前花。""浮名"二句：言人生为浮幻名利而劳苦伤身。浮名，李白《留别西河刘少府》："东山春酒绿，归隐谢浮名。"浮利，《后汉书·逸民传序》："彼虽硁硁有类沽名者，然而蝉蜕嚣埃之中，自致寰区之外，异乎饰智巧以逐浮利者乎？""叹隙中驹"三句：言人生短暂，倏然即逝。《庄子·知北游》："人生天地之间，若白驹之过隙，忽然而已。"潘岳《河阳县作》诗其一："颖如槁石火，暼若截道飚。"白居易《对酒》其二："蜗牛角上争何事？石火光中寄此身。"《关尹子·四符篇》："知夫此身如梦中身，随情所见者，可以飞神作我而游太清。"虽抱文章，开口谁亲：言虽然拥有文章之盛名，但开口之间，有谁能亲近呢！此乃愤激于当时"平生亲友，言语往还之间，动成坑阱"之恶劣环境。陶陶：和乐貌。《诗·王风·君子阳阳》："君子陶陶，左执翿，右招我由敖，其乐只且。"刘伶《酒德颂》："奋髯箕踞，枕曲藉糟，无畏无虑，其乐陶陶。"天真：保持自然本真之性，不拘于俗。王维《偶然作》其四："陶潜任天真，其性颇耽酒。""几时归去"五句：言何时才能离开官场，归隐田园，对着一溪云雾弹琴饮酒以自乐。欧阳修《六一居士传》："有琴一张，有棋一局，而常置酒一壶。"李廓《赠商山东于岭僧》诗："商岭东西路欲分，

两间茅屋一溪云。"（以上参考《苏轼全集校注·词集》卷二的相关注释）

段老师回复锌豌豆：谢谢晓丹详细讲解。

@潇竹絮：喜欢"但一回醉，一回病，一回慵"和"都将万事，付与千钟"，瞬间觉得人间诸事，不过尔尔。

11月13日，李商隐《春日寄怀》

又有些日子没读诗词了，我们的诗词茶馆生意寥落啊！今日秋雨萧瑟，读一首李商隐的《春日寄怀》。

春日寄怀（唐/李商隐）

世间荣落重逡巡，我独丘园坐四春。纵使有花兼有月，可堪无酒又无人？青袍似草年年定，白发如丝日日新。欲逐风波千万里，未知何路到龙津？

【《李商隐诗歌集解》】

@Horrible DreaM↘：年年岁岁花相似 岁岁年年人不同。

@只只黄：虽然诗人打着春日春景的招牌，但字里行间却满是伤春悲秋的情绪。在这花好月圆夜，本应与知己相坐而饮、对酒当歌，却是寂寥惨淡、孑然一身。时光易逝，好景不长，世事轮回，而人却不得不老去。想得而不可得，你奈人生何？

@潇竹絮：求仕无门的悲哀啊，李商隐也想鲤（李）鱼跃龙门。话说之前看哪个资料上说，唐代统治者因为鲤的音，导致将近十年禁止捕鱼，估计那会一定是一个有很多水怪的年代。（因为没有人抓鱼，所以鱼都长很大）

段老师回复潇竹絮：哎，好怀念我们上周在蓝天白云下看那块跃龙门的石碑。

@其香：这首诗首联"世间荣落重逡巡，我独丘园坐四春。"一个满怀抱负、渴望匡时济世的诗人眼看着别人经历荣耀、衰落，唯独自己一直没有受到启用。会昌二年家母仙逝，义山归乡为母守丧，闲居四年。颔联"纵使有花兼有月，可堪无酒又无人？"美好的春色唤不起诗人的情致，没有知音，便是花好月圆也抵不住心底的落寞和凄凉。（想来诗人面对美好的事物没有半点爱怜之意，不只是春日吧，大志未酬，面对时间的流逝，心中的苍凉与寂寞想必是一重更甚一重）颈联"青袍似草年年定，白发如丝日日新"日子在行走，白发一茬接一茬地往外冒，而诗人仍是一袭青袍，仕途无望。有一种时不我与的悲叹，宛若看到苍老的诗人仍然火热的济世热忱，读来更添几分悲凉。（青袍，唐时幕府官居六品，六品服深绿，故称。唐杜甫《遣闷奉呈严公二十韵》："黄卷真如律，青袍也自公。"仇兆鳌注："《唐志》尚书员外郎，从六品。上元元年制，五品服浅绯，六品服深绿。朱注：'公时已赐绯，而云青袍者，以在幕府故尔。旧注谓青袍九品服，误矣。'"）诗人当时沉沦下僚，对仕进之路已然生出绝望之感。尾联"欲逐风波千万里，未知何路到龙津？"诗人一腔报国雄心未息，却又仕进无门，仿似"欲渡无舟楫"一般无奈。古往今来有理想、有抱负而不为当局所重用、郁郁不得志而生出此般慨叹的又岂止义山一人哉！

段老师回复其香：逐联分析，颇为精切，语言也流畅自然，不错！

@锌豌豆：《汉书叙传》："逡巡致仕。"元稹诗："荣落盈亏可奈何，生成未遍雪霜过。"《庄子》："登高山，履危石，临百仞之渊，背逡巡，足二分垂在外。"《过秦论》："逡巡遁逃而不敢进。"张相《诗词曲语辞汇释》卷五："逡巡，迅速之义，与普通之作为迟缓者异。……此言四年之间，世人之忽荣忽落甚迅速，独我之贫困如故也。"坐，行将也。袁曰：无酒无人，反不如并花月而去之。二语沉痛。何（何焯）注：陈后主诗："岸草发青袍。""定"字奇。冯（冯浩）注：《三秦记》："河津一名龙门，水险不通，龟鱼之属莫能上。江海大鱼薄集门下数千，不得上，上则为龙。"程（程梦星）注：《晋书孙绰传》："绰尝鄙山涛，谓人曰：'山涛吾所不解，吏非吏，隐非隐，若以元礼门为龙津，则当点额暴鳞矣。'"道源注：任昉《知己赋》："过龙津而一息，望凤条而再翔。"《唐诗鼓吹评注》："首言人在世间，如物有荣枯，重在逡巡顷刻之间，落未久而又荣耳。独我久于丘园，处此穷约，纵使有花有月可以游赏，其能堪此无酒无人哉。嗟嗟青袍未换，白发丛生，欲逐风波而上龙门，未期何日可到，此所以重感于世间之荣落耳。"（以上注释文字参考刘学锴、余恕诚《李商隐诗歌集解》，中华书局，1988年）

段老师回复锌豌豆：晓丹对典故注释颇为详细，老师为这种求实学风点赞！

@锌豌豆：人生处处有"围城"，坐拥"花月"的人渴望一跃龙门，混迹官场的人又苦于名利所累，人最好的状态就是感受现在能抓到的乐趣，忘记"得不到"和"已失去"。今朝有酒今朝醉，无花无酒锄作田。

段老师回复锌豌豆：是啊！人生处处是"围城"，珍惜今朝就好。

@戈一木：李商隐的诗也不仅仅只有柔情啊，这首虽也是表现悲情，却在"不知路"之外别有一种孤愤。给前面解释典故的学姐点赞！长知识啊。

11月14日，宋祁《玉楼春·春景》

今日还是秋雨连绵，我们读一首欢快一点的词吧！且看宋祁的《玉楼春·春景》。

玉楼春·春景（宋/宋祁）

东城渐觉风光好。縠皱波纹迎客棹。绿杨烟外晓寒轻，红杏枝头春意闹。

浮生长恨欢娱少。肯爱千金轻一笑。为君持酒劝斜阳，且向花间留晚照。

【《全宋词》第一册】

@LONG BELIEVER：果然很欢娱。"为君持酒劝斜阳，且向花间晚留照"，"晚留照"是什么意思啊？

段老师回复 LONG BELIEVER：看下面的回答。

@这样，很好："皱"前面的是什么啊？我不认识。

朔方回复这样，很好：hú，本意是指丝织品，这里我觉得是用比喻，将江面比作丝绸，指江面泛起波纹了吧。

段老师回复朔方：回答很好！提倡互相讨论回答的方式。

@21克&香蕉皮："浮生长恨欢娱少，肯爱千金轻一笑"，和《古诗十九首》里的很多诗的主题相似。《青青陵上柏》中"极宴娱心意，戚戚何所迫"是在乐中看到悲。《生年不满百》是我读到"浮生长恨欢娱少"联想到的第一首诗，现摘录下来："生年不满百，常怀千岁忧。昼短夜苦长，何不秉烛游！为乐当及时，何能待来兹？愚者爱惜费，但为后世嗤。仙人王子乔，难可与等期。"（《古诗十九首》其十五）不过宋祁并没有完全沉浸在感叹人生欢娱少的悲伤中。

@21克&香蕉皮：宋祁是在乐中写，写乐事。本身就在欢娱之中，所以整首词还是轻松愉悦的。《生年不满百》感觉就是在悲中写，虽说为乐当及时，但怕是作者内心并不快乐。

段老师回复21克&香蕉皮：是啊！宋祁毕竟是生活在盛宋时代的词人，与《古诗十九首》的作者生活在乱世不同，乱世自然有"忧生之嗟"。圣寒联想丰富，认识深刻，点赞！

@锌豌豆：縠皱，即皱纱，有褶皱的纱。这句是说水面荡起的波纹如同有褶皱的轻纱。留晚照的"晚照"指的是夕阳，春色尚好，持酒劝斜阳，希望傍晚的霞光能多留一会儿。

@只只黄：哈哈，大爱这首诗！大有"人生得意须尽欢，莫使金樽空对月"的爽朗！春意撞怀红杏闹，斜阳持酒花间照。正因春日不长，好景即逝，便更应该及时行乐，把握大好年华。相较于伤春悲秋，叹人生苦短，我个人更偏爱的还是春来看桃梅，秋来赏枫菊呀！

段老师回复只只黄：好一个"春意撞怀红杏闹，斜阳持酒花间照"！好句子！

@其香：今朝有酒今朝醉，人生在世不过须臾转瞬，若是把平日里的苦怨时时刻刻放在心上，生活也会失去许多感动和诗意。与其和生活得烦怨困斗，不如抱一颗安然豁达之心，去拥抱生活。

@La Belle Aurore：最初知道这首诗，是高考语文诗歌鉴赏分析"红杏枝头春意闹"中"闹"的用法，似乎那时对诗歌的分析便是受困在这条条框框的所谓的题型规律里。而到了大学，是老师引领我们走出这个囚笼，而真正地体会领悟诗词的美。而诗词的美常在于那一两句扣人心弦的诗句里。"浮生长恨欢愉少，肯爱千金轻一笑"，多么洒脱，多么令人艳羡。纵览历史书籍，不乏类似行为，如晴雯撕扇作千金一笑。真正的快乐，从来与物质金钱无关。看绿杨烟外，赏枝头红杏，这种快乐与闲适，千金亦难换。

段老师回复 La Belle Aurore：红宇发言确实精彩，喜欢这两句话："真正的快乐，从来与物质金钱无关。看绿杨烟外，赏枝头红杏，这种快乐与闲适，千金难换。"

11月19日，辛弃疾《水龙吟·过南剑双溪楼》

今日阴天。这几周我们讲一代豪杰辛弃疾的词，辛词风格多样，既有《破阵子·醉里挑灯看剑》这样的壮词，同时也有妩媚如《青玉案·元夕》，还有清新如《清平乐·茅檐低小》之类的词。不过，豪壮悲凉是其词的主旋律，我们看下面这首《水龙吟·过南剑双溪楼》。

水龙吟·过南剑双溪楼（宋/辛弃疾）

举头西北浮云，倚天万里须长剑。人言此地，夜深长见，斗牛光焰。我觉山高，潭空水冷，月明星淡。待燃犀下看，凭栏却怕，风雷怒，鱼龙惨。

峡束苍江对起，过危楼欲飞还敛。元龙老矣，不妨高卧，冰壶凉簟。千古兴亡，百年悲笑，一时登览。问何人又卸，片帆沙岸，系斜阳缆。

【《稼轩词编年笺注（增订本）》卷三】

@无忧公子：双溪楼不应该是江西的吗？记得是《晋书》里张华和雷焕的故事。

其香回复无忧公子：双溪楼是在古时的延平府，也是现在福建省南平市的一个旅游点，1994年在原址岸边重建的。《晋书·张华传》里记载的宝剑发掘地是江西丰城，最后堕水地是延平津，不是一个地方。

@胖黑：非常喜欢"举头西北浮云，倚天万里须长剑"。这开头两句，磅礴大气，战争的烟云无铺垫而自来。从这儿也能看出辛弃疾主战派的豪情，辛弃疾所写也更像是侠士之词而非文人之词，整首词读来有数不尽的风骨与苍茫。

@猛蹬125：千古兴亡，百年悲笑，一时登览。时间段从大到小，作者悲叹时光啊！我还想问个问题，上片最后一句"鱼龙"是什么？《青玉案·元夕》中也有"一夜鱼龙舞"。

其香回复猛蹬125：鱼龙：《汉书·西域传赞》："漫衍鱼龙、角抵之戏"句下颜师古注云："鱼龙者，为舍利之兽，先戏于庭极，毕乃入殿前激水，化成比目鱼，跳跃漱水，作雾障日，毕，化成黄龙八丈，出水鏖戏于庭，炫耀日光。"（《汉书》卷九六）夏竦《奉和御制上元观灯诗》："鱼龙漫衍六街呈，金锁通宵启玉京"。不过"一夜鱼龙舞"说的是元夕火树银花、灯火辉煌热闹非凡的场面。

@这样，很好："燃犀"是什么啊？"欲飞还敛"怎么理解？

其香回复这样，很好：燃犀：《晋书·温峤传》"朝议将留辅政，峤以导先帝所任，固辞还藩。复以京邑荒残，资用不给，峤借资蓄，具器用，而后旋于武昌。至牛渚矶，水深不可测，世云其下多怪物，峤遂燃犀角而照之，须臾见水族覆火，奇形异状，或乘马车、著赤衣者。峤其夜梦人谓己曰：'与君幽明道别，何意相照也？'意甚恶。峤先有齿疾，至是拔之，因中风，至镇未旬而卒，时年四十二。"后因以"燃犀"指洞察奸邪。"欲飞还敛"即是以一种远观的视角对剑溪、樵川二水的景致的一个动态描绘。清清的双溪，在山峡中蜿蜒而来，像两条游龙，飞也似地奔驰眼底，到高耸的楼前，汇成一道，又变得舒缓深沉。

这样，很好回复其香：谢谢学姐。

@其香：注解：[南剑]州名。十国闽王延政置镡州，南唐曰剑州，宋改称南剑州，属福建路。元改延平府。[双溪楼]《弘治八闽通志》："延平府，负山阻水，为七闽襟喉。剑溪环其左，樵川带其右。（宋余良弼《双溪楼记》：七闽号山水东南佳处,延平又冠绝于他郡云云)二水交流,占溪山之雄,当水陆之会。(宋黄裳双溪阁致语:襟带高下,瓯闽占溪水之雄,舟东往来,延平占水陆之会)张元幹有《风流子》词,题云:"政和间过延平,双溪阁落成,席上赋"。[举头句]《古诗十九首》:"西北有高楼,上与浮云齐。"曹丕《杂诗》:"西北有浮云,亭亭如车盖"。[倚天句]宋玉《大言赋》:"方地为车,圆天为盖,长剑耿耿倚天外。"庄子《说剑》"上抉浮云,下绝地纪,此剑一用,匡诸侯,天下服矣。"[人言三句]《晋书·张华传》:"初,吴之未灭也,斗牛之间常有紫气……及吴平之后,紫气愈明。华闻豫章人雷焕妙达纬象,乃要焕宿,屏人曰:'可共寻天文,知将来吉凶。'因登楼仰观。焕曰:'仆察之久矣,惟斗牛之间颇有异气。'华曰:'是何祥也?'焕曰:'宝剑之精上彻于天耳。'……因问曰:'在何郡?'焕曰:'在豫章丰城。'……华大喜,即补华为丰城令。焕到县掘狱屋基,入地四丈余,得一石函,光气非常,有双剑并刻题,一曰龙泉,一曰太阿。其夕,斗牛间气不复见焉。……华得剑,宝爱之,常置坐侧。……华诛,失剑所在。焕卒,子华为州从事,持剑行经延平津,剑忽于腰间跃出,堕水;使人没水取之,不见剑,但见两龙,各长数丈,蟠萦有文章。没者惧而反。须臾,光彩照水,波浪惊沸,于是失剑。"[我觉三句]《舆地纪胜·南剑州》谓:剑溪、樵川,"二水交流,汇为龙潭,是为宝剑化龙之津。"曹操《短歌行》:"月明星稀。"[燃犀]《晋书·温峤传》:"至牛渚矶,水深不可测,世云其下多怪物,峤遂燃犀角而照之,须臾见水族覆火,奇形异状,或乘马车、著赤衣者。"[峡束句]杜甫《秋日夔府咏怀》:"峡束苍江起,岩排古树圆。"《舆地纪胜·南剑州》引古诗:"双溪分二水,万古水溶溶。"按:《八闽通志》谓:延平为剑溪、樵川二水交流之地,故建楼于此名双溪楼,因亦有"苍江对起"之句也。[元龙二句]《三国志·魏志·陈登传》:"许汜与刘备共在荆州牧刘表坐,表与备共论天下人,汜曰:'陈元龙湖海之士,豪气不除。'备问汜:'君言豪,宁有事耶?'汜曰:'昔遭乱,过下邳,见元龙,元龙无客主之意,久不相与语,自上大床卧,使客卧下床。'备曰:'君有国士之名,今天下大乱,帝主失所,望君忧国忘家,有救世之意,而君求田问舍,言无可采,是元龙所讳也,何缘当与君语!如小人:欲卧百尺楼上,卧君于地,何但上下床之间耶!'"(参考辛弃疾撰,邓广铭笺注,《稼轩词编年笺注》,2007年第2版)

@under my skin:谢谢段老师和我们分享这首词,表示好久都没读词了。而今读来别有一番滋味。至于这首词,虽然我对具体的典故不是特别清楚,但大概了解一些,记得罗宁老师的中国古代小说史上讲了很多有趣的故事,当时全当段子来听,觉得新鲜,而今看来是很有用的。干将、莫邪入水为龙的故事,老师周三才讲,还有"燃犀"这个典故。看来知识还得综合来掌握。吾生也有涯,而知也无涯,的确。

@锌豌豆：举头望向西北的浮云，驾驭万里长空需要长剑，人们说在这个地方，深夜的时候能看到斗、牛星宿之间的光芒。大山高耸，潭水冰冷，月光皎然，星星稀疏。点燃犀牛角向下看，靠近栏杆处却又害怕风雷震怒，鱼龙凶残。江水激起的浪花拍打在两岸的高山上，过危楼，想飞去，终收敛。想像陈元龙那样，可惜我已经老了，不妨坐拥我的冰壶凉簟。想起天下千古兴亡更替，而人的一生不过匆匆百年，江边是什么人在夕阳中抛锚系缆。开篇便是西北望，西北处是故乡，这是作者无法割舍的爱国情怀，"浮云、长剑、斗牛"一气呵成，"冷、淡、怒、惨"背后隐藏的是作者恢复神州的抱负。下片写峡、江、楼，笔力坚韧，虽然作者自称"不妨高卧"，但这绝不是他本心，不过是"元龙老矣"的无奈，结尾处又是一番平和的景象，这平和与开头的西北浮云形成对比，"平和"便显露出一种麻木的冷漠。整首词洋溢着爱国热情，体现辛词雄浑豪放、慷慨悲凉的风格。读"千古兴亡，百年悲笑，一时登览"想起了"古今多少事，都付笑谈中"。但两者的"笑"却不是相同的心境，前者是"悲笑"，是恢复山河无望的苦笑，后者却是潇洒超脱的笑。千古兴亡事，尽在诗人一笑之间……

潇竹絮回复锌豌豆：你俩都好能码字。"冰壶"还有月光之意，"不妨高卧，冰壶凉簟"说不定指的是睡在月光下的凉席上，这种现代人看来很糙汉子的生活方式，在古人看来却是只有高人才做得出来。

锌豌豆回复潇竹絮：哦……原来还有此种说法，虚心受教。

@啊船啊：叹元龙老矣，忖不妨高卧，登楼眺，世间何人能轻易放下尘世执念？望西北浮云，愿长剑倚天，终不过，英雄迟暮，冰壶凉簟。

@段老师：谢谢大家的积极参与！各位发言都很精彩！我们的诗词茶馆生意好兴隆啊！我看很多问题大家都已深入讨论了。由于时间的关系，老师也就不一一回复了哈！希望大家有空常来"茶馆"坐坐、聊聊。

11月27日，辛弃疾《新荷叶·徐思上巳乃子似生日，因改定》

今日天气阴冷，读一首春天的词吧。

新荷叶·徐思上巳乃子似生日，因改定（宋/辛弃疾）

曲水流觞，赏心乐事良辰。今几千年，风流禊事如新。明眸皓齿，看江头、有女如云。折花归去，绮罗陌上芳尘。

丝竹纷纷，杨花飞鸟衔巾。争似群贤，茂林修竹兰亭。一觞一咏，亦足以畅叙幽情。清欢未了，不如留住青春。

【《稼轩词编年笺注（增订本）》卷四】

@矜成：以前没读到过……

段老师回复矜成：辛弃疾有六百多首词，是宋代现存作品最多的。从其词集中随意抽出的。

矜成回复段老师：呃，暴露了我的无知。

段老师回复矜成：也不是，此篇本非名篇，只是觉得清新可爱，与辛词一贯慷慨悲歌不同，就选了，以展示辛词的多面性。

@息壤：此首清新，有女如云。

段老师回复息壤：是啊！此首体现了辛词另一种词风。

息壤回复段老师：有吴子似生日作为契机，又以兰亭为比，大概是集会所作吧……

@21克&香蕉皮："赏心乐事良辰"想到了"良辰美景奈何天，赏心乐事谁家院"。已经把《兰亭集序》忘的差不多了，回去翻翻看。

段老师回复21克&香蕉皮：化用好几个词语意象，你可以看看用了哪些？

21克&香蕉皮回复段老师：这个我还是知道的，兰亭集记述的就是他们"会于会稽山阴之兰亭"，修禊事也""此地有崇山峻岭，茂林修竹""又有清流激湍，映带左右，引以为流觞曲水""虽无丝竹管弦之盛，一觞一咏，亦足以畅叙幽情"。辛弃疾比王羲之他们多了美女，多了丝竹。王羲之从乐中感叹宇宙时间，人世渺小短暂"修短随化，终期于尽"，而辛弃疾则是"留住青春"尽情享受这种清欢。

段老师回复21克&香蕉皮：好棒！王羲之是表现哲理意识，而辛弃疾则表现的是现世欢乐。

21克&香蕉皮回复段老师：这样一看，中国古人很早就开始关注宇宙永恒与人世短暂的问题，好早就有这种宇宙观了呢！这是和禅学有关，还是在更早之前就有的了呢？

段老师回复21克&香蕉皮：当然是更早，屈原不是有《天问》吗？

21克&香蕉皮回复段老师：还没看过《天问》，赶紧找来看。

@夜半海棠花未眠：难得见辛弃疾如此清新活泼的词，这首很像《兰亭集序》。读罢后想念春天的花鸟和美景了。

段老师回复夜半海棠花未眠：其实，辛词是多面的，这种清新之词也有不少。

@锌豌豆：[曲水句]《续斋谐记》："秦昭王三日置酒河曲，见有金人出奉水心剑，……乃因其处立为曲水。二汉相沿，皆为盛集。"王羲之《兰亭序》："又有清流激湍，映带左右，引以为流觞曲水，列坐其次。"[赏心句]谢灵运《拟魏太子邺中集诗序》："天下良辰美景，赏心乐事，四者难并。"[明眸句]杜甫《哀江头》："明眸皓齿今何在，血污游魂归不得。"[有女如云]《诗经·郑风出其东门》："出其东门，有女如云。"[杨花句]杜甫《丽人行》："杨花雪落覆白蘋，青鸟飞去衔红巾。"[争似四句]《兰亭序》："永和九年，岁在癸丑，暮春之初，会于会稽山阴之兰亭，修禊事也。群贤毕至，少长咸集。此地有崇山峻岭，茂林修竹，……一觞一咏，亦足以畅叙幽情。"争似，怎似。（邓广铭《稼轩词编年笺注》，上海古籍出版社，2007年）

段老师回复锌豌豆：谢谢晓丹详细注解，其他同学可以参考。

@Mr. lonely：学姐注释的好详细呀。我只看出了有关《兰亭集序》的典故。这样看来，人们评价辛弃疾"掉书袋"的确有道理。

@只只黄：首句借古人美景，择今日良辰，赏心悦事四美齐聚。羲之叹曰，俯仰之间人生即逝，修短随化，终期于尽。弃疾却挥笔写下，今几千年，风流禊事如新。看眼前，有女如云，折花归去，群贤毕至，少长咸集。丝竹纷纷，觞咏齐备，亦足畅叙幽情。时光荏苒，乐景重现，人生如梦，几多感慨。"清欢未了，不如留住青春。"真切胜过《匆匆那年》《致青春》的歌词不知数倍！（谢谢学姐注释啊 对理解诗意真的很有帮助）

只只黄回复段老师：老师选的这首词让人眼前一亮、耳目一新，没有豪言壮语，倒颇有些小清新的风格啊。

11月28日，苏轼《望江南·超然台作》

阴冷的天气还是适合读苏轼的词，今日读一首苏轼的名作《望江南·超然台作》

望江南·超然台作（宋/苏轼）

春未老，风细柳斜斜。试上超然台上看，半壕春水一城花，烟雨暗千家。

寒食后，酒醒却咨嗟。休对故人思故国，且将新火试新茶，诗酒趁年华。

【《苏轼全集校注·词集》卷一】

好一个"诗酒趁年华"！

@**阳光小子**：什么写作背景呀老师？

中南菊香回复阳光小子：苏子移守密州，修超然台，暮春登台思乡。

@**中南菊香**：锦城正月可归家，堪教故人思故国！还有三月考试周，休要诗酒趁年华！（打油诗，哈哈哈）

@**戈一木**：很想跟老师一样感叹一声，好一个"诗酒趁年华"！苏子的豪放风度和他独有的高朗味道一下子尽现眼前啊！

段老师回复戈一木：是啊！喜欢苏子，喜欢他的豪放和洒脱，即使是思乡。

@**潇竹絮**：看到前两句居然想到了"独倚危楼风细细"。同样是细细的风，柳永是"对酒当歌，强乐还无味"，苏轼却是"诗酒趁年华"，真是大不相同的心境。

段老师回复潇竹絮：这就是为人的境界了。

@**胖黑**：更喜欢"烟雨暗千家"一句，一个暗字化静为动，化春为冬。为下阕做了绝佳的铺垫，营造出一种略显萧瑟的意境，为后文的叙事创造了条件。

@**只只黄**：前半阕有些黯然神伤，"半壕春水一城花，烟雨暗千家。"景固然美，却是烟雨朦胧中情深一片。下阕笔锋一转，酒醒不枉叹，诗酒趁年华！苏子的好友得如此豁达可爱的知己，也是人生之幸事啊。

段老师回复只只黄：是啊！上阕有些忧伤，下阕却豁达起来，这就是苏子啊！

只只黄回复段老师：心是自由的，便不被俗世俗事所绕而豁达了。真是要向苏子好好学学人生的真谛。

@**其香**：新火，唐宋习俗，寒食节禁火三日，节后再举火，谓之新火，又叫改火。面对和风细柳、春水溶溶，诗人于超然台上远观俯瞰这满城春色。纵然是烟雨蒙蒙，让一切都笼罩在一种淡淡的愁绪中。然而，正值清明后，意味着一切是一个新的开始，诗人由此生出了"诗酒趁年华"的快意之言，这也是苏子一贯以来的豁达的人生态度。

@**锌豌豆**：上片写景，下片抒情，婉约与豪放相兼，苏轼对于自己的离思与愁绪，似乎是以一个旁观者的角度去看的，世间种种对于他来说仿佛只是一种历练，体验过了各种心绪，也就圆满了，也就可以"诗酒趁年华"了。世人若如苏轼一般把俗事当作是来这世间一趟所需要有的一种历练，便不会有那么多执迷与偏狂。

11月29日，苏轼《定风波·常羡人间琢玉郎》

冬日暖阳，心生喜悦，读一首苏轼的《定风波》。

定风波（宋/苏轼）

王定国歌儿曰柔奴，姓宇文氏，眉目娟丽，善应对，家世住京师。定国南迁归，余问柔："广南风土应是不好？"柔对曰："此心安处，便是吾乡。"因为缀词云。

常羡人间琢玉郎，天应乞与点酥娘。自作清歌传皓齿，风起，雪飞炎海变清凉。

万里归来年愈少，微笑，笑时犹带岭梅香。试问岭南应不好，却道，此心安处是吾乡。

【《苏轼全集校注·词集》卷二】

@丫头~：今天的暖阳确实让人产生"此心安处便是吾乡"的感觉。歌女深处困境安之若素，给诗人也给我们些许启示，应旷达乐观地面对生活。

@star：我只有"结庐在人境，而无车马喧"以应之。

@子不语、思无邪：此心安处是吾乡，纳兰的既视感。难得苏轼这般柔情。

段老师回复子不语、思无邪：苏子一般是旷达的，但内心也有柔情在。

@戈一木：笑时犹带岭梅香。岭南梅花分明象征离别，这样说来似乎真的闻到梅花香味，漫漫长路，有心安好啊。

段老师回复戈一木：好像又有些心酸，因为是被贬时的自我安慰。

戈一木回复段老师：是啊，颇有些决绝意味，可是却是温柔的决绝。

@只只黄：先前读过这首词，不太明白，后看小序，顿时觉得实在太可爱。感觉苏轼的这首词完全是为一个女子而作，完全没有一点大男子主义的风气。想必也是因为苏子自己在被贬的时候也往往有强颜欢笑、自我慰藉的成分，不由得为柔奴温柔一笑，一句"此心安处，便是吾乡"的真正豁达而钦叹。我觉得"心态决定成败"这句话应该是自古就有的，大家都听过类似的道理，却往往还是无法做到。

@只只黄：可能在真正遭遇不幸的时候，苏子嘴上虽然说着勉励自己的话，而内心里实际上还是容易被消极的情绪左右。而真正的宽心是不动声色的，比如词中苏子的好友和柔奴，几年贬迁，再见之时却声色俱佳，微微一笑，洗尽铅华。这才是苏轼真正想要达到的境界，他在一个女子身上看到了，也是让他作此词的真正缘由吧。真的越来越喜欢老师推荐的作品了，让我于平日浮躁的生活里有了静心读诗词的习惯，有机会一定要帮您做做宣传！

段老师回复只只黄：是啊！历经劫难，却声色俱佳，洗尽铅华。娅婷所言极是。在"诗词茶馆"与各位小友谈诗论词，是我的快乐。

@今将疯：大抵是高二期间？看《狄仁杰之通天帝国》得了一句：天地虽不容我，心安即是归处。后来才看到此词，估计典出正是"此心安处，便是吾乡"一句，念叨了一个高三，真切是心安的很。

@其香：看词前面的小序，"王定国歌儿曰柔奴，姓宇文氏，眉目娟丽，善应对，家世住京师。定国南迁归，余问柔：'广南风土应是不好？'柔对曰：'此心安处，便是吾乡。'因为缀词云。"这要写成一则小散文也未尝不可。苏子一代文豪，对一个地位卑下的奴婢都能做到如此和蔼可亲。由此想到，历来中国的男人并不以容貌或外在吸引女性，而是内在的才学，出口成章正是最有魅力之处。（我这句话题可能会引发一些人的不认同）。具体来谈论这首词，上阕是写景，下阕"万里归来年愈少，微笑，笑时犹带岭梅香。试问岭南应不好，却道，此心安处是吾乡"便是诗人的豁达和开怀，"万里归来年愈少"岭南贬谪之地，苦绝之境，你看他的脸上没有悲戚之情而是自有梅花一般笑傲风霜的飒爽和气概。"此心安处是吾乡"，人若能把握自己的内心，保持内心的平和，便是四海飘荡亦是安如吾乡。就像最近看到的关于年轻人买不买房这个话题，在年轻人最该奋斗的时候面临买房子这样的压力，到底是买还是不买，有的人就认为，有家才有根，才有归属感、安全感；而有的人则认为有了房子不等于有了家，若是心里有家人，心在一起，互相扶持便是四海也是可以为家的。这是一个开放的话题，年轻的一代有更多元的生活选择，未尝不是一件好事。

段老师回复其香：哈哈！鹏英由古论今，有趣。

@锌豌豆：[王定国]王巩，字定国。《宋史》卷三二〇有传，云："巩有隽才，长于诗，从苏轼游。轼守徐州，巩往访之，与客游泗水，登魋山，吹笛饮酒，乘月而归。轼待之于黄楼上，谓巩曰：'李太白死，世无此乐三百年矣'。"[琢玉郎]傅注："琢玉郎言其（指王定国）美姿容如玉也。"《苏轼文集》卷五二《尺牍·与王定国四十一首》其三十一："君实尝云：'王定国瘴烟窟里五年，面如红玉。'"[点酥娘]傅注："点酥娘言其如凝酥之滑腻也。"[皓齿]杜甫《听杨氏歌》诗："佳人绝代歌，独立发皓齿。"温庭筠《晚坐寄友人》诗："应卷鰕帘看皓齿。"[炎海变清凉]杜甫《雨》诗："清凉破炎毒。"此句谓柔奴的清歌使岭南炎海为之清凉。[岭梅]杜甫《秋日荆南抒怀》诗："秋水漫湘竹，阴风过岭梅。"此谓柔奴的微笑犹带大庾岭头之清幽梅香。[却道]倒说，反说。"却"，犹倒也，反也。李白《把酒问月》："人攀明月不可得，月行却与人相随。"欧阳修《采桑子》词："行云却在行舟下，空水澄鲜，俯仰流连，疑是湖中别有天。"[此心安处是吾乡]白居易《吾土》

诗:"身心安处为吾土,岂限长安与洛阳。"(邹同庆、王宗堂《苏轼词编年校注》,中华书局,2002年)

段老师回复锌豌豆:谢谢晓丹的详细讲解!

12月3日,秦观《满庭芳·红蓼花繁》

昨日阳光明媚,今日就小雨渐沥,平增几许寒意(大家注意保暖哈)。信息学院的冬柯同学说喜欢秦观的《满庭芳·红蓼花繁》,今日我们且烧水泡茶,读一曲少游的这首渔父词。

满庭芳(宋/秦观)

红蓼花繁,黄芦叶乱,夜深玉露初零。霁天空阔,云淡楚江清。独棹孤篷小艇,悠悠过、烟渚沙汀。金钩细,丝纶慢卷,牵动一潭星。

时时,横短笛,清风皓月,相与忘形。任人笑生涯,泛梗飘萍。饮罢不妨醉卧,尘劳事、有耳谁听?江风静,日高未起,枕上酒微醒。

【《淮海居士长短句》卷上】

@闲云薄暮:其实我最喜欢的是《满庭芳·碧水惊秋》啦……昨天说说上的是《碧水惊秋》这……不过《红蓼花繁》我也很喜欢(第三喜欢)。最近正在背这一首。不过注释还没开始写……

段老师回复闲云薄暮:没关系,知道你最喜欢《碧水惊秋》,回头再读。

@潇竹絮:看到"相与忘形"想到庄子讲的"形如枯槁,心如死灰",感觉秦观离这境界还有一段距离呀。不过我觉得庄子的境界大概只有庄子自己才能达到。

@21克&香蕉皮:以前总觉得秦观是个多愁公子,这首诗倒是有些洒脱。单看下阕,很难联想到是秦观的词。"牵动一潭星"写得好美,想到了几米的《星空》,仿佛是童话里才该有的美。

@观朝槿:高中整理错题的本子第一页写得就是这首词中的那一句:清风皓月,相与忘形,任人笑生涯,泛梗飘萍……

@这样,很好:生活要是真的有那么轻松自在就好了,好想真的去体验一次。

段老师回复这样，很好：境由心造。

这样，很好回复段老师：嗯，我还没有达到那种境界，有时候会比较烦躁，但过几天就好了。

@under my skin："独棹孤篷小艇，悠悠过、烟渚沙汀。"人生有的时候需要这样的独处时刻，一个人独处，悠悠然，"任人笑生涯，泛梗飘萍"，看来秦观是个有故事的人。

@闲云薄暮：其实喜欢《碧水惊秋》的原因有很多，最爱首句以及"新欢易失，往事难猜。"首句的描写精致而唯美，似乎是几分寂静中又渗透着一丝愁绪……之所以用"败叶零乱空阶"来形容七号教学楼旁的银杏，可能是因为我个人认为这里的银杏只有整体美，毕竟叶子显得太小太嫩……几片小银杏叶散乱在草坪的石板路上，略有"败叶零乱"之境。至于"新欢易失，往事难猜"，我想可能我是因为喜欢回忆过往才会有共鸣吧，此感虽不及少游遭贬后的千愁万绪，但每当思今忆昔时却会或多或少地有所感触，仿佛内心深处在低吟此句，或许是自我宽慰，教我学会比从前更加洒脱自在，总之感觉每一次吟此词皆会有新的感触……真的道不尽呀……

@锌豌豆：少游《龙井题名记》曰："元丰二年中秋后一日，余自吴兴过杭，东还会稽。龙井辨才法师以书邀余入山。比出郭，已日夕，航湖至普宁，遇道人参寥。问龙井所遣篮舆，则曰不时至矣。是夕，天宇开霁，林间月明，可数毛发。"所云季节、时间，天光月色，颇与词境相似。而超尘出俗之思想感情，想亦受辩才、参寥等影响。据此，词似作于此时。[红蓼]草名，多生于水边，红花，呈穗状花序。宋朱弁《曲洧旧闻》卷四："红蓼，即《诗》所谓游龙也，俗呼水红。江东人别泽蓼呼之为火蓼。"唐李郢《晚泊松江驿》诗："片帆孤客晚夷犹，红蓼花前水驿秋。"[楚江]泛指楚地（长江中下游地区）之水。[泛梗飘萍]喻行踪漂泊不定。杜甫《寄临邑弟》诗："吾衰同泛梗。"时少游往还漫游于湖州、杭州、会稽一带，故曰"生涯泛梗飘萍"。[尘劳事]谓扰乱身心的俗事。尘劳，佛家语。《金刚经》："有大智慧光明，出离尘劳。"《维摩经义记》："烦恼坌污，名之为尘，说能劳乱，以为劳。"《圆觉经疏钞》："尘是六尘，劳谓劳倦。由尘成劳，故名尘劳。"苏轼《观台》诗："尘劳付白骨，寂照起黄庭。"（徐培均校注《淮海居士长短句笺注》，上海古籍出版社，1985年）

段老师回复锌豌豆：谢谢晓丹百忙之中的详细注释！为这种严谨求实的学风点赞！此词确是元丰二年（1079）所作，抒发的是少游前一年落第后的心情，非贬谪之意。请各位同学参看此注。（外面冬雨如注，赶紧睡觉去也。）

12月4日，秦观《满庭芳·碧水惊秋》

期末诸事繁忙，还是读词养心吧。今日就读冬柯同学最喜欢的《满庭芳·碧水惊秋》。

满庭芳（宋/秦观）

碧水惊秋，黄云凝碧，败叶零乱空阶。洞房人静，斜月照徘徊。又是重阳近也，几处处、砧杵声催。西窗下，风摇翠竹，疑是故人来。

伤怀，增怅望，新欢易失，往事难猜。问篱边黄菊，知为谁开？谩道愁须殢酒，酒未醒、愁已先回。凭栏久，金波渐转，白露点苍苔。

【《淮海居士长短句》卷上】

@闲云薄暮：老师，可否分享一下您的感触？

段老师回复闲云薄暮：此首太伤怀，显然有故事，词语精工，意象美丽感伤，相比我更喜欢昨天那首意象显得更为辽阔、超脱。可能这就是中年人的情怀。

闲云薄暮回复段老师：少游因愁而殢酒，感叹自身生涯之多舛（一说作于遭贬客居他乡之时），醉意未尽，愁却先回。又逢重阳时节，故人之思更添一分愁，遥望黄云败叶之景，此双重愁难以消解也是难免，少游以"新欢易失，往事难猜"自我宽慰，并尝试以酒浇愁，也不失一分洒脱吧……

段老师回复闲云薄暮：嗯，以酒浇愁愁更愁，少游不像苏轼，终究还是难以超脱的。

闲云薄暮回复段老师：其实年轻时的少游也曾有过"最好金龟换酒，相与醉沧州"的豁达，同样也是感怀自我，只不过时光和朝廷把这样的洒脱渐渐磨去了……

段老师回复闲云薄暮：是啊！冬柯对少游情有独钟哈！

@21克&香蕉皮："酒未醒、愁已先回"这首感觉太悲了。"新欢易失，往事难猜"刚刚看完《小团圆》的我觉得这句好应景。

段老师回复21克&香蕉皮：张爱玲的《小团圆》，我也看过。

@戈一木：疑是故人来。简单一句道出了多少情感与思绪。

段老师回复戈一木：可谓"淡语而情深"！

@潇竹絮：那句"疑是故人来"让我想到最近看的电视剧《北平无战事》里面有一首"浮云散，明月照人来"的歌。不过查了下，李益有首《竹窗闻风寄苗发司空曙》里有"开门复动竹，疑是故人来"，秦观应是化用了这句吧，以诗为词。

段老师回复潇竹絮：嗯，是有化用李益的诗句。

@其香：这首词融情入景，开头和结尾都落笔在对景物的描写上，在层层铺叙中表达了伤离怀旧的心绪。开头三句："碧水惊秋，黄云凝暮，败叶零乱空阶。"碧水寒气乍起，黄云凝聚，遮蔽了落日的余光，台阶上堆积着零落的枯叶。飒衰之气扑面而来。"惊""凝"二字集中地表现出词人对所见萧瑟景象的主观感受，加重了所写景物的感情色彩，反映出其凄苦的心境。"洞房人静，斜月照徘徊。""人静"反衬出词人翻涌的思绪，月下陷入了愁思之中。"又是重阳近也，几处处、砧杵声催。"这句点明了词人所处的时间。《诗经》中"七月流火，九月授衣。"九月，在古时是要开始为过冬做准备了。词人漂泊异乡，秋天日暮听到砧杵之声，油然升起故园之思，而对于接连遭受政治排斥的词人来说，更有一种悲凉。"又是"二字尤为委婉动情，"催"字，写尽哀痛之切。"西窗下，风摇翠竹，疑是故人来。"写景中又透露出词人对友人的怀思。（唐人李益有诗句"开门风动竹，疑是故人来"）下阕"伤怀，增怅望，新欢易失，往事难猜"，婉转地表达出词人遭贬谪以后的生活历程和伤离怀旧的情绪。宋哲宗绍圣初年，章惇等人执政，以苏轼等为核心的所谓"元祐党人"，横遭贬斥。险恶的政治风浪，冲散了的友好亲朋，这中间词人历尽世态炎凉，人情无常。由此生出"新欢易失，往事难猜"的凄凉之感。菊花盛开，已入深秋。"问篱边黄菊，知为谁开？"忽然向花发问，紧接着"漫道愁须殢酒，酒未醒、愁已先回"是历经困难的词人精神状态的真实写照，读来令人心酸。面对菊花，无情致。纵是酩酊大醉也无法排解心中的愁绪。尾句"凭栏久，金波渐转，白露点苍苔"，又写景，以景语结情语，令人久久回味，此法又与《琵琶行》里"东船西舫悄无言，唯见江心秋月白"类似。

这样，很好回复其香：上面的诗是"黄云凝碧"

其香回复这样，很好：多谢这位同学提醒，是我打错了。

这样，很好回复其香：没事，但我还是不理解，'黄云'怎么会'凝碧'呢？反倒觉得'凝暮'更符合常理。

段老师回复其香：鹏英讲析贴切、详尽，点赞！

@子不语、思无邪：酒未醒、愁已先回，诉多少愁怨，也远不如这一句来得深，一醉方休唯一的慰藉也解不了丝丝愁怨。

@只只黄：上阕写风摇翠竹，疑是故人来，由此伤怀感慨。下阕道醉酒难消愁，酒未醒时，愁已先回，几多无奈。未着一件事下墨，只是心神不宁，苦闷难遣，下笔便成此文，空悲切。

段老师回复只只黄：寥寥几笔道出心中感触。

12月10日，苏轼《满庭芳·蜗角功名》

年终各种忙，还是再重读一遍苏轼的《满庭芳·蜗角功名》。

满庭芳（宋/苏轼）

蜗角功名，蝇头微利，算来着甚干忙。事皆前定，谁弱又谁强。且趁闲身未老，须放我些子疏狂。百年里，浑教是醉，三万六千场。

思量，能几许，忧愁风雨，一半相妨。又何须抵死，说短论长。幸对清风皓月，苔茵展、云幕高张。江南好，千钟美酒，一曲《满庭芳》。

【《苏轼全集校注·词集》卷一】

@锌豌豆：作于元丰五年（1082）秋。称所谪居地黄州为"江南"地域，为东坡黄州著作中常用语，如元丰七年四月留别黄州邻曲时所作《满庭芳·归去来兮》云："仍传语，江南父老，时与晒渔蓑。"词中写贬谪中内心矛盾痛苦和自求解脱的思考，"谁弱谁强"的质问，疏狂酣饮以宽胸怀的意绪，都与《前赤壁赋》《念奴娇·大江东去》精神相通，故作于元丰五年可能性极大。[蜗角三句]极言名、利微渺，不值得为之忙碌。蜗角，《庄子·则阳》："有国于蜗之左角者，曰触氏；有国于蜗之右角者，曰蛮氏。时相与争地而战，伏尸数万，逐北旬有五日而后反。"蝇头，《南史》卷四一《衡阳元王道度传》："殿下家自有坟索，复何须蝇头细书，别藏巾箱中。"干忙，空忙。杜甫《寄邛州崔录事》："终朝有底忙？"[事皆二句]言人生事由天定，变化结果无所谓谁强谁弱。《念奴娇》词所谓"浪淘尽、千古风流人物"，"人生如梦"，《前赤壁赋》所谓"固一世之雄也，而今安在哉？"皆含此意，以作解脱想。[闲身]投闲置散之身，此处自称。[放]教、使，此处犹言容许。[些子疏狂]一点点狂放不羁。些子，一点儿，少许。贯休《苦热寄赤松道者》："蝉喘雷干冰井融，些子清风有何益？"白居易《代书诗一百韵寄微之》："疏狂属年少，闲散为官卑。"[百年三句]言人生百年，每日饮酒，也只有三万六千场。李白《襄阳歌》："百年三万六千日，一日须倾三百杯。"[思量四句]言人生短暂，没有多少时光，而风雨、忧愁还要占去一半。叶道卿《贺圣朝·留别》："满斟绿醑留君住，莫匆匆归去。三分春色二分愁，更一分风雨。"[抵死]竭力、坚持、硬要。

[说短论长]言争论出个所以然。苏轼词《满江红·江汉西来》云:"独笑书生争底事,曹公黄祖俱飘忽。"即同此感慨。[苔茵]言青苔浓密如茵席。顾况《送友人失意南归》:"邻荒收酒幔,屋古布苔茵。"[云幕]言白云笼盖如帐幕。刘禹锡《福先寺雪中诗》:"二八笙歌云幕下,三千世界雪花中。"[江南好三句]:言应摆脱愁烦,在江南大自然的环境中饮美酒赏歌舞以自乐。千钟,《孔丛子·儒服》:"平原君与子高饮,强子高酒,曰:'昔有遗谚:尧舜千钟,孔子百觚,子路嗑嗑,尚饮十榼。'古之圣贤无不能饮也。"(张志烈、马德富、周裕锴主编《苏轼全集校注》,河北人民出版社)

段老师回复锌豌豆:谢谢晓丹详细注解!

2016 年

1月11日,陆游《临安春雨初霁》

今日阴冷,正午的阳光瞬息即逝,读一首陆游的《临安春雨初霁》。

临安春雨初霁(宋/陆游)

世味年来薄似纱,谁令骑马客京华。小楼一夜听春雨,深巷明朝卖杏花。矮纸斜行闲作草,晴窗细乳戏分茶。素衣莫起风尘叹,犹及清明可到家。

【《剑南诗稿校注》卷一七】

@under my skin:颔联"小楼一夜听春雨,深巷明朝卖杏花"江南的春果然很动人,除了这点之外,一点开眼睛就落在了"可到家"这三个字上,家永远是心里的牵挂啊,第一眼的直觉骗不了人的。

@21克&香蕉皮:能力有限,只知道"矮纸斜行闲作草"用了东汉张芝的典故,张芝善写草书,但平时多写楷书,人问其故,答曰"匆匆不暇草书",这则典故最早出自西晋卫恒《四体书势》。草书难写,所以诗人说闲时作草书,可见是真的无事可做。

@21克&香蕉皮:陆机《为顾彦先赠妇》有"京洛多风尘,素衣化为缁",表示风尘苦旅，环境恶劣。这里诗人反用典故，说是归家心切，其实是抱负难展的无奈。

@只只黄：首句"客"字入眼，便表明了为何感慨世俗尘味。旅居他乡，依旧能听到春雨入夜，巷卖杏花。思乡愈甚，尤烦风尘侵扰。阳光正好，闲来草草挥笔敷衍，又不禁为刚充沸的茶水中茶沉水起的情景所吸引，心神不安。本是小民无忧国之命，又何故叹世间烦恼，更何况，游子归乡日已近矣！（个人脑补画面，可能与原诗有偏差）

段老师回复只只黄：哈哈！允许"脑补"，解析甚切。

@观朝槿：以前比较喜欢"小楼一夜听春雨，深巷明朝卖杏花"。现在比较喜欢第一句"世味年来薄似纱"。

戈一木回复观朝槿：同感啊。

@猛蹬125：高中语文课鉴赏过此诗，"晴窗细乳戏分茶"句妙。很有闲适之感。

@陌上花开：每次看到"小楼一夜听春雨，深巷明朝卖杏花"这句诗就想起了电视剧《风云》里面第二梦说的那句话"倚楼听风雨，淡看江湖路"，两者都有种岁月静好的感觉。

1月12日，苏轼《水调歌头·黄州快哉亭，赠张偓佺》

清晨未起床便听到雨声，冬雨更添寒冷了，大家出门穿厚点哈！（不妨将自己裹成一头熊）这样的天气我们读一首苏轼的旷达之词《水调歌头·黄州快哉亭，赠张偓佺》：

落日绣帘卷，亭下水连空。知君为我新作，窗户湿青红。长记平山堂上，欹枕江南烟雨，渺渺没孤鸿。认得醉翁语，山色有无中。

一千顷，都镜净，倒碧峰。忽然浪起，掀舞一叶白头翁。堪笑兰台公子，未解庄生天籁，刚道有雌雄。一点浩然气，千里快哉风。

【《苏轼全集校注·词集》卷二】

@中南菊香：之前期中论文，我的题目就是《还将浩然气·遥寄海西头》灵感就来自于最后一句"一点浩然气"。这首词还是初中的时候背的。

@这样，很好：一点浩然气，千里快哉风！海阔天空，凭鱼跃，任鸟飞！

@中南菊香：而且这首词提到了"平山堂"，我鉴赏的词又恰好是文忠公的《朝中错·平山堂》，觉得挺相配。

@阳光小子：老师，这是属于慢词还是小令？

段老师回复阳光小子：既非慢词，也非小令。

@21克&香蕉皮："一点浩然气，千里快哉风"，霸气潇洒。

段老师回复21克&香蕉皮：是啊！苏子之词就是与众不同，即使在困顿之中。

21克&香蕉皮回复段老师：我以前还喜欢辛弃疾的《西江月·醉里且贪欢笑》，那叫一个畅快！

@戈一木：虚实相隔又相和，"浪起"突然还是掩不住苏子向来的开阔，那点浩然气大概就是被贬在黄州对自己的期望吧，如此才能真的领受"千里快哉风"呀。

@潇竹絮："山色有无中"，出自欧阳修《朝中措·平山堂》，不过王维的《汉江临眺》也有此句。"天籁"，出自《庄子·齐物论》。"雌雄"，出自宋玉《风赋》里"雄风"和"雌风"，再加上孟子的"浩然之气"，苏轼用典实在太高明啦。

段老师回复潇竹絮：谢谢如意百忙中注出典故，欧阳修的"山色有无中"当然是借用王维的啦！各位同学可参看。

@只只黄："忽然浪起，掀舞一叶白头翁"这句太美，画面感太强了，原本平静似镜的水面忽起风波，水鸟荡漾，美如画中物。

1月15日，刘方平《春怨》、司空曙《江村即事》

天气终于放晴了，各位小友已基本上都踏上归途，在家休闲时，别忘了我们的诗词茶馆。我们今日读两首唐诗。

春怨（唐/刘方平）

纱窗日落渐黄昏，金屋无人见泪痕。寂寞空庭春欲晚，梨花满地不开门。

【《全唐诗》卷二五一】

江村即事（唐/司空曙）

钓罢归来不系船，江村月落正堪眠。纵然一夜风吹去，只在芦花浅水边。

【《全唐诗》卷二九二】

@亦如安：喜欢第二首"钓罢归来不系船"。钓者悠闲的生活情趣和江村宁静优美的景色跃然纸上。

段老师回复亦如安：是啊！这首诗很闲适。

@矜成：我最喜欢那句"欲黄昏，雨打梨花深闭门。"

矜成：好像是化用的"梨花满地不开门"。

@戈一木：前首唯爱一句"梨花满地不开门"，很有情景感啊！第二首的画面却是分布在整首诗中，浅淡而别有风味。

段老师回复戈一木：嗯，这就是"唐音"的情韵悠远。有时试着用我们学过的诗学理论分析一下哈！

戈一木回复段老师：嗯嗯，好的！

@21克&香蕉皮：相比《春怨》的富丽凄婉，更喜欢司空曙的放荡闲适。

段老师回复21克&香蕉皮：放旷更好。

21克&香蕉皮回复段老师：用字不当，一字之差意思大不一样。

@荏苒♪仍然：《江村即事》生活情趣浓郁，钓鱼归来也不系船，正好在船上小憩，睡时江村月落，醒来芦花浅水边。画面太美，太安逸。

段老师回复荏苒♪仍然：是啊！安逸闲适是古人喜欢表现的。

@只只黄："纵然一夜风吹去，只在芦花浅水边。"这句真是太太太太舒服了！在这小小池塘中，安然入眠，不畏晚风，不畏人扰。纵然风吹整夜，也不过是飘而荡至浅岸芦花边。

段老师回复只只黄：是啊！舒服至极。

@今将疯："梨花满地不开门"的怨和"钓罢归来不系船"的狷。还是选见不到的怨吧，想象门中的光景总比找船舒服。

1月23日，古代咏雪的诗

世纪寒潮袭来，这几天全国各地几乎都在飘雪，人们都在晒各种

鉴赏讨论篇

美丽的雪景。各位亲，在欣赏雪景的同时，我们读读古代的咏雪的诗吧。同时也希望你们也想两句有关雪的诗句（自作或引用皆可），别只当点赞党。

@亦如安："窗外正风雪，拥炉开酒缸。何如钓船雨，篷底睡秋江。"（杜牧《独酌》）

段老师回复亦如安：这首诗很美丽哦！

@段老师：@楚舞 潇涵引一句诗。

楚舞回复段老师："月是阴秋镜，寒为寂寞资。"（元稹《初寒夜寄卢子蒙》）

@Mr. lonely：最喜欢的就是"晚来天欲雪，能饮一杯无"。这种情难得！

段老师回复 Mr. lonely：我也喜欢这首小诗，很温馨。

@矜成："青海长云暗雪山，孤城遥望玉门关。黄沙百战穿金甲，不破楼兰终不还。"（王昌龄《从军行》其四）我就在青海，一直很喜欢这首诗，苍凉悲壮的情调是我们青海古时作为边陲重地的模样。（我们这里雪山上的雪终年不化）

段老师回复矜成：嗯，苍凉悲壮，盛唐气象！

矜成：奈何我在这种地方长大，最喜欢的是婉约词……

段老师回复矜成：刚柔结合更好。

@八月的雨季："千山鸟飞绝，万径人踪灭"。小学学的。

@漾子："千山鸟飞绝，万径人踪灭。孤舟蓑笠翁，独钓寒江雪。"喜欢这首诗的意境，孤高清冷，万籁俱寂。

@潇竹絮：苏轼的《聚星堂雪》："当时号令君听取，白战不许持寸铁。""白战体"由此而来。我这里只落了些雪籽，没有积雪，就天晴了。

段老师回复潇竹絮：嗯，那就是撒了一点雪粒，没有飘絮。另外，李白的"燕山雪花大如席"就不知是多大的雪了。

@满小小：我也最喜欢"晚来天欲雪，能饮一杯无"这一句！很温暖的场景，尤其在北方这天寒地冻里，这一抹温情显得更加美好！

@戈一木：想到了谢道韫的"未若柳絮因风起"，以及小时候学的小狗画梅花，小鸭画竹叶。

@锌豌豆：喜欢下雪天，因为一场大雪能让我们熟悉的土地变得如此新奇，铺天盖地的白，掩盖了烦恼。街头巷尾的人们纷纷讨论着这场雪，大家走路都变得小心翼翼，小孩子欢呼雀跃去打雪仗，大家都因为这场雪慢了下来。一场大雪，让我们都变成了自然的孩子，大雪让一些事情被淡忘，让一些事情被想起。喜欢下雪，敬畏自然。

段老师回复锌豌豆：你看晓丹，写得多好！所以要多发言。

锌豌豆回复段老师：多谢老师鼓励。大家不觉得我胡言乱语就好。

@**锌豌豆**：下雪的诗最喜欢的还是那一首《江雪》，最能道出万山一白的孤寂。这里奉上一首卢梅坡《雪梅》："梅雪争春未肯降，骚人搁笔费评章。梅须逊雪三分白，雪却输梅一段香。"

段老师回复锌豌豆：不错！《雪梅》这首诗我们去年的"说说"已读过，你可以查阅。

@**21克&香蕉皮**：想起《世说新语》中著名的谢道韫咏雪故事。但是发现谢朗的"撒盐空中差可拟"与道韫的"未若柳絮因风起"形容的完全是两种状态，像盐粒的雪应该是小雪，柳絮似的才像是鹅毛大雪。谢道韫的不仅意境更美，也更符合谢安所说的大雪。

段老师回复21克&香蕉皮：嗯，圣寒观察仔细，所言极是。

@**中南菊香**："千里冰封，万里雪飘。"非常符合现在北方的情况哦。

@**今将疯**：晚上出门归家的时候，手已然冻得失去知觉，领居家的狗每次有人走过都会狂吠，自然想起"柴门闻犬吠，风雪夜归人"一句了！

@**俊采星池**：忽如一夜春风来，千树万树梨花开。

段老师回复俊采星池：谢谢俊池参与。

俊采星池：其实细碎的梨花又哪有白茫茫的一片雪景来得震撼。

1月24日，黄昇《行香子·梅》、晁补之《盐角儿·亳社观梅》

今日阳光晴好，让人心生喜悦。在历代咏雪诗中，雪梅是最佳伴侣，南宋卢梅坡《雪梅》诗不是有句"梅须逊雪三分白，雪却输梅一段香"？今日读梅词两首，请大家注意两首作品都谈到了雪。

行香子·梅（宋/黄昇）

寒意方浓，暖信才通。是晴阳、暗拆花封。冰爽作骨，玉雪为容。看体清癯，香淡伫，影朦胧。

孤城小驿，断角残钟。又无边、散与春风。芳心一点，幽恨千重。任雪霏霏，云漠漠，月溶溶。

盐角儿·亳社观梅（宋/晁补之）

开时似雪，谢时似雪，花中奇绝。香非在蕊，香非在萼，骨中香彻。

占溪月，留溪月。堪羞损、山桃如血。直饶更、疏疏淡淡，终有一般情别。

【《全宋词》】

@中南菊香："骨中香彻"，怕是词人所追求的人格写照吧！白雪纷飞，已经到了柳子厚说的"凄神寒骨"之境。这时，几乎所有人都在追求"生死而肉骨"，而晁无咎的骨中却仍能生清香，可见词人志趣之高雅。这种鹤立鸡群的感觉让我想到了"荷尽已无擎雨盖，菊残犹有傲霜枝"（苏轼《赠刘景文》），类似的还有王荆公"纵被春风吹作雪，绝胜南陌碾成尘"（王安石《北陂杏花》），放翁的"零落成泥碾作尘，只有香如故"（陆游《卜算子·咏梅》）。只不过，东坡赞菊，而荆公、放翁述梅耳。

段老师回复中南菊香：为润霄点个大大的赞！许久没有读到这样的感悟了，谢谢！

@亦如安：《盐角儿》这首词把梅比作雪，描写出了梅的颜色和高贵品质。

@戈一木："芳心一点，幽恨千重"让人想起苏子的"芳心千重似束"和"伴君幽独"（《贺新郎·夏景》），想来梅与石榴都是不与其他争艳的花，然而一个开在冬，一个盛在夏，一个清静一个热闹，都是各自欢愁。第二首的"疏疏淡淡"称梅姿态也是自有风格。

段老师回复戈一木：雨梅联想丰富，梅花与榴花确实比较幽独，都是我喜欢的花。

@21克&香蕉皮："香非在蕊，香非在萼，骨中香彻"词人真是把梅花形象拔高很多啊！

@只只黄：第一首，首句入眼便被吸引。正是大寒之时，万物霜冻，可一抹阳光斜斜一照，暖意便通，正谓是"是晴阳、暗拆花封"。以信来喻春来，"晴阳拆花封"的拟喻令人叹绝。后写雪中之梅，一句"任雪霏霏，云漠漠，月溶溶"直叫梅之傲爽、之纯然直率呼之欲出。第二首同写梅之特点，寥寥数语，便融入雪之妙处，更直言其"堪羞损，山桃如血"，虽言情甚淡却更幽更深，较之第一首，个人认为有过之而无不及。

@锌豌豆：第二首以前读到过，当时就很喜欢，马上抄了下来，今天在老师这里看到，分外亲切，"香非在蕊，香非在萼，骨中香彻"真是一语道出了无尽的道理，每个人想必都有自己的理解，个人感觉读完这句的第一想法是圆满的人生，无关功名，无关富贵，唯守初心……哈哈，好像联想得太远了。最喜欢第一首"雪霏霏，云漠漠，月溶溶"。眼下全国各地怕是只有风呼呼，雪哗哗，冻颤颤。

段老师回复锌豌豆：@锌豌豆 哈哈！为晓丹的个性生动的解说点赞！

@其香：第一首最喜最后一句，"任雪霏霏，云漠漠，月溶溶"。叠字运用简直太精彩，描绘了一幅月夜飞雪、天地浑融的美景，更加烘托出"冰爽作骨，玉雪为容"的梅花风骨。"是晴阳、暗拆花封"笔法甚似"二月春风似剪刀"。骨气奇高，雪寒当中傲放的梅花恰似一位遗世独立的绝世美人。

@没有风火轮的小哪吒：第一首更幽，更寂，也更有洒脱之感。用景来写梅，梅亦景，景亦梅。但梅却终有"任雪霏霏，云漠漠，月溶溶"的胸怀，是"孤城""残钟"不能比拟的。第二首读来更喜梅之性情，且不论梅之傲骨、梅之幽香、梅之容颜，仅"疏疏淡淡，终有一般情别"，就不落凡俗。

段老师回复没有风火轮的小哪吒：好久不见雪婷发言，解析甚确，不错！假期有空多来诗词茶馆坐坐。

1月25日，苏轼《沁园春·孤馆灯青》

冬日暖阳，让人心生温暖。今日我们读苏子词一首。

沁园春·孤馆灯青（宋/苏轼）

孤馆灯青，野店鸡号，旅枕梦残。渐月华收练，晨霜耿耿，云山摛锦，朝露团团。世路无穷，劳生有限，似此区区长鲜欢。微吟罢，凭征鞍无语，往事千端。

当时共客长安，似二陆初来俱少年。有笔头千字，胸中万卷，致君尧舜，此事何难？用舍由时，行藏在我，袖手何妨闲处看！身长健，但优游卒岁，且斗尊前。

【《苏轼全集校注·词集》卷一】

@中南菊香：下片有好多都是化用典故吧。"二陆"应该是陆机二兄弟。"致君尧舜"应该是杜甫《奉赠韦左丞文二十二韵》的"致君尧舜上，再使风俗纯"。"用舍由时，行藏在我"好像是《论语》的句子。"优游卒岁"让我想到太白"古人秉烛夜游，良有以也"（李白《春夜宴桃李园序》）的悠闲姿态。东坡在下片依然固我，有一种很超脱的感觉，不为世俗所羁绊。

段老师回复中南菊香：润霄基本都指出了这些典故，很不错。"用舍行藏"来自《论语》，后来成为典故。

段老师回复中南菊香：平时有积累，自然会想到。继续努力哈。

@只只黄：天微微亮，晨霜朝露之中，带着昨日的残梦，上路。寂静之时，尤易感伤，更何况，迁途漫漫。微吟感叹之后，回忆涌来，思过往，吾辈意气风发，恰少年得志，挥墨人间，又有何难？至今日，处江湖之远，不妨就此落个清闲。愿你我都身体健康，悠然享受余生，再不问世事之烦。

段老师回复只只黄：嗯，娅婷很优美地描绘了词境，点赞哦！我的茶馆由于有你们的积极参与而热闹起来。谢谢！以后我会你们的论述集结出版的。期待哈。

@戈一木："孤馆灯青"，一句开头就是凄清基调，然而在苏子的词中，凄清常常不过是过场，随后的下阕读来还是有一贯的豁达之意，当时共长安的少年，而今以酒相祝长康健，但是这豁达之下似乎还是有些不平之气在啊。

段老师回复戈一木：是啊！豁达之中确有不平之气，这首词本有词序曰："赴密州，早行，马上寄子由。"苏轼由于党争被排挤出朝廷赴密州所作，心中难免有些许愤慨之情。谢谢雨梅的积极发言。

戈一木回复段老师：苏子和子由的感情果然是一直很好啊，虽然愤慨，也多亏一贯的豁达啊，嘿嘿！

段老师回复戈一木：嗯，兄弟情深。

@潇竹絮：本来看上阕还觉得有些凄凉，结果到了下阕，方显东坡豪情本色呀。

@锌豌豆：[野店鸡号]温庭筠《商山早行》："鸡声茅店月，人迹板桥霜。"[耿耿]明亮貌。谢朓《暂使下都夜发新林至京邑赠西府同僚》："秋河曙耿耿，寒渚夜苍苍。"[摘锦]似锦缎展开。汉班固《西都赋》："若摘锦布绣，烛耀乎其陂。"[团团]：同漙漙，露多貌。《诗经·郑风·野有蔓草》"野有蔓草，零露漙兮。[二陆]指西晋文学家陆机、陆云兄弟。《晋书》卷五四《陆云传》："（陆云）少与兄机齐名，虽文章不及机，而持论过之，号曰二陆。"高适《酬裴员外以诗代书》："兄弟真二陆，声华连八裴。"此以二陆兄弟同在洛阳，比自己与弟子由当年共客汴京。[万卷]杜甫《奉赠韦左丞丈二十二韵》："读书破万卷，下笔如有神。"[致君尧舜]《孟子·万章上》："伊尹曰：'与我处畎亩之中，由是以乐尧舜之道，吾岂若使是君为尧舜之君哉。'"杜甫《奉赠韦左丞丈二十二韵》："致君尧舜上，再使风俗淳。"此为追述兄弟二人当年在汴京时的抱负。["用舍"二句]《论语·述而》："子谓颜渊曰：'用之则行，舍之则藏，惟我与尔有是夫。'"[游卒岁]悠闲地过一生。《左传·襄公二十一年》引诗曰："悠哉游哉，聊以卒岁。"["且斗"句]唐牛僧孺

《席上赠刘梦得》"休论世上升沉事，且斗尊前见在身。"（邹同庆、王宗堂《苏轼词编年校注》，中华书局，2002年）

段老师回复锌豌豆：谢谢晓丹详细讲解！真棒！各位可以参看！

1月26日，苏轼《蝶恋花》二首

感谢上天赐予阳光！又见太阳，云胡不喜？我们知道苏轼是豪放派的开创者，但翻阅词集，我们会发现苏子同样具有柔情缠绵的一面，且读两首《蝶恋花》。

蝶恋花（宋/苏轼）

春事阑珊芳草歇。客里风光，又过清明节。小院黄昏人忆别，落红处处闻啼鴂。

咫尺江山分楚越。目断魂销，应是音尘绝。梦破五更心欲折，角声吹落梅花月。

蝶恋花（宋/苏轼）

雨霰疏疏经泼火。巷陌秋千，犹未清明过。杏子梢头香蕾破，淡红褪白胭脂涴。

苦被多情相折挫。病绪厌厌，浑似年时个。绕遍回廊还独坐，月笼云暗重门锁。

【《苏轼全集校注·词集》卷三】

@亦如安：天气回暖啦！读这两首词的时候忧伤也被冲淡了。

@潇竹絮：感觉第一首有很多其他词的影子，但具体要说哪些词又说不出来。而且第一首下阕感觉有点金庸小说风格呢！

段老师回复潇竹絮：在如意看来，苏轼这首词是混搭的风格哈。

@戈一木：总觉苏子的婉约词也有一种独有的清意。前首"小院黄昏人忆别"好有画面感，然而就像先前所说，宋调里整首词连接起来画面才完整，最后一句"角声吹落梅花月"与前面几句一起，从黄昏到黎明，梦破不成眠的意味才深长。后首"巷陌秋千"两句觉得凄清又美丽，"月笼云暗重门锁"又是夜深人未眠啊。

段老师回复戈一木：是啊！苏子之婉约词堪称"清丽"，并不浓艳。总有一种句绝而意不绝的意味在里面。谢谢雨梅天天赏词！

戈一木回复段老师：段老师好客气呀！能每天读些词自己也很开心呀。

戈一木回复段老师：句绝而意不绝，嘿嘿就是这种感觉，余音袅袅，愣是没找着合适的话来说。

@锌豌豆：[春事阑珊句]李煜《浪淘沙令》："帘外雨潺潺，春意阑珊。"谢灵运《游赤石进帆海》："首夏犹清和，芳草亦未歇。"苏轼途经润州时值暮春，故言。[落红处处句]李贺《兰香神女庙》："沙砲落红满，石泉生水芹。"《离骚》："恐鹈鴂之先鸣兮，使夫百草为之不芳。"《汉书》卷八七《扬雄传》："徒恐鹈鴂之将鸣兮，顾先百草为不芳。"师古曰："鹈鴂鸟，一名买鵖，一名子规，一名杜鹃，常以立夏鸣，鸣则众芳皆竭。"[咫尺江山]苏轼《送欧阳主簿赴官韦城四首》(其二)："江湖咫尺吾将老，汝颖东流子却西。"[分楚越]陈子昂《合州津口别舍弟至东阳步趁不及眷然有怀作以示之》："同衾成楚越，别岛类胡秦。"润州古属越地，扬州古属楚域，润扬相距不远，一江之隔，故言"咫尺"。[音尘绝]李白《忆秦娥》："乐游原上清秋节，咸阳古道音尘绝。"[梦破]犹云梦醒。陈与义《将赴陈留寄心老》："三年成一梦，梦破说梦中。"陆游《怀旧》："梦破江亭山驿外，诗成灯影雨声中。"[心欲折]江淹《别赋》："有别必怨，有怨必盈，使人意夺神骇，心折骨惊。"（邹同庆、王宗堂《苏轼词编年校注》，中华书局，2002年）

1月30日，纳兰性德《浣溪沙》二首

昨晚在西西弗书店购得几枚书签，其中有几张是纳兰的词。纳兰虽贵为宰相之子、皇帝侍卫，但情路坎坷，原配卢氏与之情投意合，无奈幸福恩爱的日子只过了三年，卢氏因难产致病而死。后又纳一江南艺妓女词人沈宛为侍妾，更是琴瑟和鸣。但其父明珠由于种种考虑，逼迫二人分手，遣沈。也在那一年纳兰因疾离世。纳兰词"哀感顽艳"，清新流畅，王国维对其赞赏有加，称其"北宋以来，一人而已"（《人间词话》）。我在大学时即迷恋纳兰词，今日我们再赏两首《浣溪沙》。

浣溪沙（清/纳兰性德）

谁念西风独自凉，萧萧黄叶闭疏窗，沉思往事立斜阳。
被酒莫惊春睡重，赌书消得泼茶香。当时只道是寻常。

浣溪沙（清/纳兰性德）

残雪凝晖冷画屏，落梅横笛已三更，更无人处月胧明。
我是人间惆怅客，知君何事泪纵横。断肠声里忆平生。

【《纳兰词笺注》卷一】

@**戈一木**：纳兰的词就算伤感也不让人厌烦，总是直道进人心里去。一句"当时只道是寻常"几年前读到就反复在想，原来最真的总是最平凡。"人间惆怅客"算是他对自己的真切认识了吧。横笛吹落梅，总是几多往事伤断肠。

段老师回复戈一木：是啊！所以王国维许他"真切"一词。

戈一木回复段老师：嗯，这样想来果觉贴切。

段老师回复戈一木：王氏曰："以自然之眼观物，以自然之舌言情。"（《人间词话》）

@**亦如安**：纳兰是个痴情的人，一句"当时只道是寻常"，其昔日的快活、今日的悲愁体现得淋漓尽致。

段老师回复亦如安：嗯，淡语出深情。

@**21 克&香蕉皮**：但是一句"我是人间惆怅客"就能让人泪下。 纳兰的词里总是有那么一句直击人心，光芒盖过了全词的句子。

段老师回复 21 克&香蕉皮：对啊！为圣寒的感悟力点赞！

@**只只黄**：第一首当时只道是寻常，是高中迷恋的句子，说出了多少不经意而成永恒的过往。第二首尾句，我是人间惆怅客，知君何事泪纵横。似了然人间所有苦难，同情以至慈悲。只是可惜，于断肠声中所念，怕皆是伤感的记忆。

@**胖黑**：高中时就很喜欢纳兰性德的词，觉得清代最为风流的便是他以及仓央嘉措二人，多情之诗人、词人往往能写出情意绵长、让人读罢潸然之作。最喜这"知君何事泪纵横"一句，知音难觅，有情人难成眷属更令人伤感，茫茫天宇，若有几人懂自己，便足够知足。

@**锌豌豆**：[第一首][立斜阳]李珣《浣溪沙》："镂玉梳斜云鬓腻，缕金衣透雪肌香，暗思何事立残阳。"[被酒]犹中酒，酒酣。《史记·高祖记》："高祖被酒，夜径泽中，令一人行前。"[春睡重]宋程垓《愁倚兰》："昨夜酒多春睡重，莫惊他。"[赌书][泼茶]李清照《金石录后序》："每饭罢，坐归来堂。烹茶，指堆积书史，言某事在某书某卷、第几页、第几行，以中否胜负为饮茶先后。中则举，否则笑，或至茶覆怀中，不得欲而起。"[第二首][落梅]即落梅花，为羌族乐曲。李白《与史郎中钦听黄鹤楼上吹笛》："黄鹤楼中吹玉笛，江城五月落梅花。"[胧明]微明。唐元稹《嘉陵驿二首》（之一）："仍对墙南满山树，野花撩乱月胧明。"[断肠声]

杜甫《吹笛》："吹笛秋山风月清，谁家巧作断肠声。"(《纳兰词笺注》，张草纫笺注，上海古籍出版社，2003年)

段老师回复锌豌豆：谢谢晓丹的详注！

锌豌豆回复段老师：读到"更无人处月胧明"，觉得凄冷至极。我们这里下雪啦，哈哈，明天会是一片雪白。

@陌上花开：当时只道是寻常，我记得是安意如的一本书的书名，高中的时候很喜欢纳兰词，还背过好多首，也看过关于纳兰的传记，我有一个同学说纳兰容若这四个字一听起来就知道是一个温润如玉的谦谦君子，很喜欢的一个词人，可是他一生的快乐日子太少了。

段老师回复陌上花开：是啊！情殇不寿，才子命运往往多舛。

2月19日，李商隐《春雨》

今日"雨水"，且读李商隐的一首关于"雨水"的诗。

春雨（唐/李商隐）

怅卧新春白袷衣，白门寥落意多违。红楼隔雨相望冷，珠箔飘灯独自归。远路应悲春晼晚，残霄犹得梦依稀。玉铛缄札何由达，万里云罗一雁飞。

【《李商隐诗歌集解》】

@观朝槿：超级喜欢这一首，尤其是三四句。

段老师回复观朝槿：@观朝槿 米兔，不过亲，能否写出喜欢的原因？为何最喜三四句？

观朝槿回复段老师：其实全诗都很喜欢，只是最开始是因为三四句才知道的这首诗。那种含蓄朦胧的美感不必多说，主要是觉得在伤感中有一种自矜，"珠箔飘灯独自归"给我的感觉就是虽然心中很是难过却还是努力站得挺拔而孤茕，像是衣带翩风地转身而去，而手提之灯也在风雨中不断飘摇，让人恍惚。

观朝槿回复段老师：很喜欢李义山，还有他的《风雨》，也是我爱……

观朝槿回复段老师：不过记得看红楼的时候，颦儿说她最不喜李义山的诗。

段老师回复观朝槿：紫琦分析得很好，为你点赞！此诗乃怀人之作，重寻故地，不见伊人，惆怅感怀。全诗迷离朦胧，幽怨感伤，正是李诗特色。

@潇竹絮：最后一联让我想到"乡书何处达，归雁洛阳边"（王湾《次北固山下》），都是大雁传情，不过一个传的是乡愁，一个传的是男女情谊。看了百度里对这首诗的分析，里面的女主角就有至少三种猜测，看来李商隐身上的八卦也很多呀，不过看他写诗都有些凄美，看来还是些纠结的风流往事啊。

段老师回复潇竹絮：你还看百度里的分析啊？

潇竹絮回复段老师：哈哈，有的时候百度的分析挺有意思的，比正经资料里能多出不少八卦。

@戈一木：李商隐的诗句我很少能够有特别真切的感动和理解，总觉得实在太过柔情、太过惆怅。"远路应悲春晼晚"一句却是无比动人，还有什么比期盼着却总是在路上错过更加令人生愁呢，像是离家的无可奈何，像是时间逝去的无法挽回，也像是经春不见春的相思。中间四句也让我想起自己很喜欢的一首歌，《不见长安》，想起听歌时的淡淡心情。

段老师回复戈一木：李诗以含蓄委婉、深情绵丽见长，其好处不是一眼看穿的，需要细细品味体会。《不见长安》是谁的歌？我也去听听。

戈一木回复段老师：嗯，也许是我自己的体悟不够吧，那首歌是金琳的！

戈一木回复段老师：是《雨落长安》，嘿嘿，写成另一首歌的名字了。

段老师回复戈一木：听了《雨落长安》，确实有两句化用李商隐《春雨》诗的第二联。好听，谢谢推荐！

@锌豌豆：[白门]《淮南子》："八极之西南方曰编驹之山，曰白门。"必非所用。《魏志·吕布传》："彭城有白门楼。"《南史》："建康宣阳门谓之白门。"《水经注》："邺城有七门，西曰白门。"亦非所用。此似取"白门杨柳"之意，详《柳枝序》。["远路应悲春晼晚"句]其人远去。[残宵犹得梦依稀]惟梦中可寻。末联记私札传情之事。（以上参考清冯浩笺注《玉谿生诗集笺注》，上海古籍出版社，1979年）此因春雨而感怀，非咏春雨也。[白袷衣]白夹衣。唐人未仕时着白衣，故白袷亦用作闲居便服。[白门]南朝民歌杨叛儿"暂出白门前，杨柳可藏乌。欢作沉水香，侬作博山炉"。歌中白门指男女郊游欢会之所。义山诗或兼用此意。[白门寥落]谓重寻旧地，其人已去，不堪寂寥冷落。[红楼]系所思者之旧居。人去楼空，隔雨相望，倍感凄清，故曰"冷"。[珠箔]珠帘，此处亦可喻指雨帘。义山常以飘荡之帘帷形容飘洒之细雨，如"帷飘白玉堂，簟卷碧牙床"（《细雨》）"前阁雨帘愁不卷"（《燕台夏》）。谓独归途中，细雨飘洒于提灯之前，宛如珠帘飘荡。[春晼晚]宋玉《九辩》"白日晼晚其将入兮。"此句设想远去之伊人值此春晚日暮之时亦当触动伤春伤别之情。惟梦中可寻，谓长夜难眠，惟凌晨之短梦中得以与对方相见。陈永正曰：两句回应"怅卧"句，结构严谨。[玉铛缄札]《风俗通》：耳珠曰珰。张正见诗"谁论白玉珰？"玉珰缄札，犹今所云侑缄。古代常以玉珰为男女之间定情信物，寄书时每以之作为礼物附寄，称侑缄。义山《夜思》云"寄恨一尺素，含情双玉珰。"《燕台秋》"双珰丁丁联尺素。"[云罗]鲍照《鹤舞赋》："掩云罗而见羁。"云罗，阴云弥漫如张网罗。[雁飞]即景，兼寓雁书。二句谓万里云罗，彼此远隔，音书难达。（以上参考刘学锴、余恕诚《李商隐诗歌集解》，中华书局，1988年）

段老师回复锌豌豆：谢谢晓丹的详注！不过，你能进一步说出每一联的意思吗？

锌豌豆回复段老师：向老师和大家学习。

@锌豌豆：首联写闲居卧床，昔日旧地仍在，伊人却不在。颔联写提灯独归，细雨飘漓，又加凄清之意。颈联写路途遥远，无处可寄伤感，只有梦里与伊人相见。尾联寄情于物，希望鸿雁能传递我的相思。颈联梦依稀，不知是写和伊人从前过往如梦般历历在目，抑或是写想念伊人不见，刚刚梦到和伊人相聚，醒来只握得一缕残梦。

@21克&香蕉皮：我更喜欢的是第二联。"红楼隔雨相望冷，珠箔飘灯独自归"。前一句层层递进把距离拉开，后一句则强调自身的孤独感。看了上面的注解知道红楼是所思人的旧居，思被就是分离，旧居更是怀念，隔雨是相隔，相望也是距离远，冷一字顿时让人心寒。红楼、隔雨、相望，全体现这两人分离，冷则是心境。后面的珠箔、飘灯、独自归则是个人的飘零孤独。很有层次。

段老师回复21克&香蕉皮：嗯，此诗确实以颔联为亮眼之处。刘学锴先生认为此联"纯用白描，于色彩与感觉之反常对应、雨帘与珠箔之自然联想中传出心境之寂寥凄冷，暗寓今昔之鲜明对比。"（刘学锴《汇评本李商隐诗》）圣寒所析颇有艺术敏悟力。

3月3日，李商隐《二月二日》

"又是一年三月三，风筝飞满天。"烟花三月，蓉城一片春意盎然。此周告别清冽的二月，迎来阳光明媚的三月，我们且读两首有关二月、三月的诗吧！新的学期开始了，我们的诗词茶馆继续营业，各位小友有空多来坐坐，多点赞，多发言！（同时欢迎几位新朋友）闲言少叙，且看李商隐的诗。

二月二日（唐/李商隐）

二月二日江上行，东风日暖闻吹笙。花须柳眼各无赖，紫蝶黄蜂俱有情。万里忆归元亮井，三年从事亚夫营。新滩莫悟游人意，更作风檐夜雨声。

【《李商隐诗歌集解》】

@羚成：这几天在看《黄仲则诗传》，发现此人也是不世出的奇才，怎么到如今却销声匿迹了……诶……

段老师回复羚成：听过此人，没读过他的诗，能举一首吗？

羚成回复段老师："仙佛茫茫两未成，只知独夜不平鸣。风逢飘尽悲歌气，泥絮招来薄幸名。十有九人堪白眼，百无一用是书生。莫因诗卷愁难成，春鸟秋虫自作声。"(《杂感》)

段老师回复羚成：怀才不遇哈。谢谢旭杰。

羚成回复段老师：呃……其实没什么……还有一首《感旧》也比较有名"从此音尘各悄然，春山如黛草如烟。泪添吴苑三更雨，恨惹邮亭一夜眠。讵有青马缄别句，聊将锦瑟记流年。他时脱便微之过，百转千回只自怜。"

段老师回复羚成：确实不错！

羚成回复段老师：我觉得清朝人能有如此诗作，真的不容易。

段老师回复羚成：其实，清诗成就蛮高的，这是中国古典诗歌的"回光返照"。

羚成回复段老师：哈哈，我还是读的少……

@中南菊香：想到韩偓说"四时最好是三月，一去不回唯少年"(《三月》)。纳兰说"醉里不知年华限"，实际上也是在感慨人生不能久醉，时光流逝令人痛惜。乐景生哀情，恐怕早已嵌入中华文人的基因里了吧。

段老师回复中南菊香：嗯，伤春悲秋是中国古典诗歌永恒的主题。

@21克&香蕉皮："元亮井"是陶渊明辞归隐后有诗"井灶有遗处，桑竹残朽株"(《归园田居》其四)，有归隐的意思(我是自己不知道特意查来的，不知道有没有和我一样不清楚这个典故的人)。另外"亚夫营"应该是汉将周亚夫屯兵细柳营。最后一句"更作风檐夜雨声"让我想起了"何当共剪西窗烛，却话巴山夜雨时"。纳兰的"醉里不知年华限"结合他的短暂人生，让人唏嘘感慨。

段老师回复21克&香蕉皮：圣寒所言甚是，为认真的学习态度点赞！

21克&香蕉皮回复段老师：我对诗歌典故很有兴趣，不知道有没有专门的典故大全啊。

段老师回复21克&香蕉皮：好像有类似的书，不过别集校注本有详细的典故出处。参见随后我的研究生的发言。

@**魏宏珈**：第一首诗本是写春景，而且李商隐笔下的春景也十分动人，不过最有感触的是那句"万里忆归元亮井，三年从事亚夫营"，感觉诗人有些疲惫，而向往着像陶渊明一样的归隐生活。

@**其香**：三月花开不长久，却足够灿烂。春光恰恰最能引发诗人对美好事物易逝的伤感。人生似飞花、似烟雾不可捉摸，应该在有限的生命中尽情享受生命的精彩。

段老师回复其香：联系人生和春天的短暂，道出美好事物易逝、人生的有限，是啊！我们须在有限的生命中尽情享受生命的精彩！

@**潇竹絮**：据《李商隐诗歌集解》：二月二日是成都等地的踏青节。此诗写乘春欲归，又恨风雨淋漓，有寄托之意。

@**锌豌豆**：《文昌杂录》：唐时节物，二月二日有迎富贵果子。《全蜀艺文志》："成都以二月二日为踏青节。"何曰：前半逼出忆归，如此浓至，却使人不觉，所谓国风好色而不淫也。"《晋书》："陶潜，字元亮。"陶渊明《归田园诗》："井灶有遗处，桑竹残朽枝。""悟"字入微。我方借此遗恨，乃"新滩莫悟"，而更作风雨凄清之态以动我愁，真令人驱愁无地矣。何曰：此等诗神似老杜处，在作用不在气体也。同一江上行也，耳目所接，万物皆春，不觉引动归思，及忆归未归，则江上滩声顿有凄凉风雨之意，字字化工。《玉谿生诗集笺注》中最后一句作"更作风檐雨夜声"。（以上参考清冯浩笺注《玉谿生诗集笺注》，上海古籍出版社，1979年）"亚夫营"，出自《史记》卷五十七《绛侯周勃世家》。汉将周亚夫驻军细柳，防御匈奴，营中戒备森严。文帝亲来劳军亦不得入，及至以天子名义下诏令，始开营门。后因以"亚夫营"称戒备森严的军营。

@**锌豌豆**：这首诗的前半部分写作者江行游春的景象，东风和煦，春意暖融，笙歌飘扬，一副春回大地的美好景象，然而颈联转写思归的情绪，一派春光在羁旅的作者眼中却像是午夜屋檐风雨的凄凉之声，以乐景写哀情。

段老师回复锌豌豆：嗯，乐景写哀情，倍增其哀。

@**石钰**：飞花似梦轻，流光易抛人，春日在诸多诗人心里是一个易生感慨：多情多思的季节。

3月6日，萧汉杰《菩萨蛮·春雨》、陆游《春晴泛舟》

昨日是我国农历二十四节气的"惊蛰"。惊蛰，二月节。《夏小正》曰："正月启蛰，言发蛰也。万物出乎震，震为雷，故曰惊蛰。是蛰虫惊而出走矣。""春雷响，万物长"，惊蛰时节正是大好的"九九"艳阳天，气温回升，雨水增多，农家无闲。可谓左河水之"一声霹雳醒蛇虫，几阵潇潇染紫红。九九江南风送暖，融融翠野启春耕"（《惊蛰》）。农民们开始一年的忙碌，为了秋天的收获开始春耕了。我们读两首关于"惊蛰"的诗词吧。

菩萨蛮·春雨（宋/萧汉杰）

春愁一段来无影。着人似醉昏难醒。烟雨湿阑干。杏花惊蛰寒。
唾壶敲欲破。绝叫凭谁和。今夜欠添衣。那人知不知。

【《全宋词》】

春晴泛舟（宋/陆游）

儿童莫笑是陈人，湖海春回发兴新。雷动风行惊蛰户，天开地辟转鸿钧。鳞鳞江色涨石黛，袅袅柳丝摇曲尘。欲上兰亭却回棹，笑谈终觉愧清真。

【《剑南诗稿校注》卷一四】

@中南菊香：看到老师说的"一声霹雳醒蛇虫"，就想到元朝吴存的"今朝蛰户初开，一声雷唤苍龙起"（《水龙吟·惊蛰》）。之前没有怎么注意过惊蛰这个节气，没想到，它的内涵这么惊天动地。

段老师回复中南菊香：是啊！"惊天动地"！话说润霄的知识积累真不错哦！

中南菊香回复段老师：谢谢老师！不过都是平常随意翻阅，偶有兴致，背一两句而已。

@Bread Talk："坤宫半夜一声雷，蛰户花房晓已开。"（仇远《惊蛰日雷》）虽然道长们收妖的雷声还未来，交大的樱花、梅花、油菜花却是开得正好。

@戈一木：前首又见阑干的意象，愁情从头开始，通篇可以理解为在讲何为愁，到结尾却是点明了为何愁，于是在前并不感觉出彩，读到最末一句的时候却有些动容了。后首的"欲上兰亭"颇值得回味。

段老师回复戈一木：是啊！最后两句平淡语道深情。

戈一木回复段老师：嗯嗯，有时候越是无意的平淡勾勒才是动人。

@潇竹絮：陆游此诗作于淳熙九年，时年六十二岁的陆游闲居山阴，心中愤懑难平。"陈人"指老朽之人，出自《庄子·寓言》："人而无人道，是之谓陈人。"

"曲尘",象征柳叶新生。"兰亭",为"会稽山阴之兰亭",据《晋书·王羲之传》:"(庾)亮临薨,上疏称羲之清贵有鉴裁。"在春雷滚滚,万象更新的时刻,诗人只能屈居山阴而不得志,湖光山色纵好,古迹犹存,而羲之当年风骨再难有人追及,可伤可感。

段老师回复潇竹絮:嗯,闲适语道愤懑不平之气。

@亦如安:"烟雨湿阑干,杏花惊蛰寒"让我想起了陆游的"小楼一夜听春雨,深巷明朝卖杏花",两者有异曲同工之妙。

@木文雅子:之前听人讲民俗,说"惊蛰"原叫"启蛰"来着,后来为避汉景帝"刘启"名讳而改称"惊蛰",不过这一改倒使得这个节气所寓意的春回大地、生机勃发之意更加鲜明!我们老家有谚语"惊蛰过,暖和和,蛤蟆老角唱山歌"。

@木文雅子:哈哈,真是春光无限好!看到老师给的两首诗,倒觉得陆游之诗引发我许多联想。"莫笑"二字让我想到他的另一首诗《游山西村》之"莫笑农家腊酒浑,丰年留客足鸡豚",都透出他的不同他人之见,是一种坦然面对的直率。当然《春晴泛舟》表现的是不肯辜负万物勃发之美好春光而"回棹"的潇洒,生活意趣浓一些,《游山西村》中的哲理之味更多一点。但二者所表现的诗人那种乐观洒脱、热爱生活的态度都是不谋而合的!

段老师回复木文雅子:用比较的方法解析诗歌,不错!不过,《春晴泛舟》更深层的意思得联系当时的时代背景和陆游的生活经历来理解,则更为确切。

木文雅子回复段老师:受教了,以后要学会联系背景经历解读,不可流于表面。

@石钰:不言相思,只道添衣加餐。

@锌豌豆:"一声霹雳醒蛇虫"真是惊蛰最好的写照,这首诗是全为惊蛰而作,不抒春愁,不写个人,而是铺开一张惊蛰的春景图。此外,萧汉杰"烟雨湿阑干,杏花惊蛰寒"中的"湿"字有细雨浸润初春的妙意。

段老师回复锌豌豆:尾联终究有个人情绪流出。

@魏宏珈:春天本是万物复苏的季节,理当是充满生机的。但是第一首诗的作者显然并没有因为春天而感到喜悦……最后一句更突显诗人的愁思,在我看来他对于故人的思念是十分明显的,因为一个人只有思念另一个人才会担心他穿得暖不暖,吃得饱不饱。惊蛰之后,虽然气温回升,但终究春风刺骨,作为南宋遗民诗人的作者不知只是简单地思念故人,还是也有对于国破家亡的愁思?

@啊船啊:其实乍一看,萧汉杰的这首《菩萨蛮》很容易理解为春愁情思,春日的烟雨缠绵,似乎也缠绕着诗人的愁绪,似醒非醒,似醉非醉,他在愁些什么?是今夜欠添衣的那人吗?可是在这一派缠绵哀婉的愁思中,颔联却显得有些突兀,"唾壶敲欲破,绝叫凭谁和"思念本该如同春雨,喁喁私语,娓娓道来,却为何"唾壶敲破"？唾壶，我其实不太明白，为什么用到这个意象，百度后，找到了"唾壶击缺"这个成语，形容心情忧愤或感情激昂。

段老师回复啊船啊：解析甚是，不过萧汉杰何许人也？

@啊船啊：没说完，是装不下了。刘义庆《世说新语·豪爽》："以如意打唾壶，壶口尽缺。"晋朝大将王敦不满元帝，妄图专权篡位，每每饮酒，便吟诵曹操的《龟虽寿》，用玉如意敲打唾壶，壶边尽是缺口。萧汉杰在此运用唾壶这一意象，又写以"绝叫"。身为南宋遗民，国破家亡，茕茕独立，忍辱偷生，即使心生激愤，也只能借春愁隐喻，却不能直言。身处困境，绝望嘶吼，亡国之痛，故园之思，确实凭谁可知！

段老师回复啊船啊：太棒了，终于将这首词解析透了。

@啊船啊：一家之言，说的也不全面，总而言之，我认为，萧汉杰单写春愁，并不出彩，而颔联或许才是点睛所在。谢谢老师夸奖！

@蒲苇·旎：比较喜欢第一首，"今夜欠添衣。那人知不知。"语虽淡淡，情深矣，道出了去年此时我的心情，远方出差的他，是否也在思念我。

3月7日，王安石《渔家傲·平岸小桥千嶂抱》、秦观《如梦令·莺嘴啄花红溜》

阳春三月，读两首春天的词。

渔家傲（宋/王安石）

平岸小桥千嶂抱，柔蓝一水萦花草。茅屋数间窗窈窕。尘不到，时时自有春风扫。

午枕觉来闻语鸟，欹眠似听朝鸡早。忽忆故人今总老。贪梦好，茫然忘却邯郸道。

【《临川先生文集》卷三七】

如梦令（宋/秦观）

莺嘴啄花红溜，燕尾点波绿皱。指冷玉笙寒，吹彻小梅春透。依旧，依旧，人与绿杨俱瘦。

【《淮海居士长短句笺注》】

@矜成：秦观的词，依旧清冷。

段老师回复矜成：是啊！即使是春天，也清冷依旧。

矜成回复段老师：我想起他的名句也是春天，"自在飞花轻似梦，无边丝雨细如愁"（《浣溪沙·漠漠轻寒上小楼》）。

@观朝槿：尤爱"指冷玉笙寒"一句。

@只只黄：特别喜欢王安石，无论是人还是诗。看这首，"平岸小桥千嶂抱，柔蓝一水萦花草"，虽为茅屋，所居之地却胜似仙境。"尘不到"，只因"时时自有春风扫"，朝来午枕，一切随时而安，不必受尘世纷扰。只是，后来忽忆故人，回神一叹，又陷入无尽愁绪。情绪的刻画，字句和意境的选择，引人入胜，读后仍不由细细回味其中之妙。

@这样，很好："依旧，依旧，人与绿杨俱瘦"与"知否，知否，应是绿肥红瘦"的格式好像丫！

段老师回复这样，很好：是啊！

这样，很好回复段老师：他们两个是谁借鉴谁呢？

段老师回复这样，很好：你考察一下啊！

@八月的雨季：老师，不是说"窈窕淑女，君子好逑"，那这里用"窈窕"来形容窗户，是具有拟人化，还是有更深层次意思。相比秦观的这首诗更喜欢第一首王安石的，里面意味深长……读起来仿佛置身其中，很有感觉。

@猛蹬125："燕尾点波绿皱"，写得好！能想到绿水波纹皱的场景。人与绿杨俱瘦是为什么？"人瘦"是因为春天天气暖，人们脱了厚衣显得瘦吗？

@亦如安："贪梦好，茫然忘却邯郸道"，此时的王安石年事已高，抛却仕途的烦扰，没有急功近利的戾气，眼中的花草才是最本真的样子！

段老师回复亦如安：是啊！初读有些惊讶，原来王荆公还有如此闲适之句。

@中南菊香：第一首诗我背过，高中我是班长，当时我主持班会的时候，就用了"贪梦好，茫然忘却邯郸道"这句来提醒大家，不要荒废学业！这一句我自己也非常喜欢，睡觉的时候还会提醒自己。

@方德开：毕业后若非还能继续听段老师的课，我早成了条工地糙汉子了。

段老师回复方德开：有空多来坐坐

@戈一木："贪梦好，茫然忘却邯郸道。"对时光的无奈一下子跃然纸上，可是既不轻佻，也没有过重的哀伤，太有感触了。

@潇竹絮：以前看过一句话：值得回忆的哀乐人事总是湿的。王安石这首词作于他晚年隐居金陵时，已经退出政治舞台的他，用一句"忽忆故人今总老"，总结了一位历经朝政风云波诡的老人的心境。往事如风，何必留恋。

@木文雅子：觉得王安石词中"窈窕"用得很妙，写出了窗的幽深和居住竹林的深窈秀美，晚年闲居，心境自与之前相异，淡然处世，偶然忆起前期忙碌的岁月，也并不依恋追慕，晚年的洒脱、自得溢于词中。

段老师回复木文雅子：嗯，"窈窕"一词的确妙，枝林解析甚切！

@啊船啊："莺嘴啄花红溜，燕尾点波绿皱。"一溜一皱，春机盎然，万物勃发之景跃然纸上，一派轻松俏皮之感。下句却画风突转，在这暖意融融的春光里，却有人突兀地站在那里，手指虽冷抵不过玉笙声寒，玉笙声寒仍吹得红梅开遍，却吹不去心底的严寒。"依旧，依旧"，一年又一年，衣带渐宽，斯人憔悴，与绿杨一同盼归。

@啊船啊：千余年的诗歌沉淀，很多意象的使用都带着文人间心知肚明的默契，如今读来，往往只知其一不知其二，望文生义而已。"玉笙"这一意象，在很多诗人的作品中都曾提及，晏几道的"玉笙声里鸾空怨"，李璟"小楼吹彻玉笙寒"都是其中佳句。它指的是装饰玉器的笙或是对笙的美称，也可引申为笙吹奏的声音。而在中国诗人笔下，它被赋予了忧伤愁苦、落寞惆怅的意味，正符合整首词的情绪，想必，玉笙即心声吧。

段老师回复啊船啊：嗯，可以探讨一下此类意象。

@啊船啊：另有一问，柳寓意留，折柳送别这一意象也为人所熟知，为何词人此处却写"人与绿杨俱瘦"，而非绿柳？纳兰性德词中也写"又到绿杨曾折处"，绿杨这一意象是否有送别之意？但百度上并没有相关论述，烦请老师解惑。

段老师回复啊船啊：绿杨这一意象也有留别之意吧！你到中国知网上去查一下相关论文，自己去研究一下。发现问题，同时也尝试一下解决问题。

@啊船啊：绿杨即柳树，有记载称，隋炀帝以国姓柳树，故名杨柳。扬州因满城柳树得美称"绿杨城郭"，北宋宋祁《玉楼春》"绿杨烟外晓寒轻，红杏枝头春意闹"，白居易也有"绿杨阴里白沙堤"之语，这些例子都可以佐证'绿杨'非'杨'而应为'柳'，那"人与绿杨俱瘦"就不难理解了，折柳寄情思，人因相思瘦。离人亦折柳，绿杨俱同瘦。谢老师指点。

段老师回复啊船啊：你看，学会解决问题了，真棒！所以以后有问题自己先试着解决，不应动辄就问。这就是"研究"！

@磷钇：喜欢前者的淡然，同情后者的伤感。

段老师回复磷钇：嗯，同样的春光，不同的心境造就不同的诗境。此谓"境由心造"。

@其香：秦观的《如梦令》总体读来是冷艳的感情。"红"与"绿"鲜艳而浓烈，接转下句却又用"冷"与"寒"，透着料峭之意。在艳丽的基调下写春日引发的愁绪更增其悲凉。

段老师回复其香：嗯，丽景写哀更增其哀。

@锌豌豆：王安石好惬意，有茅屋数间，有小窗窈窕，有春风为他扫尘，有鸟鸣叫醒他的午觉，只是突然想起故人，不由得这些惬意倏忽消散，剩下一声叹息，但也不至于哀婉，再跌宕的往事，终会在一句"忘了，忘了"中消逝。

3月8日，欧阳修《蝶恋花·面旋落花风荡漾》、宋祁《玉楼春·东城渐觉风光好》

昨夜一阵小雨，带来几许清凉。走在犀浦校园，美景触目皆是。八教前的梨花，驾校旁的油菜花，一教、二教前的玉兰花，还有图书馆前的桃花都叫人惊喜连连。今天是女子节（因为"三八"已成贬义），在此春光涟漪之时，祝所有的"资深女神"和"新鲜女神"们（捡弟子斑的说法）节日快乐！美丽优雅！且送两首好词给大家：

蝶恋花（宋/欧阳修）

面旋落花风荡漾。柳重烟深，雪絮飞来往。雨后轻寒犹未放。春愁酒病成惆怅。

枕畔屏山围碧浪。翠被华灯，夜夜空相向。寂寞起来褰绣幌。月明正在梨花上。

【《欧阳修词笺注》】

玉楼春（宋/宋祁）

东城渐觉风光好，縠皱波纹迎客棹。绿杨烟外晓寒轻，红杏枝头春意闹。

浮生长恨欢娱少，肯爱千金轻一笑。为君持酒劝斜阳，且向花间留晚照。

【《全宋词》卷一九】

@21克&香蕉皮："月明正在梨花上"这个画面美。有时就恨自己不会画画，不能画出诗中的美景。

段老师：米兔，所以只能想象啊！

@戈一木：好一个"月明正在梨花上"啊！真的就象是看到从前见过的场景。

后首的"红杏枝头春意闹"已经被提过无数次,还记得从前关于诗眼的题常常做到,爱一句"为君持酒劝斜阳",读来觉得诗人对时间流逝的叹惋并不感伤,反而带着一种淡的豁达。

@木文雅子:欧公善写闺怨春愁,此首词以春去愁生为始,继而叙空房独居,抒惆怅寂寞之情,最后却以"月明正在梨花上"如此清新之景作结,使得全词淡雅清丽之韵萦绕不去,令人回味无穷!

@锌豌豆:欧阳修词上片写春景,"落花""烟柳""雪絮",以春景引入,落在春愁上,下片前面的景物如"碧浪""翠被""华灯",极哀艳,妙在最后一句,于艳丽处忽生清淡。想起欧阳修另一首词,与大家分享:《采桑子·群芳过后西湖好》"群芳过后西湖好,狼籍残红。飞絮蒙蒙。垂柳阑干尽日风。笙歌散尽游人去,始觉春空。垂下帘栊。双燕归来细雨中。"(《采桑子·群芳过后西湖好》)

@潇竹絮:《人间词话》评宋祁这首词"着一闹字而境界全出",千金一笑,用周幽王借虢石父主意烽火戏诸侯博褒姒一笑的典故。这首词意在春光明媚,当及时行乐,颇有些富贵气象。

@亦如安:明月梨花,红杏枝头真是美极了。

@陌上花开:每次读"红杏枝头春意闹"这句诗脑袋里就会浮现出蝴蝶闹红杏的画面,老师有一双发现美的眼睛。

段老师回复陌上花开:对啊!美在于发现。

3月9日,欧阳修《浪淘沙·把酒祝东风》、沈蔚《小重山·花过园林清荫浓》

春雨霏霏,昨日看的梨花也许已经落满一地了,真的是"梨花满地惹闲愁"。所以,赏花要及时啊!不然"林花谢了春红,太匆匆,无奈朝来寒雨晚来风"。今日且读两首小词。

浪淘沙(宋/欧阳修)

把酒祝东风,且共从容。垂杨紫陌洛城东。总是当时携手处,游遍芳丛。

聚散苦匆匆,此恨无穷。今年花胜去年红。可惜明年花更好,知与谁同?

【《欧阳修词笺注》】

小重山（宋/沈蔚）

花过园林清荫浓。琅玕新脱笋，绿丛丛。雨声只在小池东。闲欹枕，直面芰荷风。

长日敞帘栊。轻尘飞不到，画堂空。一尊今夜与谁同？人如玉，相对月明中。

【《全宋词》】

@只只黄：两首都有"与谁同"，无奈掺杂着遗憾，叹景依旧，故人不再。

@矜成：第一首背过，第二首没看过 但是意境好棒啊。

@潇竹絮：两首词都有"与谁同"，对物是人非的无奈恐惧自古而然啊。今天看学校的花都还非常坚强地待在枝头呢！

段老师回复潇竹絮：是吗？我就放心了。

段老师回复潇竹絮：看下面同学的回答，梨花已落了满地。"知否？知否？应是绿肥红瘦。"

潇竹絮回复段老师：哈哈，我今天看到的不知是海棠还是啥，粉红的，还在呢！不过再下一晚雨，估计也要飘啊飘了。

@楚舞：虽均写与谁同，但欧阳修是明年，全诗感情由喜悦到感伤，重在留恋。沈蔚则是今夜，花好春尚早，雨落无声映孤灯，侧重思念。时间名词不同的表达下，大概不是异曲同工吧。

@戈一木：春天很美，大概就是因为太美，才常常让人看到时间的流逝事物的反复，以及故人与记忆的不可再。前首的物是人非之感，后首的隐隐思念，都被春天的美景渲染成更加透人心的样子。在面对美好的时候，果然人都是害怕失去的啊。好像扯远了！嘿嘿！

段老师回复戈一木：是啊！美丽是短暂的，也是易逝的，所以才要珍惜！

@21克&香蕉皮："雨声只在小池东"这句也很妙。

@木文雅子：看到楼上对"与谁同"的解读，真是透彻，点醒我这梦中人！

@啊船啊：把酒春日中，举杯劝从容。当时携手处，明年与谁同？劝东风步履从容，更叹友人来去匆匆。年年岁岁花香似，岁岁年年君何处？花就算再相似也不是当初的花，人即使再熟识也不是当初的人了。

3月10日，张说《春雨早雷》、陆游《临安春雨初霁》

今天是农历二月初二，民间所谓"龙抬头"的日子。万物此时真正苏醒，意味着花红柳绿的春天真的来了。这一天祈龙赐福，吃水饺叫"吃龙耳"，吃米饭叫"吃龙子"，吃馄饨叫"吃龙眼"，吃面条叫"扶龙须"。这一天也是"中国传统理发日"，二月二"剃龙头"，一年都有精神头。龙抬头（二月二）又被称为"春耕节""农事节""春龙节"，这一天人们会庆祝"龙头节"，以示敬龙祈雨，让老天佑保丰收。

龙抬头，春雨潇潇，万物复苏。昨天下了一日的雨，各位亲感到春寒料峭了吧！注意保暖哦！今日我们读两首春雨的诗：（陆游的这首《临安春雨初霁》我们在前面已读过，经典佳作不妨再读一遍。）

春雨早雷（唐/张说）

东北春风至，飘飘带雨来。拂黄先变柳，点素早惊梅。树蔼悬书阁，烟含作赋台。河鱼未上冻，江蛰已闻雷。美人宵梦着，金屏曙不开。无缘一启齿，空酌万年杯。

【《全唐诗》卷八八】

临安春雨初霁（宋/陆游）

世味年来薄似纱，谁令骑马客京华。小楼一夜听春雨，深巷明朝卖杏花。矮纸斜行闲作草，晴窗细乳戏分茶。素衣莫起风尘叹，犹及清明可到家。

【《剑南诗稿校注》卷一七】

@中南菊香：高中就很喜欢第二首诗，希望年老的时候，可以这么悠闲轻松，现在就算啦。

段老师回复中南菊香：此时陆游的悠闲其实有点无奈哈。

@潇竹絮：陆游这首诗作于淳熙十三年（1186）的临安。是年陆游起知严州，过阙陛辞，上谕曰："严陵，山水胜处，职事之暇，可以赋咏作适。"我更觉得皇帝这话像是在说反话，皇帝的意思是把陆游派到了一个只能游山玩水，诗词歌咏，没什么正事干的地方，所以陆游每天只能练练草书，煮煮茶。又："小楼"一联和孟浩然的"夜来风雨声，花落知多少"及李清照《如梦令·昨夜雨疏风骤》被评"言风雨与花，俱臻妙境"（《剑南诗稿校注》卷一七）。

@魏宏珈：晚年的陆游有一些看透世事的沧桑……诗里几乎每一句看似都有一种闲适，但反倒有一些自嘲的意味……

@闲云薄暮：曾经在高中有很多人将"矮纸斜行闲作草"作为作文题目，当时觉得这样就把这句话玩坏了……，不过我很喜欢此句的清闲意境！希望将来的学习生活也不要每天都紧张繁忙，每周都能有一些自己的"清闲自在"的时间，做一些自己想做的事……

段老师回复闲云薄暮：是啊！充实从容的生活就好！

@今将疯："世味年来薄似纱，谁令骑马客京华。"如今看来这一句最得异乡人心呀。

@戈一木：前首的早春描写自是具体贴切，总觉"空酌万年杯"一句颇值玩味，没有找到相关典故，但也看到同用该词的诗句。后首每次看到都是感慨，怎么读怎么美。

段老师回复戈一木：套话而已，勿用深想。

@蓝天小豆：小楼一夜听春雨，深巷明朝卖杏花。

@锌豌豆：第一首堪称最美惊蛰诗之一，春风自东北方缓缓吹来，带来丝丝细雨。柳条率先抽出嫩绿的枝芽，"点素"用得最妙，唐太宗《咏雪》有"入扇萦离匣，点素皎残机"句，后钱起《画鹤篇》也有"点素凝姿任画工，霜毛玉羽照帘栊"句。如果将这句改为"拂黄先变柳，点素惊海棠"，真是现在交大最真实的写照。鱼游浅底，雷声像一首歌惊醒大地。"无缘一启齿，空酌万年杯"一句在下也不是很明白，难道是与"美人"无缘而独自对酒？

段老师回复锌豌豆：末句一般是套话，无非表达无知音对酌之意。

@木文雅子：陆游"小楼"一联最为妙绝！不管是春雨，还是深巷中的叫卖之声，都为诗人所倾听觉察，从听觉角度展现城中入春已久。但一夜未眠听雨恐怕也并未全因雅兴使然，自己因国愁家怅而饱含担忧的赤子爱国之情隐约其中，意蕴绵长。

段老师回复木文雅子：对啊！陆游的忧国忧民之情，岂是一个"闲情"所能概括的。

@啊船啊：春雨长久以来就浸润着若有若无的绵长愁绪。一首《临安春雨初霁》，陆游竭力想用明朗闲适的心境盖住无处安放的苦涩，却愈发让人辛酸。曾经的陆游意气风发，"少年志欲扫胡尘"，也曾经直抒胸臆"报国欲死无战场"，到了六十二岁的他，在感叹"世味薄似纱"的同时又自嘲着"谁令骑马客京华"。"小楼一夜听春雨，深巷明朝卖杏花"想来多美的南国风情，诗人静卧小楼，听细雨潆潆，想象着江南烟雨、杏花初绽，如斯美景，的确难得。如果是韦庄的"画船听雨眠"，我觉得这幅画面会更相配。可若是陆游，细雨潆潆，一夜未眠，白头老翁枯坐窗前，想的到底是烂漫江南抑或河山沦陷？明朝是谁的天下？颔联一"闲"一"戏"，实属欲盖弥彰之语。尾联终究漏了些情绪，一袭素衣，怎堪的这京中污秽？不如归去，或许清明就可到家。即使归去了又能怎样？六十八岁的陆游在山阴仍在挣扎"僵卧孤村不自哀，尚思为国戍轮台"，临终前的陆游仍在惦念"王师北定中原日，家祭无忘告乃翁"。因为他是陆游，所以我更愿意这样去解读这首诗，或许牵强附会，但我还是相信，在那样的境地下，他无法听雨看花，泼墨分茶，因为他是陆游。

段老师回复啊船啊：杨帆的解析好棒！非常深入贴切，我想好多人都误读了陆游，其实他的心并不"悠闲"的。像我，越忙越做悠闲状。

啊船啊回复段老师：哈哈！正因为老师的"悠闲"状，才有这陶情冶性的诗词茶馆嘛。

@其香：整个一首诗，写春，却不是欢春，春天虽美，但在心情郁闷的作者心目中，却引不起多少留恋。末句的"素衣莫起风尘叹，犹及清明可到家"可在陆机的《为顾彦先赠妇》诗中找到源头："京洛多风尘，素衣化为淄"，不仅指羁旅风霜之苦，又寓有京中恶浊，久居为其所化的意思。陆游这里反用其意，其实是自我解嘲。"莫起风尘叹"，是因为不等到清明就可以回家了，然回家却并非诗人之愿。

3月16日，徐铉《闻雁寄故人》、徐铉《和太常萧少卿近郊马上偶吟》

又有几天没有读诗了，今天我们读由南唐入宋的诗人徐铉的两首诗。徐铉，字鼎臣，广陵人（今江苏扬州）。在南唐官至吏部尚书充翰林学士，入宋后任左散骑常侍。有文名。今读其两首诗：

闻雁寄故人（宋/徐铉）

久作他乡客，深惭薄宦非。不知云上雁，何得每年归。夜静声弥怨，天空影更微。往年离别泪，今夕重沾衣。

【《全宋诗》卷五】

和太常萧少卿近郊马上偶吟（宋/徐铉）

田园经雨绿分畦，飞盖闲行九里堤。拂袖清风尘不起，满川芳草路如迷。林开始觉晴天迥，潮上初惊浦岸齐。怪得仙郎诗句好，断霞残照远山西。

【《全宋诗》卷六】

@八月的雨季：第一首诗感觉就是"独在异乡为异客，每逢佳节倍思亲"！

@戈一木：前首的今与夕并非对比，反是相衬，与首句"久作他乡客"呼应起来，闻雁思乡之情切切。喜欢"天空影更微"一句，让人觉到世界无穷而人渺小孤独的苍茫之感。后首的"满川芳草"让人想起贺铸的"一川烟草"，好美。

段老师回复戈一木：我也喜"天空影更微"，有种渐行渐远的感觉，让人产生怅惘之感。

@潇竹絮：第一首的"久作他乡客"这一联一针见血，感觉比①后面二三联借景抒情相比，这种直抒胸臆更令人有一种触目惊心之感。由南唐而入宋，来自皇帝、同僚、世俗的怀疑、猜忌，加上自身的内心挣扎，只能造成有怨而不能发，有泪而不能流的苦闷了。话说第二首好像看过，记得里面的"九里堤"。

段老师回复潇竹絮：如意，有个字错了。

@亦如安：第一首说的是他常年在外地做官，身心俱疲，厌倦仕途，思念家乡的感情吧！

@座落风心：往年离别泪，今夕重沾衣。加上久作他乡客，很棒的几句！然而"九里堤"？哈哈，好奇怪。

段老师回复座落风心：不过重名而已。

@胖黑：不怪仙郎诗句好，只怪美景才客稀。我们还是缺少去探索美的勇气和发现美的心灵。

段老师回复胖黑：是啊！美需要发现。

@丫头~：第一首诗合辙押韵，感情也很深厚，看到雁飞不由得感慨身在异乡不知何时才能归去……第二首让我们看到了日常生活中的美，正如楼上所说，我们缺少发现美的眼睛！

@木文雅子："往年离别泪，今夕重沾衣"句真是道尽诗人羁旅他乡经常神伤之怅，所谓"悲莫悲兮生别离，乐莫乐兮新相知"，诗人饱受这种思乡念亲之苦，让人为之动容。

---

① 当作"与"。

@锌豌豆：徐铉不愧为香山派代表作家，其诗浅切平易。《闻雁寄故人》，诗人在外做官这么久，一直是他乡客的身份，没有归属感。不知道天上的大雁却为什么可以每年都回到故乡。夜深人静的时候，这种思念之情加倍增长，天空寂静辽阔，我的身影就更显渺小。曾经离别的泪水，在今天又沾湿了我的衣裳。其诗明白坦易，不用奇字，不加雕琢，不苦思虑。一句"今夕重沾衣"结尾道尽其思乡之悲苦，有一种意皆尽于诗中的感觉。《香祖笔记》曰："徐常侍诗文都雅，有唐代承平之风。"梁昆《宋诗派别论》云："铉诗皆率意而成，自造精极，具有元和风律，故流易有余，深警不足。"

段老师回复锌豌豆：嗯，能引用材料进行分析，不错！不过要注意虽然方回将徐铉定为"白体"诗人，但还是要具体分析，它有多少"白体"特色。

@啊船啊：《闻雁寄故人》，从题目看来，作者似乎表达的是对远方友人的思念。久在异乡，蝇营狗苟，只为一官半职。有心想问问南归大雁，如何才能每年归乡？深夜静寂，声音愈发哀怨，天地空旷身影愈显形单。往年曾为离别留下的眼泪，如今愁上心头，再次打湿了衣襟。读来的确通俗易懂，明白晓畅，确有白居易之风。

@啊船啊：然而，老师在介绍中独独强调了他的身份，南唐入宋，一个地位尴尬的亡国遗民。不同于其他文人的或隐居不仕，或竭力复国，徐铉这个曾经享誉南唐的大家，在北宋也受到了同样礼遇，太祖更语之曰："忠臣也，事我当如李主。"更有记载，就是他告发了李煜的怨怼之词，从而使得太祖决心毒杀后主。就是一个在我们今天看来的贰臣，在这首诗中也说出了对故国的思念。

@啊船啊：首联不难读出诗人落寞的自嘲，为了卑微的一官半职，卑躬屈膝地奔波于名禄之间，却始终是个他乡客，回不去的是，覆灭的母国。羡慕南归的大雁尚可年年归乡，可他乡客何处是故乡？不是没有怨怼与孤单，夜深露重，心中的哀怨愈发汹涌。天广地阔，形单影只的异乡人却无处可去。曾经离别时落下的眼泪，曾经以为不会追忆的故国，终究还是在雁过之后，沾湿了衣襟。他乡客，望故乡，何处可归？南归？难归！

段老师回复啊船啊：杨帆分析得太棒了，很深入贴切，徐铉告发后主，也是颇有许多难言之隐的。我们研究古人不能简单地以"好人""坏人"脸谱似的研究，"知人论世"、同情之心尤为重要。给杨帆点个大大的赞！

@淡风：第二首是徐铉与同僚的唱和之作，诗人以一种淡然、随意的笔调描绘了一幅清新舒适、美不胜收的雨后郊外图，透露出诗人消散自然、闲适愉悦的心情。雨水冲刷之后的田园被一片绿意所装点，堤岸上诗人正驱车悠闲地行驶。清爽的微风拂起衣袖，不沾染半点尘埃，那是因为雨水早已将尘土浸润，满川盛开的芳草铺满了道路，让人难以识别清楚。放眼望去，远处的树林逐渐清晰，让人愈发感到天空的辽阔高远，涨起的潮水竟然与河岸齐平。面对如此景色难怪萧少卿能写出精妙的诗句，远远望去，夕阳的余晖尽情洒落，美不胜收。此诗以对景色的描写作结，清新别致，韵味无穷。全诗从远、近、高、低等不同层面描绘了诗人所见的自然风光，细致独到，栩栩如生。

段老师回复淡风：李沛这段赏析文字颇有文采，对诗境的描绘贴切、细致。

@石钰：第一首诗《闻雁寄故人》，其内容与感情基调从题目便可看出，诗人为仕宦所累久别故土，见云雁归乡，不觉泪下沾襟。全诗妙在颈联"夜静声弥怨，天空影更微"。"夜静声弥怨"一句让人有种透过一层的联想：安静的夜里使大雁的鸣叫更显哀怨，但深夜本是酣睡的时候，那个能听到雁鸣的人想来必是心有所思，辗转反侧。此句与"明月皎皎照我床"有异曲同工之妙，只有那个心绪万千、深夜不寐的人才能看到皎皎的月光。"天空影更微"一句让人联想到张先的词句"中庭月色正清明，无数杨花过无影"。月色朗朗，天空清明，使地上的影子看起来淡淡的，夜色之清幽只此一句便可见。

段老师回复石钰：嗯，这段评析语言流畅，能联系题目分析全诗情感，尤其是对颈联的分析尤其贴切。还能联系相关诗句，增加了评点的广度。不错！

@其香：第二首诗与第一首"久作他乡客"的悲戚之情不同，是另一种悠游闲适的心态。这首诗属徐铉学白居易闲适诗一类，平易浅切，真率自然，用字浅近，而诗意无穷。这首诗所说的"九里堤"，《成都县志》记载："县西北十里，其地洼下，水势易趋，汉诸葛孔明筑堤九里捍之。宋太守刘熙古再加以重修。"故"九里堤"由此而名。但诗中所提到的"九里堤"就是成都的"九里堤"么？这个还待考证。"仙郎"是唐人对尚书省各部郎中、员外郎的惯称。唐綦毋潜《题沉东美员外山池》："仙郎偏好道，凿沼象瀛洲。"唐李白《江夏使君叔席上赠史郎中》："仙郎久为别，客舍问何如。"西蜀韦庄《漳亭驿小樱桃》："当年此树正花开，五马仙郎载酒来。"这里的"仙郎"私以为应该是指白居易。这个问题也还待考证。第二首最喜"拂袖清风尘不起，满川芳草路如迷"，萧统《文选》有"芳草久已茂盛而友人竟未归"表达的是对远方友人的思念。

段老师回复其香：显然不是这儿的九里堤，不用考证。

段老师回复其香：萧郎指白居易？根据是什么？可能更多的是指诗题中的萧少卿吧！

其香回复段老师：评诗的时候满脑子想的都是他学习白居易，以为这一句是在向他的偶像致敬，忘记了这是一首唱和之作。仙郎指萧少卿，更合诗题啊。

段老师回复其香：看来你们受方回的误导了。

3月17日，李清照《念奴娇·萧条庭院》

今日天气阴沉，读一首易安居士的词。

念奴娇（宋/李清照）

萧条庭院，又斜风细雨，重门须闭。宠柳娇花寒食近，种种恼人天气。险韵诗成，扶头酒醒，别是闲滋味。征鸿过尽，万千心事难寄。

楼上几日春寒，帘垂四面，玉阑干慵倚。被冷香销新梦觉，不许愁人不起。清露晨流，新桐初引，多少游春意。日高烟敛，更看今日晴未。

【《重辑李清照集》卷二】

@潇竹絮：这首词慵懒闲愁而不绝望，是李清照早期词作。"宠柳娇花"四个字常被人称道，往往和"绿肥红瘦"并提，李清照的四字造语确实很有新意呀。看到"不许愁人不起"，觉得很有笑点，放在我这，就该是"不许懒人不起"了。

@木文雅子："宠柳娇花"很有新意啊！字简意深！宠儿娇女喻于花柳，怜惜惆怅之深意蕴而微露。

段老师回复木文雅子：嗯，易安词造词新颖！

@丫头~：上片到下片，由阴到晴，讲述闺阁女子的闲愁。作者内心有些惆怅，身体有些慵懒，又有些思念出仕的丈夫，不过看到日高烟敛，心情也放晴了。整首词都好有画面感。读完感觉李清照好可爱啊。

@戈一木：闲愁庭院，佳人梦觉，更看午后初晴了。

@魏宏珈：首先看到题目的时候，庭院萧条，寂静无人，就有一种冷清寂寞的基调……然后觉得天气果然在一定程度上是可以影响人的心情的。诗人本身就因为丈夫的出仕离家而感到烦闷，阴沉的天气更添加了她心中的愁滋味。"宠柳娇花"，柳树和花朵在李清照笔下千姿百态，很富有画面感，不过在我看来却更显得有些冷清了，丈夫出仕离家，诗人只剩的花草树木陪伴。

魏宏珈：不过同样是闺怨词，我觉得作者还没有达到"怨"，只是有些百无聊赖罢了……

段老师回复魏宏珈：嗯，早期词的"怨"并不深重！

@锌豌豆：[斜风细雨]唐张志和《渔歌子》："青箬笠，绿蓑衣，斜风细雨不须归。"恼人天气：唐罗隐《春日叶秀才曲江》："春色恼人遮不得，别愁如疟避还来。"宋王安石《夜直》："春色恼人眠不得，月移花影上阑干。"皆谓春色之令人烦恼也。[险韵]韵部中字少而艰僻之韵。宋王禹偁《谪居感事》："分题宣险韵，翻势得仙棋。"宋郭应祥《菩萨蛮》："新词仍险韵，赓续惭非称。"逞才者多喜作险韵诗。[扶头酒]使人易醉之烈性酒。唐白居易《早饮湖州酒寄崔使君》："一榼扶头酒，泓澄泻玉壶。"姚合《答友人招游》："赌棋招敌手，沽酒自扶头。"杜牧《醉题》五绝："醉头扶不起，三丈日还高。"宋贺铸《醉厌厌》："易醉扶头酒，难逢敌手棋。"周邦彦《华胥引》："醉头扶起寒怯。"上述皆谓酒性浓烈，易使人醉。然俞平伯《唐宋词选释》中卷释此句云："古人于卯时饮酒称卯酒，亦名'扶头酒'"。扶头原义当为醉头扶起。"扶头酒"是一复合的名词。宿醒未解，更饮早酒以投之，所用……只是较淡的酒。以此种饮法能发生和解作用，故亦以"扶头"称之……易安此句当亦然。明李攀龙《草堂诗余隽》卷一眉批："心事有万千，岂征鸿可寄？新梦，不知梦何事。评语：心事托之新梦，言有寄而情无方，玩之自有意味。上是心事，难以言传，下是新梦，可以意会。"（参考徐培均笺注《李清照集笺注》，上海古籍出版社，2002年）

段老师回复锌豌豆：谢谢晓丹详细注解！不过，请解释一下"新桐初引"是何意义？

锌豌豆回复段老师：[清露晨流，新桐初引]《世说新语·赏誉》：王恭始与王建武甚有情，后遇袁悦之间，遂致疑隙，然每至兴会，故有相思时。恭尝行散至京口射堂，于时清露晨流，新桐初引，恭目之，曰："王大故自濯濯。"《尔雅释诂》："引，长也。"初引，即初生、初长。

@21克&香蕉皮："别是闲滋味"之后"征鸿过尽，万千心事难寄"突然有一种壮阔之感。

@没有风火轮的小哪吒：花木千娇百媚，神采奕奕。相反人却是愁思万缕，慵懒倚阑干。"征鸿过尽，万千心事难寄"想到了"蓬山此去无多路，青鸟殷勤为探看"，可是此时的她仿佛已经无所寄托，无可寄托，无人寄托。她自比愁人，"扶头酒醒，别是闲滋味"，此处之闲更是愁、迷、凄。最后两句，在我看来更像是调侃，却暗写内心孤独、悲凉。（好久都没有评论了，内心好紧张）

段老师回复没有风火轮的小哪吒：分析还是不错的，希望有空多来我们的诗词茶馆坐坐。这个茶馆不仅是我的，更是你们的。

3月18日，郑愁予《客来小城》、苏轼《浣溪沙·元丰七年十二月二十四日从泗州刘倩权游南山》

烟花三月，阳光明媚，今日我们读两首春天的诗，一首现代诗，一首宋词。想当年大学时,我可喜欢台湾诗人郑愁予的诗了,同样,苏轼也是我的最爱。本来烦乱的心,读到他们的诗,就云开雾散,心地澄明了。

客来小城(郑愁予)

三月临幸这小城
春的事物堆缀着……
悠悠的流水如带
在石桥下打着结子的,而且
牢系着那旧城楼的倒影的
三月的绿色如流水……
客来小城,巷间寂静
客来门下,铜环的轻叩如钟
远天飘飞的云絮与一阶落花……

【《郑愁予诗的自选Ⅰ》】

浣溪沙·元丰七年十二月二十四日从泗州刘倩叔游南山(宋/苏轼)

细雨斜风作小寒。淡烟疏柳媚晴滩。入淮清洛渐漫漫。
雪沫乳花浮午盏,蓼茸蒿笋试春盘。人间有味是清欢。

【《苏轼全集校注·词集》卷二】

@**中南菊香**:太喜欢"人间有味是清欢",喜欢这种淡雅的意境。

@**江城子**:人间有味是清欢。

@**胖黑**:感觉在苏子眼中,万物皆可为意象……像"滩""盏"押韵,很少在其他诗句中见到,苏子却可以用的恰如其分。

段老师回复胖黑:要不怎么称为"坡仙"呢?

@**闲云薄暮**:人间有味是清欢,同好。难得老师推荐了一首现代诗,古诗词和现代诗结合挺好。

段老师回复闲云薄暮:是啊!以后还是要推一些我喜欢的现代诗,寒假也推过几首,没看吗?

闲云薄暮回复段老师：还是看了的。

@21克&香蕉皮：苏轼的诗清新，一直都喜欢"人间有味是清欢"这句。吃货一直好奇"雪沫乳花浮午盏，蓼茸蒿笋试春盘"到底是什么美味。

段老师回复21克&香蕉皮：不知道哦！有机会你试着做做。

@没有风火轮的小哪咤：我的体验是，现代诗很柔美。读到前一小节，脑海里就构画出一副古城的画来了，像是丽江。堆缀的是不是春日里繁盛的梨花、杏花、桃花？那么娇俏、可人。接下来写流水，侧面写水的柔、澈，"在石桥下打着结子"更有顽皮之感，与前面轻轻柔柔的调子不同，但更出彩。最喜"远天飘飞的云絮与一阶落花……"这是三月的小城，三月的拜访。

段老师回复没有风火轮的小哪咤：是啊！郑愁予的诗境往往是美丽的，所以有时我们也可以读读现代诗。

@木文雅子：想起了郑愁予的《错误》，貌似诗人很喜欢春光下的小城风味！

段老师回复木文雅子：对啊！《错误》这首诗很有名。

@亦如安：春天到了，今天好暖和，苏轼这首春游词正合景。

@丫头~：早春时节，与友同游，清茶野餐。这样活着真是太滋润了！喜欢苏轼的这首小诗。郑愁予的现代诗也很美，勾勒了小城的春天。

@磷钇：特别喜欢东坡的人生态度。感觉他涉及的东西好广泛，同时又把这些东西融入文学作品中，别有一番趣味。

段老师回复磷钇：是啊！最喜东坡。

@其香：郑愁予有一首诗"我达达的马蹄是个美丽的错误，我不是归人，是个过客"，一直记得。苏轼的诗总是透露着旷达，"雪沫乳花"是指煎茶时上浮的白色泡沫。古时烹茶，以乳色鲜白、泡沫细腻为上乘。最后一句"人间有味是清欢"道尽了人生的真谛。

@啊船啊：郑愁予的笔下，每个字眼都散发着清香，都值得被咀嚼。流水如带，倒影城楼，巷间寂静，铜环轻扣，云絮漫卷，落花点点。客来小城，却如归乡。每一尺每一寸都透露着舒适与熟悉。斯情斯景，真可谓"三月的临幸"了。

3月20日，徐铉《春分日》《七绝》《偷声木兰花·春分遇雨》

今日春分。春分，介于惊蛰和清明之间。"春分者，阴阳相半也，故昼夜均而寒暑平。"在这风和日丽、草长莺飞、鸟语花香的阳春三月，让我们去读几首宋代诗人徐铉关于"春分"的诗词吧。

春分日（宋/徐铉）

仲春初四日，春色正中分。绿野徘徊月，晴天断续云。燕飞犹个个，花落已纷纷。思妇高楼晚，歌声不可闻。

【《全宋诗》卷五】

七绝（宋/徐铉）

春分雨脚落声微，柳岸斜风带客归。时令北方偏向晚，可知早有绿腰肥。

【《全宋诗》卷五】

偷声木兰花·春分遇雨（宋/徐铉）

天将小雨交春半，谁见枝头花历乱。纵目天涯，浅黛春山处处纱。焦人不过轻寒恼，问卜怕听情未了。许是今生，误把前生草踏青。

【《全宋诗》卷五】

@**八月的雨季**：感觉古诗中描写春天的诗歌颇多，春景迷人。朱熹"等闲识得春风面，万紫千红总是春"（《春日》），杜甫"迟日江山丽，春风花草香"（《绝句》），白居易"春风先发苑中梅，樱杏桃梨次第开"（《春风》），冯延巳"蕙兰有恨枝犹绿，桃李无言花自红"（《舞春风》）……

@**21 克&香蕉皮**：喜欢那句"燕飞犹个个，花落已纷纷"，"犹"和"已"也带了主观感情，从前面的春景明媚中，转到后面的思妇忧情。"思妇高楼"真是闺怨诗常用的意象啊！我能脱口而出的就有《青青河畔草》的"盈盈楼上女，皎皎当窗牖"，还有《七哀》中"明月照高楼，流光正徘徊，上有愁思妇，悲叹有余哀"，《关山月》中"思妇高楼上，当窗应未眠"。

段老师回复 21 克&香蕉皮：很棒！"思妇"题材确实很多。

@**中南菊香**：我很喜欢杜甫的祖父杜审言的"云霞出海曙，梅柳渡江春。淑气催黄鸟，晴光转绿萍"（《和晋陵陆丞早春游望》）。也是写春天，我记得也是写春分吧。

段老师回复中南菊香：是写春天没错，但不知是否是春分？

@**戈一木**：三首都提及了落花，花落万物转青，前两首尚觉愁情不浓，虽然第一首还写及了思妇，读到第三首词才突然觉到怅惘，"纵目天涯"，望不尽的只是绿色，脑海里浮现出女子望断高楼的场景，一句"怕听情未了"已道尽情难了。最后两句很美，给人一种宿命感，情未了，许是前世就已注定。

段老师回复戈一木：是啊！"许是今生，误把前生草踏青。"

@**木文雅子**：所谓"雨霁风光，春分天气。千花百卉争明媚"，春天百花齐放，随意一瞟皆有春光，真真觉得神清气爽。

@**只只黄**：立春看梅，雨水油菜现，惊蛰桃之夭夭，春分杏雨梨云、海棠春，清明桐始华，谷雨白兰含笑。春光易逝，今已过半。最爱此时万物舒展，看春风拂面，暖意渐浓。

@**丫头~**：纵目天涯，浅黛春山处处纱。一句给人水墨画的感觉，浅粉色和淡青色相交融加上细雨的朦朦胧胧，如梦如幻，难怪勾起了诗人的情思。

@**锌豌豆**："燕飞犹个个，花落已纷纷"句很精彩，用"个个"来形容燕子飞时轻盈灵巧、上下翻飞的样子，用语新奇，对仗工整。此外，"绿野徘徊月，晴天断续云"也工巧，"绿野"与"晴天"一高一低，一为碧绿一为蔚蓝，"月"与"云"同为天上之物，一"徘徊"一"断续"，一来去无影一轻薄如纱，视野巧妙。只是私以为"春色正中分"时何来的"月"呢。

段老师回复锌豌豆：有学生告诉我前两天夜晚有月呢！

段老师回复锌豌豆：嗯，抓住了关键的一联进行分析，不错！

@**淡风**：第三首是诗人春日外出踏青时所写的一首词，表达的是作者抑郁低沉，烦躁不安的春怨之情。春天本是一个欢快愉悦的时节，作者却在此吟咏出如此忧郁感伤的词句，有悖春娱之情。原本琳琅满目的春花在作者的眼中是那么杂乱无序，远处的青山也是朦朦胧胧，不甚清晰，轻微的春寒更是使得诗人焦躁不安。所有这些烦闷的原因全是由于心中的那段"未了情"。一切景语皆情语，作者以郁闷的眼光观赏春色，所见春色自然也变得阴郁起来，以焦躁的心情体味春风，所感温度就自然变得寒凉。进而带入词中，就当然春意低迷，花意凌乱，焦躁不已。景随情出，浑然天成。全词的情绪变化逐层递进，跌宕起伏，耐人寻味。

段老师回复淡风：李沛分析真是细致呢！对意境、词情的把握皆贴切，语言流畅，有文采！

@**其香**：徐铉这首诗最直观的特点就是不拘格律、不守严韵，但诗律婉转柔美。春风遇雨，小雨淅淅沥沥，凌乱了枝头的花。极目远望，青山如黛在雨中仿佛笼罩着一层轻纱。春寒惹得作者心生烦恼，勾起往日的情思，令他意乱纷纷。真是"以我观物，故物皆着我之色彩"。是王国维先生所说的"有我之境"。诗人的思绪透过他的眼睛倾注在了眼前的一方景色之中，达到了情与景的交融。

@**石钰**：最后一首词，春风细雨，浅黛青山，在词人笔下笼上了愁绪，这愁绪如雨中花枝般凌乱，又如薄雾远山般缥缈，真是"万物皆着我之色彩"。究其愁的原因便是"情未了"，在这份不可即的感情面前，词人只能感慨命运无常：明明情有所钟，却不能携手，想借踏青散心，但却勾起更多惆怅，这人生聚散如前世今生般微妙难解，无法捉摸。

@啊船啊：春分踏青，本该三月艳阳，却小雨沥沥，更添烦恼。好似上天将过半的雨水都赋予了春天，惹人愁绪。连花枝都高低错乱，杂乱无序。远眺天边，细雨却如抹不去的薄纱阻挡着远山的视线。已然春分，依旧微寒，如何不令行人懊恼？想问卜前情，却怕言情未了。那又如何，不过有缘无分，或许是本该前世的姻缘，今生相遇只能擦肩。很多人，很多事，早已注定。

3月22日，岳飞《满江红》、岳珂《满江红》

春雨连绵，不禁让人有些烦闷。我们且读两首《满江红》，一为岳飞所作，另一首是其孙岳珂所写。两首风调情怀俱不同。

满江红·登黄鹤楼有感（宋/岳飞）

遥望中原，荒烟外、许多城郭。想当年、花遮柳护，凤楼龙阁。万岁山前珠翠绕，蓬壶殿里笙歌作。到而今、铁骑满郊畿，风尘恶。

兵安在？膏锋锷。民安在？填沟壑。叹江山如故，千村寥落。何日请缨提锐旅，一鞭直渡清河洛。却归来、再续汉阳游，骑黄鹤。

满江红（宋/岳珂）

小院深深，悄镇日、阴晴无据。春未足，闺愁难寄，琴心谁与？曲径穿花寻蛱蝶，虚阑傍日教鹦鹉。笑十三杨柳女儿腰，东风舞。

云外月，风前絮。情与恨，长如许。想绮窗今夜，为谁凝伫？洛浦梦回留珮客，秦楼声断吹箫侣。正黄昏时候杏花寒，帘纤雨。

【《全宋词》】

@中南菊香：第一首据考证应为明人所作。

段老师回复中南菊香：哦！是吗？哪篇文章？还有翻翻《全宋词》里收了没有？拿实证说话。

寻瓒回复中南菊香：存疑的是《满江红·怒发冲冠》，而这首《满江红·登黄鹤楼有感》确系岳飞所作。

@寻瓒：一直很喜欢岳飞的这首词和《小重山》，特别是"何日请缨提锐旅，一鞭直渡清河洛"和"欲将心事付瑶琴，知音少，弦断有谁听"两句。

段老师回复寻瓒：我也喜欢《小重山》。

@La Belle Aurore："曲径穿花寻蛱蝶，虚阑傍日教鹦鹉。"不由想起宝钗捕蝶，黛玉教鹦鹉作诗。看似寻常的场景，却是一个看到生命中的繁华，一个领悟到生命的荒凉与孤寂。闺中少女，没有彩笺尺素，闲愁如何寄？这只鹦鹉是否也如颦儿的鹦鹉一样能念诗呢？亦会发出黛玉般的长叹。东风舞，风前絮，"嫁与东风春不管，凭尔去，忍淹留？"（曹雪芹《唐多令》）

段老师回复 La Belle Aurore：红宇联想丰富，好文采！

@胖黑：岳飞的"却归来"三字，倒像是"再归来"一样的憧憬，这位一代名将心中也深藏对和平的渴望啊！

段老师回复胖黑：应该说更为激烈。

@木文雅子："杨柳女儿腰"让我想到最近流行的A4腰，一时兴起去翻阅，竟然发现历代诗人对腰的形容也丰富多彩！

@蒲苇·旎：单单从这两首看，爷爷要霸气些，不管是"想当年、花遮柳护，凤楼龙阁"还是"到而今、铁骑满郊畿，风尘恶"都显英雄气概，其孙要稍稍文气，云月风情，多了几分温婉柔美。

段老师回复蒲苇·旎：嗯，对啊！身份不同，志向各异。

@潇竹絮：岳飞的那两句"兵安在？""民安在？"直戳南宋心肺啊。他孙子少了这种鞭辟入里的霸气。

段老师回复潇竹絮：这就是一代英雄豪杰！

@啊船啊：远眺中原，满地荒烟，早不见曾经的花柳掩映，楼阁亭台。忆当年，开封城里万岁山下珠环翠绕，奢华无比。汴京宫中蓬莱殿里，日日笙歌，温香软玉。到如今，二圣被俘，战乱频起，京郊内外，兵骑遍地。那些冲锋陷阵的前线战士在哪里？他们的血滋润着刀剑锋镝。那些流离失所的百姓们在哪里？他们的尸体早已填满沟渠。物是人非，江山如故，村落人踪难觅。何日能答应我的请缨？我必率领岳家军荡平河洛。海晏河清时，重游汉阳，再驾鹤归去。

段老师回复啊船啊：小帆文思泉涌，又是一段美文！

@啊船啊：长久以来，无数文人墨客都在或讽刺或谩骂统治者的昏庸无度。而读这首《满江红》，却看到了不一样的态度。千里荒烟，万里枯骨，岳飞的词中比"怨上"更多的是为国家建功立业。不管是这首当中的"何日请缨提锐旅,一鞭直渡清河洛"抑或是"驾长车,踏破贺兰山阙",都少有怨气,而始终想着我还能为国家做些什么?却始终将个人得失置之度外。精忠报国,千古忠臣当如是!

段老师回复啊船啊:英雄男儿理当如此!

@啊船啊:以往感触可能没有这么深,如今换个角度看,岳飞真为舍身卫国真君子!

@21克&香蕉皮:"兵安在""民安在"这两问让人痛心,尤其是"填沟壑"的回答。

段老师回复21克&香蕉皮:是啊!痛人心扉。

@锌豌豆:第一首开头运用今昔对比的手法,当年中原的繁华对比如今敌人铁骑之下的满目疮痍,反差强烈,奠定了全诗慷慨激昂的基调,紧随其后的两个反问,道出了当前将士血流成河、百姓尸横遍野的状况,诗人痛心疾首之情溢于言表。"一鞭直渡清河洛"中的"直"与"清"反映了诗人强烈渴望收复领土的感情。读这首诗,我们看到的是一位心怀国家的将领面对国土沦丧时的忠愤,如今盛世太平,我们离战争太远,然而于诗词中我们却可以触摸那触目惊心的历史,读诗明史,珍惜当下!

段老师回复锌豌豆:好一个"读诗明史,珍惜当下"!

3月23日,王禹偁《杏花》三首

三月,真是多事之秋。且读宋代诗人王禹偁的三首《杏花》。王禹偁,字符之,济州钜野(今山东巨野)人,又称为王黄州。进士及第,宦途坎坷,是宋初著名直臣,为官清正,为北宋政治改革派之先驱。他反对五代以来的浮靡文风,为文师韩愈,诗宗白居易,为宋初白体诗派中成就最高者。长篇古诗多关注现实,反映民瘼,忧虑国事。夹叙夹议,畅所欲言。近体诗多以清新之辞写景抒情,意境清远。在一定程度上避免了白体诗常见的内容浅薄、语言浅俗的毛病。

杏花(宋/王禹偁)

红芳紫萼怯春寒,蓓蕾粘枝密作团。记得观灯凤楼上,百条银烛泪阑干。(其一)

暖映垂杨曲槛边，一堆红雪罩轻烟。春来自得风流伴，榆荚休抛买笑钱。（其二）

桃红梨白莫争春，素态妖姿两未匀。日暮墙头试回首，不施朱粉是东邻。（其三）

【《全宋诗》卷六五】

@丫头~："红芳紫萼怯春寒，蓓蕾粘枝密作团。"看到这句，可爱的杏花便跃然纸上了。这应该是初期的杏花，春寒时含苞待放，有着少女似的娇羞。第三首诗人又说桃花、梨花都不如杏花，可见诗人对杏花确是喜爱。杏花组诗共有七首，曾偶然读过，最喜欢的是"陌上纷披枝上稀，多情犹解扑人衣。双成洒道迎王母，十里蒙蒙绛雪飞"。

段老师回复丫头~：小静真不错！我也喜欢你说的这首。

@木文雅子：平易流畅，简雅古淡，妙笔叙出杏花独特之姿！在对比中表现欢喜之意！

@潇竹絮：古人知道的植物真多，明明写的是杏花，里面还有那么多其他植物。不知道有没有只知其名，然后也分不清楚植物到底长啥样的花痴古人。

段老师回复潇竹絮：应该叫"花盲"，不是"花痴"哈！

@啊船啊：或姿容艳丽，或素白雅态，终究浓淡难相宜。虽桃浓李郁，休要争春去。但问谁艳冠三月，日暮墙头回首，素面朝天东邻杏花也。全篇对杏花不着一字，却用对比反衬的手法将杏花国色娓娓道来，桃之夭夭，终究俗艳。李之素白，终究寡淡，抵不过东邻杏花，率真自然，素面朝天。

@21克&香蕉皮："蓓蕾粘枝密作团"这个"粘"和"密"用得好。不是含苞待放，而是小小的、紧簇花苞。也和前一句的"怯春寒"相呼应。

@戈一木：不知道第二首是不是写摇钱树，倒真让人想起那树的姿态来，又形象又活泼，称得起一个"风流伴"。第三首的在落日中回首墙头好有感觉。

段老师回复戈一木：不知道啊！

戈一木回复段老师：哈哈查了一下，原来是榆树的种子很像古代的麻钱。

@锌豌豆：春风送暖，栏杆边的柳枝柔柔地飘荡。枝头团团簇簇的杏花，从远处望去，就像春日暖阳下的红雪。春风酣畅，自应风流为伴。榆荚还可以用来换点买笑钱。"买笑钱"指狎妓所费的钱。刘禹锡《怀妓》诗之二："情知点污投泥玉，犹自经营买笑金。"李商隐《和人题真娘墓》："柳眉空吐效颦叶，榆荚还飞买笑钱。"诗人以轻松自如的笔触写杏花，不乏自我调侃的意味，透露出其闲适自得的心态。

段老师回复锌豌豆：晓丹分析的是第二首诗，要注意这是在贬谪中的自我安慰。

@淡风：第三首诗作者未直接描写杏花之美，而是以桃红梨白的不同姿态衬托杏花的淡雅清新，独具匠心，别致新颖。桃花纵然红艳，梨花尽管洁白，然而其素雅与妖娆之神韵均未恰到好处，只有日暮墙头，不施粉黛的杏花别具一格，自有一番风情。"东邻"在诗中多为美人的代称，宋玉《登徒子好色赋》："楚国之丽者，莫若臣里；臣里之美者，莫若臣东家之子。"李白《效古》诗之二："自古有秀色，西施与东邻。"诗人在此处借"东邻"指代"杏花"，足以见得诗人对于杏花的喜爱倾慕之情。

段老师回复淡风：李沛解读甚切，并对"东邻"一词解释详细，不错！

@其香：第二首写杏花通过桃花的妖娆和梨花的素净做对比，突出杏花的自然姿态；第三首将团团蔟蔟的杏花比作"红雪"，"春来自得风流伴"，春天里风姿天然的杏花，为季节增添了浓浓的香气。三首诗都写杏花，但着笔都不以杏花为主，而是写别物，有一种猜诗迷的感觉。

段老师回复其香：要点明对比衬托的艺术手法，可以联系学过的咏物诗的相关理论来解析。

@蒲苇·旎："蓓蕾粘枝密作团"和"一堆红雪罩轻烟"描绘的都是杏花的繁美，但是用词的不同，让我们可以有不同的享受，不得不惊叹古诗词的美！

@石钰：第二首赏析：春日里，杏花花蕊艳红，花瓣粉白，远远看去正如轻烟笼罩，粉红衬着垂杨的新绿，春意融融晕染在诗人的心头，只有"暖映"一词才能道出这种感觉。眼见杏花袅袅，使诗人不禁调侃：这样的好风姿足以胜过一位美人。诗题作"杏花"，诗中也极尽对杏花的描摹与赞赏，然而一花独放不是春，故诗中也有垂杨榆荚，浅绿轻红更显摇曳多姿，还有曲槛游人，趁春赏花不负如许风流，这样的画面带着拂面而来的春光，更显生机。

段老师回复石钰：抓住"暖映"一词解析，甚为贴切。石钰这段文字颇有文采，点赞哈！

3月24日，欧阳修《阮郎归·南园春早踏青时》、谢逸《千秋岁·夏景》

"乍暖还寒天气，最难将息。"三月的蓉城花红柳绿、草长莺飞，大家在赏花的同时也要注意保暖哈！昨日看了几首硬朗的宋诗，今天我们读两首柔美的宋词吧！

阮郎归（宋/欧阳修）

南园春早踏青时，风和闻马嘶。青梅如豆柳如眉，日长蝴蝶飞。

花露重，草烟低，人家帘幕垂。秋千慵困解罗衣，画梁双燕归。

【《欧阳修全集》卷一三一】

千秋岁·夏景（宋/谢逸）

楝花飘砌，簌簌清香细。梅雨过，萍风起。情随湘水远，梦绕吴峰翠。琴书倦，鹧鸪唤起南窗睡。

密意无人寄，幽恨凭谁洗？修竹畔，疏帘里。歌余尘拂扇，舞罢风掀袂。人散后，一钩淡月天如水。

【《全宋词》】

@Horrible DreaMﾉ：梧桐更兼细雨，整日点点滴滴！

@潇竹絮：欧阳修的"青梅如豆柳如眉"有一点点《古诗十九首》的感觉，以及古龙的《楚留香传奇》里有个心机深沉的女人叫柳无眉（因为没有眉毛），印象深刻。谢逸词第二行感觉有浓浓的琼瑶气息。今天中午骑车去南区买饭，出发的时候还见到了一缕阳光，不一会儿便下起了雨，正在我自觉不能再倒霉的时候，饭炒好了，雨停了，真是乍暖还寒，乍惊还喜。

@21克&香蕉皮：不知道为什么，喜欢"日长蝴蝶飞"这句。"歌余尘拂扇，舞罢风掀袂。人散后，一钩淡月天如水"，没有曲终人散的哀婉，反倒是新月如钩，夜如水，狂欢后的清新。

段老师回复21克&香蕉皮：狂欢后的心境在这里是愉悦的。

@魏宏珈：最近一直在忙着专业课学习，终于有时间读词……首先是第一首词，应当是一首闺怨词。但是这首词写得十分的含蓄，上片写女子于仲春时节春游时所见之景，富于情韵。下片则转为抒情，抒写女子的相思之苦，梁上双燕飞，女子却形单影只……

@丫头~：欧阳修词上片无一处写情，却无一处不含情。听到马嘶，心里都是愁思；又看到蝴蝶飞，却也盼不归远人。楼上高圣寒说喜欢"日长蝴蝶飞"，其实我读的时候也是尤为喜欢这句。

@戈一木：梅雨过，萍风起。

@戈一木：看到前面有同学在说"日长蝴蝶飞"一句，读到的时候突然想起"日长篱落无人过，唯有蜻蜓蛱蝶飞"（范成大《四时田园杂兴》），都好美，一柔一闲，让人安静。

@木文雅子：丰子恺就作过"一钩淡月天如水"的小画，热闹后的夏夜月挂当空，宁谧清新，凉爽习习，蛮有意境。

@胖黑：喜欢"人家帘幕垂"和"画堂双燕归"两句，有一种杨柳西畔，画堂以东，家燕归宿，帘幕轻垂的美好。欧公如此细腻的描写，要让多少词人折服。

段老师回复胖黑：欧公有好多词写景状物都是很细腻的。

@锌豌豆：欧阳修词上片写游南园时所闻所见，仲春时节，风和日丽，草色青青，女主人公听到的却是暗含着愁思的"马嘶"，春光旖旎，可惜却不能与思念的人共享，"日长"既是春天白日变长的自然描写，同时也道出了无伴、失伴时孤独寂寞因而倍觉时光难熬的感情。下片写女子在园中徘徊已久，暮色降临。草色轻烟，秋千荡罢，痴坐无绪，却看到双燕双飞绕画梁，虽无直接写愁绪，思妇断肠之音却溢于言表。整首词善于写景，深于言情，体现欧词沉隽的特色。

段老师回复锌豌豆：最后总结很棒！

@蒲苇·旎：这两首词都写得很好，我个人比较喜欢第二首，在琴书之后的倦睡中书写夏天的慵懒，又有"情随湘水远，梦绕吴山翠"和"密意无人寄，幽恨凭谁洗？"展现的词人情意无人寄，幽梦翠山远的失落。特别是末句"人散后，一钩淡月天如水"升华点题，热闹散去，依旧相思苦。

段老师回复蒲苇·旎：嗯，我也喜欢最后一句。

@猛蹬125：青梅如豆，非常妙！如豆子般的花苞。

段老师回复猛蹬125：我也喜欢"人散后，一钩淡月天如水"。

3月30日，寇准《春日登楼怀归》《古别意》

今日春光明媚，阴霾了数日的蓉城终于可以望见蓝天了。我们且读宋代名相寇准的两首诗。寇准，字平仲，华州下邽（今陕西渭南）人。太平兴国五年（980）进士。太宗时仕至参知政事，真宗时拜相，封莱国公，卒于贬所。仁宗朝追谥忠愍。有《忠愍公诗集》三卷。范雍《忠愍公诗序》：尤工于诗，曲尽风雅，藻思宏逸，峻格高远，因兴发咏，必根于理，得骚人之旨趣焉。……公平昔酷爱王右丞、韦苏州诗，吟咏斯则过矣。

春日登楼怀归（宋/寇准）

高楼聊引望，杳杳一川平。远水无人渡，孤舟尽日横。荒村生断霭，深树语流莺。旧业通清渭，沉思忽自惊。

【《全宋诗》卷九〇】

古别意（宋/寇准）

水萤光淡晓色寒，庭除索寞星河残。清樽酒尽艳歌阕，离人欲去肝肠绝。露荷香散西风惊，征车渐远闻鸡鸣。深闺从此泣秋扇，梦魂常在辽阳城。

【《全宋诗》卷八九】

@**21克&香蕉皮**："秋扇"是班婕妤的典故吗？但是思妇和班婕妤的弃妇感情还是不太一样吧。

段老师回复21克&香蕉皮：自己再想想。

@**亦如安**：《春日登楼怀归》一诗中诗人原本只是无聊地闲看，触景生情，末句一"惊"字，揭示了诗人由遐思默想到突然惊觉的心理变化过程，蕴含着游子对故乡的依恋之情。

段老师回复亦如安：艺蕾心思细腻，理解贴切。

@**潇竹絮**：简洁地概括两首诗的主要内容：第一首，地广人稀。第二首，异地恋。第一首诗的颔联明显化用韦应物"野渡无人舟自横"（韦应物《滁州西涧》）之句。两首诗画面感都很强。若说不同的话，第一首诗像是一幅静态画，第二首诗像连环画。第二首的前三联很配漫画图哦，只是最后一联里的深闺女子显然不是霓凰郡主。

段老师回复潇竹絮：又在脑洞大开，跑野马了哈！

@**只只黄**：这两首诗选的各具特色，始读甚至有些怀疑是否出自一人之手。第一首格调高远，第二首尽表缠绵之情。

段老师回复只只黄：这个问题需要了解寇准的诗风，回头可以看几个研究生师姐的解析。

@**戈一木**："杳杳一川平"，又是望不尽的春草无边，天地寂寥，很喜欢最后一句，从远思的状态里醒来的瞬间。后首的一个"闻鸡鸣"，从晚到晓的不眠尽是题目所言的别意，也是离人的"肝肠绝"。

@**磷钇**：没接触过寇公的诗作，感觉这两首诗情感跨度有点大，更喜前者。

段老师回复磷钇：寇公感情丰富、深沉，风格不一，学习王维和孟浩然，所以我们看古人，不能贴标签。

磷钇回复段老师：就事论事，就作品本身挖掘情感，这样是不是更能准确地赏析文章？我一直存在的误区就是过多的关注人物风格而忽略了文字本身。

段老师回复磷钇：哦！应该是学习王维和韦应物，理解古诗，"知人论世"也很重要。

@**锌豌豆**：第一首应作于寇准二十岁左右的青年时期。王辟之《渑水燕谈录》："莱公初及第，知归州巴东县。"司马光《温公续诗话》："年十九进士及第，初知巴东县，有诗云：野水无人渡，孤舟尽日横。"（以上参考《宋诗鉴赏辞典》，上海辞书出版社，1987年）诗题便点明了整首诗的主旨：在一个春天登高而引发的归情。作者登上高楼极目眺望，一望无际的平川映入眼帘。仔细看高楼下的一汪春水，静静的没有一个人，只有野草丛生，孤舟自横。景色从高楼之下转到前方，远处村落的上空偶尔升起轻烟，古寺里黄莺啼叫婉转。想起我的故乡在遥远的渭水边，忽然一阵心惊。全诗写景居多，唯开头一个"聊"、结尾一个"惊"写作者感情，"聊"说明作者是闲来无事而登楼观景，然而在无意的观景之时却引发作者思乡之"惊"，这"惊"就显得突如其来。

段老师回复锌豌豆：晓丹对诗境描绘细腻哈！

@**淡风**：第一首诗写春日登楼远望而引起的思乡怀归之情，而全诗的重心所在乃为写景，中间二联对仗工整的写景之句也最为人称道，这与"晚唐体"诗人注重景联的雕琢、描写相契合。首联次句描写了一幅雄浑开阔的景象，颔联、颈联并未继续这一宏大的气象，乃用"野水""孤舟""荒村""断霭""古寺""流萤"等一系列萧瑟、凄凉的意象营造了一种落寞孤寂的氛围，流于小巧琐碎，与贾岛、姚合的创作有相似之处。寇准作为宋初"晚唐体"的代表诗人，此诗体现了其诗歌创作与贾姚相似的一面。第二首诗抒写了离别之际女子的离愁别绪，哀婉深沉，诗中营造了一种凄楚哀伤的意境，弥漫着强烈的悲哀的基调，这与第一首诗显然不同。因此，寇准的诗歌在"晚唐体"诗风之外具有其独特的风貌。

段老师回复淡风：李沛能联系晚唐体的特征观照寇准诗歌，既指出寇诗的晚唐体特征，同时又道出了寇诗在"晚唐体"诗风之外的独特风貌。颇具理论性，点赞哈！

@**其香**：第一首《春日登楼怀归》作于寇准知巴东县时，彼时其刚刚步入仕途,满腔济世报国之志,渴望身居高位有所作为,无奈只能在偏远的巴东之地心中向往政权中心,作诗聊寄沉沦下僚、不得重用的惆怅和不满。第二首诗《古别意》:"水萤光淡晓色寒,庭除索寞星河残。清樽酒尽艳歌阕,离人欲去肝肠绝。露荷香散西风惊,征车渐远闻鸡鸣。深闺从此泣秋扇,梦魂常在辽阳城",乍一看以为是一首闺怨诗,但末句"梦魂常在辽阳城"却点明了诗人心中所系。辽阳历来为边关要塞,军家必争之地。"澶渊之盟"后沦为外族所控。"真宗皇帝景德元年,契丹入寇,犯澶渊,京师震动。当时大臣有请幸金陵、幸西蜀者。左相毕文简公病不出,右相寇莱公独劝帝亲征,帝意乃决,遂幸澶渊。帝意不欲过河,寇公力请,高琼控帝马渡过浮梁。"(邵伯温《邵氏闻见录》卷一)寇准力排众议劝说宋真宗御驾亲征,成就了一代贤臣之名,但同时也招致妥协派的嫉恨。景德三年二月被罢相,到陕州去做知州,先后经历多次波折。诗人借闺中女子的口吻"深闺从此泣秋扇",书写的是自己政坛失意的苦闷和胸中郁结的感情,委婉含蓄。方回在《送罗寿可诗序》中将寇准划入晚唐体,但是寇准的诗风是多样的,既有类似白体的,也有类似西昆体的,其诗风也与晚唐体的代表诗人九僧的创作不同,九僧诗题材狭窄,意象雷同,而寇准的诗作则全然是另外一种风貌,胡仔《苕溪渔隐丛话·后集》卷二二云:"忠愍诗思凄婉,盖富于情者也。"故方回称其诗风与九僧相近,此论不妥。

段老师回复其香:鹏英这次的分析太棒了,首先,运用"知人论世"的诗学理论深入探讨了寇准此二诗的情感内容,尤其是第二首诗的分析特别细腻贴切。其次,对寇准诗风的归纳也颇为准确。看来这次分析是花了功夫的,点个大大的赞!

@其香:赵齐平《宋诗臆说》认为:"寇准的诗风与九僧无论在哪方面都不'相似',而是相反。"但寇准也创作了不少的五言律诗,在其现存的二百五十首左右诗中约占九十首,类似九僧诗风的诗句也有不少,如"少梦虫声碎,无风树影斜"(寇准《夜坐有怀寄张士逊》)"寒蛩啼暗壁,败叶下苍苔"(寇准《楚江夜怀》)等,虽然有相近的地方,但终究还是不同的。相比较寇准的诗境,九僧的诗格局太小。

@石钰:第一首诗:这首诗语言浅易,景物简远萧散,仿佛是诗人将目之所及都随意地涂抹出来,但也不失章法。诗中比较引人注目的是完整地表现了诗人的情绪变化发展过程:本来登高只是"聊引望",心绪平静,入眼的景物也只是川平水静,孤舟自横,但接着又看到了村里升起的炊烟,听到了林间传来的莺啼,这样的情景好像很熟悉,诗人产生了一种恍惚之感,突然想起自己在渭水边的故乡不也有着这样的黄昏吗?才惊觉自己已离家千里,此时思乡之情已经经历了"瞳眬而弥鲜"的过程,最终以"惊"一字爆发出来。由平静到恍惚再到惊醒,诗人的描述到此为止,但他的思绪应该还没有停止,惊醒之后是什么呢?或许是怅惘,但我们都不得而知了。诗歌之味果然在诗外。

段老师回复石钰：嗯，石钰对寇诗解析的角度颇为新颖，抓住了诗中诗人的情绪变化发展过程进行分析，独到新颖。对辞情的分析尤其细腻，语言也流畅自然，不错。

@啊船啊：葛优演过《寇老西儿》这部电视剧，一般老西儿是对山西人的称呼，而且山西本土戏剧蒲剧中还有专门的《清官寇准》这出戏，所以，一直以来还以为寇准是我们山西人。今天才晓得他是渭南人，很靠近山西，却是个陕西人。第一首诗作于寇准刚入进士之阶时，十九岁的寇准本来意气风发、满怀壮志，却不料一纸圣谕却将他送到了巴东，远离故土与皇都的落差可想而知。所以在春日登楼之时，也是满目萧瑟荒凉了。首联"聊"字状似无意，诗人极力表现闲游偶感，却又有些欲盖弥彰之意。登高北望，一马平川，哪里有秦岭的踪迹？前人有言"巴山楚水凄凉地"，尽写蜀楚之地的凄凉萧瑟。寇准这里自然将韦苏州"野渡无人舟自横"之语化为一联，却又别是一番滋味，无人渡水，孤舟闲置，一"尽日横"使读者可感时间之长等意象，写出楚地人烟稀少之态与萧瑟荒凉之景。颔联用"荒村""断霭""深树""流莺"稀疏村落袅袅炊烟，山林身处传来莺啼婉转也有一说为"古寺语流莺"。尾联有"旧业遥清渭"与"旧业通清渭"两说，私以为，用"遥"的话，可以理解为村落炊烟，深林莺语，如同渭水边诗人的家乡，诗人用"遥"字，似乎与下句"沈思忽自惊"更连贯，斯情斯景，诗人恍惚以为这是在遥远的渭河边的故乡，却又忽然从沉思中惊醒，落寞之感油然而生。而用"通"字，其实一开始我更倾向这个字，渭水最终注入汉江，汉江为长江支流。而长江流经巴北，这里是不是可以理解为，诗人借长江渭水贯通之意，将自己的思念流向渭水边的故居，但又感觉和下句不太衔接，虽然异文不必深究，但老师以为何字更妥？

段老师回复啊船啊：杨帆的解析很棒啊！既知人论世解析诗情，又细敲字词的运用，语言的表达与对作品的解析并不比上面几个研究生师姐差，同样点个大大的赞！

3月31日，冯延巳《鹊踏枝》二首

周二晚的"宋词赏析"课提到南唐词人冯延巳，诸生大多眼神茫然，不知何人。今日我们就读两首冯延巳之词。冯延巳（903—960），字正中，广陵人（今江苏扬州）。几任宰相，后因用兵失败，罢相。虽人品遭人非议，但其诗词文成就颇高。王国维《人间词话》曰："冯正中词，虽不失五代风格，而堂庑特大，开北宋一代风气。"道出其在词坛上的影响。这里录其两首《鹊踏枝》，与大家共赏：

鹊踏枝（五代/冯延巳）

谁道闲情抛弃久？每到春来，惆怅还依旧。日日花前常病酒，不辞镜里朱颜瘦。

河畔青芜堤上柳，为问新愁，何事年年有？独立小楼风满袖，平林新月人归后。

鹊踏枝（五代/冯延巳）

梅落繁枝千万片，犹自多情，学雪随风转。昨夜笙歌容易散，酒醒添得愁无限。

楼上春山寒四面，过尽征鸿，暮景烟深浅。一晌凭栏人不见，鲛绡掩泪思量遍。

【《阳春集》】

@**满小小**：虽然一直觉得冯延巳这个祸国殃民的奸臣面目可憎，可又不得不叹服他"吹皱一池春水"（冯延巳《谒金门》）的才情……

段老师回复满小小：是啊！所以不要"以人废文"。

@**21克&香蕉皮**：说到冯延巳就想到"风乍起，吹皱一池春水"的典故。这两首词都读过，尤其喜欢《鹊踏枝》。

段老师回复21克&香蕉皮：两首都是《鹊踏枝》。

21克&香蕉皮回复段老师：打漏了"谁道闲情抛弃久"这句。

@**戈一木**：前首一直很喜欢"独立小桥风满袖"一句，惆怅又不拖沓，反有一种清意，满是意境。后首的凭栏愁情在千万落梅里美到心里了。

@**丫头~**："谁道闲情抛弃久"，只有七字，却将感情写得千回百转，这闲情啊，欲抛不得，盘旋郁结，无端而生无法摆脱。对于多愁善感的文人而言，闲情仿佛是与生俱来的特征。

@**Harper.**：鹊踏枝又叫蝶恋花、凤栖梧，这个词牌的词大都缠绵悱恻。刘融斋在《艺概》中言:"冯延巳词,晏同叔得其俊,欧阳永叔得其深。"欧阳修那首"庭院深深深几许"也是深闺怀人的伤春词,和这两首《鹊踏枝》一脉相承,韵味十足。

@矜成:我只知道他的"风乍起,吹皱一池春水。"

@胖黑:"犹自多情"这样的意境,常在宋词中见到,原来最初是出自冯延巳之手啊……酒醒后愁绪万千,其实饮酒更多的是对于心事的一种麻醉吧,笙箫易得,而无忧的时刻却不多,词人心中也是有着难以忘怀的往事吧

段老师回复胖黑:嗯,冯词对宋词影响颇大,尤其是晏殊和欧阳修。

@魏宏珈:冯的词感伤气息浓厚,拥有一种感伤美。第一首词整体抒发了作者孤寂。"日日花前常病酒,不辞镜里朱颜瘦"让我想起了钱惟演的那句"情怀渐觉成衰晚,鸾镜朱颜惊暗换"(钱惟演《木兰花》)。而最后一句"独立"更显得作者孤寂惆怅……第二首词同样是描写人的孤寂,只是主角变成了深闺妇人。我想起前几天读的欧阳修的《阮郎归》,觉得这两首有异曲同工之妙,上片写景,下片抒情,不过冯的这首上片的景致富有生命,使得悲伤的意味更加的浓重……

段老师回复魏宏珈:分析得不错!冯词确实有浓厚的感伤,杨海明先生解析王国维的"堂庑特大"为:"它在抒写艳情的同时,注入了相当深广的忧患意识。"

@只只黄:两首都爱!第一篇中"独立小桥风满袖,平林新月人归后",小桥、新月、风、林齐聚,已是再美再引人遐思不过的景象了。第二篇上阕写的奇巧,梅落学雪、酒醒尤悲,下阕"一晌凭栏人不见,鲛绡掩泪思量遍"让人有种恍若穿越回诗经时代的错觉。

4月3日,苏轼《蝶恋花·春事阑珊芳草歇》、辛弃疾《满江红·家住江南》

清明节读两首豪放派词人的"清明词"。

蝶恋花(宋/苏轼)

春事阑珊芳草歇。客里风光,又过清明节。小院黄昏人忆别。落红处处闻啼鴂。

咫尺江山分楚越。目断魂销,应是音尘绝。梦破五更心欲折。角声吹落梅花月。

【《苏轼全集校注·词集》卷三】

满江红（宋/辛弃疾）

家住江南，又过了、清明寒食。花径里、一番风雨，一番狼藉。红粉暗随流水去，园林渐觉清阴密。算年年、落尽刺桐花，寒无力。

庭院静，空相忆。无说处，闲愁极。怕流莺乳燕，得知消息。尺素如今何处也，彩云依旧无踪迹。谩教人、羞去上层楼，平芜碧。

【《稼轩词编年笺注》】

@**中南菊香**：第二首词有"刺桐"，就猜到写的应该是泉州吧。元代马可波罗把泉州称作"刺桐城"。这首词高中就读过很多遍，喜欢"怕流莺乳燕，得知消息。"一位男性词人能把人心写得这样细腻，真是文豪大家手笔。

段老师回复中南菊香：润霄真是涉猎颇广啊！

@**八月的雨季**："长姿势"。一说到清明我就想到"清明时节雨纷纷，路上行人欲断魂"（杜牧《清明》），要不然就是"春城无处不飞花，寒食东风御柳斜"（韩翃《寒食》）。

段老师回复八月的雨季：清明节在古代不光祭祀祖先，还有踏青的习俗。清明词内容也丰富许多。

@**丫头~**：比较喜欢第一首。可能是因为更喜欢东坡吧！这首词上片写暮春之景，词人客居他乡，真挚之情到下片完全流露出来——咫尺江山也分楚越界域，自由往来不能实现，只能悬目相望，鱼雁互通。但望穿秋水却音信全无。及至五更，不仅美梦不成，梦中惊醒的却是刺耳的角声。读的时候就能感受到客居之人的心碎声！

@**戈一木**：其实相比豪放派词人的豪放词作，我更爱他们的"非典型"婉约词作，总觉得这些词里的愁情与哀伤都是不露萎靡的，别有一番清意。前首苏子的"角声吹落梅花月"真的是意境无穷，不眠之夜即是"客里风光"的常态了吧。后首辛弃疾的词中，最后一句又是怕上层楼，然而虽然未上层楼，可望断高楼平芜绿，不见归人来的场景已然在眼前，突然就想起那句"陌上花开，可缓缓归矣"。

段老师回复戈一木：好一个"非典型"婉约词作的概括，我也喜欢此类词。有一种清雅的味道。

@**闲云薄暮**：喜欢辛词的"尺素如今何处也"句。

@**蒲苇·旎**：两首词都写出了我的心声，暮春时节缅怀亲友，相隔万里，阴阳相错。"咫尺江山分楚越。目断魂销，应是音尘绝。梦破五更心欲折。"让我感慨我与远方的亲人只能相望，已故的亲人只能在梦里相遇，满满的愁闷无处可说矣。

段老师回复蒲苇·旎：是啊！东坡自是情深意重。

@潇竹絮：苏轼的词更具有"诗词本一家"的风格，每句拿出来都可做诗了。辛弃疾的这首句与句之间显得比较分散、短促。当然，也有可能是因为《满江红》断句本来就零零落落。

@魏宏珈：上网查了一下辛弃疾的《满江红》，网上说这首词是写一位空闺女子怀念情人而又羞涩难言的情绪状态……我只说我的看法，至少我读了几遍后并没有觉得是写深闺女子的思念之情的。在我看来，这首词的确是写相思，但我更觉得词人在政治上的失意以及对家乡、家人的思念更多一些。或许词中有些意象是我没有读懂的，所以在理解上有所不同吧……

4月6日，晏殊《蝶恋花·六曲阑干偎碧树》、欧阳修《诉衷情·清晨帘幕卷轻霜》

昨晚宋词课上讲到欧阳修词，叶嘉莹先生认为与在其诗文中表现出的"俨然道貌"不同，欧阳修在词中的表现为"也是一个缠绵沉挚的锐感多情的人物"。叶先生词曰："诗文一代仰宗师，偶写幽怀寄小词。莫怪樽前咏风月，人生自是有情痴。"在宋初词坛，晏殊、欧阳修人称"晏欧词派"，二人同学南唐冯延巳，词风接近。下面我们且读他们的两首词，其中异同自可品之。

蝶恋花（宋/晏殊）

六曲阑干偎碧树，杨柳风轻，展尽黄金缕。谁把钿筝移玉柱，穿帘海燕双飞去。

满眼游丝兼落絮，红杏开时，一霎清明雨。浓睡觉来莺乱语，惊残好梦无寻处。

【《二晏词笺注·珠玉词笺注》】

诉衷情（宋/欧阳修）

清晨帘幕卷轻霜，呵手试梅妆。都缘自有离恨，故画作远山长。

思往事，惜流芳。易成伤。拟歌先敛，欲笑还颦，最断人肠。

【《欧阳修词笺注》】

@**胖黑**：对比一看，发现晏、欧两人的词作还是存在差别的。晏词更重意象，宛若作画与绸缎之上，美不胜收；欧词却更重细节与心理，有如冷夜独绣，几许清寒。

段老师回复胖黑：小博细腻，道出二者细微差别，不错！

@**只只黄**：晏殊写杨柳风轻、穿帘海燕，便是讲残梦，也配了个莺乱语的景象。欧阳修则是从女子的动作着手，"卷""呵"二字，画面生动至跃然纸上，便是写断肠之情，也添了个欲笑还颦的模样。

段老师回复只只黄：娅婷的语言好棒！有点押韵呢！

@**戈一木**：一首重写景，一首重写人，都是幽幽情丝尽轻柔。很喜欢"故画作远山长"一句，细细回味，总觉得有一种难言之感，似乎懂了又好似未懂，于是幽幽心也动了。

段老师回复戈一木：少女之心也动了。

@**潇竹絮**：有点说不清楚到底差别在哪，只是觉得晏殊这首词像幅画，欧阳修这首在画后面还有一个曲折婉转的故事。

段老师回复潇竹絮：嗯，这不是区别吗？表现方式不同。

@**丫头~**：晏殊的蝶恋花由写景始，由写人终，穿帘双燕成为转折的基点，下片自然而然将心理步步呈现。而欧阳修的词以形传神，先写了女子的外貌动作再进入心理，末句"最断人肠"确是包含了作者的同情之心啊~

段老师回复丫头~：嗯，小静分析仔细，又道出了一点不同。

@**锌豌豆**：晏殊词上阕写春来之景，碧树依偎在曲折的栏杆上，春风暖软，吹醒柳树，嫩绿的柳芽伸展了腰，在阳光下镀上了一层金黄。远处筝乐声悠扬，引得梁上的燕子在春阳中双双翻飞。"碧树""黄金缕""海燕"等皆是春日美好的景色，碧绿的树、黄绿色的柳芽造成色彩上的轻快明丽。下阕逐渐过渡到伤春之情，漫天柳絮预示着春天已过多半，温婉的杏花也经不住一场清明细雨。睡梦中却被黄莺的叫声惊醒，美梦一下子落空，不知道去哪里寻找。"游丝""落絮"的暮春之景与上阕形成反差，同时也暗示了作者情绪的变化，用意象的变化来含蓄道出伤春之情。欧阳修词则以一位歌女的角度来写离愁别恨，上片和下片情感基调一致，只是"离恨"的程度不断加深，尤其是下片三字成句，语言短促，情感强烈，后面的四字句更是铿锵有力直指离愁最痛处。晏词上下片在时间上有跨度，情感上有转变，由明丽轻快的初春过渡到感时惆怅的暮春，而欧词一诉离愁贯首尾，情感上步步深入，字字别情；晏词通过所选取的春日之景的转变来含蓄蕴藉地表达愁绪，而欧词通过描写一位歌女的生活片段将离愁别恨撕开来展示给我们看；读晏词如曲径探幽，初看是清新明丽的景观，然而探到幽径深处却有"凄神寒骨"之惊，读欧词如望庐山瀑布，滴滴是愁，缕缕是恨，飞流直下，铺天盖地，撼动内心。

4月8日，梅尧臣《苏幕遮·草》、纳兰性德《苏幕遮·枕函香》

今日天气阴沉，让人有些抑郁，且读两首《苏幕遮》词。《苏幕遮》是唐玄宗时教坊曲名，来自西域。原本是指从古高昌传来的"浑脱"舞曲，曲中伶人会戴一种高昌语叫"苏幕遮"的帽子，因而乐曲和后来依曲填出的词就被称为"苏幕遮"。也有一说是指"西戎胡语"。

苏幕遮·草（宋/梅尧臣）

露堤平，烟墅杳。乱碧萋萋，雨后江天晓。独有庾郎年最少。窣地春袍，嫩色宜相照。

接长亭，迷远道。堪怨王孙，不记归期早。落尽梨花春又了。满地残阳，翠色和烟老。

【《梅尧臣集编年校注》卷三〇】

苏幕遮（清/纳兰性德）

枕函香，花径漏。依约相逢，絮语黄昏后。时节薄寒人病酒，刬地梨花，彻夜东风瘦。

掩银屏，垂翠袖。何处吹箫，脉脉情微逗。肠断月明红豆蔻，月似当时，人似当时否？

【《纳兰词笺注》卷三】

@魏宏珈：看到纳兰词中的那句"月似当时，人似当时否？"就想到了他的那句"等闲变却故人心，却道故人心易变"（纳兰性德《木兰词·拟古决绝词》）。

@蓝天小豆回复魏宏珈：是挺凄凉。

@戈一木：梨花谢春去。无尽草青青，长亭遥望迷离不见王孙归，"满地残阳，翠色和烟老",真是凄凄感伤日,却不是萎靡。后首纳兰词,只最后一句就足够让人怅惘了。

段老师回复戈一木:是啊!身为宋诗开山祖师的梅尧臣还有如此感伤之句啊!

戈一木回复段老师:文人的多种情感啊,有时候不常说的说出来尤为动人。

@丫头~:第一首词虽是写草不过词中没有出现一个草字,用环境、形象等描绘了春草。看到"接长亭"便想起了李白的"何处是归程,长亭更短亭"(李白《菩萨蛮》)。纳兰词最后一句确实让人感伤,真是月似当时,人已不似当时……

段老师回复丫头~:嗯,咏草却不出现"草"字,至为高明也。

@潇竹絮:梅尧臣这首感觉化用了白居易的《赋得古原草送别》,李叔同的《送别》,意境也有些像。纳兰性德的上阕有点像李清照呢。

@21克&香蕉皮:"依约相逢,絮语黄昏后"想到了"月上柳梢头,人约黄昏后"(欧阳修《生查子·元夕》)。另外"月似当时,人似当时否"和《生查子》的"月与灯依旧,不见去年人"也相似。感觉就像是一次限题作文,欧阳修与纳兰性德给出了不同的答卷。我更喜欢纳兰的,一个问句,既说明了"不见去年人"也有了"泪满春衫袖"的凄凉,不过感情表达得更婉转。

@锌豌豆:梅词绮丽而凄迷,"乱碧"写出春天草色青青的景象,遍地春草又映衬出宦游少年的春风得意。下片转写少年春尽思归,暗寓伤春之情。纳兰词柔情婉转,一句"月似当时,人似当时否?"直戳人心。岁月易老,世事难测。月色依旧是,唯你无处寻……

4月13日,秦观《水龙吟·小楼连苑横空》、陈亮《水龙吟·春恨》

倏忽间已是暮春,桃李已杳无踪影,校园的杜鹃花开得灿烂,小区的樱桃青嫩得可爱。日子就这样在不知不觉中溜走了。今日我们茶馆端来两杯《水龙吟》,与大家共赏:"水龙吟"出自李白诗句"笛奏水龙吟"。水龙吟又名"龙吟曲""庄椿岁""小楼连苑"。

水龙吟(宋/秦观)

小楼连苑横空,下窥绣毂雕鞍骤。朱帘半卷,单衣初试,清明时候。破暖轻风,弄晴微雨,欲无还有。卖花声过尽,斜阳院落;红成阵,飞鸳甃。

玉佩丁东别后。怅佳期、参差难又。名缰利锁，天还知道，和天也瘦。花下重门，柳边深巷，不堪回首。念多情、但有当时皓月，向人依旧。

【《淮海居士长短句笺注》】

水龙吟·春恨（宋/陈亮）

闹花深处层楼，画帘半卷东风软。春归翠陌，平莎茸嫩，垂杨金浅。迟日催花，淡云阁雨，轻寒轻暖。恨芳菲世界，游人未赏，都付与、莺和燕。

寂寞凭高念远，向南楼、一声归雁。金钗斗草，青丝勒马，风流云散。罗绶分香，翠绡封泪，几多幽怨！正消魂，又是疏烟淡月，子规声断。

【《陈亮集》卷三九】

@**亦如安**：秦观真是个痴情种。"怅佳期、参差难又"，是说再见不易。刚刚言别，马上又担心重逢难再，可见人虽远去，而留恋之情犹萦回脑际。

段老师回复亦如安：是啊！少游是个"情痴"。

@**闲云薄暮**：感觉少游有好几首词都有"怅……易失，……难留""……难又""……难再"之语，多有往事难猜、佳期难永的感慨。

@**戈一木**："当时皓月。"每次读到类似的词句都觉得人生无常而宇宙永恒。后首"游人未赏"，突然想起《牡丹亭》来。

@**胖黑**：感觉秦观与李后主的词风有着相近之处，委婉而不失缠绵。

胖黑回复段老师：还有意象的选用，感觉这二人很喜欢写亭台楼阁。

@**潇竹絮**：感觉宋词其实也反映了一种时代风气，宋代文人缺少初盛唐文人的贲张昂扬之气，词多细腻柔情之语，感觉婉约词比豪放词数量多得多？

段老师回复潇竹絮：对啊！婉约乃正体，豪放乃变体。李清照《词论》不是说过"词别是一家"，不赞成苏轼"以诗入词"。本科已讲过，难道你忘了吗？

潇竹絮回复段老师：哈哈，我记性太烂。

段老师回复潇竹絮：哈哈！以前上我的课时可能在"神游"吧！

@丫头~：少游之诗读来确实让人感受到他情痴的特点，我觉得这首词角度很独特，上片从女子角度写，下片从男子的角度写。读第二首词的时候感觉有些沉重，想来应该是将国恨融入春恨之中了吧！

段老师回复丫头~：小静所言甚是，陈亮乃一爱国词人，表面言春愁，也许更多是国恨了。

@锌豌豆：[秦观词]《苕溪渔隐丛话前后集》前集卷五十引《高斋诗话》云："少游在蔡州，与营妓娄婉字东玉者甚密，赠之词云：'小楼连苑横空'，又云：'玉佩丁东别后'者是也。"案少游于元丰八年乙丑（1085）举进士，后调蔡州教授，至元祐五年庚午（1090），始入京供职秘书省，词当作于此时。[绣毂句]绣毂，华贵的车辆。雕鞍，雕饰的马鞍，以借以指马。王勃《临高台》诗："银鞍绣毂盛繁华，可怜今夜宿娼家。"[弄晴句]谓微雨欲无还有，似逗弄晴天。[鸳甃]谓用对称之砖瓦砌成的井壁。《易经》："井甃，无咎。"孔颖达疏引《子夏传》曰："甃，亦治也。以砖垒井，修井之壤，谓之甃。"此指井台。[名缰利锁]柳永《夏云峰》词："向此免、名缰利锁，虚费光阴。"[和天也瘦]李贺《金铜仙人辞汉歌》："天若有情天亦老。"为此句所本。《诗词曲语辞汇释》卷一："和，犹连也。秦观……《水龙吟》词：'名缰利锁，天还知道，和天也瘦。'言连天亦不免当此苦况而消瘦，何况于人也。"（参考徐培均校注《淮海居士长短句》，上海古籍出版社，1985年版）

段老师回复锌豌豆：谢谢晓丹的详细注解。

4月15日，张泌《寄人》、冯延巳《南乡子·细雨湿流光》、欧阳修《蝶恋花·小院深深门掩亚》

情爱是永恒的话题，古人敏感而多情，古典诗词里充满了伤春悲秋、相思离情。今日且读三首作品。

寄人（唐/张泌）

别梦依依到谢家，小廊回合曲阑斜。多情只有春庭月，犹为离人照落花。

【《全唐诗》卷七四二】

南乡子（唐/冯延巳）

细雨湿流光，芳草年年与恨长。烟锁凤楼无限事，茫茫。鸾镜鸳衾两断肠。

魂梦任悠扬，睡起杨花满绣床。薄悻不来门半掩，斜阳。负你残春泪几行。

【《阳春集》】

蝶恋花（宋/欧阳修）

小院深深门掩亚。寂寞珠帘，画阁重重下。欲近禁烟微雨罢。绿杨深处秋千挂。

傅粉狂游犹未舍。不念芳时，眉黛无人画。薄幸未归春去也。杏花零落香红谢。

【《欧阳修词笺注》】

@只只黄：时光悠长，此情不解，此恨绵绵无期，残春泪行，惹人断肠。

@亦如安："泪眼问花花不语，乱红飞过秋千去。"（欧阳修《蝶恋花》）

@啊船啊：与斯人离别难舍，梦中相思，难舍难离，小廊幽深阑干曲折，竟是伊人家景色。梦中的伊人，独坐月下思念情郎，唯有多情月，伴人照落花。名为《寄人》，即为寄托思念，诗人不明写相思，而以梦度之；不写己思，而以离人为托。私以为，后两句并不是写诗人梦中醒来之景，而是诗人梦中所见，此离人非诗人自己，是所寄之人也。

@淡风：张泌的《寄人》一诗将诗人对伊人思而不得见的惆怅伤感、思念哀怨之情抒写地含蓄婉转、深切感人。此诗以梦中与意中人相逢开篇，梦中的"小廊""曲阑"景观依旧，想必往日的欢愉时光也一度萦绕于诗人心头，思念之深，真切动人。然而梦醒之后相伴的明月，满地的落花徒增诗人的失落哀愁之感，明月落花尚有情，而伊人却不知何处，怅惘幽怨之情溢于言表。此诗与"人面不知何处去，桃花依旧笑春风"（崔护《题都城南庄》）一句所表达的物是人非的寂寞之情有异曲同工之妙，诗人通过对具有典型意义的景物描写，含蓄真切地表达自己的思念之情，《唐诗绝句类选》评："末二句无情翻出有情。""谢家"指闺房。唐人温庭筠《更漏子》词："香雾薄，透帘幕。惆怅谢家池阁。"华锺彦注："唐李太尉德裕有妾谢秋娘，太尉以华屋贮之，眷之甚隆，词人因用其事，而称谢家。盖泛指金闺之意，不必泥于秋娘也。"

段老师回复淡风：李沛解析得很棒！

@21 克&香蕉皮："细雨湿流光，芳草年年与恨长"，冯延巳开头两句就吸引了我，不过这首《南乡子》似乎上阕盖过了下阕，也许我太爱这两句了，剩下几句都觉得黯然失色了。

@潇竹絮：感觉在文学作品中，多情的都是女子，男子多薄幸。而且这一点没妨碍写这类作品的文人处处留情。之前看诗词大会里提到元稹是这么说的：爱过很多人，而且每次都是真的。

段老师回复潇竹絮：哈哈！是啊！不过，亲，最后两句真是元稹所言吗？

锌豌豆回复潇竹絮：师姐这番话好有道理。

潇竹絮回复段老师：不是元稹说的啊，是中华诗词大会里董卿和评委提到元稹的时候这么说的。

@满小小。：古人的生活很慢，容得下相思，解不了闲愁！现在的生活太快了，再多情的人也没时间相思，再敏感的人也不能伤春悲秋了……

@石钰：《南乡子·细雨湿流光》上阕：细雨朦朦，不仅打湿了旧时光，还打湿了相思人的眼眶，这一句中，细雨是实物，流光是虚物，但两者却可以相互影响，这样的写法让人联想到蒋捷的"流光容易把人抛，红了樱桃，绿了芭蕉"（《一剪梅》），流光同样为虚物，红樱绿蕉为实物，虚实两物可以打破壁垒而相互映衬，很有韵味。上阕接下来的写景写物都只是烘托情思：芳草年年绿，相见恨无期，凤楼、鸾镜、鸳衾俱在，睹物却只能添相思之苦。下阕：梦中相见的时光美好，醒来却只有杨花纷扰，恍若隔世，最后两句凄婉地道出主人公的埋怨：正是薄情的人迟迟不来，才使之愁肠百结，辜负如许春光。全篇读来，词中继承花间词惯有的对闺房物品的精致描写，写景细腻，写情更是凄美哀怨，声声泪下，王国维形容冯延巳的词品是"和泪试严妆"（王国维《人间词话》），妥帖精妙。

段老师回复石钰：解析贴切！语言流畅！不错！

4月17日，元稹《遣悲怀三首》

前天我们读了几首相思离情之词，有同学说似乎在古代受伤的都是女子，男子多为"负心汉"，并且还美其名曰：每段情都是真的，只是因为太多情。今日我们就读读唐代有名的"风流浪子"元稹的《遣悲怀三首》。元稹，字微之。十五岁登明经第，后两度为相。此人才高貌美，风流倜傥，与诸多女子关系密切。一为崔莺莺，是他始乱终弃的初恋情人；二为韦丛，是其妻，太子宾客韦夏卿的幼女。三为安仙嫔，是其妾；四为裴淑，是其再娶之妻。韦丛二十七岁亡，元稹伤痛之极，作有悼亡诗二十余首。这些诗哀婉缠绵、情深意切，可以见出元稹亦非一味薄情、浪荡之人。人性之复杂可以见此。

遣悲怀三首（唐/元稹）

谢公最小偏怜女，自嫁黔娄百事乖。顾我无衣搜荩箧，泥他沽酒拔金钗。野蔬充膳甘长藿，落叶添薪仰古槐。今日俸钱过十万，与君营奠复营斋。（其一）

昔日戏言身后意，今朝皆到眼前来。衣裳已施行看尽，针线犹存未忍开。尚想旧情怜婢仆，也曾因梦送钱财。诚知此恨人人有，贫贱夫妻百事哀。（其二）

闲坐悲君亦自悲，百年都是几多时。邓攸无子寻知命，潘岳悼亡犹费词。同穴窅冥何所望？他生缘会更难期。惟将终夜长开眼，报答平生未展眉。（其三）

【《元稹集》卷九】

@矜成：诶，元稹他是风流，我想也许他心里永远有韦丛的身影。说全部男子未免过了。王维30岁丧妻，却终生没有续弦。在中国古代男尊女卑的理念下，男子为女子终生不娶实在是此情不渝。而王维笔下却没有一字一句悼亡，也许是"大爱无言，至痛无声"吧。总之，王维一生一世一双人，确实是我等楷模！

段老师回复矜成：嗯，旭杰言之有理。我想衡量古人的情爱，不能一味以今人的伦理道德价值观去看，古人的婚姻及生活自有其特殊之处，但他们中也有纯情之人，比如姜夔、纳兰等。至于王维，可能晚年一心向佛消解了他对情爱的渴望。

@矜成回复段老师：30岁那时候……王维还没那样……我私自揣度，觉得可能是斯人已逝，于是再无尘心。毕竟，王维写过"看花满眼泪，不共楚王言"（《息夫人》）。那个年代，真正用女子的思维考虑问题，为女子鸣不平。不会是无情的人。

段老师回复矜成：哈哈！道是无情却有情。

矜成回复段老师：专情也是一种情嘛……

段老师回复矜成：那当然，更是一种挚情。

矜成回复段老师：嗯嗯……我这么着急解释……主要是……我最喜欢的诗人……就是王维。

@La Belle Aurore：之前对元稹的印象多停留在"曾经沧海难为水"和《莺莺传》上。一贯不喜此人，在《莺莺传》中丑化崔莺莺，就像高鹗在续《红楼梦》中借袭人丑化离开自己的爱妾。封建社会男性主导，世人多把指摘归咎于女性。悼念亡妻，苏轼和纳兰性德更显真诚。

段老师回复La Belle Aurore：嗯，元稹终究是负了莺莺的痴情。最近在做悼亡诗方面的研究，觉得还是要尽量多从时代和具体文献去全面了解古人，不可以一些陈见去观古人。不能简单地下一些断语。

@满小小。：他还负了薛涛，真是个薄情的风流才子……

段老师回复满小小：嗯，风流才子大多薄情。要小心！

段老师回复满小小：再补充一句：薛涛是个官妓，元稹不可能娶她。所以就是一个美丽的错误。

@21克&香蕉皮：我很难摆脱对作者的偏见去看作品，就像我看胡兰成的《今生今世》，纵使如何真情实意，我仍是边看边骂。元稹也是，曾经看过关于才女薛涛的简介，得知元稹和薛涛还有一段，从此无法直视元稹的诗了。纵使悼亡诗写了那么多，且都深情，可我脑中浮现是还是一副虚情假意的面孔。

段老师回复21克&香蕉皮：真情性的人！不过，要注意薛涛在当时的官妓的身份。

@观朝槿：最喜欢那句"唯将终夜长开眼，报得平生未展眉"。

观朝槿回复段老师：最开始没有太留意这句，后来看朱生豪给宋清如写的情书里着重提到了这句，突然发现写得好好。说来真的特别喜欢朱生豪和宋清如这一对，"我与小猫谁可爱？我与宋清如谁可爱？"我倒觉得还是朱生豪比较可爱！觉得这些人都有一颗至诚的赤子之心。

观朝槿回复段老师：但是还是不太喜欢元稹。

段老师回复观朝槿：最近休闲时在看朱生豪与宋清如的传记《一生花落谁》

段老师回复观朝槿：嗯，不用喜欢他，但他确实魅力非凡。

@锌豌豆：薄情之人不可怕，专情之人不可怕，可怕者唯多情种，处处是情，且处处真情，屡屡负了旁人真心，却叫人痛恨不起来，因他诗中、心中句句真情，字字诚心。又可能他并不是对这些女子一往情深，只是对这种伤感离愁欲罢不能，当然也不能全盘否定元稹的感情生活，只是不管哪种可能多一点，负了终究是负了。（讨论起爱情观来了，哈哈，在老师这里说胡话啦）

段老师回复锌豌豆：哈哈！晓丹所言深刻！情爱，终究是从古至今讨论不息的话题。愿大家擦亮眼睛，不要遇到"负心人"。

@丫头~："自嫁黔娄百事乖"，看着令人心痛。一个多么可怜而又多么伟大的妻子，正像五柳先生传中，黔娄之妻有言："不戚戚于贫贱，不汲汲于富贵。"今生嫁你，便承你苦难，搜荩箧，拔金钗；待我死后，在每一个夜晚都能感受到你的思念。三首诗读完，早已无心推敲用词构文，满眼只有一情字而已。至于三首诗中展现的后知后觉的漫道往事，交织缠绵的悲思以及那份深深的自悔。别无他因，唯情深尔。

段老师回复丫头~：今天大家多讨论"负心汉"的问题，只有静静细读文本，不先入为主，从诗歌字里行间去观作者的深情厚意。点赞哈！

@潇竹絮：三首诗里有好几个故事啊，而且里面的情确实很真啊。

段老师回复潇竹絮：是啊！此情此景是真的就够了！

@段老师：今天由于发了备受争议的唐代才子元稹的三首悼亡诗，引发了不少同学的讨论。首先肯定大家的参与热情，但遗憾的是大多数同学不从文本、文献出发，太多主观的好恶，终究还是有点失之偏颇。刚好"简书"里有篇文章，写得还不错！用事实说话。我已在"日志"里转发，供大家学习。很开心与大家探讨问题，谢谢各位！

@寻瓒：说道离别相思，我想到了《古诗十九首·涉江采芙蓉》。"涉江采芙蓉，兰泽多芳草。采之欲遗谁，所思在远道。"像是在家乡的女子思念远方的男子，而"还顾望旧乡，长路漫浩浩。同心而离居，忧伤以终老"这几句又像是离乡的男子对故乡女子的思念。一首诗同时写男女相互的思念，时空转换，颇妙。

段老师回复寻瓒：嗯，还记得我们讲欧阳修的《踏莎行》那首词吗？一样相思，两地闲愁。

4月19日，苏轼《天仙子·走马探花花发未》、郑板桥《七言诗》

今天是谷雨节气，是最后的春天，预示着春天渐渐离我们远去。谷雨，源自古人"雨生百谷"之说。它是春季的最后一个节气，同时也是播种移苗的最佳时节。《通纬·孝经援神契》："清明后十五日，斗指辰，为谷雨，三月中，言雨生百谷清净明洁也。""清明断雪，谷雨断霜。"谷雨节气的到来意味着寒潮天气基本结束，气温回升加快，大大有利于谷类农作物的生长。据《淮南子》记载：仓颉造字，是一件惊天动地的大事，黄帝于春末夏初发布诏令，宣布仓颉造字成功，并号召天下臣民共习之。由于仓颉造字功德感天，玉皇大帝也便赐给人间一场谷子雨，以慰劳圣功，这就是现在的"谷雨"节气。

谷雨三候：第一候萍始生，谷雨后降雨量增多，浮萍开始生长；第二候鸣鸠拂其羽，接着布谷鸟便开始提醒人们播种了；第三候为戴胜降于桑，然后是桑树上开始见到戴胜鸟。

谷雨是古代的重要节气，我们在此读两首谷雨诗词吧！

天仙子（宋/苏轼）

走马探花花发未。人与化工俱不易。千回来绕百回看，蜂作婢。莺为使。谷雨清明空屈指。

白发卢郎情未已。一夜剪刀收玉蕊。尊前还对断肠红，人有泪。花无意。明日酒醒应满地。

【《苏轼全集校注·词集》卷三】

七言诗（清/郑板桥）

不风不雨正晴和，翠竹亭亭好节柯。最爱晚凉佳客至，一壶新茗泡松萝。几枝新叶萧萧竹，数笔横皴淡淡山。正好清明连谷雨，一杯香茗坐其间。

【《郑板桥全集》】

@只只黄："不风不雨正晴和"，读到这一句，暖暖的春意便盎然心中。生长在南方的我，小时候和朋友聊天都说最爱冬天，以为严寒之下便能见到向往的白雪皑皑。后来发现原来雪在北方不过是最寻常的事物，也并不能给人带来那么多欣喜。朋友后来去了多伦多念书，说一场大雪深及腰，足足让人在寝室里百无聊赖地困了一个礼拜，惹得他十分向往春暖花开的江南。于是，处在"不风不雨正晴和"的季节的我也就倍感幸福和欣慰了。

段老师回复只只黄：是啊！人总是渴望远方，等你将远方看够后又怀念故乡了。

@戈一木：苏子的"人有泪"而"花无意"，真真是道出对时间和万物的无可挽留之无奈，无奈又不过伤。"明日酒醒应满地"，突然想起易安居士的"知否，知否"(《如梦令》)以及孟浩然的"花落知多少"(《春晓》),三者却都又有各自的情感风格。郑板桥果然是痴竹者呀,画竹、看竹当然也少不了要咏竹。

段老师回复戈一木:雨梅联想丰富哈!

@戈一木:"不风不雨正晴和"一句真美,安静。

@丫头~:两首诗都能感受到透过纸面的"凉"。苏诗悲凉,窗外玉蕊落,屋里人不眠。"白发卢郎"对红花断肠,整幅图景临然纸上。末句化用张三影"明日落红应满径"(《天仙子》)纷纷扰扰,落花收尾。读完让人出神。郑诗清凉,"不风不雨"的日子,配上不紧不慢的生活。整诗沁人心脾,再加适宜的写景,可谓诗里有茶,茶前有画,画在诗中!

@盗版 天鹅湖:两首诗包含的感情迥异:苏词惆怅,郑诗清新。前几日校园里开满了花,一场雨后的情景与苏轼所说的"一夜剪刀收玉蕊"一模一样,怎奈人有情怜花,花无意知晓,真是春愁满满。相比之下郑诗就更加活泼,天气正好时泡一壶好茶,邀二三好友,赏竹看山,好不闲适。

@啊船啊:喜欢"千回来绕百回看,蜂作婢。莺为使"这句。暮春时节,走马欲观花,不知花是否开放,词人仍旧兴致不见,千回绕,百回看,蜂婢莺使,前呼后拥。卢纶一首《白头叹》惊愧时光易逝,如今又一晚剪尽春日花。人有情伤春,花无意知情,一夜醉,明朝应是花满地。词人由花生发,写暮春花败,借以感叹时光易老,青春难在。只不过苏轼毕竟多了些豪情,蜂婢莺使自是苏子风格,与其伤春,不如一醉。

段老师回复啊船啊:与其伤春,不如一醉!

@淡风:"卢郎"句深切描摹了诗人错失花期的无奈、惋惜之情。"卢郎",传说唐时有卢家子弟,为校书郎时年已老,因晚娶而遭妻怨。宋代钱易《南部新书》:"卢家有子弟,年已暮犹为校书郎,晚娶崔氏女。崔有词翰,结褵之后,微有慊色。卢因请诗以述怀为戏。崔立成诗曰:'不怨卢郎年纪大,不怨卢郎官职卑,自恨妾身生较晚,不见卢郎年少时。'"后用为典故。作者借此抒写自己的遗憾、失落、伤感之情。

段老师回复淡风:谢谢李沛对"卢郎"典故的解析。

4月20日,史达祖《绮罗香·咏春雨》、秦观《南歌子·香墨弯弯画》

暮春初夏时节,渐为困倦。花朵凋零,草长莺飞,还是掩门午睡吧!

先读两首春暮掩门、花飞春愁的词！

绮罗香·咏春雨（宋/史达祖）

　　做冷欺花，将烟困柳，千里偷催春暮。尽日冥迷，愁里欲飞还住。惊粉重、蝶宿西园；喜泥润、燕归南浦。最妨它、佳约风流，钿车不到杜陵路。

　　沉沉江上望极，还被春潮晚急，难寻官渡。隐约遥峰，和泪谢娘眉妩。临断岸，新绿生时，是落红、带愁流处。记当日、门掩梨花，剪灯深夜语。

【《全宋词》】

南歌子（宋/秦观）

　　香墨弯弯画，燕脂淡淡匀。揉蓝衫子杏黄裙。独倚玉阑无语、点檀唇。

　　人去空流水，花飞半掩门。乱山何处觅行云。又是一钩新月、照黄昏。

【《淮海居士长短句笺注》】

@只只黄：第二首尤为可爱，"弯弯画""淡淡匀""蓝衫子""杏黄裙"，一个女子憨巧可爱的模样立马浮现在眼前。可是新妆描摹细致，却只得独站阑干望"人去空流水"，怕像这春光似的，红颜易老，花飞花落，都盼不得离人归。俗话说，女为悦己者容，虽然如今的姑娘们也懂得为自己开心而装扮，可这古时的痴情女子，盼到黄昏至，新月如钩，也觅不得心上人在何处，还是会忍不住对这妆容而愁绪满怀吧。

段老师回复只只黄：娅婷所言极是，这首词情景逼真。

@八月的雨季：第一首诗描写春雨，却不露一个"雨"字，但字字都与"雨"相关，诗中十分巧妙地化用了"春雨"的名句和典故："千里偷催春暮"化用孟郊《喜雨诗》"朝见一片云，暮成千里雨"；"春潮晚急"化用韦应物诗"春潮带雨晚来急，野渡无人舟自横"（《滁州西涧》）；"新绿"化用韦庄词"春雨足，染就一溪新绿"（《谒金门》）；"门掩梨花"化用秦观词"甫能炙得灯儿了，雨打梨花深闭门"（《鹧鸪天》）；"剪灯深夜语"化用李商隐诗"何当共剪西窗烛，却话巴山夜雨时"（《夜雨寄北》）。

@霜色沁人心：第二首，一看到"弯弯画""杏黄裙"，便立马想象出一个活泼灿烂的俏皮女子。然而下片却是独倚玉阑，人去空流水。在心情烦躁的情况下，看群山，都成了乱山。感觉古代的女子，男人就是自己的世界。还是现在的好，至少可以将精力关注在自己的事业上，独立起来。

@丫头~：第一首写春雨之词确实美。开篇三句就调动了人的触觉、视觉、听觉，上片写春雨全貌，但也融入闺情。下片化用很多诗句，这些化用之诗与全词契合，形成新的境界，浑然一体。秦词是一首闺怨词，个人感觉内容上没有很新颖的地方，不过"花飞半掩门"一句让人感动，让我想起"泪眼问花花不语，乱红飞过秋千去"（欧阳修《蝶恋花》）。

@盗版 天鹅湖：感觉秦词很有画面感，像是一副色彩明媚的画卷。少女的柳叶弯眉，丹丹红唇，孤单地伫立在栏杆旁直到黄昏，流水飞花更加衬托出少女的孤独和落寞。

4月21日，柳永《玉蝴蝶·望处雨收云断》《少年游·长安古道马迟迟》

周二晚与诸生讲柳永词，认为柳词最有意味的还是其羁旅行役词，在这些词中他常以宋玉自比，以极富于兴象的感发，传达秋士易感的情意。这里录两首羁旅行役词：

玉蝴蝶（宋/柳永）

望处雨收云断，凭阑悄悄，目送秋光。晚景萧疏，堪动宋玉悲凉。水风轻、蘋花渐老；月露冷、梧叶飘黄。遣情伤，故人何在？烟水茫茫。

难忘，文期酒会，几孤风月，屡变星霜。海阔山遥，未知何处是潇湘？念双燕、难凭远信；指暮天、空识归航。黯相望，断鸿声里，立尽斜阳。

少年游（宋/柳永）

长安古道马迟迟。高柳乱蝉嘶栖。夕阳鸟外，秋风原上，目断四天垂。

归云一去无踪迹，何处是前期。狎兴生疏，酒徒萧索，不似去年时。

【《乐章集校注》】

叶嘉莹先生曰："休将俗俚薄屯田，能写悲秋兴象妍。不减唐人高处在，潇潇暮雨洒江天。"

@霜色沁人心：喜欢"水风轻、蘋花渐老；月露冷、梧叶飘黄"这句，清冷孤寂，轻、老、冷、黄，淡淡的伤感，诗意的画面。

@啊船啊："古道西风瘦马，夕阳西下，断肠人在天涯。"（马致远《天净沙·秋思》）骑一匹瘦马，伴蝉声嘶鸣，孤立原上，目极天际，往事红尘如同云归，了无痕迹。想当年，红粉绿鬓，狎妓畅饮，而如今，酒兴萧索，物是人非，不似当年。白衣卿相柳永一向不乏美人相伴，游戏红尘，流连风月。人总得成熟，伫立荒原的柳永，想的是什么？是游戏人间后的空虚落寞，抑或志向难酬的遗憾。这里的柳永，或许才是真正的他，而"月上柳梢头"之类的名句，或许只是柳永逃避现实的伪装罢了……

段老师回复啊船啊：杨帆的评论一针见血！这类羁旅行役词表达的"功业未及建，夕阳忽西流"（刘琨《重赠卢谌诗》）的才人志士恐惧于暮年失志的悲慨才是柳永心中最真实的声音。

啊船啊回复段老师：无可奈何……却无从选择……是柳永，也是很多人……

@戈一木：总觉得羁旅行役词里的情感苍凉而极感染人，所以在想是不是每个人都常常会有漂泊感，而人一生都在寻找归宿。烟水茫茫与立尽斜阳，都是历史与时间的感动与悲伤，想着想着就觉到亘古。

段老师回复戈一木：是啊！一个人赤条条地来到世间，又一个人赤条条地离去，人生的孤独感是永恒的。没有一个人会永远地陪着你！所以要珍惜此生此情！

戈一木回复段老师：是啊，我们都在找归宿，眼下的一切就是最好的了。

4月22日，杜牧《寄扬州韩绰判官》、晏殊《踏莎行·细草愁烟》、晏几道《诉衷情·小梅风韵最妖娆》

青山隐隐，流水迢迢。春去夏来，满园绿荫。行人渐远，情系远方。今日小雨，且读三首情韵悠远的诗词。

寄扬州韩绰判官（唐/杜牧）

青山隐隐水遥遥，秋尽江南草木凋。二十四桥明月夜，玉人何处教吹箫？

【《杜牧集系年校注》卷四】

踏莎行（宋/晏殊）

细草愁烟，幽花怯露。凭阑总是销魂处。日高深院静无人，时时海燕双飞去。带缓罗衣，香残蕙炷。天长不禁迢迢路。垂杨只解惹春风，何曾系得行人住。

【《二晏词笺注·珠玉词笺注》】

诉衷情（宋/晏几道）

小梅风韵最妖娆。开处雪初消。南枝欲附春信，长恨陇人遥。闲记忆，旧江皋。路迢迢。暗香浮动，疏影横斜，几处溪桥。

【《二晏词笺注·小山词笺注》】

@21 克&香蕉皮："垂杨只解惹春风，何曾系得行人住"，这一句好无奈。

@矜成：我感觉，他们词风也大致相同，春恨秋愁，男欢女爱什么的嘛。只是手法上略有不同，晏殊应当是清浅语淡，晏几道可以说是曲折深婉些。

段老师回复矜成：嗯，不错！其实，小晏比其父更为情真意浓一些。

矜成回复段老师：可能是因为，小晏他一生并非坦途，落拓一生的贵公子。他的郁郁不平融入他的词里，要比他父亲感触深得多。

段老师回复矜成：嗯，会联系"知人论世"了。

矜成回复段老师：跟老师学习这么久了……终于有点长进了……

段老师回复矜成：孺子可教也。

矜成回复段老师：呃，其实还有好多要学的……

@阳光小子：晏几道的下阕是化用"疏影横斜水清浅，暗香浮动月黄昏"（林逋《山园小梅·其一》）吗？老师。

@La Belle Aurore：颇喜二晏之词。读"细草愁烟，幽花怯露"，想起晏殊另一首词《蝶恋花》："槛菊愁烟兰泣露"，"时时海燕双飞去"到"罗幕清寒，燕子双飞去。"草、烟、花、露、燕子，露是晏殊词的常见意象。晏几道之词，最爱"小梅风韵最妖娆"一句，想用来作写庞春梅人物传记的题目。"暗香浮动，疏影横斜"。想起梅妻鹤子"疏影横斜水清浅，暗香浮动月黄昏"，"几处溪桥"，神来之笔，赞！

@胖黑：单以这两首词来看，小晏词的韵味感觉还在其父之上，梅雪初消，几处溪桥，读来便唇齿生香。

@丫头~：大家好像都较为喜欢二晏。我更喜欢杜牧之诗，首句"青山隐隐水迢迢"大有欧阳修《踏莎行》中"离愁渐远渐无穷，迢迢不断如春水""平芜尽处是春山，行人更在春山外"的意味。同时也很喜欢"小梅风韵最妖娆"，这头一句很吸引人，"小梅"读起来便觉得可爱。想起了雨梅。

@盗版 天鹅湖：看到"二十四桥明月夜，玉人何处教吹箫"，想起曾经写过的作业中越南诗人还化用过这一句诗来描写扬州。确实是名句呀！二晏相比之下还是更喜欢晏殊。"垂杨只解惹春风，何曾系得行人住"，尽是无奈之感，美景本无错，只是行人无心罢了

@戈一木：又见疏影横斜。

@戈一木：送别的陇头梅花啊。想起了"泪尽北枝花"（宋之问《度大庾岭》）。
段老师回复戈一木：是啊！古人一草一木总关情。

@潇竹絮：总觉得"青山隐隐水迢迢"和还珠格格里紫薇的一首歌特像，结果我是因为还珠格格记住了杜牧的这首诗。

4月24日，蒋捷《虞美人·少年听雨歌楼上》、陈亮《虞美人·东风荡飏轻云缕》、周邦彦《虞美人·疏篱曲径田家小》

今日雨转晴，这两日审阅论文，有些倦烦，且读"虞美人"词三首。虞美人是著名词牌之一，此调原为唐教坊曲，初咏项羽宠姬虞美人，因以为名。

虞美人（宋/蒋捷）

少年听雨歌楼上，红烛昏罗帐。壮年听雨客舟中，江阔云低、断雁叫西风。

而今听雨僧庐下，鬓已星星也。悲欢离合总无情，一任阶前、点滴到天明。

【《蒋捷词校注》卷三】

虞美人（宋/陈亮）

东风荡飏轻云缕，时送潇潇雨。水边台榭燕新归，一口香泥，湿带落花飞。

海棠糁径铺香绣，依旧成春瘦。黄昏庭院柳啼鸦，记得那人，和月折梨花。

【《陈亮集》卷三九】

虞美人（宋/周邦彦）

疏篱曲径田家小，云树开清晓。天寒山色有无中，野外一声钟起、送孤蓬。

添衣策马寻亭堠，愁抱惟宜酒。菰蒲睡鸭占陂塘，纵被行人惊散、又成双。

【《清真集》】

@**亦如安**：蒋捷那首词，同样是听雨，无奈时过境迁、物是人非，"一任阶前，点滴到天明"，满腔亡国遗恨。

@**闲云薄暮**：一提到虞美人却总会第一个想起李煜的那首……

段老师回复闲云薄暮：所以就不选那首了。

@**矜成**："黄昏庭院柳啼鸦，记得那人和月，折梨花。"真的凄美。

段老师回复矜成：梨花的意象又一次出现了。

矜成回复段老师：梨花的意象好清冷。

段老师回复矜成：嗯，看来得让学生研究一下唐宋诗词里"梨花"意象了。

@**盗版 天鹅湖**：蒋捷的虞美人让我想起温庭筠的《更漏子》中的"一叶叶，一声声，空阶滴到明。"也是和着雨声讲愁，却是中规中矩的闺怨诗，词风艳丽，而蒋捷的词中却有一种沧桑之感，"少年""壮年""鬓已星星"几个字，就道尽了一生，悲欢离合感情更加复杂深沉。

段老师回复盗版 天鹅湖：嗯，这与词人不同的经历、身世相关。

盗版 天鹅湖回复段老师：相比之下还是更喜欢蒋捷的气度。

@**Any Any**：好喜欢最后那首的"野外一声钟起，送征蓬"。

段老师回复 Any Any：为何呢？

Any Any 回复段老师：以野外钟声送征蓬，让本就凄凉的征蓬更加愁苦。置身其境，听着不断如缕的钟声，看着茫茫的江面，凄苦孤寂就像延绵不断的小溪。瞎评了一番，老师见笑。

段老师回复 Any Any：@Any Any 不错哦！多发言就有进步。

@戈一木："记得那人和月、折梨花。"真的是太美。

@胖黑：每每看到梨花，就想到"一树梨花压海棠"，这次是虞美人，谢谢老师为我们科普了这么多花儿。

段老师回复胖黑：哈哈！这是苏轼讥讽张先的哈！

胖黑回复段老师：哈哈哈哈哈哈哈！还有这段轶事。

段老师回复胖黑：你不知道？张先八十岁纳了一妾，苏轼写一诗打趣他。

胖黑回复段老师：长见识了。

@21克&香蕉皮：蒋捷的词之前好像读过，少年、壮年、如今，三个时间段听雨，歌楼的浮华，客舟的凄凉以及僧庐的萧条。"一任"一词，不是主动的不管不顾，而是无能为力、悲哀无奈的放弃。

@陌上花开：蒋捷的这首词是我很喜欢的一首词，第一次知道这首词是高中的语文课，后来自己默默地把它背下来了，寥寥几笔作者就将少年的无所事事，中年的深沉以及年老的无可奈何表现得淋漓尽致，而且每一次读这首词都会让我想到辛弃疾的《丑奴儿》"少年不识愁滋味"，少年跟暮年心境和阅历都大大的不同啊。

4月27日，杜牧《题宣州开元寺水阁，阁下宛溪，夹溪居人》《金谷怀古》

今日阳光晴好，我们读两首杜牧的诗。杜牧与李商隐在晚唐诗坛合称"小李杜"。与李诗的"忧伤朦胧"不同，杜诗则显得"高华俊爽"，于暮霭沉沉的晚唐诗坛上，投下回光返照的一道亮光。

题宣州开元寺水阁，阁下宛溪，夹溪居人（唐/杜牧）

六朝文物草连空，天淡云闲今古同。鸟去鸟来山色里，人歌人哭水声中。深秋帘幕千家雨，落日楼台一笛风。惆怅无因见范蠡，参差烟树五湖东。

【《樊川诗集注》卷三】

金谷怀古（唐/杜牧）

凄凉遗迹洛川东，浮世荣枯万古同。桃李香销金谷在，绮罗魂断玉楼空。往年人事伤心外，今日风光属梦中。徒想夜泉流客恨，夜泉流恨恨无穷。

【《杜牧集系年校注》】

@闲云薄暮：老师，这两首诗感觉有点像杜甫的风格呀。

段老师回复闲云薄暮：哦！是吗？

@闲云薄暮：我觉得这两首诗怀古是为了衬托现实，也有感叹身世，杜甫晚年有些诗也多有此风格，虽然二者所处年代有小差别。（纯属拙见，主要是原来在长沙杜甫江阁的墙上看到一些杜诗，那些都是他晚年漂泊南方的诗，而杜牧的诗读得甚少）

段老师回复闲云薄暮：前年到长沙，由于时间匆忙，没有来得及到杜甫江阁去看看，以后有机会再去。只看了岳麓书院。冬柯所见有一定的道理。

闲云薄暮回复段老师：杜甫江阁离我母校很近呢，还有天心阁。不过那时候只有周末能出去看看，还好都去过。

@中南菊香："人歌人哭"，好像是《礼记》里的典故。

中南菊香回复段老师：查到啦！《礼记·檀弓》："美哉轮焉，美哉奂焉！歌于斯，哭于斯，聚国族于斯。"写群居的人们生老蕃息于此。不知道杜牧是否用了这个典故。但我觉得，从意思上来看，完全可以用《礼记》来解释杜牧诗。

@戈一木："深秋帘幕千家雨，落日楼台一笛风。"前半句气象宏大，后半句从小处着眼更添情怀，高远辽阔又渲染着淡愁，好句！

@八月的雨季：杜牧的这首诗突出"今古异"：六朝的繁华已成陈迹，放眼望去，只见草色连空，那天淡云闲的景象，是自古至今，没有发生变化。"重游鬓白事皆改，唯见东流春水平。"（杜牧《自宣州赴官入京路逢裴坦判官归宣州因题赠》）

@猛蹬125："夜泉流恨恨无穷"让我想到了李白的诗句"抽刀断水水更流，举杯消愁愁更愁"（李白《宣州谢朓楼饯别校书叔云》）。两者有点像？

段老师回复猛蹬125：句型相似，为星宇的敏悟力点赞！

@丫头～：今日两首诗都是怀古诗，第一首景象明丽，感叹人世变易。更喜欢第二首，讲到绿珠的典故，感情浓厚真挚，让我想起杜牧另一首诗《金谷园》："繁华事散逐香尘，流水无情草自春。日暮东风怨啼鸟，落花犹似坠楼人。"

@21克&香蕉皮："深秋帘幕千家雨，落日楼台一笛风"这句好，尤其是"一笛风"，笛声随着风一起传来，就算此时听不到笛声，但也能感受一种悠扬。

段老师回复21克&香蕉皮：嗯，情韵悠远的感觉。

@盗版 天鹅湖：两首诗都颇有物是人非的意味。喜欢"桃李香消金谷在，绮罗魂断雨楼空"一句，有一种人走茶凉、曾经繁华盛世转眼成空的唏嘘惆怅，很有画面感和时间感。

@淡风："人歌人哭水声中"借用典故将诗人的所见所想、历史与现实巧妙地融合在一起，诗人对于历史交替的无奈、惆怅之感溢于言表，可谓点睛之笔！

@锌豌豆：最近在看先秦魏晋时期咏史怀古诗，这一时期怀古诗由于处在萌芽初创期而显得质朴无华，今天一下看到杜牧的怀古诗，将历史与现实之间的关系把握得恰到好处，历史又不用叙述而用模糊的象征性来指代，现实又不用抒怀而用景物的色彩来暗示。

段老师回复锌豌豆：有进步！

5月4日，韦庄《菩萨蛮》五首

昨晚上宋词课，大家觉得韦庄的"遇酒且呵呵，人生能几何"句有趣，其实这是韦庄的组词《菩萨蛮》其中的两句。今日我们共赏这五首词。韦庄一生坎坷，晚年入蜀，辅佐王建。这组词他学习白居易《忆江南》的写法，追忆往昔在江南、洛阳的经历，将一生漂泊之感、饱经乱离之痛和思乡怀旧之情融合在一起，情韵至深。

菩萨蛮五首（唐/韦庄）

红楼别夜堪惆怅，香灯半卷流苏帐。残月出门时，美人和泪辞。琵琶金翠羽，弦上黄莺语。劝我早归家，绿窗人似花。（其一）

人人尽说江南好，游人只合江南老。春水碧于天，画船听雨眠。垆边人似月，皓腕凝霜雪。未老莫还乡，还乡须断肠。（其二）

如今却忆江南乐，当时年少春衫薄。骑马倚斜桥，满楼红袖招。翠屏金屈曲，醉入花丛宿。此度见花枝，白头誓不归。（其三）

劝君今夜须沈醉，尊前莫话明朝事。珍重主人心，酒深情亦深。须愁春漏短，莫诉金杯满。遇酒且呵呵，人生能几何。（其四）

洛阳城里春光好，洛阳才子他乡老。柳暗魏王堤，此时心转迷。桃花春水渌，水上鸳鸯浴。凝恨对斜晖，忆君君不知。（其五）

【《韦庄集笺注》】

@丫头~：中学时期学过其二，被"春水碧于天，画船听雨眠"打动。如今共读五首，更是感受到词人深切之情。尤其是其三末句，词人故国已亡，回家的希望荡然无存，由此发出"白头誓不归"的感叹！深痛之情让人动容。

段老师回复丫头~：所以要联系背景，从整体来看更为贴切。

丫头~回复段老师：是啊。老师说的对，从整体看更为贴切。

@愁雨。叹："忆君不见君"会让我想起"日日思君不见君"（李之仪《卜算子》）一为闺思，一为怀乡。

@淡风："尽说"二字隐含了纵使在江南美景中诗人对故国家园依然难以割舍，"只合"道出了诗人在随遇而安与怀想故国两种情感冲击之下的纠结、惆怅。末尾二句抒写了诗人有家归不得的伤感无奈之情。全诗看似直接明了，却耐人寻味，难怪陈廷焯在《白雨斋词话》中评价韦庄之词"似直而纡，似达而郁，最为词中胜境"。

@陌上花开：老师最近发的词我都好喜欢。尤其是第二首，单从写景来说读完以后江南的春天仿佛历历在目，脑海里立即浮现出了一幅江南听雨图，室友是北方人，来了成都后说听着雨声入睡是一件很幸福的事，或许这就是词人写词之心境吧。忽然想到了《牡丹亭》中很出名的一段话"朝飞暮卷，云霞翠轩，雨丝风片，烟波画船"。同为写春景，读完二者都能触发对春天的无限感慨！

段老师回复陌上花开：怎么以前没发现双叶的文采呢！

@石钰：王国维用韦庄《菩萨蛮》第一首中的"弦上黄莺语"一句来评价韦庄的词品，琴弦声婉转，莺啼声清脆，读来确实如此。他笔下的酒肆美人是明丽动人的，年少的岁月纵然轻狂却也鲜亮活泼，词人写景清丽，词中也饱含了词人的情感和自己的人生体验，真挚动人。

5月6日，寒山诗歌三首

近两日，成都秒热（生造一词）起来，意味着闷热的夏天已经来临，让不少北方来的学子颇不适应。今日我们诗词茶馆捧上一杯清茶，这就是中唐隐逸诗人寒山的诗。寒山子，一生充满神秘色彩，是一个孤云野鹤似的人物，他在浙东天台山隐居了几十年。他是唐代诗人中唯一的一位被绘形塑像，当作神佛供奉的。他被尊为文殊菩萨再世，在苏州寒山寺与其友拾得，被皇帝封为"和合二圣"。这里录其三首诗。

诗三百三首　一二三（唐/寒山）

云山叠叠连天碧，路僻林深无客游。远望孤蟾明皎皎，近闻群鸟语啾啾。老夫独坐栖青嶂，少室闲居任白头。可叹往年与今日，无心还似水东流。

诗三百三首　一九八（唐/寒山）

秋到任他林落叶，春来从你树开花。三界横眠闲无事，明月清风是我家。

诗三百三首　三十一（唐/寒山）

杳杳寒山道，落落冷涧滨。啾啾常有鸟，寂寂更无人。淅淅风吹面，纷纷雪积身。朝朝不见日，岁岁不知春。

【《全唐诗》卷八〇六】

@**观朝槿**：这几首诗看下来感觉确实是凉了许多（不过今天还不算热啊），特别是第三首。

段老师回复观朝槿：哈哈！我们诗词茶馆还有使人清凉的作用，谢谢你的光临。

@under my skin：倒是想起了寒山和拾得的对话，世间谤我、欺我、辱我、笑我、轻我、贱我、恶我、骗我，如何处治乎？只是忍他、让他、由他、避他、耐他、敬他、不要理他，再待几年你且看他。这句话我记到现在。

@**21克&香蕉皮**：喜欢第二首，禅意十足。"任他""从你"都是那样云淡风轻。"明月清风是我家"更有一种逍遥闲适的感觉。读罢身心清凉。

段老师回复21克&香蕉皮：我也喜欢此句。

@**满小小**：中国历史上诗人层出不群，诗僧也是群花璀璨，在寒山独居以寒山为名的僧人，呼吸便是梵唱，脉搏即是钟鼓，无处不是宁静……

@**中南菊香**：一九八真有趣。

段老师回复中南菊香：嗯，寒山的诗没有诗题，只有编号。润霄好细心。

@座落风心：最喜"明月清风是我家"。并且想吃西瓜了！

@锌豌豆：第三首每句都用叠字，妙哉！

@潇竹絮：都颇有禅境啊，第二首还像偈语。从家里回来，觉得这里还是挺凉爽的。

@啊船啊：第二首好生潇洒，春去秋来，落叶开花，不必惋惜落叶枯败，不必欣喜早春花开，不以物喜，不以己悲。横行三界，闲眠无事，何等惬意！天为被，地为床，明月清风与我为伴，来去无牵挂。平白朴实，却清新自然，寒山也曾屡试不第，或许看惯浮沉，才能豁达彻悟如斯吧。今人是难有此心境了，红尘滚滚，俗事缠身，太多欲望和诱惑，如何能闲看落叶飞花？

@戈一木：好一个"明月清风是我家"！闲适平和又气场自生。第三首的叠字好有意思啊。

@丫头~："明月清风是我家"确实潇洒。面对尘事，悟道者领会到，所有种种皆由心生。苏东坡说过："回首向来萧瑟处，归去，也无风雨也无晴。"（《定风波·沙湖道中遇雨》）我想，寒山子也是这个意思吧。

@咿呀咿呀哟：三首都喜欢，特别是"明月清风是我家"，好洒脱。

5月7日，贺铸《踏莎行·杨柳回塘》、周邦彦《苏幕遮·燎沉香》

今日颇为凉爽，看空间，有心的同学发现学校的莲花开了，煞是楚楚可怜。再读两首荷花词，很是优美。

踏莎行（宋/贺铸）

杨柳回塘，鸳鸯别浦，绿萍涨断莲舟路。断无蜂蝶慕幽香，红衣脱尽芳心苦。

返照迎潮，行云带雨，依依似与骚人语。当年不肯嫁春风，无端却被秋风误。

【《东山词》】

苏幕遮（宋/周邦彦）

燎沉香，消溽暑。鸟雀呼晴，侵晓窥檐语。叶上初阳干宿雨，水面清圆,一一风荷举。

　　故乡遥,何日去?家住吴门,久作长安旅。五月渔郎相忆否?小楫轻舟,梦入芙蓉浦。

【《清真集》】

@**座落风心**:"返照迎潮,行云带雨"。忽然使我记起过去某个场景,思量良久,琢磨良久。很是触动我心中某个细微的点。

矜成回复座落风心:诶呀呀,你终于有古典的一点愁思了。

座落风心回复矜成:莫说新诗诗人就没有古典愁思哈哈哈哈!

矜成回复段老师:哈哈,我俩走的路不同。

座落风心回复段老师:新诗古诗都要写。

段老师回复座落风心:对啊!你前面写的那两首诗词也不错,很喜欢看你们的创作!都努力吧!

矜成回复段老师:还需要继续努力,笔法还不够纯熟,情感还不够深邃……

@**咿呀咿呀哟**:"当年不肯嫁东①风,无端却被秋风误。"可怜又可爱。

段老师回复咿呀咿呀哟:是"当年不肯嫁春风"哈!

段老师回复咿呀咿呀哟:东风即春风哈!

咿呀咿呀哟回复段老师:我打错了。

@**丫头~**:前些天学校湖里的莲花便开了,当时就想到了"水面清圆,一一风荷举"。周邦彦这首词写得太美了。语出天然,不加雕饰但有万种风情,更有虚实变幻的手法体现浓浓思乡之苦。

5月10日,刘希夷《代悲白头翁》

　　今日阳光晴好,初夏已至,众花凋谢。面对花开花落,月圆月缺,人们常感慨:"年年岁岁花相似,岁岁年年人不同。"此二名句出自唐代诗人刘希夷的《代悲白头翁》。刘希夷,河南汝州人。少有文华,善弹琵琶,落魄不拘常格。他善为从军、闺情之诗,词调哀苦。《代悲白头翁》又名《白头吟》,此诗哀婉柔丽,为历来传颂之名篇。诗成后不久,希夷即为人所害。悲之!

---

① 注:当作"春"。

代悲白头翁（唐/刘希夷）

　　洛阳城东桃李花，飞来飞去落谁家？洛阳女儿好颜色，坐见落花长叹息。今年花落颜色改，明年花开复谁在？已见松柏摧为薪，更闻桑田变成海。古人无复洛城东，今人还对落花风。年年岁岁花相似，岁岁年年人不同。寄言全盛红颜子，应怜半死白头翁。此翁白头真可怜，伊昔红颜美少年。公子王孙芳树下，清歌妙舞落花前。光禄池台开锦绣，将军楼阁画神仙。一朝卧病无相识，三春行乐在谁边？宛转蛾眉能几时？须臾鹤发乱如丝。但看古来歌舞地，惟有黄昏鸟雀悲。

【《全唐诗》卷八二】

@潇竹絮：我有很长一段时间觉得"人面不知何处去，桃花依旧笑春风"（崔护《题都城南庄》）是这首诗里的。林黛玉的《桃花行》也是这风格，回环往复，行行复行行，像绕口令，经常背不明白。

段老师回复潇竹絮：这是顶针手法的运用。

@柒：想起来了张若虚的"江月年年只相似"。（《春江花月夜》）

段老师回复柒：嗯，都是歌行体。

@座落风心：朗诵这诗时，室友正好在放一首古风歌，乐调相和，真是难得啊！

段老师回复座落风心：你在朗诵吗？

座落风心回复段老师：对啊！只有朗诵感觉才会来。

@观朝槿："已见松柏摧为薪，更闻桑田变成海"。这两句简直不忍读。世事变幻并不是无病呻吟时的无聊感慨，而是此时此刻确实正面对着满目疮痍之景，不得不发出的喟叹。

段老师回复观朝槿：是啊！八年前的那场地震就有"桑田变成海"的事实。

@Joyce.Yang：最喜欢"此翁白头真可怜，伊昔红颜美少年"，时光总是不会饶人，不知不觉就白了头，最终还是伤感。

@La Belle Aurore：喜欢"今年花落颜色改，明年花开复谁在"，想起黛玉《葬花词》里的"桃李明年能再发，明年闺中知有谁。"花开花落，红颜易老，总是闺中女儿的一抔愁绪。《红楼梦》中对"三春去后诸芳尽"中的"三春"总是争论不休，有说三年，有说迎探惜三春。本诗中亦提到"三春行乐在谁边"。在其他诗里也看到三春，其实我更是认同它就是个普通的词，过于探轶反失去了读诗的兴趣。"已见松柏摧为薪，更闻桑田变成海。""更闻"二字更是让人触心。世事沧桑总是令人猝不及防。

@丫头~：潘岳曾作有《金谷集作诗》，其中有诗云："投分寄石友，白首同所归。"这首诗成为他与石崇二人生命的预言。刘希夷在吟出《代悲白头翁》一年后，也遇害身亡。想到这些读诗时确实感伤不已，仿佛冥冥之中自有定数……

@咿呀咿呀哟：我看见这首诗想到的是张若虚的《春江花月夜》："江畔何人初见月？江月何年初照人？人生代代无穷已，江月年年只相似。"记得在《唐诗杂论》里，闻一多先生就拿这两首诗放在一起作为"宫体诗的救赎"，两首诗都很寥廓，意味隽永。

@戈一木：也是一下子就想起张若虚的《春江花月夜》，想来历史的永恒感和人世短暂以及变迁的感叹总是人人都有的。

5月11日，苏轼《临江仙》二首

今日又是明媚炎热的一天，成都这几日的天气如坐过山车啊。昨晚已结束苏轼词的讲授，这里再补充苏子的两首佳作。话说苏子被贬黄州，后又到惠州、儋州，离故乡是越来越远了。在外漂泊，对故乡的思念犹切。这里读两首《临江仙》。二词皆道出苏子在人生困顿时对家乡的刻骨之思。

临江仙·送王缄（宋/苏轼）

忘却成都来十载，因君未免思量。凭将清泪洒江阳。故山知好在，孤客自悲凉。

坐上别愁君未见，归来欲断无肠。殷勤且更尽离觞。此身如传舍，何处是吾乡。

【《苏轼全集校注·词集》卷一】

临江仙·夜到扬州席上作（宋/苏轼）

尊酒何人怀李白，草堂遥指江东。珠帘十里卷香风。花开又花谢，离恨几千重。

轻舸渡江连夜到，一时惊笑衰容。语音犹自带吴侬。夜阑对酒处，依旧梦魂中。

【《苏轼全集校注·词集》卷二】

@**胖黑**:"语音犹自带吴侬"一句,特别情真意切。我想对于许多漂泊在外的人来说,偶然听到乡音是最让人怀念与惊喜的事情吧。国民万万,省份数十,大家也习惯了用口音来辨别地缘。我想好的诗歌必定要来源于生活,有了共性才会让人感同身受。

21 克&香蕉皮回复胖黑:没有方言的人体会不到。

@**21 克&香蕉皮**:从"何处是吾乡"到"此心安处是吾乡"(苏轼《定风波·常羡人间琢玉郎》)可以看到苏轼的转变。苏轼的洒脱、淡然,纵然有他的天性在,但也依然有经历以及成长。而这样的成长,能让我们看到更真实的苏轼,一个不是"圣人"而是成长的"真实的人"。

胖黑回复 21 克&香蕉皮:"此心安处是吾乡",却如圣人之语。

21 **克&香蕉皮**回复胖黑:但圣人不是天生是圣人的,至少告诉别人,普通人也有成为圣人的可能。

胖黑回复 21 克&香蕉皮:是啊,也正是这些天成偶得的文章,才让我们多了更多成为圣人的可能。

段老师回复 21 克&香蕉皮:嗯,圣寒所言极是!成长的苏轼!

段老师回复 21 克&香蕉皮:小博,我认为苏子不是圣人,是有七情六欲、喜怒哀乐的大写的"东坡"。

胖黑回复段老师:是的是的。怪我没有表达清楚,苏子不是圣人,但是他的作品却像是圣人之语一样教化后人。

段老师回复 21 克&香蕉皮:哈哈!没关系,可能是太爱他了。

@**八月的雨季**:花谢花开终有时,相逢相聚本无意。天涯何处无芳草,非吾心之所向也。

@**座落风心**:一个真实的苏子,可爱的苏子,多情的苏子。

段老师回复座落风心:是啊!再加一句:深情的苏子。

@**戈一木**:"何处是吾乡。"单单是这一句就足够刻骨了。每个人都活在寻归的路途上啊。

段老师回复戈一木:是啊!总觉得他的"此心安处是吾乡"是一种超脱,也是一种无奈。

戈一木回复段老师:是啊,聊以自慰。

@**中南菊香**:"此身如传舍,何处是吾乡",东坡好像看破了人世红尘。就像《列子》中所说"行而不知归,失家者也",苏子失去了挚爱的妻子,失去了家人,当然"不知归",当然不知"何处是吾乡"。

@**淡风**:传舍为古时供行人休息住宿的场所,其名始见于《战国策·魏策四》:"令鼻之入秦之传舍,舍不足以舍之。"《汉书·盖宽饶传》云:"富贵无常,忽则易人。此如传舍,所阅多矣。"诗人借此典故表达了一种人生如寄,漂泊不定之感。

段老师回复淡风:谢谢沛沛的注解。

淡风回复段老师:每次读诗都能学到新的东西。

5月12日,苏轼《满庭芳·蜗角功名》

今天是 5·12,时光已过八年,往事不堪回首。人生充满无常,正如苏轼所言:"世事一场大梦,人生几度秋凉。"昨晚又听闻一些让人震惊悲哀的事情,更觉人生的不可确定性。八年前,一个平常的下午,突如其来的灾难让十万人消失,我的一个大学同学也在其中,让人痛心、惶恐。还记得连续几天与学生在湖边搭建帐篷,患难中见真情,那时孩子们是多么团结啊!记得有一晚我带着儿子与学生共宿帐篷,半夜下了雨,滴滴答答,让人心忧。如今,当年的学生已风流云散。最近学校为120周年的校庆到处一片喜庆气象,让人感慨:沧海桑田!

八年已逝,光阴似水。逝者已矣,生者依然要前行。人生在世,我们每个人面对"蜗角虚名""蝇头微利",与这生死问题相比又算得了什么呢?还是苏子说得好:"诗酒趁年华"!感谢上苍,让我们苟活于世上。在此读苏子的《满庭芳·蜗角功名》与大家共赏。

满庭芳(宋/苏轼)

蜗角功名,蝇头微利,算来著甚干忙。事皆前定,谁弱又谁强?且趁闲身未老,须放我、些子疏狂。百年里,浑教是醉,三万六千场。

思量。能几许,忧愁风雨,一半相妨。又何须,抵死说短论长。幸对清风皓月,苔茵展、云幕高张。江南好,千钟美酒,一曲《满庭芳》。

【《苏轼全集校注·词集》卷一】

同时也为逝者深深祈祷!

@观朝槿:看到前面,本是不忍赞的,不过后来看到了子瞻的……

观朝槿回复段老师:"事皆前定,谁弱又谁强……又何须,抵死说短论长……"其实读起来还是挺伤感的……一种好无奈的感觉……

段老师回复观朝槿：是啊！苏子表面潇洒豁达，内心其实蛮苍凉的！经常有一种人生如梦、看透世事的味道。当然，他并不绝望！

@段老师：看到师弟如泉在微信写道这样一段话，我的眼泪又掉下：师姐是个好老师！想起那时人心惶惶，校园里没对象的女孩子没人陪，没人疼的，尤其可怜。你给她们好多温暖啊。

@夜墨、：为逝者默哀，不过，既然活着还是要继续走下去的，不管怎样活在当下，珍惜眼前人才是最重要的吧。

段老师回复夜墨、：是的，你说的对，活在当下！

@段老师：朋友小慧赋诗一首，谢谢小慧。"戊子国难偏天府，举目沉丧甚痛楚。汶川一怒连天摇，蜀锦尽遮梧桐雨。八载倏忽江山前，十面埋伏青泥盘。太白天罡问鸟道，一笑赋诗却冷寒。自放轻狂言草莽，笔底坚横明孤掌。念醉功过两相持，蓬山此去归路敞。沧海桑田云涯暖，几度春秋胜斜阳。年年岁岁花相似，岁岁年年人无常！"

@Joyce.Yang：时间真快，8年了，想当年地震的时候我才高中，被那场大地震吓得不轻，在外面睡了快一个月才敢进屋，那个时候只是害怕。每天看着新闻播的惨状，心里难受得很，同时也感谢老天爷让我们活了下来，更加努力地生活。生命那么脆弱，应该好好珍惜，我想大部分经历过大地震的四川人，或者呆在四川的人都会有这样的感受！好好活着，才对得起老天爷对我们的额外开恩。老师，看了你的说说，突然想起了地震，悲从中来。

段老师回复 Joyce.Yang：是啊！感谢上天的恩赐！经历那次灾难之后，更加觉得生命的渺小和脆弱，愿我们珍惜此生吧！

@霜色沁人心：诗酒趁年华！永远忘不了地震那一瞬间的惊恐，失措的同学、晃动的地面以及拉着朋友逃离教学楼时，那眼里开裂的楼柱……那晚的月亮浑浑浊浊的，通信全断，胡乱猜测着震心，也只有在操场和朋友并睡着时，才得安心。

段老师回复霜色沁人心：是啊！沁霜作为四川人也经历了那场灾难，只有经历过，才更懂得珍惜如今的宁静的生活！

@座落风心：当年经历依旧在啊！那时我还是一个小学五年级的孩子。第一次明白什么是失去的恐惧，生命的宝贵。

段老师回复座落风心：是啊！珍惜此生！

5月19日，唐寅《把酒对月歌》《桃花庵歌》

唐寅，唐伯虎，是中国历史上最有名的才子之一。他玩世不恭而又才华横溢，诗文擅名，画名更著，却因政治斗争殃及池鱼，一生不得仕进。今日且读他的两首代表作。

把酒对月歌（明/唐寅）

李白前时原有月，惟有李白诗能说。李白如今已仙去，月在青天几圆缺？今人犹歌李白诗，明月还如李白时。我学李白对明月，白与明月安能知！李白能诗复能酒，我今百杯复千首。我愧虽无李白才，料应月不嫌我丑。我也不登天子船，我也不上长安眠。姑苏城外一茅屋，万树桃花月满天。

桃花庵歌（明/唐寅）

桃花坞里桃花庵，桃花庵下桃花仙。桃花仙人种桃树，又摘桃花换酒钱。酒醒只在花前坐，酒醉还来花下眠。半醒半醉日复日，花落花开年复年。但愿老死花酒间，不愿鞠躬车马前。车尘马足富者趣，酒盏花枝贫者缘。若将富贵比贫者，一在平地一在天。若将贫贱比车马，他得驱驰我得闲。别人笑我太疯癫，我笑他人看不穿。不见五陵豪杰墓，无花无酒锄作田。

【《六如居士集》卷一】

@闲云薄暮：他的诗很有意思……
@矜成："我也不登天子船，我也不上长安眠。姑苏城外一茅屋，万树桃花月满天。"唐寅的疏狂很落寞……
段老师回复矜成：是啊！外表疏狂，内心落寞。
矜成回复段老师：口语入诗，流畅自然，他的诗是在掩饰，掩饰他的孤独寂寞。
@愁雨。叹："别人笑我太疯癫，我笑他人看不穿。"只要自己觉得自由舒适就好，不用在意别人的看法，真好。现在也是一首歌了呢"看穿"。
@无忧公子：他的诗读起来节奏感好强。
@亦如安：想起了周星驰的电影。
@升仙刀："料应月不嫌我丑。"口语皆可入诗。
@蒲苇·旎："酒醒只在花前坐，酒醉还来花下眠。"是很舒适的生活想象，但是又有几人能做到"别人笑我太疯癫，我笑他人看不穿"？我们都太在意别人和世俗的眼光。

段老师回复蒲苇·旎：还是要努力超脱一些哦！

@潇竹絮：两首读起来都有点绕，然而细品都觉得很有道理。《桃花庵歌》的前两句会唱哦。

段老师回复潇竹絮：顶针回环复沓的手法。下次唱歌时，听你唱两句。

@河的第三岸：最早从影视剧里知道他，后来发现，确实有才！

段老师回复河的第三岸：是啊！影视剧将他塑造成风流公子的形象，其实，人家诗画都绝！乃一代才子也！

@座落风心：别人笑我太疯癫，我笑他人看不穿。坦坦荡荡，自由自在，洒脱不羁。才子伯虎，令人佩服。一看诗，笑了，有趣又有味道。像是怪味豆，吃了又回味无穷。嘻嘻。

@陌上花开：读了他的这两首诗我觉得他身上既有魏晋文人的风度，又有李白的不羁洒脱，但这些洒脱的背后却有着深深的悲哀之感，最近在看罗宗强先生的《明代后期士人心态研究》，书里讲到唐寅因受科举舞弊案的牵连而再也无法参加科举，很是同情他，但是反过来一想，如果他要是做官了，或许也就不能给我们留下这些瑰丽的诗篇了。

段老师回复陌上花开：是啊！少了一个庸吏！多了一个诗才！

陌上花开回复段老师：也是啊，诗才总比庸吏好！

5月26日，朱生豪《鹧鸪天》二首

朱生豪，浙江嘉兴人，著名翻译家，历经战乱流离，翻译《莎士比亚戏剧全集》，为莎氏翻译研究大家。他与其妻宋清如的爱情生涯虽颇为短暂，但哀婉缠绵，情感灼烈，至今成为令后人怀想的几段民国恋情之一。朱生豪词亦如其情，深情浓烈，词采丰赡。这里录其两首《鹧鸪天》与大家共赏。

鹧鸪天（朱生豪）

楚楚身裁可可名，当年意气亦纵横。同游伴侣呼才子，落笔文华洵不群。

招落月，唤停云，秋山朗似女儿身。不须耳鬓常厮伴，一笑低头意已倾。

鹧鸪天（朱生豪）

浙水东流无尽苍，人间暂别易参商。阑珊春去羁魂怨，挥手征车送夕阳。

梦已散，手空扬。尚言离别是寻常。谁知咏罢河梁句，刻骨相思始自伤。

@中南菊香："不须耳鬓常厮伴，一笑低头意已倾。"这是只有恋爱过的人才能感受到的细节呀。

段老师回复中南菊香：看来润霄已经历过。

中南菊香：虽然我是豪放派，但是这首词很让我动容。

@五月渔郎："相思本是无凭语，莫向花笺费泪行"（晏几道《鹧鸪天》）。

@十三月："人间暂别易参商"这句想起了杜甫的"人生不相见，动如参与商"（《赠卫八处士》），不知道是不是化用啊。

段老师回复十三月：显然是化用杜诗。

@观朝槿：第一次知道朱生豪是误买了一本情书集，觉得他和宋清如的故事很动人。后来又在一本英语世界的杂志上看到他，才知道他原来一生清苦。他有一段话我特别喜欢，高中用作签名用了好久："除非我们在自己心理的矛盾下挣扎着找不到出路，外观的环境未必能给我们的灵魂以任何的桎梏。"

@观朝槿：不过词还真没看过。

段老师回复观朝槿：这段话确实很精辟！刚好手上有一本《中国诗学》有篇论文论及朱生豪的词，就拿来分享了。

@矜成："不须耳鬓长厮伴，一笑低头意已倾"，苏东坡"小轩窗，正梳妆"（《江城子·乙卯正月二十日夜记梦》），柳耆卿"执手相看泪眼，竟无语凝噎"（《雨霖铃》），晏小山"今宵剩把银釭照，犹恐相逢是梦中"（《鹧鸪天》），这些最动人的词句，从来不须雕琢，自是浑然天成。

段老师回复矜成：自然天成的诗句，期待旭杰多写这样的佳句！

段老师回复矜成：这些佳句或直抒胸臆，或以细节取胜。

矜成回复段老师：我？我功力还不到家，希望以后可以，哈哈哈。

段老师回复矜成：嗯，只要坚持下去，会有水到渠成的一天。

@叶飘零：忽然想起刚仙去的杨绛女士说过的一句话来，大意是少年时向往爱情，中年时渴望成为著名作家——这像是年轻人都做过的梦，自谓鸿鹄便轻燕。直至走过的路渐多了，方渐渐获得一份心的平静同澄澈。吟出一句"尚言离别是寻常"需要多少的生命感悟呵！

@丫头~：朱生豪先生所作《鹧鸪天》共有三首，将三首读完可以看出两人一笑生情,以诗歌相知以及毕业后相互思念的心路历程。最喜欢"不须耳鬓常厮伴,一笑低头意已倾"。曾翻阅过《朱生豪情书》,看到朱生豪面对宋清如总会有不尽的妙语,让人感动。可惜天妒才情,朱生豪32岁就离开人世,宋清如曾作一首悼念亡夫之诗,也让人为之动容。

段老师回复丫头~:可否将第三首录出?

丫头~回复段老师:"忆昨秦山初见时,十分娇瘦十分痴,席边款款吴侬语,笔底纤纤稚子诗。交尚浅,意先移,平生心绪诉君知。飞花逝水初无意,可奈衷情不自持"。

@魏宏珈:看完这两首词,突然想到了林徽因。她与徐志摩的那段情虽让人惋惜,但有些事就是因为短暂而显得弥足珍贵……而她和梁思成应当就是属于这种"不须耳鬓常厮伴,一笑低头意已倾"的情况了吧,感觉民国时的感情都比较凄婉……

段老师回复魏宏珈:哈哈!联想丰富,不过她与梁思成即是"耳鬓厮磨"的爱情啊!至于与徐志摩之爱恋则较为复杂!

6月2日,薛涛《春望》、琴操《满庭芳·山抹微云》

古代的青楼女子往往色艺皆具,其中不乏才情颇高之人。今日读两首青楼女子的诗词,以见这个特殊群体的文学才华及她们内心的悲苦情感。

春望(唐/薛涛)

花开不同赏,花落不同悲。若问相思处,花开花落时。槛草结同心,将以遗知音。春愁正断绝,春鸟复哀吟。风化日将老,佳期犹渺渺。不结同心人,空结同心草。那堪花满枝,翻作两相思。玉箸垂朝镜,春风知不知。

【《全唐诗》卷八〇三】

满庭芳(宋/琴操)

山抹微云,天连衰草,画角声断斜阳。暂停征辔,聊共饮离觞。多少蓬莱旧侣,频回首,烟霭茫茫。孤村里,寒鸦万点,流水绕红墙。

魂伤当此际，轻分罗带，暗解香囊。谩赢得，青楼薄幸名狂。此去何时见也，襟袖上空有余香。伤心处，长城望断，灯火已昏黄。

【《宋词纪事》】

@丫头~：曾专门去看过望江楼的薛涛墓，今天就来读她的诗吧。薛涛的这组《春望词》可以说是寂寞愁绝，声声悲苦。春天的一草一木全化成了诗人惨淡身世、悲愁心灵的折射。全诗直抒情怀、明白如话地表达了孤独之感、失恋之悲。看似简单易读，其实作者已将无尽的愁苦融入其中，还需联系作者生平经历。无论年华易逝，还是知音难求，又或者是身世之感，都是一代代文人的心中之痛啊。

段老师回复丫头~：静静分析得很贴切、到位，孤独之感，失恋之悲，知音难求，这是千古文人的心灵之叹。其实，今人又何尝不是这样？这便是跨越千古的人类的共同主题了。

@观朝槿：第二首满庭芳，导致我现在每次背少游的原作都是"共引离觞""烟霭茫茫"。

段老师回复观朝槿：紫琦以前看过吗？

观朝槿回复段老师：嗯嗯，好像是一本苏东坡的传记……

@闲云薄暮：老师，第二首改得太神似了。还好我是先接触原作的。（刚考完试跑出来）

段老师回复闲云薄暮：哈哈！可怜的孩子，考试是你们的生活常态哈！你能说说这位聪慧的女子主要是哪些方面对原作进行了修改？

闲云薄暮回复段老师：老师，我感觉她该是把少游的角度替换成了自己的角度，原本少游填此词时不仅依着自己当时的感受，还有诸多复杂的身世情怀和经历，意境深远广阔一些。而修改后的这首，格局就显得没有那么开阔，仅仅是吟叹自己的闺阁生活，景物描写的格调也显得狭隘了些……

段老师回复闲云薄暮：冬柯好悟性！确实是女子的角度，女子的情怀！

@座落风心：薛涛的那首很棒！自然、哀伤。特别是结同心草和觅知音那两句很喜欢。

@矜成：老师您一贴薛校书的这首诗，不知情的朋友还以为薛校书是位"小女子"，可是薛校书实是"大丈夫"呐！

段老师回复矜成：嗯，既是小女子，也是大丈夫。"奇女子"往往有多面。

段老师回复矜成：旭杰，能看出改造秦观的那首词与秦观原词有何区别吗？主要在哪些方面？

矜成回复段老师：我读过这首，她这首词好在，换韵未损意。

段老师回复矜成：未损意吗？有人认为更为绝望呢！

@矜成：我是这样理解的，少游毕竟是男子，男子可以凄婉，但骨子里是有气韵的！所以他不能绝望，也不敢绝望。而女子却可以把这一面真真切切地展示出来。

段老师回复矜成：有道理！男儿骨子里是有气韵的。佩服男儿。

@Bread Talk：她们不易动情，却容易深情，向来苦命，实在是很有才情的人。

@潇竹絮：看到这两首诗词的第一反应是我终于记住了顶针和回环往复的手法以及今天刚在百度的广告栏里看到了琴操，下午就看到她的词了。琴操的改编要更绝望些，尤其是把"斜阳外"改成"孤村里"，有一种世界上只余自己一人的感觉。秦观的原词是飘缈凄美之感，琴操这词只凄不美了，只觉凄凉到有种死气了。

段老师回复潇竹絮：所以这叫绝望。

@锌豌豆：女子诗词往往更细腻，情感丰富而敏锐，情思哀婉而幽怨，以细微之物入诗，如"不结同心人，空结同心草"，怅然失落的情绪通过微物传达出来。"此去何时见也，襟袖上空有余香"更是绝妙，你问归期何期，空无言，只留袖上余香，似有还无，遥遥无期。古往今来，失恋女子千千万，还是最喜欢女汉子的做法"闻君有他心，拉杂摧烧之。摧烧之，当风扬其灰"（《乐府诗集·有所思》）。

段老师回复锌豌豆：哈哈！晓丹评析既细腻又幽默呢！

@魏宏珈：这两个女子虽是青楼女子，但是在入青楼之前都算是出生在官宦之家，而且都受过良好的教育，然而命运多舛，因为父辈的"牵连"而进入青楼……我想能写出这样的诗与她们入青楼之前的经历是分割不开的……她们的诗词处处透露着凄凉、悲伤孤独的心绪，恐怕是身世凄凉、知音难求吧……尤其是薛涛虽脱离乐籍，但终身未嫁，况且她一生颠沛流离，虽也曾有过尊贵的地位，但这一生的颠沛流离怎是一个凄凉了得？

@戈一木：或许是同为女性，觉得在她们的词里更能得到细腻的同感。从"花开不同赏"起就能见出愁与相思，一句"那堪花满枝"更加无奈，最后"春风知不知"让人想起"心悦君兮君不知"，但愿薛涛在春望的时候"春风"是明了的。

6月3日，辛弃疾《满江红·暮春》《念奴娇·西湖和人韵》

去年的今日原来我们诗词茶馆品赏的是这两首诗词：今日在看学生

论文之余，顺手翻辛弃疾词集，发现他也有缠绵悱恻之词。现将他的两首风格迥异之作录于此，与大家共赏。

满江红·暮春（宋/辛弃疾）

家住江南，又过了、清明寒食。花径里、一番风雨，一番狼藉。红粉暗随流水去，园林渐觉清阴密。算年年、落尽刺桐花，寒无力。

庭院静，空相忆；无说处，闲愁极。怕流莺乳燕，得知消息。尺素如今何处也，彩云依旧无踪迹。漫教人、羞去上层楼，平芜碧。

念奴娇·西湖和人韵（宋/辛弃疾）

晚风吹雨，战新荷、声乱明珠苍璧。谁把香奁收宝镜，云锦周遭湖碧。飞鸟翻空，游鱼吹浪，惯趁笙歌席。坐中豪气，看君一饮千石。

遥想处士风流，鹤随人去，已作飞仙伯。茅舍疏篱今在否，松竹已非畴昔。欲说当年，望湖楼下，水与云宽窄。醉中休问，断肠桃叶消息。

【《稼轩词编年笺注》卷一】

@**五月渔郎**：第一首《满江红》曾经读过，只觉朗朗上口，一气呵成，文采斐然，竟然不知道是稼轩佳作！

段老师回复五月渔郎：对啊！那天课堂上也读过，没想到《满江红》也有此格调。

@**潇竹絮**：我觉得这两首词虽委婉但不贫弱，似依然有铮铮之音，尤其是第二首，时空交错，意境开阔，一片疏朗之态，亦有豪气。第一首写的是最常见的伤春，情感比第二首要细腻些，但是没有想象中的那么深刻，以前看好多诗人伤春悲秋就差要死要活了，辛弃疾这首词里面的情感有点细水长流的感觉，"暗随""渐觉""算年年"，有一种对时光的咀嚼感在里面，淡淡的，但却沁入心脾的哀愁，很特别。

段老师回复潇竹絮：好久没见你评词了，今天脑洞大开了吗？评得很贴切、深入。点赞哈！

@**丫头~**：第一首《满江红》上片写空闺女子眼中的暮春之景，下片写其孤寂苦闷的相思之情，这样的结构在宋词中还是很常见的。不过下片所抒之情真的是缠绵细腻，把女子怕见平芜又忍不住想去登楼远眺的心情写得十分生动。第二首中下片缅怀西湖名士林逋，如今人已去，物不存，只有那望湖楼下的云水变幻之景了。第一首更为细腻些，第二首确是如楼上同学所言，有些豪气，尤其是"遥想"二字，思接千载，让人想起《念奴娇·赤壁怀古》来。

段老师回复丫头~：静静评词功力也大有长进！我是故意将两首不同风格的词放在一起的，同样点赞哈！

@落鸿鼓涛："看君一饮千石"，从押韵的角度讲，这个石是不是读作 shi？不知这种押法古代允不允许呢？我对音韵一毛不通，还有另外一个疑问，现代汉语两个上声一起时，前一个字读音近于阳平，如"水果""老者""狗苟"，至如"鬼谷子"前俩字皆读似阳平，那么在作诗填词的过程中，这几个词中的"水""老""狗""鬼谷"该算平声还是仄声呢？我不知道。

段老师回复落鸿鼓涛：问问旭杰，他经常填词，应该略知一二。

矜成回复段老师：学长好，我也不是很懂。石古音是"担"仄声韵，这里要押韵读"担"就不对了，所以我也不懂，但有一种可能，辛弃疾有口音，那么有可能会在他读的时候，是押韵的。

矜成回复段老师：填词遵照《词林正韵》所以"水"属上声"纸"部，"老"属去声"皓"部，"狗"属上声"有"部，"鬼"属上声"尾"部，"谷"比较特别，属入声"屋"。

矜成回复落鸿鼓涛：至于作诗嘛，我不怎么作诗……所以不懂诗韵，只列出了词韵，学长看看吧。

矜成回复落鸿鼓涛：学长，口音的问题不是我信口开河哦！盐韵的"詹"字、属覃韵的"参"字与寒删先元（半）通用；已经把属侵韵的"临""心""禽""侵""深"等字与真文元（半）和庚青蒸通用。这样的用韵，已经比《词林正韵》宽，在宋代词人中也只有在某些人的笔下才能看到，是谁考证的我忘了，好像是朱彝尊说的和口音有关，书我看过，但是人我忘了……

矜成回复落鸿鼓涛：有一首比较典型的，史达祖的《瑞鹤仙·杏烟娇湿鬓》学长可以看看，这首韵字就是我说的那样。

矜成回复段老师：学长我翻书翻到了（其实是我的强迫症），王力先生在《诗词格律》一书指出的："词韵这十九部大约只能适合宋词的多数情况。其实在某些词人笔下，第六部早已与第十一部、第十三部相通，第七部早已与第十四部相通。其中有语言发展的原因，也有方言的影响。"

段老师回复矜成：好棒！为旭杰理工科的刨根究底的思维点赞！

落鸿鼓涛回复矜成：多谢指教。

矜成回复落鸿鼓涛：学长别这么说，这怎么能叫指教……只是交流而已。

落鸿鼓涛回复矜成：好好好，交流，交流，段老师提供这个平台真是让人获益匪浅。

6月5日，重温《人间词话》

重温《人间词话》，悼念静安先生。

昨日翻书才获悉6月2日是杰出的国学大师王国维的忌日，1927年静安先生自沉于颐和园的昆明湖，遗书写道："五十之年，只欠一死。经此世变，义无再辱。"先生涉猎面颇广，成就卓越，在哲学、文学、戏曲、美学、史学、古文学等方面均有贡献。作为治词读词者，最喜《人间词话》了。中文系的同学除大一外，想必都读过此书（因为是我课堂上要求的必读书），其他深爱词学的同学也许也读过。今日为了纪念这位伟大的学者静安先生，我们再重温几段《人间词话》的名句。

古今之成大事业、大学问者，必经过三种之境界。"昨夜西风凋碧树，独上高楼，望尽天涯路"，此第一境也；"衣带渐宽终不悔，为伊消得人憔悴"，此第二境也；"众里寻他千百度，蓦然回首，那人正在灯火阑珊处"，此第三境也。

有有我之境，有无我之境。有我之境，以我观物，故物皆着我之色彩；无我之境，以物观物，故不知何者为我，何者为物。

诗人对宇宙人生，须入乎其内，又须出乎其外。入乎其内，故能写之。出乎其外，故能观之。入乎其内，故有生气。出乎其外，故有高致。

大家之作，其言情必沁人心脾，其写景也必豁人耳目。其辞脱口而出，无矫揉装束之态。以其所见者真，所知者深也。诗词皆然。

词以境界为上，有境界则自成高格，自有名句。五代北宋之词所以独绝者在此。

境非独谓景物也，喜怒哀乐，亦人心中之一境界。故能写真景物、真感情者，谓之有境界，否则谓之无境界。

词人者，不失其赤子之心者也。

纳兰容若以自然之眼观物，以自然之舌言情。此由初入中原，未染汉人风气，故能真切如此。北宋以来，一人而已。

最是人间留不住，朱颜辞镜花辞树。

@矜成：一个传统的文人，可以不在乎贫富，可以不在乎生死，但不能不痛惜文化的衰亡！

段老师回复矜成：说得太好了！一针见血！为旭杰点赞！

矜成回复段老师："君子自杀"这是很容易理解的事，也是让我悲痛的事。

@八月的雨季 "泪眼问花花不语，乱红飞过秋千去。"顿时想到了这个。

@磷钇：6月2日那天早上，看了一篇相关文章，感慨万千，现在也没能理解他。

段老师回复磷钇：你们目前要理解他有一定的难度哈！从读他的《人间词话》开始吧！

@啊船啊："最是人间留不住，朱颜辞镜花辞树。"细想来，果真如此。容颜易逝，娇花易枯。人总得朝前看，既然留不住，那就优雅地老去，尚不失风度。

6月6日，朱庆馀《近试上张籍水部》、张籍《酬朱庆馀》

一年一度的高考迫在眉睫，这牵动多少人的心啊！在古代，有科举考试，由此产生了不少"科举诗"，在此列举两首与大家共赏。请大家注意这两首诗用的艺术手法。自屈原《离骚》开创以男女关系比拟君臣关系的用法后，人们常常用这种委婉含蓄的表达方式表达情感。这两首诗是唐代朱庆馀考前写给水部（唐时属工部）员外郎张籍以探听虚实的。张籍也以同样的比拟手法回答了他。各位亲，你们看懂了吗？

近试上张籍水部（唐/朱庆馀）

洞房昨夜停红烛，待晓堂前拜舅姑。妆罢低眉问夫婿，画眉深浅入时无？

【《全唐诗》卷五一五】

酬朱庆馀（唐/张籍）

越女新妆出镜心，自知明艳更沉吟。齐纨未是人间贵，一曲菱歌敌万金。

【《张籍集注》】

@矜成：第一首表面上"女子询问自己的丈夫，妆容是否得宜能不能见公婆"？实际上就是作者问张籍，自己的才华能不能被皇帝认可嘛。第二首是张籍回答，说女子容貌明艳，歌声婉转，表达一下这个女子才貌双全，惹人怜爱。实际上，就是张籍给他壮胆嘛，说他才华横溢，皇帝肯定看得上！

@幽并游侠：就是朱庆馀问他自己能不能考上科举，然后张籍说没问题。

段老师回复幽并游侠：俊君好聪明。

幽并游侠回复段老师：我想起了张藉的另两句，"还君明珠双泪垂，恨不相逢未嫁时"。有异曲同工之妙。

@磷钌：第一首表达得好含蓄，但是也很直接。

段老师回复磷钌：既含蓄又直接？表达有点矛盾哈！

磷钌回复段老师：其实这话是故意这样说的，含蓄指的是表达形式，直接指的是一看就能明白。

@慕名而来：我来猜一下，朱借女子美不美来表达自己才学是否出众。张诗前两句有讽刺之意，后两句则告诫考生要为人正直不要走歪门邪道。

段老师回复慕名而来：哈哈！没关系！你的解析有"新意"。

@胖黑：人生两大幸事，洞房花烛夜，金榜题名时。昨天还去参观了阆中的贡院，不得不说，相对于高考而言，科举更加残酷……高考不过是人生路上的一座高山，科举却是人生的汪洋大海，一渡就是一生。

@戈一木：觉得"自知明艳更沉吟"一句好好玩，张籍是在说他明明知道自己可以还非要问吗？哈哈，不过也是，知道自己才华的人也更加渴望别人的认可，似乎也有点调侃意味却不是批评。

@丫头~：古时文人赶考如同女子出嫁一般是件大事。朱庆馀所作之诗将自己能否高中比作将嫁的新娘能否得到丈夫的认可，真是妙极了。而张籍将朱庆馀比作一位采菱姑娘，相貌既美，歌喉又好，因此，必然受到人们的赞赏，暗示他不必为这次考试担心。真是珠联璧合，酬答俱妙！祝愿高考的学弟学妹们取得好成绩……

@霜色沁人心：这俩人的对答好玩。一个用洞房花烛夜的表现，来代替金榜题名的问题。一个用歌曲可抵万金来回答。一问一答配合默契，尤其这第一首那含蓄委婉的感觉，莫名戳中萌点。

@魏宏珈：这两位一个借用出嫁的新娘，一个借用采菱姑娘，让我想起了屈原创造的香草美人的手法……

@河的第三岸：这叫"行卷"，在唐代很流行的。

段老师回复河的第三岸：春晓"一语中的"。

6月21日，老树《夏至》、白居易《和梦得夏至忆苏州呈卢宾客》、韦应物《夏至避暑北池》

今日乃二十四节气的"夏至"。夏至是二十四节气中最早被确定的一个节气。公元前七世纪,先人采用土圭测日影,就确定了夏至。中国古代阴阳五行八卦的理论中,夏至时,阳气到达极致,由芒种而起,上乾下巽的天风姤卦在夏至达到极点,但盛极必衰,易经中乾卦的卦辞"上九,亢龙,有悔",对应的就是夏至。夏至物候:一候鹿角解,二候蝉始鸣,三候半夏生。关乎夏天,杨梅荔枝,蒲扇藤椅,细语轻声,夏夜看星。(参考"书画文化"微信公众号)

【萍按】近日蓉城暴热,夏至到来,真正的夏天开始了。期末临近,诸事繁多,加之天气闷热,各位亲,记得顺时养生:勿烦躁,多静心,轻言语,多看星。(成都没有,那就想象吧!)下面读三首夏至诗。

夏至(老树)

梅子黄时雨,细细落山前。竹下闲坐久,一一数青莲。

和梦得夏至忆苏州呈卢宾客(唐/白居易)

忆在苏州日,常谙夏至筵。粽香筒竹嫩,炙脆子鹅鲜。水国多台榭,吴风尚管弦。每家皆有酒,无处不过船。交印君相次,褰帷我在前。此乡俱老矣,东望共依然。洛下麦秋月,江南梅雨天。齐云楼上事,已上十三年。

【《白居易诗集校注》】

夏至避暑北池(唐/韦应物)

昼晷已云极,宵漏自此长。未及施政教,所忧变炎凉。公门日多暇,是月农稍忙。高居念田里,苦热安可当。亭午息群物,独游爱方塘。门闭阴寂寂,城高树苍苍。绿筠尚含粉,圆荷始散芳。于焉洒烦抱,可以对华觞。

【《韦应物诗集系年校笺》卷九】

@蒲苇·旎:长知识了。相较我还是喜欢老树的"竹下闲坐久,一一数青莲"。读完觉得凉爽舒适,再加上一壶茶,闲坐、品茶、数青莲,甚好甚好!

@其香:与白居易和韦应物的两首诗相比,更喜欢老树的这首《夏至》,用语平淡,韵味徐远,不输古人。梅雨驱散了天气的燥热,夏日荫长,塘中田田的青莲，让人更觉一丝清凉。青莲诗意的花语是热闹和荣华剥离后的淡泊与洒脱，与诗境融会无迹。作者此时的心境应该也正如小诗里所写闲淡疏泊。在成都这样闷热的夏天，读这样的小诗真是比喝绿豆汤还解暑。

@升仙刀：第一首诗，一眼就看到"数落"二字。第二首诗，看到了"风水"二字。（我的关注点好歪。）

段老师回复升仙刀：哈哈！芳川的眼光与众不同哈！

@磷钇：第一首的"一一数青莲"把"闲"展现得淋漓尽致，让我想起了之前一位老师写自己闲的时候是一根一根数蛛丝。

段老师回复磷钇：数蛛丝？哈哈！有趣！

@座落风心："竹下闲坐久，一一数青莲。"让我想起过去高中常常去九里看荷花，也是闲坐数莲。哈哈。第二首让我想起好吃的。韦庄的诗使我记起老家的夏天。

@潇竹絮：看到韦应物这首诗，想到去年去新都看荷花。以及高考完去杭州泛舟西湖的样子，我和我哥顶着荷叶当帽子。不过印象最深的是夏天的吵闹，一直不停的知了声，真真是"知了在声声地叫着夏天"。

段老师回复潇竹絮：是啊！夏天还是有不少回忆的。

6月22日，秦观《临江仙·千里潇湘挼蓝浦》

今日窗外大雨滂沱，幸好无课，不用在外奔波。与冬柯谈词，他推荐一首秦观的《临江仙·千里潇湘挼蓝浦》，在此展示如下与大家分享。昨日说夏至日，又逢期末，大家容易心烦气躁，建议大家多看星，结果昨晚的月亮很美，暑热的天有良辰美景佳词可赏，真是人生一大幸事啊！

临江仙（宋/秦观）

千里潇湘挼蓝浦，兰桡昔日曾经。月高风定露华清。微波澄不动，冷浸一天星。

独倚危樯情悄悄，遥闻妃瑟泠泠。新声含尽古今情。曲终人不见，江上数峰青。

【《淮海居士长短句笺注》】

@**闲云薄暮**：老师，黄庭坚的那首诗呢。

闲云薄暮回复段老师：原诗来了，只是诗题太长。《同世弼韵作寄伯氏在济南兼呈六舅祠部》(黄庭坚)："山光扫黛水挼蓝，闻说樽前惬笑谈。伯氏清修如舅氏，济南萧洒似江南。屡陪风月乾吟笔，不解笙簧醉舞衫。只恐使君乘传去，拾遗今日是前衔。"

@**猛蹬125**："独倚危墙情悄悄"，我记得谁的一句词是"独倚危楼风细细"？"冷浸一天星""曲终人不见"，这两句好。

段老师回复猛蹬125：柳永的《蝶恋花》"独倚危楼风细细"。

猛蹬125回复段老师：哈！这两句太像了。

段老师回复猛蹬125：是啊！星宇好眼光。

@**中南菊香**：这首词有种清寒幽静的氛围，夏至日读来，让我想到了古人的消暑诗。

@**潇竹絮**："曲终人不见，江上数峰青"是标准的梅长苏出场配诗啊。不过这句原创是钱起《省试湘灵鼓瑟》，但是用在这首词里一点也不突兀，大抵是因为词中亦有泠泠鼓瑟之声。这首词写于秦观被贬郴州途中，星月明亮，风平浪静，却不能道词人心中的、仿佛沉淀千古的哀愁。

段老师回复潇竹絮：是啊！再美丽的风景也难掩秦观被贬的千古哀愁。话说你真是很迷恋梅长苏呢！

潇竹絮回复段老师：主要他出场的时候实在太帅、太帅了。

@**胖黑**：成都总是会在热到酷暑难耐的时候转来一场大雨。这种时候读消暑之词真是让人感同身受。

@**座落风心**："曲终人不见，江上数峰青。"失落之悲，以景道出。很喜欢！

6月23日，李商隐《无题》二首

今日稍许清凉，诸事繁忙之余，且读两首李商隐的《无题》诗。李商隐，晚唐著名诗人，其无题诗独具特色，哀感顽艳，情思幽约，朦胧迷离。其表现主旨历来为人所争论、猜测。这里我们且品两首：

无题（唐/李商隐）

重帷深下莫愁堂，卧后清宵细细长。神女生涯原是梦，小姑居处本无郎。风波不信菱枝弱，月露谁教桂叶香？直道相思了无益，未妨惆怅是清狂。

鉴赏讨论篇

无题（唐/李商隐）

飒飒东风细雨来，芙蓉塘外有轻雷。金蟾啮锁烧香入，玉虎牵丝汲井回。贾氏窥帘韩掾少，宓妃留枕魏王才。春心莫共花争发，一寸相思一寸灰！

【《李商隐诗歌集解》】

@21克&香蕉皮："一寸相思一寸灰"真是形象！一寸的描述让我想到光阴，想到焚香时一寸一寸地燃烧落成灰。相思是时间的漫长，是燃烧的煎熬，相思越久也越心如死灰。这一句，把相思的痛苦都道了出来。

@五月渔郎：我最爱的李义山，老师终于想起他了！好开心好开心！

段老师回复五月渔郎：其实我也爱啊！他还是我的研究对象呢。吻雯，喜欢哪一首？

五月渔郎回复段老师：太多了，《锦瑟》《夜雨寄北》，"相见时难别亦难""昨夜星辰昨夜风"自然不用说了。还有"桐花万里丹山路，雏凤清于老凤声""刘郎已恨蓬山远，更隔蓬山一万重"，那句"留得残荷听雨声"，总是让我惆怅。尤其喜欢那句"直到相思了无益，未妨惆怅是清狂"！潇洒爽快！

段老师回复五月渔郎：我也喜欢这两句啊！

五月渔郎回复段老师：嗯嗯，当时读的时候不知是义山句，只觉爱不释手，后来渐渐发现好多喜欢的诗句都是李义山之语，愈发不能自拔了。

@冷月生：前清翰林、成都五老七贤之一的赵熙在改写川剧《焚香记·情探》时就将"一寸相思一寸灰"揉入王魁的念白之中，后接"说得人柔肠寸断了"，甚是入情入戏。后田汉也在赵香宋的《情探》基础上编写过越剧的《情探》，字词意境较赵尧老却相去甚远。

@潇竹絮：两首诗都写到了相思，不过看第二首的感叹号就知道，这相思，有点狠。两首诗的相思比起来，第一首像是写给两地分居的恋人，第二首像是写给生死永隔的恋人，倒像悼亡诗了。有本小说就叫一寸相思，里面一种兵器的名字叫一寸相思，这兵器就是工匠生前最后一把神兵，锻造背后就有一个很绝望的故事。

段老师回复潇竹絮：哈哈！如意联想丰富！

6月26日，晏几道《清平乐·留人不住》、陈师道《清平乐·秋光烛地》、纳兰性德《清平乐·孤花片叶》

今日小雨清凉，数日烦热终有解脱。无谓的操心看来也是庸人自扰，还是继续我们的诗意人生吧！今日我们且读几首《清平乐》。《清平乐》原为唐教坊曲名，取用汉乐府"清乐""平乐"这两个乐调而命名。后用作词牌。历代文人或写归隐生活之趣，或写离别怀人之感，又或是触景生情，排解忧思。三千繁华，看淡即是烟云，只留下一丝淡淡的情思。话说我的网名即是"清平乐"哦！

清平乐（宋/晏几道）

留人不住，醉解兰舟去。一棹碧涛春水路，过尽晓莺啼处。
渡头杨柳青青，枝枝叶叶离情。此后锦书休寄，画楼云雨无凭。

【《二晏词笺注·小山词笺注》】

清平乐（宋/陈师道）

秋光烛地，帘幕生秋意。露叶翻风惊鹊坠，暗落青林红子。
微行声断长廊，熏炉袭换生香。灭烛却延明月，揽衣先怯微凉。

【《全宋词》】

清平乐（清/纳兰性德）

孤花片叶，断送清秋节。寂寂绣屏香篆灭，暗里朱颜消歇。
谁怜散髻吹笙，天涯芳草关情。懊恼隔帘幽梦，半床花月纵横。

【《饮水词笺校》卷三】

@愁雨。叹："渡头杨柳青青"，柳欲留人，真是颇具代表性啊。
段老师回复愁雨。叹：是啊！杨柳代表离情自《诗经》始，"昔我往矣，杨柳依依；今我来思，雨雪霏霏"。
愁雨。叹回复段老师：《采薇》这样。

@矜成："寂寂绣屏香篆灭，暗里朱颜消歇。"真伤心语，叫我读来心中一室。

段老师回复矜成：嗯，还是纳兰最为深情！

矜成回复段老师：大晏词读完感到岑寂悲凄，陈词读罢只觉孤高清寒。唯独纳兰这首小词，读来如独处冰窖，萧索清冷。

段老师回复矜成：是啊！王国维说：纳兰容若乃千古伤心人也！

矜成回复段老师：晏几道、秦观、姜夔、纳兰容若，我还想加上吴文英，都是应了那句"情深缘浅"。

段老师回复矜成：嗯，旭杰归纳得不错！尤其是秦观、姜夔、纳兰几人的词读来"哀感顽艳"，情深意切！令人心痛！

矜成回复段老师：只不过，晏几道语言虽然美，但困于用情太过外露。吴文英深情专情，受制于语言过于晦涩难懂。但是，细细品来，这些人的一生本身就叫人伤心。

@五月渔郎：昨天才刚读了纳兰词，心里怅怅的。幸得今日观小山一阕《清平乐》，虽亦是抒惆怅之情，却非纳兰般低沉。容若、小山皆是我最爱的公子！

段老师回复五月渔郎：是啊！白苹公子。

6月30日，苏轼《南乡子·送述古》《临江仙·送钱穆父》

今日小雨，送来几许清凉。六月毕业季，正上演各种离别大戏。自古"黯然销魂者，唯别而已矣"，我们的苏子也是多情挚情之人，写下不少情深意切而境界阔远的词。下面录两首与大家共赏。

南乡子·送述古（宋/苏轼）

回首乱山横，不见居人只见城。谁似临平山上塔，亭亭，迎客西来送客行。

归路晚风清，一枕初寒梦不成。今夜残灯斜照处，荧荧，秋雨晴时泪不晴。

【《苏轼全集校注·词集》卷一】

临江仙·送钱穆父（宋/苏轼）

一别都门三改火，天涯踏尽红尘。依然一笑作春温。无波真古井，有节是秋筠。

惆怅孤帆连夜发，送行淡月微云。樽前不用翠眉颦。人生如逆旅，我亦是行人。

【《苏轼全集校注·词集》卷二】

@幽并游侠：我最喜欢江淹的《别赋》，被我背得滚瓜烂熟，而别赋里最喜欢"黯然销魂者，唯别而已矣"这一句。

段老师回复幽并游侠：真棒！还有《恨赋》，背过没？

幽并游侠回复段老师：背过。"试望平原，蔓草萦骨……自古皆有死，莫不饮恨而吞声。"

幽并游侠回复段老师：其实我最想背《上林和子虚》，不过由于字太生僻又难懂，一直没背，不过暑假应该可以背下来。

段老师回复幽并游侠：嗯，这两篇赋是大赋，不是抒情小赋，背诵起来应该有点困难！

幽并游侠回复段老师：嗯，首先要把字的读音弄清楚，然后明其大义，然后才能背。这学期我只背了二三十篇小赋。

@矜成："人生如逆旅，我亦是行人。"此句我在一本《列子》里看到过，原来是出自这里。

段老师回复矜成：你不知道？

矜成：我没有专门看过东坡的集子。

段老师回复矜成：嗯，以后有空得补上。

矜成回复段老师：想先看别人的，比起这种一流词人，我更喜欢二流的……

段老师回复矜成：都要看，"转益多师是汝师"（杜甫《戏为六绝句》）！

@座落风心："人生如逆旅，我亦是行人。"一直特别喜欢这句啊！豁达地道出了人生飘零的无常。

7月5日，苏轼《贺新郎·乳燕飞华屋》《虞美人·持杯遥劝天边月》

昨晚熬夜改完卷子，今日方有闲情倚窗听雨读词。下面我们读两首苏子的婉约词。

贺新郎（宋/苏轼）

乳燕飞华屋。悄无人、桐阴转午，晚凉新浴。手弄生绡白团扇，扇手一时似玉。渐困倚、孤眠清熟。帘外谁来推绣户，枉教人梦断瑶台曲。又却是，风敲竹。

石榴半吐红巾蹙。待浮花浪蕊都尽，伴君幽独。秾艳一枝细看取，芳心千重似束。又恐被、秋风惊绿。若待得君来向此，花前对酒不忍触。共粉泪，两簌簌。

【《苏轼全集校注·词集》卷二】

虞美人（宋/苏轼）

持杯遥劝天边月。愿月圆无缺。持杯复更劝花枝。且愿花枝长在、莫离披。

持杯月下花前醉。休问荣枯事。此欢能有几人知。对酒逢花不饮、待何时。

【《苏轼全集校注·词集》卷三】

@**江城子**：和印象中苏子的风格不一样。
段老师回复江城子：嗯，苏子的风格其实还是多样化的。
江城子回复段老师：感觉最喜欢的还是黄州的苏东坡。
段老师回复江城子：在黄州，他也有婉约词的。
@**其香**：《贺新郎·乳燕飞华屋》写华屋女子午后寂寥的生活，华屋、晚凉新浴、生绡白团扇分明又不是寻常人家所有。风推绣户，惊扰瑶台曲，彼时，石榴花开得正是浓烈，簌簌的花朵沉甸甸地挂满枝头，像是压在心头的情思。苏子的婉约词有一点浓烈的色彩，却又不是完全的闺中脂腻之气。大文豪作品风格不可以偏概全，更不可一叶障目。
@**座落风心**："持杯月下花前醉。休问荣枯事。"特别喜欢这句！还有，"对酒逢花不饮、待何时？"是啊，考完试后一定是高朋满座，此时不饮待何时？
@**锌豌豆**：第二首苏子持杯两劝，且发两愿，一愿月圆无缺，二愿花枝长在，世间细微动人之景被苏子道尽。月圆也是人团圆，花在即是好景常在，怀美好之愿，于花前月下独饮，此乐即是人间最逍遥。

9月2日，孟浩然《初秋》、杜牧《山行》、王昌龄《太湖秋夕》、刘禹锡《秋词》、李白《秋登宣城谢朓北楼》、白居易《秋雨中赠元九》、张九龄《秋夕望月》

今日秋阳高照，我们看看古人笔下的秋天是怎样美丽的画面？美景又引起他们怎样的秋思呢？各位亲，你最喜欢哪一首诗呢？能否谈几句感悟？

初秋（唐/孟浩然）

不觉初秋夜渐长，清风习习重凄凉。炎炎暑退茅斋静，阶下丛莎看露光。

【《孟浩然诗集笺注》】

山行（唐/杜牧）

远上寒山石径斜，白云深处有人家。停车坐爱枫林晚，霜叶红于二月花。

【《杜牧集系年校注》】

太湖秋夕（唐/王昌龄）

水宿烟雨寒，洞庭霜落微。月明移舟去，夜静魂梦归。暗觉海风度，萧萧闻雁飞。

【《王昌龄诗集》卷二】

秋词（唐/刘禹锡）

山明水净夜来霜，数树深红出浅黄。试上高楼清入骨，岂如春色嗾人狂。

【《刘禹锡集》卷二六】

秋登宣城谢朓北楼（唐/李白）

江城如画里，山晚望晴空。两水夹明镜，双桥落彩虹。人烟寒橘柚，秋色老梧桐。谁念北楼上，临风怀谢公。

【《李太白全集》卷二一】

秋雨中赠元九（唐/白居易）

不堪红叶青苔地，又是凉风暮雨天。莫怪独吟秋思苦，比君校近二毛年。

【《白居易诗集校注》卷一三】

秋夕望月（唐/张九龄）

清迥江城月，流光万里同。所思如梦里，相望在庭中。皎洁青苔露，萧条黄叶风。含情不得语，频使桂华空。

【《张九龄集校注》卷四】

@幽并游侠回复段老师：最喜爱诗仙！
幽并游侠回复段老师："两水夹明镜，双桥落彩虹。"
@潇竹絮：看到元白唱和第一反应是元稹那句"垂死病中惊坐起，暗风吹雨入寒窗"(《闻乐天授江州司马》)。秋天的诗词我其实最喜欢杜牧《寄扬州韩绰判官》："青山隐隐水迢迢，秋尽江南草木凋。二十四桥明月夜，玉人何处教吹箫。"还有他的《秋夕》也不错："银烛秋光冷画屏，轻罗小扇扑流萤。天阶夜色凉如水，卧看牵牛织女星。"不过还是更喜欢前一首，隐隐绰绰的青山、迢迢不断的水，还有最爱的江南秋景，一轮圆月下，自带古乐伴奏的二十四桥，自有一种唯美的感觉。
@锌豌豆：若以对秋景的描写来看，孟浩然"阶下丛莎看露光"句用丛莎中的露光来暗示秋日的到来；刘禹锡的"数树深红出浅黄"则渲染了秋日的色彩，红与黄的色调相凑泊，正是秋天最好的写照；李白的"人烟寒橘柚，秋色老梧桐"则用"橘柚"和"梧桐"这种有典型代表意义的意象入诗；白居易的"不堪红叶青苔地"和张九龄的"皎洁青苔露，萧条黄叶风"分别用青红和青黄的色彩搭配。

@锌豌豆：简言之，古诗中的秋天以"红""黄""青"为主色调，以凄凉为情感基调，也兼有洒脱情怀。

@蒲苇·旎：我喜欢《秋登宣城谢眺北楼》，特别是前三句："江城如画里，山晚望晴空。两水夹明镜，双桥落彩虹。人烟寒橘柚，秋色老梧桐。"一幅秋景美入心，山水以拟人手法来写，"望""夹"灵动美。秋天该有的典型景物——具备，写来顺手，读来享受，我比较喜欢。这些诗篇我都喜欢，因为秋天是我最喜欢的季节。

段老师回复蒲苇·旎：评析贴切，不错！再看看今天发的元曲。

@浮沉子：对于秋天，第一感觉是文人墨客在这个季节里最喜言愁。或许是万物衰败，花叶凋零，漂泊天涯，无处为家等触发了他们内心的伤感情绪。例如杜甫的《登高》："万里悲秋常做客，百年多病独登台。艰难苦恨繁霜鬓，潦倒新停浊酒杯。"杜甫一生坎坷，晚年更是老病孤愁，漂泊异乡，长年客居却又壮志未酬，疾病困苦，这么多年的仕途风雨染白了他的双鬓，人们常说借酒消愁，可他却暂停了浇愁的酒杯，在清醒的状态下去回首，去感悟，于是愁中更愁，哀中更哀啊。但诗歌中也不全是这类，也有刘禹锡《秋词》的豪迈洒脱，"自古逢秋悲寂寥，我言秋日胜春朝"这就打破了传统的悲秋论调，借用"鹤"在空中"排"的姿态表现了秋天的生机和底色，更多让人感受到的不再是缠绵悱恻，而是一种精神状态的高扬和开阔。王维的《山居秋暝》更是清新脱俗，不愧"诗佛"称号，寂静的山林中一场雨带来了晚秋，天色已暝，新月当空，淙淙流水泻于山石之中，竹林归来的浣女，莲叶下微动的鱼舟给这丝静谧中更添幽深。读他的诗就是有让人自动联想的能力，"诗中有画，画中有诗"是对他最妥帖的评价了。

段老师回复浮沉子：谢谢曾莉的第一次发言，好棒！

@满小小。：竟不知王昌龄还有如此温婉的诗。

段老师回复满小小。：是啊！每个诗人的诗风不是一概而论的。

@其香：张九龄有两首五律名篇，一首是《望月怀远》："海上生明月，天涯共此时。情人怨遥夜，竟夕起相思。灭烛怜光满，披衣觉露滋。不堪盈手赠，还寝梦佳期。"另外一首就是《秋夕望月》，张九龄的诗歌风格胡应麟在《诗薮》中这样总结："唐承袭梁隋，陈子昂独开大雅之源，张子寿首创清淡之派，盛唐继起，孟浩然、王维、储光羲、常建、韦应物，本曲江之清淡而益以风神者也。高适、岑参、王昌龄、李颀、孟云卿，本子昂之古雅而加以气骨者也。"指出其开清淡一派的功劳。这首《秋夕望月》描写了一派风清月朗的秋夕月景，风格自然流畅，语言精炼清澹，从中也可窥探出诗人孤高清滢的襟怀。

@座落风心：秋天总是容易让人生出凄凉的感觉来，但是这里面有些诗，诗意是比较明快的。但是秋天总会让我伤感。比如就第一首孟浩然的那首诗：不觉初秋夜渐长，单独品起来就会让我觉得有着时间转换的感喟。我对于秋天的感觉，来一句现代诗吧——"许多人慢慢被秋天路过，承受一枚黄叶的凄凉。"哈哈！后面的诗都很不错，看见那首"霜叶红于二月花"不觉再细味起来，有种儿时不可能体会到的感觉。

9月3日，关汉卿《大德歌·秋》、白朴《天净沙·秋》、贯云石《塞鸿秋·代人作》、徐再思《水仙子·夜雨》、郑光祖《蟾宫曲·弊裘尘土压征鞍》、马致远《天净沙·秋思》

昨日大家读了几首关于秋天的诗歌，今日我们看看元曲中的秋天是怎样的？请大家注意在描绘秋景，抒发秋思时，诗与曲是否有不同呢？昨日几位同学的发言都非常棒，希望今天继续。

大德歌·秋（元/关汉卿）

风飘飘，雨萧萧，便做陈抟也睡不着。懊恼伤怀抱，扑簌簌泪点抛。秋蝉儿噪罢寒蛩儿叫，淅零零细雨打芭蕉。

【《汇校详注关汉卿集》】

天净沙·秋（元/白朴）

孤村落日残霞，轻烟老树寒鸦，一点飞鸿影下。青山绿水，白草红叶黄花。

【《全元散曲》】

塞鸿秋·代人作（元/贯云石）

战西风几点宾鸿至，感起我南朝千古伤心事。展花笺欲写几句知心事，空教我停霜毫半晌无才思。往常得兴时，一扫无瑕疵。今日个病厌厌，刚写下两个相思字。

【《全元散曲》】

水仙子·夜雨（元/徐再思）

一声梧叶一声秋，一点芭蕉一点愁，三更归梦三更后。落灯花棋未收，叹新丰孤馆人留。枕上十年事，江南二老忧，都到心头。

【《全元散曲》】

蟾宫曲·弊裘尘土压征鞍（元/郑光祖）

弊裘尘土压征鞍，鞭倦袅芦花。弓剑萧萧，一竟入烟霞。动羁怀、西风禾黍，秋水兼葭，千点万点、老树寒鸦，三行两行、写高寒呀呀雁落平沙。曲岸西边，近水涡、鱼网纶竿钓艇，断桥东下，傍溪沙、疏篱茅舍人家。见满山满谷，红叶黄花。正是凄凉时候，离人又在天涯。

【《全元散曲》】

天净沙·秋思（元/马致远）

枯藤老树昏鸦，小桥流水人家，古道西风瘦马。夕阳西下，断肠人在天涯。

【《全元散曲》】

@**戈一木**：一下子想起的是《西厢记》里的"碧云天，黄花地"，马致远的《秋思》每次读起来都还是会感慨万千啊。

段老师回复戈一木：是啊！这两首都是名作。

@**八月的雨季**：关汉卿的《秋》第一句是口水化的诗句，而后用的"扑簌簌泪点抛"一句我很喜欢，将眼泪拟人化，可见泪水之多，秋感之烈。末句不禁让我想起辛弃疾的"明月别枝惊鹊，清风半夜鸣蝉"（《西江月·明月别枝惊鹊》），"淅零零细雨打芭蕉"与王维"雨打芭蕉叶带愁"（案：作者有误）有异曲同工之妙。

@**锌豌豆**：第一首写少妇由于"人未归"而引发的烦恼，以空寂的秋景开头，引入少妇懊恼寂寞的心情，又以秋景结尾，细雨打芭蕉写出了秋日细雨初凉、芭蕉独立的景色，又突出了少妇闺中寂寥之感。小令读来通俗可爱，韵味悠长，相比于诗更显灵活，明快精炼。

段老师回复锌豌豆：晓丹，这是元曲哦！与诗自然不同了。

@潇竹絮：想到前年元旦还写了几首非常搞笑的天净沙。词、元曲、明清小说是文学不断世俗化的体现，越来越多的普通大众都能接触文学，不像魏晋那会感觉文学都是高富帅的消费。所以今天的元曲部分语句比较容易引起屌丝的共鸣，比如《塞鸿秋》末两句，今日个病厌厌，刚写下两个相思字，感觉像出自伪文艺青年之手。就是想成为文艺青年，但是还没摸着文艺青年的正确打开方式。

段老师回复潇竹絮：哈哈！如意的语言好幽默，确实中国古代文学有通俗化的倾向！诗词乃雅文学，元曲向通俗发展了。

@座落风心：元曲里面大多都带着口水化的语言，读来通俗易懂，有的甚至有些滑稽可爱。比如第一首伤秋之作，读来却让人发笑，发笑的同时又可以感到一种无奈。天净沙两首都是我很喜欢的，每读一次都被"画面感"一次。值得一提的是"一点飞鸿影下"与背景的点面结合，还有后面极丰富的色彩感。总的说来，元曲就像秋天黄昏里轻轻的一个叹息！

段老师回复座落风心：评析很棒！不过，"口水话的语言"应为"口语化"，不然，你这一语言也过于"口水"了。中国文学到了元代有向通俗化发展的倾向。

@浮沉子：这里面最熟的应该是马致远的《天净沙·秋思》了，而白朴的《天净沙·秋》读起来也有异曲同工之妙，细读两首小令，虽是写秋却是道尽了悲愁。马致远的这首选取秋景特有的意象勾勒出了深秋的凄凉哀婉，最后一句娓娓道出了作者离乡背井、漂泊在外的心酸孤独。白朴这首前三句读来和其差不多类似，着力渲染了秋景的衰颓荒凉，运用"孤村""落日""残霞""轻烟""老树""寒鸦"以及"孤鸿"等意象向我们描绘了一幅深秋哀图，而后却笔锋一转，在青山绿水中白、红、黄等颜色相互映照，从而凸显了秋天的生机与希望，这样的描写一洗他人一悲到底的手法，为这萧条肃杀的秋天里增添了一抹亮色，读来颇有新意，也显得这首小令不落俗套，意境独具了。

@蒲苇·旎：我个人比较喜欢白朴的《天净沙·秋》"孤村落日残霞，轻烟老树寒鸦"，感觉每个意象可以任意组合，也可以单独成象，"一点飞鸿影下"是个完美衔接，最后又是意象叠加"青山绿水，白草红叶黄花。"但是读完像喝了清茶，有淡淡的甜味。古人好的诗词就是耐推敲啊，读来很舒服。贯云石的《塞鸿秋·代人作》，感觉像另类写作，不像词，又不是记叙文，哈哈，这首觉得如意分析得很好。

9月18日，李清照《鹧鸪天·寒日萧萧上锁窗》《多丽·咏白菊》

今日秋雨潇潇，让人心里有些烦恼。且读易安居士词两首。

鹧鸪天（宋/李清照）

寒日萧萧上锁窗，梧桐应恨夜来霜。酒阑更喜团茶苦，梦断偏宜瑞脑香。

秋已尽，日犹长，仲宣怀远更凄凉。不如随分樽前醉，莫负东篱菊蕊黄。

【《重辑李清照集》卷三】

多丽·咏白菊（宋/李清照）

小楼寒，夜长帘幕低垂。恨萧萧、无情风雨，夜来揉损琼肌。也不似、贵妃醉脸，也不似、孙寿愁眉。韩令偷香，徐娘傅粉，莫将比拟未新奇。细看取、屈平陶令，风韵正相宜。微风起，清芬蕴藉，不减荼蘼。

渐秋阑、雪清玉瘦，向人无限依依。似愁凝、汉皋解佩，似泪洒、纨扇题诗。朗月清风，浓烟暗雨，天教憔悴度芳姿。纵爱惜、不知从此，留得几多时？人情好，何须更忆，泽畔东篱。

【《重辑李清照集》卷二】

@**五月渔郎**：第一首好喜欢，第二首好好读读。
闲云薄暮回复五月渔郎：我也很喜欢第一首，之前一读到就很喜欢……
@**闲云薄暮**：喜欢易安的这句"不如随分尊前醉，莫负东篱菊蕊黄"的洒脱快意。其实之前想跟您聊聊这首词，只是时节没到，没想到老师今天读到这首并分享出来了。
@_____**你知我在**：早上听到雨声倒莫名地想起一句诗："留得残荷听雨声"（李商隐《宿骆氏亭寄怀崔雍崔衮》)，又莫名地想到了林黛玉。
段老师回复_____你知我在：嗯，李商隐的诗。
@**123211082**：难得看到她如咏白菊这般化用如此多典故的词，精致又浑然。
段老师回复123211082：是啊！易安词风也多样化。

@萧竹絮："微风起,清芬蕴藉,不减酴醾"有点散文的味道了~想到王菲的《开到荼蘼》这首歌。不知道荼蘼花长啥样,据说见到荼蘼花就意味着春天结束了,好神奇。

@叶飘零:人生本多美好之事。虽美于人各有偏好,然终不过是同人之灵性相宜而起。故诗人有感"莫负东篱菊蕊黄"而我却至爱樱花之"既堪赏,纵被风叨去,亦令无情醉"(按:自拟之拙句)。于菊花亦爱之。

@锌豌豆:第一首写秋景,寄乡愁,表面上达观豁达,"随分尊前醉",实际上寄托着故国沦丧、流离失所的悲苦,悲慨有致,凄婉情深。

10月5日,纳兰性德《摊破浣溪沙·风絮飘残已化萍》《鹧鸪天·离恨》《生查子·惆怅彩云飞》《浣溪沙·谁道飘零不可怜》

假期里,读几首纳兰性德的相思词。

摊破浣溪沙(清/纳兰性德)

风絮飘残已化萍,泥莲刚倩藕丝萦。珍重别拈香一瓣,记前生。
人到情多情转薄,而今真个悔多情。又到断肠回首处,泪偷零。

【《纳兰词笺注》卷二】

鹧鸪天·离恨(清/纳兰性德)

背立盈盈故作羞,手挼梅蕊打肩头。欲将离恨寻郎说,待得郎来恨却休。
云淡淡,水悠悠,一声横笛锁空楼。何时共泛春溪月,断岸垂杨一叶舟。

【《纳兰词笺注》补遗一】

生查子(清/纳兰性德)

惆怅彩云飞,碧落知何许?不见合欢花,空倚相思树。

总是别时情,那得分明语。判得最长宵,数尽厌厌雨。

【《纳兰词笺注》卷一】

浣溪沙(清/纳兰性德)

谁道飘零不可怜,旧游时节好花天,断肠人去自经年。
一片晕红才著雨,几丝柔绿乍和烟。倩魂销尽夕阳前。

【《纳兰词笺注》卷一】

@火奴鲁鲁:人到情多情转薄。看您说"时光荏苒,青春不再",老师可是很年轻的,就像运动员在赛场上忘记比分,忘记时间也是一种选择嘛。

段老师回复火奴鲁鲁:是吗?好开心!子曰:不知老之将至!

@闲云薄暮:喜欢那句"何时共泛春溪月,断岸垂杨一叶舟"。精致含情且略有开阔的意境。

@蒲苇·旎:读到"欲将离恨寻郎说,待得郎来恨却休"就想偷笑,我有过切身体会,写得真是贴切,赞一个。

段老师回复蒲苇·旎:哈哈!人方对感情真有体会呢!

蒲苇·旎回复段老师:我是个多情女子。

@座落风心:"断岸垂杨一叶舟"这一句我太喜欢了,但总说不出为什么,也不想问自己为什么了哈哈好奇怪。

闲云薄暮回复座落风心:只可意会,不可言传。

@＿＿你知我在:一直很喜欢第三首,"判得最长宵,数尽厌厌雨"……每次读来觉得心间有一股清香在飘荡。

@21克&香蕉皮:"一片晕红才著雨,几丝柔绿乍和烟"感觉用这一句,形容这四首词也很合适,激烈的情感用柔和婉约的方式表现出来,红与绿的鲜明颜色因烟雨而濛濛。

@升仙刀:第二首《鹧鸪天》,"背立""打肩头",说明女孩对情郎心中有恨要诉。"背立"情郎却又"故作羞","打肩头"却用"梅蕊"打,说明恨意已无,更多的是相逢的喜悦。"手挼梅蕊打肩头",让人想起"手挼梅子并郎肩"(陈克《浣溪沙》),不过前句中的女孩形象活泼,后句中的女孩形象安静。"打肩头"还比"并郎肩"多了一番打情骂俏的趣味。相似的还有"手挼红杏蕊"(冯延巳

《谒金门》)、"手挼菊蕊""挼柳条"……"手挼"的动作写尽了小女儿情态,一定是少女的爱情。

关键鹰回复升仙刀:妙哉!

10 月 11 日,苏轼《出颍口初见淮山,是日至寿州》《南乡子·重九涵辉楼呈徐君猷》《永遇乐·明月如霜》《南乡子·送述古》

"秋风萧瑟天气凉,草木摇落露为霜。"初秋时节,万物衰飒,今日我们且去看看苏轼笔下的秋天。(希望各位品赏后,写几句感悟吧!)

出颍口初见淮山,是日至寿州(宋/苏轼)

我行日夜向江海,枫叶芦花秋兴长。长淮忽迷天远近,青山久与船低昂。寿州已见白石塔,短棹未转黄茅冈。波平风软望不到,故人久立烟苍茫。

【《苏轼全集校注·诗集》卷六】

南乡子·重九涵辉楼呈徐君猷(宋/苏轼)

霜降水痕收,浅碧鳞鳞露远洲。酒力渐消风力软,飕飕,破帽多情却恋头。

佳节若为酬,但把清尊断送秋。万事到头都是梦,休休,明日黄花蝶也愁。

【《苏轼全集校注·词集》卷一】

永遇乐(宋/苏轼)

明月如霜,好风如水,清景无限。曲港跳鱼,圆荷泻露,寂寞无人见。紞如三鼓,铿然一叶,黯黯梦云惊断。夜茫茫,重寻无处,觉来小园行遍。

天涯倦客，山中归路，望断故园心眼。燕子楼空，佳人何在，空锁楼中燕。古今如梦，何曾梦觉，但有旧欢新怨。异时对，黄楼夜景，为余浩叹。

【《苏轼全集校注·词集》卷一】

南乡子·送述古（宋/苏轼）

回首乱山横，不见居人只见城。谁似临平山上塔，亭亭，迎客西来送客行。

归路晚风清，一枕初寒梦不成。今夜残灯斜照处，荧荧，秋雨晴时泪不晴。

【《苏轼全集校注·词集》卷一】

@陈奕迅大太太：向来都是离人心上秋。人合之时秋风带凉也是漂亮的。

@这样，很好：喜欢，和喜欢的人一起吹凉风。

@八月的雨季：最喜欢"归路晚风清……秋雨晴时泪不晴"这句，其中"初寒""梦不成""残灯""泪不晴"等意象都共同营造出一种悲凉、凄冷的意境，渲染苏轼悲凉的内心，最后一句尤为点睛，将秋雨拟人化，赋予了苏轼彼时的心境，再用衬托的手法，用秋雨衬托苏轼的眼泪，泪不晴……

@闲云薄暮：喜欢《南乡子》首句"霜降水痕收，残碧鳞鳞露远洲"。动词很是传神，"酒力渐消风力软"这一句，将风拟人化，很有趣味。"但把清尊断送秋"更是苏子的风格，略带闲逸飘洒。

@21克&香蕉皮：看来"人生如梦"的感慨苏子不曾一次发出。苏子笔下的秋天也是伤感寂寥的。

段老师回复21克&香蕉皮：苏子早对人生有种清醒的认识。

@潇竹絮：苏轼作品里的"梦"简直像一个无限的黑洞，把古往今来多少人都吸了进去，好喜欢那句"古今如梦，何曾梦觉，但有旧欢新怨"。第一首里面的"枫叶芦花秋兴长"一句，感觉像是白居易"枫叶荻花秋瑟瑟"（《琵琶行》）的反转，很能反映苏子一向疏朗的心态，其实我觉着没准古代四川人就是这样今朝有酒今朝醉，只要活着就很开心的心态，李白也是这样的。

10月14日，冯延巳《南乡子·细雨湿流光》、晏殊《喜迁莺·花不尽》、秦观《点绛唇·桃源》

"情不知所起，一往情深"，古往今来，儿女私情是古典诗词里永恒的话题，有多少恋情相思被吟咏讴歌。今日阴雨，我们且围炉读词，给大家增添一些暖意吧！

南乡子（唐/冯延巳）

细雨湿流光，芳草年年与恨长。烟锁凤楼无限事，茫茫。鸾镜鸳衾两断肠。

魂梦任悠扬，睡起杨花满绣床。薄悻不来门半掩，斜阳。负你残春泪几行。

【《阳春集》】

喜迁莺（宋/晏殊）

花不尽，柳无穷。应与我情同。觥船一棹百分空。何处不相逢。

朱弦悄。知音少。天若有情应老。劝君看取利名场。今古梦茫茫。

【《二晏词笺注·珠玉词笺注》】

点绛唇·桃源（宋/秦观）

醉漾轻舟，信流引到花深处。尘缘相误，无计花间住。

烟水茫茫，千里斜阳暮。山无数，乱红如雨，不记来时路。

【《淮海居士长短句笺注》】

@闲云薄暮：还没有冷到要围炉的地步呢！
段老师回复闲云薄暮：冬柯一点浪漫的情怀都没有。这么"科学"啊！
闲云薄暮回复段老师：其实已经猜到所谓"炉"就是您的诗词了嘛……
段老师回复闲云薄暮：是我们的"诗词茶馆"。
浮沉子回复段老师：哈哈！想起"绿蚁新醅酒，红泥小火炉"（白居易《问刘十九》）了。不过是真的冷啊！都想穿羽绒服了。

段老师回复浮沉子：是啊！白居易的这首小诗很温馨。觉得冷，那就多穿点啊。

@一生为你暖耳朵：喜欢"花不尽，柳无穷。应与我情同"。

@潇湘蘅芜：喜欢这句"情不知所起，一往情深"。

@十三："乱红如雨，不记来时路"，总会想起黛玉葬花的情节。

@锌豌豆：晏殊词写离情深切真挚又不至于凄冷，这首赠别词一方面写山水歌酒，一方面藐视名利，反映了他的人生态度和处世哲学。晏殊虽一生显达，却也深刻感悟到官场沉浮背后的尔虞我诈，一切不过恍然如梦。

10月22日,《国风·郑风·风雨》、徐再思《折桂令·春情》

相思是古典诗词的永恒主题，"才下眉头，却上心头"，各位亲，你们是否体会过相思之苦呢？今日天气依旧阴沉，我们"诗词茶馆"且读几首表达相思的诗词。

国风·郑风·风雨

风雨凄凄，鸡鸣喈喈，既见君子。云胡不夷！
风雨潇潇，鸡鸣胶胶。既见君子，云胡不瘳！
风雨如晦，鸡鸣不已。既见君子，云胡不喜！

【《诗经注析》】

折桂令·春情（元/徐再思）

平生不会相思，才会相思，便害相思。身似浮云，心如飞絮，气若游丝，空一缕馀香在此，盼千金游子何之。证候来时，正是何时？灯半昏时，月半明时。

【《全元散曲》】

@陈奕迅大太太：长相思兮长相忆，短相思兮无穷极。

@叶飘零：再补一首："红豆生南国，春来发几枝？愿君多采撷，此物最相思。"（王维《相思》）

@Hoh Xil：看到周伟学长的留言想到了"玲珑骰子安红豆，入骨相思知不知"（温庭筠《南歌子词二首》其一）。想起一直以来读罢都觉得十分悲恸的"十年生死两茫茫，不思量，自难忘"（苏轼《江神子》），真让人心疼。

@一生为你暖耳朵："天涯地角有穷时，只有相思无尽处"（晏殊《木兰花》）。

@十三：想起了纳兰容若的"相思相忘不相亲，天为谁春？（纳兰性德《画堂春》）"难过……

@彷江：人道海水深，不抵相思半（李冶《相思怨》）。

@幽并游侠："思君令人老，岁月忽已晚"（《古诗十首·行行重行行》）。

@潇竹絮：君住长江头，我住长江尾，漂流直下三千里，千里江陵一日还。

段老师回复潇竹絮：错乱了吗？

潇竹絮回复段老师：我是觉得，疏通长江航道，对治疗相思病极为有益！

@幽并游侠："思君令人老，岁月忽已晚"（《古诗十九首·行行重行行》）。"攀条折其荣，将以遗所思。"（《古诗十九·庭中有奇大好事》）一下想到了古诗十九首的几句，语言虽平淡无华，但情深意切。

@火奴鲁鲁：一直很喜欢徐再思的这首。

@这样，很好："唯有相思似春色，江南江北送君归。"（王维《送沈子归江东》）

@江城子："取次花丛懒回顾，半缘修道半缘君。"（元稹《离思》）

@Solitaire：第一首把女子焦灼又无奈的情绪写得活灵活现，有意思。

10月25日，周紫芝《鹧鸪天·一点残红欲尽时》、温庭筠《更漏子·玉炉香》、晏殊《踏莎行·碧海无波》、苏轼《木兰花令·梧桐叶上三更雨》

白居易《长恨歌》有句："春风桃李花开日，秋雨梧桐叶落时。""梧桐雨"这一意象在古典诗词里多有化用，甚至元代白朴还有同名杂剧，写唐明皇和杨玉环的爱情悲剧。今日成都终于有几许阳光了，令人心情愉悦。我们"诗词茶馆"且推出几首具有"梧桐雨"意象的词，供大家品尝。

鹧鸪天（宋/周紫芝）

一点残红欲尽时。乍凉秋气满屏帏。梧桐叶上三更雨，叶叶声声是别离。

调宝瑟，拨金猊。那时同唱鹧鸪词。如今风雨西楼夜，不听清歌也泪垂。

【《全宋词》】

更漏子（唐/温庭筠）

玉炉香，红蜡泪，偏照画堂秋思。眉翠薄，鬓云残，夜长衾枕寒。梧桐树，三更雨，不道离情正苦。一叶叶，一声声，空阶滴到明。

【《温庭筠全集校注》卷十】

踏莎行（宋/晏殊）

碧海无波，瑶台有路。思量便合双飞去。当时轻别意中人，山长水远知何处。绮席凝尘，香闺掩雾。红笺小字凭谁附。高楼目尽欲黄昏，梧桐叶上萧萧雨。

【《二晏词笺注·珠玉词笺注》】

木兰花令（宋/苏轼）

梧桐叶上三更雨。惊破梦魂无觅处。夜凉枕簟已知秋，更听寒蛩促机杼。梦中历历来时路。犹在江亭醉歌舞。尊前必有问君人，为道别来心与绪。

【《苏轼全集校注·词集》卷二】

@**Solitaire**：老师每天都有优质分享，感觉都能开个公众号了，就叫"诗词茶馆"。

段老师回复 Solitaire：哈哈！是吗？汉果再看看前几日发的，特别是上周的联句，很精彩！

@**尘埃落定**：这让给我想起了蒋捷的《虞美人·听雨》"悲欢离合总无情，一任阶前、点滴到天明" 感觉和温庭筠那首的末句有异曲同工之妙啊！

段老师回复尘埃落定：是啊！蒋词就是化用温词的语言和意境的。

尘埃落定回复段老师：涨知识了。以前对词涉猎不深，还真没发现他们之间的关系呢！

@这样，很好：我想到了之前罗老师让我们背的何逊的"夜雨滴空阶，晓灯暗离室"（《从镇江州与游故别诗》），诗词之间的意象转化之后感觉变了。

段老师回复这样，很好：嗯，诗词的体性本不一样。

10月27日，黄庭坚《清平乐·春归何处》《寄黄几复》《虞美人·宜州见梅作》《王充道送水仙花五十枝欣然会心为之作咏》

今日天气晴朗，且读黄庭坚诗词数首。黄庭坚，字鲁直，号山谷道人，晚号涪翁，在诗歌方面，与苏轼齐名，世称"苏黄"。黄庭坚所开创的"江西诗派"，是宋代影响最大的诗派。

清平乐（宋/黄庭坚）

春归何处。寂寞无行路。若有人知春去处。唤取归来同住。
春无踪迹谁知。除非问取黄鹂。百啭无人能解，因风飞过蔷薇。

【《山谷词》】

寄黄几复（宋/黄庭坚）

我居北海君南海，寄雁传书谢不能。桃李春风一杯酒，江湖夜雨十年灯。持家但有四立壁，治国不蕲三折肱。想得读书头已白，隔溪猿哭瘴溪滕。

【《黄庭坚诗集注》卷二】

虞美人·宜州见梅作（宋/黄庭坚）

天涯也有江南信，梅破知春近。夜阑风细得香迟，不道晓来开遍向南枝。

玉台弄粉花应妒，飘到眉心住。平生个里愿怀深，去国十年老尽少年心。

【《山谷词》】

王充道送水仙花五十枝欣然会心为之作咏（宋/黄庭坚）

凌波仙子生尘袜，水上轻盈步微月。是谁招此断肠魂，种作寒花寄愁绝。含香体素欲倾城，山矾是弟梅是兄。坐对真成被花恼，出门一笑大江横。

【《黄庭坚诗集注》卷一五】

@叶飘零：宋代文坛第二号文人也。

@潇竹絮：最近看宋代文学史里说宋人有"腹箧之富"，学识广博，故而能广纳前人所学。苏黄尤为如此。黄庭坚既主张无一字无来处，无怪乎"想得读书头已白"了。《寄黄几复》首联南海、北海本风马牛不相及之地，故而鸿雁不达。古人往往以鸿雁传书略解相思之情，这首诗中却言两地太远以致鸿雁亦不愿达，是一种反转，也是黄庭坚点铁成金说的一种表现。这种反转在宋诗中时常有见，是他们对前人的吸收和超越，就像王安石《明妃曲》中一反前人歌颂昭君出塞的功德，转而写昭君远嫁的痛苦，显得别有新意，另有一种睿智和深度。

叶飘零回复潇竹絮：又了解了许多呢！

段老师回复潇竹絮：又叫"以故为新"的"翻案法"。

@锌豌豆：第一首为惜春之作。以疑问开头，春天到哪儿去了？写出作者对春的留恋以及春去之后的怅然，如果有人知道春的去处，请唤她回来同住。这是作者在春去之后渴望能追回她的脚步，对春的不舍也反映出了春的可爱。然而问人人不知，问鸟鸟不语，黄鹂只管叫声婉转，蔷薇花已经开始绽放了，这些景物即是对"春归何处"的无声回答，春色已去，时光推着夏天悄悄占据了大地，那么春天自然是再回不去了。

@浮沉子：试读第二首，《寄黄几复》应该是写给友人的诗作。首先是点明二人距离之远，一北一南，相隔遥远，相思寄信唯有托予鸿雁，传统写法是类似于"雁字回时，月满西楼"，可他却是另辟蹊径，用"谢"字将其拟人化，再次表明他与朋友天各一方的现状。领联上句是回忆以往赏花饮酒之乐，下句却是感叹别离多年之悲，"一杯酒""十年灯"则是很容易让人陷入欢乐易逝，人生常是苦痛的悲凉心境。而后诗人对朋友处境的想象也是令人心酸,清正廉洁、有治国之才、好学不倦的几复却得不到重用,从而不平之情、惜才之意由此可见。读完整首诗,单就朋友离别而言也是令人深有感触,何况其人生遭遇之惨谈……此诗一句一句简单的叙述确是令人深深感叹,平淡中饱含凄凉。

段老师回复浮沉子:分析细致,语言表达也顺畅,不错!颔联的苦乐对比,更是形成一种语言的张力。以故为新,内容更为丰富。

@师友:今天罗宁老师在中国古代小说史上也讲到了黄庭坚,最喜欢他的"桃李春风一杯酒,江湖夜雨十年灯"。

段老师回复师友:这首诗以后我们还会讲。

师友回复段老师:到时品读起来定是另一番风味了。

@朵朵的王子:因风飞过蔷薇,是我高中最喜欢的一句。

@其香:前两句山谷化用《洛神赋》:"凌波微步,罗袜生尘。""微月"言袜如新月之状。此二句用洛神比喻水仙花,状写水仙轻盈柔美的幽姿。又把立于盆中的水仙比作轻盈漫步的仙子,化静为动,激发起丰富的联想。"是谁招此断肠魂,种作寒花寄愁绝"写水仙花的楚楚可怜之态,自带一番风流。"含香体素欲倾城"写水仙的绝尘之姿,超然物外。"山矾"是花名,春开白花,芳香,又名七里香。山谷在《戏咏高节亭边山矾花诗序》中有记载:"江湖南野中有一种小白花,木高数尺,春开极香,野人号为郑花。王荆公尝欲求此花栽,欲作诗而陋其名,予请名曰山矾。野人采郑花叶以染黄,不借矾而成色,故名山矾。"写水仙之姿在梅之下在山矾之上,古曰"山矾是弟梅是兄"自山谷始,"山矾弟"因以为典。末句"坐对真成被花恼"写对花静赏反被花气撩人,爱之太甚反而生怨也,出自杜甫《江畔独步寻花七绝句》云:"江上被花恼不彻,无处告诉只颠狂。"山谷独自观花竟生出些孤寂之味出来。他在荆州《与李端叔帖》云:"数日来骤暖,瑞香、水仙、红梅皆开,明窗静室,花气撩人,似少年都下梦也。"后半句"出门一笑大江横"因赏花而生出嗔怪,故出门观景,壮阔大江与静美之物构成强烈的反差,杜甫有诗"鸡虫得失无了时,注目寒江倚山阁",山谷诗句意类此。

段老师回复其香:不错!鹏英对诗句典故注解详细,体现出一种求实的学风,值得肯定。不过,还是应该注明你所参考的书目。

其香:所参考书目是《山谷诗集注》,黄庭坚著,任渊等注,黄宝华点校,2003版。

@丫头~:对《寄黄几复》最有感触了。还记得当时讲到这首诗的时候段老师喊我回答问题呢。此诗情真意厚,读来让人感动。"寄雁传书谢不能"一句体现了黄诗"点铁成金"之论。最喜欢的是第二联,"桃李春风一杯酒",表现朋友相会之乐,"江湖夜雨十年灯",则表现二人各自飘泊江湖,每逢夜雨,独对孤灯,互相思念,深宵不寐。两相对比,让人心生悲痛。后两联更是给整首诗带来凄凉的氛围,对友人的关怀之情难以言表。这首诗是我比较喜欢的一首。被其中情意感动。师兄师姐们讲得很好,受益颇多。

10月28日,李清照《点绛唇·蹴罢秋千》、韦庄《思帝乡·春日游》《荷叶杯·记得那年花下》

张爱玲曾说:于千万人之中遇见你所要遇见的人,于千万年之中,时间的无涯的荒野里,没有早一步,也没有晚一步,刚巧赶上了,没有别的话可说,惟有轻轻地问一声:"噢,你也在这里?"这应该是对"一见钟情"最好的诠释吧。古典诗词中也有不少描绘"一见钟情"的佳作,我们且在寒冷的深秋品尝一下:

点绛唇(宋/李清照)

蹴罢秋千,起来慵整纤纤手。露浓花瘦,薄汗沾衣透。
见客入来,袜刬金钗溜。和羞走,倚门回首,却把青梅嗅。

【《李清照集笺注》卷一】

思帝乡(唐/韦庄)

春日游,杏花吹满头。陌上谁家年少,足风流。
妾拟将身嫁与,一生休。纵被无情弃,不能羞。

【《韦庄集笺注》】

荷叶杯(唐/韦庄)

记得那年花下,深夜,初识谢娘时。水堂西面画帘垂,携手暗相期。
惆怅晓莺残月,相别,从此隔音尘。如今俱是异乡人,相见更无因。

【《韦庄集笺注》】

@火奴鲁鲁：想起韦庄的《女冠子·四月十七》，虽然不是一见钟情，写得也很传神。"别君时。忍泪佯低面，含羞半敛眉。"

@浮沉子：哈哈！我喜欢第一首"和羞走，倚门回首，却把青梅嗅"的娇憨，也羡慕第二首"纵被无情弃，不能休"的果敢。想到自己并不具备这两样……然后就佛曰不可说了。

段老师回复浮沉子：哈哈！那是你还没有遇到"那人"吧！到时你也会娇羞和果敢的。

浮沉子回复段老师：嘿嘿！有可能。

@潇竹絮：这三首词连起来就是个剧本啊。一位少女春心萌动，却略有害羞，不过男主角年少风流，少女终于冒着被抛弃的风险表白，最后大结局还是"如今俱是异乡人"，真是凄凄惨惨戚戚。看完这个又要恐婚了。（跟老师朋友圈发的那条人生要不要结婚画风刚好相反）

段老师回复潇竹絮：哈哈！如意的"脑洞大开"，想象力真是丰富啊！

@丫头~：最喜欢第三首了，感情深厚。词的上片以乐景写悲情，越是回忆过往的欢乐，此时的心情就越显凄凉，不言愁，愁益深。下片则写无限的离恨，有情有景。但双方人各一方，音信全无，无由相见……确是让人悲伤。想起李健唱的《假如爱有天意》，歌词包含的感情与此诗相似，让人动容。

@_____你知我在：觉得每天这样积累三首词，整个人都文艺起来了。

@锌豌豆：杏花吹满头，好美的场景，在这样的景色里遇到对的人真是人生最幸运的事！可惜终成眷属的忒少，多是沦为异乡人，或者被人"无情弃"，但少也并不是没有，善始善终的感情可遇不可求，即使有再多始乱终弃，貌合神离，单身的我们也应该在每一个杏花吹满头的时刻保持高度警惕，说不定我们的"一见钟情"就躲在树后头。

@星空：这算是一见钟情吗？纳兰性德《如梦令》："正是辘轳金井，满砌落花红冷。蓦地一相逢，心事眼波难定。谁省？谁省？从此簟纹灯影。"

段老师回复星空：算吧！

10月29日，晏几道《思远人·红叶黄花秋意晚》、张炎《绮罗香·红叶》、纳兰性德《南乡子·秋暮村居》

今日阳光明媚，虽还有些寒冷，到底带来了几许温暖。深秋季节正是观赏红叶之时，我们且看看古人笔下的红叶：

思远人（宋/晏几道）

红叶黄花秋意晚，千里念行客。飞云过尽，归鸿无信，何处寄书得。泪弹不尽临窗滴。就砚旋研墨。渐写到别来，此情深处，红笺为无色。

【《二晏词笺注·小山词笺注》】

绮罗香·红叶（宋/张炎）

万里飞霜，千林落木，寒艳不招春妒。枫冷吴江，独客又吟愁句。正船舣、流水孤村，似花绕、斜阳归路。甚荒沟、一片凄凉，载情不去载愁去。

长安谁问倦旅。羞见衰颜借酒，飘零如许。慢倚新妆，不入洛阳花谱。为回风、起舞尊前，尽化作、断霞千缕。记阴阴、绿遍江南，夜窗听暗雨。

【《山中白云词》】

南乡子·秋暮村居（清/纳兰性德）

红叶满寒溪，一路空山万木齐。试上小楼极目望，高低。一片烟笼十里陂。

吠犬杂鸣鸡，灯火荧荧归路迷。乍逐横山时近远，东西。家在寒林独掩扉。

【《纳兰词笺注》补遗二】

@一生为你暖耳朵：此情深处，红笺为无色。

@潇竹絮：我在想"红笺为无色"是不是因为泪弹不尽，落在了信笺上，然后因为流泪太多导致笺纸褪色？还是说这首词里的主人公很有情调，想在红叶上写相思意，因为相思太浓以致本应很刺激视觉神经的红叶在他眼中也变得黯然失色了？以及纳兰性德看的不知是不是香山红叶？

段老师回复潇竹絮：嗯，很有可能。至于纳兰看的是不是香山红叶就不清楚了，也有可能是身为侍卫跟着皇帝秋猎时看的红叶也未尝不可。

潇竹絮回复段老师：对哦，忘记那时候还可以打猎了。

@浮沉子：对纳兰容若印象最深的还是其悼亡词，他的这首描写秋日风光之词写得也是清新自然呀，还挺向往"一片烟笼十里陂""家在寒林独掩扉"的感觉。

@锌豌豆：纳兰的《南乡子》写田园秋色，景物由远及近，由高及低，秋天的标志性景物空山红叶和鸡鸣狗吠的田园生活共同构成了一幅生机盎然的秋景图。

@其香：晏几道和张炎的词都离不脱"愁情"，叹尘世悲情，纳兰的词则是一派远离世俗的清秋景色。

10月30日，苏轼《初到黄州》《定惠院寓居月夜偶出二首（次韵前篇）·其二》

今日天气依旧阴冷，各位亲要注意保暖。不妨将秋裤穿上，身暖和了，心才能暖和。我们诗词茶馆且读苏轼两首诗。话说苏子经历了"乌台诗案"，九死一生后被贬黄州，初到黄州时，无处可居，暂居定惠院寺院。在著名的《卜算子·缺月挂疏桐》一词中自比"孤鸿"。我们可以从苏子这一时期的诗词创作中窥其丰富而复杂的"精神世界"，看他如何在黄州实现自我的精神救赎。

初到黄州（宋/苏轼）

自笑平生为口忙，老来事业转荒唐。长江绕郭知鱼美，好竹连山觉笋香。逐客不妨员外置，诗人例作水曹郎。只惭无补丝毫事，尚费官家压酒囊。

定惠院寓居月夜偶出二首（次韵前篇）·其二（宋/苏轼）

去年花落在徐州，对月酣歌美清夜。今年黄州见花发，小院闭门风露下。万事如花不可期，余年似酒那禁泻。忆昔还乡溯巴峡，落帆樊口高桅亚。长江衮衮空自流，白发纷纷宁少借。竟无五亩继沮溺，空有千篇凌鲍谢。至今归计负云山，未免孤衾眠客舍。少年辛苦真食蓼，老境清闲如啖蔗。饥寒未至且安居，忧患已空犹梦怕。穿花踏月饮村酒，免使醉归官长骂。

【《苏轼全集校注·诗集》卷二〇】

@浮沉子：超爱这首词的。"缺月挂疏桐，漏断人初静。谁见幽人独往来，缥缈孤鸿影。惊起却回头，有恨无人省。拣尽寒枝不肯栖，寂寞沙洲冷。"

@浮沉子：上阕描写深院庭中之景，安静凄清的氛围里只有"缺月""疏桐""更漏"为伴，其孤独寂寞只能托与孤鸿。而后人鸿融为一体，直写自己在深夜回头寻觅，却只有愈加孤寂。最后只能在寂寞荒凉的沙洲里栖息。这首词有很深的象征意义。他与孤鸿惺惺相惜，寄托于此更是表现了苏轼的高洁旷达。

@锌豌豆：《初到黄州》为元丰三年（1080）二月作于黄州。苏轼《到黄州谢表》云："去岁十二月二十九日，准敕责降臣检校尚书水部员外郎充黄州团练副使，本州安置，不得签书公事。臣已于今月一日到本州讫者。"黄州即今湖北省黄冈市。[自笑二句]为口忙，语意双关，既指因作诗遭遣，又指为谋生而奔走，与下文"鱼美""笋香"相呼应。[事业]《易·坤》："发于事业。"孔颖达疏："所营谓之事，事成谓之业。"[荒唐]《庄子·天下》："谬悠之说，荒唐之言。"[逐客二句]逐客，被贬谪之人。杜甫《梦李白二首》之一："江南瘴疠地，逐客无消息。"[员外置]谓以员外郎安置。员外，正员以外之官。其始于晋，唐、宋皆有。[水曹]即水部。梁何逊、唐张籍等皆曾为水部郎，以诗知名。今轼亦以诗人而为水部员外郎，故云"诗人例作水曹郎。"[官家]公家。压酒囊：即自注所谓"退酒袋"，官府卖酒退还的酒袋。宋代官俸一部分用实物充抵，称折支。《宋史·职官志十一》列举各级官员俸禄云："防御、团练副使二十千。"又云："凡文武官料钱（俸钱），并支一分见钱，二分折支。""尚费官家压酒囊"，即尚费官家俸钱之意。"压酒囊"三字，既纪实，又幽默。黄彻曾说过：《黄州》诗云"只惭无补丝毫事，尚费官家压酒囊。"……皆斡旋其章而弄之，信恢刃有余，与血指汗颜者异矣"。（《碧溪诗话》）汪师韩：因江而知鱼美，见竹而觉笋香，确是初到情景。员外、水曹则新授头衔也。末句承腹联说下，亦是初任事之词。（《苏诗选评笺释》）纪昀：东坡诗多伤激切，此虽不免兀傲，而尚不甚碍和平之音。（《瀛奎律髓汇评》）（以上参张志烈、马德富、周裕锴主编《苏轼全集校注》，河北人民出版社，2010年版）

这是一首自嘲诗。苏轼被贬黄州时已年近半百，此时的他已经沉浮宦海二十余年，回顾平生，自觉一事无成，不禁一笑，而这一笑却饱含着一生跌宕的五味陈杂。也许有遗憾、有恍悟、有辛酸、有孤独等，全部付诸这一笑之中。然而诗人在自嘲半生已逝之后却并没有自怜自艾，看到长江便想到鲜美的鱼肉，看到翠竹便想起清香的竹笋。"诗人例作水曹郎"一句更体现了苏轼豁达通脱的一面，苏轼本是被贬作"水曹郎"，但他却以轻松的口吻叙述，诗人向来都要作一作水曹郎，本苏子也来凑个热闹。"长江绕郭知鱼美，好竹连山觉笋香。"苏先生果然是吃货界的领军型人物，难怪我每次看到学校湖里自由自在的野鸭子都能闻到辣鸭脖的香味儿，知音啊知音！

段老师回复锌豌豆：谢谢晓丹详细注解！各位本科学子可参考。另外，苏子看到你的末句一定会会心一笑吧。

潇竹絮回复锌豌豆：晓丹，原来你一直垂涎交大镇湖之宝。孰不知按照中国人的习性，那野鸭子之所以还在，一定是因为端上桌不好吃。所以你就不要惦记啦。

@**潇竹絮**：应该让白居易看看第一首诗的，省得他那句"黄芦苦竹绕宅生"给江西打了暗黑广告，苏轼这诗一写，多少吃货要慕名而至啊。第二首诗"免使醉归官长骂"看完觉得好心酸啊，喝个酒都不能尽兴，想来他老人家一定在内心吐槽"真不安逸"。

@**其香**：《定惠院寓居月夜偶出（次韵前篇）》元丰三年（1080）二月作于黄州。这首诗是诗人因乌台诗案被贬至黄州，因是犯官，无官舍，只好借住在定惠院。[酣歌]尽兴高歌。[美清夜]赞美美好之夜。陶渊明《拟古九首》其七："佳人美清夜，达曙酣且歌。""去年徐州"云云：苏轼《记黄州对月诗》（《东坡志林》卷一题作《忆王子立》云："仆在徐州，王子立、子敏皆馆于官舍。而蜀人张师厚来过。二王方年少，吹洞箫，饮酒杏花下。明年，余谪居黄州，对月独饮，当有诗云：'去年花落在徐州……小院闭门风露下'盖忆与二王饮时也"）据此记，苏轼在徐州对月饮酒者乃张师厚、王子立、王子敏。[溯]逆流而上。《左传·哀公四年》："泝江入郢。"[溯巴峡]指治平三年，苏轼护送苏洵灵柩，逆江而上返蜀。[高桅]桅杆。韩愈《忆昨行和张十一》："大帆夜劃穷高桅"[亚]通压。杜甫《戏题王宰画山水图歌》："山木尽亚洪涛风。"[衮衮]通滚滚。滔滔不绝貌。杜甫《登高》："不尽长江滚滚来。"李白《送别》："日暮长江空自流。"[借]假借，宽容之意。韦述《晚渡伊水》："光阴逝不借，超然慕畴昔。"其中"借"字即此意。[宁少借]岂肯稍许宽容。句谓白发纷纷长出，于人全不宽假。[五亩]指少许土地。《孟子·梁惠王上》："五亩之宅，树之以桑，五十者可以衣帛矣。"[沮溺]长沮、桀溺。古代隐者。《论语·微子》："长沮、桀溺耦而耕。"句谓已无归隐之条件。[鲍谢]鲍照、谢灵运。杜甫《遣兴》："赋诗何必多，往往凌鲍谢。"[蓼]一种生于水边或水中的植物，味辛苦。鲍照《代放歌行》："蓼虫避葵堇，习苦不言非。"白居易《自咏五首》其二："何异食蓼虫，不知苦是苦。"[啖蔗]食甘蔗。《世说新语·排调》："顾长康啖甘蔗，先食尾，人问所以，云：'渐至佳境。'"后以比喻景况逐渐好转。韩愈《答张彻》："初味如啖蔗。"最后两句"饥寒未至且安居，忧患已空犹梦怕。穿花踏月饮村酒，免使醉归官长骂。"诗人所处的境地落魄，也许真是因为经历了这样的大的人生际遇，而他仍砥砺前行，苏子才成为文学史上独一无二的大文豪。

@**其香**：参考书目：张志烈、马德富、周裕锴主编《苏轼全集校注》，河北人民出版社，2010年版。

段老师回复其香：谢谢鹏英的详注！不过，以后最好还是简略一些，不用全部录入，解析主要典故及出处即可。要有所选择，关键是要解析文意和感受体会。

@丫头~：《初到黄州》开篇二句，诗人以自嘲的口吻回顾了自己的人生道路。"荒唐"二字，看来轻松诙谐，却内含难言的自伤之情。颔联描绘初到所见，其中不无对未来生活的期待。颈联这句自我宽慰的话，不无牢骚之意。"不妨""例作"牢骚之中兼带诙谐与放达，这体现了苏轼旷达的个性。而末联则是说，贬官到此，今后将会破费朝廷许多抵作俸禄的"压酒囊"，使整首诗呈现出一种风趣而带讽刺性的气氛。总的来看，此诗语言平实清浅，但其中的情感却非常丰富，不只是苏轼初到黄州时的复杂矛盾的心情，而且还有通过这种心理变化体现出的苏轼一贯的人生态度，即苏子特有的乐观豁达——即使在逆境中，也会寻求生活的乐趣。

11月9日，刘长卿《赠湘南渔父》、李煜《渔父》、苏轼《渔夫》、杨慎《临江仙·滚滚长江东逝水》

今日天气依旧阴冷，我们且读几首渔夫词。在古典诗词里，"孤舟蓑笠翁"的形象往往代表一种超然于尘世的隐士形象，悠闲自在中带有些许禅意，无关风月，不念浮尘。

赠湘南渔父（唐/刘长卿）

问君何所适，旦暮逢烟水。独与不系舟，往来楚云里。钓鱼非一岁，终日只如此。日落江清桂楫迟，纤鳞百尺深可窥。沈钩垂饵不在得，白首沧浪空自知。

【《刘长卿诗编年笺注》】

渔父（南唐/李煜）

浪花有意千里雪，桃花无言一队春。一壶酒，一竿身，快活如侬有几人。一棹春风一叶舟，一纶茧缕一轻钩。花满渚，酒满瓯，万顷波中得自由。

【《南唐二主词校订》】

渔父（宋/苏轼）

渔父饮，谁家去。鱼蟹一时分付。酒无多少醉为期，彼此不论钱数。（其一）

渔父醉，蓑衣舞。醉里却寻归路。轻舟短棹任斜横，醒后不知何处。（其二）

渔父醒，春江午。梦断落花飞絮。酒醒还醉醉还醒，一笑人间今古。（其三）

渔父笑，轻鸥举。漠漠一江风雨。江边骑马是官人，借我孤舟南渡。（其四）

【《苏轼全集校注》卷一】

临江仙（明/杨慎）

滚滚长江东逝水，浪花淘尽英雄。是非成败转头空。青山依旧在，几度夕阳红。

白发渔樵江渚上，惯看秋月春风。一壶浊酒喜相逢。古今多少事，都付笑谈中。

【《全明词》】

@十三月：花满渚，酒满瓯。想想都觉得这日子过得好舒适啊……

@星空：老师，古今多少事，都付谈笑中，是怎样的心境？

段老师回复星空：自己体会啊！

星空回复段老师：道行浅薄，体会不出。

@火奴鲁鲁：想起朱敦儒的《好事近·渔父词》："摇首出红尘，醒醉更无时节。活计绿蓑青笠，惯披霜冲雪。晚来风定钓丝闲，上下是新月。千里水天一色，看孤鸿明灭。"

@潇竹絮：一看到苏轼这词就觉得，应该配上音乐，去给《射雕英雄传》渔、樵、耕、读四个人出场的时候伴奏上。

@浮沉子：最早写渔父词的应该是唐代张志和的《渔歌子》，南唐李后主的这首词在其内容反映上感觉两首词还是有一定的联系，都是表现渔父的自在逍遥。

张志和的"西塞山前白鹭飞,桃花流水鳜鱼肥。青箬笠,绿蓑衣,斜风细雨不须归"用几个特定的意象去诠释渔父的穿着以及面前的美景,这样简单的白描也自然而然传递出他内心的舒适愉悦,也体现人与自然和谐美好的诗美主题。而李煜的《渔父》在一定程度上意象比《渔歌子》要宏大一些,但是其主题思想并没有多大变化。首先第一句"浪花有意千里雪"运用比喻写出了河流汹涌、浪花翻滚的壮丽景象,岸边也选取了桃花这一意象,描绘出一幅生机勃勃的春景图,接着也是着眼于渔父的穿戴,"世上如侬有几人"细读此句可以想象出诗人对当前自由自在生活的开心快活,后面依然是类似的句法,突出了渔父的闲适轻松。其实我还是比较关心他们究竟钓起来鱼没得。写得我都想吃鱼了!

@丫头~:十分喜欢李煜的这首词,悠扬而轻松。词中用了很多"一"字,是词人有意为之,强调渔父一人的自由。我们完全可以想象,渔父驾着一叶扁舟,划着一只桨,举起一根丝线,放下一只鱼钩。让人想起自号"六一居士"的欧阳修。

@座落风心:渔父身居世外,饮醉醒笑,自由自在……别说,我还真羡慕向往呐!

@锌豌豆:杨慎的《临江仙》中具有强烈的历史兴衰感,不仅着眼于眼前得失,更能从宏观的角度去看待个人和史实,当我们跟随作者的视角站在历史的高处去俯瞰历史,一切都变得渺小,更不用说个人的起落沉浮,更是微不足道,这样看来,我们生活中的琐碎小事根本无足烦恼……

@其香:李煜的《渔父》惬意悠闲,快活自在。真真是"快活如侬有几人"。七处用"一"字,意境简洁,仿佛一幅境界深远的写意画。此渔父"醉翁之意不在渔"而在荡之江上赏景之乐呀!

@叶飘零:在闲下来的时节得有一份渔父般不拘的心情是很可贵的。

11月11日,寇准《江南春·波渺渺》、李甲《帝台春·芳草碧色》、洪咨夔《眼儿媚·平沙芳草渡头村》、朱淑真《谒金门·春已半》

"青青河畔草,绵绵思远道",自来"芳草"是古典诗词里的一个重要意象,无边芳草,引发离人思妇的绵绵相思。今日我们且欣赏几首关于"芳草"的诗词。

江南春（宋/寇准）

波渺渺，柳依依。孤村芳草远，斜日杏花飞。江南春尽离肠断，苹满汀洲人未归。

【《全宋诗》卷八九】

帝台春（宋/李甲）

芳草碧色，萋萋遍南陌。暖絮乱红，也知人、春愁无力。忆得盈盈拾翠侣，共携赏、凤城寒食。到今来，海角逢春，天涯为客。

愁旋释。还似织。泪暗拭。又偷滴。谩伫立、遍倚危阑，尽黄昏，也只是、暮云凝碧。拚则而今已拚了，忘则怎生便忘得。又还问鳞鸿，试重寻消息。

【《全宋词》】

眼儿媚（宋/洪咨夔）

平沙芳草渡头村。绿遍去年痕。游丝下上，流莺来往，无限销魂。

绮窗深静人归晚，金鸭水沈温。海棠影下，子规声里，立尽黄昏。

【《全宋词》】

谒金门（宋/朱淑真）

春已半。触目此情无限。十二栏杆闲倚遍。愁来天不管。

好是风和日暖。输与莺莺燕燕。满院落花帘不卷。断肠芳草远。

【《朱淑真集注》外编卷一】

@_____ 你知我在："离恨恰如春草，更行更远还生。"（李煜《清平乐·别来春半》）

@**半盏云雾**："细雨湿流光，芳草年年与恨长。"（冯延巳《南乡子·细雨湿流光》）

@**座落风心**：青草本无情，奈何总萋萋。长道行更生，离恨不可绝。

@丫头~：看到今日的"芳草"，首先想起的便是李煜的《清平乐·别来春半》，那句"离恨恰如春草，更行更远还生"，意味深长。"芳草"是诗词中的重要意象，可指"生命"，如"池塘生春草，园柳变鸣禽"（谢灵运《登池上楼》），也曾指"人格"，在《离骚》中，屈原便用芳草比喻美好的品格。在词中，"芳草"多表达愁思，今日几首词便是如此。

@潇竹絮：说到芳草，除了屈原，就能想到白居易"离离原上草，一岁一枯荣。野火烧不尽，春风吹又生。远芳侵古道，晴翠接荒城。又送王孙去，萋萋满别情"。比离别相思之意又多了一股韧劲……

@锌豌豆：天黑黑，草萋萋。情侣与光棍，都过双十一。下单付款被挤爆，六分突破一百亿，哈哈哈……

11月16日，李清照《摊破浣溪沙·病起萧萧两鬓华》

夜读易安居士二词，发现"摊破浣溪沙"这一词牌挺有趣，"摊破浣溪沙"又名"山花子"。原为唐教坊曲名，后用为词牌。唐五代时，将"浣溪沙"的上下片，各增添三个字的结句，成为"七七七三"字格式，名曰"摊破浣溪沙"或"添字浣溪沙"。特别喜欢下词的"枕上诗书闲处好、门前风景雨来佳"。

摊破浣溪沙（宋/李清照）

病起萧萧两鬓华。卧看残月上窗纱。豆蔻连梢煎熟水，莫分茶。枕上诗书闲处好，门前风景雨来佳。终日向人多蕴藉，木犀花。

揉破黄金万点轻，剪成碧玉叶层层。风度精神如彦辅，太鲜明。梅蕊重重何俗甚，丁香千结苦粗生。熏透愁人千里梦，却无情。

【《重辑李清照集》卷三】

@潇竹絮：最后三个字有点像吐槽前面。又像前面二十一字是谜面，最后三个字是谜底……

@其香：我也喜欢"枕上诗书闲处好，门前风景雨来佳"一句，惬意又安然，自得其乐。

@锌豌豆：应是作者晚年所作，写自己病好之后的一些生活琐事，心境怡然自得，一切都是那么可爱，悠闲地靠在枕上读书，门前窗外细雨飘落，更显屋内温馨。木犀花原来是桂花……桂花竟然还有这么一个文艺的名字！

段老师：是啊！晓丹所解甚是。

@火奴鲁鲁：分茶是茶道的一种？在《临安春雨初霁》里也有"晴窗细乳戏分茶"……宋朝人活得精致……感觉咱们也得捡起古代的一些文化来修身养性啦。

段老师回复火奴鲁鲁：是啊！宋人生活确实很精致，"分茶"是一种巧妙高雅的茶戏。其方法大致是用重茶匙取茶汤注盏中，技巧高超的"分茶"者能使盏中之茶水呈现出图案花纹，甚至文字诗句等。

火奴鲁鲁回复段老师：感谢老师解惑，有机会我也想学学这些。

11月17日，秦观《江城子·西城杨柳弄春柔》、王伯成《阳春曲·多情去后香留枕》、纳兰性德《采桑子·明月多情应笑我》

人禀七情六欲，自古诗人皆多情，大多有一颗善感锐敏之心，今日我们读几首关于"多情"的诗词。

江城子（宋/秦观）

西城杨柳弄春柔，动离忧，泪难收。犹记多情、曾为系归舟。碧野朱桥当日事，人不见，水空流。

韶华不为少年留，恨悠悠，几时休？飞絮落花时候、一登楼。便作春江都是泪，流不尽，许多愁。

【《淮海居士长短句笺注》】

阳春曲（元/王伯成）

多情去后香留枕，好梦回时冷透衾，闷愁山重海来深。独自寝，夜雨百年心。

【《全元散曲》】

采桑子（清/纳兰性德）

明月多情应笑我，笑我如今。辜负春心，独自闲行独自吟。
近来怕说当时事，结遍兰襟。月浅灯深，梦里云归何处寻？

【《纳兰词笺注》卷二】

@闲云薄暮：第一次看到少游这首《江城子》的时候的感觉：原来那时候就有"都是泪"这个说法了。

@座落风心：多情生愁心，愁心生诗情，连绵永不尽。不过，人，该是得多情才好。

段老师回复座落风心：哈哈！多情胜似无情！

@一缕阳光向眼眸倾斜。：第一首最后一句是不是借鉴了李煜的"问君能有几多愁，恰似一江春水向东流"？读起来感觉好像啊……

段老师：应该有所化用。

@潇竹絮：记得一句话，河里的每一滴水，都是离人的眼泪。大抵每一次河床上涨，就意味着多了一群痴男怨女。这四首诗词其实就是一个意思：莫要辜负好时光！

@丫头~：读到纳兰性德的这首词，有一种哀愁油然而生，感受到缠绵而又细腻的情。明月都笑此时的"我"孤单落寞，笑"我"辜负了春心。整首词流畅自然，词末几句营造了优美动人的意境。喜欢这首。

@锌豌豆：秦观词写暮春别恨，忆往昔系归舟，如今碧野朱桥仍在，不见当时人，空余水自流。《阳春曲》写思念妻子，夜半梦醒，忽然意识到妻子已不在身边，只留残香，心中凄冷，愁闷如山海深重。一句"夜雨百年心"最动人心。

@锌豌豆：大抵最好的时光总是停留在人的回忆中，其实现在的经历也会成为我们老去之后的回忆，待十年过后再来看现在的我们，也是时光正好，岁月曼妙，与其等苦苦追忆过去，不如把握现在好时光，不负韶华。

11月18日，李煜《蝶恋花·遥夜亭皋闲信步》、贺铸《芳心苦·杨柳回塘》、苏轼《贺新郎·夏景》

古诗词里处处见"芳心"，各位亲，你读懂了古人的"芳心"吗？有的是指女子对情爱的渴望，有的是作者以"芳草美人"寓托自己壮志难酬的理想和抱负。我们且读几首有关"芳心"的诗词。

蝶恋花（南唐/李煜）

遥夜亭皋闲信步，乍过清明，早觉伤春暮。数点雨声风约住，朦胧淡月云来去。

桃李依依春暗度，谁在秋千，笑里低低语。一片芳心千万绪，人间没个安排处。

【《南唐二主词校订》】

芳心苦（宋/贺铸）

杨柳回塘，鸳鸯别浦。绿萍涨断莲舟路。断无蜂蝶慕幽香，红衣脱尽芳心苦。

返照迎潮，行云带雨。依依似与骚人语。当年不肯嫁春风，无端却被秋风误。

【《东山词》】

贺新郎·夏景（宋/苏轼）

乳燕飞华屋。悄无人、桐阴转午，晚凉新浴。手弄生绡白团扇，扇手一时似玉。渐困倚、孤眠清熟。帘外谁来推绣户，枉教人、梦断瑶台曲。又却是，风敲竹。

石榴半吐红巾蹙。待浮花、浪蕊都尽，伴君幽独。秾艳一枝细看取，芳心千重似束。又恐被、秋风惊绿。若待得君来向此，花前对酒不忍触。共粉泪，两簌簌。

【《苏轼全集校注·词集》卷二】

@十三：最喜欢"待浮花、浪蕊都尽，伴君幽独"。
@彷江：草木有本心，何求美人折。
@潇竹絮：看到李煜最后一句"人间没个安排处"，想改成"一片芳心千万绪，痴情司里簿上名"，然后就跟红楼梦对上了。

@锌豌豆：以前读到"当年不肯嫁春风，无端却被秋风误"，活脱脱脑补出了一位大龄女青年错过无数"春风"，以为前方有更好的在等着自己，盼来盼去却只剩下"秋风"一片的场景。

段老师回复锌豌豆：哈哈！是吗？

锌豌豆回复段老师：嗯嗯嗯，当时还和众"单身狗"共勉，以此警示自己不要错过每一缕"春风"，结果至今大家仍然是一众"单身狗"。

段老师回复锌豌豆：每个人都会有自己的春风的，不用着急。

@五月渔郎：最近忙着实验，都没来"诗词茶馆"逛逛。

11月25日，欧阳修《采桑子·春深雨过西湖好》、苏轼《行香子·过七里濑》

今日天气晴转阴。清晨起床，一缕阳光照进屋内，以为是明媚的一天。哪知中午天气就阴了，让人有些失望。我们在寒冷的冬日憧憬暖阳，盼望阳光，且读两首美丽的词吧。

采桑子（宋/欧阳修）

春深雨过西湖好，百卉争妍。蝶乱蜂喧。晴日催花暖欲然。
兰桡画舸悠悠去，疑是神仙。返照波间。水阔风高扬管弦。

【《欧阳修词笺注》】

行香子·过七里濑（宋/苏轼）

一叶舟轻，双桨鸿惊。水天清、影湛波平。鱼翻藻鉴，鹭点烟汀。
过沙溪急，霜溪冷，月溪明。
重重似画，曲曲如屏。算当年、虚老严陵。君臣一梦，今古空名。
但远山长，云山乱，晓山青。

【《苏轼全集校注·词集》卷一】

@其香：七里濑即今浙江境内著名风景区——富春江上的七里濑，严陵即严光。光字子陵，省称严陵。东汉会稽馀姚人。少曾与汉光武帝刘秀同游学。秀即帝位后，光变姓名隐遁。秀遣人觅访，征召到京，授谏议大夫，不受，退隐于富春山。后人称他所居游之地为严陵山、严陵濑、严陵钓台等。苏轼词中所言"虚老严陵"即指此。后人多其"钓名"。此词作于宋神宗熙宁六年二月（时任杭州通判）。乘一叶轻舟，在风光旖旎的江上悠荡，水碧天青，水光山色融为一体，鱼儿水藻在水底招摇，水边沙洲白鹭点点。词的上阕写水，下阕写山，山峦重叠似屏障，在此胜景之中不禁让诗人忘却仕途烦忧，生出人生如梦的慨叹，末句"但远山长，云山乱，晓山青"又极有韵味，将人的思绪带向缥缈的云山之中。

@21克&香蕉皮：寒冷的冬日，看到"晴日催花暖欲然"整个人都由内而外感觉温暖啊。

@21克&香蕉皮：刚刚闲来无事，打算背背苏轼这首词。感叹苏轼真的太喜欢用梦这个字了。不禁在想，人生如梦给苏轼带来的是安慰多还是怅然多。功成名就，人生极乐之时，想到人生如梦，一切皆会消散，不免怅然。波折痛苦，人生失意之时，人生如梦或许是种安慰。佛家说色即是空，空即是色，受想行识，亦复如是。人生如梦似乎又与佛家的"空"有异曲同工之处。苏轼受儒道释三家思想，或许人生如梦什么都不是，不悲不喜。但若是不悲不喜，又为何常常说起呢？

段老师回复21克&香蕉皮：哈哈！好久没见圣寒发言了。苏子确实喜道"人生如梦"，但不同时期有不同的含义，表达了不同的心情。

12月1日，李商隐《无题》三首

　　昨日与冬柯谈到李商隐的无题诗，无题诗是中国古典诗歌比较特殊的一个类型，为李商隐首创，西昆派发扬光大。今日我们读三首李商隐的无题诗，大家体会一下无题诗的特色吧。

无题（唐/李商隐）

　　相见时难别亦难，东风无力百花残。春蚕到死丝方尽，蜡炬成灰泪始干。晓镜但愁云鬓改，夜吟应觉月光寒。蓬山此去无多路，青鸟殷勤为探看。

无题（唐/李商隐）

来是空言去绝踪，月斜楼上五更钟。梦为远别啼难唤，书被催成墨未浓。蜡照半笼金翡翠，麝熏微度绣芙蓉。刘郎已恨蓬山远，更隔蓬山一万重。

无题（唐/李商隐）

飒飒东风细雨来，芙蓉塘外有轻雷。金蟾啮锁烧香入，玉虎牵丝汲井回。贾氏窥帘韩掾少，宓妃留枕魏王才。春心莫共花争发，一寸相思一寸灰。

【《李商隐诗歌集解》】

@**嵩阳松雪**：哇，我超喜欢李商隐，和我名字一样都是 lsy，他一首诗还有我名字呢。《七月二十九日崇让宅宴作》："露如微霰下前池，月过回塘万竹悲。浮世本来多聚散，红蕖何事亦离披。悠扬归梦惟灯见，濩落生涯独酒知。岂到白头长只尔，嵩阳松雪有心期。""嵩阳松雪"也成了我的 QQ 昵称。

段老师回复嵩阳松雪：哈哈！原来你的 QQ 昵称出自李商隐的诗啊！真不错！我也喜欢李义山哦。

@**座落风心**：李商隐的诗，某些地方有接近现代诗的微妙感觉哦。

嵩阳松雪回复座落风心：莫不是和现代诗一样晦涩难懂。

段老师回复座落风心：嗯，意象的跳跃，意义的模糊晦涩，这些方面有一定的相似之处。还有它多用典故。

@**潇竹絮**：这三首无题诗均不知作于何时，诗中内容又似均与情爱有关。第二首末句有点意思，刘郎用了两点典故：汉武刘彻求仙及刘晨误入仙山，出山后世间已千年的故事。这诗讲的是情爱，却用了求仙访道的典故，觉得画风十分清奇。仙人所居蓬莱已经缥缈不可寻，而所爱之人却比蓬莱山还要遥远，这是一件很痛苦的事情。不过按照这样的思路，大可画风一变，变成专心致志去找神仙呢！

@**丫头~**：试着讲讲第二首。这首诗着意描写委婉细腻、缠绵悱恻的相思，又包含着情虽深却不知所以的凄婉。从文本出发，首联暗示了故事的时间，诗人听到钟声醒来，想起梦里与恋人分别，于是诗人提笔急书。待迫切的心情稍稍平复，诗人的思绪飞到女子的闺阁，描画出迷人的场景……尾联用了"刘郎"的典故，显示出相见之难，今生今世再见是不可能的了，突出了"远别之恨"的主题。

现实是远离难逢，梦境只换得虚妄的相见，希望和失望同时撞击着心灵。在幽幽的烛光下，夜已央，人未眠，提笔去写对她的思念，但绵绵的离恨哪里书写得完，只恨不似那天边的月亮，能陪在她身边……全诗把整个相思、相忆的心理流程与斜月、晨钟、烛影、香晕的环境描写相融合，让读者回味无穷。

@浮沉子：李义山无题诗较多，而这类诗他在表达上幽微曲折、迂回隐约，通常给人朦胧恍惚之感，那我试着分析一下第三首吧。通读全诗，应该是一位深闺女子表达对爱情的期盼而又无比失落的情绪。首联写景烘托气氛，而"飒飒"一词则会让人想到《九歌》里面的"风飒飒兮木萧萧"，而关于"轻雷"，《长门赋》里也有"雷殷殷而响起兮"之类的言辞，所以这句富有暗示性的意象很容易让人联想到男女爱情。颔联也是有意识地选取了"金蟾""玉虎""汲井"等意象揭示女子幽居整日无聊、深锁闺院的愁绪。后面两联侧重剖析女子内心，颈联用典，借用韩寿与贾充女、曹植与甄氏的爱情故事来表明她对爱情的憧憬和渴慕。然后尾联陡然一转，抒发内心的苦痛和悲哀，比较有意思的是他把相思具象化，写出"一寸相思一寸灰"的奇句。并且他通过前句"春心"与后句"一寸灰"的强烈对照来突出女主人公内心的悲怆，从而使其具有一种无法言说的美感。

@锌豌豆：第三首写一位深锁幽闺的女子追求爱情而幻灭的绝望之情。首联描绘环境气氛：飒飒东风，飘来濛濛细雨；芙蓉塘外，传来阵阵轻雷。既隐隐传达了生命萌动的春天气息，又带有一些凄迷黯淡的色调，烘托出女主人公春心萌动和难以名状的迷惘苦闷。颔联写女子居处的幽寂。金蟾是一种蟾状香炉；"锁"指香炉的鼻钮，可以开启放入香料；玉虎，是用玉石装饰的虎状辘轳，"丝"指井索。室内户外，所见者惟闭锁的香炉、汲井的辘轳，它们衬托出女子幽处孤寂的情景和长日无聊、深锁春光的惆怅。颈联出句"贾氏窥帘韩掾少"使用贾充女与韩寿的爱情故事。对句"宓妃留枕魏王才"使用甄后与曹植的爱情故事。末联突然转折，向往美好爱情的心愿切莫和春花争荣竞发，因为寸寸相思都化成了灰烬。这是深锁幽闺、渴望爱情的女主人公相思无望的痛苦呼喊。参考刘学锴，余恕诚著《李商隐诗歌集解》，中华书局，1988年版。

段老师：晓丹的解析既有注释，又有文意，很棒！

@其香：梦中出现的人，何时能再见？说是梦中，可为何我的感受这样强烈。窗外透着晓光，一弯月浅浅地挂在天上。睡意全消，远处不知谁家的鸡已经打鸣。昨夜写的书信墨迹还未干透，烛光透过绣满翡翠鸟的罗罩摇曳不定，空气里弥散着薰衣的麝香味。刘郎叹他和蓬山遥遥不可见，而我和你之间的距离，又比蓬山远万重之隔。李商隐创作了大量无题诗，诗意缥缈，不可捉摸。又因诗中用典，故而加深、扩展了诗意。这首无题诗中所用典故"刘郎已恨蓬山远"指的是《后汉书·窦章传》中所记载的汉武帝求仙一事,"学者称东观为老氏藏室,道家蓬莱山"。

段老师回复其香:鹏英对诗意描绘贴切。

12月7日,苏轼《大雪独留尉氏》、陆游《大雪》

今日大雪。古人在寒冷的冬天的生活中也充满了诗情画意,看天气预报,我国北方许多地方降临大雪,而今日成都却阳光明媚。可谓你在北方看大雪霏霏,我在南方看银杏飘飘。这样的时节最宜围炉温酒读诗哈!且读以下两首大雪诗。

大雪独留尉氏(宋/苏轼)

古驿无人雪满庭,有客冒雪来自北。纷纷笠上已盈寸,下马登堂面苍黑。苦寒有酒不能饮,见之何必问相识。我酌徐徐不满觥,看客倒尽不留湿。千门昼闭行路绝,相与笑语不知夕。醉中不复问姓名,上马忽去横短策。

【《苏轼全集校注·诗集》卷二】

大雪(宋/陆游)

大雪江南见未曾,今年方始是严凝。巧穿帘罅如相觅,重压林梢欲不胜。毡幄掷卢忘夜睡,金羁立马怯晨兴。此生自笑功名晚,空想黄河彻底冰。

【《剑南诗稿校注》卷一七】

@潇竹絮:陆游"夜阑卧听风吹雨,铁马冰河入梦来"一句里,也梦见冰河,这诗里也想着黄河彻底冰,看来这南方孩子对冰雪世界的渴望从古时候就有啦。陆游这首诗作于淳熙二年(1175),时闲居老家山阴,即今绍兴,诗中畅想北方大雪之景,又联想到战时毡帐中将士相戏,帐外骏马昂首以待,又自嘲这一切不过是闲居的自己的空想罢了。怀才不遇的悲哀,就像就在樊笼里,不得返自然的痛苦，不过陆游的"自然"跟陶渊明的"自然"恰恰相反，战场和田园分别是他们心向往之的地方。

@星空：感觉《钗头凤》不像是他写的。

段老师回复星空：是吗？那是谁写的？

星空回复段老师：他写的，但是风格又不像。

段老师回复星空：在宋代，文体是有分工的，诗言志，词言情。所以，宋代文人他的诗词体现为不同的风格是正常的。

星空回复段老师：谢老师教导。

@幽并游侠：此生自笑功名晚，感同身受。

@锌豌豆：据清王文诰辑注，孔凡礼点校的《苏轼诗集》，苏轼诗《大雪独留尉氏》题后还有一句"有客入驿，呼与饮，至醉，诘旦客南去，竟不知其谁"，"尉氏"在此应指地名，大雪之夜，苏轼独自羁留在古驿，有客从北方来，客人的斗笠上雪已有寸高，客人下马与苏轼欢饮达旦，不问姓名，只"相与笑语"，在大雪之夜，万家闭户、道路已绝。这样寂静的雪夜里，两个互不相识的朋友倾盖如故，是一件幸事，相逢何必曾相识，共卧雪夜听风雨。

@锌豌豆：参考清王文诰辑注，孔凡礼点校《苏轼诗集》，中华书局，1982年版。

段老师：好一句"相逢何必曾相识，共卧雪夜听风雨"！

锌豌豆回复段老师：苏轼的独居生活好逍遥。

@叶飘零：用典使事之中颇有调皮之状。

12月10日，张渭《早梅》、齐己《早梅》、王维《杂咏》

今日又见阳光，路过小区花园，闻到一股淡淡的清香，循香望去，原来是蜡梅花开了！让人欣喜！蜡梅花开意味着春天已经不远了！且读三首咏梅诗：

早梅（唐/张渭）

一树寒梅白玉条，迥临林村傍溪桥。不知近水花未发，疑是经春雪未消。

【《全唐诗》卷一九七】

早梅（唐/齐己）

万木冻欲折，孤根暖独回。前村深雪里，昨夜一枝开。风递幽香出，禽窥素艳来。明年如应律，先发映春台。

【《全唐诗》卷八四三】

杂咏（唐/王维）

已见寒梅发，复闻啼鸟声。愁心视春草，畏向玉阶生。

【《王右丞集笺注》卷一三】

@潇竹絮：感觉这三首还是有很明显的唐诗韵味的，尤其或五言，或绝句，有一种寥寥数语却值得咀嚼回味的感觉，跟佛偈有些像。比如像王维这首诗，二十字，没有什么过多的铺垫，好似仅在写梅花初放之景，但其实这首杂咏是三首诗中最后一首，三首诗连起来是一个夫妻之间的离别故事，夫妻两人约定寒梅开时再见，然寒梅已开，春草都要长到台阶上了，良人还未回，女子心中焦急万分。这首诗并没有简单的咏梅写景，而是把寒梅当成一种时间信物，隽永多情。

段老师：哈哈！如意的解析又让人脑洞大开！将三首诗联系起来看成是一个夫妇的离别故事。

潇竹絮回复段老师：啊，我说的是王维这首杂咏其实有三首连着的，这首是其三，王维杂咏三首讲的是夫妻的离别故事。今天脑洞没来得及开。

段老师回复潇竹絮：哦！对的哈！是我"脑洞大开"哈！你将另外两首补上嘛！

潇竹絮回复段老师：好的。其一：家住孟津河，门对孟津口。常有江南船，寄书家中否？其二：君自故乡来，应知故乡事。来日绮窗前，寒梅著花未？

@锌豌豆：据说齐己一开始写的是"前村深雪里，昨夜数枝开"，然后他去请教郑谷，郑谷将"数枝"改为"一枝"，更能突出梅花早开之意，齐己深以为然，才成就了这样一幅傲骨寒梅、一枝独秀于雪中的画面。此外，"窥"字用得也佳，突出梅花高洁不可侵犯，真是"我不敢直视你的美"，哈哈！

段老师回复锌豌豆：对啊！这又是历史上有名的一字师的故事。

@其香：以前就读过张渭的这首《早梅》，又特别喜欢"不知近水梅花发，疑是春来雪未消"一句，别有生趣，以雪写梅的洁白无瑕。齐己的《早梅》与郑谷的一字之师的典故自不必说，喜欢"风递幽香出，禽窥素艳来"这一句，写幽香又兼素白之色，真是人间哪得几回闻。

创作实践篇

2014年

12月7日,张丽媛《山花子》

这里有一首小词,作者是大三弟子张丽媛。她发在微信圈,我见后颇为喜欢。征得作者的同意,现转发于此,与众小友共赏。我们的诗词茶馆既赏古人之作,也发表大家的诗词创作。

山花子(张丽媛/人文学院)

计日殷勤座上钟,遍寻踵迹惜无踪。夜临秋深总相似,露华浓。
幸得诗书销寂寞,青丝白尽亦从容。或是有闲无去处,愿听蛩。

@小仙:好极了,颇有青灯古佛的意味。意蕴好。
@La Belle Aurore 回复段老师:说到青灯古佛,最先想到可怜绣户侯门女,独卧青灯古佛旁。哈哈,都扯到惜春头上了。不过小丽这首词写得真心赞。最喜后两句:"或是有闲无去处,愿听蛩。"词牌名也很独特。
@荏苒♪仍然:喜欢下阕,"青丝白尽亦从容"还有"愿听蛩",特别有岁月静好的味道,猜作者应该很懂得享受生活,很诗意。
段老师回复荏苒♪仍然:是啊!岁月静好的味道,我也喜欢。
@储婷:任凭岁月流去,虽有惆怅但守得初心。做一个闲适的读书人,晴天捧着几卷书与阳光随意漫步,夜晚披着清泠泠的月光静静遐思,感觉……也是醉了!

段老师回复储婷：好一个"做一个闲适的读书人"，心向往之！

@**沈文娟**：活捉才女一枚！露华浓，好美的词语……喜欢下阕，给人一种从容与世无争之感，闲来无事诗书为伴……我们在纷繁中多久没有和心灵对话了呢？丽媛学姐写出了我近来的渴望…

段老师回复沈文娟：喜欢这样的氛围！与众小友谈诗论道，共赏生活。

@**黑拓奄**：节奏蛮感伤的。

段老师回复黑拓奄：哦！建磊读出了"感伤"，我们觉得是"闲适"，真是"诗无达诂"啊！

@**黑拓奄**：您说的闲适，应该是下片，亦从容两句吧？我更在意上片，秋深总相似一句。我记得一首诗，诗句好像是"去日儿童皆长大，昔年亲友半凋零"（窦叔向《夏夜宿表兄话旧》）。我有感于前一句。可能读诗的心情不一样。

@**紫烟画柳**：好一句"幸得诗书销寂寞，青丝白尽亦从容"！赞！

段老师回复紫烟画柳：我觉得更多的还像在说我哈！最近白发添了许多，真是"风鬟霜鬓"了。哈哈！

@**啊船啊**：时光荏苒，来去匆匆，不会因为任何人而留下脚步。与其忧心忡忡，一味哀叹岁月易老，倒不如从容看淡，伴着诗书老去，纵然青丝化为白发，亦不辜负曾经，腹有诗书气自华，气质便是最好的装饰品。渐渐老去，优雅而从容。那段老师又何必伤感自己"风鬟霜鬓"呢？

段老师回复啊船啊：是啊！帆，你说得好！"优雅而从容"是我努力的方向。

@**under my skin**：来静静地点个赞，我同样喜爱"幸得"那句，幸得诗书销寂寞，青丝白尽亦从容，中文系需要这样的人，现代社会更需要这样的心性和品格。如果说社会的大环境是浮躁的，那么知识分子就应该更需要静守心中的一隅。好一个诗词茶馆，既能品诗读词又能品味人生。

段老师回复 under my skin：谢谢卞芸对诗词茶馆的喜爱，同意对诗词茶馆性质的归纳"既能品诗读词又能品味人生"。谢谢大家的光临！

@**徐雪婷**：我来默默表佩服！由淡淡的忧愁到闲适、从容的情感转变，有一种自乐之感。这样的人会生活，也是快乐的、幸福的人。

段老师回复徐雪婷：同意哈！同道者以此共勉！

@**戈一木**：好一个"幸得诗书"，真是道出了自己同样的感受。喜欢最后一句，便是真切地写出所谓"从容"了。不争，且安稳。学姐有才！

2015 年

2月9日，王治田《红楼梦》观后感

现转发研三学霸王治田的三首关于《红楼梦》的观后感诗，各位学弟、学妹们学习一下哈！也欢迎讨论，尤其是嗜爱红学者。

《红楼梦》观后感（王治田/人文学院）

忆余高中之时，尤嗜红楼；时无他乐，惟以此遣兴，竟夕翻阅，韦编为之三绝。上大学后，因杂务繁忙，竟未之复览矣。前观红楼梦之电视剧，真真切切，乃有故交之感；追往抚今，百感交集，痛乎往者之不可谏也！情思难抑，遂题诗三首以记之。

少时最爱红楼梦，竟夕沉迷兴未轻。含指葳蕤春浅嫩，抱书缱绻夜深更。犹思无稽疑二世，还倚石头话三生。独恨情痴长欲醉，悼红轩里就残羹。

鸿蒙辟出玲珑玉，又向人间演大荒。渺渺茫茫多魔事，真真假假臭皮囊。对花愧迫同灰消，魂逝希归共埋香。都道古今浑一梦，可怜公子倚红妆。

荒唐满纸说方尽，一把辛酸泪未干。黄土垄头磷火冷，红绡帐底兔辉寒。蓬门衰草功名重，蛛网结梁风月残。枕上南柯春欲去，觉来回首意阑珊。

@ooo：真是学霸学长，真是骑着马儿都没得赶！
@戈一木：好赞！虽然看了三遍，却还是没能试着写过读后感呐。
21克&香蕉皮："枕上南柯春欲去，觉来回首意阑珊。"

10月7日，黄日欣《临江仙·思》《唐多令·清明近》《蝶恋花·花朝感怀》《诉衷情·绣奴痴》

我的"宋词赏析"课学生2014级德语系的黄日欣同学喜欢创作古诗词，下面几首词是她的尝试，同时我让我的研究生某同学略做了评点，大家有空看看吧！

真的是"奇文共欣赏，疑义相与析"。为师为黄日欣同学和进行点评的某同学（他要求低调，此处不道姓名）点赞哈！

临江仙·思（黄日欣/外语学院）

萧瑟桂风帷簟卷，惹香暖梦初醒。闺深烟袅倦偎屏。慵起梳云鬓，点翠小钗倾。

篱落菊残玉露冷，天遥雁响漏清。蛩声寂寂悄画庭。心事空相忆，黛敛泪偷零。

唐多令·清明近（黄日欣/外语学院）

红碎坠梁津，香寒惜晓阴。袅烟歇，桥断苔侵。小杏雨微湿罗袜，何处觅，故时人？

容瘦远山颦，屏冷锁暖氤。翠翘分，旧梦惊心。一纸寄书鸳字法，锦瑟起，泪先淋！

蝶恋花·花朝感怀（黄日欣/外语学院）

鸳语呢喃烟浦暖，丝雨霏霏，叠翠缃绦软。红碎香湿华似幻，花低悄坠玲珑浣。

料峭凉侵春梦短，山枕余温，憔悴朱颜换。疏影微垂清漏转，倚阑彳亍思还乱。

诉衷情·绣奴痴（黄日欣/外语学院）

隔花凝伫雨粘丝，堤上碧烟湿。凉侵晓梦忽坠，敧枕粉冰垂。

清漏转，泪馀思，绣奴痴。秾华往事，细数残香，怎奈情迟。

下面是我的某研究生同学的点评：

乍看这几首词，都是香奁、花间风格，充满小儿女的闺阁情怀，如果不是说是学生作品，几可认为是古人作品。现代学生能有此等爱好和水平，实感欣慰，确实有才。从《临江仙》看，用词颇含古意，但我不得不老生常谈一下词格律的问题，以临江仙词牌，"慵起"和"心事"句，不合格律，可再查阅一下。"醒"字为仄声字，不合韵脚。个人喜欢"心事空相忆，黛敛泪偷零"一句，偷字很好，状婉转少女之态如在眼前。

《诉衷情》一首中的"湿"字也是仄声，不合韵脚，似这些与现代读音平仄不同的字应该多多积累，或者查阅《平水韵》等书籍。格律平仄在古代虽是小节，于今人诗词创作却是质的差别。有个疑问，这些词作不知是不是作者所见所感，词句优美，流连词林，真可谓忘返矣。我有一语，或可静听，即使是现代人写诗作词，也应切忌无病呻吟，见闻与情感结合才更可以深刻感人。流连词林优美之境之后，就应该追求感情的感染力了。这些优美的词作，似乎都是我所谓香奁花间的婉约之作，多状儿女之态，闺阁之情，文采与词力于侪辈之中必是鹤立其群。奇文共欣赏，疑义相与析。多多深入，必将进入新的境界。

11月3日，卢旭杰《凤凰台上忆吹箫》

电气学院学子旭杰喜欢创作古诗词，新近创作一首《凤凰台上忆吹箫》，词作有感而发，感情真实，现转于此，与大家共赏。

凤凰台上忆吹箫（卢旭杰/电气学院）

月洒西窗，影泼东案，数声水调持杯。记雨湿青瓦，伞过薄眉。衰柳黄昏冷驿，叮咛语，梅绽来归。闻津鼓，青骢会意，缓步行迟。

惊回。那堪再省，秋气却携来，几许消息。恨当时年少，怯懦沉嬉。苦悔对烛晤语，争知我，终夜追惜。更深寂，铜盘泪满，空替人垂。

11月20日，韩红宇《无题》、张丽媛《无题》

这里转发我的两位小友红宇和丽媛的《无题》诗，我们知道《无题》诗是唐代诗人李商隐的独创，具有"深情绵邈"的特点。二位小友的这两首《无题》诗颇有此韵，现转发于此，与大家共赏。第一首是红宇所作，第二首作者是丽媛。

无题（韩红宇/外语学院）

深夜花下初相识，水堂西面暗相期。晓莺残月惆怅里，画帘垂风诉别离。音尘默默何处恃，相见渺渺更无意。青鸟多情偷洒泪，更念俱是异乡人。

无题（张丽媛/人文学院）

江南三月雨微茫，罗伞叠烟湿幽香。文墨难书风弄影，樽酒不消月如霜。座上别愁君未见，归来欲诉断无肠。夜吟斜月空凄楚，时运薄幸瘦衣郎。

@羽化落尘：个人更喜欢第二首。

@没有风火轮的小哪吒：喜欢"文墨难书风弄影，樽酒不消月如霜"的画面，最后一句更是惆怅……

@其香：很喜欢第二首的"瘦衣郎"，古来对"瘦"字的妙用就有很多，李清照尤爱用"瘦"，有"露浓花瘦，薄汗轻衣透"（《点绛唇·蹴罢秋千》）、"知否？知否？应是绿肥红瘦"（《如梦令》）、"莫道不销魂，帘卷西风，人比黄花瘦"（《醉花阴·薄雾浓云愁永昼》）。陆游的《钗头凤》里也有"春如旧，人空瘦，泪痕红浥鲛绡透"。马致远曾有小令《天净沙》："枯藤老树昏鸦，小桥流水人家，古道西风瘦马。夕阳西下，断肠人在天涯。"想来作诗的人必是读过许多大家的作品，下笔才有如此精妙的用法，可谓是全诗的点睛之笔。一个为前途惆怅迷茫的少年郎形象跃然纸上。希望今后多见佳作。

@锌豌豆：第一首写一对恋人从相识到相期再到离别，最后到了相见渺渺的境地。首联写花下相识，初见总是美好，相遇相知已是幸运。颔联，晓莺残月在韦庄《荷叶杯》中"惆怅晓莺残月，相别，从此隔音尘"，一到离别，情与景的风格就遽然一变。颈联，音尘默默与相见缈缈最为出彩，写出了相隔两地的无奈与心酸。尾联，报信的青鸟都在偷偷地洒泪，两人分隔两地，同是异乡人，相见更难。写一段情感从开始的甜蜜到分离的苦楚，情景交融，语言清丽。

La Belle Aurore 回复锌豌豆：谢谢晓丹学姐的精彩点评，把我想表达的意思都说出来了。学姐者，知音也。学妹拙作有学姐如此点评，也是倍感荣幸。还望向学姐多多请教。

段老师回复 La Belle Aurore：两首都不错，一深情，一婉约，皆有"无题诗"深情绵邈，隐约细微而又有些美丽感伤的味道。

2016 年

2月7日，王珽《贺岁诗三首》

现转发我的弟子王珽作的三首贺岁诗，与大家共赏。谨以此三首《贺岁诗》恭祝所有人新春快乐，猴年大吉！

贺岁诗三首（王珽/人文学院）

其一，恭祝大家新岁吉祥，万物欣荣：
斗柄催新岁，鸾凤纳美祥。习习微和扇，欣欣万物荣。
其二，恭祝大家阖家欢乐，团圆热闹：
金盘献加鼎，玉箸逐珍馐。共把屠苏酒，莫问得与失。
其三，恭祝大家新的一年事事顺遂，情谊久存：
朱联耀千门，欢声彻九霄。岁时易变易，情谊久弥新。

@紫烟画柳：谢谢亲爱的段老师！

3月4日，宋江杰《雨后游南湖》《南歌子·遣怀》

机械学院的江杰同学喜欢创作古典诗词，前日将他的习作发我，我让我的研三弟子龙高就其中两首进行了点评，并将意见转给江杰，江杰说很精彩。我们的诗词茶馆除了赏读诗词而外，还给大家一个展示作品的平台，希望大家多多参与。"奇文共欣赏，疑义相与析。"下面大家看看江杰的创作和龙高的点评。

雨后游南湖（宋江杰/机械学院）

雨后黄昏景色殊，香峦碧透映平湖。共君远伫斜阳里，醉倒丹霞不必扶。

（龙高评曰：透字好，道出雨后青山洗净之貌。香字不稳，青山，大景也，香，近感也，恐不甚搭界。后两句境界尽有，空阔雄壮，然伫字与醉倒二字龃龉。诗之取景、用意皆不俗，若加炼字调合之功，浑然而不支离，庶几矣）

南歌子·遣怀（宋江杰/机械学院）

碧水除凡怨，香山饮玉泉。清茶一盏羡天仙，漫步尘寰何处尽余欢。
欲揽蛾眉月，将登万仞山。轻风作伴也悠然，浊酒一壶仗剑倚云端。

（龙高评曰：欲揽蛾眉月，将登万仞山。欲揽未揽，将登未登，有万钧未发之张力，近"欲上九天揽月，欲下五洋捉鳖"。二十一世纪，仗剑二字非宜矣，也不曾见李白诗有云"抽石斧断流水更流"者）

@**磷钌**：谢谢老师提供这个平台，这里能结识到很多朋友，学到很多东西呢。

3月12日，张丽媛《我有一壶酒》

周末本想出去赏花，无奈春雨潇潇，不是赏花天气，适合睡觉看书写诗。前不久有一个微博好友在微博上出了两句诗"我有一壶酒，足以慰风尘"，引发了一场联诗热潮。许多网友纷纷加入，我们的大四才女丽媛也写了一首，写得很棒！个人很喜欢"风清送凉意，花香袭梦魂"句，有点孟浩然之诗味。现转于此与大家共赏，同时也欢迎大家接龙。

我有一壶酒（张丽媛/人文学院）

我有一壶酒，足以慰风尘。有心敬君子，不知邀何人。一盏入喉间，顾影怜此身。壶心团月影，杯中转银轮。酒醇惹醉意，心忧更乱神。足底生云霭，平地赴天门。以我孑孑身，快意游乾坤。慰此烦恼意，大笑三千声。风清送凉意，花香袭梦魂。尘世复还在，独坐酒一樽。

3月13日，李晓丹等《我有一壶酒》

昨日发了丽媛的一首以"我有一壶酒，足以慰风尘"为首句的古体诗，有好几位同学各显风采，让我们大快朵颐，我家先生也来凑热闹写下一首。哈哈！太开心了！我们的诗词茶馆就是要这种氛围，不管岁月如何流转，愿我们心中永远有点"诗意"。谢谢几位同学！谢谢大家！谢谢点赞！希望以后大家有佳作拿出来分享！同时也不要有顾虑，这是一个展示的平台，不是竞争PK的地方。诗歌讲究"风神情韵"，即使格律不严也没关系，"兴之所至"而已。当然，能写出严格的格律诗也不错。关键是要有"诗韵"和"诗味"。我们一群人因为对古典诗词的热爱而走在一起，这就值得珍惜了。孔子曰：诗可以"兴观群怨"，"群"，即"群居相切磋"之意。今日我整理了一下，再次分享给大家。

我有一壶酒，足以慰风尘。采青杨柳岸，探花西厢人。举杯邀如是，提壶独自珍。谁知春归处，落红雨淋零。（我家那位）

我有一壶酒，足以慰风尘。白马踏蜀道，春风过剑门。月入平羌里，清风始

迎君。此身江湖客，不需梦里人。（人文学院研一研究生李晓丹）

我有一壶酒，足以慰风尘；谁人赔笑三万场？离殇更勿论。乳虎长啸谷，百兽震惶人；且听角鼓声壮起，辞家破残贼！甲光耀冬阳，红冰冷铁衣；旗裹长缨缚龙城，醉卧沙场北。（人文学院大二学生姜润霄）

我有一壶酒，足以慰风尘。樽前月照影，湖寒燕贴云。空庭花自落，微雨浥衣襟。鹃声春欲晚，哪忍醉中闻？（电气学院大一学生卢旭杰）

我有一壶酒，足以慰风尘。闻说道义深，仗剑上昆仑。纵跃须臾间，仙家自洞天。缥缈梅花笛，呼啸离火阵。忽闻秘香至，远方瑶草生。瑶草生琼浆，古书言未详。尝试瑶草液，酒香化入肠。欲罢不可得，长醉瑶草旁。山中日月长，瑶池欲酿浆。迷醉混沌间，王母举雷霆。人身祭仙草，天道不可侵。但见衣袖闪，化为酒虫身。历经三百世，方得复为人。面色惊惶去，心中无限安。瑶草匿气息，我本酒虫仙。欲志长生醉，从此伴清樽。（人文学院研二学生朱如意）

3月14日，张龙高等《我有一壶酒》

又一波佳作袭来，整理如下供大家欣赏，尤其是有两位已毕业的同学数年后还保留人文情怀，心存诗意，为师很欣慰！值得鼓励！

我有一壶酒，足以慰风尘。我有一声笑，足以宽故人。须发尚如鸦，目炯颊未深。披籍千年字，老墨有余温。地上青天下，灯火连黄昏。吾意安然时，何地不忘身？苍柏兀森森，白鹿卧山门。（人文学院研三学生张龙高）

我有一壶酒，足以慰风尘。醉吟红湿处，悄然拭泪痕。茕茕倚门立，默默日已昏。不识东风面，春闺梦里人。（11级研究生现为河南某中学教师卢婧萍）

我有一壶酒，足以慰风尘；举酒对孤影，何需琥珀杯？月辉洒庭阶，庭阶凉如水；邀来此夜月，相与红尘醉。空林无人语，时闻倦鸟鸣；暂罢丝竹声，闲听风竹吟。天涯流浪客，独留酒一杯；把盏醉平生，快意复何云？（外语学院大一学生黄舜）

我有一壶酒，足以慰风尘。何须骖鸾侣，且自开清尊。锦城又春雨，桃李齐箫笙。兴来效叔夜，醉后说刘伶。（06级本科生，现为成都某机关干部江文）

@**中南菊香**：真的很少有人写战争……
段老师回复中南菊香：是啊！

中南菊香：不过我的风格我不会改变。

段老师回复中南菊香：嗯，你自成一家！

@胖黑：刚刚看到，我也来一首：我有一壶酒，足以慰风尘。山鹿闻溪水，松柏落鸦声。明月本无影，天涯几多痕？不若饮酒去，长醉逍遥身。

段老师回复胖黑：这首诗也不错啊！喜欢"山鹿闻溪水，松柏落鸦声"。

胖黑回复段老师：刚刚看了一下自己昨天的作品，觉得后两联有些矫揉了，老师看看这样改如何：我有一壶酒，足以慰风尘。山鹿闻溪水，松柏落鸦声。明月清竹影，孤风洗梦痕。不若长醉里，何以叹平生。

段老师回复胖黑：嗯，这样自然一些，而且第三联也对仗。还有"鸦声"是否听起来有点瘆人？

胖黑回复段老师：鸦声可以改做萧声，主人公的动作与雅趣就更丰富了。

段老师回复胖黑：嗯，主人公外表或许是梅长苏那样的人？

胖黑回复段老师：可以的，是他那样。

@海子荷尔德林：各有长处，江文的更老练，不愧是才子！

段老师回复海子荷尔德林：是啊！各有千秋！

4月1日，卢旭杰《满庭芳·春暮》、黄日欣《蝶恋花·南宫宴》《蝶恋花·花朝感怀》

烟花三月匆匆远去，已是暮春时节。蓉城的春天花红柳绿，草长莺飞，每天都有各种花儿次第绽放。古人感春伤怀，写下无数美丽的诗篇，正如钟嵘《诗品》序曰："气之动物，物之感人，故摇荡性情，形诸舞咏。"我们的学子们也触景感怀，留下些许清新的诗篇。这里有几首佳作，或许它们还有些生涩，但诗篇中透露出的"灵气"是让人喜悦的。现转于此，与大家共赏。

满庭芳·春暮（卢旭杰/电气学院）

芳园香疏，金塘水满，雾隐山阙还晴。楼头斜日，天远草色青青。正是东风入酒，千杯尽，贪恋清明。烟霞晚，醒时不记，欹枕暗窗棂。

忽惊。风动幕，犹扶残醉，却绕花亭。叹春归时候，满地残英。弄夜唯余新柳，和残月，相映空庭。霜华重，孤城画角，寂寞数稀星。

蝶恋花·南宫宴（黄日欣/外语学院）

弦冷弄筝歌欲了，花事荼蘼，帘卷檀烟缈。清影阑珊相顾笑，钗垂眉敛樱唇咬。

耳语软喃纤指绕。拈袖飞红，怜伊娇嗔恼。馥雪初融荳蔻小，冷猊香罥青丝袅。

蝶恋花·花朝感怀（黄日欣/外语学院）

鸳语呢喃烟浦暖，丝雨霏霏，叠翠绲绦软。红碎香湿华似幻，花低悄坠玲珑浣。

料峭凉侵春梦短，山枕余温，憔悴朱颜换。疏影微垂清漏转，倚阑伫丁思还乱。

4月5日，潘磊《永遇乐·贺交大双甲子寿诞》

离校庆渐近，这里转发一首土木学子潘磊专为校庆所作的词以及我的研究生龙高所作的点评：

永遇乐·贺交大双甲子寿诞（潘磊/土木学院）

李郁桃秾，春风拂被，百二十载。遥想当年，风云际会，源起榆关浒。窥学探路，育人不倦，岂畏烽烟无数。道莫停，继唐山起，天府锦蠹长蠹。

会迎寿诞，佳客纷至，携手共襄盛举。滚滚黄浦，巍巍秦岭，甲子逢双度。燕山莽莽，宝岛恋恋，相与锦官城赴。共今时，情寄书画，山河同沐。

龙高点评：此词主旨清晰，一望便知，无常词造弄之态。上片写古，下片写今，相得益彰。如"锦蠹长蠹"之语，不唯壮丽，且能表出历经风云撞戛而不屈之精神，为词中警策。

4月16日，韩红宇《题红楼梦》

近日，红宇在 SRTP（本科生科研训练计划）结题报告序中作诗一首，《题红楼梦》，言：有感于《金瓶梅》绣像本结尾诗。盛衰兴亡本无理，伤心岂独《红楼梦》？本人化用《红》中几处典故，用金瓶装红楼。

题红楼梦（韩红宇/外语学院）

昔日繁华事成空，茜纱红绡魂梦中。苔痕暮日徒残垒，衰草寒烟锁旧宫。古寺佛灯油欲尽，少年妆匣尘长封。与谁道尽兴亡事，一卷残稿两袖风。

@黑拓耷：金瓶梅是我印象最深刻的一本书，心里总是有挥之不去的悲剧感。

5月9日，朱如意《望海潮·仿柳永〈望海潮〉赞美家乡江西丰城》

大雨过后是晴天，今日推荐一首佳作。近来我的研二学生如意文思泉涌，仿柳永名篇《望海潮》作词一阕。现发于此，与大家共赏。

望海潮·仿柳永《望海潮》赞美家乡江西丰城（朱如意/人文学院）

序：江西丰城，最早称富城。古时属南昌管辖，《滕王阁序》有"物华天宝，龙光射牛斗之墟"，即指雷焕、张华所发现的龙泉太阿宝剑。王季友，唐时丰城人，江西史上记载第一个状元。另有抗倭名将邓子龙等，不可尽述。白马寨，郭璞等仙人骑白马而至，故名。一直以来，传为杨戬后人的杨氏为其中主要居住人口，正是我外婆一族。赣江新修剑邑大桥，河西工业园也已渐成规模，王勃所言"落霞与孤鹜齐飞，秋水共长天一色"的赣江风景依旧可见。

江湖襟带，咽喉百粤，富城水陆通达。吴头楚尾，土沃人庶，赣水翠浪如画。次宗寻石匣，紫气冲牛斗，双剑无瑕。地灵人杰，季友登科，题雁塔。

留存古寨白马，有琅琅书声，段段神话。危楼日耸，高塔夕照，渐渐小康人家。剑邑两岸跨，河西二业兴，齐飞鹜霞。盛世莫追往昔，今朝多物华。

@潇竹絮：嘿嘿，感谢古人留给今人的骄傲，谢谢段老师。江西欢迎大家。
@闲云薄暮：老师，感觉《望海潮》这个词牌适合填带有豪迈旷达的感情或者有开阔的意境的词。古人的《望海潮》词中也多是这个风格。
段老师回复闲云薄暮：对啊！

@观朝槿：盛世莫追往昔，今朝多物华。

@座落风心：滕王阁序是我最爱名篇之一，本词也不错！老师这个"茶馆"真是好氛围啊！

段老师回复座落风心：是啊！看你们纵论诗词，其乐融融！

5月15日，校庆诗文集

学校双甲子诞辰，莘莘学子们纷纷吟诗作词，以表达他们对母校的感怀。在此将这些作品转发于此，与大家共赏。同时也谢谢几位同学的参与！

舍瑟而作（张龙高/人文学院）
——毕业之际谨献给我的硕士导师段莉萍老师

人生到处如鸿泥，苏子诗篇传至今。云岭观身或如是，阅世尘间常逡巡。昔年为心解行役，磨戛青春慕古人。折戟卷土竟三复，瘦骨支拄阁怆神。仰觉纤素芙蓉手，朗声邀我云台游。南国烟花多壮丽，为问君平到益州。如何殷勤不肯弃，抚肩厕我桃李蹊。刻木为鲤讯故园，有师有兄可久居。一朝侍坐承雨露，忽似趋庭问什章。才喜未觉辛苦力，翻悟已窥先贤堂。蔼然和气升四野，穆如满月照澄明。舞雩台上风正好，洛阳门首雪初晴。今矣将履雄关道，行行重重几时还。常记浑茫夕阳径，且步且哂如目前。摩挲四时之周流，深愧三载之高许。瓣香诸天飞转花，弦歌弦歌何可已。

临江仙·犀湖畔的遐想（宋江杰/机械学院）

闲倚香栏波潋滟，风柔常伴遐思。榆关遥忆总成痴。车书文轨，唐院绕兰芝。百廿烟云归旧梦，蓉城重振雄姿。扬华何必待他时。弦歌再续，遗韵赋新诗。

解佩令·犀湖断想（卢旭杰/电气学院）

薄香消尽，重阴凝久，解兰舟，流碧莲池暮。乍暖还寒，乘荷风，乱鸥飞渡。影微茫，淡烟疏雨。

一番愁梦，几多秀句，又斜光，此时心绪。半启朱窗，看碎月，浮云来去。却游丝，又牵情住。

忆往昔（杨帆/人文学院）

清廷腐朽，奴颜婢膝。榆关沦陷，列强争利。战火纷飞，被迫转移。唐山路矿，弦歌再续。竢实扬华，桃浓李郁。几经更名，初衷不易。冀东沦陷，事变骤起。湘潭复课，奔波流离。武汉陷落，长沙势逼。南下平越，辄即迁渝。八年抗日，一朝胜利。魂牵梦萦，重归故里。物价飞涨，难以维系。护校回部，力争到底。即行南迁，授业难继。借居上海，衣食无给。渡江一役，内战平息。再返唐院，东山欲起。撤销建制，院系支离。投身西南，同舟共济。内迁入川，两地三区。花重锦城，新篇更题。

献礼交大文（姜润霄/人文学院）

居兰橑，仰画屏，校史修其纵观，校友盈其横览。金达上书，帝国铁道之启；光绪御笔，华夏崭新之题。行云流水，独行特立。开轩遐想，壮思抟飞。铁路兴而君主明，榆关创而学府生。西式严谨，气凌山海之尊；天佑情系，终得京张之替。唐山复，扬华发，处竢实之楷模，扬蜚声于中外。大江东去，斗转星移。沧桑砥砺，前赴后继；不负初心，光彩备至。唐院春晓，万象更新。文革祸连，左倾不屈；逆境迁建，悲喜交织。开创新局，拨文革之冤错；新时新秀，立成都以永恒！竢实扬华，伴日新月异。抚今思昔，叹几辈耕耘。继往开来，大道行思。一百二十，风雕雨刻。晚清初创，饱经战火，颠沛流离，屡迁更名。千锤百炼，斗志更坚！回视过往，览慷慨豪情。锲而不舍，铸交大之魂。展望未来，重任在肩；精神鼓舞，谱写新篇。既属新世，唯当勤奋；竢实扬华，自强不息。汲壮志于校史，发愤书以咏怀！经雄关于漫道，历长风以破浪！屹立高校之林，发扬交大之光！求大道之高远，执着于志；明学问之广博，务求其升。愿交大永传史册，再续新篇。与天不老，与国无疆！

若别离（杨博/人文学院）

你轻轻地向我走来，仿若冷月，离别无尽；又似暖阳，洗涤乌云。你神色忧郁，蓦然低语，身侧犀湖荡漾，泛开一圈涟漪。你面带微笑，纵情歌唱，远处虹桥灿烂，映出满天繁星。你说寒窗苦长，前路无期，我说荆棘无畏，仗剑随行；你说人生途远，难测艰辛，我说若君安好，晴日不离。

宴山亭（郑杰/机械学院）

花重蓉城，春绿岷江，雨沁犀湖风雅。情忆黍园，艳溢菁华，凝驻月华虹上。誉秀唐山，百十载，贯窥学术，桃李，颂轨电车书，玉金相攻。

新梦吟诵初回，倡笃朴诚勤，事功崇重。香茵缓步，配以玎琮，何妨地遥天远？辟芷秋兰，愿揽宿莽兮菌桂。无惧，鸾风赤龙终有遇。

@蓝天小豆：不愧是老师的学生！
@一条熊猫：师哥师姐都好厉害！

5月25日，卢旭杰《庆春泽慢》

今日又是小雨霏霏，昨日上了一天的课，说了一天的话，晚课下来嗓子竟有些嘶哑。今日无课，正好呆在家里静心听雨、看文、读词。

电气学院的学子旭杰新近作得一阕，选调、语言、意境、格律诸方面皆见功力！语言雅致有味，意境凄迷幽约，颇具婉约词的风范。特转于此，与大家共赏。

庆春泽慢（卢旭杰/电气学院）

柳暗河桥，弦暝院落，鸣禽声碎沙堤。倦倚微凉，断烟云腻凝低。枯灯照水梧桐雨，动诗魂，更漏频移。晓迷厮，瘦骨临风，冷日侵衣。

莺清古木青薇路，怅珍丛暗换，前迹难追。残梦忡眴，黄昏双燕徘徊。平生自识春风面，到而今，未展愁眉。掩门扉，对影无言，乱絮迟回。

@座落风心：旭杰此词，昨夜已拜读，与之商酌字句，今天看到修改后的，特别棒！词意兼达，词风精致、婉约，有二晏之风。小伙子可以的@矜成。
@蒲苇·旎：超喜欢这句"枯灯照水梧桐雨，动诗魂"。
@star：想到了流离的李清照。
@咿呀咿呀哟：我喜欢最后一句，很有意境，感觉大家都好有才啊。
@矜成：大家喜欢就好，我的词也只是一些小感触，期待看见大家更好的作品。
@锌豌豆："枯灯照水梧桐雨"，真凉透骨。"对影无言，乱絮迟回"，真有"相顾无言"的凄凉。

6月4日，黄舜《踏莎行·暮归虹桥》、李吻雯《鹧鸪天·思归》

钟嵘《诗品序》曰："气之动物，物之感人，故摇荡性情，形诸舞咏。"刘勰的《文心雕龙·物色》篇云:"春秋代序,阴阳惨舒,物色之动,心亦摇焉。"四季轮回、花开花落、月圆月缺引发了古人的诗思,由此留下许多优美的诗篇。各位亲,当你们心中有诗意时,别让它溜走,用你的笔记下来,成为永恒的回忆。这里有两首词,也许格律不严,但自然真切,是作者的心灵感受。在此,将其展示于此与大家共赏。

踏莎行·暮归虹桥(黄舜/外语专业)

虹桥无意,落红随风,瞑雾浅锁烟柳路。暂把心事付酒语,却对孤灯无人诉。
半盏欢娱,两杯忧苦,归去且介寻何处?劝君莫再踏犀湖,断肠最是斜阳暮。

鹧鸪天·思归(李吻雯/信息学院)

永日桥头探小梅,沉沉香瘦不成诗。几回陂柳沾衣薄,一样东风乳燕迟。
从此醉,向来痴。黄昏坐断雨如丝。何能消得秋心了,叵奈归期未可期。

@磷钇:喜欢鹧鸪天那种清新中带点淡淡愁情的感觉。
@戈一木:喜欢"从此醉,向来痴"和"劝君莫再踏犀湖"。
@丫头~:学弟学妹写的很好!从身边所见所闻入手,感情真实,同时带有自己的思考。我也很喜欢"从此醉,向来痴"一句。

6月8日,宋江杰《临江仙·临别赠友》

栀子花开的六月,又一个毕业季的来临。中学毕业,大学毕业,人生的各个阶段的台阶一级级展开,同时学子们也面临着各种离别。"黯然销魂者,唯别而已矣!"(江淹《别赋》)在我国古代诗词的百花园里,有无数优美感人的送别诗词:唐诗有王勃的"海内存知己,天涯若比邻"(《送杜少府之任蜀州》),高适有"莫愁前路无知己,天下谁人不识君"(《别董大》),宋词有晏殊的"无穷无尽是离愁,天涯地角寻思遍"(《踏莎行·祖席离歌》);柳永的"多情自古伤离别,更那堪冷落清秋节"(《雨霖铃》),但我最喜欢的还是苏轼的"何日功成名遂了,还乡,醉笑陪公三万场。不用诉离殇,痛饮从来别有肠"(《南乡子·和杨元素时移守密州》)的那种豪放恣意。这里也有一首风格颇为豪放,有气势的《临江仙》词,作者是机械学院的"小才子"江杰。

临江仙·临别赠友（宋江杰/机械学院）

别意频催春色瘦，落华无奈东流。怅然双盏醉重楼。清风难解语，烟柳暗生愁。

醒后天涯千里远，此情依旧长留。男儿何必泪悠悠。他年提大笔，潇洒绘神州。

@无忧公子：上阕的风格和李清照有几分相似，都是"红肥绿瘦""愁深似海"。
@五月渔郎：清风难解语，烟柳暗生愁。
@磷钇：这是去年毕业前夕写给我同桌的来着。
@魏宏珈：江同学的词有凌云壮志，尤其是下片，读完精神为之一振……不知我何时也能创作出这样的词来……
@锌豌豆：此首词之洒脱通达，当引为知音！"醒后天涯千里远，此情依旧长留"最贴真情实感，毕业在即，纵使天南地北，同窗之谊授业之恩永存，生命里的离别不必凄凄，因为前方会有意想不到的相遇。祝大家都能"潇洒绘神州"！
@啊船啊：一向以为送别大可不必"无为在歧路，儿女共沾巾"，一句"莫愁前路无知己，天下谁人不识君"更壮别离。男儿何必泪悠悠，他年意气风发时，与君再话犀湖事。
@丫头~：喜欢这首词！写的很好，有情有景，起承转合也十分到位！洒脱！

6月16日，刘富达《临江仙·记故》

一夜风雨之后，又是一个蔚蓝的天，让人爽心悦目。今日我们的"诗词茶馆"端出两杯佳肴，一杯是机械学院富达同学的《临江仙·记故》，另一杯是电气"秀才"旭杰的精彩评论。

临江仙·记故（刘富达/机械学院）

雨卷层帆飘旧坞，纤枝轻拽西风。踏花信步浪重重。崔郎情碎，人面映桃红。鸿雁留声惊客梦，孤山一片朦胧。月残醉卧广寒宫。吴刚挥斧，桂树太葱葱。

旭杰评曰：
起句非凡，"拽西风"，非也，实是拽人情。"踏花"一句，闲适姿态，然而笔锋陡转，浪重重，却不闲适。"崔郎"一句，用典道出心中为何郁结。可以说，上片一引再引，最后吐露心声，迂回婉转。下片，从真景物到梦中，我独爱"吴刚"句，实写"太葱葱"，内里却道"太匆匆"，散不尽的愁，如同吴刚伐桂，叫我想起一句"这情味，望一成消减，新来还恶"，结句提起全篇。

@胖黑：匆匆与葱葱，最后一句极好。
段老师回复胖黑：是啊！尤其是解析将精彩之处寥寥几笔道出！
@胖黑：不知嫦娥仙子又有怎样的心绪？
段老师回复胖黑：这个留给你想象了。
@矜成：只是结合自己的联想谈了谈。

6月18日，卢旭杰《永遇乐》

临近期末，大家一团忙乱，似乎谈诗论词的雅兴也没有了。不过，对诗词情有独钟的人每天读诗词如饮水吃饭一样平常自然，不以外界条件而改易。"电气秀才"旭杰在忙里偷闲中作得一阕，语言雅致，善于化用典故及前人诗句；意境美妙，表情达意含蓄委婉；韵律颇为讲究，越发见功力了。我的研三弟子龙高也作了精彩的评价，同样是一段妙文。下面将原作和评价一同展示，与各位亲同赏。

永遇乐（卢旭杰/电气学院）

浅黛藏云，平林晚霁，乱蛙南浦。惊觉夏深，镜湖浓碧，残照盈朱户。斑驳窄径，暗香偷溢，赖有月华独步。想屯田、登临故事，东流依旧无语。

绛烛摇影，墨枝绘阶，一霎空庭积雨。怪道无常，渐湿罗袖，此意谁知否？匆匆寻遍，阑珊灯火，唯有那时归路。悠悠曲、倚门低唱，东风断续。

研三弟子龙高评曰：词中说"想屯田、登临故事"，其感受盖与柳永《八声甘州》近，然又非柳词所能囿。从夕阳反照，到独步月华，又夜雨忽至，"怪道无常"一语，透出人生不可预料的无奈。"此意谁知否"，寂寥无人会，只有回首归路，慰藉心灵。柳词是"苦淹留"与"想佳人、妆楼颙望"的无奈，此词写"无常"与"此意谁知否"的寂寥索寞，想来皆是人生中不可避免的哀愁。

@蒲苇·旎：蛮喜欢这句"斑驳窄径，暗香偷溢，赖有月华独步。""偷"和"赖"用得好好！为才弟和才兄点赞！

@潇竹絮：都写得好好呀。不过我觉得"想屯田"三句有辛弃疾的味道。我最喜欢"绛烛摇影，墨枝绘阶，一霎空庭积雨"。

段老师回复潇竹絮：有辛弃疾的味道，不知旭杰是否赞同？@矜成

矜成回复潇竹絮：啊？哈哈哈哈哈哈哈，有么，我也不知道啊！

其香回复潇竹絮：我也觉得"想屯田、登临故事"有辛弃疾的风味，我大致查了一下，柳永也称柳屯田。因柳曾任屯田员外郎，故称。清代陈维崧《临江仙·武塘赠钱岩烛》词："新词脱手万人传，'暗香'姜白石，'残月'柳屯田。"清赵翼《赠张吟芗》诗："花影得名张子野，井泉到处柳屯田。"况周颐《蕙风词话》卷四："柳屯田《乐章集》为词家正体之一。"最喜"斑驳窄径，暗香偷溢，赖有月华独步。"这一句，学弟才华。

@座落风心：由黄昏到月夜，独步至听雨。整首词不能说哪句优哪句劣，其实每一句都值得玩味，都见功力。此傻秀才，对某些句子精雕细刻，某些字词细细斟酌，又并不显得造作。表示很喜欢！前面景中有情，由情生景，后面又抒发对人生无常的感慨，很是不错。所以还是点个赞。

段老师回复座落风心：嗯，进步很大，逐渐抛弃了刻意雕琢的痕迹，此首读起来意脉畅通，未断裂之迹。

矜成回复座落风心：前些日子吴文英的读多了……所以，之前的那首雕琢的痕迹很浓，这不老师说我应该学少游和白石嘛。

@幽并游侠：好词。

@磷钇：自然流畅，层次分明，读来有身临其境之感，舒服。

9月24日，韩红宇《鹧鸪天·闭馆》

今日天气晴好，在此与大家分享一首原交大英文系，现在北京外国语大学读研的才女红宇的一首小词。

鹧鸪天·闭馆（韩红宇/外语学院）

暮日清消上琐窗，英蕾应怨朔风伤。凝神偏爱咖啡苦，梦断更思泼茶香。
秋日至，夜未央，几经辗转人黯伤。不如怡然篱前醉，莫负风清凝月光。

@座落风心："凝神偏爱咖啡苦，梦断更思泼茶香。"红宇姐这一句太有趣啦！
@闲云薄暮：怎么神似易安的那首《鹧鸪天》？

闲云薄暮回复段老师：因为喜欢这首！"不如随分尊前醉，莫负东篱菊蕊黄。"（李清照《鹧鸪天》）

闲云薄暮回复 La Belle Aurore：喜欢学姐这首词上下两阕的末句，感觉比原词意境更好！

@浮沉子：想起纳兰容若那句"赌书消得泼茶香"（《浣溪沙》）。

10月19日，朱如意等《待我长发及腰》

昨日于空间"诗词茶馆"与众小友做了个诗词接龙的游戏，首句为"待我长发及腰"。同学们踊跃参与，佳作频出。各种风格兼具，或缠绵豪放，或诙谐幽默。让我读了，颇为开心。今日将这些作品展现于此，与大家共赏。

待我长发及腰，自当风流俊俏。散发青衫扬州遥，秦淮折扇轻挑。五陵多年少，曲尽争红绡。忽闻烽尘临朝，木兰关山应召。无定河水骨成桥，春闺梦深犹悼。薄幸名未扫，身后山河笑。（朱如意）

待我长发及腰，超市千万促销。洗发护发来串烧，买一送二才好。（朱如意）

待你长发及腰，我已须发皓皓。看你越来越美，徒增我的烦恼。最怕世人说我，老牛想吃嫩草。（张龙高）

待我长发及腰，高铁动车乱跑。才往山西吃面，又来煎饼一套。最喜天府火锅，再来一个蛋烘糕。（李晓丹）

待我长发及腰，庭前闲看飞鸟。风干气清菊小，庭外乱撒衰草。野芳发于山腰，韭蒿长在山脚。高崖侧柏不老，晌午炊烟正好。（李晓丹）

待我长发及腰，重着昔年碧鲜袍，齐眉举案目含笑。争知亲闹利令昏，偏误年少。愁丝三千付一剪，不负青冢月轮高。自此两生化蝶语，飞入云鬟伴伊旁。（写的是梁祝）（王嘉暄）

待卿长发及腰，莫自登楼独怅。此生误把功名邀，关河生死难料。彩笺欲寄，惟怜佳人泣，来生作对鸳鸯可好，和我双双飞去。（兰家玉）

@八月的雨季：最喜欢如意学姐哒！

八月的雨季回复段老师：待我长发及腰时，不知又是几何年。江如青萝山似玉，袅袅几缕青烟。看庭前花开落，望天边云卷舒。与友小酌淡酒，叹人间已万年。

段老师回复八月的雨季：不错！我觉得将"望天边云卷舒"改为"云舒卷"更为押韵，你说呢？

八月的雨季回复段老师：我是想前面的烟第一声和舒都是第一声，嘻嘻

@十三：最喜交大夜跑，叹三美长裙飘飘……

@风雪**连$天：待我长发及腰，我立马剪掉！好多才子才女！

啊船啊：待我长发及腰，与君相隔海角。此去千里遥遥，沧海桑田难料。待我长发及腰，执子之手可好？我生君生已老，一眼终误年少。

@嵩阳松雪：待子长发及腰，我当远离尘嚣。不求此生功高，惟愿与子终老。执手共看夕阳，相守同栽芳草。花间贪求一醉，还将明月前邀。携子赴远道，长歌赋年少。

段老师回复嵩阳松雪：你和忠超都好棒！尤其喜欢"花间贪求一醉，还将明月前邀"两句！

@幽并游侠：待汝长发及腰，弃我手中刀，策马别临洮，一日之汉水，笑看佳人娇。江南水迢迢，闲上廿四桥，还看水中月，与子听凤箫。玉门风萧萧，塞外孤雁高，快意驰大漠，对酒有野肴，南山布衣樵，织素在野茅，共倚门前柳，黄鸟鸣交交。春风桃夭夭，驱车有牡骄，百两御淑女，硕人姿敖敖。

段老师回复幽并游侠：哇！好有气魄的诗句！意境、对仗、气势都不错！

10月20日，尚致远等《待我长发及腰》

子曰："诗可以兴"，昨日发了同学们的联句接龙，激发了其他同学的兴致，今日再推几首佳作，作者皆为我校各专业的同学，文理皆有。这些同学的大作或以意境见长，或文采斐然，各有擅长。作为老师，非常开心！为他们点赞！

待我长发及腰，燕子归来可好？此身与雪度春宵，待君白首终老。空谷蔷薇香，陌上公子笑。一曲飞燕逐月，只影徒然寂寥。天若有情天亦老，莫道轻狂年少。佳人恼夜长，却怨人起早。（尚致远）

待我长发及腰，秦川山色正好，起舞苍龙飞燕，紫衣白绸可妙，白玉京出遇，长生难同了，紫电轻心无迹，天涯却无笑傲，饮者痴醉堪言笑，山寺桃花未老，明年沉剑处，蔷薇伴白鞘。（尚致远）

待我长发及腰时，不知又是几何年。江如青萝山似玉，袅袅几缕青烟。看庭前花开落，望天边云卷舒。与友小酌淡酒，叹人间已万年。（汤逸琳）

待我长发及腰，与君相隔海角。此去千里遥遥，沧海桑田难料。待我长发及

腰，执子之手可好？我生君生已老，一眼终误年少。（杨帆）

待我长发及腰，君来访茶可好？斟壶奉盏品韵，抚琴和鸣袅袅。（王晓苹）

待汝长发及腰，弃我手中刀，策马别临洮，一日之汉水，笑看佳人娇。江南水迢迢，闲上廿四桥，还看水中月，与子听凤箫。玉门风萧萧，塞外孤雁高，快意驰大漠，对酒有野肴 。南山布衣樵，织素在野茅，共倚门前柳，黄鸟鸣交交 。春风桃夭夭，驱车有牡骄，百两御淑女 ，硕人姿敖敖。（卓俊君）

待尔长发及腰，许君春花冬皓。红杏婆娑似窈，寒梅清影如窕。夏荷秋月小桥，半幕流水花药。纵情歌舞笙箫，千杯吟诵今宵。一枝春花俊俏，恰似笑靥发梢。共挽青丝偕老，侧身稚子安好。（杨忠超）

待子长发及腰，我当远离尘嚣。不求此生功高，惟愿与子终老。执手共看夕阳，相守同栽芳草。花间贪求一醉，还将明月前邀。携子赴远道，长歌赋年少。（李松阳）

待我长发及腰，君心向此倾否？明月落花归晚棹，听取虫鸣乱噪。 松风自在行，竹叶从梢老。梧桐渐憔逢雨，行人离去疏桃。踏遍江南向天傲，举剑横斩年少。山头沉落日，流水澹今朝。（周伟）

@叶飘零：燕子这一意象我也好喜欢，添上一句：却来燕子安好？

11月8日，戴冬柯《青玉案》、李松阳《永遇乐·忆友》、周伟《念奴娇·怀旧事》

昨日一天冷雨，气温骤降不少，寒风凛冽，极易让人感冒。各位亲，注意添衣御寒哦！哪怕裹成一头熊也没关系。秋冬季节依然引发我们学子的诗思，这里转发三首我们交大学子所创作的词作供大家品尝。这些作品或许还有些稚嫩，但词中的真情流露值得肯定。

青玉案（戴冬柯/信息学院）

景开霖过清沙渚。鸟飞尽，花无语。晓色轻寒听水汩。初冬晨露，老藤枯树。岁末佳期误。

可堪今日人归处，不似曾经旧家路。满月凝愁都几许？闲云翻雨，晚秋还去。风惹霜霞暮。

丙申十月初八

永遇乐·忆友（李松阳/管理学院）

　　黯黯秋云，湖天初静，雨歇风断。碧水停波，寂林易色，小径清愁满。无言枯叶，多情寒露，憔悴芙蓉羞面。无寻处，闲听鸟语，怎似故园幽怨？

　　异乡悲客，伤心游子，唯有相思常伴。还忆天涯，故人安好？又把归期算。待君踏雪，当邀薄酒，共醉意真情暖。问流年，多少离恨？任风吹散。

念奴娇·怀旧事（周伟/人文学院）

　　思绪千篇，到而今，万里江山冷落。青青好色都不遇，枯待西风允诺。晓起清寒，远方残照，木叶满街到。难向古人，青州遣来从事。

　　谁念汝身安好，茕茕单影，夜寒且孤傲。此地真心千万片，尽换两处忧怀。高处风凌，目下枝摇，连下数飞鸟。过往经年，但祈君如初好。

@火奴鲁鲁：喜欢周伟"枯待西风允诺"一句。
火奴鲁鲁回复段老师：感觉有点像"高树晚蝉，说西风消息"。
@嵩阳松雪：有一个字"吹"出律了，昨天才发现，现在还没想到怎么改。

11月23日，戴冬柯《鹧鸪天·寒夜有所梦》《满庭芳》《八声甘州》

　　近日信息学院的工科男冬柯文思泉涌，填词数阕，情景交融，文笔清丽，并化用前人词句，颇有思致。现转于此，与大家共赏。

鹧鸪天·寒夜有所梦（戴冬柯/信息学院）

　　寒夜萧萧惹梦魂，冷村孤卧忆平身。素窗棋罢笙歌起，闲笔书翻泉酒分。踱北径，叩东门。庭前流水绕孤村。曾经逆旅天涯客，终老樵头摆渡人。

丙申十月十八

满庭芳（戴冬柯/信息学院）

　　雨落庭芜，苔盈巷陌，暮秋银杏初零。彩云霜淡，倦鸟憩寒汀。拣尽一枝枯叶，今谁问，几处啼莺？经行处，折杨瘦柳，孤燕蹴黄英。

长亭，石道外。光风霁月，白露斜楹。漫斟酒横笛，相与忘形。多少功名旧事，今都付，云淡风轻？湘天远，卷霞欲隐，江上一潭星。

丙申十月廿一

八声甘州（戴冬柯/信息学院）

煮一杯淡酒对婵娟，此夜似何年？望冥冥天际，银光渐隐，月冷千山。饮罢犹知时晚，欲去且流连。惟有湖心影，凝碧悬天。

谁道锦城无雪，念湘天故地，稍觉轻寒。叹归期漫漫，拟共叙从前。雁南归，祝融霜晓；客欲回，冷院惹残烟。凭栏处，浅斟清盏，抱影无眠。

丙申十月廿三

@四海一饮千钟：有些词语用的好棒啊！
@南楼歌雨：八声甘州的"祝融"典故的出处是哪啊？求解。
闲云薄暮回复南楼歌雨：祝融是南岳衡山主峰名。
南楼歌雨回复闲云薄暮：好的，受教了。

12月5日，戴冬柯《鹧鸪天·咏少游》、卢旭杰《长亭怨慢》

雾霾散去，太阳露出笑颜，感谢上苍！这里我们品两首词，作者都是西南交大工科专业的同学，各有风采，老师为他们点赞！

鹧鸪天·咏少游（戴冬柯/信息学院）

余读黄鲁直之《千秋岁·苑边花外》有感，遂作此篇，以怀少游。

岁岁空杯醉不休，年年殢酒白霜头。数声横笛随江远，一叶扁舟寄海游。人已去，句空留。古藤阴下老沧洲。韶华已伴流年尽，莫把金龟换梦愁！

丙申十一月初四

长亭怨慢（卢旭杰/电气学院）

渐凉去，西风折柳，水月铺镜，谢池消瘦。昔与登临，春风回顾冷香后。扑萤轻扇，依露井，单衣皱。秋蝶梦离枝，人休问，欢悲知否？

依旧，见稀星万点，犹是立残更漏。幺弦乱绪，不忍听，锦衾寒透。对羞月，曲暗相期，怪好梦，泪凝红烛。断风冷青衫，碎叶坠阶时候。

12月9日，周伟《点绛唇》、戴冬柯《苏幕遮》

今晨，大雾弥漫，以为又是雾霾一天，哪知中午阳光灿烂。我们的小诗人们"触景生情"，又作得二阕，在此分享给大家。

点绛唇（周伟/人文学院）

昨日晨起，满城尽失于沉沉重霭中，目所能及，仅十米之距。而今日待晨寒销尽之际，不觉颇有春光之景。明阳弥眼，又兼银杏阵阵飞零，甚繁诗意，遂制一词赠人，以愉心怀耳。

清风雨水，银杏疏黄连连寂。昨晨霭重，世物皆语滞。
江山忽现，冬扮春风指。遥望里，萧萧轻阴，思忆飘零处。

苏幕遮（戴冬柯/信息学院）

点霜寒，晨露散。半日连山，晓雾迷东岸。水色浮光还欲卷。折柳微扬，雨歇愁云漫。

蜀天遥，羁旅倦。把盏临溪，照影朱颜换。铺水残阳消梦断。几处莺啼，拟共湘天远。

丙申十一月十一

@叶飘零：冬柯的词很有秦观的那种纤婉风格。
段老师回复叶飘零：是啊！你说对了，他喜欢秦观！
闲云薄暮回复叶飘零：想写清丽一些，成了纤婉了……
@矜成：冬柯已经有自己的风格了，虽然风格相似，但是和我的区别却变大了。
段老师回复矜成：是啊！你俩一个像秦观，一个像吴文英。

矜成回复段老师：我由"二晏"到"姜吴"不知不觉连短调都是这种遮掩的风格了。

段老师回复矜成：有点沉郁。

矜成回复段老师：嗯，冬柯的作品比我的欢脱多了。

段老师回复矜成：各有千秋，性情所致。

闲云薄暮回复矜成：哈哈，旭杰过奖了，我最近填词思路也是比较散乱……随性而写，并且常常词穷。想学习吴文英的炼字功夫，奈何我没有那么多的积累和扎实的功底呢……

段老师回复闲云薄暮：逐渐提高，坚持个性。

@段老师：转如泉师弟今天微信圈对此条状态的评价：这个茶馆好茶多！

12月12日，卢旭杰《南浦·冬月海棠》、戴冬柯《望海潮》

昨日聚会，引发两位小友的创作灵感，又得两阕，二者各有千秋，都是好词，老师不禁为这两个工科帅哥点赞！前者颇有白石之风，后者有些近似欧公和少游之格。现分享于此，与大家共赏。

南浦·冬月海棠（卢旭杰/电气学院）

灯火正黄昏，寂叶风，萧索空庭愁苦。烟锁倚栏人，独望绝，惊鸿又还重雾。镜湖向晚，一般清瘦都无语。常说娇棠留月影，却伴冻云冰骨。

依墙照眼霜枝，念才减江淹，人今何处？彩笔惜胭脂，清铅洗，疑他旧香如故。萦思万缕，觉来重过凌波路。正在寒鸦溪树乱，回首玉枝凋去。

望海潮（戴冬柯/信息学院）

冬来霜起，秋消蓉尽，柳桥无觅孤洲。晨霭满溪，烟云隐岸，寻芳野径三休。宾客遇湖头，水边鸥鹭发，拟送残秋。冷浸垂杨，落花南北漫江楼。

携来侣伴同游。忆佳期少有、盛宴难收。词对好音，诗逢妙笔，泼茶香洒明瓯。昔事已东流。聚少人恒在，夫复何求？来日还邀美景，共赏一春柔。

丙申十一月十三

@这样，很好：喜欢"聚少人恒在，夫复何求"这一句，无可奈何之中的幸运，深有体会。

12月23日，戴冬柯《水龙吟》、李松阳《卜算子》

这个冬天成都雾霾重重，不少人都戴个"防毒面具"行色匆匆，在如此"严酷"的环境下，蜡梅花依旧盛开，我们的诗人们依旧诗情大发，近日冬柯和松阳又填词两阕，现转发于此，与大家共赏。愿大家在雾霾天也保持好心情去欣赏我们周边的美景！（话说昨日走过校园，发现犀湖边的蜡梅也盛开了不少啊！）

水龙吟（戴冬柯/信息学院）

蜀都千里连峰，云端几处斜阳漏。幕帘漫卷，锦城冬至，清寒时候。万点霜霞，半江横笛，侧凉初透。捣衣声犹起，雾开庭落，日暮晚，东风骤。

八月匆匆别后，数归期，参差仍有。名缰利锁，纷繁谁诉？问天也瘦。柳下长亭，前深巷，可堪回首！忆无情但有，曾经明月，照人依旧。

丙申十一月廿四

卜算子（李松阳/管理学院）

今日偶有闲情行至犀湖旁赏梅，无奈睹物思旧。万千心语难诉，便以薄才斟酌半日，遂成此篇。

浅叶映羞容，寒蕊出香浴。倩影芳姿舞妙风，不羡霓裳曲。

应动陌上心，却道无情绪。怎寄相思楚水遥，恨落折花雨。

2017年

1月18日，卢旭杰《归朝欢》、戴冬柯《沁园春》

本段老师旅行归来，我们"诗词茶馆"继续开馆读诗。寒假里，我们的小诗人旭杰和冬柯依然创作兴致颇浓，填词二阕，技法越加成熟了，自己的风格渐成。为师不禁为他们叫好！冬日里大家围炉读诗，也是人生一大惬意啊！

归朝欢（卢旭杰/电气学院）

细思来已是弱冠之躯，故作此篇。若不言语，应无踪影，道是如来去。

故园深灯门欲闭，水幕冰蟾幽杳溢。试将前事倚黄昏，小楼风雪销魂易。玉阶愁影绘，疏梅香冷寒枝白。年光晚，休文自是，忘却颜华笔。

昨夜良辰曾似此，一霎阑干伴人意。西风断续冷青衫，凄凉老病残更立。朝云何处觅？雁痕归去无踪迹。正销凝，绛烛窗暗，梦寐几番对。

沁园春（戴冬柯/信息学院）

南楚湘天，岁末还来，冷夜凝霜。见湘江帆尽，清寒漠漠，关山月淡，笙笛茫茫。

往昔情怀，如今思绪，皆汇成、流水逝光。曾经事，纵平笺万叠，难写彷徨。

天涯处处吾乡，又几度、漂萍聚一场？算几人长久、有生有灭，枯荣流转，世事无常。尘路离多，人间欢少，尽付樽前酒盏香。浮生短，但留多少梦、兀自思量。

丙申腊月二十

@潇竹絮：看第二首"枯荣流转"，想到天龙八部里大理有位枯荣大师，一张脸分成两半，一半有肉，一半跟烧焦了一样，真是神人啊。

1月21日，韩红宇《归朝欢》

红宇是我的小友，我们因一门课（我的宋词课）而结缘，因对《红楼梦》和古典诗词的共同热爱而相识、相知。如今，她已在北京外国语大学英语系攻读硕士。红宇美丽聪慧，勤奋感性，最近新填词一阕，言及红楼悲欢情感，颇有无限感怀。现转发于此，与大家共赏。

归朝欢（韩红宇/北京外国语大学英语系）

故园风破雪无痕，独览窗幽岚岫谧。试将蒲草遥相系，红楼旧梦易销魂。潇湘林下扫菊梦，蘅芜雪满抱香冷。韶光瘦，停笔自驻，忘却秦淮路。

似此清日今非昨，一饮清宵酣楼轩。寒烟漠漠湿罗衫，衰草萋萋摧情坚。旧愁几度觅？冷月葬花无踪迹。正痴意，无稽荒言，泪尽几人对。

闲云薄暮回复段老师：学姐好有才！

@La Belle Aurore：谢谢段老师，感受到老师浓浓的关爱。很幸运大学里遇到老师，良师益友，一直给予我关爱和鼓励。爱您！

1月22日，卢旭杰《柳梢青》

旭杰乃交大电气学院一位充满古典人文情怀的"准工程师"，痴迷于古典诗词的阅读和创作。最近再次看了沈复的《浮生六记》，颇有感怀，填词一阕，道尽沈复与其妻芸娘二人的情感悲欢。这里转发于此，与诸好友共赏。

柳梢青（卢旭杰/电气学院）

《浮生六记》已尽，梅逸浮生已尽，尽在芸娘长逝之时，《坎坷记愁》之后，皆是以声色浮华蔽厌心悲想。《养心记道》于全书之末，只略一句"余不为僧而有僧意，自芸之殁，一切世味，皆生厌心，一切世缘，皆生悲想"。似是淡言寡语，实为六记之味，浮生之悲！尝闻人云"至痛无语，大爱无声"，梅逸确如是。

停卷闲望，落花不在，空掩屏香。神悴苟郎，梦芸梅逸，自古凄凉。
流冰犹挂雕廊，寒鸦乱，还添恨长。弹指廿年，漫如六记，付与斜阳。

@矜成：小序是老师给的建议嘛，我也就试试看。

段老师回复矜成：效果不错！道出词的写作缘起，并且语言的运用也不错！继续努力哦！

@La Belle Aurore：学弟写的特别好，启发我写了个。

段老师回复 La Belle Aurore：在哪里？将你写的发在这里看看啊！

La Belle Aurore 回复段老师：《闻旭语音有感》：停笔遐思，田郎未见，空掩余香。神憔形悴，月吟潇湘，亘古悠长。余音犹绕耳畔，花舞乱，还添情裳。执手数月，泼洒茶香，伫立斜阳。

2月13日，陶红飞《鹧鸪天》、戴冬柯《满庭芳》

寒假期间，我们的诗人们诗思激发，这里转发两首词与大家共赏。

鹧鸪天（陶红飞/机械学院）

前年故隅短廊中，初识拚却醉宇虹。长堤伴走湖心月，香腮冰隐露朦胧。
而今去，月明胧。从来别后忆相逢。相思最在情愁处，一片梅花冷处浓。

满庭芳（戴冬柯/信息学院）

宿雨藏寒，斜舟摇水，小轩无尽闲辞。归期将已，无绪谩吟诗。惜用时光便好，又何必、长自嗟咨？无人问，冷清胜似，腊月雪寒梅。
时时，思故友。清欢有限，重聚无期。忆旧时嬉游，此乐谁知？莫等鬓霜人老，才知享、心纵形怡。佳期在，花新山好，岁月正相宜。

丁酉正月十六

2月24日，戴冬柯《多丽·咏少游》

最近冬柯又填词一阕，以少游语咏少游，颇有新意。现转于此，与大家共赏。

多丽·咏少游（戴冬柯/信息学院）

丁酉春，闲读少游词数阕。偶背一二，便生婉伤之感。遂作此词，凡一百三十九言，借少游语，以咏少游。

少年游，水边杨柳春柔。倚危亭，恨如芳草，萋萋刬尽难休。句空存、郴州旅舍；人已逝、老树前头。醉且吟诗，愁须殢酒，一帘幽梦恨悠悠。忆往事，蛮笺万叠难写一生愁。莺声碎，飞红万点，一叶扁舟。
想从前、兰亭古墨，依稀风韵生秋。楚江行，孤蓬小艇；悠悠过，烟渚沙洲。纨扇题词，清谈挥座，万人难赎此人留。暮霞隐，重重锦帐，淮海水空流。随风逝，古藤阴下，客老沧州。

丁酉正月廿六

2月25日，朱如意《遇见》

今日蓉城春光灿烂，春天终究来了！春天启人诗思，这里转发一则我的研三弟子如意的七律《遇见》。

近日《朗读者》节目大热,有感于第一期"遇见"这个主题,联想古今中外作品中那些唯美的相遇,作《遇见》。

遇见(朱如意/人文学院)

朗读亭中字珠玑,缘浅情深由来忆。可怜汉芙寻书苦,音信遥自查令来。峨眉小徒笑倚立,武当少侠堕相思。人面桃花今何在,青冢一抔长太息。

注:《查令十字街84号》号作者纽约女作家海莲·汉芙因为无钱购书而向伦敦书商弗兰克·德尔求助,弗兰克免费寄书,从此二十多年两人书信相交,却从未谋面,这是一种文艺的相遇。《倚天屠龙记》中宋青书与周芷若的相遇,是欲求不得、一念成魔的相遇。昔年崔护心心念念的桃花女郎,早成一抔黄土。正所谓:向来缘浅,奈何情深。

@八月的雨季:我也看了这期朗读者,人生最美的是遇见,钱钟书在没有遇到杨绛之前说的是我这辈子从未想过结婚,遇到杨绛之后说我这辈子从未想过和其他女人结婚。

3月10日,戴冬柯《清平乐》、周伟《相见欢》

今日阴天欲雨,"乍暖还寒时候,最难将息",各位亲,要注意保暖哦!我们"诗词茶馆"今日且品两首小词。

清平乐(戴冬柯/信息学院)

风横雨骤,夜话消残酒。酒里犹知魂梦后,梦里闲云出岫。蜀湘千水连峰,归来拚饮金钟。今欲乘风万里,几时直上苍穹?

丁酉二月初十

相见欢(周伟/人文学院)

花开季季残残,晓寒深。对望远山轻雨翠叶春。
风行记,亭独立,与谁颜?徒恋留醉黄昏小园前。

@胖黑：第一首豪情万丈，第二首幽婉缠绵。最喜欢"徒恋留醉黄昏小园前"一句，有晏殊之风。

闲云薄暮回复胖黑：周兄的词挺有纯真的婉约风，改天再来蹭你们的课，顺便聊聊！

叶飘零回复闲云薄暮：哈哈！不过摹拟而已，你的词读起来也很教人暗自击掌呢。欢迎得很哦。

闲云薄暮回复叶飘零：过奖，毕竟我都是模仿呢……

@其香：冬柯的词境界阔大，有万里豪迈的胸怀，《相见欢》情感细腻，意境深远，都喜欢。

@李晓丹：第一首以"风横雨骤"开篇，气势豁然，"夜话消残酒"又以恬然淡然面对疾风骤雨，以至静之心处于至动之境，词境更显豪迈。第二首"对望远山轻雨翠叶春"想必是现在成都的景色，风雨过后天气晴朗，隐约可见群山，作者在对望远山时又以细腻的情思遥想山中翠色欲滴，心思婉致。

3月16日，戴冬柯《八声甘州》

今日天气乍阴乍晴，早课结束，与学生饭后漫步校园，发现海棠花开得更盛了！近日冬柯和周伟又作得二阕，冬柯之词多化用东坡语，周伟之词颇有柳七之风，唯末句境界阔远。大好春日有好词相配，足矣！这里分享于此，与大家共赏！

八声甘州（戴冬柯/信息学院）

骤霜风、逐水到天涯，泛舟拟相迎。愿扶摇万里，上邀明月，同赏春英。饮罢何妨醉卧，看取一江星。梦醒花香起，冷夜停灯。

思取今时光景，正劳形案牍，蜗角虚名。和平心事，观得几清明。想将来，事成身退；等闲看、云淡露华清。凭栏处，当轩月影，笑我多情。

丁酉二月十三

八声甘州·春晨有怀（周伟/人文学院）

愈林深、飘落几多絮。过山石水景。却朝阳淡起，数许金霞，处处晴薄。早非煞煞末秋，惹宋玉悲凉。尽光影凉风，褐鸭渡水。

环处鸟声啾罗，自盘桓树树，芽绿新发。无马良神笔，好景虚难记。忽云聚，天投黯影，徒令我、为此事伤情。仰笑去，装鞍执辔，便醉临关。

@叶飘零："有怀投笔"。
@叶飘零：老师评语令学生又记起东坡那句"近却颇作小词，虽无柳七郎风味，亦自是一家"（《与鲜于子骏书》）的名言。我上课是不是很认真！
段老师回复叶飘零：是啊！
@魏宏珈：冬柯学姐（不知道应不应该叫学姐）的下片很有深意啊……只有如今劳形案牍，才能实现将来的事成身退啊……
段老师回复魏宏珈：哈哈！是大二学弟。

3月22日，周伟《谢池春》、戴冬柯《临江仙·寒春》、卢旭杰《满庭芳》

昨日发了一通"牢骚"，生活依然要继续，要面对，今日蓉城依然烟雨蒙蒙（天气预报竟然还说晴，真是奇了！）令人欣慰的是我们的小诗人们依旧诗兴不减，新近填词三阕，三位小友风格各异，或清新、或明朗、或缠绵，皆情韵悠远，意境优美，音韵畅达，让人读之不忍释卷！以后有机会我们编一册《轨道上的行吟》，各位，可有意乎？

谢池春（周伟/人文学院）

人人皆知思念最伤人，然古来今往，谁得拒之？遂知怀亲念友，本人之常情耳。特因今日春光犹胜，遍处晴明，最惹绵绵怀思。故此以斯为旨，于贪尽流连之际试填一词。

几许春色，燕呢声，池水渌。熏风过耳际，发同柳绦舞。轻荫三两隙，杨花点点漏。织云扯，天景阔。萦萦绕绕，倾醉此心慕。

驻岸临水，频纵目，衷怀展。不便忆从前，最怕肠堪断。岁寂晚多风，远陌烟波岸。贪流连，心诚盼。叶动敲窗，思念成雨片。

临江仙·寒春（戴冬柯/信息学院）

把盏临江闻笛远，宴酣酒醒歌阑。明窗谈笑泼茶间。暗灯消夜雨，清话叙残年。

万点飞花辞树去，闲云薄暮千山。晚来风起冷无眠。一朝明月在，千里逐人还。

丁酉二月春分

满庭芳（卢旭杰/电气学院）

微雨桥边，暮云柳下，依稀曲径莺声。迟来春意，二月怯园风。幸有忆中樱色，犹待我、独立蒙蒙。渐吹落，绿池狼藉，一霎落花中。

素琴旋梦绪，寻声暗问，照影惊鸿。自寻来，几多小绿新红。还是萋萋芳草，眇故园、懒整慵容。霜华重，寒塘压树，相与一枝空。

@Faded.：待《铁轨上的行吟》付梓之后，那必定见此物如身临浙园，念此诗如见交大校友。

段老师回复Faded.：哈哈！有趣不过，不是铁轨，是轨道！

Faded.回复段老师：嗯，我看错了。

@闲云薄暮：轨道上的行吟，说的就是我的专业啊！

@矜成：《轨道上的行吟》，我们可以再多写点……

@叶飘零：很棒的一个创意。

段老师回复叶飘零：那你们多努力！

@arch："发同柳绦舞"真心很有感觉。发丝、柳丝，发丝是柳丝，发舞柳亦舞。美中不足就是少了些秋水长烟、落霞孤鹜的神奇感，不知道作者可不可以再"炼"一"炼"。

叶飘零回复arch：秋水长烟、落霞孤鹜之景很旷远，我以后一定再把句子锤炼一番，这个建议我很喜欢。

5月22日，卢旭杰《六幺令》

昨夜一场大雨，带来几许清凉！我们的小词人旭杰新近填词一阕，颇有白石之风！意境婉约清新，语言较为精工，更见炼字琢句的功夫了！作为老师，为旭杰的进步点赞！

六幺令（卢旭杰/电气学院）

予游前迹，寻故不见。怅然与醉，因度此篇，以纾客怀。

旧时莲色，绿满分桃渡。玉莲低眉相对，更有黄昏雨。渐失汀州颜色，远水萦南浦。柳藏莺语，江流霞落，独立青桥约风住。

隔岸高城灯火，寒恻临波去。曲径应没青葱，不识今何许。尊前愁来一间，醉笔寻新语。无人问与，疏帘自卷，微月无情到朱户。

5月23日，戴冬柯《水调歌头·寄怀》

入夏几日阴雨，让人恍然觉得还在春天，小区五月鲜花依然盛放，三角梅、石榴花、小玫瑰开得恣肆！良辰美景引发我们"诗词茶馆"的小词人佳作连连，这里转发冬柯的一首词。

水调歌头·寄怀（戴冬柯/信息学院）

近来入夏，聒噪务繁，偶得情怀，遂成此篇。此境虽难至也，心向往之。

剑出青锋里，花落古松旁。当庭闲听风雨，交结众诗郎。醒可临江揽月，醉亦分茶折柳，徐步且擎苍。一任尘嚣绝，陪笑八千场。

观棋罢，斟酒饮，挽弓张。杳无车马，登台放鹤五云乡。敢执长缨在手，直缚蛟龙到海，水击万层浪。把盏怀怆怳，悲喜两相忘。

丁酉四月廿七

5月24日，戴冬柯《八声甘州·初夏》、李吻雯《临江仙》

今日小雨渐沥，甚至有几许凉意了！近日，我们"诗词茶馆"的小友们诗兴大发，又填词数阕，以抒情怀。这些作品或许在格律、词语意象方面还有些欠缺，但他们都是作者心志的抒发，从来"在心为志，发言为诗"，只要是真情实感的书写，就值得肯定。至于韵律形式技巧方面，相信他们会日渐成熟的！

八声甘州·初夏（戴冬柯/信息学院）

晚霜风伴我到黄昏，放鹤五云乡。算几回交结、酒星风骨，隐逸诗郎。纵有佳词工笔，难挽旧春光。谁道良辰少？来日方长。

独步小楼溪畔，正闲花幽院，隔水深坊。日边闲云隐，梦里玉弓张。约他年，彩衣新授，愿分茶，陪笑一千场。归来也，月华无意，长漏空窗。

丁酉四月初七

临江仙（李吻雯/信息学院）

常记当时携手处，碧纱窗下联诗。闲来望月桂堂西。恨他良夜短，残漏莫相催。

一自画眉人去后，春风不度闺帏。小楼昏睡到斜晖。华胥梦易醒，庭外草萋萋。

丁酉五月十八日观舞台剧《青丘狐》作

5月30日，卓俊君《吊屈原》《端午食粽》

传说端午佳节由吊屈原而来（当然也有其他说法），人们在这一天悼念诗人，驱除百病，祈祷安康！我们的小诗人机械学院的俊君深悼屈子，抒发感怀，作得两首律诗，为师最喜第一首，对仗颇为工整，善化典故，情感真挚！现转发于此，与大家共赏！

吊屈原（卓俊君/机械学院）

河山北望没蓬蒿，故国南行湿锦袍。魂魄苍茫归夜色，瑾瑜憔悴失秋毫。
朝明甘露三闾志，夕卷愁云万丈涛。江满鱼龙瞻圣体，竹陈血泪哭离骚。

丁酉端阳

端午食粽（卓俊君/机械学院）

两髻包青叶，一绳缠碧琳。层层开白米，处处见丹心。
亲远须相赠，宾邻不用寻。国人皆食粽，孰忆汨罗音。

K回复幽并游侠：第二首写得很好啊，通俗白话，天然去雕饰，尾联拔高一个层次，追忆先贤。

幽并游侠回复K：嗯嗯，大家互勉，一起努力。

6月7日，卓俊君《向晚遇雨》、《静夜》、《益州月歌》六首

人活一世，幸好有诗和远方，不然就无多大趣味了。近日机械学院的俊君诗兴大发，作诗数首，这里转发于此，与大家共赏。

向晚遇雨（卓俊君/机械学院）

西蜀登楼雨，东荆纵目云。长风千里渡，山水那堪分。

丁酉年乙巳月壬戌日

静夜（卓俊君/机械学院）

雨歇物华清，云开皎月明。霭轻萦细柳，风静入芳蘅。从野夜寒漫，穿林宿浪盈。草虫惊过客，缄口不兴鸣。

丁酉年丙午月癸亥日子时

益州月歌（卓俊君/机械学院）

万里苍天月色喷，凉风瑟瑟逸心魂。闺中泣雨愁云尽，为送清辉至玉门。（其一）

悠悠星斗聚天河，夜月盈盈流玉波。隐隐牵牛惊可见，机前织女止悲歌。（其二）

冷冷月光何所有，年年岁岁失春秋。桂花不实恨无酒，聊赖何依挥斧头。（其三）

仙药误吞心事违，经年怨思向何依。广寒欲晓人间世，还遣银辉出翠帏。（其四）

栀花寂寂陌边开，灵气氤氲向此来。若得月华明似水，便知清露匪尘埃。（其五）

清风吹我自云端，杨柳依依汀渚兰。海上天涯同玉色，今朝好月共谁看。（其六）

6月23日，卓俊君《赋得埈实扬华毕业纪念图册赠大四诸君》

这两天各高校都在进行毕业典礼，整个校园充满了依依别情，大二学子俊君

作送别诗一首以赠大四、研三的毕业学长们,老师也祝各位前程似锦、一生幸福平安!有空别忘了回家看看哦!

赋得竢实扬华毕业纪念图册赠大四诸君(卓俊君/机械学院)

桃李蓁蓁色正浓,春晖不负已蒙茸。意生游侠三杯胆,气发流星五岳容。鸾凤青云何可及,鲲鹏沧海讵相逢。无须山野吟梁甫,自有使君寻卧龙。

丁酉年丙午月庚辰日

7月8日,卓俊君《期末九里观荷赴宴兼赏月赋诗赠段老师》

昨日与"唐音宋韵社"的孩子们赏荷聚餐,晚九点结束时又看到天上一轮明月高悬,真是赏心悦目啊!我们的小诗人机械学院学子俊君回校赋诗三首,乃情兴所致也,第一首专门赠予我,很感动,谢谢俊君。这里发于此,与大家共赏。

期末九里观荷赴宴兼赏月赋诗赠段老师(卓俊君/机械学院)

先生弟子五湖多,九里池中赏碧荷。风曳青丝枝宛转,叶摇珠露影婆娑。笑谈诗酒乘高兴,漫对清辉奏短歌。欲向此间同为乐,嫦娥止舞觉蹉跎。

@乘风:读起来很是舒服。
@幽并游侠:感谢老师把我们聚到一起。

7月18日,戴冬柯《小重山·夏日》、卢旭杰《长亭怨慢》

夏日炎炎,静心读两首词。这里我们读读我们的工科才子冬柯和旭杰的两首小词,旭杰的这首词最近荣获《星星》诗刊的诗词创作大赛的优秀奖,祝贺旭杰!

小重山·夏日(戴冬柯/信息学院)

小扇轻摇复敛裳。枕边书梦好,暑犹长。清愁欲换酒茶香。蝉响处,倦客已还乡。

空院听箫凉。红莲翻滴碎,夜茫茫。练华流照两相望。西风里,谁共倚闲窗?

丁酉六月十九

长亭怨慢(卢旭杰/电气学院)

渐凉去,西风折柳,水月铺镜,谢池消瘦。昔与登临,春风回顾冷香后。扑萤轻扇,依露井,单衣皱。秋蝶梦离枝,人休问,欢悲知否?

依旧,见稀星万点,犹是立残更漏。幺弦乱绪,不忍听,锦衾寒透。对羞月,曲暗相期,怪好梦,泪凝红烛。断风冷青衫,碎叶坠阶时候。

7月20日,卢旭杰《高阳台》

前几日暴雨如注,我们的准电气工程师旭杰一边在学校实习,挥汗如雨地焊电路;另一边在夏日的夜晚触景生情,填词一阕,言"以贺铸之笔叙白石",以表达朦胧迷离之意。

高阳台(卢旭杰/电气学院)

骤雨喧城,惊雷却暑,一番时事匆匆。人羡垂杨,丝丝绿舞熏风。云开远水萦南浦,桨入红衣照青灯。梦魂中,玉苑秋来,只影曾同。

诗朋莫谢须得意,怅斜阳渐矮,往会难重。旧忆推窗,绕湖尽是朦胧。陈词又吊离宫月,曲径归,怎觅前踪。想从来,遍顾阑珊,不见青葱。

注:以贺铸之笔叙白石,似以迷梦对清忆。

8月29日,戴冬柯《浪淘沙·处暑》、余红芹《夜》

昨夜一阵雨,黎明愈清凉。我们"诗词茶馆"正好品品诗词,最近信息学院学子冬柯填词一阕,颇为清丽喜人;我校本科毕业,现在在西南大学中文系攻博的红芹夜听雨声,作诗一首。现转发于此,与大家共赏!

浪淘沙·处暑（戴冬柯/信息学院）

横雨谢篱花。惊起蝉蛙。楚江潭日又西斜。阁上珠帘闲半卷，雁客谁家？
潮返带平沙。暮点归鸦。樽前一曲未分茶。别到歌尘萧散处，人在天涯。

丁酉七月初五

夜（余红芳/中文专业）

丁酉七月夜，小雨渐沥，卧听窗外雨打林叶，蝉鸣远树，耿耿不寐，赋小诗一首，聊以遣怀。

雨滴风叶静，蝉噪火烛明。耿耿不眠夜，许因秋意生？

@漾子：谢谢老师分享拙作，平时过于疏懒，写诗不多，感觉要提升的空间还是很大，谢谢老师鼓励，以后还是要多写多练啊！

段老师回复漾子：继续努力！

9月14日，戴冬柯《水调歌头·寄意》

今日秋雨霏霏，有些凉意了。这里推荐大家欣赏一首信息学院的大三学子冬柯的词，自叙其学词渊源，颇有心得。

水调歌头·寄意（戴冬柯/信息学院）

偶得一词，如同自述，虽难协旧曲调，自觉饶有趣味，遂依谱记之。

南楚水川秀，衡岳雁来游。未知何许人也，寻迹到潭州。君自偷师秦七，闲却轻吟黄九，句起冗难收。又得庆湖意，漫带一樽愁。

别花馆，横玉笛，洒江流。樵仙何在？杯间狂客醉迟留。我换前衣旧貌，不为丹妆绛脸，雅志寄扁舟。月下邀词笔，宿雨卷清秋。

丁酉七月廿二

【注】

1. 衡岳：南岳衡山。
2. 潭州：指湖南长沙一带。
3. 秦七：指秦观。
4. 黄九：指黄庭坚。
5. 庆湖：贺铸，自号庆湖遗老。
6. 上阕后五句大意：我自偷仿暗学秦观词以来，未得其要领，闲的时候又喜欢低声吟黄庭坚的词，因而写起长调来句子冗杂且一发不可收拾。后来又领会了几分贺铸词的意境，填词竟常常带有一分愁绪，且往往寄托于酒（化用贺铸《浪淘沙·一叶忽惊秋》："惟有尊前曾见月，相伴人愁"之意）。
7. 樵仙：指作者自己（PS：因为笔名卧樵）。
8. 我换前衣旧貌，不为丹妆绛脸：我现在要改变以往的陈旧和俗套，但不是为了追求华而不实的美艳，也不为盲目地随波逐流。化用黄庭坚《水调歌头·瑶草一何碧》："我为灵芝仙草，不为绛唇丹脸"。

9月22日，戴冬柯《摊破浣溪沙·次韵易安秋词》

今日天气阴，满园桂花香，南国的秋天并无多少衰飒之气，不是众芳芜秽，而是有些秋花盛放的。冬柯近日模仿李易安词，填词一阕，转于此与诸位共赏。

摊破浣溪沙·次韵易安秋词（戴冬柯/信息学院）

八月秋来满地华。闲时卧醉卷帘纱。愁且待君蒸熟水，快烹茶。
风到清秋凉处好，雨逢永夜昼来佳。终日枕书多蕴藉，桂枝花。

丁酉八月初二

【注】

易安秋词指李清照《摊破浣溪沙·病起萧萧两鬓华》：病起萧萧两鬓华，卧看残月上窗纱。豆蔻连梢煎熟水，莫分茶。 枕上诗书闲处好，门前风景雨来佳。终日向人多蕴藉，木樨花。

@α-FLE.：每次看到老师发诗词都觉得好厉害……自己境界差得太远……

段老师回复α-FLE.：慢慢来。

@M鹿BossM：感觉这首词的基调比易安的词更乐观豁达一点？学校里的桂花真的很多，特别是雨后洒满一地，真的是"满地华"。很好奇作者填这首词时想到了什么，不知道有没有理解错。

闲云薄暮回复M鹿BossM：我也是想到秋天的风和雨再想起现在的桂香才这么写的……毕竟易安这首词写在晚年病愈时，情感基调当然有些凄凉。但南渡之后的物是人非依然不能磨灭她豁达、洒脱的性子。

11月9日，戴冬柯《忆秦娥·暮秋怀感》、周伟《浣溪沙·寻旧》

近日银杏灿烂，芙蓉凋谢，生命就在四季的轮回中一天天、一年年地过去，今日所受的"冤屈"日后再回头看，"归去，也无风雨也无晴"（苏轼《定风波》）。还是蒋勋先生说得好："生活这么沉重心酸，也许只有诗句像翅膀，可以让生命飞翔起来。"这里我们读两首我的小友冬柯和周伟创作的小词，皆有感而发，不作"无病呻吟"之语。

忆秦娥·暮秋怀感（戴冬柯/信息学院）

清泉洌，秋高冷意凭谁说。凭谁说，舞低银杏，柳沉蓉绝。
故教风扫阶前叶，轻飞散似花吹雪。花吹雪，乱心如网，万千成结。

丁酉九月十三

浣溪沙·寻旧（周伟/人文学院）

风前柳絮逐离萍。半卷残秋栖暮城。坐对夕阳古藤晴。
芙蓉万点都飘去。无限遗踪似梦凝。才归却赴小亭行。

@追光者："在诗词世界，任风再大，都绕过我的灵魂。"

@周伟：前人有吟诗不可禁者，故乐天得"诗魔"之号，"郊寒岛瘦"不免"苦吟"之讽，香菱成一"诗痴"，可见诗词当真可作寓魂之所，不然茫茫情志，赴与谁方？无限心事，托之笔端，以遣有涯之身。学生幸遇伯乐恩师，也得瞻顾这耀耀诗林。

段老师回复周伟：老师也幸有你们这些小友陪伴，诗词共慰吾心。谢谢你们！

@闲云薄暮：多谢老师转发拙作，我也跟周伟师兄同感，万幸在交大遇见了段老师，若不是如此，恐怕我现在仍然啥也不会写呢。

11月25日，许靖业《临江仙·辞旧迎新》、向真莹《临江仙·芦苇》、刘旭阳《水调歌头》、王晨源《水调歌头·赠风四娘》

昨日冬日暖阳，今日却阴云弥漫，唯有诗词让我们的生活充满意味和念想。这里我们分享几首词，作者也许由于初涉创作，有些生涩。但他们在当今"二次元"时代能沉迷古典诗词，并尝试创作，就是值得嘉许的。老师为他们点赞！

临江仙·辞旧迎新（许靖业/利兹学院）

陈酿屠苏香四溢，桃符闲挂枯松。群童新衣绕祥龙。满街皆盛宴，四巷竹烟浓。红纸临窗迎福至，贺春门对朝东。阖家欢聚坐庭中。共观年夜月，同听迎新钟。

临江仙·芦苇（向真莹/建筑学院）

白露含霜何是处，疏疏离落沚边。萋萋无怨待寒天。凭他风雨急，也自憔悴牵。最是芦花缱绻后，只教人倍牵怜。长云梦断更难编。踟蹰都几许，偕醉也无眠。

水调歌头（刘旭阳/电气学院）

闲钓洞庭月，谩数木芙蓉。蜉蝣零落天地，垂袖满西风。自古逢秋悲尽，却有人间晚韵，寒草彻鸣虫。空念凤楼远，今夜与谁同？

功名事，且忘取，任杯空。忽逢年少，霜雪重映宝钩明。一展宏图妙计，十万雕鞍翠羽，皆付笑谈中。吟罢龟虽寿，白首意难平。

水调歌头·赠风四娘（王晨源/信息学院）

披发出关塞，大笑至长安。脱袍横剑，高谈雄辩坐歌筵。绿蚁更兼紫蟹，也欲醉眠芳草，满座尽贪欢。酒了拂衣散，十里暮云燃。

霜风紧，明月在，漫千山。鲜衣怒马，蓝玉过处血光寒。一入阳关千里，从此萧郎过客，零落不须怜。惯看风和月，浊酒对苍天。

【注】
1. 蓝玉：风四娘之剑，传说为公孙大娘首徒申若兰所用。
2. 一入阳关千里，从此萧郎过客：化用古龙先生书中诗句："一出阳关三千里，从此萧郎是路人。"此处萧郎为萧十一郎戏谑自称。

段老师回复卡卡罗特：你的这首词颇有新春气象。
小圆回复段老师：哈哈！谢谢老师。话说老师你看武侠小说吗？
段老师回复小圆：不怎么看，我问过我的研究生如意关于"风四娘"的问题，她是这样回答的：古龙《萧十一郎》里面的人物，她的理想就是骑最快的马，爬最高的山，吃最辣的菜，喝最烈的酒，玩最利的刀，杀最狠的人。这小说我也没读过，不过按照古龙的画风，应该是一个肆意妩媚的女子。
段老师回复小圆：你觉得回答得怎样？到底"风四娘"是怎样的一个人物呢？
小圆回复段老师：是呀，老师说得很好呀！爱得潇洒肆意，活得自由不羁。

12月13日，庸泽乾《小重山》、卓俊君《北风》

今日冷雨渐沥，银杏叶几乎一夜之间全落光了，空气凌冽起来，有些冻人了。好在我们的小诗人诗兴未减。这里我们赏读两首诗词，一词一诗，风格不同，一婉约一豪放，并读颇有意味。

小重山（康泽乾/茅以升学院）

银杏萧萧庭院东，湖边沉醉处，月朦胧。今宵谁与共秋风，沉吟苦，山阻雁难通。
酒醒又愁浓，独行天际远，叹飘蓬。故园烟柳梦魂中，芳华落，不似去年红。

北风（卓俊君/机械学院）

北风拥叶荡乾坤，西日巢枝海岳浑。一破流星飞鸟掠，复摇衣袂逐人奔。云回华阙锦江影，雪乱惊涛玉垒魂。扫尽瘴烟连九万，青天雷动怒腾鲲。

丁酉十月廿二

@M鹿BossM："白马饰金羁，连翩西北驰。借问谁家子，幽并游侠儿。"（曹植《白马篇》）我猜《北风》是幽并游侠的作品。

  幽并游侠回复 M 鹿 BossM：兄台慧眼，这都能看出来。

  幽并游侠回复 M 鹿 BossM：今者多好艳词婉句，似君读白马饰金羁者少矣。

12月30日，卓俊君《元旦酬赠段老师》

  昨晚收到机械学院大三弟子、我们的小诗人俊君的一首新年赠诗，哈哈！很开心。愿我在新的一年里"永葆年轻之心，笑看岁月风云"（尽管我知道我已不年轻）。谢谢俊君！

元旦酬赠段老师（卓俊君/机械学院）

常见花中一美人，绮罗款款绕腰身。年年开尽众桃李，不减芳颜犹是春。

  @幽并游侠：感谢老师带给我们乐观的生活态度。

参考文献

[1] [晋]左思著，逯钦立辑校：《先秦汉魏晋南北朝诗》，北京：中华书局，1988年。

[2] [晋]陶渊明著，龚斌校笺：《陶渊明集校笺》，上海：上海古籍出版社，1999年。

[3] [唐]高适著，孙钦善点校：《高适集校注》，上海：上海古籍出版社，1984年。

[4] [唐]韩愈著，钱仲联集释：《韩昌黎诗系年集释》，上海：上海古籍出版社，1984年。

[5] [唐]李白著，[清]王琦注：《李太白全集》，北京：中华书局，1999年。

[6] [唐]杜甫著，[清]仇兆鳌注：《杜诗详注》，北京：中华书局，1999年。

[7] [唐]温庭筠著，刘学锴校注：《温庭筠全集校注》，北京：中华书局，2007年。

[8] [唐]李商隐著，刘学锴、余恕诚集解：《李商隐诗歌集解》，北京：中华书局，1988年。

[9] [唐]冯延巳著，谷玉校点：《阳春集》，上海：上海古籍出版社，1989年。

[10] [唐]白居易著，谢思炜校注：《白居易诗集校注》，北京：中华书局，2006年。

[11] [唐]孟浩然著，佟培基笺注：《孟浩然诗集笺注》，上海：上海古籍出版社，2000年。

[12] [唐]王维著，陈铁民校注：《王维集校注》，北京：中华书局，1997年。

[13] [唐]王维著，[清]赵殿成笺注：《王右丞集笺注》上海：上海古籍出版社，1961年。

[14] [唐]王勃著，[清]蒋清翊注：《王子安集注》，上海：上海古籍出版社，1995年。

参考文献

- [15] [唐]刘禹锡著，卞孝萱校订：《刘禹锡集》，北京：中华书局，1990 年。
- [16] [唐]张九龄著，熊飞校注：《张九龄集校注》，北京：中华书局，2008 年。
- [17] [唐]陈子昂著，徐鹏校点：《陈子昂集》，北京：中华书局，1962 年。
- [18] [唐]罗隐著，雍文华校辑：《罗隐集》，北京：中华书局，1983 年。
- [19] [唐]赵嘏著，谭优学注：《赵嘏诗注》，上海：上海古籍出版社，1985 年。
- [20] [唐]王昌龄著，黄明校编：《王昌龄诗集》，南昌：江西人民出版社，1981 年。
- [21] [唐]刘长卿著，储仲君笺注：《刘长卿诗编年笺注》（全二册），北京：中华书局，1996 年。
- [22] [唐]韦应物著，孙望编：《韦应物诗集系年校笺》，北京：中华书局，2002 年。
- [23] [唐]元稹著，冀勤点校：《元稹集》（全二册），北京：中华书局，1982 年。
- [24] [唐]张籍著，李冬生注：《张籍集注》，安徽：黄山书社，1989 年。
- [25] [唐]杜牧著，吴在庆校注：《杜牧集系年校注》，北京：中华书局，2008 年。
- [26] [唐]杜牧著，陈允吉校点：《樊川文集》，上海：上海古籍出版社，1978 年。
- [27] [唐]李煜：《李煜词集》，上海：上海古籍出版社，2016 年。
- [28] [唐]李璟、李煜著，[宋]无名氏辑，王仲闻校订：《南唐二主词校订》，北京：中华书局，2007 年。
- [29] [唐]韦庄著，聂安福笺注：《韦庄集笺注》，上海：上海古籍出版社，2002 年。
- [30] [宋]张元幹著，孟斐校点：《芦川词》，上海：上海古籍出版社，1985 年。
- [31] [宋]苏舜钦著，沈文倬校点：《苏舜钦集》，上海：上海古籍出版社，1981 年。
- [32] [宋]周邦彦著，孙虹桥校注，薛瑞生校补：《清真集校注》，北京：中华书局，2002 年。
- [33] [宋]周邦彦著，吴则虞校点：《清真集》，北京：中华书局，1981 年。
- [34] [宋]蒋捷著，杨景龙校注：《蒋捷词校注》，北京：中华书局，2010 年。
- [35] [宋]黄庭坚著，[宋]任渊等注，刘尚荣点校：《黄庭坚诗集注》，北京：中华书局，2003 年。
- [36] [宋]黄庭坚著，马兴容、祝振玉校注：《山谷词》，上海：上海古籍出版社，2001 年。

[37] [宋]陈师道著，[宋]任渊注，冒广生补笺，冒怀辛整理：《后山诗注补笺》，北京：中华书局，1999年。

[38] [宋]朱敦儒著，邓子勉校注：《樵歌》，上海：上海古籍出版社，1998年。

[39] [宋]杨万里著，辛更儒笺校：《杨万里集笺校》，北京：中华书局，2007年。

[40] [宋]张炎著，吴则虞校辑：《山中白云词》，北京：中华书局，1983年。

[41] [宋]吕本中著，沈晖点校：《东莱诗词集·东莱词》，合肥：黄山出版社，2014年。

[42] [宋]田锡著，罗国威校点：《咸平集》，成都：巴蜀书社，2008年。

[43] [宋]范成大著，富寿荪标：《范石湖集》，上海：上海古籍出版社，1981年。

[44] [宋]参寥著，高慎涛、张昌红编：《参寥子诗集校注》，郑州：中州古籍出版社，2014年。

[45] [宋]唐庚著，唐玲校注：《唐庚诗集校注》，北京：中华书局，2016年。

[46] [宋]王安石：《临川先生文集》，北京：中华书局，1959年。

[47] [宋]张孝祥著，徐鹏点校：《于湖居士文集》，上海：上海古籍出版社，1980年。

[48] [宋]梅尧臣著，朱东润编年校注：《梅尧臣集编年校注》，上海：上海古籍出版社，1980年。

[49] [宋]姜夔著，夏承焘笺校：《姜白石词编年笺注》，上海：上海古籍出版社，1981年。

[50] [宋]陈与义著，吴书荫、金德厚点校：《陈与义集》，北京：中华书局，1982年。

[51] [宋]曾几著：《茶山集》，北京：中华书局，1985年。

[52] [宋]秦观著，徐培均笺注：《淮海居士长短句》，上海：上海古籍出版社，1985年。

[53] [宋]秦观著，徐培均笺注：《淮海集笺注》（上中下），上海：上海古籍出版社，1994年。

[54] [宋]陆游著，钱仲联校注：《剑南诗稿校注》，上海：上海古籍出版社，1985年。

[55] [宋]陆游著，夏承焘、吴熊和笺注：《放翁词编年笺注》，上海：上海古籍出版社，1981年。

[56] [宋]林逋著，沈幼征校注：《林和靖诗集》，浙江：浙江古籍出版社，1986年。

参考文献

[57] [宋]欧阳修著，李逸安点校：《欧阳修全集》，北京：中华书局，2001年。

[58] [宋]贺铸著，钟振振校注：《东山词》，上海：上海古籍出版社，1989年。

[59] [宋]张耒撰，李逸安、孙通海、傅信点校：《张耒集》，北京：中华书局，1998年。

[60] [宋]郭茂倩：《乐府诗集》，北京：中华书局，1998年。

[61] [宋]辛弃疾著，邓广铭笺注：《稼轩词编年笺注（增订本）》，上海：上海古籍出版社，1998年。

[62] [宋]辛弃疾著，邓广铭笺注：《稼轩词编年校注（定本）》，上海：上海古籍出版社，2007年。

[63] [宋]柳永著，薛瑞生校注：《乐章集校注》，北京：中华书局，2002年。

[64] [宋]朱淑真著，[宋]魏仲恭辑，[宋]郑元佐注，冀勤辑校：《朱淑真集注》，北京：中华书局，2008年。

[65] [宋]晏殊、晏几道著，张草纫笺注：《二晏词笺注·小山词笺注》，上海：上海古籍出版社，2008年。

[66] [宋]张草纫笺注：《二晏词笺注·珠玉词笺注》，上海：上海古籍出版社，2008年。

[67] [宋]李清照著，黄墨谷辑校：《重辑李清照集》，北京：中华书局，2009年。

[68] [宋]李清照著，徐培均笺注：《李清照集笺注》，上海：上海古籍出版社，2002年。

[69] [宋]苏轼著，张志烈、马德富、周裕锴校注：《苏轼全集校注》，石家庄：河北人民出版社，2010年。

[70] [金]元好问著，李正民解：《元好问集》，太原：山西古籍出版社，2006年。

[71] [元]关汉卿著，蓝立萱校注：《汇校详注关汉卿集》（全三册），北京：中华书局，2006年。

[72] [明]高启著，[清]金檀辑注，徐澄宇、沈北宗校点：《高青丘集》，上海：上海古籍出版社，1985年。

[73] [明]唐寅著，应守岩点校：《六如居士集》，杭州：西泠印社，2012年。

[74] [清]纳兰性德著，张草纫笺注：《纳兰词笺注》，上海：上海古籍出版社，2003年。

[75] [清]纳兰性德著，赵秀亭、冯统一笺校：《饮水词笺校》，沈阳：辽宁教育出版社，2001年。

[76] [清]郑谷著,赵昌平、黄明、严寿澂笺注:《郑谷诗集笺注》,上海:上海古籍出版社,1991年。

[77] [清]王夫之编,邹福清校注:《古诗选》,武汉:长江文艺出版社,2015年。

[78] [清]彭定求等:《全唐诗》,北京:中华书局,1979年。

[79] 曾昭岷等:《全唐五代词》,北京:中华书局,1999年。

[80] 唐圭璋:《全宋词》,北京:中华书局,1965年。

[81] 傅璇琮等:《全宋诗》,北京:北京大学出版社,1995年。

[82] 隋树森:《全元散曲》,北京:中华书局,1964年。

[83] 饶宗颐初纂,张璋总纂:《全明词》,北京:中华书局,2004年。

[84] 傅陛云:《郑板桥全集》,北京:北京出版社,2003年。

后 记

炎炎夏日，《轨道上的行吟——中国古典诗词网络赏析与创作》一书终于要付梓出版了，这算了却了我多年的一个心愿。新时代下如何将传统诗词的传播与学生的生活紧密联系起来，在西南交大这样一所以理工科为主的综合性大学中，如何培养具有人文情怀的工程师？在几十年的教学中，我一直在思考与探索这一问题。自2014年起，我尝试在QQ空间开设了一个虚拟的"诗词茶馆"，为学生课外品读、评议中国古典诗词提供一个自由畅达的交流平台，将中国古典诗词的传播渗透在学生生活中，从而起到一个潜移默化的作用。经整理，近四年的时间共品读诗词六百多首，原创作品有两百多首，每日有数百不同专业的交大学生阅读、参与。这里有对诗词作品的阐释、感受和体会的交流，有由青涩到成熟的诗词原创，更有思想碰撞的火花，同学们也在这里结识朋友，增进友谊。孩子们的精彩讨论和创作常让"为师"惊喜连连，也获益不少，这就是所谓的"诗可以群"了。

学生们这样谈论"诗词茶馆"对他们的影响：

张丽媛（2012级人文学院）：想起心理学上的有名的人格测试方法——罗氏墨迹测验，测试者向被测试者呈现出各种由墨迹偶然组成的形状，让被测试者在无拘束的环境中自由联想。被测试者的联想，就是其个性的真实反映。联想的顺序及结果，即是其思想运行的轨迹。词如墨迹，颜色和形状是固定不变的，由创作者赋予，但从解读开始，就已经成为读者的作品，是读者与词的化合物。一个人解读一首词，即是在照灵魂的镜子，通过词这个镜面反射出灵魂的颜色与形状。每个人对于词作的理解，往往就是一份灵魂诊断书，在与他者的交流中也能让我们看到自身思想的无限延展性。非常喜欢老师给我们构建的这样一个讨论交流的平台，欣于所遇。

韩红宇（2012级外语学院）：做段老师的学生是一种幸运，使我们于生活中保留着对诗歌的热爱，使我们学会思考，学会分析，学以致用。段老师的门下，群英荟萃，每每从段老师和大神们的评论中获益匪浅，补余之拙见。诗词在大家的阐述下，不再是生硬的学问，而是具有了活的灵魂。我常想诗词之所以能流传至今，靠的绝非是印刷术，而是一代代志同道合之人不断赋予它流动的源泉、不竭的动力。如果哪天段老师将对诗词的引领和大家的阐述，集结成册，那将意义非凡。

李吻雯（2015级信息学院）：也不知是从什么时候开始喜欢上诗词的，上了大学，我学的是通信工程，原以为从此便将和最爱的传统文化永远地分手了，可是，选课时我忽然发现了宋词这一门课，毫无犹豫地选了它，然后便是一发不可收拾。在宋词课上，我认识了美丽端庄的段老师，还结识了许多志同道合的诗友，我对诗词的爱并未因烦琐的代码、电路而放下，而是因为有它，我才能熬过一个又一个与工科做斗争的艰苦的夜。很多人问，诗词能带给我们什么？我的回答是，在这个纷纷扰扰的世界，诗词不能带给我们什么，它不是车、不是房，不是银行存折，它只是一弯月、一折柳，一方山水、一片落花，是我眼前山花烂漫，是我心中春风十里。毕竟，行到水穷处，坐看云起时。

戴冬柯（2015级信息学院）：有幸在交大结识了段老师和她的宋词课，让我感受到在文轨车书之外还有人文情怀的熏陶。在老师的选修课之外，日常还能在老师的"诗词茶馆"逛逛，老师日常会把她读到的一些好诗词分享于此，让大家讨论，在这里还能有和其他专业同学交流和学习的机会。关于诗词的写作，如今我们不可能总是生活在旧时的风花雪月亭台楼阁中，因而我们在"承古"的同时也应该好好地去思考如何"通今"。比起一味地从古人诗篇中摘取片段来营造意境的模仿写法，我更倾向于用这样传统的文字来书写自己的现实生活或者理想追求，否则，古诗词的写作在我们手里只会成为一种附庸风雅的工具。

宋江杰（2015级机械学院）：段老师的"诗词茶馆"每天都会带给我们惊喜，除了涓涓文字、独到见解，更有生活的意趣。在这里，可以让车铣刨磨的喧嚣，化作起承转合的悠扬；可以将螺栓齿轮的单调，化为大海星辰的曼妙。我时常来老师这里坐坐，浅啜一口"香茶"，瞬时心旷神怡，将机械的拙朴配上诗词的灵动，看似枯燥的工科生活也就变得意趣盎然了。

卢旭杰（2015级电气学院）：十分有幸在初入大学时便结识段老师，也是从那时起加入了段老师的"诗词茶馆"。在这之前，我都是独自夜读，纵使偶有所得，也不知说与谁听，每每这时便十分惆怅。而在加入"诗词茶馆"之后，我常与诸多同道分享心得，指点诗文。除了对诗词的兴趣日盛，思路也宽泛了许多。"诗无定法，人无定貌"这是我对诗词的观点，作诗读诗"诗心"为首，其次才是技艺，世上绝无相同的"诗心"，所以诗词才会百花齐放。中华上下五千年，佳句名篇浩若繁星，虽然日日劳形于理工，但在忙碌中也会偷得片刻闲，掀帘进"茶馆"，捧杯一品，与友一叙，拈星一观。

李晓丹（2015级中国古代文学研究生）：段老师的"诗词茶馆"是新媒体发展潮流中教学形式改革的探索，其作用有三，一为促进教学，同学们在"茶馆"

里获得专业知识的补充，在老师的带动下对诗词的典故来源寻根究底，对诗意的把握各抒己见，对诗词的风格深入探讨；二为提高审美，段老师的"诗词茶馆"坚持每天更新，内容随时令天气，或随心情遭遇而不同，这种生活化的形式最贴近现实，让诗词不再是古人的"专利"，每个人都可以是江山风月、芙蓉海棠的主人；其三为推动创作，在"诗词茶馆"的影响下，段老师的学生中涌现出一批新晋诗人，作诗填词，不仅追求意境，对诗法格律也有了一定的追求。最近，"诗词茶馆"又在微博推出，受众更加广泛，逐渐从学生们的教学阵地，演化为社会中的诗词接力。

"人生到处知何似，应似飞鸿踏雪泥。泥上偶然留指爪，鸿飞那复计东西"，这本书既是我教改的实践，同时也是学生们青春的记忆，有学生这样写道："没想到自己大学的一些记忆还能通过这样的方式留下，谢谢段老师曾给予的指导和鼓励。……也是青春的一种回忆了。"（2014级外语学院黄日欣）

这本书的编成同样凝聚了不少人的努力，首先要感谢每天光临我们"诗词茶馆"的茶友们，正是你们的精彩讨论、阅读和点赞（话说孩子们每天都抢我的首赞呢！让人感动！）鼓励了老师将我们的"诗词茶馆"继续下去，每天再忙再累也要与大家共赏诗词，这是我们师生共同的"精神家园"。其次要感谢很多热心人为本书的付出，沈如泉院长对本"茶馆"及该书的指点及支持；汪启明老师对本书的督促和关心；研一三位弟子张静、杜雨芹、何建琴做了辛苦的校对整理工作；已毕业的研究生弟子张龙高为校对整理工作提出宝贵意见，并拨冗为本书编目、整理；朱如意为本书挥毫作序，还有王斑拨冗调整文本，对他们的付出，在此表示深深的感谢！再次感谢本书的策划编辑吴迪、责任编辑梁红、助理编辑罗俊亮（话说俊亮也是一"枚"积极的发言者呢！）的辛勤工作，感谢学校将本书列为2017年本科教育教学研究与改革项目，感谢人文学院出版经费的支持。最后，还要感谢我的先生廖志林一直以来对我们"诗词茶馆"的全力支持，并在其微博上积极转发，从而使其获得较大影响。

本书内容参考了一些诗词微信公众号和时贤的观点，在此一并表示感谢，不再一一标明了。当然，还应该感谢腾讯公司的QQ空间为我们的"诗词茶馆"得以开设而提供的网络平台。

"幸得诗书销寂寞，青丝白尽亦从容"（张丽媛《山花子》），平凡生活是比较枯燥乏味的，幸有诗书相伴，幸有众多诗友相随，因为你们，我的生命更为精彩，最后还是要诚挚地说一声：谢谢你们！愿我们的"诗词茶馆"继续兴隆，佳作纷呈！无论你是否毕业，无论你身在何方，大家别忘了常来"茶馆"坐坐！

段莉萍

2018年7月1日